Jane Austen (1775–1817). *Pride and Prejudice*. Ein Roman. In drei Bänden. Von der Autorin von *Sense and Sensibility* erschien anonym – »by a lady« – zum Preis von 18 Shilling und in 1500 Exemplaren Ende Januar 1813 in London. Das Buch war innerhalb von sechs Monaten ausverkauft, es wurde ein Erfolg bei Publikum und Kritik. Und ist bis heute das beliebteste der Bücher Jane Austens; in unzähligen Ausgaben ist es in der Welt verbreitet, wurde in Hollywood verfilmt (1942) und gelangte gar als Musical auf den Broadway (1959).

Ein Jahrmarkt der Eitelkeiten ist von fixen Charakteren bevölkert, die Jane Austen mit treffsicherem Humor agieren läßt. Doch in seiner Mitte entfaltet sich das komplexe Spiel der wirklichen Liebe in zwei Variationen: das sentimentale Paar Bingley und Jane und das intellektuelle Paar Darcy und Elizabeth, um das das Buch kreist und auf das sich der Titel bezieht.

Mit ihrer moralischen Eindeutigkeit und aufklärerischen Klarheit blicken die Romane der Jane Austen zurück auf das 18. Jahrhundert, mit ihrer objektiven dramatischen Erzählweise nehmen sie moderne Entwicklungen vorweg. Ihr Prinzip ist das der modellartigen Reduktion: »3 or 4 Families in a Country Village is the very thing to work on«, schreibt Jane Austen am 9. September 1814 an Anna Austen. Nichts in ihren Romanen ist Selbstzweck, nichts Detailbesessenheit oder bloße Beschreibungssucht. Sie sind in höchstem Maße geformt, ökonomisch und funktional gebaut. Eine bewundernswerte künstlerische Gestaltungskraft ist hier am Werk.

Jane Austen

Stolz und Vorurteil

Aus dem Englischen
übersetzt von
Ursula und Christian Grawe

RECLAM
LEIPZIG

Nachwort und Anmerkungen von Christian Grawe

Originaltitel: Pride and Prejudice

Veröffentlicht im Reclam Verlag Leipzig, 2001

Reclam-Bibliothek Band 1729
2. Auflage, 2005
Reihengestaltung: Gabriele Burde
Umschlaggestaltung: Gabriele Burde unter Verwendung des Porträts »Mrs. John Birch« von George Romney (1734–1802)
Gesetzt aus Meridien
Satz: Reclam Verlag Leipzig
Druck und Bindung: Reclam, Ditzingen
Printed in Germany
ISBN 3-379-01729-9

www.reclam.de

Kapitel 1

Es ist eine allgemein anerkannte Wahrheit, daß ein Junggeselle im Besitz eines schönen Vermögens nichts dringender braucht als eine Frau.
Zwar sind die Gefühle oder Ansichten eines solchen Mannes bei seinem Zuzug in eine neue Gegend meist unbekannt, aber diese Wahrheit sitzt in den Köpfen der ansässigen Familien so fest, daß er gleich als das rechtmäßige Eigentum der einen oder anderen ihrer Töchter gilt.
»Mein lieber Mr. Bennet«,[1] sagte seine Gemahlin eines Tages zu ihm, »hast du schon gehört, daß Netherfield Park endlich vermietet ist?«
Das habe er nicht, antwortete Mr. Bennet.
»Doch, doch«, erwiderte sie, »Mrs. Long war nämlich gerade hier und hat es mir lang und breit erzählt.«
Mr. Bennet gab keine Antwort.
»Willst du denn gar nicht wissen, an wen?« rief seine Frau ungeduldig.
»Du willst es mir erzählen; ich habe nichts dagegen, es mir anzuhören.«
Das genügte ihr als Aufforderung.
»Stell dir vor, mein Lieber, Mrs. Long sagt, daß ein junger Mann aus dem Norden Englands mit großem Vermögen Netherfield gemietet hat; daß er am Montag in einem Vierspänner heruntergekommen ist, um sich den Besitz anzusehen, und so entzückt war, daß er mit Mr. Morris sofort einig geworden ist; noch vor Oktober will er angeblich einziehen, und ein Teil seiner Dienerschaft soll schon Ende nächster Woche im Haus sein.«
»Wie heißt er denn?«
»Bingley.«
»Ist er verheiratet oder ledig?«
»Na, ledig natürlich! Ein Junggeselle mit großem Vermögen; vier- oder fünftausend pro Jahr. Ist das nicht schön für unsere Mädchen!«
»Wieso? Was hat das mit ihnen zu tun?«

»Mein lieber Mr. Bennet«, erwiderte seine Frau. »Wie kannst du nur so schwerfällig sein! Du mußt dir doch denken können, daß er eine von ihnen heiraten soll.«

»Ist er *deshalb* hierhergezogen?«

»Deshalb! Unsinn, wie kannst du nur so etwas sagen! Aber es könnte doch gut sein, daß er sich in eine von ihnen verliebt, und darum mußt du ihm einen Antrittsbesuch machen, sobald er kommt.«

»Dazu sehe ich gar keine Veranlassung. Warum gehst du nicht mit den Mädchen hin, oder besser noch, schick sie allein, sonst wirft Mr. Bingley noch ein Auge auf dich; so hübsch wie sie bist du allemal.«

»Du schmeichelst mir, mein Lieber. Meine Schönheit – das war einmal, aber jetzt halte ich mir darauf nicht mehr viel zugute. Wenn eine Frau fünf erwachsene Töchter hat, sollte sie nicht mehr von ihrer eigenen Schönheit reden.«

»In solchen Fällen ist ihre Schönheit oft auch nicht mehr der Rede wert.«

»Trotzdem, mein Lieber, du mußt unbedingt Mr. Bingley besuchen, wenn er eingezogen ist.«

»Das ist mehr als ich versprechen kann.«

»Aber denk doch an deine Töchter. Was für eine Partie wäre das für eine von ihnen. Sogar Sir William und Lady Lucas wollen bei ihm vorsprechen, und zwar nur deshalb, denn im allgemeinen machen sie neuen Nachbarn ja keine Besuche. Du *mußt* einfach hingehen. Wie können *wir* ihn denn besuchen, wenn *du* nicht gehst.«

»Du hast zu viele Bedenken. Ich bin überzeugt, Mr. Bingley freut sich über euren Besuch. Ich gebe dir ein paar Zeilen mit meiner herzlichen Zustimmung mit, diejenige meiner Töchter zu heiraten, die ihm am besten gefällt. Allerdings muß ich ein gutes Wort für meine kleine Lizzy einlegen.«

»Das wirst du nicht tun. Lizzy ist keinen Deut besser als die anderen; wenn du mich fragst, ist sie bei weitem nicht so hübsch wie Jane und bei weitem nicht so vergnügt wie Lydia. Aber immer ziehst du sie vor.«

»Keine von ihnen ist besonders empfehlenswert«, antwortete er; »sie sind alle genauso albern und dumm wie andere Mädchen. Nur begreift Lizzy etwas schneller als ihre Schwestern.«

»Mr. Bennet, wie kannst du nur über deine eigenen Kinder so abfällig reden! Es macht dir Spaß, mich zu ärgern. Mit meinen armen Nerven hast du wohl gar kein Mitleid.«

»Du mißverstehst mich, meine Liebe. Ich habe großen Respekt vor deinen Nerven. Sie und ich sind alte Freunde. Seit mindestens zwanzig Jahren höre ich dich von ihnen mit großer Besorgnis sprechen.«

»Oh, du ahnst ja nicht, was ich durchmache!«

»Ich hoffe, du wirst es überleben und noch viele junge Männer mit viertausend pro Jahr hierherziehen sehen.«

»Da du sie nicht besuchen willst, werden uns auch zwanzig nicht retten.«

»Sei überzeugt, meine Liebe, wenn zwanzig da sind, besuche ich sie einen nach dem anderen.«

In Mr. Bennet vereinigten sich Schlagfertigkeit, sarkastischer Humor, Gelassenheit und kauzige Einfälle zu einer so merkwürdigen Mischung, daß es seiner Frau auch in dreiundzwanzig Ehejahren nicht gelungen war, ihn zu begreifen. *Ihr* Gemüt war leichter zu durchschauen. Sie war eine Frau von geringer Einsicht, wenig Weltkenntnis und vielen Launen. Wenn sie unzufrieden war, glaubte sie, nervöse Zustände zu haben. Ihre Lebensbeschäftigung war die Verheiratung ihrer Töchter, Besuche und Neuigkeiten waren ihr Lebenstrost.

Kapitel 2

Mr. Bennet war einer der ersten, die Mr. Bingley ihre Aufwartung machten. Er hatte von Anfang an vorgehabt, ihn aufzusuchen, obwohl er seiner Frau bis zuletzt das Gegenteil versichert hatte; und bis zum Abend nach dem Besuch wußte sie auch nichts davon. Dann aber kam es fol-

gendermaßen ans Licht: Mr. Bennet sah seiner zweiten Tochter beim Annähen eines Hutbandes zu und sagte plötzlich zu ihr:
»Hoffentlich gefällt der Hut Mr. Bingley, Lizzy.«
»Wie sollen wir denn wissen, was Mr. Bingley gefällt«, sagte ihre Mutter pikiert, »wenn wir ihn nicht besuchen dürfen.«
»Aber vergiß nicht, Mama«, sagte Elizabeth, »daß wir ihm in Gesellschaft begegnen werden und Mrs. Long versprochen hat, ihn uns vorzustellen.«
»Mrs. Long wird nichts dergleichen tun. Sie hat selbst zwei Nichten und ist eine egoistische Heuchlerin. Ich halte gar nichts von ihr.«
»Ich auch nicht«, sagte Mr. Bennet, »und wie ich glücklicherweise sagen kann, werdet ihr auf die Gefälligkeit auch nicht angewiesen sein.«
Mrs. Bennet ließ sich zu keiner Antwort herab, aber da sie sich nicht beherrschen konnte, fing sie an, eine ihrer Töchter auszuschimpfen.
»Hör auf zu husten, Kitty, um Himmels willen! Nimm ein bißchen Rücksicht auf meine Nerven. Du trampelst auf ihnen herum.«
»Kittys Husten ist wirklich rücksichtslos«, sagte ihr Vater, »sie hustet zur falschen Zeit.«
»Ich huste ja schließlich nicht zum Vergnügen«, antwortete Kitty ärgerlich.
»Wann ist dein nächster Ball, Lizzy?«
»Morgen in vierzehn Tagen.«
»Ach, richtig«, rief ihre Mutter, »und Mrs. Long kommt erst am Tag vorher zurück, und deshalb kann sie ihn uns auch nicht vorstellen, denn sie kennt ihn selbst noch nicht.«
»Dann, meine Liebe, wirst du deiner Freundin zuvorkommen und das Vergnügen haben, Mr. Bingley *ihr* vorzustellen.«
»Ausgeschlossen, Mr. Bennet, ausgeschlossen, wenn ich ihn doch selbst nicht kenne. Du willst uns auf den Arm nehmen.«
»Deine Umsicht ehrt dich. Eine vierzehntägige Bekannt-

schaft ist natürlich nicht viel. Nach vierzehn Tagen kennt man einen Menschen ja kaum. Aber wenn *wir* es nicht wagen, wird es jemand anders tun; schließlich müssen auch Mrs. Long und ihre Nichten ihre Chance wahrnehmen, und deshalb wäre sie dir für diesen Liebesdienst sicher dankbar. Wenn *du* es also ablehnst, werde *ich* es in die Hand nehmen.«

Die Mädchen starrten ihren Vater an. Mrs. Bennet sagte nur: »Unsinn, Unsinn!«

»Darf ich auch den Sinn dieser so entschiedenen Ablehnung erfahren?« rief er. »Hältst du die gesellschaftlichen Umgangsformen für Unsinn? Legst du gar keinen Wert auf eine korrekte Vorstellung? Da kann ich dir nicht ganz zustimmen. Was meinst du, Mary? Du bist doch eine grundgescheite junge Dame, liest gewichtige Bücher und machst dir Auszüge daraus.«

Mary hätte gerne etwas Tiefsinniges gesagt, aber es fiel ihr nichts ein.

»Wir wollen«, fuhr er fort, »während Mary ihre Gedanken zurechtlegt, zu Mr. Bingley zurückkehren.«

»Ich habe genug von Mr. Bingley!« rief seine Frau.

»Das zu hören, bedaure ich. Aber warum hast du mir das nicht vorher gesagt? Wenn ich das heute morgen gewußt hätte, hätte ich ihm meine Aufwartung gar nicht erst gemacht. Eine unglückliche Situation, aber da ich ihn nun schon einmal aufgesucht habe, läßt sich die Bekanntschaft nicht mehr umgehen.«

Das Erstaunen der Damen war ganz nach seinem Wunsch. Mrs. Bennets Überraschung war vielleicht am größten, aber als der erste Freudentaumel vorüber war, erklärte sie, genau das habe sie die ganze Zeit erwartet.

»Wie nett von dir, mein lieber Mr. Bennet. Aber ich wußte, ich würde dich zu guter Letzt herumkriegen. Ich habe mir gleich gedacht, daß du deine Töchter zu sehr liebst, um dir solche Bekanntschaft entgehen zu lassen. Nein, wie mich das freut! Und es ist ein köstlicher Witz, daß du heute morgen hingegangen bist und uns bis eben nichts davon gesagt hast.«

»Jetzt kannst du soviel husten, wie du willst, Kitty«, sagte Mr. Bennet und, erschöpft von den Gefühlsausbrüchen seiner Frau, verließ er mit diesen Worten das Zimmer.
»Was habt ihr doch für einen großartigen Vater, ihr Mädchen!« sagte sie, als die Tür wieder geschlossen war. »Ich weiß gar nicht, wie ihr ihm seine Fürsorge je vergelten wollt – von meiner ganz zu schweigen. In unserem Alter ist es weiß Gott kein Vergnügen, jeden Tag neue Bekanntschaften zu machen; aber für euch tun wir ja alles. Lydia, mein Kind, du bist zwar die Jüngste, aber Mr. Bingley wird bestimmt auf dem nächsten Ball mit dir tanzen.«
»Na und!« sagte Lydia beherzt, »davor habe ich gar keine Angst; ich bin zwar die Jüngste, aber auch die Größte.«
Den Rest des Abends verbrachten sie mit Überlegungen, wie bald er wohl Mr. Bennets Besuch erwidern würde und wann sie ihn zum Essen einladen sollten.

Kapitel 3

Trotz aller Fragen, die Mrs. Bennet mit Unterstützung ihrer fünf Töchter zu diesem Thema stellte, ließ sich ihr Mann keine befriedigende Beschreibung von Mr. Bingley entlocken. Dabei versuchten sie es mit allen Mitteln: Sie überfielen ihn mit unverhohlenen Fragen, mit listigen Unterstellungen und mit weithergeholten Vermutungen. Aber er ließ sich trotz all ihrer Geschicklichkeit nicht in die Falle locken, und so mußten sie zu guter Letzt dankbar für die Informationen aus zweiter Hand sein, die ihnen ihre Nachbarin, Lady Lucas, gab. Ihr Bericht fiel ausgesprochen günstig aus. Sir William war entzückt von Mr. Bingley gewesen. Er war jung, sah hinreißend aus, war äußerst umgänglich, und, um allem die Krone aufzusetzen, er hatte vor, zum nächsten Ball mit großer Gesellschaft zu kommen. Nichts hätte vielversprechender sein können. Gerne tanzen hieß schon halb verliebt sein; und so machte man sich lebhafte Hoffnungen, Mr. Bingleys Herz zu erobern.

»Wenn ich es nur erleben darf, daß eine meiner Töchter ihr Glück in Netherfield macht und die anderen ebenso gut verheiratet sind«, sagte Mrs. Bennet zu ihrem Mann, »dann bin ich wunschlos glücklich.«

Ein paar Tage später erwiderte Mr. Bingley Mr. Bennets Besuch und saß ungefähr zehn Minuten[2] mit ihm in seiner Bibliothek. Er hatte die Hoffnung gehegt, auch einen Blick auf die jungen Damen werfen zu dürfen, von deren Schönheit er schon soviel gehört hatte – aber er sah nur den Vater. Die Damen waren etwas glücklicher, denn sie konnten immerhin von einem Fenster im ersten Stock aus erkennen, daß er eine blaue Jacke[3] trug und auf einem schwarzen Pferd ritt.

Eine Einladung zum Essen wurde bald darauf abgeschickt, und schon hatte Mrs. Bennet die Gänge geplant, die ihren Kochkünsten zur Ehre gereichen sollten, als eine Antwort eintraf, die alles hinausschob. Mr. Bingley hatte leider für den nächsten Tag eine Verpflichtung in London und konnte infolgedessen der Ehre ihrer Einladung nicht Folge leisten etcetera. Mrs. Bennet war sehr beunruhigt. Sie konnte sich gar nicht vorstellen, was er wohl so kurz nach seiner Ankunft in Hertfordshire bereits in London zu tun haben könne, und hatte schon Befürchtungen, er werde nun in der Weltgeschichte herumschwirren, anstatt sich in Netherfield anzusiedeln, wie es sich gehörte. Lady Lucas dämpfte ihre Sorge etwas; sie brachte den Gedanken auf, er sei vielleicht nur nach London gefahren, um eine größere Gesellschaft zu dem Ball abzuholen; und bald folgte auch ein Bericht, demzufolge Mr. Bingley zwölf Damen und sieben Herren mitbringen wollte. Von der Überzahl der Damen waren die Mädchen nicht begeistert, aber sie wurden am Tag vor dem Ball mit der Nachricht getröstet, er werde statt zwölf nur sechs Damen mitbringen – seine fünf Schwestern und eine Cousine. Und als die Gesellschaft den Ballsaal endlich betrat, bestand sie insgesamt nur aus fünf Personen – Mr. Bingley, seinen beiden Schwestern, dem Mann der älteren und einem anderen jungen Mann.

Mr. Bingley sah gut aus und trat wie ein Gentleman auf; er hatte gewinnende Züge und ein offenes natürliches Benehmen. Seine Schwestern waren vornehme Damen von ausgesprochen modischer Erscheinung. Sein Schwager, Mr. Hurst, sah wie ein Gentleman aus, aber das war auch alles. Sein Freund Mr. Darcy hingegen zog schnell die Aufmerksamkeit des Saales auf sich durch seine schlanke, große Gestalt, seine angenehmen Züge, seinen vornehmen Ausdruck und durch das Gerücht, das schon fünf Minuten nach seinem Eintritt in Umlauf war, er habe Einnahmen von zehntausend pro Jahr. Die Herren nannten ihn einen prächtigen Burschen, und die Damen waren sich einig, daß er wesentlich besser aussah als Mr. Bingley. Während der ersten Hälfte des Abends wurde er sehr bewundert, aber dann rief sein Benehmen Empörung hervor, welche die Woge seiner Beliebtheit abflauen ließ; man fand nämlich heraus, daß er stolz war, erhaben über die anwesende Gesellschaft und über die ihm erwiesene Freundlichkeit. Und nicht einmal sein riesiger Besitz in Derbyshire konnte ihn nun davor retten, abstoßende, widerliche Züge zu haben und seinem Freund nicht das Wasser reichen zu können.

Mr. Bingley hatte sich schnell mit allen wichtigen Leuten im Saal bekannt gemacht. Er war lebhaft und zugänglich, tanzte jeden Tanz, ärgerte sich, daß der Ball so früh zu Ende ging und spielte mit dem Gedanken an einen eigenen Ball bei sich in Netherfield. Solche liebenswerten Eigenschaften sprachen für sich. Welch ein Unterschied zwischen ihm und seinem Freund! Mr. Darcy tanzte nur einmal mit Mrs. Hurst und einmal mit Miss Bingley, wollte keiner anderen Dame vorgestellt werden und verbrachte den Rest des Abends damit, im Saal umherzugehen und sich gelegentlich mit seinen Freunden zu unterhalten. Über seinen Charakter war das Urteil gefällt: er war der hochmütigste, unangenehmste Mann der Welt, und alle hofften, er werde nie wieder an einem Fest teilnehmen. Ganz besonders heftig war Mrs. Bennet gegen ihn eingenommen. Er hatte eine ihrer Töchter geringschätzig behandelt, und deshalb steigerte sich ihre Abneigung gegen sein Benehmen im allgemeinen zu ganz besonderem Widerwillen.

Wegen der Knappheit an Männern war Elizabeth gezwungen gewesen, zwei Tänze lang sitzenzubleiben. Einige Zeit stand dabei Mr. Darcy so nahe bei ihr, daß sie eine Unterhaltung zwischen ihm und Mr. Bingley mithören konnte, der ein paar Minuten vom Tanzen herübergekommen war,[4] um auch seinen Freund dazu zu bewegen.

»Komm, Darcy«, sagte er, »ich finde, du mußt tanzen. Ich kann es nicht leiden, wenn du so albern allein herumstehst. Du solltest wirklich lieber tanzen.«

»Das werde ich bestimmt nicht tun. Du weißt ja, wie schrecklich ich es finde, wenn ich meine Partnerin nicht gut kenne. Auf solch einem Fest wäre es mir ganz unerträglich. Deine Schwestern tanzen schon, und sonst gibt es keine Frau in diesem Saal, die aufzufordern nicht eine Strafe wäre.«

»Sei doch bloß nicht so wählerisch«, rief Bingley, »noch nie in meinem Leben habe ich so viele nette Mädchen getroffen wie heute abend, Ehrenwort! Und einige von ihnen sind ausgesprochen hübsch.«

»*Du* tanzt mit dem einzigen hübschen Mädchen im Saal«, sagte Mr. Darcy, indem er der ältesten der Bennet-Schwestern nachsah.

»Ja, sie ist das schönste Mädchen, das ich je gesehen habe. Aber eine ihrer Schwestern sitzt gerade hinter dir; sie ist doch auch sehr hübsch und obendrein sehr nett. Komm, meine Partnerin kann dich ihr vorstellen.«

»Welche meinst du?« Und er drehte sich zu Elizabeth um und sah sie an, bis er ihren Blick auffing. Dann sah er weg und sagte ungerührt: »Sie ist ganz passabel, aber nicht hübsch genug, um *mich* zu reizen. Im übrigen habe ich gerade keine Lust, mit Mädchen zu tanzen, die andere

Männer haben sitzenlassen. Geh lieber zurück zu deiner Tänzerin und labe dich an ihrem Lächeln. Mit mir verschwendest du deine Zeit.«

Mr. Bingley folgte seinem Rat. Auch Mr. Darcy ging weg, und Elizabeth blieb mit nicht gerade warmherzigen Gefühlen ihm gegenüber zurück. Trotzdem erzählte sie die Geschichte sehr anschaulich ihren Freundinnen, denn sie hatte einen ausgeprägten Sinn für komische Situationen.

Der Abend ging für die ganze Familie vergnügt zu Ende. Mrs. Bennet freute sich über die Bewunderung der Gesellschaft von Netherfield für ihre älteste Tochter. Mr. Bingley hatte sogar zweimal mit ihr getanzt, und von seinen Schwestern war sie sehr zuvorkommend behandelt worden. Jane freute sich darüber genausosehr wie ihre Mutter, wenn auch mit mehr Zurückhaltung. Elizabeth nahm an Janes Freude teil. Mary hatte gehört, wie sie Miss Bingley gegenüber als das gebildetste Mädchen der ganzen Gegend bezeichnet wurde. Und Catherine und Lydia waren zum Glück während des ganzen Abends nicht *einmal* sitzengeblieben; mehr erwarteten sie bisher von einem Ball auch nicht. Alle kehrten deshalb in guter Laune zurück nach Longbourn, in das Dorf, wo sie als angesehenste Familie wohnten. Sie fanden Mr. Bennet noch auf. Mit einem Buch verging ihm die Zeit wie im Flug, und heute war sogar er neugierig auf die Ereignisse des Abends, der so großartige Erwartungen ausgelöst hatte. Er hatte eigentlich gehofft, der Neuankömmling werde für seine Frau eine Enttäuschung sein, aber er merkte bald, daß das Gegenteil der Fall war.

»Oh, mein lieber Mr. Bennet«, sagte sie beim Eintreten, »wir haben einen ganz reizenden Abend verbracht, es war ein ganz großartiges Fest. Wärst du nur dabeigewesen! Jane ist so bewundert worden, ganz unvergleichlich. Alle waren von ihrer Schönheit angetan, ganz besonders Mr. Bingley. Er hat zweimal mit ihr getanzt. Stell dir vor, mein Lieber, er hat tatsächlich zweimal mit ihr getanzt. Und sie war die einzige im Saal, die er zweimal aufgefordert hat. Zuerst bat er Miss Lucas. Ich war so ärgerlich, als er sie aufforderte. Aber er fand sie überhaupt nicht anziehend; na ja, wer tut das schon. Aber von Jane war er ganz hingerissen, als er sie tanzen sah. Er fragte also, wer sie sei, wurde ihr vorgestellt und bat sie um die beiden nächsten Tänze. Die beiden dritten tanzte er mit Miss King und die beiden vierten mit Maria Lucas, und die beiden fünften wieder mit Jane, und die beiden sechsten mit Lizzy, und die sieb…«

»Wenn er etwas Mitleid mit mir gehabt hätte«, rief ihr Mann ungeduldig, »hätte er nicht halb so viel getanzt. Um Gottes willen, kein Wort mehr von seinen Partnerinnen. Hätte er sich nur beim ersten Tanz den Fuß verstaucht!«

»Oh, mein Lieber«, fuhr Mrs. Bennet fort, »ich bin entzückt von ihm. Er sieht ungewöhnlich gut aus, und seine Schwestern sind so charmant. Ich habe im Leben nichts Eleganteres als ihre Kleider gesehen. Ich bin sicher, die Spitze an Mrs. Hursts Kleid …«

Hier wurde sie wieder unterbrochen. Mr. Bennet verbat sich jede Beschreibung von weiblichem Putz. Sie sah sich deshalb gezwungen, das Thema von einer anderen Seite anzugehen, und erzählte mit viel Bitterkeit und allerlei Übertreibung vom haarsträubenden Benehmen Mr. Darcys.

»Aber ich sage dir«, fuhr sie fort, »es kann Lizzy ganz gleich sein, wenn sie *seinen* Ansprüchen nicht genügt, denn er ist ein widerlicher, abstoßender Mann, um den man sich gar nicht zu bemühen braucht. So hochnäsig und so eingebildet, es war nicht auszuhalten. Er stolzierte hierhin und dorthin und fand sich ganz unwiderstehlich. Dabei ist er nicht einmal zum Tanzen hübsch genug. Wärst du nur dabei gewesen, mein Lieber, du hättest ihm schon einen Dämpfer verpaßt. Ich verabscheue ihn.«

Kapitel 4

Jane war bisher mit ihrem Lob für Mr. Bingley zurückhaltend gewesen, aber als sie mit ihrer Schwester allein war, erzählte sie Elizabeth, wie gut er ihr gefiel.

»Er ist genau, wie ich mir einen jungen Mann vorstelle«, sagte sie, »vernünftig, zugänglich, lebhaft; und so angenehme Umgangsformen sind mir noch nie begegnet – soviel Zwanglosigkeit bei einer so guten Kinderstube!«

»Und obendrein sieht er gut aus«, erwiderte Elizabeth, »auch das ist ja nicht unbedingt ein Nachteil. Es rundet seine Persönlichkeit ab.«

»Als er mich zum zweitenmal aufforderte, fühlte ich mich sehr geschmeichelt. Ein solches Kompliment hatte ich nicht erwartet.«

»Wirklich nicht? Ich ja, aber da besteht eben ein großer Unterschied zwischen uns. Dich überraschen Komplimente immer, mich nie. Was sollte für ihn wohl näherliegen, als dich zum zweitenmal aufzufordern? Er mußte doch merken, daß du zehnmal so hübsch wie alle anderen Mädchen im Saal bist. *Dafür* hat seine Galanterie keinen Dank verdient. Ja, er ist unbedingt liebenswürdig, und ich gestatte dir, ihn gern zu haben. Du hast schon Dümmere gemocht.«

»Aber Lizzy!«

»Oh, du fällst im allgemeinen viel zu leicht auf Leute herein. Ihre Fehler übersiehst du immer. In deinen Augen ist alle Welt liebenswürdig und gut. In meinem ganzen Leben habe ich dich noch von keinem Menschen Schlechtes sagen hören.«

»Ich möchte keinen voreilig verurteilen, aber ich sage immer ehrlich meine Meinung.«

»Ja, das stimmt; und das ist gerade das Wunder. Wie kann jemand mit deinem gesunden Menschenverstand auf die Albernheiten und Dummheiten anderer hereinfallen! Offenheit aus Berechnung kommt oft genug vor – man trifft sie überall. Aber offen zu sein ohne Angeberei oder Hintergedanken, Gutes in jedem zu finden, darin noch zu übertreiben und das Schlechte zu unterschlagen – das bringst nur du fertig. Womöglich findest du auch die Schwestern dieses Mannes sympathisch? Ihre Manieren sind mit seinen jedenfalls nicht zu vergleichen.«

»Natürlich nicht – jedenfalls nicht auf den ersten Blick. Aber wenn man sich mit ihnen unterhält, gewinnen sie sehr. Miss Bingley soll bei ihrem Bruder wohnen und ihm den Haushalt führen; und ich müßte mich sehr irren, wenn wir an ihr nicht eine sehr charmante Nachbarin haben.«

Elizabeth hörte schweigend zu, war aber nicht überzeugt davon. Das Benehmen der Schwestern auf dem Ball erweckte jedenfalls nicht den Eindruck, als wollten sie allgemeinen Anklang finden; und da Elizabeth mit mehr Beobachtungsgabe und weniger Nachsicht ausgestattet war als ihre Schwester und sich in ihrem Urteil nicht durch eigene Interessen beirren ließ, fanden sie in ihren Augen wenig Gnade. Sie waren zwar vornehme junge Damen, reizend, wenn man ihnen schmeichelte, und umgänglich, wenn ihnen danach zumute war, aber im Grunde stolz und eingebildet. Sie waren ziemlich hübsch, erzogen in einer der besten Mädchenschulen Londons, hatten ein Vermögen von 20000 Pfund, gaben mehr aus als nötig, gingen gern mit Leuten von Rang um und hatten deshalb in jeder Hinsicht das Recht, viel von sich und wenig von anderen zu halten. Sie stammten aus einer angesehenen Familie im Norden Englands, und dieser Umstand hatte sich ihrem Gedächtnis tiefer eingeprägt, als daß ihr Vermögen und das ihres Bruders durch Geschäfte zusammengekommen war.

Mr. Bingley hatte ein Vermögen von beinahe 10000 Pfund von seinem Vater geerbt, der eigentlich einen größeren Herrensitz hatte erwerben wollen, aber durch seinen Tod daran gehindert worden war. Auch Mr. Bingley hatte dies vor und suchte hin und wieder nach einer geeigneten Gegend dafür; aber da er nun mit einem angemessenen Haus versorgt war und die Freiheit des damit zusammenhängenden Jagdrechts genoß, fragten sich viele, die seine Unbeschwertheit am besten kannten, ob er nicht den Rest seines Lebens in Netherfield verbringen und den Kauf der nächsten Generation überlassen würde.

Seine Schwestern wollten unbedingt, daß er einen großen Besitz sein eigen nannte. Aber obwohl er sich jetzt nur als Pächter angesiedelt hatte, war Miss Bingley durchaus gewillt, an seiner Tafel die Rolle der Hausherrin zu übernehmen, und auch Mrs. Hurst, die eher einen Mann von Mode als von Vermögen geheiratet hatte, war nicht abgeneigt, sein Haus als ihres zu betrachten, wann immer sie Lust dazu verspürte. Mr. Bingley war erst knapp zwei Jahre volljährig, als er durch eine zufällige Empfehlung dazu verleitet wurde, sich Netherfield anzusehen. Er sah sich den Besitz an, eine halbe Stunde lang auch von innen, war angetan von der Lage und den Wohnräumen, einverstanden mit dem, was der Besitzer zu seinem Lob vorbrachte, und nahm ihn sofort.

Zwischen ihm und Darcy bestand trotz des großen Gegensatzes ihrer Charaktere eine sehr feste Freundschaft. Seine Ungezwungenheit, Offenheit und Anpassungsfähigkeit zogen Bingley zu Darcy hin, obgleich dessen Anlagen keinen größeren Kontrast zu seinen eigenen bilden konnten, mit denen er doch nie unzufrieden schien. Zu Darcys Ansichten hatte er unbegrenztes Vertrauen und vor seiner Urteilskraft die größte Hochachtung. An Intelligenz war Darcy ihm überlegen. Bingley war zwar keineswegs dumm, aber Darcy war gescheit. Dennoch war er hochmütig, reserviert und anspruchsvoll, und sein Benehmen, wenn auch untadelig, war nicht entgegenkommend. In dieser Hinsicht war ihm sein Freund weit überlegen. Bingley konnte sicher sein, Sympathie zu finden, wo immer er erschien; Darcy erregte ständig Anstoß. Die Art und Weise, wie beide über den Ball in Meryton urteilten, war bezeichnend dafür. Bingley hatte in seinem Leben nie angenehmere Leute oder hübschere Mädchen gesehen; alle seien außerordentlich freundlich und aufmerksam zu ihm gewesen; es habe weder Formalität noch Steifheit gegeben; er habe sich mit allen im Saal gleich gut verstanden; und was Miss Bennet betreffe, ein Engel könne nicht schöner sein. Umgekehrt hatte Darcy eine Ansammlung von Leuten von wenig Ansehnlichkeit und Geschmack erlebt. Keinem konnte er auch nur das geringste Interesse abgewinnen, und keiner war ihm aufmerksam oder freundlich begegnet. Er gab zu, daß Miss Bennet hübsch sei, aber sie lächle zuviel.

Mrs. Hurst und ihre Schwester gaben ihm darin recht – aber sie fanden Jane sympathisch und mochten sie gern. Sie nannten sie ein reizendes Mädchen und hatten nichts dagegen, sie näher kennenzulernen. So wurde denn Miss Bennet zum reizenden Mädchen erklärt, und ihrem Bruder stand es nach diesem Kompliment frei, von ihr zu halten, was er wollte.

Kapitel 5

Nur einen kurzen Spaziergang von Longbourn entfernt wohnte eine Familie, mit der die Bennets besonders gut befreundet waren. Sir William Lucas hatte früher ein Geschäft in Meryton betrieben, wo er ein ansehnliches Vermögen erworben hatte und als Bürgermeister nach einer Ansprache an den König geadelt worden war. Diese ehrenvolle Auszeichnung war ihm vielleicht zu Kopf gestiegen, jedenfalls flößten ihm seine Firma und sein Wohnsitz in einer Kleinstadt nun Widerwillen ein; er hatte beides aufgegeben und sich mit seiner Familie in ein Haus – seitdem Lucas Lodge genannt – sieben Meilen vor den Toren Merytons zurückgezogen, wo er sich seiner eigenen Bedeutung widmen und, unbehindert von Geschäften, ausschließlich freundlich zu allen Leuten sein konnte, denn obwohl sein neuer Rang seine soziale Stellung erhöht hatte, war er nicht hochmütig geworden, sondern im Ge-

genteil liebenswürdig zu jedermann. Seine Einführung bei Hof hatte ihn, der von Natur verträglich, freundlich und entgegenkommend war, galant gemacht.
Lady Lucas war eine gutmütige Frau, und ihre Klugheit hielt sich so in Maßen, daß sie für Mrs. Bennet eine unentbehrliche Nachbarin war. Sie hatten mehrere Kinder. Die älteste Tochter, eine vernünftige, kluge junge Frau von etwa 27 Jahren, war Elizabeths beste Freundin.
Daß die Töchter der beiden Familien sich trafen, um über einen Ball zu sprechen, lag auf der Hand; und am Morgen danach kamen die Damen von Lucas Lodge nach Longbourn, um ihre Eindrücke auszutauschen.
»Für dich fing der Abend großartig an, Charlotte«, sagte Mrs. Bennet mit höflicher Selbstbeherrschung zu Miss Lucas, »*Du* warst Mr. Bingleys erste Wahl.«
»Ja, aber anscheinend zog er seine zweite Wahl vor.«
»Oh, du meinst sicher Jane, weil er zweimal mit ihr getanzt hat. Es sah zwar so aus, als ob er sie wirklich anhimmelte – ja, ich glaube, das tat er wirklich – ich habe so etwas gehört, aber ich erinnere mich nicht, was – irgend etwas über Mr. Robinson.«
»Meinen Sie das Gespräch zwischen ihm und Mr. Robinson, das ich mitangehört habe? Habe ich es Ihnen nicht erzählt? Wie Mr. Robinson ihn fragte, ob ihm der Ball in Meryton gefalle und ob er nicht auch finde, daß es viele hübsche Mädchen hier gebe, und wen er am schönsten finde, und wie er auf die letzte Bemerkung sofort antwortete: ›Na, Miss Bennet natürlich, keine Frage; daran gibt es nichts zu deuteln.‹«
»Was du nicht sagst! Das klingt ja wirklich sehr vielversprechend, das klingt, als ob ... aber, wer weiß, vielleicht wird ja gar nichts daraus.«
»Ich hatte mehr Glück beim Mithören als du, Eliza«, sagte Charlotte, »bei Mr. Darcy macht es sicher nicht soviel Spaß wie bei seinem Freund. Arme Eliza! Gerade nur passabel zu sein.«
»Bitte, rede Lizzy nicht ein, sich Gedanken über diese Flegelei zu machen, denn er ist ein so widerlicher Mann, daß

es ein richtiges Unglück wäre, wenn er sie leiden möchte. Mrs. Long hat mir gestern abend erzählt, daß er eine halbe Stunde neben ihr gesessen hat, ohne auch nur ein einziges Mal den Mund aufzumachen.«

»Bist du sicher, Mutter? Hast du dich nicht verhört?« sagte Jane. »Ich habe gesehen, wie Mr. Darcy mit ihr gesprochen hat.«

»Ja, aber nur, weil sie ihn schließlich gefragt hat, wie ihm Netherfield gefällt, und da konnte er nicht anders als antworten; aber sie hatte den Eindruck, er war ärgerlich, daß sie ihn angesprochen hatte.«

»Miss Bingley hat mir erzählt«, sagte Jane, »daß er nie viel sagt, außer zu guten Bekannten. Zu ihnen ist er ungewöhnlich nett.«

»Ich glaube kein Wort davon, Kind. Wenn er wirklich nett wäre, hätte er mit Mrs. Long gesprochen. Aber ich kann mir schon vorstellen, wie es war. Alle sagen, er weiß sich vor Stolz nicht zu lassen, und wahrscheinlich hatte er gehört, daß Mrs. Long keine Kutsche besitzt[5] und deshalb mit einer Mietdroschke gekommen war.«

»Ob er mit Mrs. Long spricht oder nicht, ist mir egal«, sagte Miss Lucas, »aber er hätte mit Elizabeth tanzen müssen.«

»Wenn ich du wäre, Lizzy«, sagte ihre Mutter, »würde ich beim nächstenmal nicht mit ihm tanzen.«

»Du kannst dich drauf verlassen, Mutter, daß ich *nie* mit ihm tanzen werde.«

»Ich finde den Stolz bei ihm nicht so schlimm«, sagte Miss Lucas, »weil es eine Entschuldigung dafür gibt. Daß ein so vornehmer junger Mann von Familie und Vermögen und mit vielen anderen Vorzügen eine gute Meinung von sich selbst hat, wundert mich gar nicht. Ich finde, es ist sein gutes Recht, stolz zu sein.«

»Einverstanden«, antwortete Elizabeth, »und ich könnte ihm seinen Stolz leicht verzeihen, wenn er meinen nicht verletzt hätte.«

»Stolz«, bemerkte Mary, die sich etwas auf ihre tiefgründigen Einsichten zugute hielt, »ist, glaube ich, ein weitverbreiteter Fehler. Durch meine Lektüre bin ich sogar überzeugt, sehr weit verbreitet. Die menschliche Natur ist besonders anfällig dafür, und nur wenige von uns hegen nicht aufgrund des einen oder anderen eingebildeten oder wirklichen Vorzugs ein Gefühl der Selbstgefälligkeit. Eitelkeit und Stolz sind allerdings verschiedene Dinge, obwohl die Wörter fälschlich oft synonym gebraucht werden. Jemand kann stolz sein, ohne eitel zu sein. Stolz bezieht sich mehr auf unser Urteil über uns selbst, Eitelkeit mehr auf das, was andere von uns halten sollen.«

»Wenn ich so reich wäre wie Mr. Darcy«, rief einer der Lucas-Jungen, der mit seinen Schwestern mitgekommen war, »wäre es mir ganz egal, wie stolz ich bin. Ich würde mir ein Rudel Jagdhunde halten und jeden Tag eine Flasche Wein trinken.«

»Dann würdest du viel mehr trinken, als du darfst«, sagte Mrs. Bennet, »und wenn ich dich dabei sähe, würde ich dir die Flasche auf der Stelle wegnehmen.«

Der Junge widersprach, sie bestand darauf, und so nahmen ihre Auseinandersetzung und der Besuch ein gemeinsames Ende.

Kapitel 6

Die jungen Damen von Longbourn machten denen von Netherfield bald einen Besuch, der ebenso bald in angemessener Form erwidert wurde. Miss Bennets Natürlichkeit und Wohlerzogenheit ließen Mrs. Hurst und Miss Bingley nicht unbeeindruckt, und obwohl sie die Mutter unausstehlich und die jüngeren Schwestern nicht der Rede wert fanden, brachten sie ihren Wunsch zum Ausdruck, die beiden älteren Schwestern besser kennenzulernen. Jane erwiderte dieses Entgegenkommen mit dem größten Vergnügen, aber Elizabeth fand ihr Verhalten,

beinahe auch ihrer Schwester gegenüber, immer noch herablassend und mochte sie einfach nicht, obwohl sie ihren freundlichen Umgang mit Jane deshalb schätzte, weil er wahrscheinlich von der Bewunderung ihres Bruders herrührte. Bei all ihren Begegnungen war es ganz offensichtlich, daß er sie *wirklich* sympathisch fand. Und ebenso offenbar schien es ihr, daß Jane, die ihn von Anfang an gemocht hatte, ihrer Neigung nachgab und auf dem besten Wege war, sich richtig in ihn zu verlieben. Aber sie freute sich, daß ihre Liebe vor aller Welt verborgen blieb, weil Jane leidenschaftliche Gefühle mit Selbstbeherrschung und heiterer Ausgeglichenheit verband und sich so dem Verdacht der Neugierigen entzog. Das erzählte sie auch ihrer Freundin, Miss Lucas.
»So schön es ist, die Öffentlichkeit im dunkeln tappen zu lassen«, erwiderte Charlotte, »so nachteilig ist es manchmal, so verschlossen zu sein. Wenn eine Frau geschickt verbirgt, auf wen sich ihre Zuneigung richtet, verpaßt sie unter Umständen auch die Gelegenheit, ihn an sich zu binden. Und dann ist es ein schwacher Trost, daß auch die Welt im dunkeln tappt. In jeder Beziehung gibt es so viel Dankbarkeit oder Eitelkeit, daß man sie besser nicht sich selbst überläßt. Wir fangen alle ganz mutig an – eine leichte Schwäche ist natürlich, aber nur wenige von uns bringen es fertig, sich ohne deutliche Zeichen von Gegenliebe richtig zu verlieben. In neun von zehn Fällen tut die Frau gut daran, mehr Zuneigung zu zeigen, als sie wirklich empfindet. Bingley mag deine Schwester – keine Frage, aber wenn sie ihm nicht auf die Sprünge hilft, wird es bei einer kleinen Liebelei bleiben.«
»Aber sie hilft ihm doch – soweit es in ihrer Natur liegt. Wenn *mir* ihre Zuneigung zu ihm auffällt, müßte er ein Einfaltspinsel sein, sie nicht zu sehen.«
»Vergiß nicht, Eliza, er kennt Jane nicht so gut wie du.«
»Aber wenn eine Frau in einen Mann verliebt ist und es nicht absichtlich verheimlicht, *muß* er es doch merken.«
»Vielleicht – wenn er sie oft genug sieht. Aber obwohl Bingley und Jane sich verhältnismäßig oft treffen, sind sie

immer nur kurze Zeit zusammen; und da sie sich nur in Gesellschaft begegnen, können sie sich unmöglich die ganze Zeit miteinander unterhalten. Jane sollte deshalb die halbe Stunde, in der sie ihn in der Hand hat, möglichst ausnutzen. Wenn sie seiner sicher ist, hat sie immer noch Zeit genug, sich in ihn zu verlieben, soviel sie will.«

»Dein Plan ist gut«, entgegnete Elizabeth, »wo es nur um den Wunsch geht, sich gut zu verheiraten, und wenn ich auf einen reichen Mann – oder überhaupt auf einen Mann – aus wäre, würde ich ihn anwenden. Aber Jane empfindet ganz anders; sie handelt nicht aus Berechnung. Sie ist sich auch über ihre Gefühle für ihn noch gar nicht im klaren. Sie kennt ihn doch erst 14 Tage. In Meryton hat sie mit ihm vier Tänze getanzt; an einem Vormittag war er bei ihr, und viermal war sie gemeinsam mit ihm und anderen Gästen zum Essen eingeladen. Um sich ein Urteil über seinen Charakter zu bilden, ist das sicher nicht genug.«

»Nicht, wenn du es so darstellst. Wenn sie nur mit ihm gegessen hätte, wüßte sie vielleicht nur, ob er einen guten Appetit hat; aber vergiß nicht, daß sie auch vier ganze Abende zusammen verbracht haben – und vier Abende bringen einen ein ganzes Stück weiter.«

»Ja, und diese vier ganzen Abende haben ihnen nichts weiter eingebracht, als daß sie nun wissen, daß sie beide lieber Vingt-un als Commerce spielen. Aber darüber hinaus haben sie keine wesentlichen Erkenntnisse gewonnen.«

»Immerhin«, sagte Charlotte, »ich wünsche Jane von ganzem Herzen Erfolg, und wenn sie ihn morgen heiratete, wären meiner Meinung nach ihre Chancen, glücklich zu werden, genauso groß, wie wenn sie seinen Charakter ein Jahr lang unter die Lupe nähme. Glück in der Ehe ist ganz und gar Zufall. Selbst wenn sich die Parteien vorher noch so gut kennen oder sich noch so ähnlich sind, zu ihrem Glück trägt das nicht im geringsten bei. Sie werden sich auf jeden Fall unähnlich genug, um sich gegenseitig auf die Nerven zu gehen; und dann finde ich es besser, die Fehler des Mannes, mit dem man sein Leben verbringt, so wenig wie möglich zu kennen.«

»Daß ich nicht lache. Das ist doch Unsinn. Du weißt genau, daß es Unsinn ist und daß du selber niemals so handeln würdest.«

Elizabeth war so beschäftigt, Mr. Bingleys Aufmerksamkeiten ihrer Schwester gegenüber zu beobachten, daß sie gar nicht bemerkte, daß sie selbst in den Augen seines Freundes ein Gegenstand von einigem Interesse geworden war. Mr. Darcy hatte zu Anfang nur mühsam zugeben wollen, daß sie hübsch sei; auf dem Ball hatte sie keinen großen Eindruck auf ihn gemacht, und als sie sich das nächstemal trafen, war er nur auf Kritik an ihr aus. Aber kaum hatte er sich selbst und seine Freunde davon überzeugt, wie wenig bemerkenswert ihr Gesicht war, da begann er zu entdecken, daß es durch den strahlenden Ausdruck ihrer dunklen Augen ungewöhnlich intelligent erschien. Dieser Entdeckung folgten einige andere, ähnlich demütigende. Obgleich er nämlich mit kritischem Auge mehr als eine Unregelmäßigkeit in dem Ebenmaß ihrer Züge festgestellt hatte, mußte er zugeben, daß ihre Figur schlank und graziös war; und trotz seiner Behauptung, ihr Benehmen sei nicht das der großen Welt, zog ihn ihre liebenswürdige Ungezwungenheit an. Von all dem merkte sie gar nichts; für sie war er nur der Mann, der überall Anstoß erregte und sie zum Tanzen nicht hübsch genug fand.

Er entdeckte in sich den Wunsch, sie besser kennenzulernen, und um sich selbst leichter mit ihr unterhalten zu können, hörte er ihren Gesprächen mit anderen zu. Sie wurde darauf aufmerksam, und als eines Tages bei Sir William Lucas große Gesellschaft war, sagte sie zu Charlotte:

»Was will bloß Mr. Darcy damit sagen, daß er meinem Gespräch mit Oberst Forster zuhört?«

»Die Frage kann nur Mr. Darcy selbst beantworten.«

»Wenn er nicht bald damit aufhört, sage ich ihm, daß ich mir denken kann, worauf er hinaus will. Er hat einen sehr ironischen Blick, und wenn ich nicht bald selbst impertinent werde, fange ich an, Angst vor ihm zu bekommen.«

Als er sich ihr bald darauf näherte, allerdings wohl ohne die Absicht, etwas zu sagen, und Miss Lucas sie davon abhalten wollte, das Thema ihm gegenüber zu erwähnen, fühlte sie sich sofort dazu provoziert. Sie wandte sich ihm zu und sagte:

»Finden Sie nicht, Mr. Darcy, daß ich mich eben ganz ungewöhnlich geschickt ausgedrückt habe, als ich Oberst Forster damit aufgezogen habe, einen Ball für uns in Meryton zu veranstalten?«

»Mit großer Überzeugungskraft – aber alle jungen Damen wirken bei diesem Thema überzeugend.«

»Sie gehen hart mit uns ins Gericht.«

»Er dreht gleich den Spieß um und verspottet *dich*«, sagte Miss Lucas, »ich mache jetzt das Klavier auf, Eliza, und du weißt, was das bedeutet.«

»Für eine Freundin bist du ein sehr merkwürdiges Wesen. Immer soll ich vor allen und jedem spielen und singen! Wenn ich musikalischen Ehrgeiz hätte, wärst du unentbehrlich, aber so wie die Dinge stehen, möchte ich mich lieber nicht ans Klavier setzen und Leuten vorsingen, die an die besten Künstler gewöhnt sind.« Aber als Miss Lucas darauf bestand, fügte sie hinzu: »Also gut, was sein muß, muß sein.« Dann warf sie Mr. Darcy einen finsteren Blick zu und sagte: »Es gibt ein allen hier Versammelten bekanntes Sprichwort – ›Spar dir den Atem zum Kühlen der Suppe.‹ Ich spare ihn mir für das Crescendo meines Gesangs.«

Ihre Darbietung war erfreulich, wenn auch keineswegs überwältigend. Nach ein oder zwei Liedern und noch bevor sie auf die Bitten einiger Zuhörer eingehen konnte, doch weiterzusingen, erbot sich eifrig ihre Schwester Mary, die sich in der Erkenntnis, als einzige in der Familie unattraktiv zu sein, sehr um Wissen und Bildung bemüht hatte und immer darauf aus war, es vorzuführen. Mary hatte weder Talent noch Geschmack, und obwohl sie aus

Eitelkeit fleißig war, klangen bei ihrem Spiel Pedanterie und Herablassung durch, die auch größerer Vollkommenheit auf dem Instrument Abbruch getan hätten. Dem Vortrag der unaffektierten und natürlichen Elizabeth hörte man mit weit mehr Vergnügen zu, obgleich sie nicht halb so gut spielte. Mary war am Ende ihres langen Konzerts froh, Komplimente und Dank für die schottischen und irischen Tänze einheimsen zu können, die sie auf Wunsch ihrer jüngeren Schwestern gespielt hatte, welche mit einigen der Lucas-Mädchen und zwei oder drei Offizieren begeistert am anderen Ende des Raumes tanzten.

Mr. Darcy betrachtete diese Art, den Abend unter Ausschluß von Gesprächen zu verbringen, in ungehaltenem Schweigen aus der Nähe und war zu sehr in Gedanken versunken, um zu merken, daß Sir William neben ihm stand, bis dieser ihn schließlich ansprach:

»Was für ein hübsches Vergnügen für junge Leute, nicht wahr, Mr. Darcy! Nichts geht übers Tanzen. Ich halte es für eine der ersten Errungenschaften jeder kultivierten Gesellschaft.«

»Gewiß, Sir, und es hat den Vorteil, auch bei den weniger kultivierten Gesellschaften auf der Welt in Mode zu sein. Jeder Wilde kann tanzen.«

Sir William lächelte nur. »Ihr Freund tanzt ausgezeichnet«, fuhr er nach einer Pause fort, als er sah, wie Mr. Bingley sich der Gruppe anschloß. »Ich zweifle nicht daran, daß auch Sie ein Kenner auf diesem Gebiet sind, Mr. Darcy.«

»Ich nehme an, Sie haben mich in Meryton tanzen sehen, Sir?«

»Ja, gewiß, und es hat mir nicht unbeträchtliches Vergnügen bereitet. Tanzen Sie oft bei Hof?«

»Niemals, Sir.«

»Finden Sie nicht, daß es eine angemessene Ehre für diesen Ort wäre?«

»Es ist eine Ehre, die ich keinem Ort antue, wenn ich es irgend vermeiden kann.«

»Sie haben ein Haus in London, nehme ich an?«

Mr. Darcy verbeugte sich.
»Früher habe ich mit dem Gedanken gespielt, mich auch in London niederzulassen, denn ich fühle mich in gehobener Gesellschaft sehr wohl, aber ich war nicht sicher, ob die Londoner Atmosphäre Lady Lucas zusagen würde.«
In Erwartung einer Antwort machte er eine Pause; aber sein Gesprächspartner war nicht zu einer Entgegnung aufgelegt, und da Elizabeth in diesem Augenblick auf sie zukam, hielt er es für einen besonders galanten Einfall, ihr zuzurufen:
»Liebe Miss Elizabeth, warum tanzen Sie nicht? Mr. Darcy, erlauben Sie mir, ihnen diese junge Dame als eine sehr begehrenswerte Partnerin vorzustellen. So viel Schönheit können Sie einfach keinen Korb geben.« Aber als er ihre Hand nahm und sie Mr. Darcy geben wollte, der überrascht war, aber nicht unwillig, sie zu ergreifen, zog sie sie sofort zurück und sagte leicht irritiert zu Sir William:
»Ich habe nicht die mindeste Absicht zu tanzen, Sir. Ich möchte keineswegs den Eindruck erwecken, eines Partners wegen hierhergekommen zu sein.«
Mit beherrschtem und gemessenem Anstand bat Mr. Darcy sie um die Ehre ihrer Hand, aber umsonst. Elizabeth war entschlossen, und auch Sir William konnte sie durch seine Überredungskünste nicht in ihrem Entschluß wankend machen.
»Dabei tanzen Sie so ausgezeichnet, Miss Eliza, daß es grausam wäre, mir das Vergnügen zu rauben, Ihnen zuzusehen; und obwohl dieser Herr im allgemeinen nicht gerne tanzt, wird es ihm doch nichts ausmachen, uns eine halbe Stunde lang den Gefallen zu tun.«
»Mr. Darcy ist überhaupt ein sehr höflicher Mensch«, sagte Elizabeth lächelnd.
»Das ist er, aber bei soviel Liebreiz, meine liebe Miss Elizabeth, braucht uns seine Gefälligkeit nicht zu verwundern – wer würde schon eine solche Partnerin ausschlagen?«
Elizabeth blickte schelmisch und wandte sich ab.

Ihre Widerspenstigkeit hatte ihr bei Mr. Darcy nicht geschadet, und er dachte gerade mit Wohlgefallen über sie nach, als er von Miss Bingley angesprochen wurde:
»Ich kann mir schon denken, warum Sie so nachdenklich sind.«
»Das kann ich mir kaum vorstellen.«
»Sie denken darüber nach, wie unerträglich es wäre, viele Abende auf diese Weise zu verbringen – und noch dazu in dieser Gesellschaft; und ich bin eigentlich ganz Ihrer Meinung. Ich habe mich selten mehr gelangweilt. Diese Geschmacklosigkeit und dabei dieser Krach, diese Leere und diese Selbstgefälligkeit. Ich gäbe etwas darum, wenn ich Ihre Lästereien über die Leute hören könnte!«
»Sie sind völlig im Irrtum! Meine Gedanken waren angenehmer beschäftigt. Ich habe über das Vergnügen nachgedacht, das zwei schöne Augen im Gesicht einer hübschen Frau in einem hervorrufen können.«
Miss Bingley sah ihn augenblicklich scharf an und wollte von ihm wissen, welcher Dame das Verdienst zukomme, ihn zu derlei Gedanken inspiriert zu haben. Mr. Darcy sagte mit großer Unerschrockenheit:
»Miss Elizabeth Bennet.«
»Miss Elizabeth Bennet!« wiederholte Miss Bingley. »Sie setzen mich in Erstaunen. Wie lange ist sie schon Ihre Auserkorene? Und wann, bitte, darf ich Ihnen gratulieren?«
»Das ist genau die Frage, die ich von Ihnen erwartet hatte. Die Phantasie einer Frau arbeitet mit ungeheurer Geschwindigkeit. Sie springt in einem Augenblick von Sympathie zu Liebe, von Liebe zu Hochzeit. Ich wußte, Sie würden auf der Stelle gratulieren.«
»Na, wenn Sie es ernst meinen, betrachte ich die Angelegenheit als endgültig. Und Sie werden eine ganz besonders reizende Schwiegermutter haben, die natürlich ständig bei Ihnen in Pemberley sein wird.«
Er hörte ihr völlig unbeteiligt zu, während sie sich auf diese Weise unterhielt, und als seine Ungerührtheit sie überzeugt hatte, daß keine Gefahr bestand, ließ sie ihrem Witz freien Lauf.

Kapitel 7

Mr. Bennets Vermögen bestand fast ausschließlich aus einem Besitz, der zweitausend pro Jahr brachte, aber zum Unglück seiner Töchter als unveräußerliches Erbe in Ermangelung von Söhnen einem entfernten Verwandten zufallen würde.[6] Das Vermögen ihrer Mutter, obwohl zu ihren Lebzeiten ausreichend, konnte den Verlust des väterlichen Erbes nur schwer ausgleichen. Ihr Vater war Rechtsanwalt in Meryton gewesen und hatte ihr viertausend Pfund hinterlassen.

Ihre Schwester war mit einem Mr. Philips verheiratet, der als ehemaliger Angestellter ihres Vaters dessen Praxis übernommen hatte. Ihr Bruder hatte sich als angesehener Kaufmann in London niedergelassen.

Longbourn war nur eine Meile weit von Meryton, eine bequeme Entfernung für die jungen Damen, die es meist drei- oder viermal in der Woche hinüberzog, um ihre Tante und die Putzmacherin gleich gegenüber zu besuchen. Die beiden Jüngsten der Familie, Catherine und Lydia, machten diesen Weg am häufigsten. Sie waren oberflächlicher als ihre Schwestern, und wenn es nichts Besseres zu tun gab, dann blieb ihnen am Vormittag nur ein Gang nach Meryton, um Gesprächsstoff für den Abend zu haben; und so spärlich die ländlichen Neuigkeiten auch fließen mochten, sie fanden immer Mittel und Wege, etwas Neues von ihrer Tante zu erfahren. Augenblicklich, welch ein Glück, waren sie mit aufregenden Neuigkeiten gut versorgt, denn ein Regiment der Miliz war in der Gegend stationiert worden, das den ganzen Winter über bleiben sollte, und Meryton war das Hauptquartier.

Von ihren Besuchen bei Mrs. Philips brachten sie nun jedesmal die aufregendsten Nachrichten mit. Jeden Tag erfuhren sie mehr über die Namen der Offiziere und ihre Verbindungen. Auch ihre Quartiere blieben nicht lange ein Geheimnis, und schließlich lernten sie die Offiziere selbst kennen. Mr. Philips suchte sie alle auf, und dies eröffnete seinen Nichten eine ungeahnte Quelle der Glückseligkeit; sie sprachen von nichts anderem mehr als den Offizieren, und Mr. Bingleys riesiges Vermögen, dessen bloße Erwähnung ihre Mutter so in Stimmung versetzte, war in ihren Augen wertlos, wenn man es mit einer Fähnrichsuniform verglich. Als Mr. Bennet eines Vormittags ihren überschwenglichen Berichten zuhörte, bemerkte er ungerührt:

»Aus eurer Art zu reden muß ich entnehmen, daß ihr zwei der albernsten Gören weit und breit seid. Ich hatte schon seit längerem den Verdacht, aber jetzt bin ich restlos überzeugt.«

Catherine war verstimmt und gab keine Antwort, aber Lydia fuhr völlig unbeirrt fort, Hauptmann Carters Lob zu singen und sich der Hoffnung hinzugeben, ihn im Laufe des Tages zu sehen, da er am nächsten Tag nach London mußte.

»Ich muß mich wirklich wundern, mein Lieber«, sagte Mrs. Bennet, »daß du deine eigenen Kinder so ohne weiteres alberne Gören nennst. Wenn du schon abfällig von irgendwelchen Kindern sprichst, dann nicht von meinen, wenn ich bitten darf.«

»Wenn meine Kinder alberne Gören sind, kann ich nur hoffen, daß ich mir dessen bewußt bin.«

»Ja, aber wie die Dinge nun einmal liegen, sind sie alle außerordentlich begabt.«

»In diesem, wie ich sagen darf, einzigen Punkt stimmen wir denn doch nicht ganz überein. Ich hatte gehofft, daß der Gleichklang unserer Seelen in *jeder* Hinsicht vollkommen sein würde, aber nun muß ich dir insoweit widersprechen, als unsere beiden jüngsten Töchter meiner Meinung nach ungewöhnlich dumm sind.«

»Mein lieber Mr. Bennet, du kannst doch nicht erwarten, daß so junge Mädchen den Verstand ihres Vaters oder ihrer Mutter haben. Wenn sie in unser Alter kommen, denken sie sicher auch nicht öfter an Offiziere als wir. Ich erinnere mich genau an die Zeit, als auch ich auf rote Uniformen flog, und im Grunde meines Herzens tue ich es immer noch. Und wenn ein schicker, junger Oberst mit fünf- oder sechstausend pro Jahr eine meiner Töchter haben wollte, würde ich nicht nein sagen, und ich fand, Oberst Forster sah neulich bei Sir William in seiner Uniform sehr attraktiv aus.«

»Mama«, rief Lydia, »Tante Philips sagt, Oberst Forster und Hauptmann Carter gehen nicht mehr so oft zu Miss Watson wie kurz nach ihrer Ankunft; sie sieht sie jetzt öfter in Clarkes Buchhandlung stehen.«

Mrs. Bennet wurde durch den Eintritt eines Dieners mit einem Brief für Miss Bennet davon abgehalten zu antworten. Die Nachricht kam von Netherfield, und der Diener sollte auf Antwort warten. Mrs. Bennets Augen leuchteten vor Erwartung, und neugierig rief sie noch während ihre Tochter las:

»Na, Jane, von wem ist er denn? Was steht drin? Was sagt er? Na los, Jane, beeil dich und erzähle. Beeil dich doch, Kind!«

»Er kommt von Miss Bingley«, sagte Jane und las vor:

»›Liebe Freundin!

Wenn Sie nicht Mitleid mit Louisa und mir haben und zum Dinner zu uns kommen, laufen wir Gefahr, uns für den Rest unseres Lebens unausstehlich zu finden, denn wenn zwei Frauen den ganzen Tag allein verbringen, vergeht er nicht ohne Streit. Kommen Sie gleich nach Erhalt dieses Briefes. Mein Bruder und die anderen Herren essen mit den Offizieren. – Herzlich

Ihre Caroline Bingley.‹«

»Mit den Offizieren«, rief Lydia, »und das hat Tante Philips uns nicht erzählt!«

»Er ißt auswärts«, sagte Mrs. Bennet, »solch ein Pech!«

»Kann ich die Kutsche haben?« fragte Jane.

»Nein, mein Kind, reite lieber hinüber; es sieht nach Regen aus, und dann mußt du über Nacht dableiben.«

»Ein ausgezeichneter Plan«, sagte Elizabeth, »vorausgesetzt, man bietet ihr nicht an, sie nach Hause zu fahren.«

»Aber die Herren haben doch bestimmt den Wagen mit nach Meryton genommen, und die Hursts haben keine eigenen Pferde.«

»Lieber würde ich mit der Kutsche hinfahren.«

»Aber Kind, dein Vater kann die Pferde nicht entbehren. Er braucht sie für die Feldarbeit, nicht wahr, Mr. Bennet?«

»Ich brauche sie bei der Feldarbeit öfter, als ich sie bekommen kann.«

»Wenn du sie heute brauchst, hat Mutter ihren Zweck erreicht«, sagte Elizabeth.

Schließlich gelang es ihr, ihrem Vater das Eingeständnis zu entlocken, daß die Pferde gebraucht würden. Jane mußte also wohl oder übel hinüberreiten, und ihre Mutter begleitete sie unter vielen fröhlichen Voraussagen eines verregneten Tages bis zur Tür. Ihre Hoffnungen erfüllten sich: Kaum war Jane fort, da fing es heftig an zu regnen. Ihren Schwestern tat Jane leid, aber ihre Mutter war entzückt. Den ganzen Abend regnete es ohne Unterbrechung; Jane würde bestimmt nicht zurückkommen können.

»Wie gut, daß ich darauf gekommen bin«, sagte Mrs. Bennet mehr als einmal, als ob der Regen ausschließlich ihr Verdienst wäre. Aber bis zum nächsten Morgen blieb ihr das ganze Ausmaß ihres kunstvoll geplanten Glücks verborgen. Kurz nach dem Frühstück kam ein Bote von Netherfield, der den folgenden Brief für Elizabeth übergab:

»›Liebste Lizzy!

Es geht mir heute morgen gar nicht gut, wahrscheinlich weil ich gestern völlig durchnäßt worden bin. Meine lieben Freundinnen wollen mich nicht nach Hause lassen, bevor mir besser ist. Sie bestehen darauf, daß Mr. Jones nach mir sieht. Seid also nicht beunruhigt, wenn Ihr hört, daß er hier war. Aber ich glaube, außer einer Erkältung und Kopfschmerzen ist es weiter nichts Ernstes.

Deine etc.‹«

»Also, meine Liebe«, sagte Mr. Bennet, als Elizabeth den Brief vorgelesen hatte, »wenn deine Tochter jetzt schwerkrank wird oder stirbt, ist es wenigstens ein Trost, daß sie auf der Jagd nach Mr. Bingley und auf deine Anordnung hin verschieden ist.«

»Oh, ich habe nicht die geringste Befürchtung, daß sie stirbt. Harmlose Erkältungen bringen keinen um. Außerdem ist sie in besten Händen. Solange sie dort bleibt, ist alles in Ordnung. Ich würde sie besuchen, wenn ich die Kutsche haben könnte.«

Elizabeth war ernsthaft besorgt und deshalb entschlossen, zu ihr zu gehen, auch wenn die Kutsche nicht verfügbar war. Aber da sie nicht reiten konnte, blieb ihr nur die Wahl, zu Fuß zu gehen, und das sagte sie auch zu ihren Eltern.

»Sei doch nicht so unvernünftig«, rief ihre Mutter. »Wie kommst du denn darauf, bei all dem Dreck! Du wirst unmöglich aussehen, wenn du dort ankommst.«

»Ich werde gut genug aussehen, um Jane zu besuchen, und mehr will ich nicht.«

»Soll das ein Wink mit dem Zaunpfahl sein, Lizzy«, sagte ihr Vater, »daß ich die Pferde kommen lasse.«

»Nein, wirklich nicht. Ich gehe ganz gern zu Fuß. Die drei Meilen! Wenn man ein Ziel hat, ist die Entfernung nicht der Rede wert. Zum Abendbrot bin ich zurück.«

»Ich bewundere deine tätige Mitmenschlichkeit«, bemerkte Mary, »aber jede Gefühlsregung sollte von Vernunft begleitet sein, und meiner Ansicht nach muß der Kraftaufwand im Verhältnis zum Anlaß stehen.«

»Wir kommen bis Meryton mit«, sagten Catherine und Lydia. Elizabeth nahm ihre Begleitung an, und so gingen die drei jungen Damen gemeinsam los.

»Wenn wir uns beeilen«, sagte Lydia unterwegs, »sehen wir vielleicht Hauptmann Carter noch für einen Augenblick, bevor er abfährt.«

In Meryton trennten sie sich. Die jüngeren Schwestern gingen zur Wohnung einer der Offiziersfrauen, und Elizabeth setzte ihren Weg allein fort; sie überquerte Feld nach Feld mit zügigem Schritt, sprang ungeduldig und zielstrebig über Gatter und Pfützen und befand sich schließlich mit müden Füßen und schmutzigen Strümpfen, das Gesicht von der Hitze der Anstrengung glühend, in Blickweite des Hauses.

Man führte sie in das Frühstückszimmer, wo alle außer Jane versammelt waren und ihr Erscheinen höchstes Erstaunen hervorrief. Mrs. Hurst und Miss Bingley fanden es ganz unglaublich, daß sie so früh am Morgen bei solchem Wetter drei Meilen zu Fuß gegangen war und noch dazu allein, und Elizabeth war überzeugt, daß sie sie deshalb verachteten. Sie empfingen sie allerdings sehr höflich, und ihr Bruder ließ es nicht bei bloßer Höflichkeit bewenden, sondern behandelte sie herzlich und ungezwungen wie eine alte Bekannte. Mr. Darcy sagte sehr wenig und Mr. Hurst gar nichts. Der eine war zwischen seiner Bewunderung für ihren durch die Bewegung leuchtenden Teint und dem Zweifel daran, ob der Anlaß ihren langen, einsamen Gang rechtfertigte, hin- und hergerissen. Der andere dachte nur ans Frühstück.

Auf die Fragen nach ihrer Schwester erhielt sie keine sehr zufriedenstellende Antwort. Miss Bennet war zwar aufgestanden, hatte aber schlecht geschlafen und noch Fieber. Sie konnte ihr Zimmer, in das Elizabeth zu ihrer Freude gleich geführt wurde, noch nicht verlassen. Jane war sehr froh, sie zu sehen, denn aus Furcht, die Familie zu beunruhigen oder in Unannehmlichkeiten zu stürzen, hatte sie in dem Brief nicht gesagt, wie sehr sie sich nach Elizabeth sehnte. Viel sprechen konnte sie noch nicht, und deshalb erzählte sie Elizabeth nach Miss Bingleys Weggang nur, wie nett man sich um sie gekümmert hatte. Elizabeth saß schweigend bei ihr.

Nach dem Frühstück kamen auch die Schwestern herauf, und es versöhnte Elizabeth mit ihnen, als sie sah, mit wieviel Liebe und Fürsorglichkeit sie sich um Jane bemühten. Der Apotheker kam und sagte nach der Untersuchung, sie habe, wie zu erwarten, eine starke Erkältung, der man zu Leibe rücken müsse. Er gab ihr den Rat, im

Bett zu bleiben und verschrieb ihr ein Medikament. Sie folgte seinen Anordnungen gleich, denn das Fieber war wieder gestiegen, und sie hatte heftige Kopfschmerzen. Elizabeth blieb die ganze Zeit über bei ihr, und die beiden Schwestern hielten sich meist auch in dem Zimmer auf. Da die Herren unterwegs waren, hatten sie ohnehin nichts zu tun.

Als es drei Uhr schlug, wurde es Zeit für Elizabeth, und ungern sagte sie, sie müsse jetzt nach Hause. Miss Bingley bot ihr die Kutsche an, und bei etwas mehr Nachdruck hätte Elizabeth das Angebot auch angenommen, aber Jane zeigte sich so besorgt über ihren Aufbruch, daß Miss Bingley sich verpflichtet fühlte, das Angebot der Kutsche in eine Einladung umzuwandeln, vorläufig in Netherfield zu bleiben. Elizabeth nahm dankbar an, und so wurde ein Bote nach Longbourn geschickt, der der Familie Nachricht geben und ein paar Kleidungsstücke mitbringen sollte.

Kapitel 8

Um fünf Uhr zogen sich die beiden Damen zum Umziehen zurück, und um halb sieben wurde Elizabeth zu Tisch gebeten. Auf die höflichen, unvermittelt an sie gerichteten Fragen nach Janes Zustand, unter denen sich zu ihrer Freude Mr. Bingley durch den besonders fürsorglichen Ton auszeichnete, konnte sie keine sehr zufriedenstellende Antwort geben. Es ging Jane keineswegs besser. Als die Schwestern das hörten, wiederholten sie drei- oder viermal, wie leid es ihnen tue, wie schrecklich sie Erkältungen fänden und wie entsetzlich ungern sie selber krank seien, und damit war für sie das Thema erledigt. Diese Teilnahmslosigkeit, kaum daß Jane abwesend war, bereitete Elizabeth wenigstens das Vergnügen, ihre ursprüngliche Abneigung bestätigt zu sehen.

Tatsächlich war Mr. Bingley in der Gesellschaft der einzige, den sie mit einem gewissen Wohlwollen betrachtete. Er war offensichtlich um Jane sehr besorgt und ihr selbst gegenüber höchst aufmerksam, und sie fühlte sich dadurch weniger als Eindringling, als den die anderen sie offenbar ansahen. Nur er nahm Notiz von ihr. Miss Bingley hatte nur Augen für Mr. Darcy und ihre Schwester kaum weniger. Mr. Hurst an ihrer Seite war ein träger Mensch, dessen Lebenszweck in Essen, Trinken und Kartenspielen bestand und der nichts mehr zu ihr zu sagen wußte, als er festgestellt hatte, daß sie einen Eintopf einem Ragout vorzog.

Gleich nach dem Essen ging Elizabeth wieder zu Jane hinauf, und kaum hatte sie den Raum verlassen, da begann Miss Bingley über sie herzuziehen. Sie fand ihr Benehmen unerträglich, eine Mischung aus Stolz und Impertinenz; sie wußte sich angeblich nicht zu unterhalten, war stillos, geschmacklos und ohne jeden Charme. Mrs. Hurst stimmte ihr zu und ergänzte:

»Mit anderen Worten, sie hat überhaupt nichts Empfehlenswertes, außer daß sie eine stramme Spaziergängerin ist. Ihren Aufzug heute morgen werde ich nie vergessen. Sie sah fast aus wie eine Wilde.«

»Das stimmt, Louisa. Ich konnte mich kaum beherrschen. Wie sinnlos, überhaupt herzukommen. Wozu muß *sie* durch die Landschaft jagen, wenn ihre Schwester eine Erkältung hat. Und erst ihr Haar! So unordentlich und zerzaust.«

»Und erst ihr Petticoat! Hast du ihren Petticoat gesehen? Zehn Zentimeter im Dreck, wenn nicht noch mehr. Und dann das Kleid runterziehen, damit man es nicht sieht.[7] Aber genützt hat es gar nichts.«

»Vielleicht trifft deine Beschreibung ja zu, Louisa«, sagte Bingley, »aber ich habe nichts davon bemerkt. Ich fand, Miss Elizabeth Bennet sah bemerkenswert gut aus, als sie heute morgen ins Zimmer trat. Ihr schmutziger Petticoat ist mir völlig entgangen.«

»Aber *Sie* haben ihn doch gesehen, nicht wahr, Mr. Darcy«, sagte Miss Bingley, »und ich nehme fast an, es wäre Ihnen nicht sehr lieb, wenn Ihre Schwester so herumliefe.«

»Natürlich nicht.«

»Drei Meilen laufen, oder vier oder fünf oder wieviel auch immer, bis zu den Knöcheln im Schmutz und allein, völlig allein. Was will sie damit wohl sagen? Darin steckt doch nichts als ein unausstehlicher Drang nach Extravaganz und Unabhängigkeit, eine höchst bäurische Gleichgültigkeit gegen die guten Sitten.«

»Darin steckt schwesterliche Zuneigung, die ich sehr schätzenswert finde«, sagte Bingley.

»Ich fürchte, Mr. Darcy«, bemerkte Miss Bingley halblaut, »dieses Abenteuer hat Ihre Bewunderung für ihre schönen Augen einigermaßen abgekühlt.«

»Keineswegs«, antwortete er, »ihre Augen hatten nach dem Spaziergang etwas ausgesprochen Strahlendes.« Dieser Bemerkung folgte eine kurze Pause, nach der Mrs. Hurst fortfuhr:

»Jane Bennet finde ich ungeheuer sympathisch, sie ist wirklich ein ganz reizendes Mädchen, und ich wünsche von ganzem Herzen, daß sie sich bald vorteilhaft verheiratet. Aber bei *den* Eltern und *den* ordinären Verwandten hat sie, fürchte ich, wenig Chancen.«

»Sagtest du nicht, ihr Onkel sei Rechtsanwalt in Meryton?«

»Ja, und sie haben noch einen, er lebt irgendwo bei Billigdorf[8].«

»Das ist ja köstlich«, fügte ihre Schwester hinzu, und beide lachten aus vollem Herzen.

»Und wenn sie genug Onkel hätten, um ganz Billigdorf zu bevölkern«, rief Bingley, »das machte sie keinen Deut weniger liebenswürdig.«

»Aber es beeinträchtigt ihre Chancen erheblich, Männer von Einfluß und Distinktion zu heiraten«, erwiderte Darcy.

Darauf gab Bingley keine Antwort; aber seine Schwestern stimmten Darcy lautstark zu und machten sich ein Weilchen auf Kosten der vulgären Verwandten ihrer lieben Freundin lustig.

Mit neuerwachter Zärtlichkeit allerdings verließen sie das

Zimmer, begaben sich zu Jane und saßen bei ihr, bis man sie zum Kaffee bat. Es ging Jane immer noch kläglich, und Elizabeth wagte bis zum späten Abend nicht, sie allein zu lassen. Dann schlief Jane zu ihrer Beruhigung ein, und sie hielt es für angebracht, wenn auch nicht angenehm, nach unten zu gehen. Im Wohnzimmer fand sie die ganze Gesellschaft bei einer Partie Lu versammelt und wurde unverzüglich aufgefordert, mitzuspielen; aber da sie Angst hatte, man könne um hohe Beträge spielen, lehnte sie ab und schob ihre Schwester als Entschuldigung vor. Für die kurze Zeit, die sie bleiben könne, wolle sie sich mit einem Buch beschäftigen. Mr. Hurst sah sie entgeistert an.

»Lesen Sie lieber als Karten zu spielen?« fragte er. »Das habe ich ja noch nie gehört!«

»Miss Eliza Bennet verabscheut Karten. Sie ist eine leidenschaftliche Leserin, und nichts sonst macht ihr Spaß.«

»Ich verdiene weder das Lob noch den Tadel«, rief Elizabeth. »Ich bin keine leidenschaftliche Leserin, und viele Dinge machen mir Spaß.«

»Ihre Schwester zu pflegen, macht Ihnen gewiß Spaß«, sagte Bingley, »und ich hoffe, Sie werden durch ihre baldige Gesundung belohnt.«

Elizabeth dankte ihm von Herzen und ging dann zu einem Tisch hinüber, auf dem ein paar Bücher lagen. Bingley erbot sich sofort, ihr noch mehr zu holen – alle Schätze seiner Bibliothek.

»Wenn meine Bibliothek zu Ihrem Vergnügen und meiner Ehre nur größer wäre. Aber ich bin ein Faulenzer. Obwohl ich gar nicht viele Bücher habe, sind es immer noch mehr, als ich lese.«

Elizabeth beruhigte ihn, sie habe an denen auf dem Tisch vollkommen genug.

»Ich bin erstaunt«, sagte Miss Bingley, »daß mein Vater eine so kleine Büchersammlung hinterlassen hat. Wie großartig ist dagegen Ihre Bibliothek in Pemberley, Mr. Darcy.«

»Kein Wunder«, entgegnete er, »sie ist das Werk von Generationen.«

»Und Sie haben ja auch das Ihre dazu getan; Sie kaufen doch ständig Bücher.«
»In Zeiten wie heute halte ich die Vernachlässigung einer Familienbibliothek für unverantwortlich.«
»Vernachlässigung! Ich bin sicher, Sie vernachlässigen nichts, was einen so stattlichen Besitz noch schöner macht. Charles, wenn du dein Haus baust, hoffentlich wird es dann wenigstens halb so prächtig wie Pemberley.«
»Ja, hoffentlich.«
»Ich rate dir ernsthaft, Land in der Umgebung zu kaufen, und Pemberley als eine Art Modell für dein Haus zu nehmen. Es gibt keine vornehmere Gegend in England als Derbyshire.«
»Von Herzen gern, ich werde Pemberley kaufen, wenn Darcy es mir überläßt.«
»Charles, ich meine es ernst!«
»Aber liebe Caroline, es scheint mir einfacher, Pemberley zu kaufen als nachzuahmen.«
Elizabeth war durch das, was um sie herum vorging, so gefesselt, daß sie ihrem Buch nicht viel Aufmerksamkeit zuwenden konnte, und so legte sie es bald beiseite, ging zum Kartentisch hinüber und setzte sich zwischen Mr. Bingley und seine ältere Schwester, um beim Spiel zuzusehen.
»Ist Miss Darcy seit letztem Frühjahr sehr gewachsen?« fragte Miss Bingley. »Wird sie so groß wie ich?«
»Ich glaube ja, sie ist jetzt ungefähr so groß wie Miss Elizabeth Bennet, eher etwas größer.«
»Wie ich mich danach sehne, sie wiederzusehen. Noch nie hat es mir jemand so angetan. Ihr ausdrucksvolles Gesicht, ihr Auftreten und diese Bildung für ihr Alter! Ihr Klavierspiel ist bezaubernd.«
»Es überrascht mich immer«, sagte Bingley, »woher die jungen Damen die Geduld nehmen, so gebildet zu werden.«
»Alle jungen Damen gebildet! Mein lieber Charles! Was soll das heißen?«
»Ja, alle, finde ich. Alle bemalen sie Tischchen, sticken

Bildchen und knüpfen Täschchen. Ich kenne keine Frau, die das nicht alles kann. Jedenfalls hat mir gegenüber noch nie jemand eine Dame erwähnt, ohne zu berichten, wie gebildet sie ist.«
»Deine Liste mit den üblichen Fähigkeiten«, sagte Darcy, »stimmt genau. Sie trifft auf viele Frauen zu, die Bildung durch nichts anderes als Knüpfen und Malen erwerben. Aber deiner Hochachtung für die Damen im allgemeinen kann ich auf keinen Fall zustimmen. Ich kann mich nicht rühmen, unter all meinen Bekannten mehr als ein halbes Dutzend Damen zu haben, die wirklich gebildet sind.«
»Ich auch nicht«, sagte Miss Bingley.
»Dann stellen Sie an eine gebildete Dame aber sehr hohe Ansprüche«, bemerkte Elizabeth.
»Ja, sehr hohe Ansprüche.«
»Natürlich«, rief seine treue Gehilfin, »niemand kann als wirklich gebildet gelten, der nicht den alltäglichen Durchschnitt weit überragt. Eine Frau muß eine umfassende Kenntnis von Musik, Gesang, Zeichnen, Tanzen und den modernen Sprachen haben, um die Bezeichnung zu verdienen; darüber hinaus muß sie das gewisse Etwas in ihrer Stimme und in ihrem Auftreten und Ausdruck haben, oder sie verdient die Bezeichnung nur zum Teil.«
»All das muß sie auszeichnen«, fügte Darcy hinzu, »aber etwas Wesentliches muß noch hinzukommen: Sie muß ihren Horizont durch ausgedehnte Lektüre erweitern.«
»Dann wundert es mich gar nicht, daß Sie nur sechs gebildete Frauen kennen; ich bin eher überrascht, daß Sie überhaupt welche kennen.«
»Halten Sie so wenig von Ihrem eigenen Geschlecht, daß Sie die Möglichkeit dazu ausschließen?«
»*Mir* ist jedenfalls eine solche Frau noch nie begegnet. Mir ist eine solche Verbindung von Auffassungsgabe und Geschmack und Strebsamkeit und Eleganz, wie Sie sie beschreiben, noch nie begegnet.«
Mrs. Hurst und Miss Bingley protestierten lautstark gegen die Ungerechtigkeit der von Elizabeth vorgebrachten Zweifel und behaupteten beide, sie kennten viele Frauen,

auf die Darcys Beschreibung zutreffe, bis Mr. Hurst sie mit bitteren Klagen über ihre Unaufmerksamkeit beim Spiel zur Ordnung rief. Ihr Gespräch endete deshalb hier, und Elizabeth verließ kurz darauf das Zimmer.

»Eliza Bennet«, sagte Miss Bingley, als sich die Tür hinter ihr schloß, »ist eine von diesen jungen Damen, die sich dem anderen Geschlecht durch Untertreibung ihrer Fähigkeiten empfehlen wollen, und ich habe fast den Eindruck, daß viele Männer darauf hereinfallen. Aber ich finde, das ist ein sehr schäbiger Trick.«

»Unbedingt«, sagte Darcy, an den diese Bemerkung vor allem gerichtet war, »*alle* Tricks, die gewisse Damen zum Männerfang anzuwenden geruhen, sind schäbig. Alles, was nach Hinterlist aussieht, ist verächtlich.«

Miss Bingley war so wenig beglückt von seiner Antwort, daß sie nicht an einer Fortsetzung des Gesprächs interessiert war.

Elizabeth kam für einen Augenblick wieder herein, um ihnen zu sagen, daß es ihrer Schwester schlechter gehe und sie sie nicht allein lassen könne. Bingley drang darauf, Mr. Jones sofort holen zu lassen, aber die Schwestern waren überzeugt, ein Landapotheker könne hier nicht helfen, und empfahlen, durch Eilboten einen der berühmtesten Ärzte aus London herzubemühen. Aber Elizabeth lehnte das ab. Sie stimmte eher dem Bruder zu, und so wurde beschlossen, Mr. Jones gleich am nächsten Morgen rufen zu lassen, wenn es Miss Bennet bis dahin nicht wesentlich besser ginge. Bingley war sehr beunruhigt, und seine Schwestern behaupteten, sie fühlten sich ganz elend. Allerdings trösteten sie sich nach dem Abendessen mit Duetten über ihren Jammer hinweg, während Bingley nicht ruhte, bis seine Haushälterin genaue Anweisungen bekommen hatte, dem kranken Gast und seiner Schwester jede Bequemlichkeit zu schaffen.

Kapitel 9

Elizabeth verbrachte den größeren Teil der Nacht im Zimmer ihrer Schwester und konnte zu ihrer Freude sowohl Mr. Bingley, der sich schon früh durch ein Dienstmädchen nach Janes Befinden erkundigte, als auch zwei eleganten Damen, den Zofen seiner Schwestern, eine einigermaßen zufriedenstellende Antwort geben. Aber trotz dieser Besserung bat sie, eine Nachricht nach Longbourn zu schicken, ihre Mutter möge Jane besuchen und sich ein eigenes Urteil von ihrem Zustand bilden. Die Nachricht wurde augenblicklich abgeschickt und ihr Inhalt befolgt. Begleitet von ihren beiden jüngsten Töchtern, traf Mrs. Bennet kurz nach dem Frühstück ein.
Wäre Janes Zustand ihrer Meinung nach bedenklich gewesen, dann wäre ihr das sehr zu Herzen gegangen, aber da sie zu ihrer Zufriedenheit fand, daß ihre Krankheit zu Beunruhigung keinen Anlaß gab, lag ihr an Janes zu schneller Besserung gar nichts, denn das hätte ihre Trennung von Netherfield bedeutet. Sie wollte deshalb auch von dem Vorschlag ihrer Tochter, nach Hause gebracht zu werden, nichts wissen; und auch der Apotheker, der zur gleichen Zeit eintraf, hielt es für keineswegs empfehlenswert. Nachdem die Mutter und ihre drei Töchter sich eine kurze Zeit an Janes Bett aufgehalten hatten, kam Miss Bingley herauf und bat sie ins Frühstückszimmer hinunter. Dort trafen sie Bingley, der Mrs. Bennet gegenüber seine Hoffnung ausdrückte, daß es ihrer ältesten Tochter nicht schlechter als erwartet gehe.
»Doch, Mr. Bingley, leider«, war ihre Antwort, »sie ist viel zu krank, um transportiert zu werden. Mr. Jones meint auch, an einen Transport sei gar nicht zu denken. Wir müssen Ihre Güte noch etwas länger in Anspruch nehmen.«
»Transport!« rief Mr. Bingley, »kein Gedanke daran. Meine Schwester wird einen Transport auf keinen Fall zulassen.«

»Sie können sich darauf verlassen«, sagte Miss Bingley höflich, aber kühl. »Solange Miss Bennet bei uns bleibt, wird sie jede erdenkliche Pflege erfahren.«
Mrs. Bennet wußte sich vor Dankbarkeit nicht zu lassen.
»Ich weiß nicht«, fügte sie hinzu, »was aus Jane werden sollte, wenn sie nicht so gute Freunde hätte, denn sie ist schwer krank und leidet sehr, obwohl mit der größten Geduld der Welt, aber so ist sie immer, denn sie ist die Sanftmut in Person. Ich sage immer zu meinen anderen Mädchen, Jane könnt ihr nicht das Wasser reichen. Sie haben ein allerliebstes Zimmer hier, Mr. Bingley, und so einen reizenden Blick auf die Auffahrt. Ich kenne keinen Sitz in der Umgebung, der sich mit Netherfield vergleichen kann. Sie werden doch nicht plötzlich wieder ausziehen, hoffe ich, obwohl Sie nur einen kurzfristigen Mietvertrag haben?«
»Wenn ich etwas tue, tue ich es plötzlich«, antwortete er; »sollte ich mich also entschließen, Netherfield aufzugeben, dann wäre ich sicher in fünf Minuten verschwunden. Aber im Moment betrachte ich mich als Dauermieter.«
»Genau das hatte ich von Ihnen erwartet«, sagte Elizabeth.
»Sie fangen an, mich zu verstehen, nicht wahr?« rief er und wandte sich ihr zu.
»O ja, ich verstehe Sie ausgezeichnet.«
»Könnte ich das nur für ein Kompliment halten; aber ich fürchte, so leicht durchschaut zu werden, ist ein wahres Unglück.«
»Das ist nun mal nicht anders. Aber daraus geht doch nicht hervor, daß ein tiefer, komplizierter Charakter entweder mehr oder weniger schätzenswert als ihrer ist.«
»Lizzy«, rief ihre Mutter, »vergiß nicht, wo du bist, und sei nicht so vorlaut, wie wir es dir zu Hause durchgehen lassen.«
»Ich wußte gar nicht«, knüpfte Bingley sofort wieder an, »daß Sie Charakterstudien treiben. Das ist doch sicher eine unterhaltsame Beschäftigung.«

»Ja, aber am unterhaltsamsten sind die komplizierten Charaktere. *Den* Vorteil wenigstens haben sie.«

»Nun gibt es auf dem Lande im allgemeinen«, sagte Mr. Darcy, »nicht viele Studienobjekte dieser Art. In ländlichen Gegenden verkehrt man zu sehr in geschlossenen und gleichbleibenden Kreisen.«

»Aber die Leute selbst ändern sich ständig, so daß es immer etwas Neues an ihnen zu beobachten gibt.«

»Aber natürlich«, rief Mrs. Bennet, die sich durch seine Art, über das Leben auf dem Lande zu sprechen, beleidigt fühlte, »auf dem Land ist doch genausoviel los wie in London.«

Alle waren betreten, und Darcy wandte sich nach einem kurzen Blick auf sie schweigend ab. Aber Mrs. Bennet fuhr im Bewußtsein ihres vollständigen Sieges über ihn fort, ihren Triumph auszukosten.

»Ich jedenfalls kann außer bei den Geschäften und Restaurants den großen Vorteil, den London angeblich über das Land hat, nicht sehen. Das Land ist unendlich viel angenehmer, nicht wahr, Mr. Bingley?«

»Wenn ich auf dem Land bin«, erwiderte er, »möchte ich es nie verlassen, und in der Stadt geht es mir auch nicht viel anders. Beide haben ihre Vorzüge, und ich bin in beiden gleich glücklich.«

»Ja, ja, nur liegt das an ihrem glücklichen Charakter. Aber dieser Herr dort«, sagte sie, Mr. Darcy musternd, »fand das Land nicht der Rede wert.«

»Aber Mama, das stimmt doch nicht«, sagte Elizabeth und schämte sich für ihre Mutter. »Du hast Mr. Darcy gänzlich mißverstanden. Er hat doch nur gemeint, daß man auf dem Lande nicht diese Vielfalt von Leuten trifft wie in London, und das mußt du doch zugeben.«

»Natürlich, mein Kind, das hat ja auch keiner behauptet, aber was die Zahl der Leute in unserer Gegend angeht, nirgendwo anders gibt es mehr. An unseren Dinnerparties nehmen immerhin 24 Familien teil.«

Nur sein Verständnis für Elizabeth hielt Mr. Bingley davon ab, herauszuplatzen. Seine Schwester war nicht so taktvoll. Sie sah Mr. Darcy mit einem vielsagenden Lächeln an. Elizabeth wollte ihre Mutter ablenken und fragte deshalb, ob Charlotte Lucas während ihrer Abwesenheit in Longbourn gewesen sei.

»Ja, sie ist gestern mit ihrem Vater vorbeigekommen. Was für ein netter Mann dieser Sir William ist, nicht wahr, Mr. Bingley. So distinguiert, so liebenswürdig und so umgänglich. Er weiß sich mit allen Leuten zu unterhalten. Das nenne ich gute Erziehung, und die Leute, die sich so wichtig nehmen und nie den Mund aufmachen, haben völlig falsche Vorstellungen.«

»Ist Charlotte zum Essen bei euch geblieben?«

»Nein, sie wollte nach Hause. Ich nehme an, sie mußte bei den Pasteten helfen. Ich meinerseits, Mr. Bingley, halte mir immer Personal, das alleine fertig wird. Meine Töchter sind anders erzogen. Aber das muß jeder selber wissen, und die Lucas-Mädchen sind sehr nett, bestimmt, Mr. Bingley. Wie schade, daß sie nicht hübsch sind. Charlotte ist nicht ganz so bieder, aber mit ihr sind wir auch eng befreundet.«

»Sie machte einen sehr liebenswürdigen Eindruck.«

»Ja, mein Lieber, gewiß doch, aber Sie müssen zugeben, daß sie sehr bieder ist. Lady Lucas selbst hat öfter davon gesprochen und mich um Janes Schönheit beneidet. Ich mache von meiner Tochter nicht gern viel Aufhebens, aber Jane, darauf bestehe ich – kaum jemand sieht besser aus als sie. Alle sagen es. Meinem voreingenommenen Urteil würde ich nicht trauen. Ein Angestellter meines Bruders Gardiner in London hat sich, als sie erst fünfzehn war, schon so in sie verliebt, daß meine Schwägerin einen Heiratsantrag von ihm erwartete, bevor unser Besuch endete. Aber dann wurde doch nichts draus. Vielleicht hielt er sie für zu jung. Allerdings hat er einige Verse auf sie gemacht, und noch dazu sehr schöne.«

»Und das war das Ende seiner Liebe«, sagte Elizabeth ungeduldig. »Ich nehme an, es war nicht die einzige, die so zu Ende ging. Wer wohl zuerst entdeckt hat, daß sich die Liebe mit der Poesie gründlich austreiben läßt?«

»Ich dachte immer, sie sei Nahrung für die Liebe«, sagte Darcy.

»Vielleicht bei einer schönen, starken, gesunden Liebe. Das Starke zieht aus allem Nahrung. Aber wenn es nur eine leichte, dürftige Zuneigung ist, dann genügt ein einziges ordentliches Sonett, um sie in den Hungertod zu treiben.«

Darcy lächelte nur, und das nun herrschende allgemeine Schweigen ließ Elizabeth zittern, ihre Mutter könne sich wieder lächerlich machen. Sie hätte gern gesprochen, aber ihr fiel nichts ein, und nach einer kurzen Stille begann Mrs. Bennet, sich nochmals bei Mr. Bingley für seine Freundlichkeit Jane gegenüber zu bedanken und sich zu entschuldigen, ihm auch Lizzy aufhalsen zu müssen. Mr. Bingley antwortete unverändert freundlich und zwang auch seine jüngere Schwester, höflich zu sein und ein paar passende Worte zu sagen. Sie tat das zwar ohne große Liebenswürdigkeit, aber Mrs. Bennet war damit zufrieden und ließ kurz darauf ihre Kutsche vorfahren. Auf dieses Zeichen hin mischte sich ihre jüngste Tochter ins Gespräch. Die beiden Mädchen hatten während des ganzen Besuches miteinander geflüstert, und das Ergebnis war, daß die jüngste Mr. Bingley auf seine beim ersten Besuch gegebene Zusage ansprechen sollte, einen Ball in Netherfield zu veranstalten.

Lydia war ein kräftiges, gut gewachsenes fünfzehnjähriges Mädchen mit klarem Teint und offenen Zügen. Als Liebling ihrer Mutter war sie früh in die Gesellschaft eingeführt worden. Sie hatte eine natürliche Vitalität, und die Aufmerksamkeiten der Offiziere, auf welche die üppigen Dinner ihres Onkels und Lydias Lebhaftigkeit ihre Wirkung nicht verfehlten, hatten ihr gesundes Selbstvertrauen in ausgesprochenes Selbstbewußtsein verwandelt. Deshalb war sie besser geeignet, Mr. Bingley auf den Ball hinzuweisen, und sie erinnerte ihn unvermittelt an sein Versprechen und fügte hinzu, wie häßlich es von ihm wäre, es nicht zu halten. Seine Antwort auf diesen plötzlichen Überfall war Musik in den Ohren ihrer Mutter:

»Verlassen Sie sich darauf, ich halte mein Versprechen bestimmt. Wenn Sie Lust haben, können Sie selbst den Termin des Balles festlegen, sobald Ihre Schwester wieder gesund ist. Aber solange es ihr nicht besser geht, ist Ihnen doch sicher nicht nach Tanzen zumute.«
Lydia gab sich damit zufrieden.
»O ja, zu warten, bis Jane wieder gesund ist, ist viel besser, und dann ist wahrscheinlich auch Hauptmann Carter wieder zurück in Meryton. Und wenn *Ihr* Ball vorüber ist«, ergänzte sie, »dann werde ich darauf bestehen, daß er auch einen veranstaltet. Ich werde Oberst Forster erzählen, wie gemein es wäre, wenn er sich nicht bereit erklärt.«
Dann brach Mrs. Bennet mit ihren Töchtern auf, und Elizabeth ging sofort wieder zu Jane hinauf und gab den beiden Damen und Darcy Gelegenheit, über ihr eigenes und das Benehmen ihrer Familie zu lästern. Darcy übrigens ließ sich nicht darauf ein, abfällige Bemerkungen über sie zu machen, obwohl Miss Bingley viel Witz über schöne Augen versprühte.

Kapitel 10

Der Tag verging fast wie der vorige. Mrs. Hurst und Miss Bingley hatten einen Teil des Vormittags bei der Kranken verbracht, die langsam, aber stetig gesundete, und am Abend gesellte sich Elizabeth zu den anderen im Wohnzimmer. Der Kartentisch wurde allerdings nicht aufgestellt. Mr. Darcy schrieb, und Miss Bingley an seiner Seite beobachtete, wie der Brief länger wurde, und lenkte ihn wiederholt dadurch ab, daß sie ihm etwas für seine Schwester auftrug. Mr. Hurst und Mr. Bingley spielten Piquet, und Mrs. Hurst sah ihnen dabei zu.
Elizabeth beschäftigte sich mit einer Handarbeit und brauchte keine weitere Unterhaltung, als zu beobachten,

was zwischen Mr. Darcy und seiner Partnerin vorging. Wie die Dame entweder seine Handschrift oder die Gleichmäßigkeit seiner Zeilen oder die Länge seines Briefes in den Himmel hob und er ihr Lob völlig ungerührt entgegennahm, bildete einen eigenartigen Dialog, der ihre Meinung von beiden bestätigte.

»Miss Darcy wird sich freuen, einen so langen Brief zu bekommen.«

Er gab keine Antwort.

»Wie ungewöhnlich schnell Sie schreiben können!«

»Sie irren, ich schreibe eher langsam.«

»Wieviel Anlaß Sie im Laufe des Jahres zum Briefeschreiben haben müssen. Und dann noch die Geschäftsbriefe. Ich fände sie öde.«

»Ein Glück, daß sie meine Aufgabe sind und nicht Ihre.«

»Schreiben Sie bitte Ihrer Schwester, wie gern ich sie wiedersehen würde.«

»Ich habe es ihr schon einmal geschrieben – auf Ihren ausdrücklichen Wunsch.«

»Ihre Feder schreibt nicht mehr gut. Soll ich sie Ihnen spitzen? Ich kann gut Federn spitzen.«

»Danke, aber ich spitze sie immer selbst.«

»Wie machen Sie es nur, daß Sie so gleichmäßig schreiben.«

Er schwieg.

»Schreiben Sie Ihrer Schwester, wie ich mich über ihre Fortschritte auf der Harfe freue. Und schreiben Sie ihr bitte auch, daß ich entzückt von ihrem hübschen kleinen Entwurf für den Tisch bin und daß ich ihn unendlich viel gelungener finde als Miss Grantleys.«

»Erlauben Sie, daß ich Ihr Entzücken bis zum nächsten Brief aufschiebe? Ich habe nicht mehr Platz genug, ihm gerecht zu werden.«

»Oh, das macht nichts. Ich sehe sie im Januar sowieso. Schreiben Sie immer so charmante lange Briefe an Ihre Schwester, Mr. Darcy?«

»Lang sind sie meist, ob auch charmant, steht zu beurteilen nicht mir zu.«

»Ich habe die Erfahrung gemacht, wer mühelos so viel schreibt, der schreibt meist auch nicht schlecht.«

»Das Kompliment trifft Darcy leider nicht, Caroline«, rief ihr Bruder, »weil er gar nicht mühelos schreibt. Er bemüht sich viel zu sehr um viersilbige Wörter. Stimmt doch, Darcy?«

»Ich drücke mich in Briefen anders aus als du.«

»Ach«, rief Miss Bingley, »Charles schreibt furchtbar flüchtige Briefe. Die eine Hälfte der Wörter läßt er aus, und die andere verschmiert er.«

»Meine Gedanken fließen so schnell, daß ich nicht Zeit genug habe, sie auszudrücken – und deshalb können die Empfänger manchmal aus meinen Briefen überhaupt nicht klug werden.«

»Ihre Bescheidenheit, Mr. Bingley«, sagte Elizabeth, »entwaffnet jeden Vorwurf.«

»Nichts ist verlogener«, bemerkte Mr. Darcy, »als der Anschein von Bescheidenheit. Oft ist er nur Gedankenlosigkeit und manchmal sogar versteckte Angeberei.«

»Und welches von beiden trifft deiner Meinung nach auf meine bescheidene Äußerung von eben zu?«

»Versteckte Angeberei. Denn in Wirklichkeit bist du auf deine fehlerhaften Briefe auch noch stolz, weil du dir einbildest, sie beweisen schnelles Denken und Nonchalance, was du, wenn auch nicht lobenswert, so doch zumindest hochinteressant findest. Schnelligkeit wird als Wert an sich geschätzt, und zwar unabhängig von der mangelnden Sorgfalt der Ausführung. Als du Mrs. Bennet heute morgen erzählt hast, du wärest in fünf Minuten verschwunden, wenn du dich je entschließen solltest, Netherfield aufzugeben, da hieltest du das für Eigenlob, für eine Lobeshymne auf dich selbst. Aber was ist an Überstürzung so lobenswert, wenn dadurch Wichtiges ungetan bleibt? Vorteile hat es weder für dich noch für andere.«

»Nein«, rief Mr. Bingley, »es ist zuviel verlangt, sich abends noch an den Blödsinn erinnern zu müssen, den man morgens geredet hat. Aber, Ehrenwort, ich war von dem überzeugt, was ich gesagt habe, und bin es immer noch. Also wenigstens habe ich den Anschein unnötiger Überstürzung nicht erweckt, um mich vor den Damen herauszustreichen.«

»Sicher warst du davon überzeugt, aber trotzdem glaube ich auf gar keinen Fall, daß du mit solcher Hast ausgezogen wärest. Dein Verhalten hängt ebensosehr vom Zufall ab wie das aller mir bekannten Menschen, und wenn ein Freund beim Satteln des Pferdes zu dir sagte: ›Bingley, bleib doch noch bis nächste Woche!‹, dann würdest du es wahrscheinlich tun; du würdest wahrscheinlich nicht abreisen – und würdest bei ein bißchen Zureden auch einen ganzen Monat länger bleiben.«

»Aber das beweist doch nur«, rief Elizabeth, »daß Mr. Bingley sich selbst nicht treu geblieben ist. Sie haben ihn mehr herausgestrichen als er sich selbst.«

»Ich bin Ihnen außerordentlich verbunden«, sagte Bingley, »daß Sie die Worte meines Freundes in ein Kompliment für meine Nachgiebigkeit verwandelt haben. Aber ich fürchte, Sie geben ihnen damit eine Wendung, die der Herr auf keinen Fall beabsichtigt hat. Er würde mehr von mir halten, wenn ich unter den erwähnten Umständen schlicht abgelehnt hätte und so schnell wie möglich davongeritten wäre.«

»Mr. Darcy würde also die Hartnäckigkeit, mit der Sie an Ihrem ursprünglichen Entschluß festhalten, als Entschuldigung für seine Überstürztheit gelten lassen?«

»Ich weiß nicht. Der Fall ist mir zu kompliziert. Darcy muß für sich selber sprechen.«

»Sie erwarten von mir, daß ich die Verantwortung für Meinungen übernehme, die ich gar nicht geäußert habe. Aber nehmen wir einmal an, Sie hätten recht, dann müssen Sie doch zugeben, Miss Bennet, daß der Freund, der ihn in diesem Falle an der Abreise hindern und zum Ändern seiner Pläne überreden wollte, gar keine Gründe dafür angegeben hat.«

»Den Wünschen eines Freundes schnell – bereitwillig zu folgen, ist für Sie also kein Verdienst?«

»Ohne Überzeugung nachzugeben, ist für die Einsicht beider kein Kompliment.«

»Bei Ihnen kommt meiner Meinung nach Freundschaft und Gefühl zu kurz, Mr. Darcy. Wenn man den Bittenden gern hat, erfüllt man seine Wünsche, ohne daß er Argumente vorbringt, um einen zu überzeugen. Ich meine damit gar nicht die Situation, in die Sie hypothetisch Mr. Bingley versetzt haben. Vielleicht sollten wir lieber warten, bis der Fall eintritt, und dann fragen, ob sein Verhalten sinnvoll ist. Aber finden Sie ganz allgemein, daß unter Freunden einer dem anderen zuliebe nicht spontan und ohne lange Überredung eine Entscheidung von zweitrangiger Bedeutung umstoßen darf? Würde er in Ihrer Achtung verlieren?«

»Wäre es nicht, bevor wir das Thema weiter diskutieren, ratsam, sowohl die der Bitte zukommende Bedeutung als auch den Grad von Vertraulichkeit zwischen beiden Parteien präziser festzulegen?«

»Auf jeden Fall«, rief Bingley, »wir wollen alle Einzelheiten wissen, einschließlich Körpergröße und Gewicht der beiden Freunde. Das spielt nämlich in der Auseinandersetzung eine größere Rolle, Miss Bennet, als sie ahnen. Wenn Darcy im Vergleich mit mir nicht ein so großer, schlanker Bursche wäre, hätte ich vor ihm nicht so viel Respekt. Ich kann Ihnen sagen, gelegentlich gibt es keinen schrecklicheren Gesprächspartner als Darcy, besonders in seinem eigenen Haus und am Sonntagabend, wenn er nichts zu tun hat.«

Mr. Darcy lächelte nur, aber Elizabeth meinte wahrzunehmen, daß er sich getroffen fühlte, und hielt deshalb ihr Lachen zurück. Miss Bingley wies die ihm angetane Kränkung durch ernste Vorhaltungen an ihren Bruder für den Unsinn, den er geredet habe, voller Mitempfinden zurück.

»Ich weiß, worauf du hinauswillst, Bingley«, sagte sein Freund, »du hast keine Lust zu diskutieren und willst das Gespräch beenden.«

»Kann sein. Diskussionen arten leicht in Streit aus. Mir

wäre es schon recht, wenn du und Miss Bennet eure Auseinandersetzung verschieben könntet, bis ich das Zimmer verlassen habe. Dann könnt ihr über mich sagen, was ihr wollt.«

»Ihr Vorschlag bedeutet für mich kein großes Opfer«, sagte Elizabeth. »Mr. Darcy sollte lieber seinen Brief zu Ende schreiben.«

Mr. Darcy folgte ihrem Rat und beendete den Brief. Als er damit fertig war, bat er Miss Bingley und Elizabeth höflich um etwas Musik. Miss Bingley begab sich unverzüglich ans Klavier und nahm nach einer höflichen Aufforderung an Elizabeth, zuerst zu spielen, was diese ebenso höflich, aber bestimmt ablehnte, Platz.

Mrs. Hurst sang mit ihrer Schwester, und währenddessen konnte Elizabeth, die in einigen auf dem Klavier liegenden Notenheften blätterte, nicht umhin zu bemerken, wie häufig Mr. Darcy seinen Blick auf sie gerichtet hatte. Sie wußte zwar nicht recht, wie sie dazu kam, von einem so bedeutenden Mann beachtet zu werden, aber daß er sie ansehen sollte, weil er sie *nicht* mochte, kam ihr noch unwahrscheinlicher vor. Schließlich fand sie keine andere Erklärung für seine Aufmerksamkeit, als daß sie nach seinen moralischen Vorstellungen irgendwelche tadelnswerten und unschönen Eigenschaften besaß und er sie deshalb studierte. Aber diese Vermutung tat ihr nicht weh. Sie fand ihn zu wenig sympathisch, als daß sie auf seine Zustimmung Wert legte. Nach einigen italienischen Liedern zauberte Miss Bingley mit einem lebhaften schottischen Tanz eine andere Stimmung herbei; und gleich darauf kam Mr. Darcy zu Elizabeth und sagte zu ihr:

»Haben Sie nicht Lust, Miss Bennet, die Gelegenheit zu einem Schottischen wahrzunehmen?«

Sie lächelte, antwortete aber nicht. Verblüfft über ihr Schweigen, wiederholte er seine Frage.

»Ach so«, sagte sie. »Ich hatte Sie schon beim erstenmal gehört, aber ich war mir noch nicht schlüssig, was ich antworten sollte. Ich weiß, sie wollten ein ›ja‹ hören, damit Sie das Vergnügen haben, sich über meinen Geschmack lustig zu machen. Aber ich mache mir immer einen Spaß daraus, Leute aus dem Konzept zu bringen, indem ich ihre im voraus feststehende Geringschätzung ins Wanken bringe. Deshalb habe ich nun beschlossen, Ihnen zu antworten, daß ich überhaupt keine Lust habe, einen Schottischen zu tanzen – und nun verachten Sie mich, wenn Sie den Mut haben.«

»Nein, den Mut habe ich nicht.«

Elizabeth hatte erwartet, er würde beleidigt sein, und seine Artigkeit verblüffte sie. Aber ihre Mischung aus Charme und Ironie hinderte sie daran, überhaupt jemanden zu beleidigen. Und Darcy war noch nie von einer Frau so gefesselt gewesen. Er war ernsthaft überzeugt, sie hätte eine Gefahr für ihn bedeutet, wenn ihre Familie sozial nicht so weit unter ihm gestanden hätte.

Was Miss Bingley sah oder argwöhnte, genügte, ihre Eifersucht zu wecken, und ihre große Sorge um die Genesung ihrer lieben Freundin Jane erhielt durch den Wunsch, Elizabeth los zu werden, einige Unterstützung.

Sie versuchte oft, Darcy gegen den Gast einzunehmen, indem sie von seiner anscheinend bevorstehenden Hochzeit sprach und sein Glück bei der Verbindung plante.

»Hoffentlich geben Sie«, sagte sie, als sie am nächsten Tag gemeinsam im Garten auf- und abgingen, »Ihrer Schwiegermutter, wenn das erstrebenswerte Ereignis endlich stattfindet, ein paar Hinweise, wann sie den Mund halten soll. Wenn Sie es schaffen, sorgen Sie bitte dafür, daß die jüngeren Mädchen nicht immer hinter den Offizieren herlaufen. Und wenn Sie es übers Herz bringen, ein so delikates Thema zu berühren, versuchen Sie doch bitte, das an Arroganz und Impertinenz grenzende gewisse Etwas der Dame Ihres Herzens im Zaum zu halten.«

»Haben Sie sonst noch irgendwelche Vorschläge für mein häusliches Glück?«

»O ja, hängen Sie die Porträts Ihres Onkels und Ihrer Tante Philips unbedingt in die Galerie in Pemberley, und zwar direkt neben Ihren Großonkel, den Richter. Sie haben nämlich denselben Beruf, wenn auch unter verschiedenen

Vorzeichen. Und Elizabeths Bild – ja, das sollten Sie lieber nicht malen lassen, denn welcher Maler könnte ihren schönen Augen Gerechtigkeit widerfahren lassen.«

»Sie haben recht, ihren Ausdruck wiederzugeben wäre sicher nicht einfach, aber ihre Farbe und Form und die bemerkenswert langen Wimpern könnte man schon treffen.«

In diesem Augenblick trafen sie auf Mrs. Hurst und Elizabeth selbst, die einen anderen Weg entlangkamen.

»Ich wußte gar nicht, daß ihr auch spazierengehen wolltet«, sagte Miss Bingley in der Befürchtung, sie könnten mitgehört haben.

»Das war gemein von euch«, sagte Mrs. Hurst, »wegzulaufen, ohne uns zu sagen, daß ihr in den Garten geht.«

Dann hakte sie Mr. Darcy an der anderen Seite ein und überließ Elizabeth sich selbst. Der Weg war nur breit genug für drei. Mr. Darcy spürte ihre Rücksichtslosigkeit und sagte schnell:

»Der Weg ist nicht breit genug für uns alle. Wir wollen lieber die Allee entlanggehen.«

Aber Elizabeth hatte nicht die mindeste Absicht, bei ihnen zu bleiben, und antwortete lachend:

»Nein, nein, bleiben Sie ruhig da. Sie sind so hübsch und vorteilhaft gruppiert. Ein Vierter würde das Pittoreske[9] des Bildes nur zerstören. Auf Wiedersehen.«

Dann lief sie fröhlich weg und freute sich beim Herumstreifen darüber, daß sie hoffentlich in ein oder zwei Tagen wieder zu Hause sein würde. Jane hatte sich so weit erholt, daß sie am Abend ihr Zimmer schon für ein paar Stunden verlassen konnte.

Kapitel 11

Als die Damen sich nach dem Essen zurückzogen, lief Elizabeth zu ihrer Schwester hinauf. Sie vergewisserte sich, daß sie warm genug angezogen war, und begleitete sie in das Wohnzimmer, wo sie von ihren beiden Freundinnen mit vielen Freudensbekundungen empfangen wurde, und Elizabeth hatte die beiden nie so verträglich gesehen, wie während der Stunde vor dem Erscheinen der Herren. Sie beherrschten die Kunst der Konversation in hohem Maße, konnten Unterhaltungen genau wiedergeben, eine Anekdote humorvoll erzählen und verstanden es, ihre neue Freundin aufzuheitern. Aber als die Herren eintraten, war Jane nicht mehr der Mittelpunkt ihrer Aufmerksamkeit. Miss Bingleys Augen richteten sich sofort auf Darcy; noch bevor er richtig im Zimmer war, mußte sie ihm unbedingt etwas erzählen. Er gratulierte Miss Bennet höflich zu ihrer Genesung, Mr. Hurst machte eine knappe Verbeugung und murmelte »sehr erfreut«, aber nur Mr. Bingleys Begrüßung wirkte herzlich und überschwenglich. Er war ganz Aufmerksamkeit und Freude. Die erste halbe Stunde war er damit beschäftigt, das Feuer im Kamin zu richten, damit ihr der Temperaturwechsel nicht schadete, und auf seinen Wunsch setzte sie sich auf die andere Seite des Kamins, weiter weg von der Tür. Dann setzte er sich zu ihr und redete fast nur mit ihr. Elizabeth, in der anderen Ecke des Zimmers, sah es mit dem größten Entzücken.

Nach dem Tee erinnerte Mr. Hurst seine Schwägerin an das Kartenspiel – aber umsonst. Sie hatte irgendwie herausbekommen, daß Mr. Darcy zum Kartenspielen keine Lust hatte; und schließlich wies sie sogar seine unverhüllten Bitten mit der Versicherung ab, niemand sei zum Spielen aufgelegt, und das Schweigen im Raum gab ihr offenbar recht. Mr. Hurst blieb deshalb nichts anderes übrig, als sich auf einem Sofa auszustrecken und einzuschlafen. Darcy nahm ein Buch zur Hand, Miss Bingley machte es ihm nach, und Mrs. Hurst, vorwiegend damit beschäftigt, mit ihren Armreifen und Ringen zu spielen, beteiligte sich hin und wieder am Gespräch ihres Bruders mit Miss Bennet.

Miss Bingleys Aufmerksamkeit konzentrierte sich ebensosehr auf Mr. Darcys Fortschritte beim Lesen wie auf ihre eigene Lektüre, und ständig fragte sie ihn irgend etwas oder sah auf seine Seitenzahl. Er ließ sich aber nicht auf ein Gespräch ein, sondern beantwortete nur ihre Fragen und las weiter. Schließlich war sie von der Anstrengung, ihr eigenes Buch unterhaltsam zu finden, völlig erschöpft, denn sie hatte es nur genommen, weil es der zweite Band zu seinem war. Sie gähnte herzzerreißend und sagte:

»Eine Abendunterhaltung wie diese ist das reinste Vergnügen! Bei keiner Beschäftigung amüsiert man sich besser als beim Lesen. Alles andere wird viel schneller langweilig. Wenn ich eines Tages ein Haus besitze, dann werde ich mich unglücklich fühlen, solange ich keine ausgezeichnete Bibliothek habe.«

Niemand antwortete. Sie gähnte noch einmal, warf das Buch beiseite und ließ auf der Suche nach Ablenkung die Augen im Zimmer herumwandern. Als ihr Bruder Miss Bennet gegenüber den Ball erwähnte, wandte sie sich plötzlich unvermutet zu ihm um und sagte:

»Übrigens, Charles, denkst du wirklich ernsthaft an einen Ball in Netherfield? Wenn du mich fragst, dann hör dir erst die Meinungen der hier Anwesenden an, bevor du eine Entscheidung triffst. Ich müßte mich sehr täuschen, wenn nicht einige von uns den Ball eher für eine Strafe als für ein Vergnügen hielten.«

»Wenn du Darcy meinst«, rief ihr Bruder, »der kann, wenn er will, ins Bett gehen, bevor wir anfangen. Der Ball ist so gut wie beschlossen; und sobald Nichols genug weiße Suppe[10] gemacht hat, schicke ich die Einladungskarten raus.«

»Mir würden Bälle unendlich viel mehr Spaß machen«, erwiderte sie, »wenn sie anders abliefen; die übliche Prozedur hat etwas unerträglich Langweiliges. Es wäre viel vernünftiger, wenn man sich dabei unterhielte statt zu tanzen.«

»Viel vernünftiger, liebe Caroline, gewiß, aber dann wäre es kein Ball mehr.«

Miss Bingley gab keine Antwort, und bald darauf stand sie auf und ging im Zimmer auf und ab. Ihre Erscheinung war elegant und ihr Gang graziös; aber Darcy, der es sehen sollte, blieb unbeirrbar in sein Buch vertieft. In ihrer Verzweiflung unternahm sie einen weiteren Versuch; sie wandte sich an Elizabeth und sagte:

»Miss Eliza Bennet, folgen Sie meinem Rat und Beispiel und gehen Sie ein bißchen im Zimmer auf und ab. Nach dem vielen Sitzen auf einem Fleck ist das eine angenehme Abwechslung.« Elizabeth war überrascht, stimmte aber sofort zu. Und auch bei dem eigentlichen Ziel ihrer Bemühungen hatte Miss Bingley Erfolg: Mr. Darcy blickte auf. Er war ebensosehr wie Elizabeth selbst von den Aufmerksamkeiten überrascht, deren sie plötzlich von ihr gewürdigt wurde, und machte, ohne es zu bemerken, sein Buch zu. Er wurde sogleich aufgefordert, sich zu ihnen zu gesellen, lehnte es aber mit der Begründung ab, wenn sie zusammen im Zimmer auf und ab gingen, dann könnten sie dabei nur zweierlei im Sinn haben, in beiden Fällen wäre seine Anwesenheit störend.

»Was will er damit nur sagen?« Miss Bingley platzte vor Neugier, was er meinen könne, und fragte Elizabeth, ob sie eine Ahnung habe, was das wohl heißen solle.

»Ich habe keine Ahnung«, war ihre Antwort, »aber ich bin sicher, er will uns eins auswischen, und wir können ihn am besten enttäuschen, wenn wir ihn nicht fragen, was er meint.«

Aber Miss Bingley brachte es nicht übers Herz, Mr. Darcy überhaupt zu enttäuschen, und bat ihn deshalb um eine Erklärung seiner beiden Gründe.

»Dazu bin ich nur zu gern bereit«, sagte er, sobald sie ihn zu Wort kommen ließ. »Entweder verbringen Sie den Abend mit einem Spaziergang durch das Zimmer, weil Sie

Vertraute sind und Geheimnisse miteinander zu besprechen haben oder weil Sie finden, daß Ihre Figur beim Auf- und Abschreiten am besten zur Geltung kommt. Wenn das erstere stimmt, störe ich Sie auf jeden Fall; wenn das letztere, habe ich mehr davon, wenn ich hier am Kamin sitzenbleibe.«

»Oh, unerhört«, rief Miss Bingley, »so etwas Abscheuliches habe ich noch nie gehört. Wie wollen wir ihn für diese Unverschämtheit bestrafen?«

»Nichts leichter als das, wenn Ihnen daran liegt«, sagte Elizabeth, »es ist eine Kleinigkeit, sich das Leben unerträglich zu machen. Ärgern Sie ihn, lachen Sie ihn aus. So intim wie Sie miteinander sind, dürfte Ihnen das doch nicht schwerfallen.«

»Doch, es fällt mir schwer. Ich schwöre Ihnen, so intim wir sind, das habe ich noch nicht gelernt. Wie soll man Seelenruhe und Geistesgegenwart aus der Fassung bringen? Und was das Lachen angeht: Sollen wir uns dadurch lächerlich machen, daß wir ohne Anlaß lachen? Am besten, wir lassen ihn links liegen.«

»Wir sollen Mr. Darcy nicht auslachen dürfen!« rief Elizabeth. »Dann genießt er Ausnahmerechte. Und ich hoffe, sie bleiben eine Ausnahme, denn mein Leben wäre ärmer, wenn ich viele solche Freunde hätte. Dazu lache ich viel zu gern.«

»Miss Bingley«, sagte er, »hält mir mehr zugute, als ich verdiene. Auch die klügsten und besten Männer, ja sogar ihre klügsten und besten Taten können von jemandem lächerlich gemacht werden, der im Leben vor allem auf einen Witz aus ist.«

»Gewiß«, erwiderte Elizabeth, »es gibt solche Menschen, aber ich hoffe, *ich* gehöre nicht dazu. Ich hoffe, das Kluge und Gute mache ich nie lächerlich. Albernheiten und Unsinn, Skurrilitäten und Widersprüche machen mir Spaß, das gebe ich zu, und ich lache über sie, wo ich kann. Aber ich nehme an, gerade von diesen Schwächen sind Sie frei.«

»Vielleicht ist keiner frei davon. Aber mein ganzes Leben

lang habe ich mich gerade darum bemüht, Schwächen zu vermeiden, die den Verstand lächerlich erscheinen lassen.«

»Wie zum Beispiel Eitelkeit und Stolz.«

»Ja, Eitelkeit erkenne ich als Schwäche an. Aber Stolz – wer geistige Überlegenheit besitzt, kann auch seinen Stolz immer beherrschen.«

Elizabeth wandte sich ab, um ihr Lächeln zu verbergen.

»Sie haben Mr. Darcy nun ausreichend auf den Zahn gefühlt, nehme ich an«, sagte Miss Bingley, »was, bitte, ist dabei herausgekommen?«

»Ich bin nun völlig überzeugt, daß Mr. Darcy keine Fehler hat. Er gibt es selbst ohne Umschweife zu.«

»Nein«, sagte Darcy, »so anmaßend bin ich nicht. Ich habe Fehler genug, aber ich hoffe, sie tun meinem Verstand keinen Abbruch. Für mein Temperament kann ich nicht garantieren. Ich glaube, es ist zu unnachgiebig – jedenfalls in den Augen der Leute. Es gelingt mir auch nicht, die Albernheiten und Laster anderer so schnell zu vergessen, wie ich sollte, und auch nicht ihre Beleidigungen gegen mich. Meine Sympathien lassen sich nicht durch jede Schmeichelei herumkommandieren. Vielleicht könnte man meinen Charakter unversöhnlich nennen. – Meine Wertschätzung, einmal verloren, ist für immer verloren.«

»Das nenne ich eine Charakterschwäche!« rief Elizabeth. »Unversöhnlichkeit ist, weiß Gott, ein dunkler Fleck auf der Seele. Aber Sie haben Ihre Schwäche gut gewählt. Darüber gibt es wirklich nichts zu lachen. Vor mir sind Sie sicher.«

»Ich glaube, es gibt in jedem Menschen eine Anlage zu irgendeinem Übel, einem natürlichen Defekt, an dem auch die beste Erziehung nichts ändern kann.«

»Und *Ihr* Fehler ist die Neigung, alle Menschen zu hassen.«

»Und Ihrer«, erwiderte er mit einem Lächeln, »ist, absichtlich alle mißzuverstehen.«

»Wollen wir nicht endlich ein bißchen Musik machen«,

rief Miss Bingley gelangweilt von einem Gespräch, an dem sie keinen Anteil hatte. »Louisa, du hast doch nichts dagegen, wenn ich deinen Mann aufwecke?«
Ihre Schwester hatte keinerlei Einwände, und das Klavier wurde geöffnet. Nach kurzer Überlegung war es auch Darcy recht. Er begann die Gefahr zu spüren, daß er Elizabeth zuviel Aufmerksamkeit schenkte.

Kapitel 12

Aufgrund einer gemeinsamen Entscheidung der Schwestern schrieb Elizabeth am nächsten Morgen an ihre Mutter, man möge ihnen im Laufe des Tages die Kutsche schicken. Aber Mrs. Bennet, die sich darauf versteift hatte, daß ihre Töchter bis zum kommenden Dienstag, für Jane genau eine Woche, in Netherfield bleiben würden, konnte sich nicht dazu durchringen, sie früher willkommen zu heißen. Ihre Antwort fiel deshalb nicht sehr zustimmend aus, jedenfalls paßte sie Elizabeth nicht, die es ungeduldig nach Hause zog. Mrs. Bennet schrieb ihnen, vor Dienstag könnten sie die Kutsche auf keinen Fall haben, und in einem Postskriptum fügte sie hinzu, falls Mr. Bingley und seine Schwestern sie drängen sollten, länger zu bleiben – sie könne sie gut entbehren. Aber Elizabeth war entschlossen und erwartete auch keine weitere Einladung, im Gegenteil; aus Furcht, man könne ihren unnütz langen Aufenthalt als aufdringlich empfinden, forderte sie ihre Schwester auf, gleich Mr. Bingleys Kutsche auszuleihen, und schließlich einigten sie sich auch darauf, ihre ursprüngliche Absicht, Netherfield an diesem Vormittag zu verlassen, vorzubringen und um die Kutsche zu bitten.
Ihre Mitteilung rief viele besorgte Äußerungen hervor, und der Wunsch, sie möchten doch wenigstens noch bis zum nächsten Tag bleiben, überzeugte Jane schließlich.

Sie schoben also ihre Abreise um einen Tag hinaus. Miss Bingley tat allerdings ihre Bitte, die Abfahrt zu verschieben, bald leid, denn ihre Eifersucht und Abneigung gegen die eine Schwester war größer als ihre Zuneigung zu der anderen.

Der Herr des Hauses hörte mit echtem Bedauern, daß sie schon so bald fahren wollten, und versuchte Miss Bennet wiederholt zu überzeugen, es könne ihr noch abträglich sein, sie sei noch nicht genügend wiederhergestellt. Aber Jane gab nicht nach, wo sie richtig zu handeln glaubte.

Mr. Darcy nahm die Nachricht mit Befriedigung auf – Elizabeth war lange genug in Netherfield gewesen. Sie zog ihn mehr an, als ihm lieb war, und Miss Bingley benahm sich ungezogen zu ihr und fiel ihm mehr als sonst auf die Nerven. Er entschloß sich wohlweislich, sich kein Zeichen der Zuneigung mehr anmerken zu lassen, nichts, was sie mit der Hoffnung erfüllen könne, sie trage zu seinem Glück bei; und er war sich darüber im klaren, daß sein Verhalten am letzten Tag, wenn sie den Gedanken überhaupt hegte, wesentlich dazu beitrug, ihm Auftrieb zu geben oder ihn im Keim zu zerstören. Er verfolgte seinen Zweck beharrlich und sprach am ganzen Sonnabend kaum zehn Worte mit Elizabeth, und obgleich sie einmal eine halbe Stunde allein gelassen wurden, beschäftigte er sich intensiv mit seinem Buch und sah sie nicht einmal an.

Am Sonntag nach dem Morgengottesdienst fand die Trennung zur Zufriedenheit fast aller statt. Miss Bingleys Freundlichkeit Elizabeth gegenüber nahm zuletzt ebenso wie ihre Zuneigung zu Jane ganz auffällig zu, und als sie sich verabschiedeten, versicherte sie Jane, welche Freude es ihr immer machen würde, sie entweder in Longbourn oder in Netherfield zu sehen, umarmte sie zärtlich und gab Elizabeth sogar die Hand. Diese nahm in der denkbar besten Laune Abschied von allen.

Ihre Mutter empfing sie zu Hause nicht gerade mit überschäumender Freude. Mrs. Bennet wunderte sich über ihr Kommen, fand sie unvernünftig, soviel Umstände zu machen, und war fest überzeugt, Jane habe sich eine neue Erkältung geholt. Aber ihr Vater, kurzangebunden in Äußerungen der Freude, war sehr froh, sie wiederzusehen; er hatte gespürt, wie wichtig ihre Rolle im Familienkreis war. Durch Janes und Elizabeths Abwesenheit hatte die Abendunterhaltung viel von ihrer Lebhaftigkeit und beinahe jeden Sinn verloren.

Sie fanden Mary wie üblich tief in ihre Studien von Generalbaß und Menschenkunde versunken. Sie mußten einige neue Auszüge bewundern und sich einige abgedroschene moralische Weisheiten anhören. Catherine und Lydia hatten Nachrichten ganz anderer Art für sie. Viel hatte sich im Regiment seit vorigem Mittwoch ereignet; viel war erzählt worden. Einige Offiziere waren kürzlich bei ihrem Onkel zum Essen gewesen, ein Soldat war gezüchtigt worden, und man hatte sage und schreibe von Oberst Forsters bevorstehender Hochzeit gemunkelt.

Kapitel 13

»Ich hoffe, meine Liebe«, sagte Mr. Bennet zu seiner Frau, als sie am nächsten Morgen beim Frühstück saßen, »daß du heute für ein gutes Dinner gesorgt hast, denn ich habe Grund zu der Annahme, daß unser Familienkreis um einen Gast vermehrt wird.«

»Wen meinst du, mein Lieber? Ich wüßte nicht, daß wir jemand erwarten, es sei denn Charlotte Lucas käme vorbei – und ich denke doch, meine Dinner sind gut genug für *sie*. Ich kann mir nicht vorstellen, daß sie zu Hause oft so üppig ißt.«

»Der Gast von dem ich spreche, ist ein junger Mann, und zwar ein Fremder.«

Mrs. Bennets Augen leuchteten.

»Ein junger Mann, und zwar ein Fremder! Mr. Bingley natürlich. Aber Jane, du hast ja nichts davon gesagt, du gerissenes Persönchen! Trotzdem, ich freue mich natürlich außerordentlich über Mr. Bingleys Besuch. Aber, du lieber Gott, wie schade, ausgerechnet heute war kein Fisch zu haben. Lydia, mein Kind, klingle bitte sofort, ich muß augenblicklich mit Hill sprechen.«

»Es ist nicht Mr. Bingley«, sagte ihr Mann, »es ist jemand, den ich in meinem ganzen Leben noch nicht gesehen habe.«

Diese Ankündigung rief allgemeines Erstaunen hervor, und Mr. Bennet hatte das Vergnügen, von seiner Frau und seinen fünf Töchtern gleichzeitig mit Fragen überfallen zu werden. Als er sich eine Zeitlang über ihre Neugier amüsiert hatte, gab er folgende Erklärung ab:

»Ungefähr vor einem Monat erhielt ich diesen Brief, und ungefähr vor vierzehn Tagen habe ich ihn beantwortet, denn meiner Meinung nach erforderte die Angelegenheit Fingerspitzengefühl und rechtzeitige Aufmerksamkeit. Der Brief kommt von meinem Neffen Mr. Collins, der euch nach meinem Tode aus diesem Haus hinauswerfen kann, wann immer er Lust hat.«

»Oh, mein Lieber!« rief seine Frau, »hör auf, davon zu reden. Ich kann es nicht ertragen. Sprich nicht von diesem abscheulichen Menschen. Ich finde es fürchterlich, daß unser Besitz von deinen Kindern auf ihn übergeht, und wenn ich du wäre, hätte ich schon lange versucht, irgend etwas dagegen zu unternehmen.«

Jane und Elizabeth gaben sich Mühe, ihr den Erbschaftsvertrag zu erklären. Sie hatten es schon öfter versucht, aber dieses Thema ging über Mrs. Bennets Horizont, und sie fuhr fort, sich bitter darüber zu beklagen, wie einer Familie mit fünf Töchtern zugunsten eines Mannes, um den niemand etwas gab, der Besitz weggenommen werden könne.

»Es ist ohne Frage ein großes Unrecht«, sagte Mr. Bennet, »und nichts kann Mr. Collins von der Schuld freisprechen, Longbourn zu erben. Aber hör dir erst einmal den Brief an; vielleicht versöhnt dich seine Art, sich auszudrücken, ein wenig.«

»Nein, das glaube ich auf keinen Fall. Meiner Meinung nach ist es eine Unverschämtheit von ihm, dir überhaupt zu schreiben. Die reine Heuchelei. Ich hasse diese falschen Freunde. Kann er nicht weiter mit dir in Streit leben wie sein Vater vor ihm?«
»Das ist die Frage; er scheint diesbezüglich einige Gewissensbisse zu haben, wie du hören wirst:

›Hunsford, bei Westerham, Kent. 15. Oktober

Sehr geehrter Mr. Bennet,
ich habe über die Mißverständnisse zwischen Ihnen und meinem hochverehrten Vater immer ein Unbehagen empfunden und seit seinem unglückseligen Dahinscheiden schon häufig den Bruch zu heilen gewünscht. Aber meine eigenen Zweifel, ob ich sein Andenken nicht dadurch entwürdige, daß ich mich mit Menschen versöhne, mit denen er Meinungsverschiedenheiten zu haben beliebte, hielten mich bisher davon ab.‹ – Na bitte, Mrs. Bennet. – ›Aber jetzt bin ich mit mir ins reine gekommen, denn nach meiner zu Ostern erfolgten Ordination war ich so glücklich ausgezeichnet zu werden von der Witwe Sir Lewis de Bourghs, deren Wohltätigkeit und Milde mich in die angesehene Pfarrei der dortigen Gemeinde eingesetzt hat,[11] wo es mein ernstes Bestreben sein wird, mit dankbarem Respekt der Frau Baronin zu Diensten zu sein bei der Ausübung der kirchlichen Handlungen und Zeremonien, die die englische Hochkirche vorschreibt. Aber darüber hinaus halte ich es für meine Pflicht als Geistlicher, die Wohltaten des Friedens in allen Familien in meinem Einflußbereich zu fördern und zu erhalten. Und aus diesen Gründen schmeichle ich mir, daß mein gegenwärtiges Angebot des guten Willens mich Ihnen empfiehlt und daß Sie die Tatsache, daß ich als nächster berechtigter Erbe Ihren Besitz in Longbourn übernehmen werde, freundlichst übersehen und die Ihnen gereichte Friedenspalme nicht zurückweisen. Es liegt mir auf der Seele, daß ich ein Anlaß für die Schmerzen Ihrer liebenswürdigen

Töchter sein sollte, und ich gestatte mir, Sie dafür um Vergebung zu bitten. Auch sichere ich Ihnen dafür jede mögliche Wiedergutmachung zu – aber davon später. Wenn es Ihnen nicht widersteht, mich in Ihrem Hause zu empfangen, würde es mir Genugtuung verschaffen, Ihnen am Montag, den 18. November, um sechzehn Uhr meine Aufwartung zu machen und Ihre Gastfreundschaft bis zum Sonnabend der folgenden Woche in Anspruch zu nehmen, wessen ich mich ohne Ungelegenheiten unterfangen darf, da es Lady Catherine fernliegt, sich meiner gelegentlichen sonntäglichen Abwesenheit zu widersetzen, vorausgesetzt, daß ein anderer Geistlicher die kirchlichen Pflichten des Tages zu übernehmen bereit ist.
Ich verbleibe, sehr verehrter Onkel, mit ergebenen Empfehlungen an Ihre Gemahlin und Töchter Ihr wohlwollender Freund

William Collins.‹

Also, um sechzehn Uhr dürfen wir diesen friedenstiftenden Herrn erwarten«, sagte Mr. Bennet, während er den Brief zusammenfaltete. »Er scheint ein höchst gewissenhafter und wohlerzogener junger Mann zu sein, keine Frage, und ich zweifle nicht, er wird sich als schätzenswerte Bekanntschaft erweisen, vor allem wenn Lady Catherine sich dazu herabläßt, einen zweiten Besuch zu gestatten.«
»Aber mit dem, was er über die Mädchen sagt, hat er recht, und wenn er ihnen eine Wiedergutmachung anbietet, bin ich die letzte, ihn davon abzuhalten.«
»Obwohl es nicht ganz einfach ist«, sagte Jane, »sich vorzustellen, wie er es wohl machen will, uns die gebührende Abbitte zu leisten, die Absicht spricht für ihn.«
Elizabeth fielen vor allem seine außergewöhnliche Ergebenheit Lady Catherine gegenüber und die freundliche Bereitwilligkeit auf, seine Gemeindemitglieder zu taufen, zu vermählen und zu beerdigen, wenn immer nötig.
»Er muß ein komischer Kauz sein«, sagte sie. »Ich werde aus ihm noch nicht schlau. Sein Stil hat etwas Aufgebla-

senes, und was soll das wohl heißen, daß er sich für seinen Anspruch auf das Erbe entschuldigt? Er würde doch wohl nicht etwas dagegen tun, wenn er könnte. Kann er ein vernünftiger Mensch sein, Vater?«

»Nein, mein Kind, ich glaube nicht; ganz im Gegenteil, hoffe ich. Diese Mischung aus Liebedienerei und Überheblichkeit in seinem Brief ist jedenfalls vielversprechend. Ich kann es gar nicht erwarten, ihn kennenzulernen.«

»Im Hinblick auf die Komposition enthält sein Brief keine schwerwiegenden Fehler«, sagte Mary. »Das Bild von der Friedenspalme ist zwar nicht sehr originell, aber ich finde es gut getroffen.«

Catherine und Lydia waren an Brief und Absender überhaupt nicht interessiert. Es war völlig ausgeschlossen, daß ihr Vetter im roten Rock des Soldaten kommen würde, und schon seit Wochen hatte der Umgang mit Zivilisten für sie keinen Reiz mehr. Zum Erstaunen ihres Mannes und ihrer Töchter hatte Mr. Collins Brief Mrs. Bennet einigermaßen versöhnt, und sie sah seinem Besuch ziemlich gefaßt entgegen.

Mr. Collins traf pünktlich auf die Minute ein und wurde von der ganzen Familie sehr höflich empfangen. Mr. Bennet sagte zwar nicht viel, aber die Damen unterhielten sich lebhaft mit ihm, und auch Mr. Collins ließ sich weder lange bitten noch war er zum Schweigen aufgelegt. Er war ein großer, schwerfälliger junger Mann von fünfundzwanzig. Sein Auftreten war feierlich und imposant und sein Benehmen sehr formell. Er hatte kaum Platz genommen, als er Mrs. Bennet schon zu ihrer reizenden Töchterschar gratulierte, ausdrückte, daß er schon viel von ihrer Schönheit gehört habe, diesbezüglich die Wirklichkeit aber das Gehörte in den Schatten stelle, und hinzufügte, er zweifle nicht daran, sie alle zur rechten Zeit vorteilhaft verheiratet zu sehen. Seine Galanterie war nicht ganz nach dem Geschmack einiger seiner Zuhörerinnen, aber Mrs. Bennet, die Komplimente nicht auf die Goldwaage legte, antwortete bereitwillig:

»Wie nett von Ihnen, ich wünsche von ganzem Herzen, daß Sie recht behalten, denn sonst wird es ihnen jämmerlich genug ergehen. Unsere Angelegenheiten sind so merkwürdig geregelt.«

»Spielen Sie auf die Erbbedingungen dieses Besitzes an?«

»O ja, Sir, natürlich. Es ist trostlos für meine armen Mädchen, das müssen Sie zugeben. Ich will natürlich Ihnen keine Vorwürfe machen, denn ich weiß wohl, solche Dinge sind auf dieser Welt reiner Zufall. Gegen die Erbschaftsbedingungen eines Besitzes ist eben kein Kraut gewachsen.«

»Ich habe für die Sorgen meiner reizenden Cousinen das vollste Verständnis, Mrs. Bennet, und würde mich gern weitläufiger darüber auslassen, aber ich möchte nicht indiskret und vorlaut erscheinen. Aber ich darf den jungen Damen versichern, daß meine Verehrung für sie mich hierhergetrieben hat. Genug, mehr will ich jetzt nicht sagen, vielleicht, wenn wir uns etwas besser kennen.«

Er wurde unterbrochen, weil man zu Tisch bat, und die Mädchen lächelten sich vielsagend an. Sie waren nicht der einzige Gegenstand von Mr. Collins Bewunderung. Die Eingangshalle, das Eßzimmer und sein Mobiliar wurden unter die Lupe genommen und gepriesen, und seine Lobsprüche hätten Mrs. Bennet von Herzen gerührt, wenn da nicht die demütigende Vermutung gewesen wäre, daß er alles schon als Eigentum betrachtete. Auch das Essen wurde im passenden Augenblick gebührend bewundert, und er bat um Auskunft, welcher seiner reizenden Cousinen er dafür Anerkennung zollen dürfe. Aber hier mußte ihm Mrs. Bennet den Kopf zurechtsetzen. Sie wies ihn ziemlich scharf darauf hin, daß sie sich durchaus eine gute Köchin leisten könnten und ihre Töchter in der Küche nichts zu suchen hätten. Er bat sie um Verzeihung, Anstoß erregt zu haben. Freundlicher gestimmt, versicherte sie, er habe sie nicht beleidigt, aber er entschuldigte sich noch ungefähr eine Viertelstunde lang weiter.

Kapitel 14

Während des Dinners sprach Mr. Bennet kaum ein Wort, aber als die Diener sich zurückgezogen hatten, fand er es an der Zeit, sich etwas intensiver mit seinem Gast zu unterhalten, und mit der Bemerkung, er habe offenbar mit seiner Gönnerin großes Glück gehabt, wandte er sich einem Thema zu, in dem Mr. Collins ordentlich glänzen konnte. Wie Lady Catherine de Bourgh auf seine Wünsche Rücksicht nehme und für sein Wohlbefinden sorge, sei bemerkenswert. Mr. Bennet hätte keine bessere Wahl treffen können. Mr. Collins pries sie in den höchsten Tönen. Das Thema riß ihn zu einer Begeisterung hin, die sein übliches Maß an Würde weit überstieg, und mit wichtigtuerischer Miene erklärte er, in seinem ganzen Leben habe er noch bei keiner hochgestellten Persönlichkeit so viel Lebensart, Liebenswürdigkeit und Leutseligkeit erlebt wie bei Lady Catherine. Beide Predigten, die er bisher die Ehre hatte, in ihrer Anwesenheit zu halten, hätten ihre lebhafteste Zustimmung gefunden.

Auch habe sie ihn schon zweimal zum Essen nach Rosings gebeten und erst am letzten Sonnabendabend zur Vervollständigung ihres Kartentisches nach ihm geschickt. Er wisse zwar, daß viele Leute sie für stolz hielten, aber *er* habe sie nie anders als liebenswürdig erlebt. Immer habe sie ihn als einen Mann von Welt behandelt; sie habe nichts gegen seinen gesellschaftlichen Verkehr mit den Familien der Nachbarschaft und auch nichts gegen seine gelegentliche Abwesenheit von der Gemeinde für ein oder zwei Wochen, um seine Verwandten zu besuchen. Sie war sogar so gnädig gewesen, ihm den Rat zu geben, sobald wie möglich zu heiraten, vorausgesetzt, er wähle mit Bedacht, und einmal habe sie ihn sogar in seiner bescheidenen Hütte besucht, wo sie allen seinen vorgenommenen Änderungen ihre Zustimmung erteilt und sogar geruht habe, selbst ein paar Änderungen vorzuschlagen – im Hinblick auf einige Regale im oberen Stockwerk.

»Wie schicklich und höflich von ihr«, sagte Mrs. Bennet, »sie muß eine sehr umgängliche Person sein. Wie schade, daß nicht alle großen Damen mehr davon haben. Wohnt sie in Ihrer Nähe, Sir?«

»Der Garten, in dem meine bescheidene Hütte steht, ist nur durch einen Feldweg von Rosings Park, der Residenz der Frau Baronin, getrennt.«

»Sagten Sie nicht, sie ist Witwe, Sir? Hat sie Familie?«

»Sie hat nur eine Tochter, die Erbin von Rosings und dem sehr ausgedehnten Besitz.«

»Oh«, rief Mrs. Bennet und schüttelte den Kopf, »dann ist sie besser dran als viele andere Mädchen. Und was für eine junge Dame ist sie? Ist sie hübsch?«

»Sie ist eine überaus charmante junge Dame. Lady Catherine sagt auch immer, an wahrer Schönheit ist Miss de Bourgh den Schönsten ihres Geschlechts weit überlegen, weil ihre Züge die Hoheit einer jungen Dame von Rang ausstrahlen. Bedauerlicherweise hat sie eine schwächliche Konstitution, die sie davon abgehalten hat, sich in vieler Hinsicht so zu entwickeln, wie es sonst unzweifelhaft geschehen wäre. So sagte mir ihre Erzieherin, die immer noch im Hause lebt. Aber Miss de Bourgh ist äußerst liebenswert und geruht öfter, in ihrem kleinen Wagen mit den Ponys bei meiner bescheidenen Hütte vorzufahren.«

»Ist sie bei Hof eingeführt worden? Ich kann mich nicht erinnern, ihren Namen auf der Liste der vorgestellten Damen gelesen zu haben.«

»Bedauerlicherweise läßt ihr schwankender Gesundheitszustand es nicht zu, daß sie nach London fährt, und dadurch wird der britische Hof, wie ich persönlich es Lady Catherine gegenüber einmal ausgedrückt habe, seiner schönsten Zier beraubt. Die Frau Baronin fand die Bemerkung offenbar sehr gelungen, und ich lasse es mir zur Ehre gereichen, wie Sie sich denken können, bei jeder passenden Gelegenheit solche kleinen, erlesenen Komplimente zu machen, die die Damen so schätzen. Wie oft habe ich Lady Catherine schon gesagt, ihre charmante Tochter sei die geborene Herzogin und auch der höchste

Adelstitel würde durch sie noch gewinnen, statt umgekehrt ihr zur Zierde gereichen. Solche zarten Andeutungen gefallen der Frau Baronin und sind meine ganz persönliche Art, ihr meine Ergebenheit zu bekunden.«

»Daran tun Sie nur zu recht«, sagte Mr. Bennet, »und Sie können sich über Ihre Begabung, mit Geschmack zu schmeicheln, glücklich schätzen. Darf ich fragen, ob diese wohltuenden Aufmerksamkeiten ein Geschöpf des Augenblicks oder das Ergebnis vorausgehender Überlegungen sind?«

»Die meisten sind das Geschöpf der Stunde, und obwohl ich mir manchmal ein Vergnügen daraus mache, mir diese kleinen eleganten Komplimente vorher so zurechtzulegen, daß sie in verschiedenen alltäglichen Situationen anwendbar sind, bemühe ich mich immer, ihnen den Anschein des Improvisierten zu geben.«

Mr. Bennets Hoffnungen hatten ihn ganz und gar nicht getrogen. Sein Neffe war so absurd wie erwartet, und er lauschte ihm mit ungeteiltem Vergnügen, während er sich gleichzeitig jedes Lächeln verkniff und außer einem gelegentlichen Blick zu Elizabeth das Vergnügen allein genoß.

Zur Teezeit aber hatte Mr. Bennet genug und war froh, seinen Gast wieder in das Wohnzimmer hinüberzubitten und ihn auffordern zu können, den Damen anschließend etwas vorzulesen. Mr. Collins stimmte bereitwillig zu, und man brachte ein Buch, aber als er es näher ansah (seine Herkunft aus der öffentlichen Bücherei war leicht zu erkennen), stutzte er und bat, man möge ihn entschuldigen, da er nie Romane lese. Kitty sah ihn entgeistert an, und Lydia schrie auf. Andere Bücher wurden gebracht, und nach einiger Überlegung wählte er Fordyces Predigten[12] aus. Lydia verschlug es den Atem, als er den Band aufschlug, und bevor er auch nur drei Seiten mit feierlicher Monotonie vorgelesen hatte, unterbrach sie ihn mit:

»Hast du schon gehört, Mama, daß Onkel Philips überlegt, ob er nicht Richard entlassen soll, und wenn, dann will Oberst Forster ihn einstellen. Tante Philips hat es mir selbst am Sonnabend erzählt. Ich gehe morgen nach Meryton, um den neuesten Stand der Dinge zu hören und zu erfahren, wann Mr. Denny aus London zurückkommt.«

Lydia wurde von ihren beiden ältesten Schwestern gebeten, den Mund zu halten, aber Mr. Collins legte beleidigt das Buch beiseite und sagte:

»Mir ist schon öfter aufgefallen, daß junge Damen sich für Bücher ernsthaften Inhalts überhaupt nicht interessieren, obwohl sie doch nur zu ihrem Nutzen geschrieben werden. Ich muß gestehen, es überrascht mich, denn nichts ist für ihre Erziehung geeigneter. Aber ich möchte meiner jungen Cousine nicht länger zur Last fallen.«

Dann wandte er sich an Mr. Bennet und bot sich als Partner beim Backgammon an. Mr. Bennet nahm die Herausforderung an und bemerkte, er tue gut daran, die Mädchen ihren eigenen harmlosen Vergnügungen zu überlassen. Mrs. Bennet und ihre Töchter entschuldigten sich höflich für Lydias Unterbrechung und versprachen, es solle nicht wieder vorkommen, wenn er weiterlese. Aber nach der Versicherung, er trage seiner jungen Cousine nichts nach und sei weit entfernt, ihr Benehmen als beleidigend aufzufassen, setzte er sich mit Mr. Bennet an einen anderen Tisch zum Spiel nieder.

Kapitel 15

Mr. Collins war nicht gerade ein vernünftiger Mensch, und seine Erziehung oder sein Umgang hatten diesen Geburtsfehler kaum ausgeglichen. Er hatte den größten Teil seines Lebens unter der Aufsicht eines ungebildeten und geizigen Vaters verbracht, und während seines Universitätsstudiums hatte er nur die nötige Zahl von Semestern absolviert, ohne irgendwelche nützlichen Bekanntschaften zu schließen. Die Abhängigkeit von seinem Vater hatte ihn ursprünglich zur Unterwürfigkeit erzogen, die nun umgekehrt durch das zurückgezogene Leben und durch das Bewußtsein frühen und unerwarteten Reichtums folgerichtig in den Eigendünkel eines Hohlkopfes umgeschlagen war. Durch einen glücklichen Zufall war er Lady Catherine de Bourgh empfohlen worden, als die dortige Pfarre gerade vakant war, und die Ehrfurcht vor ihrem hohen Stand und seine Verehrung für seine Gönnerin mischten sich mit seiner Selbstgefälligkeit, seiner Würde als Geistlichem und seinen Rechten als Pfarrer, so daß sich Stolz und Unterwürfigkeit, Wichtigtuerei und Liebedienerei in ihm vereinigten.

Im Besitze eines hübschen Hauses und eines mehr als ausreichenden Einkommens hatte er nun vor zu heiraten, und hinter seinem Wunsch, sich mit seinen Verwandten in Longbourn zu versöhnen, steckte deshalb die Absicht, eine der Töchter des Hauses zu wählen, vorausgesetzt, sie wären tatsächlich so hübsch und liebenswürdig, wie man ihm allgemein berichtet hatte. So hatte er sich seine Wiedergutmachung, seine Buße dafür vorgestellt, daß er den Besitz ihres Vaters erbte, und er fand den Plan ausgezeichnet, passend, seiner würdig, unerhört großzügig und völlig selbstlos.

Der Anblick der Mädchen brachte seinen Plan nicht ins Wanken. Miss Bennets hübsches Gesicht befestigte ihn vielmehr und bestätigte auch seine Ansichten über den Vorrang des Alters aufs Überzeugendste. Schon am ersten Abend war *sie* ein für allemal seine Wahl. Der nächste Morgen allerdings machte eine Änderung erforderlich, denn ein viertelstündiges Tête-à-tête vor dem Frühstück mit Mrs. Bennet, ein Gespräch, das seinen Ausgang von seinem Pfarrhaus nahm und wie selbstverständlich zu dem Geständnis seiner Hoffnungen führte, er werde in Longbourn eine Hausherrin dafür finden, entlockte ihr unter viel zustimmendem Lächeln und allgemeiner Ermutigung eine Warnung vor genau der Jane, auf die er sich festgelegt hatte. Für ihre jüngeren Töchter könne sie nicht garantieren – könne sie sich zwar nicht verbürgen – aber ihres Wissens gebe es keine Hinderungsgründe; ihre älteste Tochter,

das zu erwähnen halte sie für ihre Pflicht, ihre älteste Tochter werde sich vermutlich bald verloben.
Mr. Collins brauchte nur von Jane zu Elizabeth überzuwechseln – und das war schnell getan, noch während Mrs. Bennet das Feuer schürte. Elizabeth, Jane in Alter und Aussehen am nächsten, nahm ihren Platz ein.
Mrs. Bennet nahm den Wink beglückt zur Kenntnis und war überzeugt, bald zwei Töchter verheiratet zu haben; und der Mann, den auch nur zu erwähnen sie gestern nicht hatte über sich bringen können, stand nun hoch in ihrer Gunst.
Man hatte Lydias Absicht, nach Meryton zu gehen, nicht vergessen, und alle Schwestern außer Mary waren einverstanden, sie zu begleiten. Auch Mr. Collins sollte mit von der Partie sein – auf ausdrücklichen Wunsch Mr. Bennets, dem sehr daran gelegen war, ihn loszuwerden und seine Bibliothek für sich zu haben, denn dorthin war Mr. Collins ihm nach dem Frühstück gefolgt und dort wollte er bleiben, angeblich beschäftigt mit einem der umfangreichsten Bände der ganzen Sammlung, in Wirklichkeit aber nahezu pausenlos auf Mr. Bennet von seinem Haus und seinem Garten in Hunsford einredend. Derlei ging Mr. Bennet ausgesprochen wider den Strich. Bisher waren ihm Entspannung und Ruhe in seiner Bibliothek immer sicher gewesen; während er sich, wie er Elizabeth gestand, damit abgefunden hatte, Albernheit und Eitelkeit in den anderen Räumen des Hauses hinnehmen zu müssen, war hier bisher immer eine Oase gewesen. Höflich, aber schnell schlug er deshalb Mr. Collins vor, seine Töchter zu begleiten, und Mr. Collins, ohnehin ein besserer Spaziergänger als Leser, war beglückt, sein Buch schließen und gehen zu können.
Mit aufgeblasenen Nichtigkeiten auf seiner Seite und höflichen Zustimmungen auf der der Cousinen verging ihnen die Zeit bis an den Ortseingang von Meryton. Dann konnte er die Aufmerksamkeit der beiden Jüngeren nicht mehr erzwingen. Ihre Augen wanderten gleich die Straße nach den Offizieren ab, und nichts außer einem tot-

schicken Hut oder einem hochmodernen Kleiderstoff konnte sie davon abhalten.
Aber dann wurde plötzlich der Blick aller vier jungen Damen von einem jungen Mann mit vornehmem Äußeren gefesselt, den sie noch nie gesehen hatten und der auf der anderen Straßenseite mit einem Offizier entlangging. Der Offizier war eben jener Mr. Denny, wegen dessen Rückkehr von London Lydia nachzufragen gekommen war, und er verbeugte sich im Vorübergehen. Alle waren von dem Aussehen des Fremden eingenommen und fragten sich, wer er sei; und Kitty und Lydia, entschlossen, es zu erfahren, wechselten unter dem Vorwand, irgend etwas in einem Schaufenster ansehen zu wollen, auf die andere Straßenseite hinüber und hatten gerade den Bürgersteig erreicht, als sich die beiden Herren glücklicherweise umsahen. Mr. Denny begrüßte sie und bat um die Erlaubnis, seinen Freund Mr. Wickham vorzustellen, der am Vortag mit ihm aus London gekommen und im Begriff war, Offizier in ihrem Corps zu werden. Das entsprach ganz ihren Wünschen, denn der junge Mann brauchte nur noch eine Uniform, um unwiderstehlich zu werden. Sein Aussehen sprach unbedingt für ihn; er besaß alle Vorzüge, die einen Mann attraktiv machen – ein edel geschnittenes Gesicht, eine gute Figur und angenehme Umgangsformen. Nach der Vorstellung ließ er sich bereitwillig in ein Gespräch ein – bereitwillig, aber doch korrekt und bescheiden, und alle standen noch beieinander und unterhielten sich angeregt, als sie Hufschläge vernahmen und Darcy und Bingley die Straße entlangreiten sahen. Als sie die Damen in der Gruppe erkannten, kamen sie gleich herüber und tauschten die üblichen Höflichkeiten aus. Meist sprach Mr. Bingley, und meist wandte er sich an Jane. Er sei gerade auf dem Weg nach Longbourn, sagte er, um sich nach ihr zu erkundigen. Mr. Darcy bestätigte es durch eine Verbeugung und war gerade mit sich übereingekommen, Elizabeths Blick zu vermeiden, als sein Blick plötzlich auf den Fremden fiel, und Elizabeth, die zufällig die Gesichter beider beobachtete, als sie sich ansahen, war über die Wir-

kung der Begegnung höchst überrascht. Beide verfärbten sich, der eine wurde blaß, der andere rot. Ein Augenblick verging, bis Mr. Wickham seinen Hut berührte – eine Begrüßung, die Mr. Darcy kurz und herablassend erwiderte. Was mochte dahinterstecken? Unmöglich, es zu erraten; unmöglich, nicht neugierig darauf zu sein.

Kurz darauf verabschiedete sich Mr. Bingley, anscheinend ohne den Vorgang bemerkt zu haben, und ritt mit seinem Freund davon.

Mr. Denny und Mr. Wickham begleiteten die jungen Damen bis zu Mr. Philips Haus und verabschiedeten sich dort mit einer Verbeugung, obwohl Miss Lydia sie eindringlich bat, einzutreten, und Mrs. Philips sogar das Wohnzimmerfenster aufstieß und die Einladung laut wiederholte.

Mrs. Philips freute sich immer über den Besuch ihrer Nichten. Nach ihrer vorübergehenden Abwesenheit begrüßte sie die beiden ältesten besonders herzlich und zeigte sich sehr überrascht über ihre plötzliche Rückkehr nach Hause. Hätte sie nicht zufällig Mr. Jones' Laufburschen gesehen, der ihr erzählt hatte, daß keine weiteren Arzneien nach Netherfield geschickt werden sollten, weil die beiden Misses Bennet abgefahren seien, dann hätte sie nichts davon gewußt, da ihre eigene Kutsche sie nicht abgeholt hatte. Während sie dies noch berichtete, wurde ihre Aufmerksamkeit von Mr. Collins in Anspruch genommen, der ihr von Jane vorgestellt wurde. Sie begrüßte ihn aufs liebenswürdigste, wurde aber darin von Mr. Collins noch übertroffen, der sich dafür entschuldigte, daß er ohne vorherige Bekanntschaft eindringe, sich aber zugute hielt, er sei durch seine verwandtschaftliche Beziehung zu den jungen Damen gerechtfertigt, die ihn ihrer Aufmerksamkeit empfahlen. So viel Wohlerzogenheit fand Mrs. Philips furchterregend, aber sie konnte über *diesen* Fremden nicht weiter nachdenken, weil sie mit Fragen nach dem anderen Fremden überfallen wurde, über den sie ihren Nichten aber nur berichten konnte, was sie selbst schon wußten: Mr. Denny hatte ihn von London mitgebracht, und er sollte ein Leutnantspatent im Oxfordshire Regiment erhalten. Sie hatte ihn, wie sie sagte, gerade eine halbe Stunde lang vom Fenster aus beobachtet, wie er die Straße auf- und abging, und Kitty und Lydia hätten sich dieser Beschäftigung sicher weiter hingegeben, wenn Mr. Wickham erschienen wäre, aber leider gingen am Fenster nur ein paar Offiziere vorbei, die nun im Vergleich zu dem Fremden ›langweilige, nichtssagende Burschen‹ waren. Einige von ihnen sollten am folgenden Tag bei den Philips speisen, und ihre Tante versprach ihnen, ihren Mann dazu zu veranlassen, auch Mr. Wickham aufzusuchen und zum Abend einzuladen, wenn die Bennets von Longbourn herüberkämen. Man stimmte zu, und Mrs. Philips stellte ihnen ein schönes, gemütliches, aufregendes Lotteriespiel und ein anschließendes kleines warmes Abendbrot in Aussicht. Das Versprechen solcher Genüsse steigerte ihre Stimmung, und sie schieden voneinander in der besten Laune. Mr. Collins wiederholte beim Hinausgehen seine Entschuldigungen und wurde mit unverminderter Höflichkeit ihrer völligen Überflüssigkeit versichert.

Auf dem Heimweg erzählte Elizabeth Jane, was sie bei der Begegnung der beiden Herren beobachtet hatte; aber obwohl Jane die möglichen Fehler des einen wie des anderen verteidigt hätte, konnte sie sich ihr Verhalten ebensowenig erklären wie ihre Schwester.

Bei ihrer Ankunft bereitete Mr. Collins Mrs. Bennet durch seine Bewunderung für Mrs. Philips Umgangsformen und Höflichkeit eine große Freude. Feierlich erklärte er, außer Lady Catherine und ihrer Tochter habe er noch nie eine so elegante Frau kennengelernt; sie habe ihn nicht nur mit der größten Zuvorkommenheit empfangen, sondern ihn auch ausdrücklich in ihre morgige Einladung einbezogen, obwohl er ihr doch vorher völlig unbekannt gewesen sei. Vermutlich dürfe er ihre verwandtschaftlichen Beziehungen dabei in Rechnung setzen, aber trotzdem sei er in seinem ganzen Leben noch nie mit so viel Liebenswürdigkeit behandelt worden.

Kapitel 16

Da keine Einwendungen gegen die Einladung der jungen Leute bei ihrer Tante erhoben und Mr. Collins ganze Skrupel, Mr. und Mrs. Bennet einen einzigen Abend während seines Besuchs allein zu lassen, standhaft zurückgewiesen wurden, brachte die Kutsche ihn und seine fünf Cousinen zur verabredeten Stunde nach Meryton; und beim Eintreten ins Wohnzimmer hörten die Mädchen zu ihrer Freude, daß Mr. Wickham die Einladung ihres Onkels angenommen hatte und gekommen war.

Als diese Bemerkungen ausgetauscht waren und alle Platz genommen hatten, konnte sich Mr. Collins in Ruhe umsehen und in Bewunderung ausbrechen. Größe und Mobiliar des Zimmers rissen ihn so hin, daß er erklärte, er fühle sich beinahe wie im kleinen Sommer-Frühstücks-Salon auf Rosings; der Vergleich brachte ihm zuerst nicht viel Anerkennung ein, aber als Mrs. Philips begriff, was Rosings und wer seine Besitzerin war; als sie der Beschreibung auch nur *eines* von Lady Catherines Wohnzimmern gelauscht und erfahren hatte, daß allein der Kaminsims 800 Pfund gekostet hatte, da spürte sie die ganze Wucht seines Kompliments und hätte fast auch einen Vergleich mit dem Zimmer von Lady Catherines Haushälterin anstandslos hingenommen.

Bis die Herren sich zu ihnen gesellten, ging Mr. Collins in der Beschreibung all der Großartigkeit Lady Catherines und ihres Hauses völlig auf, mit gelegentlichen Abschweifungen zum Lobpreise seiner eigenen bescheidenen Hütte und der Verbesserungen, die sie ständig empfing. In Mrs. Philips fand er eine höchst aufmerksame Zuhörerin, und er gewann im Laufe seiner Ausführungen in ihren Augen so an Bedeutung, daß sie in Gedanken schon alles unter ihren Nachbarn verbreitete. Den Mädchen, denen ihr Vetter auf die Nerven fiel und denen nichts übrigblieb, als ein Klavier herbeizusehnen und die eigenen nichtssagenden Porzellanmalereien auf dem Kaminsims zu betrachten, verging die Zeit sehr langsam. Aber schließlich war sie um. Die Herren kamen, und als Mr. Wickham eintrat, wußte Elizabeth, daß sie ihn bei ihrer ersten Begegnung und in Gedanken danach keineswegs zu Unrecht bewundert hatte. Die gesellschaftlich versierten Offiziere machten dem Regiment Oxfordshire im allgemeinen Ehre, und die besten von ihnen waren hier; aber Mr. Wickham übertraf sie in Figur, Ausdruck, Benehmen und Bewegung so, wie sie ihrerseits den rundköpfigen, dicken Onkel Philips übertrafen, der nach Portwein roch und hinter ihnen ins Zimmer trat.

Mr. Wickham war der Glückliche, auf den sich alle weiblichen Augen richteten, und Elizabeth die Glückliche, zu der er sich schließlich setzte; und die umgängliche Art, mit der er gleich ein Gespräch begann, wenn auch nur über den nächtlichen Regen und die Möglichkeit eines verregneten Winters, überzeugten sie davon, wie der gängigste, langweiligste und dürftigste Gesprächsstoff durch das Geschick des Sprechers gewinnen kann.

Bei solchen Rivalen wie Mr. Wickham und den Offizieren schien Mr. Collins zur Bedeutungslosigkeit herabzusinken; in den Augen der jungen Damen galt er gar nichts. Aber hin und wieder hatte er in Mrs. Philips eine geduldige Zuhörerin, und infolge ihrer Aufmerksamkeit war er mehr als ausreichend mit Kaffee und Gebäck versorgt.

Als die Kartentische aufgestellt wurden, hatte er Gelegenheit, sich zu revanchieren, indem er sich ihr als Whistpartner erbot.

»Ich beherrsche das Spiel noch nicht gut«, sagte er, »aber ich werde mir Mühe geben, Fortschritte zu erzielen, denn in meiner Position …« Mrs. Philips nahm sein Angebot dankend entgegen, konnte aber auf seine Begründung nicht warten.

Mr. Wickham spielte beim Whist nicht mit und wurde am anderen Tisch zwischen Elizabeth und Lydia mit hellem Entzücken empfangen. Zunächst bestand die Gefahr, daß Lydia ihn gänzlich mit Beschlag belegen würde, denn sie redete gern und viel; aber da sie ebensogern bei der Lotterie mitmachte, wandte sie sich mehr und mehr dem Spiel zu und war zu sehr damit beschäftigt, Einsätze zu machen und das Ausrufen der Gewinne lautstark zu begleiten, um noch für irgend jemanden ein Auge zu haben. Mr. Wickham hatte deshalb Muße, sich mit Elizabeth zu unterhalten, und sie hörte ihm bereitwillig zu, obwohl sie nicht zu hoffen wagte, das zu hören, was ihr vor allem am Herzen lag: die Geschichte seiner Bekanntschaft mit Mr. Darcy. Ja, sie traute sich nicht einmal, ihn zu erwähnen. Aber unerwartet wurde ihre Neugier befriedigt. Mr. Wickham selbst begann davon zu sprechen. Er fragte, wie weit Netherfield von Meryton entfernt sei, und erkundigte sich nach ihrer Antwort zögernd, wie lange sich Mr. Darcy dort schon aufhalte.

»Ungefähr einen Monat«, sagte Elizabeth und fügte, um das Thema nicht fallenlassen zu müssen, hinzu: »Ich habe gehört, er hat große Besitzungen in Derbyshire.«

»Ja«, erwiderte Wickham, »sein Besitz dort kann sich sehen lassen. Glatte 10000 pro Jahr. Sie hätten niemanden treffen können, der Sie darüber besser informieren könnte als ich, denn seit meiner Kindheit bin ich mit seiner Familie auf besondere Weise verbunden gewesen.«

Elizabeth konnte nicht umhin, überrascht zu blicken.

»Sie haben Grund, über diese Behauptung überrascht zu sein, Miss Bennet, nachdem Sie gestern vermutlich beobachtet haben, wie kühl wir uns gegrüßt haben. Kennen Sie Mr. Darcy gut?«

»Mehr als mir lieb ist«, rief Elizabeth erregt. »Ich habe vier Tage mit ihm unter demselben Dach verbracht, und ich kann ihn nicht ausstehen.«

»Ich habe kein Recht, meine Meinung im Hinblick auf seine Unausstehlichkeit zu äußern«, sagte Wickham, »das steht mir nicht zu. Ich kenne ihn zu lange und zu gut und bin kein fairer Richter. *Ich* kann unmöglich unparteiisch sein. Aber ich könnte mir vorstellen, daß Ihr Urteil über ihn mit Überraschung aufgenommen wird. Vielleicht würden Sie anderswo nicht so offen sein. Hier sind Sie immerhin im Kreis Ihrer eigenen Familie.«

»Nein, ganz und gar nicht, ich würde überall dasselbe sagen wie hier, außer in Netherfield. Niemand mag ihn in Hertfordshire. Alle finden seinen Stolz geschmacklos, und keiner würde besser von ihm sprechen.«

»Ich bin durchaus der Meinung«, sagte Wickham nach einer kurzen Pause, »daß Leute nicht über Gebühr gelobt werden sollten. Aber im Falle Darcy, glaube ich, kann davon kaum die Rede sein. Alle Welt läßt sich von seinem Vermögen und seinem Selbstbewußtsein blenden oder von seinem hochmütigen und anmaßenden Wesen einschüchtern, und so sehen ihn alle seinen eigenen Wünschen gemäß.«

»*Ich* kenne ihn zwar nur kurz, aber ich halte ihn für einen ungezogenen Menschen.«

Wickham schüttelte nur den Kopf.

»Ich frage mich«, sagte er bei der nächsten Gelegenheit, »ob er sich wohl noch lange in dieser Gegend aufhält.«

»Ich habe keine Ahnung, jedenfalls wurde in Netherfield nie von seiner Abreise gesprochen. Ich hoffe, Ihre Pläne in bezug auf das Oxfordshire Regiment leiden nicht durch seinen Aufenthalt in unserer Gegend?«

»O nein, ich lasse mich doch durch Mr. Darcy nicht vertreiben! Wenn er die Begegnung mit mir vermeiden will, muß *er* gehen. Wir stehen nicht gerade auf freundschaftlichem Fuß miteinander, schon sein Anblick berührt mich schmerzlich; aber ich kann vor aller Welt bekennen, weshalb ich Anlaß hätte, ihm aus dem Weg zu gehen – er hat mich unglaublich schlecht behandelt, und es tut mir in der Seele weh, daß er ist, wie er ist. Sein Vater, Miss Bennet, der tote Mr. Darcy, war einer der nobelsten Männer unter der Sonne und der beste Freund, den ich je hatte; und ich kann einfach nicht mit Mr. Darcy zusammentreffen, ohne durch tausend liebevolle Erinnerungen tief betrübt zu werden. Er hat mich skandalös behandelt, aber ich glaube, ich kann ihm alles und jedes vergeben, außer, daß er die Hoffnungen seines Vaters enttäuscht und sein Andenken beleidigt hat.«

Das Thema zog Elizabeth mehr und mehr in Bann, und

sie lauschte gespannt; aber es war zu heikel, als daß sie hätte zudringlich erscheinen mögen.
Mr. Wickham wandte sich nun allgemeineren Themen zu: Meryton, der Gegend, der Gesellschaft, und er war mit allem, was er bisher gesehen hatte, sehr zufrieden. Besonders von der letzteren sprach er verständnisvoll und mit sehr verbindlichem Charme.
»Die Aussicht auf beständige Gesellschaft – und gute Gesellschaft«, fügte er hinzu, »hat mich hauptsächlich veranlaßt, ins Oxfordshire Regiment einzutreten. Ich wußte, daß es ein höchst respektables und angenehmes Corps ist, und die Berichte meines Freundes Denny von ihrem gegenwärtigen Quartier, der ihnen in Meryton zukommenden außerordentlich großen Aufmerksamkeit und den erstklassigen Bekanntschaften haben mich zusätzlich gereizt. Ich gebe zu, ich brauche Gesellschaft. Ich bin im Leben zu oft enttäuscht worden, und mein Gemüt verträgt Einsamkeit nicht mehr. Ich brauche Beschäftigung und Gesellschaft. Es ist mir nicht an der Wiege gesungen worden, Soldat zu werden, aber nun haben die Umstände es ergeben. Eigentlich hätte ich Geistlicher werden sollen. Dazu bin ich erzogen worden, und ich hätte jetzt schon eine einträgliche Pfarrei, wenn es dem Herrn, von dem wir gerade gesprochen haben, nicht anders beliebt hätte.«
»Nicht möglich!«
»Ja, der verstorbene Mr. Darcy hat mir testamentarisch die zuerst freiwerdende einträgliche Pfarrei vermacht. Er war mein Pate und mir außerordentlich gewogen. Ich kann seine Freundlichkeit nicht hoch genug loben. Er wollte für mich freigebig vorsorgen und glaubte, es getan zu haben, aber als die Pfarre frei wurde, bekam sie jemand anders.«
»Um Himmels willen!« rief Elizabeth, »wie ist das möglich? Wie konnte sein Testament so mißachtet werden? Warum haben sie keine rechtlichen Schritte unternommen?«
»Das Vermächtnis war so formlos aufgesetzt, daß rechtlich nichts zu erreichen war. Ein Ehrenmann konnte die

Absicht im Testament nicht bezweifeln, aber Mr. Darcy tat es trotzdem – oder jedenfalls knüpfte er Bedingungen an sie und behauptete, ich hätte jeden Anspruch darauf durch Verschwendung und Leichtsinn ein für allemal verwirkt – kurz, nichts und alles konnte man darunter verstehen. Tatsache ist, daß die Pfarre vor zwei Jahren frei wurde, genau zu dem Zeitpunkt, als ich alt genug für sie war, und daß ein anderer sie bekam; und ebenso ist Tatsache, daß ich mir nicht bewußt bin, etwas getan zu haben, was ihren Verlust rechtfertigt. Ich bin manchmal leidenschaftlich und unbeherrscht, und vielleicht habe ich meine Meinung über Mr. Darcy gelegentlich zu offen gesagt – sogar ihm selbst gegenüber. An Schlimmeres kann ich mich nicht erinnern. Aber Tatsache ist auch, daß wir sehr verschiedene Charaktere sind und er mich haßt.«

»Das ist ja unerhört! Er verdient, öffentlich bloßgestellt zu werden.«

»Das wird er schon noch, aber nicht durch mich. Solange ich das Andenken seines Vaters hochhalte, kann ich ihn einfach nicht herausfordern und bloßstellen.«

Elizabeth rechnete ihm diese Anhänglichkeit hoch an und fand ihn dadurch noch anziehender.

»Aber warum hat er das wohl getan? Was kann ihn zu dieser Grausamkeit veranlaßt haben?« fragte sie nach einer Pause.

»Eine tiefe und unausrottbare Abneigung gegen mich – eine Abneigung, die ich in gewisser Weise nur Eifersucht zuschreiben kann. Hätte der verstorbene Mr. Darcy mich weniger gern gehabt, könnte sein Sohn mich besser leiden. Aber die ungewöhnliche Zuneigung seines Vaters zu mir hat ihn, glaube ich, schon früh im Leben gewurmt. Er war unserer Rivalität nicht gewachsen, dem Vorzug, der mir oft gegeben wurde.«

»Für so schlecht hätte ich Mr. Darcy denn doch nicht gehalten; obwohl ich ihn nicht ausstehen kann, das hätte ich ihm nicht zugetraut. Von seiner Menschenverachtung war ich überzeugt, aber daß er sich so niederträchtig rächt, so ungerecht, so unmenschlich aufführt, hätte ich nicht gedacht.«

Aber nach kurzem Nachdenken fuhr sie fort: »Ich erinnere mich allerdings, daß er einmal in Netherfield mit der Unversöhnlichkeit seiner Gefühle und seiner Unnachgiebigkeit geprotzt hat. Er muß ein abscheulicher Mensch sein.«

»Ich bin ihm gegenüber nicht unvoreingenommen«, erwiderte Wickham, »und kann deshalb nicht urteilen.«

Elizabeth versank wieder in tiefes Nachdenken und rief nach einiger Zeit aus: »Das Patenkind, den Freund, den Günstling seines Vaters so zu behandeln!« Sie hätte hinzufügen können: »Einen jungen Mann wie Sie, dessen Gesicht schon für seine Ehrlichkeit bürgt« – aber sie begnügte sich mit: »Und noch dazu den Freund, mit dem er von frühester Jugend an, wie Sie gesagt haben, so eng verbunden war!«

»Wir sind in demselben Ort geboren, auf demselben Besitz, den größten Teil unserer Kindheit haben wir gemeinsam verbracht; wir haben in demselben Haus gewohnt und die gleichen Freuden, die gleiche väterliche Liebe geteilt. Mein Vater begann sein Berufsleben in dem Fach, dem ihr Onkel Philips offenbar so viel Ehre antut, aber er gab alles auf, um sich dem verstorbenen Mr. Darcy nützlich zu erweisen, und widmete seine ganze Zeit der Verwaltung Pemberleys. Mr. Darcy schätzte ihn hoch als engen und vertrauten Freund und hat oft zugegeben, daß er meinem Vater für die geschickte Verwaltung von Pemberley tief verpflichtet sei, und als er ihm kurz vor seinem Tode die Zusicherung gab, für mich zu sorgen, war ich überzeugt, er wollte sich dadurch ebensosehr meinem Vater dankbar erweisen, wie mir seine Zuneigung zeigen.«

»Wie sonderbar!« rief Elizabeth, »wie abscheulich! Ich frage mich, warum dieser Mr. Darcy nicht schon aus Stolz Ihnen gegenüber gerecht war, wenigstens aus dem Stolz heraus, nicht charakterlos zu handeln, und Charakterlosigkeit muß ich es nennen.«

»Es *ist* schon erstaunlich«, erwiderte Wickham, »denn alle seine Handlungen lassen sich auf Stolz zurückführen, und Stolz war oft sein bester Freund. Er hat mehr genützt als geschadet. Aber keiner von uns ist konsequent. Bei seinem Verhalten mir gegenüber waren noch andere Beweggründe als Stolz im Spiel.«

»Kann ein so abscheulicher Stolz wie seiner ihm jemals genützt haben?«

»Ja, oft hat er ihn tolerant und großzügig gemacht, freigebig und gastfreundlich, hilfsbereit seinen Pächtern und den Armen gegenüber. Familienstolz und der Stolz des Sohnes – denn er war stolz auf seinen Vater – kommen darin zum Ausdruck. Möglichst nicht die Familienehre zu verletzen, von den anerkannten Werten abzuweichen oder den Einfluß von Pemberley zu verspielen, das sind starke Impulse. Außerdem besitzt er brüderlichen Stolz, sogar so etwas wie brüderliche Liebe, und beides macht ihn zu einem sehr verständnisvollen und besorgten Vormund seiner Schwester, und deshalb werden Sie auch überall hören, wie man sein Lob als fürsorglichsten und besten aller Brüder in lauten Tönen singt.«

»Was für ein Mädchen ist Miss Darcy?«

Er schüttelte den Kopf. »Ich wäre froh, wenn ich sie als liebenswürdig bezeichnen könnte. Es tut mir weh, einem Mitglied der Familie Darcy Schlechtes nachzusagen. Aber sie ist ihrem Bruder zu ähnlich – stolz, überstolz. Als Kind war sie anhänglich und reizend, und sie hing sehr an mir. Stunde um Stunde habe ich damit verbracht, mit ihr zu spielen. Aber jetzt bedeutet sie mir nichts mehr. Sie ist hübsch, ungefähr fünfzehn oder sechzehn und angeblich sehr gebildet. Seit dem Tod ihres Vaters wohnt sie in London bei einer Dame, die mit ihrer Erziehung beauftragt ist.«

Nach vielen Pausen und vielen Abschweifungen konnte Elizabeth sich nicht beherrschen und kam noch einmal auf die eigentliche Unterhaltung zurück.

»Ich wundere mich über seine Freundschaft mit Mr. Bingley! Wie kann ein anscheinend so umgänglicher und wirk-

lich liebenswerter Mensch wie Mr. Bingley auf so vertrautem Fuß mit solch einem Mann stehen? Sie passen doch gar nicht zueinander. Kennen Sie Mr. Bingley?«
»Nein, gar nicht.«
»Er ist verträglich, liebenswert und charmant. Er muß sich in Mr. Darcy täuschen.«
»Wahrscheinlich – aber wenn Mr. Darcy will, kann er sehr für sich einnehmen. Talent genug dazu hat er. Er ist ein unterhaltsamer Freund, wenn es ihm der Mühe wert erscheint. Unter seinesgleichen benimmt er sich völlig anders als gegenüber weniger Wohlhabenden. Seinen Stolz gibt er nie auf, aber unter reichen Leuten ist er tolerant, gerecht, aufrichtig, einsichtig, anständig und vielleicht umgänglich – Geld und Geltung imponieren ihm.«
Kurz darauf brach die Whistpartie ab, die Spieler scharten sich um den anderen Tisch, und Mr. Collins setzte sich zwischen seine Cousine Elizabeth und Mrs. Philips. Diese stellte die üblichen höflichen Fragen nach seinem Abschneiden beim Spiel. Es war nicht allzu gut, er hatte ständig verloren. Aber als Mrs. Philips ihn deshalb zu bedauern begann, versicherte er ihr feierlich und gemessen, es sei nicht der Rede wert. Geld spiele für ihn keine Rolle, und er bat sie, sich nicht unnütz zu beunruhigen.
»Ich weiß, Madam«, sagte er, »wenn man sich an den Kartentisch setzt, muß man zum Risiko bereit sein – und glücklicherweise befinde ich mich nicht in Umständen, die den Verlust von fünf Schilling zur Tragödie machen. Zweifellos dürfen sich nicht alle Menschen so glücklich schätzen, aber dank Lady Catherine de Bourgh bin ich der Notwendigkeit enthoben, mich um Kleinigkeiten zu sorgen.«
Mr. Wickham wurde aufmerksam, und nach einigen kurzen Blicken auf Mr. Collins fragte er Elizabeth leise, ob ihr Verwandter mit der Familie de Bourgh engere Beziehungen habe.
»Lady Catherine de Bourgh«, antwortete sie, »hat ihn vor kurzem als Gemeindepfarrer eingesetzt. Ich weiß nicht, wie sie auf ihn aufmerksam geworden ist, aber jedenfalls kennt sie ihn noch nicht lange.«

»Sie wissen natürlich, daß Lady Catherine de Bourgh und Lady Anne Darcy Schwestern waren; folglich ist sie die Tante des jetzigen Mr. Darcy.«
»Nein, ich hatte keine Ahnung davon. Ich kenne Lady Catherines Familienverhältnisse gar nicht. Bis vorgestern hatte ich von ihrer Existenz noch nie gehört.«
»Ihre Tochter, Miss de Bourgh, erbt ein riesiges Vermögen, und es wird allgemein angenommen, daß sie und ihr Vetter ihren Besitz vereinigen werden.«
Diese Auskunft brachte Elizabeth zum Lächeln, als sie an die arme Miss Bingley dachte. Umsonst waren all ihre Anstrengungen, umsonst und nutzlos ihre Zuneigung zu seiner Schwester und ihre Lobhudeleien für ihn, wenn er schon einer anderen versprochen war.
»Mr. Collins«, sagte Elizabeth, »ist von Lady Catherine und ihrer Tochter begeistert, aber aus einigen Andeutungen, die er über die Frau Baronin gemacht hat, entnehme ich, daß seine Dankbarkeit ihn blind macht und sie eine arrogante, eingebildete Person ist, obwohl sie sich seiner angenommen hat.«
»Beides in hohem Maße, glaube ich«, sagte Wickham. »Ich habe sie zwar viele Jahre lang nicht gesehen, aber ich erinnere mich, daß ich sie nie mochte und ihr Benehmen diktatorisch und unverschämt fand. Sie hat den Ruf, ausgesprochen vernünftig und klug zu sein; aber ich glaube, ihre angeblichen Fähigkeiten rühren zum Teil von Rang und Vermögen, zum Teil von ihrem autoritären Gehabe und der Rest vom Stolz ihres Neffen, der sich einbildet, daß alle, die mit ihm verwandt sind, die Klugheit mit Löffeln gegessen haben.«
Elizabeth gab zu, daß er den Sachverhalt einleuchtend erklärt hatte, und sie unterhielten sich angeregt, bis das Essen dem Kartenspiel ein Ende machte und Mr. Wickhams Aufmerksamkeit auch den anderen Damen gehörte. Bei dem Lärm an Mrs. Philips' Tafel war an Unterhaltung zwar nicht zu denken, aber alle beobachteten seine Umgangsformen mit Genugtuung. Was er sagte, sagte er geschickt; was er tat, tat er mit Eleganz. Den ganzen Heim-

weg beschäftigte sich Elizabeth in Gedanken weiter mit ihm. Sie konnte an nichts anderes als an Mr. Wickham und das Gespräch mit ihm denken, aber sie kam nicht einmal dazu, auch nur seinen Namen zu erwähnen, denn weder Lydia noch Mr. Collins hielten auch nur einen Augenblick den Mund. Lydia redete hemmungslos von den Lotterielosen und mit welchen Nummern sie gewonnen oder verloren hatte, und Mr. Collins würdigte Mr. und Mrs. Philips' Zuvorkommenheit und erklärte wiederholt, der Geldverlust beim Whist mache ihm gar nichts aus; er zählte die Gänge beim Essen auf, befürchtete mehrfach, seinen Cousinen den Platz wegzunehmen und hatte überhaupt mehr zu erzählen als er bis zur Ankunft der Kutsche in Longbourn an den Mann bringen konnte.

Kapitel 17

Am nächsten Tag erzählte Elizabeth Jane, worüber sie sich mit Mr. Wickham unterhalten hatte. Jane hörte mit Erstaunen und Sorge zu. Sie wollte einfach nicht glauben, daß Mr. Darcy Mr. Bingleys Freundschaft so wenig verdiente; und doch war sie nicht der Mensch, die Glaubwürdigkeit eines so liebenswürdig auftretenden jungen Mannes wie Wickham anzuzweifeln. Schon die Möglichkeit einer so lange erduldeten schlechten Behandlung genügte, um all ihre zärtlichen Gefühle zu wecken; und deshalb blieb ihr nichts anderes übrig, als *beide* für Ehrenmänner zu halten, *beider* Verhalten zu verteidigen und alles, was nicht anders zu erklären war, auf Irrtümer und Mißverständnisse zurückzuführen.

»Bestimmt sind beide getäuscht worden«, sagte sie, »auf die eine oder andere Weise, die wir uns nicht ausmalen können. Irgendwelche Leute könnten daran interessiert gewesen sein, sie gegeneinander auszuspielen. Kurz, wir können uns unmöglich die Gründe und Umstände ihrer

Entfremdung voneinander vorstellen, ohne dem einen oder dem anderen die Schuld zu geben.«

»O ja, gewiß doch – und wie, meine liebe Jane, willst du nun noch Ausreden für die Leute finden, die sie vermutlich gegeneinander ausgespielt haben? Du wirst auch sie freisprechen müssen, sonst müssen wir doch noch schlecht von jemandem denken.«

»Lach du ruhig, aber meine Meinung wirst du damit nicht ändern. Liebste Lizzy, überleg doch mal, in was für ein schlechtes Licht es Mr. Darcy rückt, wenn er den Günstling seines Vaters so behandelt, ihn, für den sein Vater versprochen hatte zu sorgen. Unmöglich. Auch wer keine menschlichen Gefühle hat und gar nichts auf sich hält, könnte das nicht fertigbringen. Können seine besten Freunde sich so in ihm täuschen? – Ausgeschlossen!«

»Ich kann mir viel eher vorstellen, daß er Mr. Bingley hinters Licht geführt hat, als daß Mr. Wickham die Geschichte, die er mir gestern abend erzählt hat, erfunden haben sollte; Namen, Fakten, alles erzählt ohne Aufschneiderei. Wenn es nicht stimmt, soll Mr. Darcy widersprechen. Und außerdem, die Wahrheit steht ihm in den Augen geschrieben.«

»Es ist schwer zu sagen – es ist so verwirrend. Was soll man bloß davon halten?«

»Entschuldige bitte, man weiß genau, was man davon halten soll.«

Aber Jane war sich nur in einem Punkt sicher: Wenn Mr. Bingley tatsächlich hinters Licht geführt worden war, dann war er zu bedauern, wenn die Affäre bekannt werden sollte.

Die beiden jungen Damen wurden aus dem Garten, wo dieses Gespräch stattfand, ins Haus gerufen, weil einige der Personen, von denen gerade die Rede war, zu Besuch gekommen waren: Mr. Bingley und seine Schwestern wollten sie persönlich zu dem lange erwarteten Ball in Netherfield einladen, der am kommenden Dienstag stattfinden sollte. Die beiden Damen waren entzückt, ihre liebe Freundin wiederzutreffen, hatten sie angeblich eine Ewigkeit nicht mehr gesehen und fragten wiederholt, wie es ihr seit der Trennung ergangen sei. Dem Rest der Familie schenkten sie nur wenig Aufmerksamkeit. Mrs. Bennet vermieden sie soweit möglich, zu Elizabeth sagten sie kaum etwas und zu den anderen gar nichts. Dann gingen sie wieder, indem sie so schnell von ihren Sitzen aufsprangen, daß ihr Bruder ganz überrascht war, und hinausstürzten, als ob sie Mrs. Bennets Höflichkeiten entgehen wollten.

Die Aussicht auf den Ball in Netherfield war für alle weiblichen Mitglieder der Familie äußerst erfreulich. Mrs. Bennet bildete sich ein, er werde ihrer ältesten Tochter zu Ehren veranstaltet, und fühlte sich besonders durch Mr. Bingleys persönliche Einladung statt einer formellen Karte geschmeichelt. Jane malte sich einen glücklichen Abend in Gesellschaft ihrer beiden Freundinnen und mit den Aufmerksamkeiten ihres Bruders aus, und Elizabeth dachte mit Vergnügen daran, wie häufig sie mit Mr. Wickham tanzen und wie sie in Mr. Darcys Augen und Verhalten die Bestätigung von allem sehen würde. Das von Catherine und Lydia vorhergesehene Vergnügen hing weniger von einem besonderen Ereignis oder einer bestimmten Person ab, denn obwohl beide wie Elizabeth den halben Abend mit Mr. Wickham zu tanzen vorhatten, war er auf keinen Fall für sie der einzige in Frage kommende Partner, und ein Ball war immerhin ein Ball. Und sogar Mary konnte ihrer Familie versichern, daß sie nicht abgeneigt war.

»Solange ich die Vormittage für mich habe«, sagte sie, »genügt mir das. Gelegentlich abendlichen Einladungen zu folgen, ist kein großes Opfer. Wir alle müssen der Gesellschaft unseren Tribut zahlen; und ich behaupte sogar, Erholungspausen und Zerstreuungen sind wünschenswert für jedermann.«

Der Anlaß versetzte Elizabeth in solche Stimmung, daß sie Mr. Collins unbedingt fragen mußte, obwohl sie sonst nur das Nötigste mit ihm sprach, ob er Mr. Bingleys Einladung anzunehmen beabsichtige, und wenn ja, ob er auch zu tanzen gedenke; und zu ihrer Überraschung erfuhr sie, er habe keinerlei Bedenken dagegen und schrecke diesbezüglich auch vor einem Verweis vom Erzbischof oder Lady Catherine de Bourgh nicht zurück.

»Ich bin keineswegs der Meinung, wie ich sagen darf, daß ein solcher Ball, von einem ehrenwerten jungen Mann und für ehrenwerte Leute veranstaltet, irgendwie zum Bösen ausschlagen könnte. Auch habe ich nichts dagegen, selbst zu tanzen, und hege die Hoffnung, im Laufe des Abends mit der Hand all meiner hübschen Cousinen belohnt zu werden; ganz besonders möchte ich die Gelegenheit wahrnehmen, mich für die ersten beiden Tänze um Ihre Hand, Miss Elizabeth, zu bewerben – eine Auszeichnung, die meine Cousine Jane, wie ich hoffe, richtig verstehen und nicht Mißachtung ihr gegenüber zuschreiben wird.«

Elizabeth merkte, daß sie sich ihr eigenes Grab gegraben hatte. Sie hatte sich vorgestellt, wie sie alle Tänze mit Mr. Wickham tanzen würde, und nun statt dessen Mr. Collins! Nie hatte eine übermütige Frage größeren Schaden angerichtet. Aber was sollte sie machen. Mr. Wickhams und ihr gemeinsames Glück wurde gewaltsam ein wenig hinausgeschoben, und sie machte Mr. Collins gegenüber gute Miene zum bösen Spiel. Auch der Gedanke, daß mehr dahintersteckte, machte ihr seine Galanterie nicht erträglicher. Jetzt zum erstenmal kam ihr der Verdacht, sie unter all ihren Schwestern sei ausersehen, im Pfarrhaus von Hunsford die Hausherrin zu spielen und auf Rosings am Kartentisch einzuspringen, wenn willkommenere Gäste nicht zu erwarten waren. Als sie seine wachsende Zuvorkommenheit ihr gegenüber wahrnahm und seine wiederholten Versuche hörte, ihr ein Kompliment für ihren Geist und ihre Lebhaftigkeit zu machen, da wurde Verdacht zur Gewißheit, und obwohl sie eher erstaunt als geschmeichelt über diese Wirkung ihres Charmes war, dauerte es nicht lange, bis ihre Mutter sie wissen ließ, daß die Möglichkeit ihrer Heirat *ihr* außerordentlich zusagte.

Elizabeth tat, als ob sie den Wink nicht verstanden hätte, weil sie wußte, daß jede Antwort eine ernstliche Auseinandersetzung zur Folge haben müßte. Vielleicht verzichtete Mr. Collins ja auf den Antrag, und jedenfalls war es sinnlos, über ihn zu streiten, ehe er gemacht worden war.

Ohne die Vorbereitungen für den Ball in Netherfield und die Unterhaltungen darüber wären die jüngeren Misses Bennet in diesen Tagen in einem beklagenswerten Zustand gewesen, denn vom Tag der Einladung bis zum Ball selbst regnete es so ununterbrochen, daß sie nicht ein einziges Mal nach Meryton gehen konnten. Keine Tante, keine Offiziere, kein Klatsch als Ablenkung, und sogar die Schuhrosen für den Ball mußten per Boten besorgt werden. Selbst Elizabeths Geduld wurde auf eine harte Probe gestellt bei diesem Wetter, das den Fortschritt ihrer Bekanntschaft mit Mr. Wickham zum Stillstand brachte; und nur das Fest am Dienstag machte den Freitag, Sonnabend, Sonntag und Montag für Kitty und Lydia erträglich.

Kapitel 18

Der Gedanke, daß Mr. Wickham möglicherweise gar nicht anwesend war, kam Elizabeth erst, als sie den Salon in Netherfield betrat und ihn in dem Haufen roter Uniformen nicht entdecken konnte. Sie war so sicher gewesen, ihn hier zu treffen, obwohl bestimmte Vorfälle sie doch eigentlich hätten warnen müssen. Sie hatte auf ihre Garderobe mehr Sorgfalt als sonst verschwendet und sich in der Hoffnung, daß nur ein Abend dazu nötig sein werde, in bester Stimmung auf die Enträtselung der verbleibenden Geheimnisse seines Herzens vorbereitet. Aber nun konnte sie sich des schrecklichen Verdachts nicht erwehren, daß die Bingleys ihn Mr. Darcy zu Gefallen gar nicht eingeladen hatten, und obwohl das nicht ganz der Fall war, wurde seine Abwesenheit von seinem Freund Mr. Denny bestätigt, an den sich Lydia sofort gewandt hatte und der ihnen erzählte, Wickham habe geschäftlich am Tage zuvor nach London reisen müssen und sei noch nicht zurück. Mit einem vielsagenden Lächeln fügte er hinzu:

»Ich glaube nicht, daß ihn seine Geschäfte gerade jetzt abgerufen hätten, wenn er nicht einem gewissen Herrn hier hätte aus dem Wege gehen wollen.«

Lydia hörte nicht mehr zu, aber Elizabeth waren seine Worte nicht entgangen, und da sie ihnen entnahm, daß Darcy nicht weniger schuldig an Wickhams Abwesenheit war, als ihre erste Vermutung nahegelegt hatte, steigerte sich ihre Abneigung gegen ihn durch die akute Enttäuschung so, daß sie nur mit Mühe einigermaßen auf die höflichen Fragen antworten konnte, die er ihr unmittelbar danach stellte. Verständnis, Nachsicht und Geduld mit Darcy war Verrat an Wickham. Sie nahm sich fest vor, nicht mit ihm zu sprechen und wandte sich mit einem Maß an Gereiztheit von ihm ab, das sie nicht einmal im Gespräch mit Mr. Bingley ganz unterdrücken konnte, dessen blinde Parteilichkeit sie ärgerte.

Aber schlecht gelaunt zu sein, war Elizabeth nicht gegeben, und obwohl ihre eigenen Erwartungen an den Abend grausam zerstört worden waren, hing sie der Enttäuschung nicht lange nach. Sie erzählte Charlotte Lucas, die sie seit einer Woche nicht gesehen hatte, ihr Pech und wandte sich dann ihrem verschrobenen Vetter zu, um Charlotte auf ihn aufmerksam zu machen. Doch die ersten beiden Tänze stürzten sie in neues Unglück; sie waren eine Qual. Mr. Collins bewegte sich linkisch und gravitätisch, entschuldigte sich, anstatt sie zu führen, tanzte in die falsche Richtung, ohne es zu merken, und überantwortete sie all der Schande und dem Mißvergnügen, die ein schlechter Tänzer seiner Partnerin bereitet. Sie jubelte innerlich, als sie ihn endlich los war.

Dann tanzte sie mit einem Offizier und konnte sich beim

Gespräch über Wickham erholen, denn sie erfuhr, daß er bei allen beliebt war. Nach diesem Tanz kehrte sie zu Charlotte zurück und war mitten in einer Unterhaltung mit ihr, als sie sich plötzlich von Mr. Darcy angesprochen sah, der sie mit seiner Aufforderung so überraschte, daß sie sie annahm, ohne zu wissen, was sie tat. Er ging gleich wieder weg, und sie hatte Zeit, sich über ihre eigene Geistesabwesenheit zu ärgern. Charlotte versuchte, sie zu trösten:

»Du findest ihn bestimmt ganz nett.«

»Um Himmels willen! *Das* wäre das größte Unglück! Einen Mann nett finden, den man um jeden Preis hassen möchte! Wünsch mir nur das nicht.«

Aber als der Tanz begann, kam Darcy und forderte sie auf, und Charlotte konnte sie nur noch flüsternd warnen, nicht so einfältig zu sein und sich aus Vorliebe für Wickham bei einem Mann unbeliebt zu machen, der zehnmal so reich war. Elizabeth gab keine Antwort und stellte sich auf. Sie staunte über die Würde, zu der sie als Darcys Partnerin aufgestiegen war, und las in den Blicken ihrer Nachbarn, daß sie das gleiche dachten. Einige Zeit sagten beide kein Wort; Elizabeth begann sich an den Gedanken zu gewöhnen, daß ihr Schweigen die beiden Tänze lang dauern würde, und war entschlossen, es nicht zu brechen, bis ihr plötzlich einfiel, daß es eine größere Strafe für ihn sein würde, ihn zum Reden zu zwingen, und sie machte eine kurze Bemerkung über den Tanz. Er antwortete und schwieg wieder. Nach einer Pause von einigen Minuten redete sie ihn zum zweitenmal an:

»*Sie* sind nun dran, etwas zu sagen, Mr. Darcy, *ich* habe etwas über den Tanz gesagt, und *Sie* müssen nun etwas über die Größe des Raumes oder die Zahl der Paare sagen.«

Er lächelte und versicherte ihr, er werde sagen, was immer sie wolle.

»Sehr schön. Die Antwort genügt fürs erste. Nach einem Weilchen kann ich dann vielleicht sagen, daß private Bälle viel amüsanter als öffentliche sind. Aber erst dürfen wir schweigen.«

»Folgen Sie immer einem bestimmten Schema, wenn Sie sich beim Tanzen unterhalten?«
»Manchmal. Man muß doch irgend etwas sagen. Es macht einen schlechten Eindruck, wenn wir eine halbe Stunde schweigen. Aber man sollte das Gespräch so einrichten, daß manche Leute nur so wenig wie möglich zu sagen brauchen.«
»Wollen Sie damit sich oder mir einen Gefallen tun?«
»Uns beiden«, sagte Elizabeth verschmitzt, »mir ist die Ähnlichkeit zwischen uns schon länger aufgefallen. Wir sind beide unsozial und schweigsam, am Sprechen nicht interessiert, es sei denn, wir bilden uns ein, etwas hervorzubringen, was die ganze anwesende Gesellschaft in Erstaunen versetzt und der Nachwelt als aufsehenerregendes Bonmot überliefert werden kann.«
»Aber das trifft doch auf Ihre Person nicht zu«, sagte er, »wie ähnlich es *mir* sieht, kann ich nicht sagen. Sie halten es sicher für gut getroffen.«
»Es entzieht sich mir, meine eigene Darbietung zu beurteilen.«
Er gab keine Antwort, und sie schwiegen weiter, bis sie durchgetanzt waren, dann fragte er sie, ob sie und ihre Schwestern oft nach Meryton gingen. Sie bestätigte es und konnte der Versuchung nicht widerstehen hinzuzufügen:
»Als Sie uns neulich dort trafen, hatten wir gerade eine neue Bekanntschaft gemacht.«
Die Wirkung war ungeheuer. Er setzte eine noch hochmütigere Miene auf, sagte aber kein Wort, und so konnte Elizabeth, obwohl sie sich über ihre Schwäche ärgerte, nicht fortfahren. Schließlich machte er wieder den Mund auf und sagte forciert:
»Mr. Wickham ist durch seine gewinnenden Manieren geschickt darin, Freundschaften *anzuknüpfen*, ob sie auch *dauern*, ist eine andere Frage.«
»Er hat das Pech gehabt, *Ihre* Freundschaft zu verlieren«, erwiderte Elizabeth mit Nachdruck, »und zwar auf eine Weise, die er vermutlich sein Leben lang nicht verschmerzen wird.«

Darcy gab keine Antwort und hatte offenbar das Bedürfnis, über etwas anderes zu sprechen. In diesem Augenblick näherte sich ihnen Sir William Lucas, der sich bemühte, durch die Tanzenden hindurch auf die andere Seite des Saales zu kommen. Aber als er Mr. Darcy erkannte, blieb er stehen und beglückwünschte ihn mit einer tiefen Verbeugung zu seinen Tanzkünsten und seiner Partnerin.
»Es hat mir große Freude gemacht, lieber Mr. Darcy. Solche guten Tänzer sieht man selten. Da merkt man doch gleich, daß Sie zu den ersten Kreisen gehören. Aber gestatten Sie mir auch die Bemerkung, daß Ihre hübsche Partnerin Ihnen alle Ehre antut und daß ich hoffe, Sie werden dieses gemeinsame Vergnügen noch oft haben, vor allem, wenn ein gewisses wünschenswertes Ereignis, meine liebe Miss Eliza« – er warf einen Blick auf ihre Schwester und Bingley –, »eintritt. Wie wird es Glückwünsche regnen. Ich baue auf Sie, Mr. Darcy, aber bitte, lassen Sie sich nicht in Ihrem betörenden Gespräch mit dieser jungen Dame stören, deren strahlende Augen mich schon vorwurfsvoll ansehen.«
Darcy hörte diesen letzten Teil kaum noch, aber Sir Williams Anspielung auf seinen Freund übte eine große Wirkung auf ihn aus, und er richtete seine Augen mit einem nachdenklichen Blick auf Bingley und Jane, die miteinander tanzten. Aber dann faßte er sich wieder, wandte sich seiner Partnerin zu und sagte:
»Ich habe durch Sir Williams Unterbrechung ganz vergessen, worüber wir sprachen.«
»Ich glaube, wir haben gerade gar nichts gesagt. Sir William konnte im ganzen Saal kaum ein Paar unterbrechen, das sich weniger zu sagen hat. Wir haben schon zwei oder drei Themen ohne Erfolg probiert, worüber wir uns nun noch unterhalten wollen, weiß ich beim besten Willen nicht.«
»Wie wär's mit Büchern?«
»Bücher – o nein! Ich bin sicher, wir lesen nie dieselben Bücher, jedenfalls nicht mit denselben Empfindungen.«

»Wie schade. Aber wenn das so ist, dann haben wir wenigstens ein Thema gefunden. Wir können unsere verschiedenen Meinungen darüber austauschen.«
»Nein, ich kann im Ballsaal nicht über Bücher reden. Mein Kopf ist voll von anderen Dingen.«
»Sie gehen ganz im Augenblick auf, nicht wahr?« sagte er mit einem zweifelnden Lächeln.
»Ja, immer«, sagte sie, ohne zu wissen, wovon sie redete, denn ihre Gedanken waren ganz woanders, wie aus ihrer plötzlichen Bemerkung hervorging:
»Ich erinnere mich, Mr. Darcy, daß Sie einmal gesagt haben, Sie seien unversöhnlich, wenn man einmal Ihre Achtung verloren habe. Sie sind hoffentlich sehr vorsichtig dabei, jemandem Ihre Achtung zu entziehen.«
»Das bin ich«, sagte er mit fester Stimme.
»Und Sie lassen sich nicht durch Vorurteile blenden?«
»Ich hoffe nicht.«
»Wer seine Meinung niemals ändert, muß besonders darauf achten, auf Anhieb keine Fehlurteile zu fällen.«
»Darf ich wissen, worauf diese Fragen hinauslaufen?«
»Nur um ein besseres Bild von Ihrer Persönlichkeit zu bekommen«, sagte Elizabeth und bemühte sich, ihre trüben Gedanken abzuschütteln. »Ich versuche, Sie besser zu verstehen.«
»Mit oder ohne Erfolg?«
Sie schüttelte den Kopf. »Ich komme nicht recht weiter. Ich höre so verschiedene Urteile über Sie, daß ich weder ein noch aus weiß.«
»Ich glaube gerne«, antwortete er ernst, »daß man über mich verschiedene Dinge erzählt. Ich schlage deshalb vor, Miss Bennet, daß Sie sich Ihr Bild von mir nicht gerade jetzt machen, da ich befürchten muß, daß der Versuch weder Ihnen noch mir Ehre macht.«
»Aber wenn ich die Chance nicht wahrnehme, habe ich vielleicht nie wieder Gelegenheit dazu.«
»Es liegt mir völlig fern, Ihnen Ihr Vergnügen zu rauben«, antwortete er kühl. Sie sagte weiter nichts, und sie tanzten zum zweitenmal durch die Reihe und trennten sich

schweigend. Beide waren unbefriedigt, wenn auch nicht im gleichen Maße, denn Mr. Darcy hatte immerhin so viel für Elizabeth übrig, daß er ihr bald verzieh und seinen Zorn jemand anderem zuwandte.

Nicht lange danach kam Miss Bingley auf Elizabeth zu und sagte höflich, aber von oben herab zu ihr:

»So, Miss Eliza, Sie sind also entzückt von George Wickham. Ihre Schwester sprach von ihm und fragte mich tausend verschiedene Dinge. Der junge Mann scheint bei all seiner Redseligkeit vergessen zu haben, Ihnen zu erzählen, daß er der Sohn des alten Wickham ist, des Verwalters vom verstorbenen Mr. Darcy. Aber ich möchte Ihnen den freundschaftlichen Rat geben, nicht alle seine Behauptungen unbesehen zu glauben, denn daß Mr. Darcy ihn schlecht behandelt hat, ist zum Beispiel völlig aus der Luft gegriffen; im Gegenteil, er hat immer außerordentlich viel Nachsicht mit ihm gehabt, obwohl George Wickham sich ihm gegenüber schamlos benommen hat. Ich bin mit den Einzelheiten nicht vertraut, aber so viel weiß ich sicher: Mr. Darcy trifft keinerlei Schuld; schon George Wickhams Name ist ihm zuwider, und obwohl mein Bruder ihn von der Einladung an die Offiziere nicht gut ausnehmen konnte, war er doch außerordentlich froh, daß Mr. Wickham von sich aus darauf verzichtet hat, der Einladung zu folgen. Schon daß er hierher gekommen ist, ist eine Unverschämtheit, und ich frage mich, woher er den Mut dazu nimmt. Sie tun mir leid, Miss Eliza, daß Ihr Schwarm sich nun als Sünder herausstellt, aber wenn man seine Herkunft bedenkt, konnte man wirklich kaum etwas anderes erwarten.«

»Seine Sünden scheinen in Ihren Augen ausschließlich in seiner Herkunft zu bestehen«, sagte Elizabeth wütend, »denn bisher haben Sie ihm nur vorgeworfen, der Sohn von Mr. Darcys Verwalter zu sein, und das, seien Sie überzeugt, hat er mir selbst erzählt.«

»Entschuldigen Sie bitte«, erwiderte Miss Bingley und wandte sich höhnisch lachend ab. »Entschuldigen Sie meine Einmischung, es war nur gut gemeint.«

»Unverschämtes Frauenzimmer!« sagte Elizabeth zu sich selbst. »Du irrst dich, wenn du glaubst, du kannst mich mit so erbärmlichen Unterstellungen gegen ihn einnehmen. Ich sehe darin nichts als deine absichtlich vorgeschobene Naivität und Mr. Darcys Bösartigkeit.« Dann suchte sie ihre Schwester, die unterdessen Mr. Bingley über dasselbe Thema ausgefragt hatte. Jane kam ihr mit einem so viel Wohlbefinden ausstrahlenden Lächeln, mit einem so glücklichen Ausdruck entgegen, daß daraus unverkennbar ihre volle Zufriedenheit mit den Ereignissen des Abends sprach. Elizabeth durchschaute sie sofort, und alles, auch ihr Eintreten für Wickham und ihre Abneigung gegen seine Feinde, traten hinter der Hoffnung zurück, daß Jane auf dem besten Weg war, ihr Glück zu machen.
»Ich möchte gerne wissen«, sagte sie ebenso lächelnd wie ihre Schwester, »was du über Mr. Wickham erfahren hast. Aber vielleicht warst du zu angenehm beschäftigt, um an dritte zu denken; in diesem Fall kannst du mit meiner Nachsicht rechnen.«
»Nein«, erwiderte Jane, »ich habe ihn nicht vergessen; aber ich kann dir nichts Erfreuliches sagen. Mr. Bingley kennt seine Geschichte nur zum Teil und weiß auch nicht, womit er Mr. Darcy eigentlich so tief beleidigt hat. Aber er verbürgt sich für das angemessene Verhalten, die Rechtschaffenheit und Ehre seines Freundes. Er ist überzeugt, Mr. Darcy hat sich mehr um Mr. Wickham bemüht, als er verdient hat, und ich muß leider sagen, daß nach seinen und den Aussagen seiner Schwester Mr. Wickham auf keinen Fall ein achtbarer junger Mann ist. Ich fürchte, er hat sehr unklug gehandelt und Mr. Darcys Sympathie zu Recht verloren.«
»Mr. Bingley kennt also Mr. Wickham nicht persönlich?«
»Nein, er hat ihn neulich in Meryton zum erstenmal gesehen.«
»Also beruht sein Urteil auf den Auskünften Mr. Darcys. Das reicht mir. Aber was sagt er von der Pfarrei?«
»Er erinnert sich an die Umstände nicht genau, obwohl er

mehr als einmal von Mr. Darcy gehört hat, daß ihre Übertragung an Bedingungen gebunden war.«

»Ich zweifle nicht an Mr. Bingleys gutem Willen«, sagte Elizabeth erregt, »aber nimm mir nicht übel, daß ich mich auf bloße Informationen aus zweiter Hand nicht verlasse. Mr. Bingley hat seinen Freund gut verteidigt, vermute ich, aber da er mit der Angelegenheit nur zum Teil vertraut ist und sein Wissen nur von seinem Freund hat, kann ich mein Urteil über beide nicht ändern.«

Dann gingen sie zu einem für beide dankbareren Thema über, wo es keine Differenzen geben konnte, und Elizabeth hörte mit Freude von Janes glücklichen, wenn auch bescheidenen Hoffnungen auf Mr. Bingleys Liebe und bestärkte sie, so gut sie konnte. Als Mr. Bingley selbst zu ihnen trat, zog sich Elizabeth zu Miss Lucas zurück, auf deren Fragen, wie sie mit ihrem letzten Partner zurechtgekommen sei, sie kaum geantwortet hatte, als Mr. Collins auf sie zukam und ihnen mit großer Begeisterung erzählte, er habe gerade das Glück gehabt, eine sehr wichtige Entdeckung zu machen.

»Ich habe«, sagte er, »durch einen einzigartigen Zufall herausgefunden, daß sich in dieser Minute hier im Saal ein naher Verwandter meiner Gönnerin befindet. Ich hörte zufällig, wie der Herr selbst gegenüber der jungen Dame, die die Pflichten der Hausherrin wahrnimmt, den Namen seiner Cousine Miss de Bourgh und ihrer Mutter Lady Catherine erwähnte. Wie wunderbar sich solche Dinge ereignen. Wer hätte es für möglich gehalten, daß ich bei diesem Fest vielleicht einen Neffen Lady Catherine de Bourghs treffen würde! Wie dankbar bin ich, diese Entdeckung noch so rechtzeitig gemacht zu haben, daß ich mich ihm vorstellen kann, was ich auf der Stelle tun werde, und ich hege die Hoffnung, daß er mir nachsieht, es nicht früher getan zu haben. Meine völlige Unkenntnis ihrer verwandtschaftlichen Beziehungen muß mir zur Entschuldigung gereichen.«

»Sie wollen sich doch nicht etwa Mr. Darcy selbst vorstellen!«

»Doch, unbedingt. Ich werde um seine Verzeihung nachsuchen, es nicht früher getan zu haben. Er soll Lady Catherines *Neffe* sein! Ich lasse es mir zur Ehre gereichen, ihm zu versichern, daß es der Frau Baronin gestern vor einer Woche gutging.«
Elizabeth versuchte mit aller Kraft, ihm diesen Plan auszureden, und versicherte ihm, Mr. Darcy werde es als Impertinenz und nicht als Kompliment für seine Tante ansehen, wenn er ihn anspreche, ohne ihm vorgestellt zu sein; es sei auf keinen Fall nötig, daß sie sich kennenlernten; und wenn, dann müsse die Bekanntschaft von Mr. Darcy als dem Ranghöheren ausgehen. Mr. Collins hörte ihr mit der entschlossenen Miene des Unbelehrbaren zu und erwiderte, als sie zu Ende war:
»Meine liebe Miss Eliza, bei allem Respekt vor Ihrem ausgezeichneten Urteil in allen Angelegenheiten, die im Rahmen Ihres Verständnishorizontes liegen, darf ich Sie darauf hinweisen, daß es einen himmelweiten Unterschied zwischen den Formen der Höflichkeit unter Laien gibt und denen, die das Verhalten der Geistlichkeit regeln, denn gestatten Sie mir zu bemerken, daß ich das kirchliche Amt im Rang auf eine Stufe mit den höchsten Würden im Königreich stelle, vorausgesetzt, daß die rechte Demut des Verhaltens es begleitet. Sie müssen mir deshalb schon erlauben, in dieser Angelegenheit dem Diktat meines Gewissens zu folgen, das mir zu tun befiehlt, was ich für meine Pflicht halte. Verzeihen Sie mir, daß ich davon absehe, Ihrem Rat Folge zu leisten, der mir bei jedem anderen Problem ein ständiger Begleiter sein soll. Aber in dem hier vorliegenden Fall halte ich mich aufgrund von Ausbildung und fortwährendem Studium für besser geeignet, die richtige Entscheidung zu treffen, als eine junge Dame wie Sie.« Und mit einer tiefen Verbeugung verließ er sie, um sich an Mr. Darcy heranzumachen. Sie beobachtete gespannt, wie dieser sein Anrücken aufnahm und las sein Staunen, angesprochen zu werden, aus seinem Gesicht ab. Ihr Vetter ließ seiner Ansprache eine tiefe Verbeugung vorausgehen, und obwohl sie kein Wort davon

verstand, glaubte sie, alles zu hören, und las auf seinen Lippen die Wörter »Entschuldigung«, »Hunsford« und »Lady Catherine de Bourgh«. Es ärgerte sie, mit ansehen zu müssen, wie er sich solch einem Mann gegenüber so bloßstellte. Mr. Darcy beäugte ihn mit unverhohlener Verwunderung, und als ihm Mr. Collins zu guter Letzt Zeit zu sprechen gab, antwortete er mit kühler Höflichkeit. Mr. Collins aber ließ sich nicht entmutigen, noch einmal das Wort zu ergreifen, und Mr. Darcys Verachtung schien mit der Länge seiner zweiten Rede ins Unermeßliche zu steigen, und als sie schließlich doch zu Ende war, verbeugte er sich nur knapp und ging davon. Mr. Collins kam gleich zu Elizabeth zurück.

»Seien Sie überzeugt«, sagte er, »ich habe keinen Grund, mit meinem Empfang unzufrieden zu sein. Mr. Darcy war von meiner Aufmerksamkeit sehr angetan. Er hat mir mit der größten Zuvorkommenheit geantwortet und mir sogar das Kompliment gemacht, er sei von Lady Catherines Urteilsvermögen völlig überzeugt, sie werde ihre Gunst sicher keinem Unwürdigen zuteil werden lassen. Ist das nicht ein hübscher Gedanke? Alles in allem, er gefällt mir sehr gut.«

Da Elizabeth nun keine eigenen Ziele mehr zu verfolgen hatte, wandte sie ihre Aufmerksamkeit fast ausschließlich ihrer Schwester und Mr. Bingley zu, und die angenehmen Überlegungen, die ihre Beobachtungen auslösten, machten sie beinahe ebenso glücklich wie Jane. Sie sah sie in Gedanken hier in diesem Haus glücklich verheiratet und in bester Übereinstimmung mit ihrem Mann leben; und unter diesen Umständen traute sie sich sogar zu, mit Bingleys Schwestern nach und nach in ein besseres Verhältnis zu kommen. Sie sah deutlich, wie die Gedanken ihrer Mutter sich auf denselben Abwegen befanden, und beschloß, sich von ihr fernzuhalten, um Indiskretionen zu vermeiden. Deshalb empfand sie es als einen besonders unglückseligen Umstand, daß sie, als man sich zu Tisch begeben hatte, dicht neben ihr saß, und es erbitterte sie, als sie merkte, daß ihre Mutter ausgerechnet zu Lady

Lucas offen und unverblümt von nichts anderem als der bevorstehenden Hochzeit zwischen ihrer Tochter und Mr. Bingley sprach. Es war ein unerschöpfliches Thema, und Mrs. Bennet wurde nicht müde, die zahllosen Vorteile der Verbindung aufzuzählen: Zuerst beglückwünschte sie sich dazu, daß er ein so charmanter junger Mann war – und so reich, und er wohnte nur drei Meilen von ihnen entfernt. Und dann war es so beruhigend, daß sich seine beiden Schwestern so gut mit Jane verstanden und deshalb die Verbindung bestimmt ebenso begrüßten wie sie. Außerdem war es so vielversprechend für ihre jüngeren Töchter, weil ihnen durch Janes vorteilhafte Heirat reiche Männer nur so über den Weg laufen würden; und schließlich war es in ihrem Alter angenehm, ihre unverheirateten Töchter deren Schwester anvertrauen zu können, damit sie selbst nicht *mehr* in Gesellschaft gehen mußte, als ihr lieb war. Diesen letzten Umstand als Vorteil herauszustreichen, gehörte bei dem Anlaß zum guten Ton, aber in Wirklichkeit hatte niemandem je weniger daran gelegen als Mrs. Bennet, zu Hause zu sitzen. Sie schloß mit vielen guten Wünschen, daß recht bald auch Lady Lucas dasselbe Glück beschert sein möge, obwohl ihr Triumph doch gerade darin bestand, daß es dazu nicht die mindeste Chance gab.
Umsonst versuchte Elizabeth den Wortschwall ihrer Mutter zu bremsen oder sie wenigstens zu überreden, ihr Glück in weniger hörbaren Worten auszumalen, denn zu ihrer unaussprechlichen Verzweiflung merkte sie, daß Mr. Darcy, der ihnen gegenübersaß, fast alles mitangehört hatte. Ihre Mutter schimpfte sie nur aus und nannte sie albern.
»Wer ist schon Mr. Darcy, und warum sollte ich Angst vor ihm haben? Ich bin ihm nicht die Rücksicht schuldig, nichts zu sagen, was ihm nicht gefällt.«
»Um Gottes willen, Mutter, sprich leiser. Was hast du davon, wenn du Mr. Darcy beleidigst? Auf diese Weise machst du dich bei seinem Freund nicht gerade beliebt.«
Aber sie bewirkte gar nichts. Ihre Mutter hörte nicht auf,

in gleicher Lautstärke weiterzureden. Elizabeth wurde immer wieder vor Scham und Ärger rot. Sie konnte nicht anders, als Mr. Darcy ab und zu einen Blick zuzuwerfen, obwohl jeder Blick ihre Befürchtungen bestätigte, denn obgleich er ihre Mutter nur hin und wieder ansah, fühlte *sie* sich ständig von ihm beobachtet. Nach und nach nahm sein anfangs indignierter und verächtlicher Gesichtsausdruck eine beherrschte und feierliche Unerschütterlichkeit an.

Aber schließlich hatte sogar Mrs. Bennet nichts mehr zu sagen, und Lady Lucas, die schon längst gähnen mußte bei den wiederholten Beteuerungen eines Entzückens, das zu teilen sie nicht die geringste Aussicht hatte, konnte sich bei kaltem Schinken und Hühnchen erholen. Elizabeth atmete auf. Aber ihre Ruhepause währte nicht lange, denn als das Essen zu Ende war, schlug man Musik vor, und sie mußte beschämt zusehen, wie sich Mary, ohne sich lange bitten zu lassen, aufstellte, um die Gesellschaft mit ihrem Gesang zu erfreuen. Elizabeth versuchte, sie mit vielsagenden Blicken und flehentlichen Gesten von diesem selbstgefälligen Zurschaustellen abzuhalten – aber umsonst, Mary tat, als merke sie nichts; eine solche Gelegenheit, ihre Künste vorzuführen, lag ihr viel zu sehr am Herzen, und sie begann ihr Lied. Elizabeth stand Qualen aus und verfolgte ihren Gesang von Strophe zu Strophe mit einer Ungeduld, die am Ende nur schlecht belohnt wurde, denn als Mary unter dem Beifall der Tafelrunde die zaghafte Andeutung vernahm, ob sie die Gesellschaft nicht noch einmal beglücken wolle, begann sie Sekunden später wieder von neuem. Dabei war sie für eine solche Darbietung keineswegs begabt genug; ihre Stimme war schwach und ihr Vortrag affektiert. Elizabeth wäre am liebsten in den Boden versunken. Sie blickte zu Jane hinüber, um zu sehen, wie sie es ertrug, aber Jane war in ein Gespräch mit Mr. Bingley vertieft und ließ sich nichts anmerken. Sie sah seine beiden Schwestern an, die sich gerade mit abfälligen Gesten verständigten, und Mr. Darcy, der allerdings weiterhin keine Miene verzog.

Schließlich warf sie ihrem Vater einen Blick zu, damit er Mary davon abhielt, den ganzen Abend zu singen. Er verstand den Wink, und als Mary mit dem zweiten Lied zu Ende war, sagte er laut:
»Das reicht vollkommen, mein Kind. Jetzt hast du uns lange genug entzückt. Gib den anderen jungen Damen auch Gelegenheit, sich zu produzieren.«
Mary tat zwar, als höre sie nichts, war aber aus dem Konzept gebracht, und Elizabeth, der Mary leid und die Bemerkung ihres Vaters weh tat, befürchtete, daß ihr Eingreifen alles noch schlimmer gemacht habe. Nun wurden andere aufgefordert.
»Wenn es mir«, sagte Mr. Collins daraufhin, »gegeben wäre zu singen, würde ich es mir zur Ehre gereichen lassen, die Anwesenden mit einem Liedchen zu erfreuen, denn ich halte dafür, daß die Musik eine ganz unschuldige Zerstreuung und mit der Würde des geistlichen Gewandes ausgezeichnet vereinbar ist. Gleichwohl möchte ich nicht sagen, daß wir auf sie zu viel Zeit verschwenden sollten, denn andere Pflichten rufen uns. Ein Gemeindepfarrer hat alle Hände voll zu tun. Zunächst einmal muß er die ihm zukommenden Abgaben so festsetzen, daß er genügend profitiert und seine Gönnerin nicht zu kurz kommt. Dann muß er seine Predigten selbst aufsetzen; und die ihm dann noch verbleibende Zeit reicht kaum für seine Pflichten gegenüber den Gemeindemitgliedern, die Versorgung und Verbesserung seines Hauses, das so bequem wie möglich zu machen er nicht verabsäumen darf. Weiterhin scheint es mir von nicht geringer Bedeutung, daß sein Benehmen ansprechend und ausgleichend auf jedermann wirkt, zumal auf die, denen er seine bevorzugte Stellung verdankt. Von dieser Pflicht kann ich ihn nicht freisprechen; auch hat er meine Achtung nicht, wenn er eine Gelegenheit ausläßt, seinen schuldigen Respekt denen zu erweisen, die mit der Familie seiner Gönnerin verwandtschaftlich verbunden sind.« Und mit einer Verbeugung zu Mr. Darcy beendete er seine Rede, die er so laut gehalten hatte, daß die halbe Gesellschaft sie

hören konnte. Einige starrten ihn an, andere lächelten, aber keiner blickte vergnügter als Mr. Bennet, während seine Frau Mr. Collins zu dieser einsichtsvollen Rede beglückwünschte und zu Lady Lucas gebeugt halblaut hinzufügte, was für ein bemerkenswert kluger und schätzenswerter junger Mann er sei.

Elizabeth hatte den Eindruck, daß ihre Familie, wenn sie sich verabredet hätte, sich im Laufe des Abends so unmöglich zu benehmen, wie es in ihrer Macht stand, ihre Rolle nicht mit mehr Geschick und größerem Erfolg hätte spielen können. Sie war froh für Bingley und ihre Schwester, daß ihm ein Teil dieser Darbietung entgangen und er nicht der Mensch war, sich die Torheit anderer zu Herzen zu nehmen, selbst wenn er sie mitansehen mußte. Aber daß seine beiden Schwestern und Mr. Darcy eine solche Gelegenheit hatten, sich über ihre nächsten Verwandten lustig zu machen, war schlimm genug, und es fiel ihr schwer zu entscheiden, was unerträglicher war, die schweigende Verachtung des Herrn oder das geringschätzige Lächeln der Damen.

Auch der Rest des Abends brachte ihr wenig Freude. Mr. Collins, unentwegt an ihrer Seite, ging ihr auf die Nerven, und obwohl er sie nicht überreden konnte, noch einmal mit ihm zu tanzen, hinderte er sie daran, sich von jemand anderem auffordern zu lassen. Umsonst beschwor sie ihn, eine andere junge Dame aufzufordern, und bot ihm an, ihn allen vorzustellen. Er versicherte ihr, am Tanzen liege ihm gar nichts; er habe nichts im Sinn, als durch erlesene Aufmerksamkeiten ihre Wertschätzung zu gewinnen, und bestehe deshalb darauf, den Abend mit ihr gemeinsam zu verbringen. Gegen diese Absicht war sie machtlos. Nur ihre Freundin Miss Lucas, die sich oft zu ihnen gesellte und sich netterweise mit Mr. Collins in ein Gespräch einließ, erlöste sie vorübergehend von ihrer Bürde.

Wenigstens belästigte Mr. Darcy sie nicht mehr; obwohl er häufig ganz unbeschäftigt in ihrer Nähe stand, trat er doch nie an sie heran, um sie anzusprechen. Sie schrieb es

ihren Anspielungen auf Mr. Wickham zu und freute sich darüber.
Die Gäste aus Longbourn brachen als allerletzte auf und mußten, weil Mrs. Bennet es so eingefädelt hatte, eine Viertelstunde auf ihre Kutsche warten, was ihnen Zeit gab, mitanzusehen, wie gerne ein Teil der Familie sie gehen sah. Mrs. Hurst und ihre Schwester machten nur den Mund auf, um über ihre Erschöpfung zu jammern, und warteten offensichtlich nur darauf, das Haus endlich für sich zu haben. Sie sträubten sich beharrlich, auf Mrs. Bennets Unterhaltung einzugehen, und brachten dadurch eine Müdigkeit über die ganze Gesellschaft, die auch durch Mr. Collins lange Reden nicht aufgemuntert wurde, der Mr. Bingley und seinen Schwestern Komplimente über die gelungene und geschmackvolle Abendunterhaltung, über ihre Gastfreundlichkeit und Höflichkeit machte. Mr. Darcy sagte gar nichts. Mr. Bennet, ebenfalls schweigsam, genoß die Szene. Mr. Bingley und Jane standen ein bißchen abseits und waren mit sich beschäftigt. Elizabeth schwieg so beharrlich wie Mrs. Hurst und Miss Bingley, und sogar Lydia war zu erschöpft, um mehr als ein gelegentliches, von einem herzzerreißenden Gähnen begleitetes »Gott, bin ich müde!« zu äußern.
Als sie sich schließlich erhoben und verabschiedeten, lud Mrs. Bennet die ganze Familie nachdrücklich und überhöflich nach Longbourn ein und wandte sich besonders an Mr. Bingley, um ihm zu versichern, wie sehr sie sich darüber freuen würde, wenn er gelegentlich und ohne auf eine förmliche Einladung zu warten, zu einem Familiendinner zu ihnen käme. Mr. Bingley war überaus dankbar und beglückt und sagte seinen Besuch für die erste Gelegenheit nach seiner Rückkehr aus London zu, wohin er morgen für kurze Zeit reisen müsse.
Mrs. Bennet war damit voll und ganz zufrieden und verließ das Haus freudig erregt und überzeugt, in drei bis vier Monaten – das mußte genügen, um die Hochzeit vorzubereiten und neue Kutschen und das Brautkleid zu kaufen – ihre Tochter als Hausherrin in Netherfield zu sehen.

Daß ihre zweite Tochter Mr. Collins heiraten würde, sah sie mit großer Gewißheit und beträchtlicher, wenn auch nicht ebenso großer Freude an. Von all ihren Kindern stand Elizabeth ihrem Herzen am wenigsten nah, und obwohl der Pfarrer und die Partie für *sie* gut genug waren, wurde beider Wert durch Mr. Bingley und Netherfield in den Schatten gestellt.

Kapitel 19

Der nächste Tag eröffnete in Longbourn neue Perspektiven. Mr. Collins machte seinen offiziellen Heiratsantrag. Entschlossen, keine Zeit zu verlieren, da er am kommenden Sonnabend zurückerwartet wurde, und von Gefühlen der Schüchternheit nicht geplagt, die die Situation für ihn hätten peinlich werden lassen, ging er auf höchst ordentliche Weise vor und nahm Rücksicht auf all die Konventionen, von denen er annahm, sie gehörten zum Geschäft. Als er nach dem Frühstück Mrs. Bennet, Elizabeth und eine ihrer jüngeren Schwestern zusammensitzen sah, sprach er die Mutter mit folgenden Worten an:

»Darf ich mit Ihrer Unterstützung rechnen, Madam, wenn ich um die Ehre bitte, mit Ihrer hübschen Tochter im Laufe des Vormittags allein zu sprechen?«

Aber noch ehe Elizabeth etwas anderes tun konnte, als vor Überraschung zu erröten, hatte ihre Mutter schon gesagt:

»Oh, mein Lieber, ja, natürlich. Lizzy wird sich bestimmt freuen. Sie wird bestimmt nichts dagegen haben. Komm, Kitty, du mußt mir oben helfen.« Und ihre Handarbeit zusammenraffend, wollte sie hinauseilen, als Elizabeth rief:

»Liebe Mutter, geh bitte nicht. Bitte, geh nicht. Mr. Collins muß mich entschuldigen. Er kann mit mir keine Geheimnisse haben, die nicht alle hören können. Ich wollte selbst gerade gehen.«

»Nein, nein, Unsinn, Lizzy. Ich bitte dich, bleib.« Und da Elizabeth mit ärgerlichen und verlegenen Blicken Anstalten traf, sich aus dem Staub zu machen, fügte sie hinzu:
»Lizzy, ich *bestehe* darauf. Du bleibst und hörst Mr. Collins an.«
Diesem ausdrücklichen Befehl mußte sie sich fügen – und da sie nach kurzer Überlegung zu dem Ergebnis kam, es sei am besten, alles so schnell und ruhig wie möglich hinter sich zu bringen, setzte sie sich wieder und versuchte durch ständige Beschäftigung ihre zwischen Ablenkungsmanövern und Verzweiflung hin- und hergerissenen Gefühle zu verbergen. Mrs. Bennet und Kitty verließen sie, und kaum waren sie aus der Tür, da begann Mr. Collins:
»Seien Sie versichert, meine liebe Miss Elizabeth, daß Ihre Bescheidenheit Ihr Bild nicht etwa verdunkelt, sondern Ihre Vollkommenheit erhöht. Wenn Sie dieses Zögern nicht gezeigt hätten, wären Sie mir weniger lieb. Aber erlauben Sie mir zu versichern, daß ich für dieses Gespräch die Erlaubnis Ihrer verehrten Frau Mutter habe. Die Absicht meiner Unterhaltung mit Ihnen kann Ihnen kaum zweifelhaft sein, obgleich Ihr weibliches Feingefühl Sie dazu zwingt, sich zu verstellen. Aber meine Gesten der Aufmerksamkeit sind zu auffällig gewesen, als daß sie mißverstanden werden können. Schon kurz nach meiner Ankunft in diesem Haus habe ich Sie als Gefährtin meines zukünftigen Lebens erkoren. Aber bevor ich bei diesem Thema von meinen Gefühlen überwältigt werde, ist es vielleicht angebracht, die Gründe zu erläutern, warum ich zu heiraten beabsichtige, und darüber hinaus zu erklären, warum ich mit der Absicht, eine Frau zu suchen, gerade nach Hertfordshire gekommen bin.«
Bei dem Gedanken, Mr. Collins könne bei all seinem feierlichen Gehabe von seinen Gefühlen überwältigt werden, mußte sie sich so das Lachen verkneifen, daß sie die eintretende kurze Pause nicht nutzen konnte, um ihn am Weitersprechen zu hindern, und er fuhr fort:
»Meine Gründe zu heiraten sind folgende: Erstens halte ich es für angebracht, daß ein Geistlicher mit bequemem

Auskommen – wie ich – in seiner Gemeinde ein gutes Beispiel der christlichen Ehe gibt; zweitens bin ich davon überzeugt, daß es mein Glück in großem Maße erhöhen wird; und drittens – und vielleicht hätte ich das schon früher erwähnen sollen – hat es die sehr gnädige Frau Baronin, die meine Gönnerin zu nennen ich die Ehre habe, mir ausdrücklich empfohlen und ans Herz gelegt. Zweimal schon hat sie mich ihrer Meinung über diesen Gegenstand – und das ungefragt – für würdig erachtet; und es war an eben jenem Samstagabend vor meiner Abreise zu Ihnen – in der Pause zwischen zwei Partien Quadrille, daß sie, während Mrs. Jenkinson Miss de Bourgh die Fußbank zurechtrückte, zu mir sagte: ›Mr. Collins, Sie müssen heiraten. Ein Geistlicher wie Sie muß heiraten. Wählen Sie mit Bedacht, wählen Sie eine junge Dame aus gutem Hause um meinetwillen; um Ihretwillen sollte sie eine nützliche Person sein. Wollen Sie nicht zu hoch hinaus, sie muß mit dem Haushaltsgeld wirtschaften können. Das rate ich Ihnen. Gehen Sie nach einer solchen Frau so schnell Sie können auf die Suche, bringen Sie sie mit nach Hunsford, und ich werde ihr einen Antrittsbesuch abstatten.‹ Darf ich nebenbei erwähnen, meine liebe Cousine, daß ich die Aufmerksamkeit und Freundlichkeit Lady Catherine de Bourghs nicht als den geringsten der Vorteile veranschlage, die anzubieten in meiner Macht steht. Sie werden ihre Umgangsformen über jeden Tadel erhaben finden; und Ihr Scharfsinn und Ihre Lebhaftigkeit werden der Frau Baronin, davon bin ich überzeugt, willkommen sein, besonders wenn sie von dem Schweigen und Respekt begleitet werden, die der Stand der Frau Baronin unweigerlich erzwingt. Soviel zu meinen Heiratsabsichten im allgemeinen. Es obliegt mir noch, Ihnen zu erklären, warum ich meine Blicke nach Longbourn und nicht in die Nachbarschaft gerichtet habe, wo es, seien Sie versichert, viele liebenswerte junge Damen gibt. Aber Tatsache ist, daß ich nun einmal nach dem Tode Ihres verehrten Herrn Vaters – dem ich aber gleichwohl ein langes Leben wünsche – diesen Besitz erben werde, und deshalb läßt mir der Gedanke keine Ruhe, eine Frau unter seinen Töchtern zu wählen, damit der Verlust Sie so wenig wie möglich trifft, wenn das traurige Ereignis eines Tages stattfindet – aber wie gesagt, darüber mögen noch Jahre ins Land gehen. Dies sind meine Motive, meine liebe Cousine, und ich schmeichle mir, daß ich dadurch in Ihrer Achtung nicht sinke. Es bleibt mir nun nur noch, Sie in bewegten Worten meiner tiefempfundenen Liebe zu versichern. Geld bedeutet mir nichts, und diesbezüglich werde ich an Ihren Vater keine Ansprüche stellen, da ich wohl weiß, er könnte ihnen nicht gerecht werden. Die tausend Pfund zu vier Prozent, die Ihnen erst nach dem Tode Ihrer Mutter zufallen, sind finanziell wahrscheinlich Ihre einzige Aussicht. Im Hinblick darauf werde ich deshalb das diskreteste Stillschweigen bewahren, und Sie können fest darauf bauen, auch nach unserer Hochzeit wird kein kleinlicher Vorwurf jemals über meine Lippen kommen.«

Es war unbedingt notwendig, ihn zu unterbrechen.

»Sie sind voreilig, Sir«, rief sie. »Vergessen Sie nicht, daß ich noch gar keine Antwort gegeben habe. Aber ich will es ohne weiteren Zeitverlust tun. Empfangen Sie meinen Dank für die Ehre Ihres Antrags. Ich weiß sie wohl zu schätzen, aber ich kann ihn unmöglich annehmen.«

»Ich verstehe«, erwiderte Mr. Collins mit einer gemessenen Handbewegung, »junge Damen neigen dazu, den ersten Antrag eines Mannes abzulehnen, auch wenn sie ihm innerlich zustimmen, und manchmal lehnen sie sogar ein zweites und ein drittes Mal ab. Ich werde mich deshalb durch Ihre Erklärung nicht entmutigen lassen und hoffe, Sie bald zum Altar zu führen.«

»Aber Mr. Collins«, rief Elizabeth, »Ihre Hoffnung erscheint mir angesichts meiner Erklärung ungewöhnlich. Ich schwöre, ich bin nicht eine von den jungen Damen – wenn es sie gibt –, die ihr mögliches Glück dem Risiko aussetzen, ein zweites Mal gefragt zu werden. Meine Ablehnung ist völlig ernst gemeint. Sie könnten *mich* nicht glücklich machen, und ich wäre die letzte, die *Sie* glücklich machen könnte. Nein, wenn Ihre Freundin Lady Catherine mich kennte, dann würde sie mich in jeder Hinsicht ungeeignet für die Aufgabe finden.«

»Wenn das der Fall sein sollte ...«, sagte Mr. Collins nachdenklich, »aber ich kann mir gar nicht vorstellen, daß die Frau Baronin Sie ablehnen würde. Und Sie können überzeugt sein, wenn ich die Ehre habe, sie wiederzusehen, werde ich Ihre Bescheidenheit, Sparsamkeit und all Ihre anderen liebenswerten Eigenschaften in den höchsten Tönen preisen.«

»Wirklich, Mr. Collins, all Ihr Lobpreis ist unnötig. Sie müssen mir erlauben, für mich selbst zu urteilen. Bitte, tun Sie mir den Gefallen zu glauben, was ich sage. Ich wünsche Ihnen alles Glück und allen Reichtum, und indem ich Ihre Hand ablehne, tue ich alles, was in meiner Macht steht, um beides nicht zu verhindern. Durch den Antrag an mich haben Sie Ihrem Zartgefühl meiner Familie gegenüber Genüge getan, und Sie können nun Longbourn ohne Gewissensbisse übernehmen, wann immer der Besitz Ihnen zufällt. Diese Angelegenheit können wir deshalb als beendet ansehen.«

Und während sie dies sagte, stand sie auf und hätte den Raum verlassen, wenn nicht Mr. Collins sie folgendermaßen angesprochen hätte:

»Wenn ich die Ehre habe, das nächstemal über dieses Thema mit Ihnen zu sprechen, hoffe ich, eine zustimmendere Antwort von Ihnen zu erhalten. Ich will Sie damit gegenwärtig nicht der Grausamkeit zeihen, denn ich weiß, der Brauch schreibt den Damen vor, einen Mann beim erstenmal zurückzuweisen, und vielleicht haben Sie genau das gesagt, was zu meiner Ermutigung dient und zugleich den edelsten Tugenden des weiblichen Geschlechts zur Ehre gereicht.«

»Aber Mr. Collins«, rief Elizabeth ziemlich erregt, »Sie bringen mich völlig durcheinander. Wenn Sie meine bisherigen Worte als Ermutigung auffassen, dann weiß ich wirklich nicht, was ich sagen muß, damit Sie begreifen, daß meine Ablehnung endgültig ist.«

»Nein, nein, meine liebe Cousine, ich lasse mich nicht davon abbringen, daß Sie meinen Antrag nur zum Schein ablehnen. Meine Gründe für diese Annahme sind kurz gesagt folgende: Ich kann nicht glauben, daß meine Hand Ihrer unwürdig oder daß der Hausstand, den ich Ihnen biete, nicht im höchsten Maße erstrebenswert ist. Meine Stellung in der Welt, meine Beziehung zur Familie de Bourgh und meine Verwandtschaft mit Ihnen sprechen allesamt für mich; darüber hinaus sollten Sie in Erwägung ziehen, daß Ihnen trotz Ihrer vielfältigen Vorzüge vielleicht kein zweiter Heiratsantrag gemacht wird. Ihr Erbe ist leider so geringfügig, daß Ihnen höchstwahrscheinlich auch Ihr Liebreiz und Ihr Charme nichts nützen werden. Ich muß daher also schließen, daß Ihre Ablehnung meiner Hand nicht ernst gemeint ist, und werde sie deshalb Ihrem Wunsch zuschreiben, meine Liebe mit den üblichen Praktiken weiblicher Verführungskunst auf die Folter zu spannen und noch mehr zu entflammen.«

»Wenn Verführungskunst darin besteht, Mr. Collins, einen anständigen Mann zu quälen, dann habe ich nicht die mindeste Begabung dazu. Das Kompliment, aufrichtig zu sein, wäre mir wesentlich lieber. Ich danke Ihnen noch einmal für die Ehre, die Ihr Antrag für mich bedeutet, aber annehmen kann ich ihn unmöglich. Meine Empfindungen lassen es auf keinen Fall zu. Muß ich mich noch deutlicher ausdrücken? Bitte, halten Sie mich nicht für eine raffinierte Frau, mit der Absicht Sie zu martern, sondern für ein vernünftiges Wesen, das aus tiefstem Herzen die Wahrheit sagt.«

»Ihr Charme ist unwiderstehlich!« rief er mit ungelenker Galanterie, »und mein Antrag wird unbedingt Ihre Zustimmung finden, wenn Ihre beiden schätzenswerten Eltern ihm durch ihre Autorität den Segen gegeben haben.«

Gegenüber solch hartnäckigem und mutwilligem Selbstbetrug war Elizabeth machtlos, und sie zog sich schweigend und auf der Stelle zurück, entschlossen, sich, falls er darauf beharrte, ihre wiederholte Ablehnung als schmeichelhafte Ermutigung mißzuverstehen, an ihren Vater zu wenden, der seine Ablehnung wenigstens unmißverständlich formulieren und dessen Verhalten nicht als weibliche Koketterie und Verführungskunst mißdeutet werden konnte.

Kapitel 20

Mr. Collins kam nicht recht dazu, in Ruhe seiner erfolgreichen Liebeserklärung nachzuhängen, denn Mrs. Bennet hatte sich ihre Zeit im Vorzimmer vertrieben, um das Ende des Gesprächs abzuwarten. Kaum sah sie Elizabeth die Tür öffnen und mit schnellen Schritten auf die Treppe zueilen, als sie das Frühstückszimmer betrat und ihn und sich mit herzlichen Worten zur erfreulichen Aussicht ihrer engeren familiären Bindung beglückwünschte. Mr. Collins empfing und erwiderte die Glückwünsche mit gleicher Genugtuung und ging dann dazu über, die Einzelheiten des Gesprächs zu berichten, mit dessen Ergebnis er allen Grund habe, zufrieden zu sein, da die beharrliche Ablehnung seiner Cousine natürlich nur auf ihrer keuschen Bescheidenheit und ihrem ausgeprägten Feingefühl beruhe.

Aber diese Mitteilung irritierte Mrs. Bennet, und sie hätte gerne allen Grund gehabt, anzunehmen, ihre Tochter habe ihn durch ihre Zurückweisung nur ermutigen wollen, aber sie konnte sich nicht dazu durchringen und sagte ihm offen ihre Meinung.

»Aber das will ich Ihnen sagen, Mr. Collins«, fügte sie hinzu, »Lizzy wird zur Vernunft gebracht werden.

Ich spreche auf der Stelle mit ihr. Sie ist ein dickköpfiges und törichtes Mädchen und weiß nicht, was ihr gut tut. Aber ich werde es ihr schon beibringen.«

»Entschuldigen Sie die Unterbrechung, Madam«, rief Mr. Collins, »aber wenn sie wirklich dickköpfig und töricht ist, bin ich nicht sicher, ob sie für einen Mann in meiner Position, der doch in der Ehe sein Glück sucht, eine erstrebenswerte Gefährtin ist. Sollte sie tatsächlich darauf beharren, meinen Antrag abzulehnen, dann wäre es vielleicht angebrachter, ihr die Zustimmung nicht aufzuzwingen, weil sie mit solchen Charakterfehlern mein Lebensglück nicht wesentlich fördern könnte.«

»Sir, Sie mißverstehen mich«, sagte Mrs. Bennet in Ängsten, »Lizzy ist dickköpfig nur in solchen Fällen. In allem anderen ist sie das nachgiebigste Kind der Welt. Ich gehe auf der Stelle zu Mr. Bennet, wir werden sie ohne Frage zur Vernunft bringen.«

Sie ließ ihm keine Zeit zu antworten, sondern eilte zu ihrem Mann und rief schon in der Tür zur Bibliothek:

»O Mr. Bennet, wir brauchen dich sofort! Wir sind alle völlig aus dem Häuschen. Du mußt kommen und dafür sorgen, daß Lizzy Mr. Collins heiratet. Sie schwört Stein und Bein, sie will ihn nicht, und wenn du dich nicht beeilst, und sie zur Räson bringst, dann macht er einen Rückzieher und will *sie* nicht.«

Mr. Bennet hob bei ihrem Eintritt die Augen von seinem Buch und sah sie mit einem Blick absoluter Unbeteiligtheit an, der sich auch beim Hören ihrer Nachricht nicht im mindesten änderte.

»Es ist mir nicht gegeben, dich zu verstehen«, sagte er, als sie ihre Rede beendet hatte. »Wovon sprichst du?«

»Von Mr. Collins und Lizzy. Lizzy erklärt, sie will Mr. Collins nicht heiraten, und nun fängt Mr. Collins an, davon zu reden, er will Lizzy nicht heiraten.«

»Und was soll ich nun dabei tun? Der Fall scheint aussichtslos.«

»Du sollst mit Lizzy reden. Sag ihr, du bestehst darauf, daß sie ihn nimmt.«

»Laß sie herunterbitten. Ich werde ihr meine Meinung sagen.«

Mrs. Bennet klingelte, und Miss Elizabeth wurde in die Bibliothek gebeten.

»Komm her, mein Kind«, rief ihr Vater, als sie eintrat. »Ich habe dich wegen einer wichtigen Angelegenheit herge-

beten. Wie ich höre, hat Mr. Collins dir einen Heiratsantrag gemacht. Stimmt das?« Elizabeth bestätigte es. – »Sehr schön, und du hast den Antrag abgelehnt?«
»Ja, Sir.«
»Sehr schön. Jetzt komme ich zur Sache. Deine Mutter besteht darauf, daß du ihn annimmst. Stimmt das, Mrs. Bennet?«
»Ja, oder ich will sie nie wiedersehen.«
»Du stehst vor einer unglückseligen Entscheidung, Elizabeth. Von heute an wirst du von einem Elternteil verstoßen. Deine Mutter will dich nie mehr sehen, wenn du Mr. Collins *nicht* heiratest, und ich will dich nie mehr sehen, *wenn* du ihn heiratest.«
Bei dieser unerwarteten Schlußwendung mußte Elizabeth lächeln, aber Mrs. Bennet, die felsenfest davon überzeugt gewesen war, ihr Mann werde ihren Standpunkt vertreten, war außer sich.
»Was soll das heißen, Mr. Bennet? Was redest du da? Du hast mir versprochen, sie zur Räson zu bringen!«
»Meine Liebe«, antwortete ihr Mann, »ich muß dich um zwei kleine Gefälligkeiten bitten. Gestatte mir bitte in dieser Angelegenheit erstens den freien Gebrauch meines Verstandes und zweitens den meines Zimmers. Ich wäre dir dankbar, wenn ich die Bibliothek so bald wie möglich zu meiner eigenen Verfügung haben könnte.«
Aber so schnell gab Mrs. Bennet trotz ihrer grenzenlosen Enttäuschung über ihren Mann nicht auf. Immer wieder nahm sie Elizabeth ins Gebet; abwechselnd redete sie ihr gut zu und drohte ihr. Sie versuchte Jane für ihre Interessen einzuspannen, aber Jane lehnte jegliche Einmischung in aller Ruhe ab; und Elizabeth wehrte sich gegen ihre Angriffe mal ernsthaft und mal mit spielerischer Ironie. Obwohl sie ihre Taktik änderte, geriet ihr Entschluß nie ins Wanken.
Unterdessen dachte Mr. Collins in aller Stille darüber nach, was eigentlich geschehen war. Er hatte eine zu gute Meinung von sich, als daß er die Motive für die Ablehnung seiner Cousine begreifen konnte; und obwohl sein

Stolz verletzt war, litt er sonst weiter nicht. Seine Liebe zu ihr bestand ohnehin nur in seiner Einbildung, und der Gedanke, sie verdiene vielleicht die Vorwürfe ihrer Mutter, ließ ihn nicht dazu kommen, Bedauern zu empfinden.

Während die Familie durch die Ereignisse völlig durcheinander war, kam Charlotte Lucas, um den Tag bei ihnen zu verbringen. Sie traf im Vorzimmer auf Lydia, die auf sie zuflog und mit unterdrückter Stimme rief:

»Ein Glück, daß du kommst, haben *wir* einen Spaß! Was glaubst du, ist heute morgen passiert? Mr. Collins hat Lizzy einen Heiratsantrag gemacht, und sie will ihn nicht.«

Charlotte konnte kaum antworten, da kam schon Kitty dazu, um dieselbe Geschichte zu erzählen; und kaum waren sie ins Frühstückszimmer eingetreten, wo Mrs. Bennet alleine saß, als auch sie von dem Ereignis anfing, Miss Lucas um Mitleid bat und auf sie eindrang, ihre Freundin zu überreden, sich den Wünschen der Familie zu beugen.

»Bitte, liebe Miss Lucas«, fügte sie in melancholischem Ton hinzu, »helfen Sie mir, denn niemand ist auf meiner Seite, niemand unterstützt mich, ich werde aufs grausamste mißbraucht, niemand nimmt Rücksicht auf meine armen Nerven.«

Charlotte wurde durch den Eintritt Janes und Elizabeths einer Antwort enthoben.

»Da kommt sie ja«, fuhr Mrs. Bennet fort, »und tut als ginge sie das Ganze nichts an, und an uns denkt sie ebensowenig, als säßen wir auf dem Mond, wenn sie nur mit dem Kopf durch die Wand kann. Aber eins will ich dir sagen, mein Fräulein, wenn du dir in den Kopf gesetzt hast, weiterhin jeden Heiratsantrag abzulehnen, dann endest du als alte Jungfer, und ich möchte mal wissen, wer nach dem Tode deines Vaters für dich sorgen soll. *Ich* kann dich nicht ernähren, und deshalb sieh dich vor. Ich bin mit dir ab heute fertig. Ich habe dir ja schon in der Bibliothek gesagt, daß ich kein Wort mehr mit dir spreche, und du wirst sehen, ich mache es wahr. Mit pflichtvergessenen Kindern habe ich keine Lust zu reden. Mir liegt das Reden überhaupt nicht, mit keinem. Leute mit nervösen Zuständen wie ich sind zum Reden nicht aufgelegt. Ihr habt ja keine Ahnung, was ich durchmache! Aber so ist es immer. Wer nicht klagt, mit dem hat keiner Mitleid.«

Ihre Töchter hörten diesem Wortschwall schweigend und in der Überzeugung zu, daß jeder Versuch, mit ihr zu argumentieren oder sie zu beruhigen, ihre Ungehaltenheit nur noch steigern würde. Und da keiner sie unterbrach, hörte sie auch nicht auf zu reden, bis Mr. Collins sich zu ihnen gesellte, der noch gravitätischer als sonst das Zimmer betrat, und als sie ihn wahrnahm, sagte sie zu den Mädchen:

»Ihr haltet jetzt allesamt den Mund, verstanden? Mr. Collins und ich haben etwas miteinander zu besprechen.«

Elizabeth verließ schweigend das Zimmer, und Jane und Kitty folgten, aber Lydia blieb, wo sie war, entschlossen, soviel wie möglich mitzubekommen; und Charlotte, zunächst durch die Höflichkeit Mr. Collins', der sich ausführlich nach ihrem und ihrer Familie Wohlergehen erkundigte, und dann aus bloßer Neugier festgehalten, beschränkte sich darauf, ans Fenster zu treten und so zu tun, als ob sie nichts höre. Mit wehleidiger Stimme begann Mrs. Bennet die geplante Unterhaltung mit einem »Oh, Mr. Collins!«

»Meine liebe Mrs. Bennet«, erwiderte er, »lassen Sie uns ein für allemal über das Vorgefallene schweigen. Es sei fern von mir«, und in seiner Stimme schwang nun Verärgerung mit, »das Verhalten Ihrer Tochter übelzunehmen. Wir alle haben die Pflicht, uns in die unvermeidlichen Übel zu schicken; ganz besonders ist das die Pflicht eines jungen Mannes, der wie ich so früh vom Schicksal begünstigt worden ist, und ich habe mich schon abgefunden. Nicht zuletzt deshalb, weil die Hand meiner hübschen Cousine mir, wenn mein Gefühl mich nicht trügt, nicht zum vollkommenen Glück verholfen hätte. Es ist mir schon öfter aufgefallen, daß es uns am besten gelingt, uns abzufinden, wenn die Gnade, die sich uns verweigert, in unseren Augen schon an Wert verliert. Ich hoffe, Sie halten es nicht für ein Zeichen von Respektlosigkeit gegenüber Ihrer Familie, meine liebe Mrs. Bennet, wenn ich hiermit auf meinen Anspruch auf die Gunst Ihrer Tochter verzichte, ohne Sie und Mr. Bennet um die Gefälligkeit zu bitten, Ihre elterliche Autorität für mich in die Waagschale zu werfen. Vielleicht habe ich mich eines Verstoßes gegen die guten Sitten schuldig gemacht, als ich meine Zurückweisung aus dem Munde Ihrer *Tochter* statt aus Ihrem entgegennahm. Aber wir irren alle. Ich habe nur das Beste gewollt. Mein Wunsch war, bei aller Rücksicht auf die Vorteile Ihrer Familie, eine liebenswerte Gefährtin für mich zu erwerben, und wenn mein Benehmen dabei zu wünschen übrig ließ, möchte ich hiermit um Verzeihung bitten.«

Kapitel 21

Das Hin und Her über Mr. Collins' Antrag war nun fast vorüber, und Elizabeth hatte nur noch unter den unvermeidlichen Gewissensbissen und gelegentlich unter den schnippischen Anspielungen ihrer Mutter zu leiden. Mr. Collins legte nicht etwa Verlegenheit oder Trübsinn an den Tag oder ging ihr aus dem Wege, sondern gab sich förmlich und steif und schwieg verbittert. Er sprach kaum mit ihr, und die beflissenen Aufmerksamkeiten, um die er sich sonst so bemüht hatte, übertrug er nun für den Rest des Tages auf Miss Lucas, deren Höflichkeit beim Zuhören für sie alle, besonders aber für ihre Freundin, eine Erleichterung war.

Auch am nächsten Tag verließen Mrs. Bennet ihre schlechte Laune und ihre Unpäßlichkeit nicht. Mr. Collins befand sich in einem Zustand verletzten Stolzes. Elizabeth hatte gehofft, seine Verdrießlichkeit würde seinen Besuch abkürzen, aber seine Reisepläne schienen davon unberührt zu sein. Er hatte von Anfang an am nächsten Sonnabend fahren wollen, und dabei blieb es.

Nach dem Frühstück wanderten die Mädchen nach Meryton, um herauszubekommen, ob Mr. Wickham zurück war und um seine Abwesenheit vom Ball in Netherfield zu beklagen. Er traf sie am Stadteingang und begleitete sie zu ihrer Tante, wo seine Enttäuschung und sein und ihrer aller Bedauern lang und breit diskutiert wurden. Elizabeth gegenüber allerdings gab er bereitwillig zu, daß er absichtlich vom Ball ferngeblieben sei.

»Je näher der Termin rückte«, sagte er, »desto sinnvoller schien es mir, Mr. Darcy nicht zu begegnen; der Gedanke, mit ihm Stunden in demselben Saal, in derselben Gesellschaft verbringen zu müssen, war mehr als ich ertragen konnte. Szenen hätten sich abspielen können, die nicht nur für mich unangenehm gewesen wären.«

Elizabeth fand seine Rücksicht anerkennenswert, und als Wickham und noch ein anderer Offizier sie nach Longbourn zurückbegleiteten, hielt er sich auf dem Wege besonders an sie, so daß sie Zeit hatten, in aller Ruhe darüber zu sprechen und sich gegenseitig Komplimente zu machen. Seine Begleitung kam ihr in doppelter Hinsicht entgegen: Sie sonnte sich in den Aufmerksamkeiten, mit denen er sich um sie bemühte, und nahm die Gelegenheit wahr, ihn ihrem Vater und ihrer Mutter vorzustellen.

Bald nach ihrer Rückkehr wurde ein Brief für Miss Bennet abgegeben; er kam von Netherfield und wurde gleich geöffnet. Der Umschlag enthielt ein Blatt elegantes kleines Büttenpapier, voll beschrieben in einer zierlichen, flüssigen Damenhandschrift, und Elizabeth sah, wie sich das Gesicht ihrer Schwester verfärbte und sie einige Passagen des Briefes immer wieder überflog. Jane nahm sich schnell zusammen und versuchte, den Brief beiseite legend, mit ihrer üblichen Heiterkeit an dem allgemeinen Gespräch teilzunehmen. Aber Elizabeths Unruhe war so groß, daß sie nicht einmal Wickham zuhören konnte, und sowie er und sein Begleiter sich verabschiedet hatten, bat sie Jane mit einem Blick, ihr nach oben zu folgen. In ihrem Zimmer nahm Jane den Brief heraus und sagte:

»Er kommt von Caroline Bingley, und sein Inhalt hat mich

einigermaßen überrascht. Sie haben um diese Zeit alle schon Netherfield verlassen und sind auf dem Wege nach London – und zwar ohne die Absicht, je zurückzukommen. Hör zu, was sie schreibt.«

Dann las sie den ersten Satz vor, der die Nachricht enthielt, daß sie ihrem Bruder auf direktem Wege gefolgt seien und in Grosvenor Street zu dinieren beabsichtigten, wo Mr. Hurst ein Haus besaß. Der nächste Satz lautete folgendermaßen: ›Ich will nicht den Eindruck erwecken, als ob es mir, außer Ihrer Gesellschaft wegen, leid täte, Hertfordshire zu verlassen, liebste Freundin. Hoffen wir aber, daß wir uns in der nächsten Zukunft wiedersehen, um unseren so lebhaften Umgang miteinander zu erneuern, und bis dahin wollen wir uns durch einen intensiven und freimütigen Briefwechsel zu trösten versuchen. Ich *verlasse* mich auf *Sie*.‹ Elizabeth lauschte all diesen hochtrabenden Ausdrücken mit ungläubigem Mißtrauen, und obwohl ihre plötzliche Abreise sie überraschte, tat sie ihr doch nicht wirklich leid. Mr. Bingley würde sich durch ihre Abwesenheit kaum von seinen Besuchen in Netherfield abhalten lassen, und den Verlust der anderen würde Jane in seiner angenehmen Gesellschaft bald verschmerzen.

»Schade«, sagte sie nach einer kurzen Pause, »daß du deine Freunde vor ihrer Abreise nicht mehr sehen konntest. Hoffen wir, daß das Glück in nächster Zukunft, auf das Miss Bingley sich freut, schneller als erwartet eintrifft und daß ihr den lebhaften Umgang, den ihr als Freundinnen gehabt habt, als Schwägerinnen um so intensiver fortsetzt. Mr. Bingley wird sich durch sie in London nicht festhalten lassen.«

»Caroline schreibt ausdrücklich, daß keiner von ihnen diesen Winter nach Hertfordshire zurückkommt. Hör zu: ›Als mein Bruder uns gestern verließ, lebte er in der Vorstellung, daß ihn die Pflichten, die ihn nach London riefen, nur drei oder vier Tage in Anspruch nehmen würden, aber da unterdessen klar ist, daß er es nicht schaffen wird, und da Charles nach unseren bisherigen Erfahrungen

London so schnell nicht wieder den Rücken kehrt, haben wir beschlossen, ihm nachzureisen, damit er seine Freizeit nicht in einem ungemütlichen Hotel verbringen muß. Viele unserer Bekannten sind für die Wintersaison schon nach London gezogen, und ich fände es großartig, wenn Sie auch darunter wären, liebste Freundin – aber da habe ich keine Hoffnung. Ich wünsche Ihnen, daß Ihr Weihnachtsfest in Hertfordshire alle Vergnügungen dieser Jahreszeit mit sich bringt und daß Ihre Verehrer so zahlreich sind, daß Sie gar nicht dazu kommen, die Abwesenheit der drei zu beklagen, die sich aus dem Staub gemacht haben.‹

Daraus geht eindeutig hervor«, fügte Jane hinzu, »daß er in diesem Winter nicht wiederkommt.«

»Daraus geht nur hervor, daß Miss Bingley es zu verhindern beabsichtigt.«

»Wie kommst du darauf? *Er* muß dahinterstecken. Er ist sein eigener Herr. Aber du weißt noch nicht alles. Ich lese dir den Absatz vor, der mich besonders getroffen hat. Vor dir habe ich keine Geheimnisse. ›Mr. Darcy sehnt sich nach seiner Schwester, und, um die Wahrheit zu sagen, wir kaum weniger. Ich halte Georgianas Schönheit, Eleganz und Bildung für unübertroffen. Und die Zuneigung, die sie in Louisa und mir erweckt, wird noch durch die Hoffnung erhöht, sie eines Tages als unsere Schwägerin betrachten zu dürfen. Ich erinnere mich nicht, ob ich Ihnen gegenüber dieses Thema jemals erwähnt habe, aber ich möchte nicht abreisen, ohne Ihnen meine Erwartungen anzuvertrauen, und hoffe, Sie finden sie nicht unangemessen. Mein Bruder betet Miss Darcy schon an; jetzt hat er Gelegenheit, mit ihr vertrauter zu werden. *Ihre* Verwandten wünschen die Verbindung ebenso wie unsere, und meine schwesterlichen Vorurteile täuschen mich nicht, wenn ich Charles einen Herzensbrecher nenne. Da alles *für* die Verbindung und nichts dagegen spricht, ist meine Hoffnung auf ein Ereignis, das das Glück so vieler Menschen bedeutet, etwa ungerechtfertigt?‹«

»Was hältst du von *dem* Satz, liebe Lizzy«, fragte Jane, als sie zu Ende gelesen hatte. »Er spricht doch Bände. Sagt er nicht deutlich genug, daß Caroline mich gar nicht als Schwägerin haben will, daß sie Gleichgültigkeit ihres Bruders mir gegenüber für selbstverständlich hält und daß sie mich, falls sie meine Gefühle für ihn kennt, sehr behutsam warnen will? Kann man die Stelle anders deuten?«

»Ja, man kann. Ich deute sie völlig anders. Willst du meine Meinung hören?«

»Natürlich, gern.«

»Ich kann es ganz kurz machen. Miss Bingley hat gemerkt, daß ihr Bruder dich liebt, und will, daß er Miss Darcy heiratet. Sie ist ihm nach London in der Hoffnung nachgereist, ihn dort festzuhalten, und versucht dir einzureden, er liebt dich nicht.«

Jane schüttelte den Kopf.

»Doch bestimmt, Jane, glaub mir. Wer euch zusammen gesehen hat, kann an seiner Zuneigung gar nicht zweifeln. Miss Bingley jedenfalls nicht. So naiv ist sie nicht. Wenn sie nur halb so viel Zuneigung für sich bei Mr. Darcy entdeckt hätte, hätte sie das Hochzeitskleid schon bestellt. Aber die Sache ist ganz einfach: Wir sind ihnen nicht reich und vornehm genug. Und sie will Miss Darcy für ihren Bruder haben, weil sie annimmt, daß sie nach der ersten Hochzeit weniger Mühe hat, die zweite zustande zu bringen. Und das hätte sie auch geschickt und vermutlich erfolgreich eingefädelt, wenn Miss de Bourgh dabei nicht im Wege wäre. Aber, liebste Jane, du kannst doch nicht im Ernst annehmen, daß er, nur weil seine Schwester dir schreibt, er bete Miss Darcy an, deine Vorzüge auch nur einen Deut geringer einschätzt, seit er dich am Dienstag zum letztenmal gesehen hat, und daß es in ihrer Macht steht, ihm einzureden, daß er nicht dich, sondern ihre Freundin liebt.«

»Mir wäre leichter ums Herz«, erwiderte Jane, »wenn wir dasselbe von Miss Bingley hielten. Aber du tust ihr bestimmt unrecht. Caroline ist außerstande, jemanden absichtlich zu hintergehen; und deshalb kann ich mir höchstens denken, daß sie selbst hintergangen worden ist.«

»Natürlich – etwas Netteres hättest du dir ja nicht ausdenken können, da du meine Ansicht nicht teilst. Also gut, dann ist sie eben hintergangen worden. Nun hast du ihr Gerechtigkeit widerfahren lassen, nun brauchst du dich nicht mehr zu ärgern.«

»Aber, liebe Lizzy, selbst wenn wir das Beste annehmen, wie kann ich in der Ehe mit einem Mann glücklich werden, dessen Schwestern und Freunde ihm alle eine andere Frau wünschen?«

»Das mußt du selber wissen«, sagte Elizabeth, »wenn du nach gründlicher Überlegung findest, das Glück, seine Frau zu sein, zählt geringer als das Übel, seinen beiden Schwestern zu mißfallen, dann kann ich nur sagen, heirate ihn nicht.«

»Wie kannst du so etwas sagen«, sagte Jane zaghaft lächelnd, »du weißt genau, ich würde nicht zögern, obwohl ihre Mißbilligung mir sehr weh täte.«

»Das habe ich mir gleich gedacht, und deshalb kann ich auch kein Mitleid mit dir haben.«

»Aber wenn er in diesem Winter nicht zurückkommt, dann brauche ich mich ja nicht zu entscheiden. Was kann in einem halben Jahr nicht alles passieren!«

Für die Vorstellung, Bingley komme diesen Winter nicht wieder, hatte Elizabeth nur tiefste Verachtung übrig. Sie war überzeugt, es handle sich dabei nur um Carolines Wunschdenken, und konnte sich keinen Augenblick vorstellen, daß dieses Wunschdenken, wenn auch offen oder versteckt ausgedrückt, einen so völlig unabhängigen jungen Mann beeinflussen könne.

Sie stellte ihrer Schwester so überzeugend wie möglich dar, was sie von der Sache hielt, und konnte sich bald über ihren Erfolg freuen. Jane neigte nicht zu Niedergeschlagenheit und wurde nach und nach wieder zuversichtlicher, obwohl ihr mangelndes Selbstvertrauen manchmal ihre Hoffnung beeinträchtigte, Bingley werde

nach Netherfield zurückkehren und alle ihre Herzenswünsche erfüllen.
Sie kamen überein, ihrer Mutter nur von der Abreise der Familie zu erzählen, ohne sie wegen Bingleys Verhalten zu beunruhigen; aber auch dieser unvollständige Bericht stürzte Mrs. Bennet in Sorgen, und sie beklagte bitter, wie schade es sei, daß die Damen gerade jetzt abfahren mußten, wo sie alle im Begriff waren, auf so vertrautem Fuß miteinander umzugehen. Nach ausgiebigen Klagen tröstete sie sich allerdings mit dem Gedanken, Mr. Bingley werde bald wieder zurück sein und ihrer Einladung zum Essen folgen. Und am Ende erklärte sie versöhnt, er werde zwar nur im Familienkreis mit ihnen speisen, aber sie werde ihm zwei Hauptgänge vorsetzen.

Kapitel 22

Die Bennets hatten eine Einladung bei den Lucas zum Dinner, und wieder war Miss Lucas so freundlich, Mr. Collins den größten Teil des Tages zuzuhören. Elizabeth nahm die Gelegenheit wahr, sich dafür bei ihr zu bedanken. »Es hält ihn bei Laune«, sagte sie, »und ich kann gar nicht sagen, wie dankbar ich dir dafür bin.« Charlotte freute sich, ihrer Freundin einen Gefallen tun zu können, und fand demgegenüber das kleine Opfer an Zeit nicht der Rede wert. Das war sehr liebenswürdig, aber Charlottes Freundlichkeit ging viel weiter, als Elizabeth ermessen konnte; sie beabsichtigte nichts anderes als Mr. Collins, indem sie Elizabeth die Wiederholung seines Antrags ersparte, für sich zu gewinnen. Das war ihr Plan, und alles klappte so gut, daß sie beim Abschied am späten Abend ihres Erfolges beinahe gewiß war, wenn er nur nicht so bald hätte Hertfordshire verlassen müssen. Aber da verkannte sie sein Feuer und seine Unberechenbarkeit, denn er schlich sich am nächsten Morgen mit bewundernswerter Gerissenheit aus dem

Haus in Longbourn und eilte nach Lucas Lodge, um sich Charlotte zu Füßen zu werfen. In der Überzeugung, daß seine Cousinen seine Absicht erraten würden, wenn sie ihn aufbrechen sahen, war er sorgsam darauf bedacht, ihren Augen zu entgehen, da er nicht wollte, daß sie von seinem Unternehmen wußten, bevor er auch des Erfolges sicher war; denn trotz Charlottes Ermutigung, die ihm zu Hoffnung Anlaß gab, war er nach den Erfahrungen vom Mittwoch eher zum Mißtrauen geneigt. Aber sein Empfang übertraf alle seine Erwartungen. Miss Lucas hatte ihn von einem Fenster im ersten Stock auf das Haus zukommen sehen und machte sich augenblicklich auf, ihn wie zufällig in der Allee zu treffen. Daß so viel Liebe und Beredsamkeit sie dort erwarteten, hätte sie sich allerdings nicht träumen lassen.

So schnell es Mr. Collins' langatmige Ergüsse zuließen, wurden sie sich zur Zufriedenheit beider völlig einig, und schon beim Eintreten ins Haus bat er sie flehentlich, den Tag zu bestimmen, der ihn zum glücklichsten Mann unter der Sonne machen sollte. Und obwohl so viel Eifer für den Augenblick unbelohnt bleiben mußte, lag der Dame nichts daran, mit seinem Glück leichtsinnig umzugehen. Die Stumpfsinnigkeit, die ihn von Natur auszeichnete, machte seine Werbung so reizlos, daß keine Frau an ihrer übermäßigen Ausdehnung interessiert sein konnte, und Miss Lucas, die ihn ausschließlich aus dem nackten und nüchternen Interesse an einer Lebensversorgung heiratete, war es völlig gleichgültig, wie bald sie in ihren Genuß kam.

Stehenden Fußes wurden Sir William und Lady Lucas um ihre Zustimmung ersucht, und sie gaben sie eilfertig und freudig erregt. Mr. Collins' gegenwärtige Umstände machten ihn zu einer höchst begehrenswerten Partie für ihre Tochter, die sie finanziell nur unbedeutend versorgen konnten, und seine Aussichten auf zukünftigen Reichtum waren glänzend. Lady Lucas begann sofort zu berechnen – mit mehr Interesse, als sie der Frage jemals hatte abgewinnen können –, wie lange Mr. Bennet wohl noch zu leben hatte; und Sir William vertrat entschieden die Meinung, wenn Mr. Collins in den Besitz von Longbourn komme, sei es höchst angebracht, ihn und seine Frau bei Hofe vorzustellen. Kurz, die ganze Familie war von dem Ereignis auf angemessene Weise überwältigt. Die jüngeren Schwestern hofften, ein oder zwei Jahre früher in die Gesellschaft eingeführt zu werden; und die Jungen waren erleichtert, daß Charlotte nicht als alte Jungfer sterben würde. Charlotte selbst war einigermaßen gefaßt. Sie hatte ihr Ziel erreicht und nun Zeit, sich mit dem Gedanken vertraut zu machen. Im großen und ganzen war sie zufrieden. Zwar war Mr. Collins nicht gerade mit Geistesgaben gesegnet; seine Gesellschaft war ermüdend und seine Liebe zu ihr war wohl nur Einbildung. Aber immerhin war er bald ihr Ehemann. Von Männern und Ehe hatte sie nie viel gehalten; alles, was sie wollte, war verheiratet sein. Das war die einzige standesgemäße Versorgung gebildeter junger Frauen ohne Vermögen; und auch wenn man dadurch nicht unbedingt glücklich wurde, war sie doch der angenehmste Schutz gegen Armut. Diesen Schutz hatte sie nun erreicht, und im Alter von 27 Jahren und ohne je hübsch gewesen zu sein, sonnte sie sich in dem Gefühl, Glück gehabt zu haben. Der am wenigsten angenehme Umstand bei dem Geschäft war, wie überrascht Elizabeth sein mußte, deren Freundschaft sie über alles in der Welt schätzte. Sie würde sich wundern und ihr möglicherweise Vorwürfe machen. Und obwohl Charlottes Entscheidung unwiderruflich war, mußte es ihr wehtun, wenn Elizabeth Anstoß daran nahm. Sie beschloß deshalb, ihrer Freundin die Nachricht selbst zu überbringen, und bat Mr. Collins, bei seiner Rückkehr nach Longbourn keinem aus der Familie etwas von dem zu verraten, was zwischen ihnen vorgefallen war. Pflichtgemäß legte er natürlich ein Versprechen der Schweigsamkeit ab, aber es zu halten, war schwierig genug; denn die durch seine lange Abwesenheit hervorgerufene Neugier äußerte sich in so direkten Fragen, daß er ihnen nur mit einigem Geschick ausweichen konnte. Zugleich aber mußte er sich große Selbstdisziplin auferlegen, denn er brannte darauf, seine blühende Liebe laut zu verkünden.

Da er seine Reise so früh am nächsten Morgen antreten wollte, daß er kein Familienmitglied mehr sehen würde, fand die Abschiedszeremonie statt, als die jungen Damen zu Bett gingen, und Mrs. Bennet sagte mit ausgesuchter Höflichkeit und Herzlichkeit, wie sehr sie sich immer über seinen Besuch in Longbourn freuen würden, wenn seine anderen Geschäfte ihm Zeit dafür ließen.

»Meine liebe Mrs. Bennet«, antwortete er, »wie dankbar bin ich Ihnen für die Einladung, denn sie entspricht genau meinen Wünschen; und Sie können sich darauf verlassen, daß ich so bald wie möglich Gebrauch davon machen werde.«

Alle waren verdutzt, und Mr. Bennet, dem auf keinen Fall an seiner schnellen Rückkehr lag, sagte sofort:

»Aber laufen Sie nicht Gefahr, mein Lieber, sich dabei Lady Catherines Mißbilligung einzuhandeln? Vernachlässigen Sie lieber Ihre Verwandten, als das Risiko einzugehen, Ihre Gönnerin zu verärgern.«

»Mein lieber Mr. Bennet«, erwiderte Mr. Collins, »ich bin Ihnen für die freundliche Mahnung sehr verbunden, und Sie können sich darauf verlassen, daß ich einen so entscheidenden Schritt nicht ohne die Zustimmung der Frau Baronin unternehmen würde.«

»Sie können nicht vorsichtig genug sein. Lassen Sie es auf keinen Fall auf ihre Ungnade ankommen; wenn ein erneuter Besuch bei uns Sie dieser Gefahr aussetzt, was ich befürchte, dann bleiben Sie friedlich zu Hause und lassen Sie sich keine grauen Haare wachsen, daß *wir* daran Anstoß nehmen.«

»Seien Sie versichert, lieber Onkel, wie sehr ich Ihre dankenswerte Fürsorge zu schätzen weiß, und ich verspreche Ihnen, gleich einen Dankesbrief zu schreiben für alles, was Sie für mich während meines Aufenthalts in Hertfordshire getan haben. Meinen hübschen Cousinen darf ich nun, obwohl die Kürze meiner Abwesenheit das beinahe überflüssig erscheinen läßt, Glück und Gesundheit wünschen, und ich schließe dabei nicht einmal meine Cousine Elizabeth aus.«

Mit den angemessenen Höflichkeiten zogen sich die jungen Damen zurück. Alle waren gleichermaßen über seine Ankündigung, bald wiederzukommen, erstaunt. Mrs. Bennet glaubte daraus entnehmen zu dürfen, er wolle sich nun um eine ihrer jüngeren Töchter bewerben, und mit einigem guten Zureden hätte Mary ihn ja vielleicht auch genommen. Ihr imponierten seine Geistesgaben mehr als den anderen; seine gut fundierten Urteile hatten sie schon öfter aufmerken lassen, und obwohl er natürlich bei weitem nicht so klug war wie sie selbst, hielt sie ihn, vorausgesetzt er nahm sich ihr Beispiel zu Herzen und las und bildete sich, für einen annehmbaren Ehemann. Aber am nächsten Vormittag mußten diese Hoffnungen begraben werden. Kurz nach dem Frühstück kam Miss Lucas und berichtete Elizabeth in einem Gespräch unter vier Augen von dem gestrigen Ereignis.

Daß Mr. Collins sich möglicherweise einbildete, in ihre Freundin verliebt zu sein, war Elizabeth in den vergangenen ein oder zwei Tagen schon einmal durch den Kopf gegangen, aber sie hielt Charlotte für ebensowenig fähig, ihm ernsthaft Hoffnungen zu machen, wie sich selbst. Es fiel ihr deshalb in ihrer anfänglichen Ungläubigkeit schwer, die Grenzen des Schicklichen einzuhalten, und sie platzte heraus:

»Verlobt mit Mr. Collins! Meine liebe Charlotte, ausgeschlossen!«

Die Unerschütterlichkeit, mit der Miss Lucas ihre Geschichte vorgetragen hatte, geriet bei einem so direkten Vorwurf vorübergehend doch ins Wanken, aber da sie nichts anderes erwartet hatte, faßte sie sich schnell wieder und sagte ruhig:

»Warum bist du so überrascht, meine liebe Eliza? – Wenn Mr. Collins nicht das Glück hatte, deine Zuneigung zu erringen, braucht das doch nicht zu heißen, daß er nun keiner anderen mehr gefällt.«

Aber Elizabeth hatte sich, wenn auch mit Mühe, jetzt wieder gefaßt und konnte ihr mit einigermaßen fester Stimme versichern, wie sehr sie sich über die zukünftige Verwandtschaft freue und daß sie ihr alles erdenkliche Glück wünsche.

»Ich verstehe dich gut«, sagte Charlotte. »Es kommt alles so völlig aus heiterem Himmel, wo doch Mr. Collins vor kurzem noch dich heiraten wollte. Aber wenn du in Ruhe darüber nachgedacht hast, wirst du meine Entscheidung sicher billigen. Ich bin nicht romantisch, ich war es nie. Alles, was ich will, ist gut versorgt sein, und wenn ich Mr. Collins' Charakter, Beziehungen und Stellung im Leben bedenke, dann sehe ich nicht ein, warum wir weniger Chancen haben sollten, glücklich zu werden, als jedes andere Brautpaar.«

Elizabeth antwortete ruhig: »Zweifellos«, und nach einer kurzen, peinlichen Pause kehrten sie zu den anderen zurück. Charlotte blieb nicht mehr lange, und so hatte Elizabeth Zeit, über das Gehörte nachzudenken. Sie brauchte lange, bis sie sich an die Vorstellung einer so unglücklichen Verbindung gewöhnt hatte. Der merkwürdige Gedanke, daß Mr. Collins in drei Tagen zwei Heiratsanträge gemacht hatte, war nichts im Vergleich dazu, daß der zweite tatsächlich angenommen worden war. Aber obwohl sie immer gewußt hatte, daß Charlottes Vorstellungen von der Ehe mit ihren nicht übereinstimmten, hätte sie doch nicht für möglich gehalten, daß sie im Ernstfall jede bessere Einsicht äußeren Vorteilen opfern würde. Charlotte als Mr. Collins' Frau – es war eine zu peinliche Vorstellung, und der Schmerz, wie eine Freundin sich so erniedrigen und ihre Achtung verspielen könne, wurde noch durch die niederdrückende Überzeugung verstärkt, daß bei dem von ihr gewählten Los auch das bescheidenste Glück nicht zu erwarten war.

Kapitel 23

In Gedanken über das Gehörte versunken, saß Elizabeth bei ihrer Mutter und ihren Schwestern und fragte sich, ob sie das Recht habe, es ihnen weiterzuerzählen, als Sir William persönlich im Auftrag seiner Tochter vorsprach, um den Bennets die Verlobung mitzuteilen. Mit vielen Komplimenten an sie und Glückwünschen an die eigene Adresse zu der baldigen Verbindung ihrer beiden Familien setzte er ihnen die Angelegenheit auseinander – seine Zuhörer waren mehr als erstaunt, sie weigerten sich, ihm zu glauben. Mrs. Bennet behauptete mit mehr Ausdauer als Höflichkeit, er sei völlig im Irrtum, und Lydia, unbeherrscht wie immer und unhöflich wie so oft, rief ungestüm:

»Du lieber Himmel! Sir William, wie können Sie so etwas sagen? Wissen Sie denn nicht, daß Mr. Collins Lizzy heiraten will?«

Es bedurfte schon der Contenance eines Höflings, um eine derartige Behandlung ohne Verärgerung zu ertragen; aber seine Wohlerzogenheit schleuste Sir William über alle Klippen, und obwohl er sich mit artigen Entschuldigungen für die Richtigkeit seiner Information verbürgte, hörte er sich ihre Impertinenzen mit der denkbar größten Langmut an.

Elizabeth hielt es für ihre Pflicht, ihn aus dieser fatalen Situation zu befreien, und meldete sich zu Wort, um seinen Bericht durch Charlottes eigene Mitteilung zu bestätigen; sie bemühte sich, die lauten Proteste ihrer Mutter und ihrer Schwestern durch betont herzliche Glückwünsche an Sir William, in denen Jane sie bereitwillig unterstützte, zum Schweigen zu bringen, und machte ein paar freundliche Bemerkungen über das Glück, das von dieser Verbindung, Mr. Collins' untadeligem Charakter und der bequemen Entfernung Huntsfords nach London zu erwarten war.

Mrs. Bennet war sage und schreibe so überwältigt, daß sie

während Sir Williams Anwesenheit kaum mehr etwas sagte; aber kaum war er aus der Tür, da machte sie ihren Gefühlen Luft. Erstens hielt sie die ganze Geschichte für frei erfunden; zweitens war sie davon überzeugt, Mr. Collins sei hereingelegt worden; drittens baute sie fest darauf, daß die Ehe nicht glücklich werden konnte; und viertens sah sie eine Scheidung voraus. Zwei Schlüsse jedenfalls wurden in aller Klarheit von ihr gezogen: Einmal war eindeutig Elizabeth die Ursache des ganzen Übels, und zum anderen war *sie* selbst von allen aufs niederträchtigste mißbraucht worden. Auf diesen beiden Einsichten ritt sie den Rest des Tages herum. Nichts konnte sie versöhnen, nichts konnte sie besänftigen, und der Tag reichte bei weitem nicht hin, um ihren Ärger loszuwerden. Eine Woche verging, bevor sie den Anblick Elizabeths ertragen konnte, ohne sie auszuschimpfen. Es dauerte einen Monat, bis sie mit Sir William und Lady Lucas sprechen konnte, ohne sie zu beleidigen, und erst nach vielen Monaten rang sie sich dazu durch, Charlotte zu verzeihen.

Mr. Bennet nahm die Sache viel gelassener hin, und die Empfindungen, die sie in ihm erregte, waren höchst angenehmer Natur. Er war dankbar für die Entdeckung, so sagte er, daß Charlotte Lucas, die er für halbwegs vernünftig gehalten hatte, ebenso töricht wie seine Frau und törichter als seine Tochter war.

Nicht einmal Jane nahm das Ereignis ohne leichte Verwunderung hin, aber sie gab mehr ihrem ernsthaften Wunsch für das Glück der beiden Ausdruck; und auch durch Elizabeth ließ sie sich nicht einreden, daß die Ehe nicht gutgehen könne. Kitty und Lydia waren weit entfernt, Charlotte zu beneiden, denn Mr. Collins war nur Geistlicher. Für sie war deshalb die Verlobung nichts als eine Klatschgeschichte, die sich gut in Meryton verbreiten ließ.

Lady Lucas war sich ihres Triumphes wohl bewußt und zahlte Mrs. Bennet ihre Bemerkungen heim, wie beruhigend es sei, eine Tochter gut verheiratet zu haben. Sie kam eher häufiger als sonst nach Longbourn, um zu erzählen, wie glücklich sie sei, obwohl Mrs. Bennets säuerliche Miene und unverschämte Bemerkungen auch das größte Glück hätten zerstören können.

Das Verhältnis zwischen Elizabeth und Charlotte blieb gespannt, und sie sprachen nie von der Verlobung. Elizabeth war überzeugt, daß das Vertrauen zwischen ihnen unwiderruflich dahin sei. In ihrer Enttäuschung über Charlotte wandte sie sich mit um so herzlicheren Gefühlen ihrer Schwester zu, deren Aufrichtigkeit und Feingefühl sie bestimmt nicht im Stich lassen würden und um deren Glück sie täglich mehr bangte, da Mr. Bingley schon seit einer Woche fort und von seiner Rückkehr nicht die Rede war.

Jane hatte Caroline gleich eine Antwort auf ihren Brief geschickt und zählte die Tage, bis sie damit rechnen konnte, wieder von ihr zu hören. Der versprochene Dankbrief von Mr. Collins kam am Dienstag, adressiert an ihren Vater und so voll von überströmender Dankbarkeit, als sei er zwölf Monate ihr Gast gewesen. Als er diesbezüglich sein Gewissen genügend erleichtert hatte, fuhr er fort, ihnen mit vielen feurigen Worten sein Glück zu verkünden, Herz und Hand ihrer liebenswerten Nachbarin gewonnen zu haben, und ihnen zu erklären, wie er nur aus dem Wunsch heraus, Charlottes Gesellschaft zu genießen, so bereitwillig auf ihre freundliche Einladung, ihn bald in Longbourn wiederzusehen, eingegangen war, wohin er in vierzehn Tagen zurückzukehren hoffe; denn Lady Catherine, so fügte er hinzu, billige seine Wahl so rückhaltlos, daß ihr an seiner möglichst baldigen Heirat liege, und das, so sei er überzeugt, werde auch seine liebenswerte Charlotte dazu bewegen, ein frühes Datum für den Tag festzusetzen, an dem sie ihn zum glücklichsten Mann unter der Sonne machen werde.

Mrs. Bennet hatte an seiner Rückkehr nach Hertfordshire nun keinerlei Freude mehr. Im Gegenteil, sie stöhnte darüber jetzt ebensosehr wie ihr Mann. Sie fand es sehr merkwürdig, daß er nach Longbourn statt nach Lucas

Lodge kommen wollte; außerdem war es sehr unbequem und höchst lästig. Sie fand es gräßlich, Besuch zu haben, solange ihre Gesundheit so angegriffen war, und noch dazu Liebhaber, die immer besonders unerträglich waren. So lauteten Mrs. Bennets resignierte Klagen, die nur abgelöst wurden von der noch größeren Sorge über Mr. Bingleys fortdauernde Abwesenheit.

Bei diesem Thema war weder Jane noch Elizabeth wohl zumute. Tag für Tag verging ohne andere Nachrichten, als daß er den ganzen Winter – so hörte man neuerdings aus Meryton – nicht wiederkommen werde. Die Meldung erboste Mrs. Bennet aufs äußerste, und sie unterließ es nie, dieses skandalöse Gerücht für unwahr zu erklären. Auch Elizabeth begann nun zu fürchten – nicht, daß Jane Bingley gleichgültig war, aber daß es seinen Schwestern gelingen könne, ihn fernzuhalten. So wenig sie sich den Gedanken eingestehen wollte, der Janes Glück und der Ehre und Beständigkeit ihres Verehrers so abträglich war, so wenig konnte sie ihn unterdrücken. Sie hatte die Befürchtung, daß seine Zuneigung nicht stark genug war, sich gegen die gemeinsamen Anstrengungen zweier berechnender Schwestern und eines ihn bevormundenden Freundes im Verein mit den Reizen Miss Darcys und den Amüsements von London durchzusetzen.

Janes Beklemmungen waren in dieser Ungewißheit noch größer als Elizabeths, aber sie gab sich Mühe zu verbergen, wie ihr zumute war, und deshalb wurde zwischen ihr und ihrer Schwester das Thema nie erwähnt. Aber da ihre Mutter von derlei Zartgefühl frei war, verging kaum eine Stunde, ohne daß sie in ihrer Ungeduld von Mr. Bingleys Rückkehr sprach oder Jane sogar aufforderte zuzugeben, wie sehr sie mißbraucht worden sei, falls er nicht wiederkomme. Jane hatte ihre ganze Seelenruhe nötig, um diese Angriffe einigermaßen gefaßt über sich ergehen zu lassen.

Auf die Minute traf Mr. Collins am Montag nach vierzehn Tagen wieder ein, aber sein Empfang war bei weitem nicht so zuvorkommend wie beim erstenmal. Er war jedoch zu glücklich, großer Aufmerksamkeit zu bedürfen, und zu ihrer Erleichterung befreite sein Liebeshandel sie weitgehend von seiner Gesellschaft. Er verbrachte den größten Teil des Tages in Lucas Lodge und kam manchmal gerade noch zurecht, um sich für seine lange Abwesenheit zu entschuldigen, bevor die Familie zu Bett ging.

Mrs. Bennet war wirklich in einem höchst beklagenswerten Zustand. Die bloße Erwähnung von Dingen, die mit der Verlobung zusammenhingen, stürzten sie in lange Phasen schlechter Laune, und wo immer sie hinging, mußte sie damit rechnen, daß man darüber sprach. Schon Miss Lucas' Anblick war ihr ein Greuel. Als zukünftige Herrin ihres Hauses betrachtete sie sie mit eifersüchtigem Abscheu. Wenn sie zu Besuch kam, hatte sie den Verdacht, sie warte nur auf die Stunde der Besitzergreifung, und wenn sie mit Mr. Collins flüsterte, war sie überzeugt, die beiden überlegten, wie sie ihre Töchter und sie bald nach Mr. Bennets Tod auf die Straße setzen konnten. All diese Sorgen klagte sie bitterlich ihrem Mann.

»Nein, Mr. Bennet«, sagte sie, »ich kann und kann mich nicht an den Gedanken gewöhnen, daß Charlotte Lucas eines Tages Herrin in unserem Hause ist und *ich ihr* Platz machen und zu meinen Lebzeiten mitansehen muß, wie sie an meine Stelle rückt.«

»Meine Liebe, laß dich nicht von so trüben Gedanken unterkriegen. Wir wollen die Hoffnung nicht aufgeben. Wir wollen fest darauf bauen, daß ich sie beide überlebe.«

Aber das war für Mrs. Bennet kein rechter Trost, und statt zu antworten, fing sie wieder von vorne an.

»Ich kann und kann den Gedanken nicht ertragen, daß ihnen eines Tages unser Besitz gehört. Es wäre mir gleich, wenn nur nicht dieser Erbvertrag wäre.«

»Was wäre dir gleich?«

»Alles wäre mir gleich.«

»Wir wollen dankbar sein, daß du von so viel Gleichgültigkeit verschont geblieben bist.«

»Wie soll ich über diesen Erbvertrag wohl dankbar sein,

Mr. Bennet? Wie jemand so gewissenlos sein kann, seinen Besitz nicht an seine eigenen Töchter zu vererben, ist mir schleierhaft, und dann noch obendrein zu Mr. Collins' Gunsten! – Warum ausgerechnet *er* und nicht jemand anders?«

»Das zu entscheiden, überlasse ich deinem Scharfsinn.«

Kapitel 24

Miss Bingleys Brief kam und machte allem Zweifel ein Ende. Schon der erste Satz bestätigte, daß sie sich alle in London für den Winter eingerichtet hatten, und schloß mit dem Bedauern ihres Bruders, vor seiner Abreise nicht Zeit gehabt zu haben, sich von seinen Freunden in Hertfordshire zu verabschieden.

Alle Hoffnung war dahin, vollständig dahin, und als Jane den Brief zu Ende las, enthielt er außer den Freundschaftsbekundungen der Schreiberin nur wenig, was sie trösten konnte. Statt dessen war er voll von Miss Darcys Lob. Ihre vielen Vorzüge wurden umständlich ausgebreitet, und Caroline machte von ihrer und Bingleys zunehmender Vertrautheit viel her und war der Erfüllung ihrer im vorigen Brief angedeuteten Wünsche um einiges nähergekommen. Sie freute sich auch darüber, daß ihr Bruder in Mr. Darcys Haus wohnte, und erwähnte entzückt dessen Pläne im Hinblick auf neues Mobiliar.

Elizabeth, der Jane den Brief in großen Zügen mitteilte, hörte schweigend mit wachsendem Unbehagen zu. Sie war zwischen Sorge um ihre Schwester und Ärger über alle anderen hin- und hergerissen. Carolines Annahme, ihr Bruder sei in Miss Darcy verliebt, schenkte sie keinen Glauben. Daß er in Wirklichkeit Jane liebte, bezweifelte sie so wenig wie eh und je; und so sehr sie ihn immer geschätzt hatte, sie konnte nun nicht ohne Verärgerung, kaum ohne Verachtung an diese Leichtfertigkeit, diesen

Mangel an Entschlußkraft denken, die ihn zum Sklaven seiner intrigierenden Freunde machten und ihn dazu verführten, sein eigenes Glück der Willkür ihrer Absichten zu opfern. Hätte er allerdings nur sein eigenes Glück geopfert, dann hätte er es nach eigenem Gutdünken verspielen können, aber hier stand auch das Glück ihrer Schwester auf dem Spiel, und er mußte sich dessen bewußt sein. Kurz: Das Thema würde sie noch lange beschäftigen und zu keinem Ergebnis führen. Sie konnte an nichts anderes mehr denken; aber ob Bingleys Zuneigung sich in Luft aufgelöst hatte oder durch die Einmischung seiner Familie unterdrückt wurde; ob er Janes Zuneigung bemerkt hatte oder ob sie ihm entgangen war; was immer der Fall war, obwohl der Unterschied ihr Urteil über ihn entscheidend beeinflussen mußte, blieb die Lage ihrer Schwester davon unberührt: Sie war in jedem Fall tief verletzt.

Erst nach ein oder zwei Tagen fand Jane den Mut, sich Elizabeth gegenüber auszusprechen. Als ihre Mutter sie nach einer sogar für ihre Verhältnisse ungewöhnlich langen Litanei über Netherfield und seinen Herrn allein ließ, konnte Jane ihren Kummer nicht unterdrücken.

»Ach, wenn unsere liebe Mutter sich nur besser beherrschen könnte. Sie ahnt ja nicht, was sie mir mit ihren ständigen Anspielungen antut. Aber ich will mich nicht beklagen. Es kann nicht mehr lange dauern. Mr. Bingley wird bald vergessen sein, und dann ist alles wieder wie früher.«

Elizabeth sah ihre Schwester skeptisch und besorgt an, sagte aber nichts.

»Du glaubst mir nicht«, rief Jane und errötete leicht; »dazu hast du keinen Anlaß. Er kann in meiner Erinnerung als der liebenswerteste Mann, den ich je gekannt habe, weiterleben, aber das ist auch alles. Ich habe nichts zu hoffen oder fürchten und ihm nichts vorzuwerfen. Gott sei Dank, *der* Schmerz bleibt mir erspart. Noch ein Weilchen also, dann ist es sicher überstanden.«

Und gefaßter fügte sie gleich hinzu: »Ich kann mich

schon jetzt damit trösten, daß meine Liebe nichts als Einbildung war, die niemandem außer mir selbst geschadet hat.«

»Liebe Jane!« rief Elizabeth, »du bist zu gut. Dein Verständnis und deine Selbstlosigkeit sind übermenschlich. Ich weiß gar nicht, was ich dazu sagen soll. Ich komme mir vor, als hätte ich dich bisher verkannt oder dich nicht genügend geliebt.«

Miss Bennet wehrte jedes besondere Verdienst prompt ab und führte es nur auf die übergroße Zuneigung ihrer Schwester zurück.

»Nein«, sagte Elizabeth, »das ist ungerecht. *Du* willst in allem das Gute finden dürfen und fühlst dich getroffen, wenn ich schlecht von jemandem denke. Jetzt will ich dich für vollkommen erklären, und jetzt bist du dagegen. Du brauchst nicht zu befürchten, daß ich über mich selbst hinauswachse und dir dein Vorrecht, von aller Welt nur das Beste zu halten, streitig machen will. Keine Angst. Es gibt nur wenige Menschen, die ich wirklich liebe, und noch weniger, denen ich traue. Je mehr ich von der Welt sehe, um so mehr enttäuscht sie mich. Jeder neue Tag befestigt meinen Glauben an die Inkonsequenz aller menschlichen Charaktere und daran, wie wenig man sich auf den bloßen Anschein von Verdienst und Vernunft verlassen kann. Erst kürzlich habe ich zwei Fälle erlebt. Einen übergehe ich, und der andere ist Charlottes Heirat. Es ist unfaßbar, in jeder Hinsicht unfaßbar!«

»Liebe Lizzy, laß dich nicht zu solchen Gefühlen hinreißen. Du machst dich unglücklich. Du veranschlagst die Unterschiede in Stellung und Temperament nicht hoch genug. Denk an Mr. Collins' Ansehen, an Charlottes lebensklugen, soliden Charakter. Denk daran, sie kommt aus einer großen Familie; finanziell ist die Verbindung für sie höchst erstrebenswert, und räume doch zugunsten aller ein, daß sie so etwas wie Achtung und Zuneigung für unseren Vetter empfinden wird.«

»Um dir einen Gefallen zu tun, würde ich nahezu alles einräumen, aber das würde niemandem nützen. Denn wenn ich mir einreden ließe, daß sie auch nur ein Fünkchen Achtung für ihn hat, dann müßte ich von ihrem Verstand noch weniger als jetzt von ihrem Herzen halten. Meine liebe Jane, Mr. Collins ist ein aufgeblasener, eingebildeter, beschränkter, alberner Mensch. Das weißt du genauso gut wie ich; und du mußt doch auch sehen, daß die Frau, die ihn heiratet, nicht ganz bei Trost sein kann. Auch wenn es Charlotte Lucas ist, kannst du es dir sparen, sie zu verteidigen. Du kannst es dir sparen, um einer einzigen Person willen die Begriffe Grundsatz und Selbstachtung umzudeuten und mich oder dich zu überzeugen versuchen, daß Egoismus plötzlich Tugend und Blindheit gegenüber Gefahr eine Garantie für das Glück ist.«

»Ich finde, du übertreibst im Hinblick auf beide«, erwiderte Jane, »und kann nur hoffen, daß ihr gemeinsames Glück dich letztlich doch überzeugt. Aber genug davon. Du hast noch auf etwas anderes angespielt. Du hast zwei Fälle erwähnt. Ich weiß schon, was du meinst, aber ich bitte dich, liebe Lizzy, tu mir nicht die Kränkung an, *ihm* die Schuld zu geben, und sag nicht, daß *er* deine Achtung verspielt hat. Wir dürfen uns nicht gleich so voreilig einbilden, absichtlich verletzt worden zu sein. Wir dürfen von einem unternehmungslustigen jungen Mann nicht erwarten, daß er sich immer zusammennimmt und umsichtig handelt. Oft täuscht uns nur die eigene Eitelkeit. Frauen neigen dazu, Bewunderung überzubewerten.«

»Und Männer sorgen dafür, daß das so bleibt.«

»Wenn sie es aus böser Absicht tun, darf man ihnen nicht verzeihen, aber ich kann mir nicht vorstellen, daß so viele Dinge auf der Welt aus böser Absicht getan werden, wie manche Leute sich einbilden.«

»Ich behaupte ja gar nicht, daß hinter Mr. Bingleys Verhalten böse Absicht steckt«, sagte Elizabeth, »aber auch ohne vorsätzlich Unrecht tun oder andere unglücklich machen zu wollen, gibt es Irrtum, gibt es Leid. Gedankenlosigkeit, mangelnde Rücksicht auf die Empfindungen anderer und Mangel an Entschlußkraft besorgen das von ganz allein.«

»Und du gibst einem von diesen dreien die Schuld?«
»Ja, dem letzten. Aber wenn ich weiterrede, wird dir mein Urteil über Leute, die du schätzt, gar nicht gefallen. Noch ist es nicht zu spät, mich zum Schweigen zu bringen.«
»Du führst also sein Verhalten weiter auf den Einfluß seiner Schwestern zurück?«
»Ja, im Bunde mit seinem Freund.«
»Das glaube ich nicht. Warum sollten sie ihn beeinflussen wollen? Sie können nur sein Glück im Auge haben. Und wenn er mich liebt, kann keine andere es ihm geben.«
»Deine erste Annahme ist falsch. Sie können viele Dinge außer seinem Glück im Auge haben, zum Beispiel die Zunahme seines Vermögens und seiner Bedeutung in der Welt oder die Heirat mit einem Mädchen, das alle Vorzüge vereinigt: Geld, bedeutende Beziehungen und Stolz.«
»Keine Frage, sie wollen, daß er Miss Darcy heiratet«, antwortete Jane, »aber vielleicht aus edleren Motiven, als du annimmst. Sie kennen sie viel länger als mich; kein Wunder, daß sie sie lieber mögen. Aber abgesehen von ihren eigenen Wünschen – es ist unwahrscheinlich, daß sie denen ihres Bruders zuwiderhandeln. Welche Schwester nähme sich das heraus, außer sie hätte einen triftigen Grund dazu. Wenn sie den Eindruck hätten, daß er mich liebt, würden sie nicht versuchen, uns zu trennen, und wenn er wirklich verliebt in mich wäre, hätten sie keinen Erfolg. Mit deiner Annahme machst du mich nur unglücklich, und das Verhalten der anderen erscheint dir ungerecht. Gib den Gedanken mir zuliebe auf. Ich schäme mich nicht, mich geirrt zu haben – oder jedenfalls weniger, als wenn ich ihm oder seinen Schwestern unrecht täte. Wir wollen lieber nach einer Lösung suchen, die sie im besten Licht erscheinen läßt und uns einleuchtet.«
Gegen den Wunsch konnte Elizabeth nichts einwenden, und von nun an wurde Mr. Bingleys Name kaum mehr zwischen ihnen erwähnt.
Mrs. Bennet hörte allerdings nicht auf, sich über Mr. Bing-

leys Fernbleiben zu wundern und es zu beklagen, und obwohl kaum ein Tag verging, an dem Elizabeth es ihr nicht erklärte, kam sie aus dem Staunen nicht heraus. Gegen ihre eigene Überzeugung versuchte ihre Tochter, sie davon zu überzeugen, daß Mr. Bingleys Aufmerksamkeiten Jane gegenüber nur einer alltäglichen und vorübergehenden Liebelei entsprungen waren, die wieder verging, sobald er sie nicht mehr sah; aber obwohl Mrs. Bennet diese Deutung jedesmal einleuchtete, mußte Elizabeth Tag für Tag dieselbe Geschichte wiederholen. Mrs. Bennets schönster Trost war, daß er im Sommer wiederkommen würde.

Mr. Bennet sah die Sache mit ganz anderen Augen an.

»So, Lizzy«, sagte er eines Tages, »deine Schwester hat Liebeskummer. Herzlichen Glückwunsch! Wenn junge Mädchen nicht gerade heiraten wollen, wollen sie wenigstens von Zeit zu Zeit ein bißchen Liebeskummer haben. Man ist dabei angenehm beschäftigt und irgendwie gegenüber den Freundinnen ausgezeichnet. Wann bist du dran? Lange wirst du dich von Jane doch nicht in den Schatten stellen lassen. Jetzt bist du dran. Es gibt in Meryton genug Offiziere, um alle jungen Damen des Landes zu enttäuschen. Wie wär's mit Wickham? Er ist ein netter Kerl, und ein Korb von ihm wäre ein Kompliment.«

»Vielen Dank, Vater, aber ein weniger netter Mann täte es für mich auch. Wir können schließlich nicht alle Janes Glück haben.«

»Richtig«, sagte Mr. Bennet, »aber es ist ein Trost zu wissen, daß deine liebevolle Mutter, was immer dir auch zustoßen mag, etwas daraus machen wird.«

Mr. Wickhams Gesellschaft war unerläßlich, um die düsteren Wolken zu zerstreuen, die wegen der unglücklichen Ereignisse der letzten Zeit über vielen Mitgliedern der Familie in Longbourn hingen. Sie trafen ihn oft, und seine wachsende Vertraulichkeit ließ ihn noch liebenswürdiger erscheinen. Alles, was Elizabeth schon gehört hatte, seine Ansprüche an Darcy und was er von ihm erduldet hatte, wurde nun in aller Öffentlichkeit zugegeben und ausführlich erörtert; und alle waren froh, wie wenig sie Darcy schon gemocht hatten, als sie noch nichts von der Angelegenheit wußten.

Nur Miss Bennet hielt es für möglich, daß es vielleicht irgendwelche mildernden Umstände in dem Fall gab, die der Gesellschaft in Hertfordshire unbekannt waren. Ruhig und unbeirrt plädierte sie immer für Nachsicht und räumte die Möglichkeit von Fehlurteilen ein – aber von allen anderen wurde Mr. Darcy zum Abschaum der Menschheit gestempelt.

Kapitel 25

Nach einer ganzen Woche, die er mit Bekenntnissen seiner Liebe und Plänen seines häuslichen Glücks verbrachte, wurde Mr. Collins durch das Herannahen des Sonnabends von Charlottes Seite gerissen. Aber der Trennungsschmerz wurde ihm immerhin durch die Vorbereitungen für den Empfang seiner Braut erleichtert, da er zu Recht hoffen konnte, daß kurz nach seinem nächsten Besuch der Tag festgesetzt würde, der ihn zum glücklichsten Mann unter der Sonne machen sollte. Von seinen Verwandten in Longbourn nahm er gravitätisch wie immer Abschied, wünschte seinen hübschen Cousinen wieder einmal Gesundheit und Glück und versprach ihrem Vater einen weiteren Dankesbrief.

Am folgenden Montag hatte Mrs. Bennet das Vergnügen, ihren Bruder und seine Frau zu begrüßen, die wie üblich Weihnachten in Longbourn verbrachten. Mr. Gardiner war ein lebenskluger, gebildeter Mann, seiner Schwester durch Anlagen und Erziehung weit überlegen. Die Damen von Netherfield wären erstaunt gewesen, wie ein Kaufmann, der dicht bei seinen Lagerhäusern wohnte, so wohlerzogen und umgänglich sein konnte. Mrs. Gardiner, einige Jahre jünger als Mrs. Bennet und Mrs. Philips, war eine liebenswerte, intelligente, elegante Frau und die Lieblingstante aller ihrer Nichten. Vor allem zwischen den beiden ältesten und ihr bestand ein besonders vertrautes Verhältnis. Sie hatten sie schon oft in London besucht.

Mrs. Gardiners erste Aufgabe nach ihrer Ankunft war, ihre Geschenke zu verteilen und die neuesten Moden zu beschreiben. Danach mußte sie sich in eine weniger aktive Rolle fügen und zuhören. Mrs. Bennet hatte viele Sorgen zu berichten und über vieles zu klagen. Ihnen allen war böse mitgespielt worden, seit sie ihre Schwägerin zuletzt gesehen hatte. Zwei ihrer Töchter waren im Begriff gewesen zu heiraten, und nun war doch nichts daraus geworden.

»Jane mache ich keinen Vorwurf«, fuhr sie fort, »sie hätte Mr. Bingley genommen, wenn er gewollt hätte. Aber Lizzy! Ach, Schwägerin! Wenn ich bedenke, daß sie ohne ihre Dickköpfigkeit jetzt schon Mr. Collins' Frau sein könnte! Hier in diesem Zimmer hat er ihr einen Antrag gemacht, und sie hat ihn abgelehnt. Die Folge ist, daß Lady Lucas vor mir eine Tochter verheiratet hat und Longbourn uns genausowenig gehört wie vorher. Die Lucas sind raffinierte Leute, Schwägerin. Sie nehmen alles, was sie kriegen können. Es tut mir leid, das zu sagen, aber es ist so. Es macht mich ganz nervös und gereizt, daß meine eigene Familie meine Pläne durchkreuzt und daß ich Nachbarn habe, die zuerst an sich und dann an andere denken. Trotzdem, daß ihr gerade jetzt kommt, ist mir ein großer Trost, und was du über lange Ärmel gesagt hast, war sehr interessant.«

Mrs. Gardiner, die den größten Teil dieser Nachrichten aus ihrem Briefwechsel mit Jane und Elizabeth schon kannte, gab ihrer Schwägerin eine leicht hingeworfene Antwort und wandte sich voller Verständnis für ihre Nichten einem anderen Thema zu.

Als sie sich später mit Elizabeth allein unterhielt, wurde sie ausführlicher. »Es sieht so aus, als wäre es für Jane eine vielversprechende Verbindung gewesen«, sagte sie. »Schade, daß sie nicht zustande gekommen ist. Aber so etwas passiert immer wieder. Ein junger Mann wie Mr. Bingley verliebt sich schnell für ein paar Wochen in ein hübsches Mädchen, und wenn sie durch Zufall getrennt werden, vergißt er sie. Diese Unbeständigkeit ist wirklich nichts Neues.«

»In manchen Fällen mag das ein guter Trost sein«, sagte Elizabeth, »aber nicht für *uns*. Wir leiden nicht zufällig. Es kommt nicht oft vor, daß die Einmischung von Freunden einen finanziell unabhängigen jungen Mann dazu bringt, ein Mädchen zu vergessen, in das er noch wenige Tage vorher leidenschaftlich verliebt war.«

»Aber der Ausdruck ›leidenschaftlich verliebt‹ ist so abgedroschen, so vage, so vieldeutig, daß er mir herzlich wenig sagt. Manche Leute benutzen ihn schon nach einer halbstündigen Bekanntschaft, manche erst für eine echte und tiefe Zuneigung. Wie leidenschaftlich war denn Mr. Bingleys Liebe?«

»Ich habe noch nie eine so vielversprechende Neigung gesehen. Er achtete immer weniger auf andere Leute und wandte sich ausschließlich ihr zu. Jedesmal wenn sie sich trafen, wurde es auffälliger. Auf seinem eigenen Ball hat er zwei oder drei junge Damen dadurch beleidigt, daß er sie nicht aufgefordert hat; ich selbst habe ihn zweimal angesprochen, ohne eine Antwort zu erhalten. Sprechen diese Symptome nicht für sich? Ist nicht Unhöflichkeit gegenüber anderen die Quintessenz der Liebe?«

»Ja, natürlich – *der* Liebe, die er vermutlich empfunden hat. Arme Jane! Sie tut mir leid, weil sie bei ihrer Veranlagung nicht so leicht darüber hinwegkommen wird. Es hätte lieber dir passieren sollen, Lizzy, du hättest dich leichter darüber hinweggelacht. Glaubst du, sie läßt sich überreden, mit uns zurück nach London zu kommen? Ein Tapetenwechsel täte ihr sicher gut, und noch mehr eine vorübergehende Abwesenheit von zu Hause.«

Elizabeth fand den Vorschlag ausgezeichnet und verbürgte sich für die Zustimmung ihrer Schwester.

»Hoffentlich läßt sie sich«, ergänzte Mrs. Gardiner, »nicht durch Rücksichten auf den jungen Mann irremachen. Aber wir wohnen in einem anderen Stadtteil, verkehren in ganz anderen Kreisen, und außerdem weißt du ja, daß wir nur selten ausgehen. Es ist also nicht wahrscheinlich, daß sie sich begegnen, außer er kommt sie besuchen.«

»Und das ist ausgeschlossen, denn sein Freund paßt jetzt auf ihn auf, und Mr. Darcy läßt unter keinen Umständen mehr zu, daß er Jane in einem solchen Stadtteil von London besucht. Liebe Tante, wo denkst du hin? Mr. Darcy hat allenfalls von einer Gegend wie Gracechurch Street[13] *gehört*, aber er würde sie nie betreten, weil er Angst hätte, wochenlang den Arme-Leute-Geruch nicht loszuwerden. Und verlaß dich drauf, ohne ihn setzt Mr. Bingley keinen Fuß vor die Tür.«

»Um so besser, dann treffen sie sich hoffentlich überhaupt nicht. Aber korrespondiert Jane nicht mit seiner Schwester? *Sie* wird einen Besuch nicht umgehen können.«

»Sie wird die Bekanntschaft mit Jane ganz abbrechen.«

Aber obwohl Elizabeth davon fest überzeugt war und darüber hinaus nicht im mindesten daran zweifelte, daß Bingley davon abgehalten wurde, Jane zu sehen, kam sie bei genauem Nachdenken zu dem Resultat, daß die Sache doch nicht ganz aussichtslos war. Es war möglich, manchmal fand sie sogar, wahrscheinlich, daß seine Zuneigung wieder auflebte und der Einfluß seiner Freunde durch den viel natürlicheren Einfluß von Janes Charme erfolgreich eingedämmt wurde.

Miss Bennet nahm die Einladung ihrer Tante mit Freuden an, und sie dachte dabei an die Bingleys nur in der Hoffnung, daß Caroline nicht mit ihrem Bruder zusammenwohnte und sie gelegentlich einen Vormittag mit ihr verbringen könne, ohne Gefahr zu laufen, ihm zu begegnen.

Die Gardiners blieben eine Woche in Longbourn, und zusammen mit den Philips, den Lucas und den Offizieren brachte jeder Tag neue Abwechslung. Mrs. Bennet hatte so gut für die Unterhaltung ihres Bruders und ihrer

Schwägerin vorgesorgt, daß sie nicht ein einziges Mal beim Dinner unter sich waren. Wenn sie zu Hause aßen, waren immer einige Offiziere dabei – und selbstverständlich war Mr. Wickham mit von der Partie. Und da Elizabeths Herzlichkeit gegenüber Mr. Wickham Mrs. Gardiner bei diesen Gelegenheiten mißtrauisch gemacht hatte, behielt sie die beiden im Auge. Nach ihren Beobachtungen waren sie nicht ernsthaft ineinander verliebt, aber ihre Vorliebe füreinander war auffällig genug, um sie stutzig zu machen. Sie entschloß sich deshalb, vor ihrer Abreise aus Hertfordshire darüber mit Elizabeth zu sprechen und ihr ins Gewissen zu reden, wie unklug es sei, Mr. Wickham Avancen zu machen.

Daß Mrs. Gardiner sich mit Wickham gern unterhielt, hatte mit seiner gesellschaftlichen Gewandtheit nichts zu tun. Noch vor ihrer Ehe, vor ungefähr zehn oder zwölf Jahren, hatte sie sich häufig in genau dem Teil von Derbyshire aufgehalten, aus dem er stammte. Sie hatten deshalb viele gemeinsame Bekannte, und obwohl Wickham seit dem Tode von Darcys Vater vor fünf Jahren nur selten dort gewesen war, konnte er ihre Erinnerung an frühere Freunde auffrischen.

Mrs. Gardiner kannte Pemberley vom Sehen und hatte viel von der Persönlichkeit des alten Mr. Darcy gehört. Sie hatten deshalb unerschöpflichen Gesprächsstoff. Wenn sie ihre Erinnerung an Pemberley und Wickhams genaue Schilderungen miteinander verglich und ihrerseits den Charakter seines vorigen Besitzers pries, bereitete sie sich und ihm großes Vergnügen. Als sie von seiner schlechten Behandlung durch den jetzigen Mr. Darcy erfuhr, versuchte sie sich zu erinnern, ob ihr Bild von dem Jungen mit seinem jetzigen Ruf übereinstimmte, und war zuletzt ziemlich sicher, daß Mr. Fitzwilliam Darcy damals als stolz und wenig liebenswürdig gegolten hatte.

Kapitel 26

Bei der ersten besten Gelegenheit, allein mit ihr zu sprechen, warnte Mrs. Gardiner Elizabeth mit unverblümten, aber freundlichen Worten. Als sie ihr offen ihre Meinung gesagt hatte, fuhr sie fort:

»Du bist ein zu vernünftiges Mädchen, Lizzy, dich nur deshalb zu verlieben, weil ich dich gewarnt habe, und deshalb kann ich offen mit dir sprechen. Im Ernst, sei auf der Hut. Binde dich nicht oder versuche nicht, ihn durch eine Zuneigung zu binden, die aus Geldmangel sehr unklug wäre. Ich habe nichts gegen *ihn*, er ist ein höchst interessanter junger Mann, und wenn er das nötige Vermögen hätte, wäre er eine gute Partie. Aber so wie die Dinge liegen, solltest du dich nicht zu Dummheiten hinreißen lassen. Du hast Verstand, und wir alle erwarten, daß du ihn benutzt. Dein Vater verläßt sich ganz auf dich und dein tadelloses Benehmen. Du darfst ihn nicht enttäuschen.«

»Liebe Tante, das nenne ich ein ernsthaftes Gespräch.«

»Ja, und ich hoffe, du wirst es auch ernst nehmen.«

»Also gut. Sei unbesorgt. Ich passe schon auf mich auf, und auf Mr. Wickham auch. Er soll sich nicht in mich verlieben, wenn ich es verhindern kann.«

»Elizabeth, du meinst es doch nicht ernst.«

»Entschuldige bitte. Ich versuche es noch einmal. Augenblicklich bin ich in Mr. Wickham nicht verliebt; nein, ganz bestimmt nicht. Aber er ist ohne jeden Zweifel der netteste Mann, den ich je kennengelernt habe, und wenn er sich in mich verliebt – aber ich sehe ein, daß das nicht gut wäre. Ich sehe ein, wie unklug es wäre. Oh, dieser widerliche Mr. Darcy! Die hohe Meinung, die Vater von mir hat, macht mich stolz, und ich möchte sie auf keinen Fall verspielen. Gerade Vater hat allerdings eine Schwäche für Mr. Wickham. Kurz, liebe Tante, zu meinem größten Bedauern habe ich nur die Wahl, einen von euch unglücklich zu machen. Aber da wir jeden Tag zusehen können, wie selten sich Verliebte durch den akuten Mangel an Vermögen davon abhalten lassen zu heiraten, wie kann ich versprechen, klüger als meine Leidensgenossinnen zu sein, wenn ich in Versuchung bin, und woher soll ich überhaupt wissen, daß es klug ist, Widerstand zu leisten. Alles, was ich dir deshalb versprechen kann, ist: Ich werde mir Zeit lassen. Ich werde mir Zeit lassen, mich für seine Auserkorene zu halten. Wenn ich mit ihm zusammen bin, werde ich mich beherrschen. Kurz: Ich werde tun, was ich kann.«

»Vielleicht solltest du ihn nicht ermutigen, so oft hierherzukommen. Wenigstens solltest du deine Mutter nicht daran *erinnern*, ihn einzuladen.«

»Wie neulich«, sagte Elizabeth verständnisvoll lächelnd, »das stimmt, das sollte ich nicht tun. Aber glaube nicht, daß er immer so oft hier ist. Nur deinetwegen ist er diese Woche so oft eingeladen worden. Du weißt, daß Mutter findet, sie müsse ihre Gäste ständig durch Gesellschaft unterhalten. Aber ich verspreche feierlich, ich werde mich zusammennehmen, und nun hoffe ich, bist du zufrieden.«

Ihre Tante bestätigte es, und als Elizabeth sich für ihre freundlichen Hinweise bedankt hatte, trennten sie sich in dem Bewußtsein, bei einem so prekären Thema verständnisvollen Rat erteilt und ihn ohne inneres Sträuben hingenommen zu haben.

Nach der Abreise der Gardiners und Janes kehrte Mr. Collins nach Hertfordshire zurück, aber da er sich bei den Lucas einquartierte, brachte seine Ankunft für Mrs. Bennet keine großen Ungelegenheiten mit sich. Seine Hochzeit stand nun vor der Tür, und sie hatte sich damit abgefunden, ja sogar dazu durchgerungen, in wenn auch nicht gerade freundlichem Ton wiederholt zu sagen, *sie* jedenfalls wünsche ihnen alles Gute. Für Donnerstag war die Trauung angesetzt, und am Mittwoch kam Charlotte, um sich zu verabschieden. Als sie im Begriff war zu gehen, begleitete Elizabeth, der die unhöflichen und zögernd ausgesprochenen Glückwünsche ihrer Mutter peinlich waren

und deren eigene von Herzen kamen, Charlotte hinaus. Als sie die Treppe hinuntergingen, sagte Charlotte:
»Du schreibst mir oft, nicht wahr, Eliza?«
»Darauf kannst du dich verlassen.«
»Und ich habe noch eine Bitte: Du mußt mich bald besuchen kommen.«
»Aber wir werden uns doch in Hertfordshire sehen.«
»Ich werde wahrscheinlich Kent so schnell nicht verlassen. Versprich mir deshalb, nach Hunsford zu kommen.«
Elizabeth konnte nicht gut ablehnen, obwohl der Besuch wenig Vergnügen versprach.
»Mein Vater und Maria wollen mich im März besuchen«, fügte Charlotte hinzu, »wie wäre es denn, wenn du sie begleitest? Dein Besuch, Eliza, ist mir mindestens so lieb wie ihrer.«
Die Hochzeit fand statt. Braut und Bräutigam fuhren unmittelbar nach der Trauung nach Kent, und das Ereignis wurde wie üblich ausgiebig von allen diskutiert. Elizabeth bekam bald Post von ihrer Freundin, und die Korrespondenz ersetzte nun ihren regelmäßigen Umgang miteinander, aber die frühere Vertrautheit und Offenheit war dahin. Elizabeth konnte ihr nicht schreiben, ohne zu spüren, wie gehemmt sie jetzt ihr gegenüber war, aber mehr ihrer gemeinsamen Vergangenheit als der Gegenwart wegen war sie entschlossen, im Schreiben nicht nachlässig zu werden. Charlottes erste Briefe wurden mit viel Interesse aufgenommen, denn die Neugier war groß, was sie über ihr neues Heim sagte, wie ihr Lady Catherine gefiel und wie glücklich sie zu sein behauptete. Aber wenn die Briefe kamen, waren sie enttäuschend. Charlotte schrieb genau das, was Elizabeth erwartet hatte. Ihre Briefe waren unbeschwert, ihr Leben hatte nur angenehme Seiten, und alles war über jedes Lob erhaben. Das Haus, die Möbel, die Nachbarn und die Straßen – alles traf ihren Geschmack, und Lady Catherines Verhalten ihr gegenüber war äußerst freundlich und verbindlich. Es war nur Mr. Collins' Bild von Hunsford und Rosings, auf ein vernünftiges Maß reduziert. Elizabeth war sich darüber

im klaren, daß sie selbst hinfahren mußte, um das Bild zu vervollständigen.

Auch Jane hatte ihrer Schwester schon kurz ihre sichere Ankunft in London mitgeteilt, und aus dem zweiten Brief hoffte Elizabeth etwas über die Bingleys zu erfahren.

Ihre Ungeduld wurde schließlich – wie Warten meist – belohnt. Jane hatte schon eine Woche in London verbracht, ohne etwas von Caroline zu hören oder zu sehen. Aber sie führte das darauf zurück, daß ihr letzter Brief aus Longbourn an ihre Freundin vielleicht zufällig verlorengegangen war.

»Meine Tante«, fuhr sie fort, »kommt morgen sowieso in den Teil der Stadt, und ich werde die Gelegenheit wahrnehmen, in Grosvenor Street vorzusprechen.«

Nach dem Besuch schrieb sie wieder und hatte tatsächlich Miss Bingley getroffen. »Caroline war wohl nicht gerade in bester Laune, aber sie freute sich, mich zu sehen, und machte mir Vorwürfe, ihr meinen Aufenthalt in London nicht mitgeteilt zu haben. Ich hatte also recht: Mein letzter Brief hat sie nie erreicht. Ich habe mich natürlich nach ihrem Bruder erkundigt. Es gehe ihm gut, aber er sei so viel mit Mr. Darcy unterwegs, daß sie ihn selten zu Gesicht bekämen. Dann stellte sich heraus, daß Miss Darcy zum Dinner erwartet wurde. Ich hätte sie gern gesehen, aber mein Besuch dauerte nicht lange, weil Caroline und Mrs. Hurst ausgingen. Sie werden mich aber sicher bald besuchen.«

Elizabeth schüttelte den Kopf über den Brief. Er machte ihr klar, daß nur ein Zufall Mr. Bingley die Nachricht von Janes Aufenthalt in London zuspielen konnte. Vier Wochen vergingen, ohne daß Jane ihn zu Gesicht bekam. Sie versuchte sich einzureden, daß es ihr nichts ausmachte, aber sie konnte sich Miss Bingleys Gleichgültigkeit nicht länger verheimlichen. Nachdem sie vierzehn Tage lang jeden Morgen auf sie gewartet und jeden Abend eine neue Entschuldigung für sie gefunden hatte, erschien sie endlich. Aber die Kürze ihres Besuchs und mehr noch ihr verändertes Benehmen öffneten Jane die Augen. Der

Brief, den sie bei dieser Gelegenheit an ihre Schwester schrieb, verriet ihre Empfindungen:

›Meine liebste Lizzy ist bestimmt nicht dazu fähig, auf meine Kosten über ihren größeren Scharfblick zu frohlocken, wenn ich ihr gestehe, daß ich mich vollkommen in Miss Bingleys Freundschaft zu mir getäuscht habe. Aber, liebe Schwester, obwohl die Ereignisse dir recht geben, mußt du mich nicht für uneinsichtig halten, wenn ich noch immer glaube, daß mein Zutrauen bei ihrem früheren Verhalten ebenso berechtigt war wie dein Mißtrauen. Ich begreife allerdings überhaupt nicht, warum sie mich an sich ziehen wollte. Und doch würde ich wieder auf sie hereinfallen, wenn dieselben Umstände einträten. Bis gestern hat Caroline meinen Besuch nicht erwidert; und nicht einen Brief, nicht eine Zeile hatte ich in der Zwischenzeit erhalten. Und als sie endlich kam, war sie ganz offensichtlich verstimmt. Sie entschuldigte sich kurz und förmlich, nicht früher gekommen zu sein, deutete mit keinem Wort an, daß sie mich gern wiedersähe, und war überhaupt so völlig verändert, daß ich bei ihrem Weggang entschlossen war, die Bekanntschaft nicht fortzusetzen. Es tut mir leid, aber sie ist nicht ganz schuldlos. Es war ihr Fehler, mich gegenüber den anderen so auszuzeichnen; ich kann mit gutem Gewissen sagen, daß der Wunsch nach größerer Vertrautheit von ihr ausging. Aber sie tut mir leid, weil sie spüren muß, daß sie unrecht gehandelt hat, und weil ich überzeugt bin, sie tut es aus Sorge um ihren Bruder. Mehr brauche ich nicht zu sagen. Und auch wenn *wir* wissen, wie überflüssig ihre Sorge ist, erklärt sie jedenfalls ihr Verhalten mir gegenüber. Und so lieb er seiner Schwester – zu Recht – ist, so natürlich und liebenswert ist ihre Sorge um ihn. Aber ich verstehe nicht, warum sie immer noch Angst vor mir hat, denn wenn ihm an mir im geringsten gelegen wäre, hätten wir uns schon längst treffen müssen. Er weiß, daß ich in der Stadt bin, wie ich aus ihren Bemerkungen entnommen habe, aber so wie sie spricht, hat man den Eindruck, sie möchte selbst gerne daran glauben, daß er Miss Darcy liebt. Ich verstehe das alles nicht. Wenn ich mich nicht scheute, scharfe Urteile zu fällen, wäre ich versucht, doppeltes Spiel hinter all dem zu vermuten. Aber ich will alle schmerzlichen Gedanken verbannen und nur an das denken, was mich glücklich macht: deine Zuneigung und die unveränderliche Freundlichkeit von Onkel und Tante Gardiner. Schreib mir recht bald. Miss Bingley deutete an, daß er niemals nach Netherfield zurückkehren wird und das Haus aufgeben will. Aber es ist wohl noch offen. Wir wollen es lieber nicht erwähnen. Ich freue mich sehr, daß du von unseren Freunden in Hunsford so gute Nachrichten hast. Du solltest Sir William und Maria unbedingt begleiten. Es wird dir bestimmt gut gefallen. – Deine, etc.‹

Der Brief tat Elizabeth weh, aber sie tröstete sich damit, daß Jane nun wenigstens nicht mehr in Illusionen lebte, jedenfalls nicht im Hinblick auf Bingleys Schwester. Mit ihrem Bruder war unter keinen Umständen mehr zu rechnen. Und eine Erneuerung seiner Werbung war auch nicht wünschenswert. Je mehr sie darüber nachdachte, desto mehr sank er in ihrer Achtung; und als Strafe für ihn und Genugtuung für Jane hoffte sie nun ernsthaft, er werde bald Mr. Darcys Schwester heiraten, denn nach allem, was sie von Mr. Wickham wußte, würde sie ihn zur Genüge spüren lassen, was er ausgeschlagen hatte.
Ungefähr um diese Zeit erinnerte Mrs. Gardiner sie an ihr Versprechen im Hinblick auf den besagten jungen Mann; die gewünschten Auskünfte, die sie sandte, stimmten eher ihre Tante als sie selbst froh: Sein offensichtliches Interesse an Elizabeth hatte nachgelassen; mit seinen Aufmerksamkeiten war es vorbei; er hatte sich einer anderen zugewandt. Elizabeth erkannte es deutlich genug und konnte es mitansehen und darüber schreiben, ohne daß es ihr sehr weh tat. Ihre Liebe zu ihm war nicht sehr tief gegangen, und ihre Eitelkeit beruhigte sich mit dem Glauben, daß *sie* seine einzige Wahl gewesen wäre, wenn das Geld es gestattet hätte.

Der größte Reiz seiner neuen Flamme, bei der er sich nun anbiederte, bestand in der plötzlichen Erbschaft von 10 000 Pfund. Aber Elizabeth, in diesem Fall wohl nachsichtiger als bei Charlotte, machte ihm wegen seines Wunsches nach Unabhängigkeit keine Vorwürfe. Im Gegenteil, nichts war verständlicher. Und während sie sich vorstellen konnte, daß er sie nicht ganz ohne Bedauern verließ, hielt sie es gleichzeitig für eine kluge und wünschenswerte Entscheidung für beide und wünschte ihm von Herzen Glück.

All dies gestand sie Mrs. Gardiner und fuhr nach ihrem Bericht der Umstände folgendermaßen fort: »Ich bin jetzt überzeugt, liebe Tante, daß ich ihn nie richtig geliebt habe, denn wenn es eine echte Leidenschaft gewesen wäre, würde ich jetzt schon seinen bloßen Namen verabscheuen und ihm alles Schlechte wünschen. Aber ich gönne nicht nur ihm alles Gute, sondern auch Miss King. Es gelingt mir weder, sie zu hassen, noch abzustreiten, daß sie ein sehr nettes Mädchen ist. Also kann man von wahrer Liebe in meinem Fall wohl nicht sprechen. Meine Wachsamkeit hat sich gelohnt. Und obwohl ich sicher ein ergiebigeres Gesprächsthema für alle meine Bekannten hergegeben hätte, wenn ich hoffnungslos verliebt gewesen wäre, bin ich doch froh, daß der Klatsch über mich nicht mehr hergibt. Interessantheit wird manchmal teuer erkauft. Kitty und Lydia leiden unter seiner Fahnenflucht viel mehr als ich. Sie kennen die Welt noch nicht und sind deshalb noch nicht zu dem ernüchternden Resultat gekommen, daß gut aussehende junge Männer ebenso wie unansehnliche einen gewissen Lebensunterhalt brauchen.«

Kapitel 27

Aufregende Ereignisse fanden in der Familie in Longbourn weiter nicht statt, und mit wenig anderer Abwechslung als den Spaziergängen nach Meryton, mal bei Kälte und mal bei Regen, vergingen Januar und Februar. Im März war Elizabeths Besuch in Hunsford fällig. Sie hatte nie ernstlich mit dem Gedanken gespielt, tatsächlich hinzufahren, aber Charlotte, so merkte sie bald, rechnete fest mit ihrem Kommen, und auch in ihrer eigenen Phantasie nahm die Reise langsam Gestalt an. Die Trennung hatte ihre Sehnsucht nach Charlotte erhöht und ihre Abneigung gegen Mr. Collins vermindert. Das Unternehmen versprach Abwechslung, und da bei *der* Mutter und *den* für sie als Gesellschaft uninteressanten Schwestern die Häuslichkeit ihre Mängel hatte, waren ihr neue Eindrücke ganz willkommen. Zudem konnte sie auf der Reise selbst bei Jane vorbeisehen. Kurz: Als der Reisetermin heranrückte, hätte ihr ein Aufschub schon leid getan. Aber alles lief programmgemäß und nach Charlottes ursprünglichem Plan. Sie sollte Sir William und seine zweite Tochter begleiten. Das Programm wurde um eine Nacht in London bereichert und konnte deshalb kaum vollkommener sein.

Nur ihren Vater allein zu lassen, war ihr nicht lieb. Er würde sie vermissen, und als die Abreise bevorstand, sah er sie so ungern gehen, daß er sie bat, ihm zu schreiben, und beinahe versprochen hätte zu antworten.

Von Mr. Wickham schied sie im besten Einvernehmen, auf seiner Seite mehr noch als auf ihrer. Seine augenblickliche Liebe konnte ihn nicht vergessen lassen, daß *sie* zuerst ihn angezogen und seine Aufmerksamkeit verdient, ihm zugehört und ihn bemitleidet, daß sie zuerst seine Bewunderung erregt hatte; und wie er sich von ihr verabschiedete, ihr alles Gute wünschte, sie erinnerte, was sie von Lady Catherine de Bourgh zu erwarten hatte, und sich darauf verließ, daß ihrer beider Urteil über sie, ihrer beider Urteil über alles und jedes immer übereinstimmen würde, das zeigte so viel Fürsorglichkeit, so viel Interesse, daß sie sich ihm immer verbunden fühlen würde; und so schied sie von ihm in der Überzeugung, daß er, ob ledig oder verheiratet, immer ihr Ideal des liebenswürdigen und netten jungen Mannes bleiben würde.

Ihre Reisegefährten am nächsten Tag waren nicht dazu angetan, sein Bild zu verdunkeln. Sir William und seine Tochter Maria, ein nettes Mädchen, aber langweilig wie er, hatten nichts zu sagen, was den Aufwand des Zuhörens mehr lohnte als das Rattern der Kutsche. Elizabeth war für Absurditäten immer zu haben, aber sie kannte Sir William schon zu lange; er konnte ihr nichts Neues über seine Vorstellung bei Hof und seine Erhebung in den Adel erzählen, und sein Altherrencharme war so abgestanden wie sein Wissen.

Die Reise nach London betrug nur 24 Meilen, und sie fuhren so früh ab, daß sie mittags in Gracechurch Street ankamen. Als sie bei Mr. Gardiners Haus vorfuhren, stand Jane am Wohnzimmerfenster, um ihre Ankunft zu beobachten. Sie begrüßte sie schon im Flur, und nach einem forschenden Blick war Elizabeth froh, sie gesund und anmutig wie immer zu finden. Oben an der Treppe stand eine Schar von kleinen Jungen und Mädchen, die so neugierig auf ihre Cousine waren, daß sie es im Wohnzimmer nicht mehr aushalten konnten, aber gleichzeitig, da sie sie seit einem Jahr nicht mehr gesehen hatten, so scheu, daß sie sich nicht näher trauten. Freude und Freundlichkeit herrschten. Der Tag verging angenehm; der Vormittag mit häuslichem Trubel und Einkäufen und der Abend in einem Theater.

Elizabeth richtete es dann so ein, daß sie allein mit ihrer Tante sprechen konnte. Ihr erstes Gesprächsthema war ihre Schwester, und sie hörte auf ihre genauen Fragen eher besorgt als überrascht, daß Jane manchmal niedergeschlagen war, obwohl sie sich außerordentlich zusammennahm. Aber man konnte damit rechnen, daß sie ihren Kummer bald verschmerzen würde. Mrs. Gardiner berichtete ihr auch ausführlich von Miss Bingleys Besuch bei ihnen und von wiederholten Gesprächen zwischen Jane und ihr selbst, aus denen eindeutig hervorging, daß Jane die Bekanntschaft endgültig abgeschrieben hatte. Dann fragte Mrs. Gardiner sie über Mr. Wickhams Untreue aus und beglückwünschte sie zu ihrer souveränen Haltung.

»Aber, liebe Elizabeth«, fügte sie hinzu, »was für ein Mädchen ist Miss King? Es täte mir leid, wenn unser Freund nur nach dem Geld sähe.«

»Nanu, liebe Tante, worin besteht der Unterschied zwischen einer Vernunftehe und einer Geldheirat? Wo hört die Vernunft auf, und wo fängt die Habgier an? Letzte Weihnachten hattest du Angst, daß er mich heiraten würde, weil es unklug gewesen wäre; und jetzt fürchtest du, daß er habgierig ist, nur weil er ein Mädchen mit 10 000 Pfund heiraten will.«

»Erzähl mir, was für ein Mädchen Miss King ist, dann weiß ich, was ich davon zu halten habe.«

»Ich glaube, sie ist sehr nett. Jedenfalls weiß ich nichts Gegenteiliges.«

»Aber bis zum Tod ihres Großvaters, der ihr sein Vermögen vermacht hat, hatte er nicht das geringste Interesse an ihr.«

»Nein, warum sollte er? Wenn es nicht sinnvoll war, meine Zuneigung zu gewinnen, weil ich kein Geld habe, warum sollte er sich wohl in ein Mädchen verlieben, das ihm gleichgültig war und auch kein Geld hatte?«

»Aber es macht einen schlechten Eindruck, sich ihr so kurz nach der Erbschaft zuzuwenden.«

»Ein mittelloser Mann hat eben keine Zeit, all die feinsinnigen Konventionen zu beachten, die andere sich erlauben können. Wenn *sie* nichts dagegen hat, warum sollten *wir*?«

»Wenn *sie* nichts dagegen hat, rechtfertigt das *ihn* noch lange nicht. Es zeigt nur, daß auch ihr etwas fehlt – entweder Einsicht oder Gefühl.«

»Na, schön«, rief Elizabeth, »wie du meinst. Also ist *er* habgierig und *sie* dumm.«

»Nein, Lizzy, so meine ich es nicht. Es täte mir leid, von einem jungen Mann schlecht zu denken, der so lange in Derbyshire gewohnt hat.«

»Oh, wenn das alles ist – ich habe gar keine hohe Meinung von jungen Männern, die in Derbyshire wohnen; und ihre Busenfreunde, die auch in Derbyshire wohnen, sind nicht viel besser. Ich habe sie alle satt. Gott sei Dank! Ich fahre morgen dahin, wo ich einen Mann treffe, der nicht *einen* empfehlenswerten Charakterzug hat, weder Manieren noch Verstand. Anscheinend lohnt es sich nur, dumme Männer zu kennen.«

»Sei vorsichtig, Lizzy, deine Bemerkungen schmecken ganz nach Enttäuschung.«

Bevor sie durch das Ende des Kartenspiels getrennt wurden, hatte Elizabeth die unerwartete Freude, von ihrem Onkel und ihrer Tante zu einer für den Sommer geplanten Urlaubsreise eingeladen zu werden.

»Wir sind noch nicht ganz schlüssig, wie weit wir fahren«, sagte Mrs. Gardiner, »vielleicht bis zu den Seen.«

Kein Vorschlag hätte Elizabeth lieber sein können, und sie nahm ihn gerne und dankbar an. »Tante, liebe Tante«, rief sie aufgeregt, »was für Aussichten! Welche Freude! Du gibst mir neues Leben und neuen Mut. Adieu, Enttäuschung und Trübsinn! Was sind Männer gegen Felsen und Berge? Oh, was für Stunden des Entzückens wir verbringen werden! Und wenn wir dann zurückkommen, dann nicht wie andere Reisende, die von nichts eine genaue Vorstellung haben. Wir werden behalten, wo wir gewesen sind, und uns an alles erinnern, was wir gesehen haben. Seen, Berge und Flüsse sollen uns nicht durcheinandergeraten, und wenn wir eine bestimmte Szene zu beschreiben versuchen, werden wir uns nicht streiten, wo sie liegt. Unsere überschwenglichen Berichte sollen nicht so unerfreulich sein wie die des Durchschnittsreisenden.«

Kapitel 28

Auf der Reise am nächsten Tag war alles für Elizabeth neu und interessant, und sie war denkbar guter Laune, denn ihre Schwester sah so wohl aus, daß sie um ihre Gesundheit keine Angst zu haben brauchte, und die Reise in den Norden war eine Quelle ständig neuer Freude.

Als sie die Hauptstraße verließen und nach Hunsford abbogen, suchten alle Augen eifrig das Pfarrhaus und erwarteten es hinter jeder Biegung. Die Einzäunung des Parks von Rosings begrenzte die Straße an der einen Seite, und bei der Erinnerung an das, was Elizabeth über seine Bewohner gehört hatte, mußte sie lächeln.

Schließlich tauchte das Pfarrhaus auf. Der Garten, in dem das Haus stand, fiel zur Straße ab, und die grünen Pfosten, die Lorbeerhecke und alles übrige bestätigten, daß sie am Ziel ihrer Reise waren. Mr. Collins und Charlotte traten aus der Haustür, und die Kutsche hielt vor dem schmalen Tor, von dem aus ein kurzer Kiesweg zum Haus führte. Unter Lachen und Winken stiegen sie aus und freuten sich, sich wiederzusehen. Mrs. Collins begrüßte ihre Freundin lebhaft und fröhlich, und der stürmische Empfang bewies Elizabeth, daß ihre Entscheidung herzukommen richtig gewesen war. Sie merkte sofort, daß ihr Vetter sich durch die Ehe nicht verändert hatte. Seine förmliche Höflichkeit war immer noch dieselbe, und er hielt sie einige Minuten am Tor auf, bis sie seine Fragen über das Befinden aller Familienmitglieder zu seiner Zufriedenheit beantwortet hatte. Dann bat er sie ohne weitere Verzögerung, außer daß er auf die Sauberkeit des Eingangs hinwies, ins Haus, und kaum waren sie im Wohnzimmer, da begrüßte er sie zum zweitenmal mit pompösen Gebärden in seiner bescheidenen Hütte und wiederholte jedes Wort, mit dem seine Frau ihren Gästen Erfrischungen anbot.

Elizabeth war darauf eingestellt, ihn in seiner ganzen Herrlichkeit zu erleben, und sie hatte das deutliche Ge-

fühl, daß er die Größe des Zimmers, seine Aussicht und sein Mobiliar vor allem um ihretwillen lobte, so als wolle er sie spüren lassen, was sie sich durch die Ablehnung seiner Hand hatte entgehen lassen. Aber obgleich alles sauber und gemütlich war, konnte sie ihm nicht den Gefallen tun, Reue zu empfinden. Statt dessen wunderte sie sich über ihre Freundin, die trotz eines solchen Lebensgefährten so vergnügt aussah.
Wenn Mr. Collins eine seiner nicht seltenen Bemerkungen machte, die seiner Frau aus gutem Grund peinlich sein mußten, konnte Elizabeth nicht umhin, ihr einen verstohlenen Blick zuzuwerfen. Ein- oder zweimal glaubte sie ein leichtes Erröten zu bemerken, aber im allgemeinen war Charlotte klug genug, nichts gehört zu haben. Als sie lange genug beisammen gesessen hatten, um jedes Möbelstück im Zimmer vom Buffet bis zum Kamingitter zu bewundern und über ihre Reise und ihren Aufenthalt in London zu berichten, lud Mr. Collins sie zu einem Spaziergang in seinen Garten ein, der groß und gut angelegt war und dessen Pflege er sich angelegen sein ließ. Die Gartenarbeit gehörte zu den Zerstreuungen, bei denen er das Angenehme mit dem Nützlichen verband, und Elizabeth bewunderte Charlotte für die Fassung, mit der sie über den Gesundheitswert der Gartenarbeit sprach und ausführte, wie sehr sie ihren Mann dazu anhalte. Er ging nun auf jedem Weg und Steg voran und ließ ihnen kaum Zeit, in die gebührende Bewunderung auszubrechen, die er erheischte. Jede Aussicht wurde mit einer Pedanterie beschrieben, unter der die Schönheit litt. Er hatte die Beete in jeder Richtung numeriert und wußte genau, wie viele Bäume auch das entfernteste Gehölz enthielt. Aber auch die beste Aussicht in seinem Garten oder im ganzen Königreich konnte natürlich der Ansicht von Schloß Rosings nicht das Wasser reichen, die eine Lichtung dicht beim Park und gegenüber dem Hauptportal gestattete. Es war ein stattliches modernes Gebäude, eindrucksvoll an einem Abhang errichtet.
Von seinem Garten aus hätte Mr. Collins sie gern um seine

beiden Wiesen geführt, aber die Damen hatten keine Schuhe an, mit denen sie den Schneeresten gewachsen gewesen wären, und sie kehrten deshalb um. Während Sir William seinen Schwiegersohn begleitete, führte Charlotte ihre Schwester und ihre Freundin durchs Haus, offenbar froh, es ohne den Beistand ihres Mannes tun zu können. Es war ziemlich klein, aber gut proportioniert und praktisch, und alles war so sauber und geschmackvoll eingerichtet und arrangiert, daß Elizabeth Charlotte dafür Anerkennung zollte. Sobald man nicht an Mr. Collins dachte, herrschte überall wirklich große Gemütlichkeit, und aus Charlottes offensichtlicher Freude entnahm Elizabeth, daß seine Existenz ihrem Gedächtnis oft entfiel.

Elizabeth hatte schon gehört, daß Lady Catherine sich noch auf ihrem Landsitz Rosings befand. Es wurde beim Essen noch einmal erwähnt, als Mr. Collins sich einmischte:

»Ja, Miss Elizabeth, Sie werden die Ehre haben, Lady Catherine de Bourgh am kommenden Sonntag in der Kirche zu sehen, und ohne Frage entzückt von ihr sein. Sie ist ganz Leutseligkeit und Wohlwollen, und ich habe keinen Zweifel, daß sie Sie nach dem Gottesdienst nicht ganz übersehen wird. Ich stehe auch nicht an, ohne Zögern zu behaupten, daß sie meine Schwägerin Maria und Sie während Ihres Aufenthalts in jede Einladung einbeziehen wird, mit der wir beehrt werden. Lady Catherines Verhalten gegenüber meiner lieben Charlotte ist ganz reizend. Zweimal in der Woche speisen wir auf Rosings und brauchen nie zu Fuß nach Hause zu gehen. Die Kutsche der Frau Baronin steht immer zu unserer Verfügung – ich müßte sagen: eine der Kutschen der Frau Baronin, denn sie hat mehrere.«

»Lady Catherine ist wirklich eine sehr achtbare und vernünftige Frau«, fügte Charlotte hinzu, »und eine höchst aufmerksame Nachbarin.«

»Sehr richtig, meine Liebe, wie ich gerade sagte. Sie ist eine Frau, der man nicht genug Achtung zollen kann.«

Sie verbrachten den größten Teil des Abends damit, die Neuigkeiten aus Hertfordshire zu besprechen und sich gegenseitig noch einmal zu erzählen, was sie sich schon geschrieben hatten, und als der Tag zu Ende ging, hatte Elizabeth in der Stille ihres Schlafzimmers Zeit, über Charlottes Zufriedenheit nachzudenken, ihre Rücksicht im Umgang mit ihrem Mann und ihre Fähigkeit, mit ihm fertig zu werden, zu bewundern und anzuerkennen, wie großartig sie alles bewältigte. Dann malte sie sich aus, wie ihr Besuch ablaufen würde: die ruhigen häuslichen Beschäftigungen, die entnervenden Unterbrechungen von Mr. Collins und die Vergnügungen ihres Umgangs mit Rosings. In ihrer lebhaften Phantasie hatte sie ein klares Bild davon.

Als sie sich gegen Mittag des nächsten Tages gerade für einen Spaziergang fertig machte, brachte ein plötzliches Geräusch anscheinend das ganze Haus durcheinander. Sie lauschte einen Augenblick und hörte dann jemanden überstürzt die Treppe herauflaufen und mit lauter Stimme nach ihr rufen. Sie öffnete die Tür und stieß am oberen Treppenabsatz auf Maria, die atemlos rief:

»Oh, liebe Eliza, beeil dich und komm ins Wohnzimmer, es gibt etwas Sensationelles zu sehen! Ich sage nicht, was es ist. Beeil dich und komm sofort herunter.«

Elizabeth fragte vergeblich, Maria verriet nichts, und so rannten sie, um das Wunder zu erleben, ins Wohnzimmer, das nach vorne hinausging. Zwei Damen in einem niedrigen eleganten zweirädrigen Wagen hielten am Gartentor.

»Ist das alles?« rief Elizabeth. »Ich dachte mindestens, die Schweine wären in den Garten eingebrochen, und dabei sind es nur Lady Catherine und ihre Tochter!«

»Von wegen, meine Liebe«, sagte Maria, schockiert über ihren Irrtum, »es ist nicht Lady Catherine. Die ältere Dame ist Mrs. Jenkinson, die bei ihnen wohnt; die andere ist Miss de Bourgh. Sieh sie dir bloß an! Was für eine kleine Person! Ich hätte nicht gedacht, daß sie so dünn und so klein ist.«

»Wie rücksichtslos von ihr, Charlotte draußen im Wind stehen zu lassen. Warum kommt sie nicht herein?«

»O nein, Charlotte sagt, das tut sie selten. Es ist eine große Ehre, wenn Miss de Bourgh hereinkommt.«

»Mir gefällt sie«, sagte Elizabeth nicht ohne Hintergedanken. »Sie sieht so kränklich und mürrisch aus. Ja, sie ist genau die Richtige für ihn. Genau die Frau, die er verdient hat.«

Mr. Collins und Charlotte standen beide im Gespräch mit den Damen am Tor, und zu Elizabeths Ergötzen stand Sir William in der Haustür, ergriffen von dem überwältigenden Anblick vor ihm, und verbeugte sich jedesmal, wenn Miss de Bourgh in seine Richtung blickte.

Schließlich hatten sie sich nichts mehr zu sagen; die Damen fuhren weiter, und die anderen kehrten ins Haus zurück. Sowie Mr. Collins die Mädchen erblickte, gratulierte er ihnen zu ihrem Glück, und Charlotte erklärte, worin es bestand: Sie waren alle morgen zum Dinner nach Rosings eingeladen.

Kapitel 29

Mr. Collins Triumph war auf diese Einladung hin vollkommen. Nichts hatte er sich sehnlicher gewünscht, als seinen beeindruckten Gästen die Erhabenheit seiner Gönnerin und ihre Leutseligkeit ihm und seiner Frau gegenüber vorzuführen. Und daß er schon so bald Gelegenheit dazu hatte, war ein so wunderbarer Beweis für Lady Catherines Gewogenheit, daß er ihn nicht genug bewundern konnte.

»Ich muß gestehen«, sagte er, »eine Einladung der Frau Baronin, am Sonntag den Tee bei ihr zu nehmen und den Abend zu verbringen, hätte mich nicht überrascht. Dazu kenne ich ihre Leutseligkeit zu gut. Aber wer hätte eine solche Aufmerksamkeit erwartet! Wer hätte erwartet, daß wir eine Einladung zum Dinner – noch dazu eine Einladung für uns alle – so kurz nach Ihrer Ankunft erhalten würden!«

»Mich überrascht es keineswegs«, erwiderte Sir William, »mein Umgang mit den Großen der Welt hat mir gestattet, sie einigermaßen kennenzulernen. Bei Hofe ist diese Art von ausgesuchter Höflichkeit nicht selten.«

Den ganzen Tag und den ganzen nächsten Vormittag wurde kaum über etwas anderes als ihre Einladung nach Rosings gesprochen. Mr. Collins bereitete sie sorgfältig vor, damit der Anblick der Räume, die zahlreiche Dienerschaft und die Opulenz des Essens sie nicht überwältigten. Als die Damen sich zurückzogen, um Toilette zu machen, sagte er zu Elizabeth:

»Sie brauchen sich, liebe Cousine, über Ihre Garderobe nicht den Kopf zu zerbrechen. Lady Catherine erwartet von uns nicht den Kleideraufwand, der ihr selbst und ihrer Tochter so wohl ansteht. Mein Vorschlag ist: Ziehen Sie unbesorgt ein Kleid an, das etwas eleganter ist als die anderen. Mehr ist nicht nötig. Lady Catherine denkt auch nicht schlecht von Ihnen, wenn Sie einfach gekleidet sind. Ohnehin hält sie dafür, daß die Standesunterschiede gewahrt bleiben.«

Während sie sich umkleideten, klopfte er zwei- oder dreimal an ihre Türen und ermahnte sie, sich zu beeilen, da es Lady Catherine nicht schätzte, auf ihr Essen warten zu müssen. Derartig furchterregende Nachrichten über die Frau Baronin und ihren Lebensstil erschreckten Maria zu Tode, denn sie war noch nicht oft in Gesellschaft gewesen und sah ihrer Einführung auf Rosings mit ebensoviel Angst entgegen, wie Sir William seinerzeit seiner Vorstellung bei Hofe.

Da das Wetter schön war, war der kurze Weg von einer halben Meile durch den Park angenehm. Jeder Park hat seine Schönheiten und seine Durchblicke. Vieles gefiel Elizabeth gut, obwohl es ihr nicht gelang, in den Jubel auszubrechen, den Mr. Collins von ihr bei diesem Anblick erwartete. Und auch sein Zählen der Fensterscheiben an

der Vorderseite des Hauses und sein Bericht, was sie Sir Lewis de Bourgh ursprünglich gekostet hatten, machte keinen großen Eindruck auf sie.
Als sie die Stufen zur Eingangshalle hinaufschritten, steigerte sich Marias Unbehagen von Stufe zu Stufe, und auch Sir William machte keinen ganz entspannten Eindruck. Elizabeths Selbstvertrauen ließ sie nicht im Stich. Nach allem, was sie bisher über Lady Catherine gehört hatte, besaß sie weder außerordentliche Talente noch wunderbare Tugenden, und den bloßen Besitz von Geld und Rang glaubte sie ohne Zittern und Zagen ertragen zu können.
Von der Eingangshalle, in der Mr. Collins hingerissen auf die gelungenen Proportionen und die kunstvoll ausgeführten Ornamente hinwies, folgten sie den Dienern durch das Vorzimmer in den Salon, wo sich Lady Catherine, ihre Tochter und Mrs. Jenkinson aufhielten. Die Frau Baronin war so überaus liebenswürdig, sich zu ihrer Begrüßung zu erheben, und da Mrs. Collins sich mit ihrem Mann geeinigt hatte, die Vorstellung zu übernehmen, verlief sie ohne all die Entschuldigungen und Dankesworte, die Mr. Collins wohl für nötig gehalten hätte.
Trotz seiner Vorstellung bei Hofe jagte die ihn umgebende Großartigkeit Sir William einen solchen Schrecken ein, daß sein Mut gerade ausreichte, um eine tiefe Verbeugung zu machen und sich wortlos zu setzen, und seine Tochter, vor Angst fast gelähmt, saß auf der Stuhlkante und wußte nicht, wohin sie blicken sollte. Elizabeth fühlte sich der Szene völlig gewachsen und konnte die drei Damen vor sich in Ruhe betrachten: Lady Catherine war eine große, stattliche Frau mit ausgeprägten Gesichtszügen, die früher wohl hübsch gewesen waren. Ihre Erscheinung war nicht sehr vertrauenerweckend, und ihre Art, die Gäste zu empfangen, nicht dazu angetan, sie ihren geringen Rang vergessen zu lassen. Nicht ihr Schweigen wirkte einschüchternd, aber alles, was sie sagte, wurde in einem autoritären Ton vorgebracht, der von ihrer Selbstbezogenheit zeugte und Elizabeth sofort an Mr. Wickhams Bild von ihr erinnerte. Ihre Beobach-

tungen im Laufe des Abends bestätigten sein Urteil über sie voll und ganz.

Als sie sich nach ihrer Musterung der Mutter, deren Miene und Benehmen sie an Mr. Darcy erinnerten, der Tochter zuwandte, war sie nicht weniger verblüfft als Maria, wie dünn und klein sie war. Die Damen hatten in Gestalt und Gesicht keinerlei Ähnlichkeit miteinander. Miss de Bourgh war blaß und kränklich; ihre Züge, obwohl nicht unschön, waren unbedeutend, und sie sprach sehr wenig, höchstens einmal flüsternd mit Mrs. Jenkinson, die sich durch nichts auszeichnete und nur Miss de Bourghs Bemerkungen aufsaugte oder einen Paravent schützend in ihre Nähe rückte.

Nachdem man einige Minuten zusammengesessen hatte, wurden alle ans Fenster geschickt, um den Blick zu bewundern; Mr. Collins begleitete sie und erklärte ihnen die Schönheiten, und Lady Catherine hatte die Güte, ihnen mitzuteilen, daß die Aussicht im Sommer noch viel schöner sei.

Das Dinner war ausgezeichnet, und all die von Mr. Collins versprochenen Diener und Gedecke gab es tatsächlich, und ganz gemäß seinen Vorhersagen saß er auf Wunsch der Frau Baronin auch am unteren Ende des Tisches und blickte um sich, als ob das Leben keine größeren Genüsse zu bieten hätte. Mr. Collins tranchierte, aß und lobte mit der gleichen verzückten Beflissenheit, und jeder Gang wurde mit Ausrufen der Bewunderung erst von ihm und dann von Sir William begleitet, der sich wenigstens so weit erholt hatte, daß er das Echo seines Schwiegersohns spielen konnte. Elizabeth fragte sich, wie Lady Catherine das ertrug. Aber sie schien höchst erfreut durch die maßlose Bewunderung und lächelte huldvoll, vor allem, wenn ein Gericht auf dem Tisch sich als Neuigkeit für sie alle erwies. Nur die Unterhaltung kam beim Essen zu kurz. Elizabeth war bereit, auf jedes Thema einzugehen, aber sie saß zwischen Charlotte und Miss de Bourgh – die eine war völlig damit ausgelastet, Lady Catherine zuzuhören, und die andere sagte während des ganzen Es-

sens kein Wort zu ihr. Mrs. Jenkinson war vor allem damit beschäftigt zu beobachten, wie wenig Miss de Bourgh aß, drang auf sie ein, ein anderes Gericht zu probieren, und fragte ängstlich, ob ihr nicht wohl sei. Maria wagte nicht, den Mund aufzumachen, und die Herren waren mit Essen und Staunen vollauf beschäftigt.
Als die Damen wieder ins Wohnzimmer hinübergingen, blieb nur die Möglichkeit, Lady Catherine zuzuhören, die ohne Unterbrechung bis zum Kaffee und mit solcher Entschiedenheit über jedes Thema sprach, daß deutlich daraus hervorging, wie wenig sie an Widerspruch gewohnt war. Sie erkundigte sich vertraulich und peinlich genau nach Charlottes häuslichen Angelegenheiten und gab ihr die verschiedensten Ratschläge, wie sie sie regeln solle. Sie teilte ihr mit, wie in einem kleinen Haushalt wie dem ihren alles organisiert sein müsse, und unterrichtete sie in der Versorgung ihrer Kühe und ihrer Geflügelhaltung. Elizabeth merkte, daß nichts der Aufmerksamkeit dieser Dame entging, wenn es ihr die Möglichkeit gab, andere zu maßregeln. In den Pausen des Gesprächs mit Mrs. Collins richtete sie eine Reihe von Fragen an Maria und besonders an Elizabeth, von der sie am wenigsten wußte und von der sie Mrs. Collins erzählte, sie sei ein reizendes, hübsches Kind. Sie fragte sie zwischendurch, wie viele Schwestern sie habe, ob sie älter oder jünger als sie seien, wie die Heiratschancen ihrer Schwestern ständen, ob sie hübsch seien, wo sie erzogen worden seien, was für einen Wagen ihr Vater halte und wie der Mädchenname ihrer Mutter sei. Elizabeth spürte die Impertinenz all dieser Fragen, beantwortete sie aber sehr gefaßt. Dann bemerkte Lady Catherine:
»Der Besitz Ihres Vaters geht an Mr. Collins über, glaube ich. Um Ihretwillen«, sie wandte sich an Charlotte, »bin ich froh darüber, aber sonst sehe ich keinen Grund, warum ein Besitz nicht in der weiblichen Linie vererbt werden soll. In der Familie von Sir Lewis de Bourgh hielt man es nicht für nötig. Spielen Sie Klavier und singen Sie, Miss Bennet?«

»Ein wenig.«
»Oh, dann müssen Sie uns irgendwann einmal etwas vorspielen. Unser Klavier ist erstklassig, wahrscheinlich besser als ... Sie müssen es später probieren. Spielen und singen Ihre Schwestern?«
»Eine von ihnen.«
»Warum haben es nicht alle gelernt? Alle hätten es lernen müssen. Alle Mädchen der Webbs spielen, und dabei hat ihr Vater ein geringeres Einkommen als Ihrer. Malen Sie?«
»Nein, gar nicht.«
»Was? Keine von Ihnen?«
»Nicht eine.«
»Wie eigenartig. Aber wahrscheinlich hatten Sie keine Gelegenheit. Ihre Mutter hätte Sie im Frühjahr wegen der guten Lehrer dort immer mit nach London nehmen müssen.«
»Meine Mutter hätte es getan, aber mein Vater verabscheut London.«
»Ist Ihre Gouvernante noch im Hause?«
»Wir haben nie eine gehabt.«
»Keine Gouvernante! Wie ist so etwas möglich? Fünf Töchter zu Hause erzogen und ohne Gouvernante! Hat man so etwas schon gehört! Ihre Mutter muß wie eine Sklavin an Ihrer Erziehung gearbeitet haben.«
Elizabeth konnte sich ein Lächeln nicht verkneifen, als sie sagte, das sei nicht der Fall gewesen.
»Und wer hat Sie denn nun unterrichtet? Wer hat auf Sie aufgepaßt? Ohne Gouvernante! Sie müssen vernachlässigt worden sein.«
»Im Vergleich mit anderen Familien war das sicher der Fall. Aber wer etwas lernen wollte, hatte immer Gelegenheit dazu. Wir wurden immer zum Lesen angehalten und hatten durch gute Bilder auch zum Malen Anregung genug. Aber wer nicht wollte, wurde nicht gezwungen.«
»Nein, keine Frage. Aber genau das soll eine Gouvernante ja verhindern. Und wenn ich Ihre Mutter gekannt hätte, dann hätte ich ihr den dringenden Rat gegeben,

eine einzustellen. Ich sage immer, in der Erziehung erreicht man nichts ohne soliden, regelmäßigen Unterricht, und das kann nur eine Gouvernante. Es ist fabelhaft, wie viele Familien ich schon mit einer Gouvernante versorgen konnte. Ich freue mich immer, wenn ich etwas Geeignetes für eine junge Person finde. Vier Nichten von Mrs. Jenkinson habe ich auf diese Weise schon ausgezeichnet versorgt, und erst vor wenigen Tagen habe ich eine andere junge Person empfohlen, von der ich nur zufällig gehört hatte, und die Familie ist entzückt von ihr. Mrs. Collins, habe ich Ihnen erzählt, daß Lady Metcalf gestern hereingeschaut hat, um sich zu bedanken? Sie findet, Miss Pope ist eine Perle. ›Lady Catherine‹, hat sie zu mir gesagt, ›Sie haben mir eine Perle empfohlen.‹ Sind Ihre jüngeren Schwestern schon in die Gesellschaft eingeführt?«

»Ja, Lady Catherine, alle.«

»Alle! Wie, alle fünf auf einmal? Wie eigenartig! Und Sie sind die zweite? Die jüngeren eingeführt, bevor die älteren verheiratet sind! Ihre jüngeren Schwestern müssen sehr jung sein.«

»Ja, meine jüngste Schwester ist knapp sechzehn. Vielleicht ist *sie* ein bißchen zu jung, um schon auszugehen, aber ich finde wirklich, Lady Catherine, es wäre ungerecht gegenüber den jüngeren Schwestern, wenn sie nicht unter Leute gehen und sich amüsieren dürfen, nur weil die älteren nicht die Mittel oder die Absicht haben, früh zu heiraten. Die jüngste hat doch dasselbe Recht auf die Vergnügungen der Jugend wie die älteste. Und nur deshalb im Haus gehalten zu werden, wäre sicher nicht sehr geeignet, geschwisterliche Liebe oder Gerechtigkeitsgefühl zu fördern.«

»Ich muß schon sagen«, antwortete die Frau Baronin, »für eine so junge Person haben Sie sehr bestimmte Meinungen. Wie alt sind Sie denn?«

»Bei drei erwachsenen jüngeren Schwestern«, erwiderte Elizabeth lächelnd, »können Frau Baronin kaum erwarten, daß ich es zugebe.«

Lady Catherine schien es nicht fassen zu können, daß sie keine direkte Antwort bekam, und Elizabeth hatte den Verdacht, die erste zu sein, die es je gewagt hatte, mit so viel würdevoller Impertinenz Scherz zu treiben.

»Sie können doch nicht älter als zwanzig sein. Sie haben also keinen Grund, Ihr Alter zu verheimlichen.«

»Ich bin knapp einundzwanzig.«

Als die Herren sich wieder zu ihnen gesellt und sie gemeinsam den Tee getrunken hatten, wurden die Kartentische aufgestellt. Lady Catherine, Sir William, Mr. und Mrs. Collins spielten Quadrille, und da Miss de Bourgh sich zu Cassino entschlossen hatte, hatten die beiden Mädchen die Ehre, mit Mrs. Jenkinson die Runde vollzählig zu machen. An ihrem Tisch herrschte unerhörter Stumpfsinn. Kaum ein Wort wurde gesagt, das nicht zum Spiel gehörte, außer wenn Mrs. Jenkinson ihrer Befürchtung Ausdruck gab, Miss de Bourgh werde sich erkälten oder überhitzen, habe zu wenig oder zu viel Licht. Am anderen Tisch passierte entschieden mehr. Lady Catherine führte meist das Wort. Entweder machte sie die anderen drei auf ihre Fehler aufmerksam oder erzählte eine Anekdote von sich selbst. Mr. Collins war vollauf damit ausgelastet, allen Äußerungen der Frau Baronin zuzustimmen, ihr für jeden Gewinn, den er machte, zu danken und sich zu entschuldigen, wenn er zuviel gewann. Sir William sagte nicht viel. Er speicherte sein Gedächtnis mit Anekdoten und großen Namen.

Als der Bedarf Lady Catherines und ihrer Tochter am Spiel gedeckt war, wurden die Spieltische weggerückt. Die Kutsche wurde Mrs. Collins angeboten, dankbar angenommen und unverzüglich bestellt. Dann versammelte sich die Gesellschaft um den Kamin, um zu hören, was Lady Catherine über das morgige Wetter entschieden hatte. Von diesen erhellenden Ausführungen rief sie die Ankunft der Kutsche weg, und mit vielen Dankesbezeugungen von seiten Mr. Collins' und ebenso vielen Verbeugungen von seiten Sir Williams brachen sie auf. Kaum rollte der Wagen an, da bat Mr. Collins seine Cousine schon, ihre Meinung über alles, was sie auf Rosings gesehen hatte, zu äußern, und Charlotte zuliebe stellte sie sie erfreulicher dar, als sie in Wirklichkeit war. Aber Elizabeths Anerkennung, die sie Mühe genug kostete, genügte Mr. Collins bei weitem nicht, und so sah er sich bald bemüßigt, die Verherrlichung der Frau Baronin selbst in die Hand zu nehmen.

Kapitel 30

Sir William blieb nur eine Woche in Hunsford, aber sein Aufenthalt war lang genug, um ihn davon zu überzeugen, daß seine Tochter höchst vorteilhaft verheiratet war und man einen solchen Schwiegersohn und solche Nachbarn nicht häufig antraf. Solange er bei ihnen war, verwendete Mr. Collins den Vormittag darauf, ihn in einem zweirädrigen Einspänner herumzufahren und ihm die Landschaft zu zeigen, aber sobald er abgereist war, kehrte die ganze Familie zu ihren gewohnten Beschäftigungen zurück, und Elizabeth war es lieb, daß sie auch durch die Veränderung nicht mehr von Mr. Collins sahen als bisher, denn die meiste Zeit zwischen Frühstück und Dinner verbrachte er nun entweder mit Gartenarbeit oder damit, zu lesen und zu schreiben und aus dem Fenster seiner Bibliothek zu sehen, die zur Straße hin lag. Das Zimmer, in dem die Damen sich meist aufhielten, ging nach hinten hinaus. Elizabeth wunderte sich zuerst darüber, daß Charlotte das Wohnzimmer nicht häufiger benutzte, denn es war größer und hatte einen besseren Ausblick; aber sie merkte bald, daß ihre Freundin einen sehr einleuchtenden Grund dafür hatte, denn Mr. Collins hätte sich ohne Frage seltener in seinem eigenen Zimmer aufgehalten, wenn ihres ähnlich viel Abwechslung vor dem Fenster versprochen hätte. Und Elizabeth lobte sie in Gedanken für die Regelung.

Von ihrem rückwärtigen Zimmer aus konnten sie nicht sehen, was auf der Straße vor sich ging, und deshalb waren sie auf Mr. Collins' Auskünfte angewiesen, was für Wagen vorbeigefahren waren, und besonders, wie oft Miss de Bourgh in ihrem Wägelchen am Haus vorbeikam, was er nie mitzuteilen versäumte, obwohl es beinahe täglich geschah. Häufig hielt sie beim Pfarrhaus und plauderte ein paar Minuten mit Charlotte, aber sie ließ sich kaum je dazu überreden, auszusteigen.

Nur an wenigen Tagen ging Mr. Collins nicht nach Rosings hinüber, und meist hielt auch seine Frau es für angebracht, ihn dabei zu begleiten; und erst als Elizabeth einfiel, daß dabei ja vielleicht die eine oder andere Pfarrstelle abfiel, verstand sie das Opfer so vieler Stunden. Hin und wieder tat auch die Frau Baronin ihnen die Ehre eines Besuches an, und während ihrer Anwesenheit entging nichts im Raum ihrer Aufmerksamkeit. Sie kümmerte sich um die Beschäftigungen der Damen, besah sich ihre Handarbeiten und gab ihnen gute Ratschläge, es anders zu machen; sie bemängelte das Arrangement der Möbel oder ertappte das Hausmädchen bei Nachlässigkeiten; und wenn sie eine Kleinigkeit zu sich nahm, dann offenbar nur, um bemerken zu können, daß Mrs. Collins' Fleischstücke im Verhältnis zur Zahl ihrer Familienmitglieder zu groß waren.

Elizabeth hatte bald begriffen, daß die große Dame zwar nicht Friedensrichter[14] in ihrem Bezirk war, sich aber um alle Amtsgeschäfte ihrer Gemeinde selbst kümmerte, deren Angelegenheiten ihr von Mr. Collins haarklein zugetragen wurden. Wenn die Dorfbewohner Ärger machten, unzufrieden oder zu arm waren, eilte sie ins Dorf, um ihren Streit zu schlichten, ihre Beschwerden zum Schweigen zu bringen und sie so lange auszuschimpfen, bis wieder Frieden und Überfluß herrschten.

Das gesellschaftliche Ereignis der Dinner auf Rosings wurde wöchentlich zweimal wiederholt, und da nun wegen Sir Williams Abwesenheit nur ein Kartentisch aufgestellt wurde, war jede Partie nur der Abklatsch der vorigen. Sonst hatten sie wenig Abwechslung, da die meisten Familien in der Umgebung für die Collins zu weit entfernt wohnten. Aber Elizabeth machte das nichts aus, und im großen und ganzen verbrachte sie ihre Zeit angenehm. Manche halbe Stunde verging im angeregten Gespräch mit Charlotte, und für die Jahreszeit war das Wetter so milde, daß sie sich oft mit dem größten Vergnügen draußen aufhielt. Ihr Lieblingsspaziergang, den sie häufig machte, wenn die anderen Lady Catherine einen Besuch abstatteten, führte an einem offenen Gehölz entlang, das den Park dort abschloß, wo ein hübscher, überwachsener Weg sich hinzog, den anscheinend niemand außer ihr zu schätzen wußte und auf dem sie sich vor Lady Catherines Neugier sicher fühlte.

So vergingen die ersten vierzehn Tage ihres Besuchs ruhig. Ostern stand vor der Tür, und für die kommende Woche war eine Erweiterung der Familie auf Rosings zu erwarten, was in einem so kleinen Kreis von Bedeutung sein mußte. Elizabeth hatte schon bald nach ihrer Ankunft gehört, daß Mr. Darcy in einigen Wochen erwartet wurde, und obwohl sie nicht viele Bekannte hatte, deren Gesellschaft sie ihm nicht vorzog, bedeutete sein Kommen wenigstens ein neues Gesicht bei ihren Geselligkeiten auf Rosings, und außerdem versprach sie sich ihren Spaß davon, mitzuerleben, wie hoffnungslos Miss Bingleys Anschläge auf ihn waren und wie er sich seiner Cousine gegenüber benahm, für die er offensichtlich von Lady Catherine bestimmt war, die von seinem Kommen mit der denkbar größten Befriedigung sprach, ihn in den höchsten Tönen pries und beinahe beleidigt war, als sie erfuhr, daß Miss Lucas und Elizabeth ihn recht gut kannten.

Seine Ankunft sprach sich schnell im Pfarrhaus herum, denn Mr. Collins wanderte den ganzen Vormittag am Ortsausgang auf und ab, um die Neuigkeit nicht zu verpassen, und als die Kutsche endlich in den Park einbog, hastete er nach einer tiefen Verbeugung mit der großen Nachricht nach Hause. Am nächsten Morgen eilte er nach

Rosings, um seine Reverenz zu erweisen. Zwei Neffen waren angekommen, um sie entgegenzunehmen, denn Mr. Darcy hatte einen gewissen Oberst Fitzwilliam mitgebracht, den jüngeren Sohn seines Onkels Lord ..., und zur größten Überraschung aller begleiteten die Herren Mr. Collins zurück zum Pfarrhaus. Charlotte hatte sie vom Zimmer ihres Mannes die Straße überqueren sehen und lief zu den Mädchen, um ihnen die Ehre anzukündigen, die sie erwartete. Sie setzte hinzu:
»Diese Höflichkeit habe ich nur dir zu verdanken, Eliza. So schnell wäre Mr. Darcy nie gekommen, um *mir* seine Aufwartung zu machen.«
Elizabeth hatte kaum Zeit, dieses Kompliment zurückzuweisen, als die Haustürklingel ihre Ankunft verkündete und die drei Herren kurz darauf eintraten. Oberst Fitzwilliam, der voranging, war um die dreißig, nicht hübsch, aber mit der Figur und dem Auftreten des wahren Gentleman. Mr. Darcy hatte sich seit der Zeit in Hertfordshire überhaupt nicht verändert – er begrüßte Mrs. Collins mit der von ihm gewohnten Zurückhaltung, und was er bei der Begrüßung ihrer Freundin dachte, ließ er sich nicht anmerken. Elizabeth knickste wortlos.
Oberst Fitzwilliam begann sich gleich mit der Bereitwilligkeit und Zwanglosigkeit des guterzogenen Mannes zu unterhalten und tat es geschickt; sein Vetter hingegen machte Mrs. Collins gegenüber einige kurze Bemerkungen über Haus und Garten und saß dann eine Weile, ohne mit irgend jemandem zu sprechen. Schließlich aber erwachte seine Höflichkeit wenigstens so weit, daß er Elizabeth fragte, wie es ihrer Familie gehe. Sie antwortete ihm mit den üblichen Stereotypen und fügte nach einer kurzen Pause hinzu:
»Meine älteste Schwester ist schon seit drei Monaten in London. Haben Sie sie nie dort getroffen?«
Sie wußte genau, daß das nicht der Fall war, wollte aber seiner Reaktion entnehmen, ob er wußte, was zwischen den Bingleys und Jane vorgefallen war. Und sie meinte auch eine leichte Verwirrung an ihm wahrzunehmen, als

er antwortete, er habe nie das Glück gehabt, Miss Bennet zu begegnen. Das Thema wurde nicht weiter verfolgt, und bald darauf brachen die Herren auf.

Kapitel 31

Oberst Fitzwilliams weltmännische Manieren wurden im Pfarrhaus sehr bewundert, und die Damen bauten darauf, daß er bei ihren Besuchen auf Rosings wesentlich zur Unterhaltung beitragen werde. Es dauerte allerdings einige Tage, bis sie wieder eine Einladung dorthin erhielten, denn da nun Besuch im Haus war, waren sie offenbar entbehrlich, und erst Ostern, fast eine Woche nach der Ankunft der Herren, wurden sie wieder dieser Ehre gewürdigt und auch dann nur beiläufig beim Verlassen der Kirche aufgefordert, abends herüberzukommen. Während der Woche hatten sie Lady Catherine und ihre Tochter kaum zu Gesicht bekommen. Oberst Fitzwilliam hatte mehrmals bei ihnen vorgesprochen, aber Mr. Darcy hatten sie nur beim Gottesdienst gesehen. Die Einladung wurde natürlich angenommen, und zur geziemenden Stunde gesellten sie sich zu dem Kreis in Lady Catherines Salon. Die Frau Baronin empfing sie höflich, aber es war offensichtlich, daß sie auf ihre Gesellschaft bei weitem nicht so viel Wert legte, wie wenn keine anderen Gäste verfügbar waren, und so wandte sie sich denn auch fast ausschließlich ihren Neffen zu, mit denen sie, vor allem mit Darcy, mehr als mit allen anderen Anwesenden sprach.

Oberst Fitzwilliam freute sich offenbar ehrlich, sie zu sehen; auf Rosings war er für *jede* Abwechslung dankbar, und außerdem hatte Mrs. Collins' hübsche Freundin es ihm angetan. Er setzte sich gleich zu ihr und sprach so anschaulich von Kent und Hertfordshire, vom Verreisen und Zuhausebleiben, von neuen Büchern und neuer Musik, daß Elizabeth sich in diesem Zimmer noch nie so angenehm unterhalten hatte. Sie waren so angeregt und lebhaft in ihr Gespräch vertieft, daß sie die Aufmerksamkeit von Lady Catherine persönlich, aber auch von Darcy auf sich zogen. *Er* hatte den Blick schon wiederholt mit einem Ausdruck von Neugier auf sie gerichtet; und die Frau Baronin machte bald darauf kein Geheimnis daraus, daß auch sie neugierig war, denn sie rief ungeniert dazwischen:

»Was sagst du da, Fitzwilliam? Wovon redest du? Was erzählst du Miss Bennet da? Ich möchte es hören.«

»Wir unterhalten uns über Musik, Madam«, sagte er, als sich eine Antwort nicht länger hinausschieben ließ.

»Über Musik? Dann sprich bitte lauter. Ich kenne kein Thema, das mir mehr am Herzen liegt. Ich muß unbedingt an dem Gespräch teilnehmen, wenn ihr über Musik sprecht. Es gibt nicht viele Leute in England, glaube ich, die Musik mit mehr Vergnügen hören oder begabter dafür sind als ich. Wenn ich ein Instrument gelernt hätte, wäre ich eine virtuose Spielerin geworden. Und Anne auch, wenn ihre Gesundheit sie nicht davon abhielte. Ihr Spiel wäre sicher bezaubernd. Macht Georgiana Fortschritte, Darcy?«

Mr. Darcy sprach liebevoll und anerkennend von den musikalischen Fähigkeiten seiner Schwester.

»Es freut mich, so Gutes von ihr zu hören«, sagte Lady Catherine, »und sag ihr bitte von mir, wenn sie nicht fleißig übt, wird sie nie erstklassig werden.«

»Ich kann Ihnen versichern, Madam«, erwiderte er, »sie hat diesen Rat nicht nötig; sie übt sehr regelmäßig.«

»Um so besser. Man kann darin gar nicht genug tun, und wenn ich das nächstemal an sie schreibe, werde ich sie ermahnen, das Üben auf keinen Fall zu vernachlässigen. Ich sage den jungen Damen immer wieder, ohne ständiges Üben kann man in der Musik nicht erstklassig werden. Ich habe Miss Bennet schon mehrmals gesagt, wenn sie nicht *mehr* übt, wird sie nie wirklich gut spielen; und wenn Mrs. Collins schon kein Klavier hat, habe ich gar nichts dagegen – das habe ich ihr schon oft gesagt –, daß sie täglich nach Rosings kommt und auf dem Klavier in Mrs. Jenkinsons Zimmer spielt. In *dem* Teil des Hauses stört sie keinen.«

Mr. Darcy war die Taktlosigkeit seiner Tante etwas peinlich, und er antwortete nicht.

Nach dem Kaffee erinnerte Oberst Fitzwilliam Elizabeth daran, daß sie versprochen hatte, ihnen etwas vorzuspielen, und sie setzte sich bereitwillig ans Klavier. Er rückte sich einen Stuhl näher heran. Lady Catherine hörte ein halbes Stück lang zu und sprach dann unbekümmert mit ihrem anderen Neffen weiter, bis er von ihr wegging, sich mit der ihm eigenen Behutsamkeit auf das Klavier zubewegte und so stehenblieb, daß er der hübschen Spielerin voll ins Gesicht blicken konnte. Elizabeth beobachtete ihn und sagte bei der ersten geeigneten Pause mit einem schelmischen Lächeln zu ihm:

»Wollen Sie mir Angst einjagen, Mr. Darcy, indem Sie sich so vor mir aufbauen und mir zuhören? Aber ich lasse mich nicht erschrecken, und wenn Ihre Schwester noch so gut spielt. Ich bin ein Dickkopf, der sich nicht nach Belieben in Angst und Schrecken versetzen läßt. Mein Mut wächst mit jedem Versuch, mich einzuschüchtern.«

»Ich will mich nicht mit Ihnen streiten«, antwortete er, »weil Sie genau wissen, daß ich nicht die Absicht hatte, Sie einzuschüchtern, und ich habe lange genug das Vergnügen Ihrer Bekanntschaft, um zu wissen, daß es Ihnen großen Spaß macht, gelegentlich Meinungen zu äußern, die Sie in Wirklichkeit gar nicht vertreten.«

Elizabeth lachte herzlich über das Bild, das er von ihr hatte und sagte zu Oberst Fitzwilliam:

»Ihr Vetter gibt Ihnen einen schönen Eindruck von mir und wird Sie noch dazu bringen, kein Wort zu glauben, das ich sage. Es ist ein wahres Unglück für mich, in einem Teil der Welt, wo ich als einigermaßen glaubwürdig durchzukommen gehofft hatte, jemanden zu treffen, der mich so gut durchschaut. Wirklich, Mr. Darcy, es ist nicht sehr großherzig von Ihnen, alles zu berichten, was Sie zu meinem Nachteil in Hertfordshire über mich erfahren haben – und gestatten Sie mir, das zu sagen – es ist auch taktisch nicht sehr klug, denn Sie zwingen mich, Vergeltung zu suchen, und dann könnten Dinge ans Licht kommen, die Ihre Verwandten entsetzen würden.«

»Ich habe vor Ihnen keine Angst«, sagte er lächelnd.

»Erzählen Sie bitte, was er verbrochen hat«, rief Oberst Fitzwilliam. »Es würde mich interessieren, wie er sich Fremden gegenüber benimmt.«

»Also gut, hören Sie zu – aber machen Sie sich auf schreckliche Sachen gefaßt. Als ich ihn in Hertfordshire zum erstenmal in meinem Leben traf, Sie müssen wissen, es war ein Ball – und auf diesem Ball, was meinen Sie, was er tat? Er tanzte nur vier Tänze! Es tut mir leid, Ihnen wehzutun – aber es ist die Wahrheit. Er tanzte nur vier Tänze, obwohl Herren rar waren und ich sicher weiß, daß mehr als eine Dame aus Mangel an einem Partner sitzenbleiben mußte. Mr. Darcy, Sie können es nicht leugnen.«

»Ich hatte seinerzeit nicht die Ehre, außer meinen eigenen Freunden irgendeine der anwesenden Damen zu kennen.«

»Sehr richtig, und in einem Ballsaal kann man sich natürlich nicht vorstellen lassen. – Also, Oberst Fitzwilliam, was soll ich jetzt spielen? Meine Finger erwarten Ihre Befehle.«

»Vielleicht«, sagte Darcy, »wäre ich besser beraten gewesen, mich einführen zu lassen. Aber es liegt mir nicht, mich in Gegenwart von Fremden ungezwungen zu geben.«

»Sollen wir Ihren Vetter nach der Ursache dafür fragen?« sagte Elizabeth, immer noch an Oberst Fitzwilliam gewandt. »Sollen wir ihn fragen, wie es kommt, daß es einem jungen Mann von Verstand und Bildung, der obendrein noch in der Welt herumgekommen ist, nicht liegt, sich in Gegenwart von Fremden ungezwungen zu geben?«

»Ich kann Ihre Frage ohne ihn beantworten«, sagte Fitzwilliam, »es liegt daran, daß er sich nicht die Mühe machen will.«

»Ich besitze sicher nicht wie mancher andere die Fähigkeit«, sagte Darcy, »mich mit Leuten zwanglos zu unterhalten, die ich vorher nie gesehen habe. Ich kann mich schwer in ihren Umgangston hineinfinden oder Interesse an ihren Angelegenheiten vortäuschen, wie ich es bei anderen sehe.«

»Meine Finger«, sagte Elizabeth, »bewegen sich nicht mit derselben Meisterschaft über die Tastatur, wie ich es bei anderen sehe. Sie haben nicht dieselbe Kraft und Leichtigkeit, und sie sind weniger ausdrucksvoll. Aber ich habe das immer für meinen eigenen Fehler gehalten, weil ich mir nicht die Mühe mache zu üben. Nicht daß ich annehme, *meine* Finger besäßen nicht dieselben Fähigkeiten wie die anderer Frauen, die besser spielen.«

Darcy lächelte und sagte: »Sie haben völlig recht. Wer das Vorrecht hat, Ihnen zuhören zu dürfen, kann an Ihrem Spiel nichts auszusetzen haben. Nur Fremden gegenüber produzieren wir uns beide nicht gern.«

Hier wurden sie lautstark von Lady Catherine unterbrochen, die wissen wollte, wovon sie sprachen. Elizabeth begann sofort wieder zu spielen. Lady Catherine kam näher und sagte, nachdem sie einen Augenblick zugehört hatte, zu Darcy:

»Miss Bennet würde wirklich gar nicht so schlecht spielen, wenn sie mehr übte und bei einem guten Lehrer in London Unterricht nähme. Ihre Fingertechnik ist gut, obwohl ihr Ausdruck an Annes nicht heranreicht. Anne wäre eine hervorragende Spielerin geworden, wenn ihre Krankheit sie nicht davon abgehalten hätte.«

Elizabeth blickte Mr. Darcy an, um zu sehen, wie angetan er von dem Lob seiner Cousine war, aber weder jetzt noch später konnte sie das leiseste Zeichen von Liebe entdecken, und aus seinem ganzen Benehmen gegenüber Miss de Bourgh zog sie für Miss Bingley den Trost, daß er ebensogut hätte *sie* heiraten können, wäre sie mit ihm verwandt gewesen.

Lady Catherine fuhr in ihren Bemerkungen über Elizabeths Spiel fort und flocht einige Anweisungen über Fingertechnik und Ausdruck ein. Elizabeth nahm sie mit höflicher Geduld entgegen und blieb auf Wunsch der Herren am Klavier, bis die Kutsche der Frau Baronin vorfuhr, um sie alle nach Hause zu bringen.

Kapitel 32

Am nächsten Vormittag saß Elizabeth, während Mrs. Collins und Maria ins Dorf einkaufen gegangen waren, allein im Zimmer und schrieb an Jane, als ein Klingeln an der Tür sie aus ihrer Ruhe aufstörte, das sichere Zeichen eines Besuchers. Da sie keinen Wagen gehört hatte, war es möglicherweise Lady Catherine, und in dieser Befürchtung legte sie ihren halb beendeten Brief weg, um allen impertinenten Fragen aus dem Wege zu gehen, als die Tür aufging und zu ihrer größten Überraschung Mr. Darcy, und zwar nur Mr. Darcy eintrat.

Auch er schien überrascht zu sein, sie allein anzutreffen und entschuldigte sich für seine Aufdringlichkeit; er habe damit gerechnet, alle Damen zu Hause zu finden. Dann setzten sie sich und gerieten, als alle Fragen über Rosings gestellt waren, in Gefahr, in totales Schweigen zu versinken. Es war deshalb unbedingt nötig, Abhilfe zu schaffen, und in dieser Not fiel ihr ein, *wann* sie ihn in Hertfordshire zuletzt gesehen hatte, und da sie neugierig war, was er über ihre unvermittelte Abreise von Netherfield zu sagen hatte, bemerkte sie:

»Wie plötzlich Sie alle im letzten November Netherfield verlassen haben, Mr. Darcy. Es muß für Mr.Bingley eine höchst angenehme Überraschung gewesen sein, als Sie alle ihm so schnell folgten, denn wenn ich mich richtig erinnere, war er erst am Tag vorher abgefahren. Es ging ihm und seinen Schwestern hoffentlich gut, als Sie London verließen?«

»Ausgezeichnet, danke.«

Sie merkte aber, daß sie so nicht weiterkam, und setzte nach einer kurzen Pause hinzu:

»Wie ich gehört habe, trägt sich Mr. Bingley nicht mit dem Gedanken, überhaupt nach Netherfield zurückzukehren?«

»Davon habe ich ihn nie sprechen hören, aber es ist anzunehmen, daß er in Zukunft nur wenig Zeit dort verbringen wird. Er hat viele Freunde und ist in einem Alter, in dem Freunde und Verpflichtungen ständig zunehmen.«

»Wenn er nur selten in Netherfield ist, wäre es für die Nachbarn besser, wenn er den Besitz ganz aufgäbe, denn dann würde sich vielleicht eine Familie dort auf Dauer niederlassen. Aber vielleicht hat Mr. Bingley das Haus nicht zum Vergnügen seiner Nachbarn, sondern zu seinem eigenen gemietet, und es ist zu erwarten, daß er es deshalb ebenso plötzlich wieder bezieht, wie er es verlassen hat.«

»Es würde mich nicht wundern«, sagte Mr. Darcy, »wenn er es aufgäbe, sobald sich ein günstiges Kaufobjekt bietet.«

Elizabeth gab keine Antwort. Es war ihr unbehaglich, noch länger über seinen Freund zu sprechen, und da sie sonst nichts zu sagen hatte, war sie nun entschlossen, ihm die Sorge für ein Gesprächsthema zu überlassen.

Er verstand ihren Wink und begann bald mit:

»Dieses Haus ist sehr bequem. Lady Catherine hat wohl eine Menge dafür getan, als Mr. Collins nach Hunsford kam.«

»Ich glaube, ja. Jedenfalls konnte sie kein dankbareres Objekt für ihre Freundlichkeit finden.«

»Mr. Collins scheint mit der Wahl seiner Frau Glück gehabt zu haben.«

»Ja, unbedingt; seine Freunde können sich gratulieren, daß er eine der seltenen vernünftigen Frauen getroffen hat, die bereit gewesen wären, ihn zu heiraten oder ihn nach der Heirat hätten glücklich machen können. Meine Freundin ist eine kluge Frau, obwohl ich nicht sicher bin, ob ich ihre Heirat für ihre klügste Entscheidung halte. Aber sie scheint sehr zufrieden zu sein, und nüchtern besehen, hat sie eine sehr gute Partie gemacht.«

»Sie ist doch sicher froh, so nah bei ihrer Familie und ihren Freunden zu wohnen.«

»Nah? Das nennen Sie nah? Es sind fast fünfzig Meilen.«

»Und was sind fünfzig Meilen bei guter Straße? Kaum mehr als eine halbe Tagesreise. Doch, das nenne ich nah.«

»Ich wäre nie auf den Gedanken gekommen, die geringe Entfernung für einen der Vorteile dieser Ehe zu halten«, rief Elizabeth. »Ich hätte nie im Leben gesagt, sie wohnt *nah* bei ihrer Familie.«

»Das beweist nur Ihre eigene Bindung an Hertfordshire. Alles, was nicht in unmittelbarer Nachbarschaft von Longbourn liegt, erscheint Ihnen weit.«

Er sagte es mit einem Lächeln, das Elizabeth zu verstehen glaubte. Er mußte annehmen, daß sie Jane und Netherfield im Sinne hatte, und sie errötete, als sie antwortete:

»Ich wollte damit nicht sagen, daß eine Frau nicht auch zu nah bei ihrer Familie wohnen kann. Nähe und Ferne sind relative Begriffe und hängen von verschiedenen Umständen ab. Wo Vermögen ist, um die Reisekosten unwichtig erscheinen zu lassen, ist die Entfernung kein Übel. Aber das ist hier nicht der Fall. Mr. und Mrs. Collins haben ihr gutes Auskommen, aber zum häufigen Verreisen reicht es nicht – und ich nehme an, meine Freundin würde, auch wenn sie halb so weit weg lebte, noch nicht sagen, daß sie *nah* bei ihrer Familie wohnt.«

Mr. Darcy rückte seinen Stuhl etwas näher und sagte:

»*Sie* können doch nicht so an Ihrem Zuhause hängen. *Sie* können doch nicht immer in Longbourn gewesen sein.«

Elizabeth sah ihn erstaunt an. Mr. Darcy besann sich; er schob seinen Stuhl wieder zurück und nahm eine Zeitung vom Tisch. Während er sie überflog, sagte er ernüchtert:

»Gefällt es Ihnen in Kent?«

Ein kurzer Dialog über die Landschaft, auf beiden Seiten ruhig und zur Sache, folgte und wurde bald durch den Eintritt Charlottes und ihrer Schwester unterbrochen, die von ihrem Einkauf zurückkamen. Das Tête-à-tête überraschte sie. Mr. Darcy erklärte, wie er irrtümlich Miss

Bennet gestört hatte, und als er noch ein paar Minuten geblieben war, ohne viel zu ihnen zu sagen, ging er fort.
»Was soll das wohl heißen?« sagte Charlotte, sobald er gegangen war. »Liebe Eliza, er muß in dich verliebt sein, sonst wäre er niemals so zwanglos vorbeigekommen.«
Aber als Elizabeth von seiner Schweigsamkeit erzählte, glaubte nicht einmal Charlotte mit ihren geheimen Wünschen daran, und nach verschiedenen Vermutungen kamen sie schließlich zu dem Ergebnis, daß sein Besuch nur auf Langeweile zurückzuführen war, die die Jahreszeit mit sich brachte. Alle sportlichen Betätigungen an der frischen Luft waren vorüber. Im Haus gab es Lady Catherine, Bücher und einen Billardtisch, aber Männer können sich nicht immer im Haus aufhalten, und die Nähe des Pfarrhauses, der schöne Spaziergang dahin oder die Bewohner boten den beiden Vettern zu dieser Jahreszeit einen Anreiz, beinahe täglich dorthin zu gehen.
Sie kamen zu verschiedenen Tageszeiten, manchmal getrennt, manchmal gemeinsam und manchmal begleitet von ihrer Tante. Es war allen klar, daß Oberst Fitzwilliam kam, weil er sich in ihrer Gesellschaft wohlfühlte, was ihn natürlich noch sympathischer machte; und das Vergnügen seiner Gesellschaft, aber auch seine offensichtliche Bewunderung für sie erinnerten Elizabeth an ihren früheren Verehrer George Wickham, und obwohl Oberst Fitzwilliam an einschmeichelndem Charme den Vergleich mit ihm nicht aushielt, war er ihm wohl an Intelligenz überlegen.
Aber warum Mr. Darcy so oft ins Pfarrhaus kam, war einfach nicht zu begreifen. Es konnte nicht um ihrer Gesellschaft willen geschehen, da er häufig zehn Minuten lang dasaß, ohne den Mund aufzutun, und wenn er schließlich doch etwas sagte, dann offenbar mehr aus gesellschaftlichem Zwang als aus eigener Wahl – ein Opfer dem Anstand zu Genüge, nicht zum eigenen Vergnügen. Selten schien er wirklich mit dem Herzen dabei zu sein. Mrs. Collins wußte gar nicht, was sie davon halten sollte. Oberst Fitzwilliam machte sich gelegentlich über seine Schwerfälligkeit lustig und bewies damit, daß Mr. Darcy

sich nicht immer so benahm, was sie aufgrund ihrer eigenen Kenntnis von ihm nicht bestätigen konnte; und da sie diesen Wandel gern den Auswirkungen der Liebe zugeschrieben und ihre Freundin Elizabeth gern als das Objekt dieser Liebe gesehen hätte, machte sie sich daran, der Sache auf den Grund zu gehen. Sie beobachtete ihn, wenn sie auf Rosings waren und wenn er nach Hunsford kam, aber ohne viel Erfolg. Er sah ihre Freundin zwar häufig an, aber sein Blick war schwer zu deuten. Es war ein ernster, konzentrierter Blick, aber Charlotte bezweifelte manchmal, ob er viel Sympathie enthielt, und gelegentlich schien er einfach geistesabwesend.

Ein- oder zweimal hatte sie Elizabeth gegenüber angedeutet, daß er vielleicht in sie verliebt sei, aber Elizabeth hatte darüber nur gelacht, und Mrs. Collins wollte auf dem Thema lieber nicht herumreiten, um nicht Erwartungen zu wecken, die am Ende nur enttäuscht werden konnten, denn ihrer Meinung nach bestand kein Zweifel, daß die Abneigung ihrer Freundin sich in Luft auflösen würde, sobald sie sich seiner sicher glaubte. In ihren gutgemeinten Gedankenspielen plante sie manchmal Elizabeths Heirat mit Oberst Fitzwilliam. Er war der bei weitem Sympathischere der beiden, war zweifellos von ihr eingenommen, und seine Verhältnisse machten ihn zu einer guten Partie. Aber diese Vorteile wurden in ihren Augen dadurch beeinträchtigt, daß Mr. Darcy allerlei Pfründe zu vergeben hatte, sein Vetter aber keine.

Kapitel 33

Mehr als einmal traf Elizabeth bei ihren Streifzügen durch den Park unvermutet auf Mr. Darcy. Sie wunderte sich über den unglücklichen Zufall, der ihn dahin führte, wohin sonst niemand kam, und war deshalb, um eine Wiederholung zu vermeiden, darauf bedacht, ihn von vorneherein wissen zu lassen, daß dies ihr Lieblingsspazierweg sei. Wie es deshalb zum zweitenmal passieren konnte, war ihr ein Rätsel. Aber es geschah trotzdem, und sogar zum drittenmal. Es kam ihr schließlich wie böse Absicht vor oder wie eine freiwillige Strafe, die er auf sich nahm, denn er ließ es dabei nicht bei den üblichen förmlichen Fragen, der peinlichen Pause und dem kurzangebundenen Abschied bewenden, sondern hielt es tatsächlich für angebracht, wieder umzukehren und mit ihr zurückzuwandern. Er sagte nie viel, und auch sie machte sich nicht die Mühe, viel zu reden oder zuzuhören, aber sie fand es natürlich eigenartig, daß er bei ihrer dritten Begegnung einige unzusammenhängende Fragen stellte – ob sie gerne in Hunsford war und einsame Spaziergänge liebte, was sie von Mr. und Mrs. Collins' Ehe hielt; und als er von Rosings sprach und sie sagte, sie verstehe die Zusammenhänge im Haus nicht ganz, da schien er davon auszugehen, daß auch sie dort wohnen würde, wenn sie wieder nach Kent kommen sollte. Jedenfalls mußte sie das seinen Worten entnehmen. Hatte er etwa Oberst Fitzwilliam im Sinn? Wenn auf etwas, dachte sie, dann konnte er nur auf ihn anspielen. Es war ihr unangenehm, und sie war froh, daß sie gerade wieder beim Tor gegenüber dem Pfarrhaus angekommen waren.

Als sie eines Tages damit beschäftigt war, beim Spazierengehen Janes letzten Brief noch einmal durchzulesen und über einen Absatz nachzudenken, aus dem ihre niedergeschlagene Stimmung sprach, wurde sie plötzlich beim Aufblicken nicht von Mr. Darcy, sondern von Oberst Fitzwilliam überrascht. Sie steckte den Brief weg, zwang sich zu einem Lächeln und sagte:

»Daß auch Sie hier spazierengehen, ist mir nie aufgefallen.«

»Ich mache einen Rundgang durch den Park«, erwiderte er, »wie jedes Jahr und wollte ihn mit einem Besuch im Pfarrhaus beenden. Gehen Sie noch viel weiter?«

»Nein, ich wäre ohnehin gleich umgekehrt.«

Und so kehrte sie um, und sie wanderten zusammen in Richtung Pfarrhaus.

»Wollen Sie Kent am Sonnabend bestimmt verlassen?« fragte sie.
»Ja, vorausgesetzt, Darcy verschiebt die Abreise nicht wieder. Aber ich überlasse die Entscheidung ihm. Er macht das, wie es ihm gefällt.«
»Und wenn ihm die Entscheidung schon nicht gefällt, kann er sich jedenfalls an der Macht berauschen, die Wahl zu haben. Ich kenne niemanden, der die Freiheit zu tun, was ihm beliebt, mehr genießt als Mr. Darcy.«
»Er geht seine eigenen Wege«, sagte Oberst Fitzwilliam, »aber das tun wir alle. Nur kann er es sich eher erlauben als andere, weil er reich ist und viele andere arm sind. Ich weiß, wovon ich rede. Wissen Sie, ein jüngerer Sohn muß sich mit Verzicht und Abhängigkeit abzufinden lernen.«
»Meiner Meinung nach kann der jüngere Sohn eines Herzogs von beidem gar nichts verstehen. Aber im Ernst, was wissen Sie von Verzicht und Abhängigkeit? Wann hat der Mangel an Geld Sie jemals davon abgehalten zu gehen, wohin Sie wollten, und zu bekommen, was Ihnen gefiel?«
»Sie werden sehr persönlich – vielleicht habe ich nicht viele Unannehmlichkeiten dieser Art kennengelernt. Aber bei wichtigeren Angelegenheiten leide ich unter dem Geldmangel. Jüngere Söhne können nicht heiraten, wen sie wollen.«
»Außer Sie heiraten Frauen mit Vermögen, was sie wohl häufig genug tun.«
»Unser Lebensstil macht uns zu abhängig, und nicht viele Männer in meiner sozialen Stellung können es sich leisten, ohne Rücksicht auf Geld zu heiraten.«
Gilt das mir, fragte sich Elizabeth, und der Gedanke ließ sie erröten, aber sie nahm sich schnell zusammen und sagte lebhaft:
»Und was bitte muß man für den jüngeren Sohn eines Herzogs anlegen? Außer wenn der ältere Bruder dahinkränkelt, braucht es doch wohl nicht mehr als 50 000 Pfund zu sein.«

Er antwortete ihr ebenso ironisch, und das Thema wurde fallengelassen. Ihr lag daran, das Schweigen zu unterbrechen, und um nicht den Eindruck zu erwecken, als hätte das Gespräch sie getroffen, sagte sie gleich darauf:
»Ich nehme an, Ihr Vetter hat Sie hauptsächlich mitgebracht, um jemanden zu haben, über den er frei verfügen kann. Ich frage mich, warum er nicht heiratet, um diese Annehmlichkeit auf Dauer zu haben. Aber vielleicht tut es ja seine Schwester für den Augenblick, und da er ihr alleiniger Vormund ist, kann er mit ihr machen, was er will.«
»Nein«, sagte Oberst Fitzwilliam, »das ist ein Privileg, das er mit mir teilen muß. Wir üben die Vormundschaft über Miss Darcy gemeinsam aus.«
»Tatsächlich? Und was für Vormünder sind Sie? Macht Ihre Aufgabe Ihnen viel Mühe? Junge Damen in dem Alter sind manchmal ein bißchen schwierig, und wenn sie eine echte Darcy ist, will sie vielleicht auch ihre eigenen Wege gehen.«
Beim Sprechen bemerkte sie, daß er sie mit ernstem Gesicht ansah, und aus der Art, wie er unmittelbar darauf fragte, wie sie darauf komme, daß Miss Darcy ihnen Sorge machen könnte, entnahm sie, daß sie irgendwie von der Wahrheit wohl nicht ganz weit entfernt war. Sie antwortete deshalb:
»Sie brauchen keine Angst zu bekommen. Ich habe nie irgend etwas Nachteiliges über sie gehört und bin überzeugt, sie ist ein außerordentlich folgsames Mädchen. Einige Damen meiner Bekanntschaft, Mrs. Hurst und Miss Bingley, halten sehr viel von ihr. Sagten Sie nicht, Sie kennten sie?«
»Ich kenne sie ein wenig. Ihr Bruder ist ein angenehmer, guterzogener Mann und ein enger Freund von Darcy.«
»O ja«, sagte Elizabeth trocken, »Mr. Darcy ist außerordentlich nett zu Mr. Bingley und kümmert sich rührend um ihn.«
»Kümmert sich um ihn? – Ja, ich glaube wirklich, er kümmert sich bei *den* Dingen um ihn, wo er Rat braucht. Aus

einigen Bemerkungen, die er auf unserer Reise hierher gemacht hat, entnehme ich, daß Bingley ihm sehr zu Dank verpflichtet ist. Aber ich will ihm nicht unrecht tun, denn ich habe keinen Anlaß anzunehmen, daß er von Bingley sprach. Es war alles nur Vermutung.«

»Wovon sprechen Sie?«

»Es handelt sich um eine Angelegenheit, die Darcy gern diskret behandeln möchte, denn wenn es sich bis zur Familie der Dame herumspräche, wäre das sehr unangenehm.«

»Sie können sich auf meine Verschwiegenheit verlassen.«

»Und bedenken Sie bitte, ich habe kaum Anlaß zu vermuten, daß es sich um Bingley handelt. Darcy hat mir nur erzählt, daß er sich etwas darauf zugute hält, einen Freund von den Unannehmlichkeiten einer höchst unklugen Heirat abgehalten zu haben, aber Namen oder Umstände hat er nicht erwähnt, und ich schließe nur aus Bingleys Talent, sich in solche Dummheiten zu verwickeln, daß es sich um ihn handelt und auch daraus, daß sie den ganzen letzten Sommer gemeinsam verbracht haben.«

»Hat Mr. Darcy die Gründe für sein Einschreiten genannt?«

»Soweit ich verstanden habe, gab es einige gewichtige Einwände gegen die Dame.«

»Und mit welchen Mitteln hat er sie auseinandergebracht?«

»Von den Mitteln hat er mir nichts gesagt«, sagte Fitzwilliam lachend. »Er hat mir nur erzählt, was ich eben berichtet habe.«

Elizabeth gab keine Antwort und ging, steigenden Unmut im Herzen, weiter. Als er sie ein Weilchen beobachtet hatte, fragte er, warum sie so nachdenklich sei.

»Ich denke über Ihre Geschichte nach«, sagte sie, »das Verhalten Ihres Vetters gefällt mir nicht. Warum mußte er sich zum Richter aufschwingen?«

»Sie finden sein Eingreifen eher aufdringlich?«

»Ich verstehe nicht, welches Recht Mr. Darcy hat, sich ein Urteil über die Schicklichkeit von Bingleys Gefühlen anzumaßen. Und warum mußte er allein mit seinem angemaßten Urteil entscheiden und bestimmen, auf welche Weise sein Freund glücklich wird? Aber«, fuhr sie sich zusammennehmend fort, »da wir die Einzelheiten nicht kennen, ist es nicht fair, ihn zu verurteilen. Es sieht nicht so aus, als sei viel Liebe im Spiel gewesen.«
»Das ist eine naheliegende Vermutung«, sagte Fitzwilliam, »aber es schmälert meinem Vetter seinen Triumph erheblich.«
Er sagte es im Scherz, aber sie fand, sein Porträt wurde Mr. Darcy so gerecht, daß sie eine Antwort lieber unterließ, und, das Thema abrupt abbrechend, über unverfängliche Dinge sprach, bis sie das Pfarrhaus erreicht hatten. Dort schloß sie sich in ihr Zimmer ein, sobald ihr Besucher wieder gegangen war, damit sie in aller Ruhe über das nachdenken konnte, was sie gehört hatte. Es konnte sich um niemand anders als ihre Schwester handeln, denn es war ausgeschlossen, daß es auf der Welt zwei Männer gab, auf die Mr. Darcy einen so grenzenlosen Einfluß hatte. Daß er bei der Trennung von Bingley und Jane seine Finger im Spiel hatte, hatte sie nie bezweifelt, aber bisher hatte sie immer Miss Bingley für die treibende Kraft gehalten. Wenn Darcy sich seinem Vetter gegenüber nicht aufgespielt hatte, dann war *er* die Ursache, waren sein Stolz und seine Launen die Ursache für alles, was Jane gelitten hatte und noch immer litt. Er hatte vorübergehend die Glückschancen des anhänglichsten, großzügigsten Mädchens der Welt zerstört, und wer konnte wissen, ob er nicht endgültiges Unheil angerichtet hatte.
»Es gab einige schwerwiegende Einwände gegen die Dame«, waren Oberst Fitzwilliams Worte, und diese schwerwiegenden Einwände bestanden wahrscheinlich darin, daß einer ihrer Onkel Rechtsanwalt auf dem Land und der andere Kaufmann in London war.
»Gegen Jane selbst«, rief sie aus, »konnte es auch nicht den geringsten Einwand geben, bei all ihrer Liebenswürdigkeit

und Güte; so verständnisvoll, gebildet und einnehmend, wie sie war. Auch gegen unseren Vater ist nichts einzuwenden. Er hat, bei aller Verschrobenheit, Qualitäten, die auch Mr. Darcy nicht zu verachten braucht, und sein Ruf ist so, daß Mr. Darcy ihn vermutlich nie erreichen wird.«
Wenn sie an ihre Mutter dachte, war sie allerdings nicht mehr so sicher, aber daß Einwände gegen sie für Mr. Darcy großes Gewicht hatten, konnte sie sich nicht vorstellen, weil ihm bei seinem Stolz der niedrige soziale Rang der Familie, in die sein Freund hineinheiratete, eine tiefere Wunde schlagen mußte als ihr klägliches geistiges Niveau, und schließlich war sie zutiefst überzeugt, daß seine Entscheidung zum Teil auf seinem unverzeihlichen Stolz und zum Teil auf dem Wunsch beruhte, Bingley für seine eigene Schwester zu gewinnen.

Die Aufregung und die Tränen, die das Thema mit sich brachte, riefen Kopfschmerzen hervor, und sie wurden während des Abends so schlimm, daß sie, ohnehin nicht daran interessiert, Mr. Darcy zu begegnen, sich entschloß, ihren Vetter und seine Frau nicht nach Rosings zu begleiten, wo sie zum Tee geladen waren. Als Mrs. Collins sah, daß es ihr wirklich nicht gut ging, drang sie nicht weiter in sie und versuchte auch ihren Mann davon abzuhalten, aber Mr. Collins konnte seine Furcht nicht verbergen, daß Lady Catherine auf Elizabeths Fernbleiben indigniert reagieren würde.

Kapitel 34

Als sie fort waren, machte sich Elizabeth, als wolle sie sich erst richtig in ihre Wut auf Mr. Darcy hineinsteigern, an die nochmalige Lektüre aller Briefe, die Jane ihr geschrieben hatte, seit sie in Kent war. Sie enthielten nicht eigentlich Klagen, und auch frühere Ereignisse oder ihr gegenwärtiges Leiden wurden darin nicht ausgebreitet, aber in allen Briefen, ja beinahe in jeder Zeile vermißte sie die Beschwingtheit, die Janes Sprache früher ausgezeichnet hatte und die, getragen von der Heiterkeit eines mit sich selbst im reinen und gegen jedermann freundlich gesinnten Gemüts, kaum je überschattet worden war. In jedem Satz drängte sich Elizabeth nun das Unbehagen mit einer Deutlichkeit auf, die ihr beim ersten Lesen entgangen war. Mr. Darcys schändliches Prahlen mit dem Elend, das er bewirkt hatte, ließ sie das Leiden ihrer Schwester noch schmerzlicher nachempfinden. Nur die Aussicht, daß sein Besuch auf Rosings übermorgen zu Ende sein würde, gab ihr einigen Trost – und mehr noch, daß sie in weniger als zwei Wochen wieder mit Jane vereinigt und imstande sein würde, zu ihrer seelischen Gesundung mit all ihrer Zuneigung beizutragen.

Der Gedanke an Mr. Darcys Abreise erinnerte sie allerdings auch daran, daß sein Vetter mit ihm gehen würde, aber Oberst Fitzwilliam hatte keinen Zweifel daran gelassen, daß er keinerlei Absicht auf sie hatte, und so liebenswürdig er war, sie hatte nicht die geringste Absicht, ihm nachzutrauern.

Als sie sich darüber im klaren war, wurde sie plötzlich durch ein Klingeln an der Haustür aufgeschreckt, und der Gedanke, daß es Oberst Fitzwilliam selbst sein könnte, versetzte sie in eine leichte Aufregung. Er war schon einmal spät abends gekommen und wollte sich vielleicht erkundigen, wie es ihr ging. Aber sie mußte sich den Gedanken sehr bald aus dem Kopf schlagen, und es überkam sie eine Aufregung ganz anderer Art, als sie zu ihrer unaussprechlichen Verblüffung Mr. Darcy ins Zimmer treten sah. Er begann sogleich, überstürzt nach ihrer Gesundheit zu fragen, und schrieb seinen Besuch dem Wunsch zu, zu erfahren, daß es ihr schon besser gehe. Sie antwortete ihm kühl, aber höflich. Er setzte sich einen Augenblick zu ihr, stand dann aber auf und wanderte im Zimmer auf und ab. Elizabeth war überrascht, sagte aber kein Wort. Nach einem Schweigen von mehreren Minuten trat er erregt auf sie zu und begann:

»Vergeblich habe ich mit mir gekämpft. Es nützt nichts. Meine Gefühle lassen sich nicht unterdrücken. Ich muß Ihnen einfach sagen, wie sehr ich Sie bewundere und liebe.«

Elizabeth war sprachlos. Sie staunte, errötete, zweifelte und schwieg. Das gab ihm Mut genug, und das Bekenntnis alles dessen, was er für sie empfand, schon lange für sie empfand, brach aus ihm hervor. Er sprach geschickt, aber er gestand ihr nicht nur seine Liebe, auch andere Dinge gingen in ihm vor, und sein Stolz machte ihn nicht minder beredt als seine Liebe.

Das Bewußtsein ihrer sozialen Unterlegenheit, sein gesellschaftlicher Abstieg, die Überzeugung, daß familiäre Hindernisse seiner Neigung im Weg standen, wurden mit einer Leidenschaft vorgetragen, aus der seine ganze Selbsterniedrigung sprach, die aber nicht dazu angetan war, seiner Werbung zum Erfolg zu verhelfen.

Trotz ihrer tiefempfundenen Abneigung war sie für das Kompliment, das die Liebe eines solchen Mannes bedeutete, nicht unempfänglich, und obwohl ihre Gefühle ihm gegenüber unverändert waren, tat er ihr zunächst wegen des Schmerzes, den sie ihm zufügen mußte, leid. Aber je mehr seine Ausdrucksweise sie empörte, um so mehr löste sich ihr Mitgefühl in Wut auf. Sie versuchte jedoch, sich zusammenzunehmen und ihm am Ende seiner Worte beherrscht zu antworten. Er schloß damit, daß er ihr seine tiefe Liebe noch einmal gestand, die er trotz all seiner Bemühungen zu unterdrücken nicht imstande sei, und daß er hoffe, diese Liebe werde nun mit ihrer Hand belohnt. Als er das sagte, wurde ihr klar, daß er an ihrer Zustimmung nicht zweifelte.

Er *sprach* zwar von seinen Ängsten und Befürchtungen, aber sein Gesicht drückte vollkommene Selbstsicherheit aus. Auch dieser Umstand war nur dazu angetan, sie noch ärgerlicher zu machen, und als er schwieg, stieg ihr die Röte ins Gesicht, und sie sagte:

»In einem Fall wie diesem gehört es sich wohl, sich dankbar zu zeigen für die zum Ausdruck gebrachten Gefühle, wie wenig sie auch erwidert werden mögen. Sich dazu verpflichtet zu fühlen ist nur natürlich, und wenn ich ein Gefühl der Dankbarkeit empfände, würde ich es jetzt ausdrücken. Aber ich kann es nicht – ich habe um Ihre gute Meinung nie gebeten, und Sie haben sie zweifellos höchst ungern gestanden. Es tut mir leid, Ihnen Schmerz bereitet zu haben. Aber es ist unbewußt geschehen, und ich hoffe, er wird nicht lange anhalten. Die Rücksichten, die Sie, wie Sie sagen, so lange daran gehindert haben, Ihre Zuneigung zu gestehen, werden Ihnen sicher auch dazu verhelfen, ihn nach dieser Erklärung ohne Schwierigkeiten zu überwinden.«

Mr. Darcy, der am Kaminsims lehnte und sie unverwandt ansah, schien ihre Worte mit einer Mischung aus Verärgerung und Überraschung aufzunehmen. Er wurde blaß vor Wut, und seine Erregung drückte sich in jedem Gesichtszug aus. Er rang um Fassung und wollte die Lippen nicht öffnen, bevor er sich wieder in der Gewalt hatte. Für Elizabeth war die Pause qualvoll. Aber schließlich sagte er mit erzwungener Ruhe in der Stimme:

»Und das ist die ganze Antwort, mit der beehrt zu werden ich erwarten darf? Vielleicht hätte ich den Wunsch zu erfahren, warum ich mit so wenig Bemühen um Höflichkeit abgewiesen werde. Aber es ist auch ganz gleich.«

»Ich könnte ebensogut fragen«, erwiderte sie, »warum Sie mit der offensichtlichen Absicht, mich zu kränken und zu beleidigen, sich entschlossen haben, mir zu sagen, daß Sie mich gegen Ihren Willen, gegen Ihre Einsicht und sogar gegen Ihren Charakter mögen. War das nicht Grund genug, unhöflich zu sein, wenn ich überhaupt unhöflich *war*? Aber ich habe andere Gründe! Und Sie wissen es! Wenn meine eigenen Empfindungen nicht gegen Sie entschieden hätten – wenn Sie mir gleichgültig wären oder sogar sympathisch – glauben Sie im Ernst, daß ich mich dazu hätte durchringen können, *den* Mann zu heiraten, der das Glück einer geliebten Schwester vielleicht für immer zerstört hat?«

Als sie diese Worte sagte, wechselte Mr. Darcy die Farbe;

aber seine Erregung war nur vorübergehend, und er hörte ihr ohne Unterbrechung zu, als sie fortfuhr:

»Ich habe allen Grund, schlecht von Ihnen zu denken. Nichts kann Ihre ungerechte und unwürdige Rolle in *der* Angelegenheit entschuldigen. Sie können nicht leugnen, Sie werden nicht zu leugnen wagen, daß hauptsächlich, wenn nicht ausschließlich, *Sie* dahintergesteckt haben, die beiden zu trennen. Ihn haben Sie in den Augen der Leute als wankelmütigen und unreifen Charakter der Kritik, sie wegen ihrer enttäuschten Hoffnungen der Lächerlichkeit preisgegeben und beide totunglücklich gemacht.«

Sie hielt inne und sah mit nicht geringer Empörung, daß er mit einer Miene zuhörte, aus der nicht die leiseste Reue sprach. Er sah sie sogar mit einem ungläubigen Lächeln an.

»Können Sie leugnen, daß Sie es getan haben?« wiederholte sie. Mit vorgetäuschter Ruhe sagte er: »Ich habe nicht den Wunsch zu leugnen, daß ich alles in meiner Macht Stehende getan habe, um meinen Freund von Ihrer Schwester zu trennen, oder daß ich auf meinen Erfolg stolz bin. *Ihm* habe ich einen besseren Dienst erwiesen als mir.«

Elizabeth hielt es für unter ihrer Würde, seine gute Absicht zur Kenntnis zu nehmen, aber die Bedeutung seiner Sätze entging ihr nicht, und sie waren nicht dazu angetan, sie zu versöhnen.

»Aber es ist nicht nur diese Angelegenheit«, fuhr sie fort, »auf die sich meine Abneigung gründet. Schon lange vorher stand mein Urteil über Sie fest. Ihr wahrer Charakter hat sich mir in dem Bericht enthüllt, den ich vor vielen Monaten von Mr. Wickham erhalten habe. Was haben Sie zu diesem Fall zu sagen? Mit welchem eingebildeten Freundschaftsdienst können Sie sich hier verteidigen? Und wie haben Sie diesmal den Sachverhalt entstellt, um sich besser einmischen zu können?«

»Sie scheinen großen Anteil an den Sorgen dieses Herrn zu nehmen«, sagte Darcy erregt, während ihm das Blut wieder in die Wangen stieg.

»Wer kann ihm sein Mitgefühl versagen, wenn er sein Unglück kennt?«

»Sein Unglück!« wiederholte Darcy verächtlich. »Ja, sein Unglück ist in der Tat groß.«

»Und Sie sind schuld daran«, rief Elizabeth mit Nachdruck. »Sie haben ihn in seine jetzige Armut gestürzt – seine relative Armut. Sie haben ihm die Vergünstigungen vorenthalten, die ihm, wie Sie genau wußten, zugedacht waren. Sie haben ihm in den besten Jahren seines Lebens die Unabhängigkeit verwehrt, die ebenso sein Recht wie sein Verdienst ist. Sie haben all das getan! Und trotzdem reagieren Sie auf die Erwähnung seines Unglücks mit Verachtung und Spott.«

»Und das«, rief Darcy, während er mit schnellen Schritten das Zimmer durchmaß, »ist die Meinung, die Sie von mir haben? Das ist die Wertschätzung, die ich in Ihren Augen genieße? Ich danke Ihnen, daß Sie sie so ausführlich erklärt haben. In Ihrer Rechnung sind meine Vergehen wahrlich schwerwiegend. Aber vielleicht«, fügte er hinzu, während er den Gang unterbrach und sich ihr zuwandte, »hätten Sie diese Vergehen übersehen, wenn Ihr Stolz sich nicht durch mein ehrliches Bekenntnis der Skrupel verletzt gefühlt hätte, die mich lange von der ernsthaften Werbung abgehalten haben. Vielleicht hätten Sie Ihre bitteren Klagen unterdrückt, wenn ich meine Zweifel diplomatischer verborgen und Sie zu dem Glauben an meine uneingeschränkte, ungetrübte, von Verstand, Überlegung, von allem unterstützte Neigung verleitet hätte. Aber ich verabscheue jede Art von Unehrlichkeit. Und ich schäme mich nicht der Gefühle, die ich geäußert habe. Sie waren natürlich und gerechtfertigt. Erwarten Sie, daß ich über die Gewöhnlichkeit Ihrer Verwandten in Entzücken ausbreche? Daß ich mich zu der Hoffnung beglückwünsche, mich an Menschen familiär zu binden, deren soziale Stellung so auffällig unter meiner eigenen ist?«

Elizabeth fühlte ihren Ärger mit jedem Augenblick wachsen, aber sie gab sich alle Mühe, ihre Fassung zu wahren, als sie sagte:

»Sie sind im Irrtum, Mr. Darcy, wenn Sie annehmen, daß die Art und Weise Ihres Antrags mich anders berührt hat, als mir die Skrupel zu ersparen, die die Ablehnung Ihrer Werbung mir gemacht hätte, wenn Sie sich wie ein Gentleman aufgeführt hätten.«

Sie sah ihn bei dieser Bemerkung auffahren, aber er sagte nichts, und sie fügte hinzu: »Sie hätten mir einen Heiratsantrag auf *keine* Weise machen können, die mich verlockt hätte, ihn anzunehmen.«

Wieder stand ihm die Verblüffung im Gesicht geschrieben, und er sah sie mit einem ungläubigen und gedemütigten Ausdruck an. Sie fuhr fort:

»Von Anfang an – ich kann fast sagen vom ersten Augenblick unserer Bekanntschaft – hat mich Ihr Verhalten so vollständig von Ihrer Arroganz, Ihrem Hochmut und Ihrer selbstsüchtigen Verachtung für die Empfindungen anderer Menschen überzeugt, daß der Boden für die Abneigung bereitet war, auf dem durch die nachfolgenden Ereignisse mein unerschütterlicher Widerwille erwachsen ist, und bevor ich Sie *einen* Monat kannte, wußte ich schon, daß Sie der letzte Mann auf der Welt wären, den zu heiraten man mich überreden könnte.«

»Sie haben wahrhaftig genug gesagt, Madam. Ich habe Ihre Gefühle vollständig begriffen und muß mich nun nur noch für meine eigenen schämen. Entschuldigen Sie, daß ich Ihre Zeit in Anspruch genommen habe, und nehmen Sie meine besten Wünsche für Ihr Glück und Ihre Gesundheit entgegen.«

Und mit diesen Worten verließ er hastig das Zimmer, und im nächsten Augenblick hörte Elizabeth ihn die Tür öffnen und das Haus verlassen.

Nun schwirrte ihr der Kopf von Gedanken, daß er schmerzte. Sie wußte nicht, wie sie sich aufrecht halten sollte und setzte sich aus schierer Erschöpfung hin und weinte eine halbe Stunde lang. Ihr Erstaunen über das Ereignis wuchs, je länger sie darüber nachdachte. Daß ausgerechnet sie einen Heiratsantrag von Mr. Darcy empfing! Daß er sie seit Monaten liebte, so sehr liebte, daß er sie heiraten wollte trotz all der Widerstände, die er der Heirat seines Freundes mit ihrer Schwester entgegengesetzt hatte und die doch in seinem eigenen Fall gleich stark gewesen sein mußten – es war kaum zu glauben. Immerhin war es schmeichelhaft, unbewußt eine so starke Liebe eingeflößt zu haben. Aber sein Stolz, sein widerlicher Stolz! Sein schamloses Eingeständnis dessen, was er Jane angetan hatte! Seine unverzeihliche Selbstsicherheit als er es eingestand, obwohl er es nicht rechtfertigen konnte, und die gefühllose Art, wie er Mr. Wickham erwähnt hatte, seine Grausamkeit ihm gegenüber, die er nicht einmal abzustreiten versucht hatte, verdrängten bald das Mitleid, das in ihr durch den Gedanken an seine Zuneigung für einen Augenblick aufgekommen war. Ihre Gedanken überstürzten sich, bis das Geräusch von Lady Catherines Kutsche ihr zu Bewußtsein brachte, daß sie sich Charlottes Scharfblick in diesem Zustand nicht aussetzen konnte, und sie eilte in ihr Zimmer hinauf.

Kapitel 35

Elizabeth erwachte am nächsten Morgen mit denselben Gedanken und Überlegungen, über denen sie schließlich eingeschlafen war. Sie konnte sich noch nicht von der Überraschung über das Geschehene erholen. Es war unmöglich, an etwas anderes zu denken, und, völlig unfähig zu irgendeiner Beschäftigung im Haus, beschloß sie kurz nach dem Frühstück, sich in der frischen Luft Bewegung zu verschaffen. Sie war schon auf dem Weg zu ihrem Lieblingsspaziergang, als ihr einfiel, daß Mr. Darcy gelegentlich dorthin kam, und anstatt in den Park einzutreten, ging sie den Weg hinauf, der sich immer weiter von der Landstraße entfernte. Der Zaun des Parks bildete auf der einen Seite immer noch die Begrenzung, und bald ging sie an einem der Tore vorüber und in freies Gelände.

Als sie zwei- oder dreimal den Weg hin- und hergegangen war, reizte sie der schöne Morgen, bei einem der Tore anzuhalten und in den Park zu schauen. In den fünf Wochen, die sie jetzt schon in Kent war, hatte sich die Landschaft sehr verändert, und jeder Tag machte das frische Grün der Bäume kräftiger. Sie war im Begriff, ihren Spaziergang fortzusetzen, als sie in einem Gehölz, das den Park abschloß, den Umriß einer männlichen Gestalt wahrnahm, die sich auf sie zu bewegte, und in der Furcht, es könne Mr. Darcy sein, zog sie sich sofort zurück. Aber die Gestalt, die nun nahe genug gekommen war, um sie zu erkennen, lief hinter ihr her und rief ihren Namen. Sie hatte sich abgewandt, aber als sie ihren Namen hörte, ging sie, obwohl die Stimme Mr. Darcy verriet, zum Tor zurück. Auch er hatte es jetzt erreicht und sagte, indem er ihr einen Brief hinhielt, den sie instinktiv nahm, mit einem herablassenden und kühlen Blick:

»Ich gehe in der Hoffnung, Ihnen zu begegnen, schon eine ganze Weile in diesem Gehölz auf und ab. Wollen Sie mir die Ehre erweisen, diesen Brief zu lesen?« Und dann trat er mit einer leichten Verbeugung in die Schonung zurück und war bald ihrem Blick entschwunden.

Ohne etwas Angenehmes zu erwarten, aber mit der größten Neugier öffnete Elizabeth den Brief und gewahrte mit ständig wachsender Verwunderung zwei von oben bis unten dicht beschriebene Blatt Papier. Auch das Umschlagblatt war vollgeschrieben.[15] Während sie auf dem Weg weiterging, begann sie zu lesen. Der Brief war datiert ›Rosings, acht Uhr morgens‹ und lautete folgendermaßen:

›Seien Sie beim Empfang dieses Briefes unbesorgt, Madam, daß er eine Wiederholung der Empfindungen und eine Erneuerung des Antrags enthält, die Ihnen gestern abend so zuwider waren. Ich schreibe ohne jede Absicht, Ihnen weh zu tun oder mich dadurch zu erniedrigen, daß ich noch einmal auf die Wünsche zurückkomme, die zu unser beider künftigem Glück nicht schnell genug verges-

sen werden können. Ich hätte mir das Schreiben und Ihnen das Lesen dieses Briefes erspart, wenn mein Charakter mich nicht zu beidem gezwungen hätte. Vergeben Sie deshalb bitte die Freiheit, mit der ich um Ihre Aufmerksamkeit nachsuche. Ich bin mir bewußt, daß Ihre Einstellung mir gegenüber sie nur widerwillig gewährt, aber ich verlange sie von Ihrem Gerechtigkeitssinn.
Sie haben mir gestern abend zwei Vergehen von sehr unterschiedlicher Natur und keineswegs gleichem Gewicht zur Last gelegt. Das erste war, daß ich ohne Rücksicht auf die Gefühle beider Mr. Bingley Ihrer Schwester entfremdet habe; und das andere, daß ich ungeachtet verschiedener Ansprüche und ungeachtet von Ehre und Menschlichkeit Mr. Wickhams bevorstehenden Wohlstand ruiniert und seine Aussichten zerstört habe. – Den Gefährten meiner Jugend, den erklärten Liebling meines Vaters, einen fast ausschließlich auf unsere Förderung angewiesenen und in der Erwartung ihrer Ausübung erzogenen jungen Mann absichtlich und mutwillig fallengelassen zu haben, wäre ein Grad von Verworfenheit, demgegenüber die Trennung zweier junger Menschen, deren Zuneigung sich in nur wenigen Wochen ausgebildet hatte, nicht ins Gewicht fiele. Aber ich hoffe, von der Schwere der Schuld, die Sie mir gestern abend so freigiebig aufgebürdet haben, in Zukunft in jeder Hinsicht freigesprochen zu werden, wenn Sie den folgenden Bericht meiner Handlungen und ihrer Motive gelesen haben. Wenn ich bei ihrer Erläuterung, die ich mir schuldig bin, vor der Notwendigkeit stehe, unter Umständen Ihre Gefühle zu verletzen, kann ich das nur bedauern. Ich muß der Notwendigkeit gehorchen, und jede weitere Entschuldigung wäre absurd.
Ich war noch nicht lange in Hertfordshire, als ich gemeinsam mit anderen bemerkte, daß Bingley Ihre ältere Schwester jeder anderen jungen Dame vorzog. Aber erst bei dem Ball in Netherfield kamen mir Befürchtungen, daß er sich ernstlich verliebt hatte. Ich hatte ihn vorher schon oft verliebt gesehen. Während ich auf dem Ball die

Ehre hatte, mit Ihnen zu tanzen, wurde mir durch Sir William Lucas' zufällige Bemerkung klar, daß Bingleys Bemühungen um Ihre Schwester allgemein die Erwartung ausgelöst hatten, er werde sie heiraten. Er sprach davon als einer beschlossenen Sache, deren Zeitpunkt lediglich noch offen war. Von dem Augenblick an beobachtete ich das Verhalten meines Freundes aufmerksam und entnahm ihm, daß seine Zuneigung zu Miss Bennet ernster zu nehmen war als alle seine bisherigen Liebeleien, die ich miterlebt hatte. Auch Ihre Schwester habe ich beobachtet. Ihr Ausdruck und ihr Verhalten waren so aufgeschlossen, heiter und einnehmend wie eh und je, aber ohne jedes Zeichen ernsthafter Verliebtheit, und nach meinen Wahrnehmungen an diesem Abend blieb ich überzeugt, daß sie seine Aufmerksamkeiten zwar als angenehm empfand, seine Liebe aber nicht im gleichen Maße erwiderte. Wenn *Sie* sich hier nicht geirrt haben, muß *ich* einem Irrtum unterlegen sein. Da Sie Ihre Schwester besser kennen, ist das letztere wahrscheinlicher. – Wenn das stimmt, wenn ich durch diesen Irrtum dazu verleitet worden bin, ihr Kummer zu bereiten, dann ist Ihre Verstimmung begründet. Aber ich scheue mich nicht zu behaupten: Die Gelassenheit in den Zügen und im Betragen Ihrer Schwester waren so offenkundig, daß auch der schärfste Beobachter bei all ihrer Liebenswürdigkeit ihr Herz nicht für leicht entflammbar halten konnte. Sicher lag mir auch daran, sie gleichgültig zu finden, aber ich wage zu sagen, daß meine Untersuchungen und Entscheidungen im allgemeinen nicht von meinen Hoffnungen und Befürchtungen beeinflußt werden. Ich hielt sie nicht für gleichgültig, weil ich es wünschte, sondern aufgrund objektiver Überzeugung, so sehr ich es auch verstandesmäßig wünschte. Meine Einwände gegen die Heirat beschränken sich aber nicht nur auf die gestern abend eingeräumten, daß nämlich in meinem eigenen Fall nur die denkbar stärkste Leidenschaft sie überwinden konnte; der Mangel an standesgemäßen Beziehungen konnte für meinen Freund nicht ein so großes Übel wie für mich darstellen. Aber es gab andere Gründe des Einspruchs – Gründe, die ich, obwohl sie noch bestehen, in beiden Fällen gleichermaßen bestehen, nicht in Rechnung gestellt hatte, weil sie mir nicht unmittelbar vor Augen standen. Diese Gründe müssen, wenn auch kurz, genannt werden. Die soziale Stellung der Familie Ihrer Mutter, wie anfechtbar auch immer, war nichts im Vergleich zu dem totalen Mangel an Anstand, den diese, Ihre drei jüngeren Schwestern und gelegentlich sogar Ihr Vater so häufig, so nahezu ununterscheidbar an den Tag legten. Verzeihen Sie. Es schmerzt mich, Sie zu beleidigen. Aber lassen Sie sich bei all Ihrer Sorge um die Mängel Ihrer nächsten Verwandten und Ihrem Unbehagen, sie so dargestellt zu sehen, mit dem Hinweis trösten, sich selbst so verhalten zu haben, daß dieser Vorwurf *Sie* in keiner Weise mittrifft. Und dieses Lob, das ebensosehr Ihnen wie Ihrer ältesten Schwester gebührt, ehrt Ihrer beider Einsicht und Charakter. Ich will nur noch hinzufügen, daß die Ereignisse jenes Abends meine Meinung von Ihnen allen bestätigten und meine schon vorher gehegte Überzeugung bestärkten, meinen Freund vor einer Verbindung zu bewahren, die ich für unglückselig hielt. Am folgenden Tag fuhr er, wie Sie sich gewiß erinnern werden, mit der Absicht von Netherfield nach London, bald zurückzukehren.

Die Rolle, die ich dann gespielt habe, muß erklärt werden. Seine Schwestern fühlten sich ebenso unbehaglich wie ich; wir entdeckten bald die Übereinstimmung unserer Ansichten und folgten ihm in dem Bewußtsein, keine Zeit bei der Trennung ihres Bruders verlieren zu dürfen, nach London. Wir führten also unsere Absicht aus. Und ich übernahm es, meinem Freund die bösen Folgen seiner Wahl vor Augen zu führen. Ich beschrieb sie ihm und malte sie ihm in aller Schwere aus. Aber auch wenn diese Einwände seinen Entschluß ins Wanken gebracht oder verzögert hätten, glaube ich nicht, daß sie ihn schließlich von der Heirat abgehalten hätten, wenn sie nicht durch die Versicherungen von der Gleichgültigkeit Ihrer Schwester unterstützt worden wären, die ich zu geben nicht zögerte. Er hatte bisher daran geglaubt, daß seine Liebe mit ernsthafter, wenn nicht gleicher Zuneigung erwidert würde. Aber Bingley besitzt große natürliche Bescheidenheit und gibt mehr auf mein Urteil als auf sein eigenes. Es war deshalb nicht schwierig, ihn davon zu überzeugen, daß er sich getäuscht hatte. Als das erreicht war, bedeutete es nur das Werk einiger Minuten, ihn dazu zu überreden, nicht nach Hertfordshire zurückzugehen. Soweit brauche ich mir keine Vorwürfe zu machen. Aber es gibt einen Punkt in meinem Verhalten bei dieser Angelegenheit, an den ich mit leichtem Unbehagen denke; ich habe das Versteckspiel mit ihm so weit getrieben, daß ich ihm den Aufenthalt Ihrer Schwester in London verheimlichte. Ich wußte von ihm ebenso wie Miss Bingley, aber ihr Bruder ahnt noch heute nichts davon. Es ist nicht ausgeschlossen, daß sie sich ohne böse Folgen getroffen hätten, aber seine Zuneigung schien mir noch nicht so weit überwunden, daß er Ihrer Schwester ohne Gefahr begegnen konnte. Vielleicht war diese Heimlichkeit, diese Verstellung unter meinem Niveau; aber sie ist geschehen, und sie geschah zumindest in der besten Absicht. – Über dieses Kapitel habe ich weiter nichts zu sagen, keine weiteren Entschuldigungen anzubieten. Wenn ich die Gefühle Ihrer Schwester verletzt habe, ist es unwissentlich geschehen; und obwohl Ihnen die mich beherrschenden Motive unzureichend erscheinen mögen, habe ich mich noch nicht dazu verstehen können, sie zu verurteilen.

Die andere, gewichtigere Anklage – daß ich nämlich Mr. Wickham unrecht getan habe – kann ich lediglich dadurch widerlegen, daß ich die ganze Geschichte seiner Verbindung mit meiner Familie vor Ihnen ausbreite. Was er mir im einzelnen vorgeworfen hat, weiß ich nicht, aber für die Wahrheit dessen, was ich Ihnen jetzt berichten werde, kann ich mehr als einen Zeugen von unzweifelhafter Glaubwürdigkeit nennen.

Mr. Wickham ist der Sohn eines sehr ehrenwerten Mannes, dem jahrelang die Verwaltung der Besitzungen von

Pemberley oblag und der verständlicherweise durch die gute Erledigung der ihm übertragenen Aufgaben meinen Vater dazu veranlaßte, sich ihm dienstbar zu erweisen, und so häufte er auf George Wickham, der sein Patenkind war, freigebig seine Wohltaten. Mein Vater unterstützte ihn finanziell auf der Schule und später auf der Universität in Cambridge – eine nicht unwesentliche Unterstützung, da sein eigener Vater durch die Verschwendungssucht seiner Frau immer in Geldnöten und deshalb außerstande war, ihm die Erziehung eines Gentlemans zu geben. Mein Vater schätzte nicht nur die Gesellschaft des jungen Mannes, der immer sehr einnehmende Manieren hatte, er hatte auch die denkbar höchste Meinung von ihm, und in der Hoffnung, er würde Geistlicher werden, war er bereit, ihm eine entsprechende Stellung zu vermitteln. Was mich betrifft, so fing ich schon vor vielen, vielen Jahren an, mir ein anderes Urteil über ihn zu bilden. Seine lasterhaften Neigungen – sein Mangel an Grundsätzen, die er so sorgfältig vor seinem besten Freund verbarg, konnten der Beobachtung eines jungen Mannes im nahezu gleichen Alter mit ihm, der zudem anders als Mr. Darcy Gelegenheit hatte, ihn in Augenblicken zu erleben, wo er sich nicht zusammennahm, nicht entgehen. Auch hier muß ich Ihnen wieder wehtun, wie sehr, können nur Sie selbst sagen. Ich kenne die Empfindungen nicht, die Mr. Wickham in Ihnen erregt hat, aber meine Vermutung, welcher Art sie sind, soll mich nicht davon abhalten, seinen wahren Charakter zu enthüllen – im Gegenteil, sie bilden einen Grund mehr.

Mein verehrter Vater starb vor ungefähr fünf Jahren, und bis zuletzt war seine Anhänglichkeit an Mr. Wickham so stark, daß er mir in seinem Testament ausdrücklich ans Herz legte, sein Fortkommen auf die für seinen Beruf beste Weise zu fördern, und er bat mich, ihm nach seiner Ordination eine einträgliche Pfarrstelle zu überlassen, sobald sie frei würde. Zudem erbte er 1000 Pfund in bar. Sein eigener Vater überlebte meinen nicht lange, und innerhalb eines halben Jahres nach diesen Ereignissen teilte mir Mr. Wickham brieflich mit, er habe sich entschieden, nicht Pfarrer zu werden, und hoffe, ich hielte es nicht für unangebracht, wenn er nun einen unmittelbaren finanziellen Ausgleich als Ersatz für die Pfarrei, von der er nicht profitieren könne, von mir fordere. Er spiele mit dem Gedanken, so fügte er hinzu, Jura zu studieren, und ich müsse mir im klaren sein, daß dafür die Zinsen der 1000 Pfund nur ein völlig unzureichendes Auskommen bildeten. Daß er es ernst meine, war mehr mein Wunsch als meine Überzeugung – aber dem ungeachtet, war ich gerne bereit, seinem Vorschlag zuzustimmen. Mir war ohnehin klar, daß Mr. Wickham nicht zum Pfarrer taugte, und so trafen wir bald eine Vereinbarung: Er entsagte für den Fall, daß er jemals den Anspruch auf ein kirchliches Amt erlangen sollte, allem Anrecht auf meine Unterstützung dabei und erhielt dafür 3000 Pfund. Damit schienen alle Bindungen zwischen uns abgebrochen. Ich dachte zu schlecht von ihm, um ihn nach Pemberley einzuladen oder in London Umgang mit ihm zu pflegen. Die meiste Zeit lebte er wohl in London, aber das Jurastudium war ein bloßer Vorwand, und da er nun aller Rücksichten ledig war, führte er ein Leben des Müßiggangs und der Zerstreuung. Drei Jahre lang hörte ich kaum etwas von ihm; aber beim Tod des Inhabers der Pfarrstelle, die ursprünglich für ihn in Aussicht genommen worden war, suchte er wieder brieflich bei mir darum nach, daß ich ihn dafür in Erwägung ziehen solle. Seine finanziellen Verhältnisse, so versicherte er, und ich glaubte ihm aufs Wort, hätten sich rapide verschlechtert. Er habe erkannt, daß Jura ein wenig einträgliches Studium sei, und sei nun ernsthaft entschlossen, Pfarrer zu werden, wenn ich ihm die besagte Stelle geben würde – woran er kaum zweifle, da er wohl wisse, daß ich keine anderweitigen Verpflichtungen hätte und die guten Absichten meines verehrten Vaters nicht vergessen haben könne. Sie werden mir kaum einen Vorwurf machen, daß ich mich weigerte, auf sein Gesuch einzugehen und auch jedes weitere Ansuchen ablehnte. Seine Verärgerung stand in genauem Verhältnis zu seiner finanziellen Notlage – und er schwärzte mich sicher bei anderen ebenso heftig an, wie er mir selbst Vorwürfe machte. Von da an taten wir, als ob wir uns nicht kannten. Wie er lebte, weiß ich nicht. Aber im vorigen Sommer drängte er sich auf höchst schmerzliche Weise wieder in meinen Gesichtskreis.

Ich muß nun einen Umstand erwähnen, den ich gerne selbst vergessen und den ich keiner Menschenseele anvertrauen würde, wenn meine Rechtfertigung Ihnen gegenüber mich nicht dazu zwänge. Nach diesem Bekenntnis habe ich keinen Zweifel an Ihrer Verschwiegenheit. Mein Vetter Oberst Fitzwilliam und ich wurden als Vormünder für meine Schwester eingesetzt, die mehr als zehn Jahre jünger als ich ist. Ungefähr vor einem Jahr nahmen wir sie aus der Schule und richteten für sie einen Haushalt in London ein, und im vorigen Sommer ging sie mit der Dame, die ihm vorsteht, nach Ramsgate. Dorthin begab sich auch Mr. Wickham, ohne Zweifel mit Absicht, denn es stellte sich heraus, daß er und Mrs. Younge, in deren Charakter wir uns auf unglückselige Weise getäuscht hatten, sich seit langem kannten. Mit ihrem stillschweigenden Einverständnis und ihrer Unterstützung schmeichelte er sich bei Georgiana, die ihm aus ihrer gemeinsamen Kinderzeit eine große Anhänglichkeit bewahrt hatte, so ein, daß sie sich einredete, in ihn verliebt zu sein, und zustimmte, mit ihm davonzulaufen. Sie war damals erst fünfzehn Jahre alt, und das muß als Entschuldigung gelten. Und nach diesem Bekenntnis ihrer kindlichen Unklugheit bin ich froh, hinzufügen zu können, daß ich ihr selbst das Geständnis verdanke. Einen oder zwei Tage vor der beabsichtigten Tat traf ich unerwartet bei ihnen ein, und da gestand mir Georgiana, die den Gedanken nicht ertragen konnte, ihrem Bruder, zu dem sie fast wie zu einem Vater aufsah, Kummer und Ärger zu bereiten, die ganze Affäre. Sie können ermessen, wie mir zumute war und was ich tat. Sorge um das Ansehen meiner Schwester und ihre Gefühle hinderten mich, in der Öffentlichkeit Schritte gegen ihn zu unternehmen, aber ich schrieb Mr. Wickham, der den Ort augenblicklich verließ; und Mrs. Younge wurde natürlich ihres Postens enthoben. Mr. Wickhams Ziel war ohne Frage das Vermögen meiner Schwester, das 30 000 Pfund beträgt. Aber ich werde den Gedanken nicht los, daß die Rache an mir ein starkes Motiv für sein Verhalten war. Und es wäre in der Tat eine vollkommene Rache gewesen.

Dies, Madam, ist ein wahrheitsgemäßer Bericht aller Ereignisse, die uns gemeinsam betreffen, und wenn Sie ihn nicht als völlig falsch zurückweisen, darf ich damit rechnen, daß Sie mich in Zukunft von jeder Grausamkeit gegenüber Mr. Wickham freisprechen. Ich weiß nicht, auf welche Weise und mit welchen Unterstellungen er sich bei Ihnen eingeschlichen hat, aber sein Erfolg ist sicher nicht verwunderlich, da Ihnen alle diese uns beide betreffenden Umstände bisher nicht bekannt waren. Sie zu entdecken, stand nicht in Ihrer Macht; sie zu vermuten, lag gewiß nicht in Ihrer Absicht.

Vielleicht fragen Sie sich, warum ich Ihnen all dies nicht gestern abend erzählt habe, aber ich hatte nicht so viel Gewalt über mich, daß ich zu entscheiden fähig gewesen wäre, was enthüllt werden könne oder solle. Für die Wahrheit alles dessen, was ich Ihnen hier berichtet habe, kann ich mich besonders auf das Zeugnis von Oberst Fitzwilliam beziehen, der durch unsere nahe Verwandtschaft und enge Freundschaft und mehr noch als einer der Testamentsvollstrecker meines Vaters unweigerlich mit allen Einzelheiten seiner Ausführung vertraut ist. Wenn Ihr Abscheu gegen mich *meine* Versicherungen wertlos machen sollte, so haben Sie doch keine Ursache, meinem Vetter nicht zu vertrauen. Und damit Sie die Möglichkeit haben, ihn um Auskunft zu bitten, werde ich eine Gelegenheit suchen, Ihnen diesen Brief im Laufe des Vormittags zu überreichen. Ich möchte nur hinzufügen, Gott schütze Sie.

Fitzwilliam Darcy.‹

Kapitel 36

Hatte Elizabeth, als Mr. Darcy ihr den Brief übergab, auch nicht erwartet, daß er eine Wiederholung seines Antrags enthalten würde, so hatte sie doch keinerlei Vorstellung, *was* in ihm stehen würde. Aber man kann sich gut vorstellen, wie hastig sie ihn durchlas, als sie den Inhalt endlich erfuhr, und wie widersprüchlich ihre Gefühle dabei waren. Sie ließen sich beim Lesen kaum beschreiben. Zunächst entnahm sie dem Brief mit Verblüffung, daß er sich überhaupt eine Entschuldigung zutraute; und folgerichtig sagte sie sich sogleich, daß es keine Erklärung geben könne, die ein intaktes Schamgefühl nicht lieber verborgen hätte. Mit einem ausgeprägten Vorurteil gegen alles, was er vorbringen könne, begann sie seinen Bericht der Ereignisse in Netherfield. Sie las so hastig, daß sie kaum fähig war, den Sinn der Sätze aufzunehmen; und aus Ungeduld zu erfahren, was der nächste Satz bringen würde, war sie nicht imstande, den Sinn des Satzes vor ihren Augen zu erfassen. Seinen Glauben an die Gefühllosigkeit ihrer Schwester tat sie sofort als falsch ab, und seine Darstellung der wahren, der schlimmsten Einwände gegen die Verbindung machte sie zu wütend, als daß sie ihm hätte Gerechtigkeit widerfahren lassen wollen. Ihr genügte es, daß er nicht einmal bedauerte, was er getan hatte. Sein Stil war nicht bußfertig, sondern hochmütig. Es war alles Stolz und Anmaßung.

Aber als er von diesem Thema zu Mr. Wickham überging – als sie mit etwas größerer Konzentration seine Darstellung der Ereignisse las, die, wenn sie der Wahrheit entsprachen, all ihre sorgsam gehegten guten Meinungen von Mr. Wickham über den Haufen werfen mußten und die so beunruhigende Ähnlichkeit mit dessen Selbstdarstellung enthielt, waren ihre Empfindungen noch schmerzlicher und noch verworrener. Erstaunen, Furcht, ja sogar Entsetzen ergriffen sie. Sie hätte am liebsten alles bezweifelt und rief wiederholt: »Das kann nicht stimmen! Das kann nicht wahr sein! Das schreit zum Himmel!« Und als sie schließlich mit dem ganzen Brief zu Ende war, obwohl sie von den beiden letzten Seiten kaum etwas begriffen hatte, steckte sie ihn hastig ein und schwor sich, ihn nicht ernst zu nehmen und nie mehr anzusehen.

In diesem Zustand völliger Verwirrung, mit diesen sich jagenden Gedanken ging sie weiter, aber es nützte nichts, im Nu waren die Blätter wieder auseinandergefaltet. Sie nahm sich, so gut es ging, zusammen, begann von neuem die demütigende Lektüre alles dessen, was mit Wickham zusammenhing, und zwang sich, den Sinn jedes einzelnen Satzes genau zu überdenken. Die Darstellung seiner Verbindung mit der Familie in Pemberley entsprach völlig seinem Bericht, und die Güte des verstorbenen Mr. Darcy – obwohl ihr Ausmaß ihr neu war – stimmte ebenfalls mit seinen Worten überein. Soweit bestätigten die Schilderungen sich gegenseitig, aber als sie zum Testament kam, war der Unterschied groß. Sie hatte noch im Ohr, was Wickham von der Pfarrei gesagt hatte, und als sie sich seine Sätze wörtlich ins Gedächtnis zurückrief, konnte sie nicht umhin, die ungeheure Doppelzüngigkeit der einen oder anderen Seite zu empfinden, und einen Augenblick lang hoffte sie, daß die Wahrheit ihren Wünschen entgegenkam. Aber als sie die Einzelheiten, die sich im Brief auf Wickhams Aufgabe aller Ansprüche auf die Pfarrei und den Empfang einer so erheblichen Summe wie 3000 Pfund als Ausgleich bezogen, wieder und wieder mit äußerster Aufmerksamkeit las, war sie sich ihrer auch hier nicht mehr sicher. Sie ließ den Brief sinken, erwog jeden Umstand, wie ihr schien, mit Unparteilichkeit und dachte über die Wahrscheinlichkeit jeder der beiden Versionen nach – aber ohne viel Erfolg. Auf beiden Seiten handelte es sich nur um Behauptungen. Wieder las sie weiter, aber von Zeile zu Zeile wurde ihr klarer, daß die Affäre, aus der Mr. Darcy ihrer festen Überzeugung nach auch bei der größten Findigkeit nur als vollkommener Schuft hervorgehen konnte, nun eine Wendung nahm, durch die er in jeder Hinsicht freigesprochen wurde.

Die Verschwendung und Liederlichkeit, die er sich bemühte, Mr. Wickham nicht zur Last zu legen, bestürzte sie aufs äußerste, und das um so mehr, als sie sie nicht widerlegen konnte. Sie hatte nie von ihm vor seinem Eintritt in das Oxfordshire Regiment gehört, dem beizutreten ihn ein junger Mann überredet hatte, den er zufällig in London getroffen und mit dem er dort eine flüchtige Bekanntschaft erneuert hatte. Über seinen früheren Lebenswandel hatte man dort nichts gewußt, außer dem, was er selbst darüber erzählt hatte. Selbst wenn irgendwelche Informationen über seinen wahren Charakter ihr zur Verfügung gestanden hätten, wäre sie nie auf den Gedanken gekommen, ihnen weiter nachzugehen. Sein Gesicht, seine Stimme und sein Benehmen bürgten dafür, daß er ein Ausbund an Tugend sein mußte. Sie versuchte sich an irgendeinen Beweis seiner Menschlichkeit, einen besonders hervorstechenden Zug seiner Charakterstärke oder Güte zu erinnern, der ihn vor Mr. Darcys Angriffen retten konnte oder ihr wenigstens durch das Überwiegen guter Eigenschaften die gelegentlichen Fehler verzeihlich erscheinen ließ, die Mr. Darcy als jahrelangen Müßiggang und jahrelanges Laster beschrieb. Aber zu ihrem Leidwesen fiel ihr nichts ein. Sie sah ihn vor sich mit dem ganzen Charme seines Auftretens und seiner Umgangsformen, aber sie konnte sich an keine bemerkenswerteren Qualitäten erinnern als an sein verbreitetes Ansehen in der Gesellschaft und die Anerkennung, die er durch seine gesellschaftliche Gewandtheit in der Offiziersmesse gewonnen hatte. Als sie darüber eine ganze Weile nachgedacht hatte, fuhr sie noch einmal fort zu lesen. Aber ach, die folgende Geschichte seiner Absichten auf Miss Darcy erhielt eine Bestätigung durch das, was sich gestern vormittag zwischen Oberst Fitzwilliam und ihr abgespielt hatte; und zu guter Letzt wurde sie auch an ihn für die Wahrheit jeder Einzelheit verwiesen – an Oberst Fitzwilliam, der ihr schon früher von seiner Teilnahme an den Angelegenheiten seines Vetters erzählt und dessen Integrität anzuzweifeln sie keinen Anlaß hatte. Einmal war sie schon fast so weit, sich an ihn zu wenden, aber wegen der Peinlichkeit ihres Ansinnens schreckte sie davor zurück, und schließlich verwarf sie den Gedanken ganz, weil sie überzeugt war, daß Mr. Darcy den Vorschlag zu machen nie gewagt hätte, wenn ihm nicht die Bestätigung seines Vetters gewiß gewesen wäre.

Sie erinnerte sich genau an alles, was in dem Gespräch an jenem ersten Abend bei Mr. Philips zwischen Wickham und ihr gesagt worden war. Sie hatte zum Teil sogar den Wortlaut behalten, und erst jetzt ging ihr auf, wie deplaziert es gewesen war, solche Dinge einer Fremden zu erzählen, und sie verstand nicht, daß ihr das nicht früher aufgefallen war. Sie sah nun die Geschmacklosigkeit, sich so in den Vordergrund zu drängen, und die Unvereinbarkeit seiner Beteuerungen mit seinem Verhalten. Sie erinnerte sich, wie er geprahlt hatte, er fürchte sich nicht davor, Mr. Darcy zu begegnen – Mr. Darcy solle das Feld räumen – er jedenfalls werde keinen Zentimeter weichen. Aber schon in der Woche danach war er dem Ball in Netherfield ferngeblieben. Ihr fiel auch ein, daß er bis zur Abreise der Familie in Netherfield niemandem als ihr seine Geschichte erzählt hatte, daß sie danach aber weit und breit diskutiert worden war und er keine Skrupel hatte, Mr. Darcy schlecht zu machen, obwohl er ihr versichert hatte, seine Achtung für den Vater werde ihn immer davon abhalten, den Sohn bloßzustellen.

Wie anders stellte sich ihr nun alles dar, was mit ihm zusammenhing. Sein Flirten mit Miss King war jetzt ausschließlich die Folge einer abscheulichen Geldgier, und die Bescheidenheit ihres Vermögens verriet nicht etwa Anspruchslosigkeit seiner Wünsche, sondern seine Bereitschaft, nach dem letzten Strohhalm zu greifen. Auch sein Verhalten ihr gegenüber konnte nun durch nichts mehr gerechtfertigt werden. Entweder hatte er sich Illusionen über ihr Vermögen gemacht, oder es hatte seiner Eitelkeit geschmeichelt, ihre Neigung zu ihm anzufachen, die sie wohl doch etwas voreilig zu erkennen gegeben hatte. Alles, was zu seinen Gunsten gesprochen hatte, zerrann ihr unter den Fingern, und zur weiteren Bestätigung von Mr. Darcy mußte sie sogar zugeben, daß Mr. Bingley auf Janes Frage schon vor längerer Zeit seine Schuldlosigkeit in dieser ganzen Affäre bestätigt hatte; daß sie ihn, so stolz und abstoßend sein Benehmen auch war, im ganzen Verlauf ihrer Bekanntschaft – einer Bekanntschaft, die sie in letzter Zeit viel zusammengebracht und ihr eine ziemlich genaue Kenntnis seines Lebenswandels gegeben hatte – nie gegen Grundsätze oder Gerechtigkeit hatte verstoßen sehen, geschweige denn gegen Religion und Moral; daß er in seinem eigenen Kreis geschätzt und geachtet wurde; daß sogar Wickham ihm Verdienste als Bruder zugestanden hatte und daß sie ihn oft hatte von seiner Schwester mit einer Zärtlichkeit sprechen hören, die keinen Zweifel an einer gewissen Fähigkeit zu gefühlsmäßigen Bindungen ließ; daß seine Handlungen, hätten sie Wickhams Darstellungen entsprochen, eine so himmelschreiende Verletzung allen Anstands waren, daß sie der Welt kaum hätten verborgen bleiben können; und daß schließlich die Freundschaft zwischen einem zu solchem Verhalten fähigen Menschen und einem so liebenswerten Mann wie Mr. Bingley völlig unbegreiflich wäre.

Sie schämte sich in Grund und Boden. Weder an Darcy noch an Wickham konnte sie denken, ohne zu empfinden, wie blind, ungerecht, voreingenommen und verbohrt sie gewesen war.

»Wie beschämend habe ich mich aufgeführt!« rief sie, »ich, die ich mir so viel auf mein Urteilsvermögen zugute gehalten habe! Ich, die ich auf meine Fähigkeiten stolz war! Die ich mich oft genug über das menschliche Verständnis meiner Schwester erhaben gefühlt und meine Eitelkeit mit sinnlosem und verwerflichem Mißtrauen genährt habe! Wie niederschmetternd ist diese Entdeckung! Und wie habe ich diese Demütigung verdient! Wäre ich verliebt gewesen, ich hätte nicht ungeschickter und blinder sein können. Aber Eitelkeit, nicht Liebe ist meine Schwäche. Angetan von den Aufmerksamkeiten des einen und abgestoßen von der Nichtachtung des anderen habe ich mich schon zu Anfang unserer Bekanntschaft zu Vorurteil und Verblendung hinreißen und zu Fehlurteilen über beide verleiten lassen. Bis auf den heutigen Tag habe ich mich in mir selbst getäuscht.«

Von sich zu Jane, von Jane zu Bingley schweiften ihre Gedanken, und ihr fiel dabei auf, daß Mr. Darcys Erklärungen *in diesem Punkt* sehr unzulänglich geklungen hatten; sie überlas deshalb den Brief noch einmal. Aber wie klafften ihr erster und ihr jetziger Eindruck auseinander! Wie konnte sie die Glaubwürdigkeit seiner Behauptungen in dem *einen* Fall bestreiten, wenn sie sie in dem anderen schon hatte zugeben müssen. Er behauptete, von Verliebtheit bei ihrer Schwester nichts bemerkt zu haben, und sie konnte nicht umhin, sich zu entsinnen, daß Charlotte derselben Meinung gewesen war. Auch konnte sie nicht abstreiten, daß sein Bild von Jane zutraf. Sie war sich bewußt, daß Jane zwar tief empfand, aber ihre Gefühle nicht zur Schau trug, und daß sie in ihrer Erscheinung und ihrem Verhalten eine unerschütterliche Seelenruhe ausstrahlte, die oft einen Mangel an Empfindungsvermögen nahelegte.

Als sie zu *dem* Teil des Briefes kam, in dem ihrer Familie demütigende, aber verdiente Vorwürfe nicht erspart blieben, schämte sie sich tief. Die Richtigkeit der Anschuldigungen leuchtete ihr zu sehr ein, als daß sie sie hätte leugnen können, und die Situationen auf dem Ball in Netherfield, auf die er ausdrücklich anspielte und die seine ursprüngliche Ablehnung bestätigt hatten, hätten ihn nicht peinlicher berühren können als sie.

Das Kompliment an sie und ihre Schwester tröstete sie. Es versöhnte, konnte sie aber nicht über die Verachtung hinwegtäuschen, die der Rest ihrer Familie sich selbst zuzuschreiben hatte; und als sie bedachte, daß Janes Enttäuschung in Wirklichkeit das Werk ihrer eigenen Familie war, und sie sich klarmachte, wie sehr Janes und ihr Ansehen unter diesem ungehörigen Benehmen leiden mußte, war sie einer nie gekannten Verzweiflung nahe.

Sie wanderte auf dem Weg auf und ab, und alle mögli-

chen Gedanken gingen ihr durch den Kopf – sie ging Ereignisse noch einmal durch, zog Möglichkeiten in Erwägung und fand sich, so gut es ging, mit einer so plötzlichen und einschneidenden Veränderung der Situation ab; aber nach zwei Stunden ließen Erschöpfung und das Bewußtsein ihrer langen Abwesenheit sie nach Hause zurückkehren. Sie bemühte sich beim Eintreten, so unbekümmert wie möglich auszusehen, und verdrängte alles, was ihre Gedanken bei der Unterhaltung belasten mußte.
Sie erfuhr sogleich, daß die beiden Herren von Rosings während ihrer Abwesenheit dagewesen waren; Mr. Darcy nur für ein paar Minuten, um sich zu verabschieden; aber Oberst Fitzwilliam hatte in der Hoffnung auf ihre Rückkehr mindestens eine Stunde bei ihnen gesessen und war nahezu entschlossen gewesen, sie suchen zu gehen. Nur mühsam gelang es Elizabeth, Bedauern vorzutäuschen, denn in Wirklichkeit war sie von Herzen froh. Oberst Fitzwilliam hatte ausgespielt; sie konnte nur an ihren Brief denken.

Kapitel 37

Die beiden Herren verließen Rosings am nächsten Vormittag, und Mr. Collins, in der Nähe des Pfarrhauses auf der Lauer, um seinen Abschiedsdiener zu machen, konnte die erfreuliche Nachricht nach Hause mitbringen, daß beide gesund und munter und, gemessen an der traurigen Abschiedsszene auf Rosings gestern abend, in passabler Stimmung waren. Nach Rosings also eilte er, um Lady Catherine und ihre Tochter zu trösten, und bei seiner Rückkehr brachte er mit großer Genugtuung die Botschaft von der Frau Baronin mit, das Haus sei so öde, daß sie das Bedürfnis habe, sie alle zum Dinner zu sehen.
Elizabeth konnte sich bei der Begegnung mit Lady Catherine des Gedankens nicht erwehren, daß sie ihr schon jetzt,

wenn sie nur gewollt hätte, als ihre zukünftige Nichte hätte vorgestellt sein können. Auch konnte sie sich nicht ohne ein Lächeln ausmalen, wie empört die Frau Baronin wohl gewesen wäre. Was sie wohl dazu gesagt hätte? Wie sie sich aufgeführt hätte? Das waren Fragen, mit denen sie sich amüsierte.
Zuerst unterhielten sie sich darüber, wie der Kreis auf Rosings nun geschrumpft war.
»Ich versichere Ihnen, es betrübt mich über die Maßen«, sagte Lady Catherine. »Ich glaube, niemand verschmerzt den Verlust von Freunden so schwer wie ich. Aber ich hänge so innig an diesen jungen Leuten, und ich weiß, sie hängen nicht weniger an mir. Es hat ihnen so unendlich leid getan, abzureisen. Aber es ist jedesmal dasselbe. Der gute Oberst hielt sich bis zuletzt recht wacker, aber Darcy, glaube ich, empfand es diesmal wohl besonders schmerzlich, mehr noch als im vorigen Jahr. Er fühlt sich von Jahr zu Jahr auf Rosings mehr zu Hause.«
Mr. Collins wußte an dieser Stelle ein Kompliment und eine Anspielung einzuwerfen, und Mutter und Tochter waren so freundlich, beides mit einem Lächeln zu belohnen.
Nach dem Essen bemerkte Lady Catherine, Miss Bennet sehe so trübselig aus, und bezog es sofort auf sich, indem sie annahm, auch ihr falle der baldige Abschied schwer. Dann setzte sie hinzu:
»Wenn das der Fall ist, müssen Sie an Ihre Mutter schreiben, ob Sie noch ein bißchen länger bleiben dürfen. Mrs. Collins freut sich sicher über Ihre Gesellschaft.«
»Ich bin der Frau Baronin für die freundliche Einladung sehr verbunden«, antwortete Elizabeth, »aber es steht nicht in meiner Macht, sie anzunehmen. Ich muß am nächsten Sonnabend in London sein.«
»Wozu denn nur? Sie sind doch erst sechs Wochen hier. Ich dachte, Sie würden zwei Monate bleiben. Das habe ich Mrs. Collins vor Ihrer Ankunft schon gesagt. Was wollen Sie schon so früh zu Hause? Mrs. Bennet kann Sie sicher noch vierzehn Tage entbehren.«

»Aber mein Vater nicht. Er schrieb mir letzte Woche, ich möchte meine Rückkehr beschleunigen.«
»Na, Ihr Vater wird Sie doch wohl entbehren können, wenn Ihre Mutter es kann. Töchter spielen im Leben der Väter keine Rolle. Wenn Sie noch bis zum Ende des Monats bleiben, kann ich sogar eine von Ihnen bis London mitnehmen, denn ich fahre Anfang Juni für eine Woche dorthin, und da es Dawson nichts ausmacht, auf dem Kutscherbock zu sitzen, ist für eine von Ihnen auf jeden Fall Platz genug – und wenn das Wetter kühl ist, hätte ich auch nichts dagegen, Sie beide mitzunehmen – Sie sind ja beide nur Haut und Knochen.«
»Sie sind zu gütig, Madam, aber ich glaube, wir müssen an unserem ursprünglichen Plan festhalten.«
Lady Catherine war es zufrieden. »Mrs. Collins, Sie müssen einen Diener mitschicken. Sie wissen, ich halte mit meiner Meinung nie hinter dem Berg, und ich kann den Gedanken nicht ertragen, daß zwei junge Frauen allein in der Postkutsche unterwegs sind. Es gehört sich einfach nicht. Sie müssen es so einrichten, daß jemand mitfährt. Diese Art von Freizügigkeit ist mir zuwider. Junge Frauen sollten entsprechend ihrer Stellung im Leben immer in Begleitung sein. Als meine Nichte Georgiana im vorigen Sommer nach Ramsgate fuhr, habe ich darauf bestanden, daß zwei Diener sie begleiten. Anders hätte Miss Darcy, die Tochter Mr. Darcys von Pemberley und Lady Annes nicht standesgemäß auftreten können. Ich schenke diesen Dingen die größte Aufmerksamkeit. Sie müssen John mit den jungen Damen mitschicken, Mrs. Collins. Ich bin froh, daß es mir noch eingefallen ist, denn es fällt auf *Sie* zurück, wenn Sie sie alleine fahren lassen.«
»Mein Onkel schickt uns einen Diener.«
»So, Ihr Onkel – Er hält sich einen Diener! – Ich bin sehr froh, daß Sie jemanden haben, der sich um diese Dinge kümmert. Und wo wechseln Sie die Pferde? Natürlich, in Bromley. Wenn Sie meinen Namen in der ›Glocke‹ nennen, wird es Ihnen an nichts fehlen.«
Lady Catherine hatte noch viele Fragen über ihre Reise zu

stellen, und da sie sie nicht alle selbst beantwortete, war Aufmerksamkeit geboten, die Elizabeth für ein Glück hielt, sonst hätte sie, in Gedanken versunken, vergessen, wo sie war. So mußte sie das Nachdenken für die einsamen Stunden aufsparen. Wenn sie allein war, überließ sie sich ihm mit großer Erleichterung, und nicht ein Tag verging ohne einen einsamen Spaziergang, auf dem sie sich dem Vergnügen unangenehmer Erinnerungen hingab.

Sie war auf dem besten Wege, Mr. Darcys Brief bald auswendig zu kennen, brütete über jedem Satz, und ihre Empfindungen dem Schreiber gegenüber änderten sich von Mal zu Mal erheblich. Wenn sie an den Ton seines Briefes dachte, war sie immer noch voller Ärger, aber wenn sie sich überlegte, wie ungerecht sie ihn verurteilt und beschimpft hatte, richtete sie ihren Zorn gegen sich selbst, und Mitleid regte sich in ihr über seine enttäuschten Gefühle. Seine Zuneigung rief Dankbarkeit, sein Charakter Achtung hervor. Aber insgesamt fand er keine Gnade in ihren Augen, und sie bereute keinen Augenblick, ihn abgewiesen zu haben, und verspürte nicht das geringste Bedürfnis, ihn jemals wiederzusehen. Ihr eigenes früheres Verhalten war ihr eine ständige Quelle von Verdruß und Bedauern, und die unglückseligen Fehler ihrer Familie bedeuteten eine noch schwerere Kränkung. *Ihr* Fall war aussichtslos. Ihr Vater hatte viel zu viel Spaß daran, sich über seine jüngeren Töchter lustig zu machen, als daß er sich die Mühe gemacht hätte, ihren Leichtsinn zu zügeln, und ihre Mutter, selbst weit entfernt von angemessenem Benehmen, *sah* das Übel nicht einmal. Gemeinsam mit Jane hatte Elizabeth häufig den Versuch unternommen, Kittys und Lydias Unbeherrschtheit einzudämmen. Aber welche Aussicht gab es, ihr Benehmen zu bessern, solange ihre Mutter ihnen alles durchgehen ließ. Kitty, unselbständig, reizbar und völlig unter Lydias Einfluß, hatte sich immer gegen ihren Rat gesträubt, und Lydia, eigensinnig und rücksichtslos, hörte ihnen nicht einmal zu. Sie waren beide dumm, faul und eitel. Solange es einen einzigen Offizier in Meryton gab, würden sie mit ihm flirten, und solange Meryton nur einen Spaziergang von Longbourn entfernt war, würden sie immer und ewig dorthin gehen.

Die Sorge um Jane nahm in ihren Gedanken einen wichtigen Platz ein, und Mr. Darcys Erklärung, durch die ihre ursprüngliche gute Meinung von Bingley wieder hergestellt war, ließ sie um so tiefer empfinden, was Jane verloren hatte. Seine Zuneigung hatte sich als ernsthaft und sein Verhalten als tadellos herausgestellt, es sei denn, man wollte ihm das uneingeschränkte Vertrauen in seinen Freund zum Vorwurf machen. Aber wie schmerzlich war gerade deshalb der Gedanke, daß Jane durch die Torheit und Unschicklichkeit ihrer eigenen Familie um eine so wünschenswerte, in jeder Hinsicht so vorteilhafte und für ihr Glück so vielversprechende Verbindung gebracht worden war!

Wenn sie dann noch die Eröffnungen über Mr. Wickhams Charakter bedachte, war es um ihre bisher fast immer ungetrübte Laune, wie man sich leicht vorstellen kann, so sehr geschehen, daß sie unmöglich auch nur einigermaßen heiter erscheinen konnte.

Ihre Einladungen nach Rosings waren in der letzten Woche ihres Aufenthalts so zahlreich wie in der ersten. Auch der letzte Abend wurde dort verlebt, und wieder erkundigte sich Lady Catherine haargenau nach jeder Kleinigkeit ihrer Reise, gab ihnen Anweisungen über die beste Methode zu packen und drang so sehr auf sie ein, die Kleider auf die einzig richtige Art zusammenzulegen, daß Maria sich verpflichtet fühlte, nach ihrer Rückkehr das Werk eines ganzen Vormittags wieder zu zerstören und ihre Truhe neu einzupacken.

Als sie sich verabschiedeten, wünschte ihnen Lady Catherine, ganz Leutseligkeit, eine gute Reise und lud sie für das nächste Jahr wieder nach Hunsford ein; und Miss de Bourgh ließ sich sogar dazu herab, leicht zu knicksen und ihnen beiden die Hand entgegenzustrecken.

Kapitel 38

Am Sonnabendmorgen fanden sich Elizabeth und Mr. Collins ein paar Minuten vor den anderen am Frühstückstisch ein, und er nahm die Gelegenheit wahr, die Abschiedswünsche auszusprechen, die er für unerläßlich hielt.

»Ich weiß nicht, Miss Elizabeth«, sagte er, »ob meine Frau Ihnen schon ihre Dankbarkeit für Ihr Kommen ausgedrückt hat; aber ich bin sicher, Sie werden dieses Haus nicht verlassen, ohne sie empfangen zu haben. Wir haben, wie ich Ihnen versichern darf, die Gunst Ihrer Gesellschaft sehr zu schätzen gewußt und sind uns bewußt, wie wenig Anziehungskraft unser bescheidenes Heim ausstrahlt. Unsere einfache Lebensart, unsere winzigen Räume und wenigen Bediensteten und unsere geringe Weltkenntnis machen Hunsford für eine junge Dame wie Sie sicher ungewöhnlich langweilig; aber seien Sie unseres Danks für Ihre Güte gewiß und daß wir alles in unserer Macht Stehende getan haben, damit Ihnen die Zeit nicht lang wurde.«

Elizabeth beeilte sich, ihm zu danken und ihm ihr Wohlbefinden zu bestätigen. Sie habe sechs Wochen höchst vergnüglich verbracht, die Freude, wieder täglich mit Charlotte umzugehen, und die freundliche Aufmerksamkeit, die sie erfahren habe, verpflichteten eher sie zum Dank. Mr. Collins nahm es mit Genugtuung zur Kenntnis und antwortete mit selbstgefälliger Feierlichkeit:

»Ich höre mit der größten Freude, daß Sie Ihre Zeit bei uns nicht unangenehm verbracht haben. Wir haben uns jedenfalls alle Mühe gegeben; und da es in unserer Macht stand, Sie in Gesellschaft aus den höchsten Kreisen einzuführen, und wir durch unsere enge Beziehung zu Rosings häufig Gelegenheit hatten, einen Wechsel unserer bescheidenen häuslichen Szene vorzunehmen, können wir uns, glaube ich, schmeicheln, daß Ihr Besuch in Hunsford nicht gänzlich unerquicklich gewesen ist. In der Tat stellen ja unsere Bande zu Lady Catherines Familie eine so außerordentliche Vergünstigung und einen Segen dar, deren sich nur wenige rühmen können. Sie sehen selbst, wie wir miteinander stehen. Sie sehen selbst, wie häufig wir drüben zu Gast sind. Wahrhaftig, ich stehe nicht an zu sagen, daß, wer mit allen Nachteilen unseres bescheidenen Pfarrhauses vorlieb nimmt, kein Mitleid zu erheischen braucht, solange er an unserem intimen Umgang mit Rosings teilhat.«

Worte reichten für den Höhenflug seiner Gefühle nicht hin, und es hielt ihn nicht auf dem Stuhl, er mußte im Zimmer auf- und abschreiten, während Elizabeth sich bemühte, Höflichkeit und Wahrheit in ein paar kurzen Sätzen unter einen Hut zu bringen.

»Sie können gewiß einen sehr günstigen Bericht über uns in Hertfordshire verbreiten, meine liebe Cousine. Wenigstens schmeichle ich mir, daß Sie es können. Sie haben täglich Lady Catherines ständige Aufmerksamkeiten gegenüber meiner Frau mit eigenen Augen gesehen; und Sie werden, wie ich annehmen darf, nicht den Eindruck mitnehmen, daß Ihre Freundin ein unglückliches Los … Aber über diesen Punkt will ich lieber schweigen. Nur soviel, meine liebe Miss Elizabeth, inbrünstig und von Herzen wünsche ich Ihnen in der Ehe dasselbe Glück. Meine liebe Charlotte und ich sind ein Herz und eine Seele. Auf wunderbare Weise stimmen unsere Charaktere und Anschauungen in allem vollkommen überein. Wir sind wie füreinander geschaffen.«

Elizabeth konnte mit gutem Gewissen sagen, wo das der Fall sei, sei das Glück gewiß, und mit gleicher Ehrlichkeit hinzufügen, sie sei von seinen häuslichen Bequemlichkeiten überzeugt und freue sich über sie. Sie war allerdings nicht böse, daß der Eintritt der Dame, der er sie verdankte, ihr die Aufzählung der Details ersparte. Arme Charlotte! Es war traurig, sie in solcher Gesellschaft zurücklassen zu müssen. Aber sie hatte sie mit offenen Augen gewählt, und obwohl sie offensichtlich bedauerte, daß ihr Besuch gehen mußte, schien sie nicht um Mitleid zu bitten. Ihr Heim und ihr Haushalt, ihre Gemeinde und

ihr Geflügel und die damit zusammenhängenden Sorgen hatten ihren Reiz noch nicht verloren.
Schließlich fuhr die Kutsche vor, die Truhen wurden festgezurrt, die Pakete innen verstaut, und man war abfahrbereit. Nach dem herzlichen Abschied zwischen den beiden Freundinnen wurde Elizabeth von Mr. Collins zur Kutsche geleitet, und als sie den Gartenweg entlanggingen, trug er ihr seine besten Grüße für ihre gesamte Familie auf und vergaß auch nicht, sich noch einmal für den freundlichen Empfang im Winter in Longbourn zu bedanken und, wenn auch unbekannterweise, um seine Empfehlungen an Mr. und Mrs. Gardiner zu bitten. Dann half er ihr in den Wagen, Maria folgte ihr, man war im Begriff, die Tür zu schließen, als er sie plötzlich einigermaßen bestürzt daran erinnerte, daß sie vergessen hätten, einen letzten Gruß an die Damen auf Rosings auszurichten.
»Aber«, fügte er hinzu, »Sie werden natürlich das Bedürfnis haben, Ihre untertänigen Empfehlungen, verbunden mit der dankbaren Anerkennung für die Ihnen während Ihres Aufenthalts erwiesenen Gefälligkeiten ausrichten zu lassen.«
Elizabeth hatte nichts dagegen; Mr. Collins gestattete nun das Schließen der Tür, und die Pferde zogen an.
»Lieber Himmel!« rief Maria nach kurzem Schweigen. »Es kommt mir so vor, als wären wir erst vor ein oder zwei Tagen angekommen – und doch, was ist nicht alles in der Zwischenzeit passiert!«
»Ja, wirklich allerlei«, sagte ihre Reisegefährtin mit einem Seufzer.
»Neunmal haben wir auf Rosings gespeist, und außerdem noch zweimal Tee dort getrunken. Was werde ich nicht alles zu erzählen haben!«
»Und ich zu verschweigen«, fügte Elizabeth bei sich hinzu.
Ihre Reise ging ohne viel Unterhaltung und Aufregung vonstatten, und knapp vier Stunden nach ihrer Abreise von Hunsford hielten sie vor Mr. Gardiners Haus, wo sie sich ein paar Tage aufhalten wollten.

Jane sah wohl aus, aber bei all dem Zeitvertreib, den ihre Tante sich freundlicherweise für sie ausgedacht hatte, hatte Elizabeth kaum Gelegenheit zu erfahren, wie es ihr wirklich ging. Jane würde jedoch mit ihr zusammen nach Hause fahren, und in Longbourn würde sie genügend Zeit haben, ihre Schwester zu beobachten.

Inzwischen kostete es sie einige Mühe, ihr nicht schon von Mr. Darcys Antrag zu erzählen, bevor sie wieder in Longbourn waren. Zu wissen, daß es in ihrer Macht stand, etwas zu enthüllen, was Jane so ungeheuer verblüffen würde und was dem kümmerlichen Rest ihrer eigenen Eitelkeit, den sie noch nicht wegargumentiert hatte, so wohltun mußte, war eine Versuchung, der sie nur durch den Zustand der Unentschlossenheit, in dem sie sich befand, nämlich bis zu welchem Ausmaß sie die Ereignisse mitteilen sollte, und durch die Furcht widerstehen konnte, daß das Thema, einmal erwähnt, sie dazu hinreißen könnte, etwas über Bingley zu wiederholen, was ihrer Schwester nur zusätzlichen Kummer bereiten würde.

Kapitel 39

Es war die zweite Maiwoche, als die drei jungen Damen Gracechurch Street hinter sich ließen und auf das Städtchen … in Hertfordshire zufuhren, und als sie sich dem verabredeten Gasthof näherten, wo Mr. Bennets Kutsche sie erwarten sollte, sahen sie gleich als Zeichen für die Pünktlichkeit des Kutschers Kitty und Lydia aus dem Speisezimmer im ersten Stock heraussehen. Beide waren schon über eine Stunde hier und hatten sich die Zeit mit einem Besuch bei der Putzmacherin, einem Gang zur Schildwache und dem Anrichten von Salat und Gurken angenehm vertrieben.

Nach der Begrüßung ihrer Schwestern zeigten sie triumphierend auf den Tisch, der mit kaltem Fleisch gedeckt war, das Gasthöfe meist vorrätig haben, und riefen: »Sieht das nicht appetitlich aus? Ist das nicht eine schöne Überraschung?«

»Und wir laden euch alle ein«, fügte Lydia hinzu, »nur müßt ihr uns das Geld leihen, denn wir haben unseres gerade in dem Laden drüben ausgegeben.« Dann zeigten sie ihre Einkäufe: »Seht mal, ich habe diesen Hut gekauft. Ich finde ihn zwar nicht besonders hübsch, aber ich dachte, ich könnte ihn ruhig kaufen. Sobald wir zu Hause sind, nehme ich ihn auseinander und versuche, etwas Besseres daraus zu machen.«

Und als ihre Schwestern ihn als häßlich bezeichneten, meinte sie völlig ungerührt: »Oh! Es gab zwei oder drei viel häßlichere in dem Laden, und wenn ich ein bißchen hübscheren und bunteren Satin gekauft habe, um ihn damit aufzuputzen, ist er bestimmt ganz erträglich. Wenn das Oxfordshire Regiment Meryton verlassen hat, ist es sowieso ganz egal, was man diesen Sommer trägt. Und in vierzehn Tagen sind sie weg.«

»Tatsächlich!« rief Elizabeth mit der größten Befriedigung.

»Sie schlagen ihr Lager dicht bei Brighton auf, und ich möchte so gerne, daß Papa mit uns den Sommer über dort verbringt. Das wäre ein fabelhafter Plan, und er würde fast nichts kosten. Mama möchte unbedingt auch gern gehen. Stellt euch vor, wie eintönig der Sommer sonst für uns wird.«

»Ja«, dachte Elizabeth, »ein fabelhafter Plan, in der Tat, der käme uns wie gerufen. Du lieber Himmel! Brighton, und ein ganzes Lager voll Soldaten nur für uns, und dabei haben uns das eine kleine Regiment und die monatlichen Bälle in Meryton gerade gelangt!«

»Und nun habe ich eine schöne Neuigkeit für euch«, sagte Lydia, als sie sich zu Tisch setzten. »Was meint ihr wohl? Eine tolle Neuigkeit, eine fabelhafte Neuigkeit! Und zwar von einem gewissen jemand, den wir alle mögen.«

Jane und Elizabeth sahen sich an und bedeuteten dem Ober, er werde nicht mehr benötigt. Lydia lachte und sagte:
»Ah, natürlich, eure Formalität und Diskretion. Ihr findet, der Ober braucht nicht mitzuhören? Als ob ihm das nicht ganz egal wäre. Der hört bestimmt schlimmere Sachen, als ich erzählen will. Übrigens ein häßlicher Kerl! Ein Glück, daß er draußen ist. Noch nie in meinem Leben habe ich ein so langes Kinn gesehen. Na gut, jetzt aber zu der Neuigkeit. Es handelt sich um den lieben Mr. Wickham. Nichts für den Ober, wie? Keine Gefahr mehr, daß er Mary King heiratet. Was sagt ihr dazu? Sie ist zu ihrem Onkel nach Liverpool gefahren, und zwar für immer. Wickham ist gerettet.«
»Und Mary King auch«, setzte Elizabeth hinzu, »gerettet vor einer Verbindung, die finanziell unklug wäre.«
»Sie ist eine dumme Gans, wenn sie ihn liebt und trotzdem weggeht.«
»Hoffentlich ist die Liebe auf beiden Seiten nicht groß«, sagte Jane.
»Auf *seiner* bestimmt nicht. Das weiß ich genau. Sie ist ihm völlig schnuppe, kein Wunder bei einem so frechen, sommersprossigen, kleinen Biest!«
Elizabeth war entsetzt bei dem Gedanken, daß so vulgäre *Ausdrücke* ihr zwar nicht über die Lippen gekommen wären, daß sie aber ähnlich vulgäre *Empfindungen* großzügig gehegt und gepflegt hatte.
Nach dem Essen, als die Älteren bezahlt hatten und die Kutsche bestellt war, waren sie nach einigem Hin und Her alle mit ihren Schachteln, Handarbeitskörben, Paketen und den lästigen Einkäufen von Kitty und Lydia im Wagen untergebracht.
»Wie schön gedrängelt wir sitzen!« rief Lydia. »Wie gut, daß ich den Hut gekauft habe, so haben wir wenigstens noch eine Schachtel mehr. So, und jetzt wollen wir es uns bequem und gemütlich machen und den ganzen Weg nach Hause reden und lachen. Zuerst erzählt mal, wie es euch allen ergangen ist, seit ihr weggefahren seid. Habt

ihr irgendwelche Männer kennengelernt? Habt ihr geflirtet? Ich hatte so gehofft, daß eine von euch sich einen Mann kapern würde. Jane ist sonst bald eine alte Jungfer. Sie ist fast dreiundzwanzig! Gott, wie würde ich mich schämen, wenn ich mit dreiundzwanzig noch nicht verheiratet wäre! Ihr habt ja keine Ahnung, wie gern euch Tante Philips verheiratet sehen möchte! Sie sagt, Lizzy hätte Mr. Collins lieber doch nehmen sollen. Aber *ich* finde, ein Spaß wäre das nicht gewesen. Gott, wie gerne ich vor euch allen verheiratet wäre, und dann würde ich euch als Anstandswauwau zu allen Bällen begleiten. Meine Güte! Wir hatten neulich solchen Spaß bei Oberst Forster. Kitty und ich sollten den Tag bei ihnen verbringen, und Mrs. Forster hatte versprochen, abends einen kleinen Tanz zu arrangieren (nebenbei bemerkt, Mrs. Forster und ich sind dicke Freunde!); und deshalb lud sie auch die beiden Harringtons ein, aber Harriet war krank, und daher mußte Pen alleine kommen. Und dann, was glaubt ihr, was wir dann gemacht haben? Wir haben Chamberlayne in Frauenkleider gesteckt, damit er als Dame durchgeht. Stellt euch den Jux vor! Keine Menschenseele wußte davon, nur Oberst Forster und seine Frau, Kitty und ich und Tante Philips, denn wir mußten uns ein Kleid von ihr borgen, und ihr habt ja keine Ahnung, wie gut er aussah. Als Denny und Wickham und Pratt und noch zwei oder drei Männer hereinkamen, haben sie ihn überhaupt nicht erkannt. Gott, habe ich gelacht! Und Mrs. Forster auch. Ich wäre fast gestorben. Und da schöpften die Männer Verdacht und kriegten bald raus, was los war.«

Mit solchen und ähnlichen Geschichten von ihren Parties und Späßen versuchte Lydia, unterstützt von Kittys Einwürfen und Ergänzungen, ihre Reisegefährtinnen auf dem ganzen Weg nach Longbourn zu unterhalten. Elizabeth hörte möglichst nicht zu, aber der häufigen Erwähnung von Wickhams Namen konnte sie nicht entgehen.

Zu Hause wurden sie überschwenglich empfangen. Mrs. Bennets Freude, Jane in unverminderter Schönheit zu sehen, war groß, und mehr als einmal sagte Mr. Bennet während des Essens unaufgefordert zu Elizabeth: »Ich bin froh, daß du wieder da bist, Lizzy.«

Die Gesellschaft im Speisezimmer war zahlreich, denn fast alle Mitglieder der Familie Lucas waren gekommen, um Maria abzuholen und die Neuigkeiten zu hören, und man unterhielt sich beim Dinner über alles mögliche. Lady Lucas fragte Maria über den Tisch hinweg nach dem Befinden und Geflügel ihrer ältesten Tochter; Mrs. Bennet war nach beiden Seiten engagiert, von links ließ sie sich von Jane, die ein Stück weiter unten am Tisch saß, einen Bericht über die neueste Londoner Mode geben, und nach rechts gab sie ihn an die jüngeren Lucas-Töchter weiter; und Lydia, lauter als alle anderen im Zimmer, zählte allen, die es wissen wollten, die Erlebnisse des Vormittags auf.

»O Mary«, sagte sie, »wenn du bloß mitgekommen wärst! Wir hatten so viel Spaß. Als wir hinfuhren, haben Kitty und ich alle Jalousien hochgezogen und so getan, als ob niemand in der Kutsche wäre, und ich wäre den ganzen Weg so gefahren, wenn Kitty nicht schlecht geworden wäre. Und als wir ins ›George‹ kamen, haben wir uns, finde ich, sehr großzügig benommen, denn wir haben die anderen drei zu den appetitlichsten kalten Platten eingeladen, und wenn du mitgekommen wärst, hätten wir dich auch eingeladen. Und als wir abfuhren, hatten wir solchen Spaß! Ich dachte, wir würden nie und nimmer in die Kutsche passen. Ich hätte mich fast totgelacht. Und dann waren wir auf dem Rückweg so lustig. Wir haben den ganzen Weg so laut geredet und gelacht, daß man uns im Umkreis von zehn Meilen hören konnte!«

Mary antwortete darauf mit gesetzten Worten:

»Es sei mir fern, meine liebe Schwester, auf solche Vergnügungen herabzusehen. Sie entsprechen zweifellos vollkommen dem durchschnittlichen weiblichen Gemüt. Aber ich muß gestehen, daß sie für *mich* keinerlei Reiz haben – ich ziehe ein gutes Buch bei weitem vor.«

Aber Lydia hörte von dieser Antwort kein Wort. Sie hörte

selten jemandem länger als eine halbe Minute zu, und ihrer Schwester Mary schon gar nicht.
Am Nachmittag wollte Lydia unbedingt mit ihren Schwestern nach Meryton gehen, um zu sehen, wie es allen ging, aber Elizabeth war strikt dagegen. Es sollte nicht heißen, daß die Bennets es nicht einen halben Tag zu Hause aushielten, ohne schon wieder den Offizieren nachzulaufen. Es gab aber noch einen anderen Grund, warum sie dagegen war. Sie hatte Bedenken, Wickham wiederzusehen, und war entschlossen, es so lange wie möglich hinauszuschieben. Ihre Erleichterung über die bevorstehende Verlegung des Regiments war unbeschreiblich. In vierzehn Tagen würden sie fort sein, und danach hatte sie hoffentlich von ihm nichts mehr zu befürchten. Sie brauchte nicht sehr lange, um herauszufinden, daß der Plan, nach Brighton zu gehen, den Lydia im Gasthof angedeutet hatte, zwischen ihren Eltern häufig diskutiert wurde. Elizabeth sah sofort, daß ihr Vater nicht die mindeste Absicht hatte, nachzugeben, aber zugleich waren seine Antworten so vage und zweideutig, daß ihre Mutter, wenn auch manchmal entmutigt, doch nie ganz die Hoffnung aufgab, letzten Endes Erfolg zu haben.

Kapitel 40

Elizabeth konnte ihre Ungeduld, Jane mit den Ereignissen von Hunsford bekannt zu machen, nicht mehr zügeln, und als sie sich entschlossen hatte, alle ihre Schwester betreffenden Einzelheiten auszulassen und sie gehörig auf die Überraschung vorzubereiten, erzählte sie ihr am nächsten Vormittag in großen Zügen die Szene zwischen Darcy und sich selbst.
So wie Miss Bennet ihre Schwester liebte, fand sie es ganz natürlich, daß sie Bewunderung erregte, und deshalb hielt ihr Erstaunen nicht lange an. Ihre Überraschung machte

bald anderen Empfindungen Platz. Es tat ihr leid, daß Mr. Darcy seinen Antrag auf eine Weise vorgebracht hatte, die so wenig dazu angetan war, ihn zu empfehlen. Doch mehr noch schmerzte sie die Enttäuschung, die seine Ablehnung durch ihre Schwester ihm bereitet haben mußte.

»Er war sich seines Erfolges zu sicher, und das war sein Fehler«, sagte sie, »den er nicht hätte machen dürfen. Aber überleg mal, wie sehr das seine Enttäuschung steigern muß.«

»Das stimmt«, erwiderte Elizabeth, »und er tut mir herzlich leid, aber er ist gefühlsmäßig mit anderen Dingen beschäftigt, die ihn seine Zuneigung zu mir sicher bald vergessen lassen. Du machst mir doch keine Vorwürfe, daß ich ihn abgewiesen habe?«

»Vorwürfe? Aber nein.«

»Oder daß ich mit so viel Anteilnahme von Wickham gesprochen habe?«

»Nein, ich wüßte nicht, daß das, was du ihm erzählt hast, falsch ist.«

»Aber du wirst es wissen, wenn ich dir erzählt habe, was am nächsten Tag passiert ist.«

Dann berichtete sie ihr von dem Brief und wiederholte alles, was sich darin auf George Wickham bezog. Was für ein Schlag für die arme Jane! Wer möchte schon durch die Welt gegangen sein, ohne gemerkt zu haben, daß so viel Verworfenheit, wie man der gesamten Menschheit nicht zugetraut hätte, manchmal in einer einzigen Person vereinigt ist. Und auch Darcys Rechtfertigung, so tröstlich sie war, konnte eine solche Entdeckung nicht wettmachen. Mit aller Kraft bemühte sie sich, Irrtümer einzuräumen und den einen freizusprechen, ohne den anderen zu beschuldigen.

»Gib dir keine Mühe«, sagte Elizabeth, »du kannst nicht beide zu Ehrenmännern machen. Du mußt dich schon entscheiden – aber nur für einen von ihnen. Es gibt nun einmal nicht mehr als ein bestimmtes Quantum Honorigkeit für beide – und für einen langt es gerade. In letzter

Zeit ist das Quantum ziemlich häufig zwischen ihnen hin- und hergewandert, aber ich bin geneigt, es nun endgültig Mr. Darcy zuzusprechen. Du hast allerdings noch die freie Wahl.«

Es verging jedoch einige Zeit, bis sie Jane ein Lächeln entlocken konnte.

»Ich bin in meinem ganzen Leben noch nie so schockiert gewesen«, sagte sie. »Wickham so schlecht! Es ist ganz unfaßlich. Und der arme Mr. Darcy! Liebe Lizzy, stell dir vor, wie er gelitten haben muß. So eine Enttäuschung! Und dann noch zu wissen, wie schlecht du von ihm denkst! Und solch eine Geschichte von seiner Schwester berichten zu müssen! Es ist wirklich entsetzlich. Du mußt es doch auch ganz schrecklich finden.«

»Keineswegs! Mein Bedauern und mein Mitleid verflüchtigen sich sofort, wenn ich dich so voll davon sehe. Ich bin sicher, du wirst ihm so überreichlich Gerechtigkeit widerfahren lassen, daß ich jeden Augenblick unbeteiligter und gleichgültiger werde. Je freigebiger du wirst, desto sparsamer werde ich. Je mehr du ihn bejammerst, desto unbeschwerter wird mein Herz.«

»Armer Wickham! Und aus seinen Zügen spricht so viel Charakterfestigkeit, aus seinem Benehmen soviel Offenheit und Zartgefühl!«

»In der Erziehung der beiden jungen Männer muß etwas gründlich falsch gemacht worden sein. Der eine besitzt alle Tugenden, und der andere sieht nur danach aus.«

»Ich habe dir nie zustimmen können, daß Mr. Darcy nicht danach aussieht.«

»Und dabei habe ich mir eingebildet, wunder wie klug zu sein, als ich ihn ohne jeden Grund so unsympathisch fand. Es beflügelt den Geist so, es öffnet dem Witz so viele Türen, eine entschiedene Antipathie zu hegen. Man kann sich ständig abfällig geben, ohne gerecht zu sein. Aber man kann einen Mann schließlich nicht ständig auslachen, ohne ab und zu über etwas Geistreiches zu stolpern.«

»Lizzy, als du den Brief zum erstenmal gelesen hast, hast

du ihn doch bestimmt nicht so auf die leichte Schulter genommen.«

»Nein, das ist wahr. Ich fühlte mich elend, hundeelend sogar. Ich war totunglücklich. Und keiner da, mit dem ich über das, was in mir vorging, sprechen konnte; keine Jane, um mich zu trösten und mir zu sagen, daß ich gar nicht so einfältig, eitel und albern bin, obwohl ich genau gewußt hätte, daß es nicht stimmt! Oh, du hast mir so gefehlt!«

»Schade, daß du so starke Worte im Zusammenhang mit Wickham gegenüber Mr. Darcy gebraucht hast, denn jetzt sieht es ganz so aus, als hätte er sie gar nicht verdient.«

»Natürlich. Aber das Pech, bissig zu reagieren, ist nur die natürliche Folge der Vorurteile, die ich gehegt habe. In einem Punkt allerdings brauche ich deinen Rat. Was meinst du, soll ich unsere Bekannten über Wickhams Charakter aufklären?«

Miss Bennet schwieg einen Augenblick und erwiderte dann: »Ich finde, es gibt keinen Anlaß, ihn so entsetzlich bloßzustellen. Was meinst du selbst?«

»Man sollte es nicht tun. Mr. Darcy hat mir nicht ausdrücklich gesagt, daß ich unsere Gespräche weitergeben kann. Im Gegenteil, alles, was sich auf seine Schwester bezieht, soll ich unbedingt für mich behalten. Und wenn ich den Leuten nur über sein sonstiges Verhalten die Augen öffne, wer wird mir dann glauben? Das allgemeine Vorurteil gegen Mr. Darcy ist so kraß, daß die Hälfte aller biederen Bürger in Meryton schon bei dem Versuch, ihn in ein besseres Licht zu rücken, vom Schlag gerührt wird. Dem bin ich nicht gewachsen. Wickham ist bald von der Bildfläche verschwunden, und deshalb spielt es keine Rolle, ob jemand hier ihn wirklich kennt. Irgendwann kommt doch alles heraus, und dann lachen wir über ihre Dummheit, es nicht früher gemerkt zu haben. Im Moment möchte ich lieber nichts darüber sagen.«

»Du hast ganz recht. Wenn wir seine Fehler publik machen, ruinieren wir ihn vielleicht für immer. Vielleicht tut ihm schon leid, was er getan hat, und er bemüht sich, seinen guten Ruf wiederherzustellen. Wir wollen ihn nicht zur Verzweiflung treiben.«

Der Tumult in Elizabeths Gedanken hatte sich durch dieses Gespräch gelegt. Sie war zwei der Geheimnisse losgeworden, die ihr seit vierzehn Tagen auf der Seele gelegen hatten, und konnte mit Jane als williger Zuhörerin rechnen, wann immer sie Lust hatte, von einem der beiden zu sprechen.

Aber etwas behielt sie noch für sich, was ihr die Klugheit zu enthüllen verbat. Sie wagte weder über die andere Hälfte von Mr. Darcys Brief zu sprechen, noch ihrer Schwester zu erklären, welchen großen Wert Mr. Bingley ihrer Freundschaft beigemessen hatte. Dieses Wissen konnte sie mit niemandem teilen, und es war ihr klar, daß sie nur, wenn beide sich aussöhnen sollten, das Recht hatte, den letzten Teil des Geheimnisses aufzuklären. »Und auch dann«, sagte sie sich, »wenn dieses höchst unwahrscheinliche Ereignis je stattfinden sollte, kann ich nur etwas sagen, was Jane aus Bingleys Mund viel lieber hört. Ich darf erst alles sagen, was ich weiß, wenn es seinen Reiz verloren hat.«

Sie hatte jetzt, wo sie sich wieder zu Hause eingelebt hatte, Zeit, die wirkliche Verfassung ihrer Schwester zu beobachten. Jane war nicht glücklich. Bingley spielte in ihrem Leben immer noch eine große Rolle. Da sie noch nie verliebt gewesen war, hatte ihre Zuneigung die ganze Tiefe einer ersten Liebe, und ihr Alter und ihre Natur gaben ihr eine größere Beständigkeit als erste Liebe sonst auszeichnet. Er stand ihr so lebhaft vor Augen, und sie zog ihn jedem anderen Mann vor, daß all ihr gesunder Menschenverstand und ihre Rücksicht auf die Empfindungen anderer nötig waren, sich nicht zu sehr in ihrer Trauer zu verlieren und dadurch ihre eigene Gesundheit und ihrer aller Ruhe zu gefährden.

»Also, Lizzy«, sagte Mrs. Bennet eines Tages, »was hältst *du* nun von dieser traurigen Affäre? Ich jedenfalls bin fest entschlossen, nie mehr ein Wort darüber zu verlieren. Das habe ich meiner Schwägerin Philips neulich erst gesagt. Aber ich kann einfach nicht herausbekommen, ob Jane ihn in London überhaupt getroffen hat. Jedenfalls ist er ein sehr undankbarer junger Mann, und ich glaube nicht, daß die geringste Chance für sie besteht, ihn zu kriegen. Es ist keine Rede davon, daß er im Sommer wieder nach Netherfield kommt, und dabei habe ich alle gefragt, die es wissen müssen.«

»Ich glaube nicht, daß er überhaupt je wieder in Netherfield wohnen wird.«

»Auch gut! Er kann ja machen, was er will. Wir wollen ihn hier gar nicht haben. Aber ich lasse mir nicht ausreden, daß er Jane unglaublich schlecht behandelt hat. Und wenn ich *sie* wäre, hätte ich es mir nicht bieten lassen. Jedenfalls habe ich *einen* Trost: daß es Jane das Herz brechen und sie umbringen wird. Und dann wird ihm schon noch leid tun, was er angerichtet hat.«

Aber da Elizabeth diese Aussicht nicht so recht zum Trost gereichte, gab sie keine Antwort.

»So, Lizzy«, schloß ihre Mutter ohne Unterbrechung an, »und den Collins geht es also ausgezeichnet, wie? Na schön, ich hoffe bloß, daß es gut geht. Und was kommt bei ihnen auf den Tisch? Charlotte weiß sicher mit dem Geld umzugehen. Wenn sie nur halb so sparsam ist wie ihre Mutter, muß allerlei übrigbleiben. Die werfen bestimmt nicht mit dem Geld um sich.«

»Nein, gar nicht.«

»Ja, sie weiß zu wirtschaften, verlaß dich drauf. Ja, ja. *Sie* werden schon aufpassen, daß sie nicht mehr ausgeben, als sie haben. Geld wird *ihnen* keine Sorgen machen. Sei's drum, ich gönne es ihnen von Herzen! Und so ist denn wohl oft die Rede davon, daß ihnen Longbourn gehört, wenn euer Vater tot ist. Sie sehen sich dann wohl immer schon als Eigentümer.«

»In meiner Gegenwart konnten sie nicht gut darüber sprechen.«

»Nein, das wäre ja auch noch schöner gewesen! Aber es kann mir keiner erzählen, daß sie nicht darüber reden, wenn sie unter sich sind. Na schön, wenn ihnen ein Besitz, der ihnen rechtlich gar nicht gehört, nicht auf der Seele liegt. Ich würde mich schämen, etwas als mein Eigentum zu betrachten, was ich nur auf Umwegen erbe.«

Kapitel 41

Die erste Woche nach ihrer Rückkehr verging sehr schnell. Die zweite, und damit zugleich die letzte Woche des Regiments in Meryton begann. Alle jungen Damen der Umgebung ließen die Köpfe hängen. Die Niedergeschlagenheit war allgemein. Nur die älteren Misses Bennet waren noch fähig, zu essen, zu trinken, zu schlafen und ihren alltäglichen Beschäftigungen nachzugehen. Aber immer wieder wurde ihnen von Lydia und Kitty ihre Gefühllosigkeit vorgeworfen, denn beide waren völlig verzweifelt und konnten nicht begreifen, wie jemand in ihrer eigenen Familie so hartherzig sein konnte.

»Lieber Himmel, was soll bloß aus uns werden? Was sollen wir bloß anfangen?« riefen sie oft mit Bitterkeit und Schmerz in der Stimme. »Wie kannst du nur so lächeln, Lizzy?«

Ihre mitfühlende Mutter nahm an ihrem Kummer teil; sie erinnerte sich, was sie selbst bei einer ähnlichen Gelegenheit vor fünfundzwanzig Jahren durchmachen mußte.

»Mindestens zwei Tage«, rief sie, »habe ich geweint, als Oberst Millers Regiment verlegt wurde. Ich dachte, es würde mir das Herz brechen.«

»Ich bin sicher, meins *wird* brechen«, sagte Lydia.

»Wenn wir nur nach Brighton könnten!« bemerkte Mrs. Bennet.

»O ja, wenn wir bloß nach Brighton könnten! Aber Papa ist so gemein.«

»Ein paar Seebäder würden mich ein für allemal wieder auf die Beine bringen.«

»Und Tante Philips sagt, für mich wären sie eine wahre Wohltat«, setzte Lydia hinzu.
So oder ähnlich klangen die Wehklagen, von denen das Haus widerhallte. Elizabeth versuchte, sie als Abwechslung aufzufassen, aber ihre Scham überwog das Vergnügen. Aufs neue empfand sie die Berechtigung von Mr. Darcys Vorbehalten, und nie war sie bereiter, ihm seine Einmischung in die Angelegenheiten seines Freundes zu verzeihen.
Aber die Wolken, die über Lydias Hoffnungen hingen, zerstreuten sich bald, denn sie empfing eine Einladung von Mrs. Forster, der Frau des Regimentsobersten, sie nach Brighton zu begleiten. Diese unschätzbare Freundin war eine sehr junge Frau und erst seit kurzem verheiratet. Durch ihre lebenslustige und ausgelassene Art fühlten sich Lydia und sie zueinander hingezogen und waren seit zwei Monaten Busenfreundinnen, obwohl sie sich erst seit drei Monaten kannten.
Lydias Freudentaumel und ihre Begeisterung für Mrs. Forster, Mrs. Bennets Entzücken und Kittys Verzweiflung lassen sich kaum beschreiben. Ohne Rücksicht auf die Gefühle ihrer Schwester flog Lydia rastlos und ekstatisch durch das Haus, forderte alle auf, ihr zu gratulieren, und lachte und redete noch hemmungsloser als sonst, während die unglückliche Kitty im Wohnzimmer ununterbrochen ihr Schicksal mit sinnlosen Reden und verdrießlicher Miene beklagte.
»Ich sehe gar nicht ein, warum Mrs. Forster mich nicht auch eingeladen hat«, sagte sie. »Auch wenn ich nicht ihre beste Freundin bin, habe ich genausogut das Recht, gefragt zu werden wie Lydia, sogar noch eher, denn ich bin zwei Jahre älter.«
Umsonst bemühte sich Elizabeth, sie zur Einsicht zu bringen; umsonst redete ihr Jane zu, sich damit abzufinden. Elizabeth selbst war über die Einladung bei weitem nicht so begeistert wie ihre Mutter und Lydia. Es mußte der Möglichkeit, ihre Schwester zur Vernunft zu bringen, den Todesstoß versetzen, und obwohl sie wußte, wie unbe-

liebt sie sich damit machen würde, falls es herauskam, versuchte sie insgeheim, ihren Vater dabei zu beeinflussen, sie nicht gehen zu lassen. Sie stellte ihm die ganze Unschicklichkeit von Lydias Benehmen dar, den geringen Gewinn, den sie von der Freundschaft mit einer Frau wie Mrs. Forster haben konnte, und die Möglichkeit, daß sie sich in Brighton, wo die Versuchung noch größer als zu Hause war, noch unbesonnener aufführen könne. Er hörte ihr aufmerksam zu und sagte dann:

»Lydia wird keine Ruhe geben, bevor sie sich irgendwo in der Öffentlichkeit unmöglich gemacht hat, und nirgends kann sie es mit weniger Kosten und Unannehmlichkeiten für ihre Familie tun als unter den gegenwärtigen Umständen.«

»Wenn du dir darüber klar wärst«, sagte Elizabeth, »welche Unannehmlichkeiten für uns alle aus Lydias hemmungslosem und ungehörigem Benehmen in der Öffentlichkeit entstehen müssen, nein, schon entstanden sind, würdest du, glaube ich, die ganze Angelegenheit mit anderen Augen ansehen.«

»Die schon entstanden sind?« wiederholte Mr. Bennet. »Wie, hat sie einige deiner Verehrer vertrieben. Arme kleine Lizzy, laß dich nicht unterkriegen. Wenn die zimperlichen jungen Herren sich schon von solchen harmlosen Albernheiten distanzieren, brauchst du ihnen auch nicht nachzutrauern. Komm, zeig mir die Liste der beklagenswerten Burschen, die Lydias unmögliches Benehmen verscheucht hat.«

»Du irrst dich. Ich habe mich über nichts zu beklagen. Mir geht es um prinzipielle, nicht um persönliche Übel. Unsere Stellung, unser Ansehen in der Welt werden durch ihren ungezügelten Leichtsinn, ihre Wildheit und ihren Mangel an Anstand in Mitleidenschaft gezogen. Entschuldige bitte, aber ich muß offen sprechen. Lieber Vater, wenn du dir nicht die Mühe machst, ihren Überschwang einzudämmen und ihr klarzumachen, daß ihr jetziger Zeitvertreib keine Lebensbeschäftigung sein kann, wird sie bald nicht mehr zur Räson zu bringen sein.

Dann kann sie sich nicht mehr ändern und wird mit sechzehn das koketteste Flittchen sein, das je sich selbst und seine Familie lächerlich gemacht hat, und noch dazu ein Flittchen im schlimmsten und gemeinsten Sinn: nur anziehend durch ihre Jugend und eine annehmbare Figur, und dumm und hohlköpfig, wie sie ist, völlig unfähig, die allseitige Verachtung zu vermeiden, die ihre Gefallsucht hervorrufen wird. Und auch Kitty befindet sich in derselben Gefahr. Wenn Lydia vorangeht, folgt sie nach. Eitel, dumm, faul und völlig unkontrolliert! O lieber Vater, glaubst du im Ernst, daß sie nicht überall, wohin sie kommen, verurteilt und verachtet und ihre Schwestern nicht oft genug mit ihnen in einen Topf geworfen werden?«

Mr. Bennet sah wohl, daß sie mit ganzem Herzen bei der Sache war. Er nahm liebevoll ihre Hand in seine und antwortete:

»Mach dir keine Sorgen, mein Schatz. Wer dich und Jane kennt, muß euch einfach achten und schätzen und wird euch nicht darunter leiden lassen, daß ihr zwei, oder soll ich sagen drei höchst alberne Schwestern habt. Wir werden in Longbourn keine ruhige Minute haben, wenn Lydia nicht nach Brighton darf. Also laß sie gehen. Oberst Forster ist ein vernünftiger Mann, er wird sie aus allen ernstlichen Unannehmlichkeiten heraushalten, und glücklicherweise ist sie zu arm, um für irgend jemanden eine begehrenswerte Beute zu sein. Sie wird in Brighton ohnehin ein weniger begehrter Flirt sein als hier. Die Offiziere werden dort Frauen vorfinden, die ihre Aufmerksamkeit eher verdienen. Wir wollen deshalb hoffen, daß ihr Aufenthalt dort ihr ihre eigene Bedeutungslosigkeit vor Augen führt. Wie auch immer, viel schlimmer kann es nicht mehr werden, ohne daß sie uns dazu herausfordert, sie für den Rest ihres Lebens einzusperren.«

Diese Antwort zwang Elizabeth, sich zufrieden zu geben, aber sie blieb bei ihrer Meinung und verließ ihren Vater enttäuscht und betrübt. Sie neigte jedoch nicht dazu, ihren Ärger dadurch zu verschlimmern, daß sie über ihm brütete. Sie beruhigte sich damit, ihre Pflicht getan zu haben; und sich über unvermeidliche Übel aufzuregen oder sie durch unnötige Sorge noch zu verschlimmern, lag ihr nicht.

Hätten Lydia und ihre Mutter gewußt, worüber sie sich mit ihrem Vater unterhalten hatte, dann hätte auch ihr vereinigter Redefluß nicht genügend Worte für ihre Verärgerung gehabt. In Lydias Einbildung enthielt ein Aufenthalt in Brighton alle Versprechungen irdischen Glücks. Vor ihrem inneren Auge sah sie die Straßen dieses fröhlichen Badeortes voll von Offizieren. Sie sah sich selbst im Mittelpunkt der Aufmerksamkeit von Dutzenden, von Hunderten, die sie noch nicht kannte. Sie sah das Lager in all seiner Pracht – die Zelte prunkvoll ausgebreitet in geraden Reihen, bevölkert von jungen und fröhlichen Soldaten, schimmernd im Rot der Uniformen, und um das Bild abzurunden, sah sie sich selbst neben einem Zelt sitzen und mit mindestens sechs Offizieren zur gleichen Zeit zärtlich flirten.

Hätte sie gewußt, daß ihre Schwester ihr diese Aussichten und diese Wirklichkeit rauben wollte, was hätte sie wohl gesagt? Nur ihre Mutter konnte sie verstehen, die vielleicht Ähnliches empfunden hatte. Daß wenigstens Lydia nach Brighton ging, war ihr einziger Trost bei der traurigen Überzeugung, daß ihr Mann keineswegs hinzugehen beabsichtigte.

Aber sie wußten ja nicht, was zwischen Elizabeth und ihrem Vater vorgefallen war, und ihr Freudentaumel hielt mit geringen Unterbrechungen bis zu Lydias Abfahrt an.

Elizabeth sollte Mr. Wickham nun zum letztenmal sehen. Sie war seit seiner Rückkehr wiederholt mit ihm zusammengetroffen, so daß ihre Scheu, ihm zu begegnen, so gut wie vorüber war und ihre frühere Schwäche für ihn ein für allemal. Sie war sogar so weit gekommen, gerade in dem Zartgefühl, das sie zu Anfang so entzückt hatte, eine gewisse Maniriertheit und Monotonie zu entdecken, die sie anwiderten und langweilten. Sein gegenwärtiges Verhalten bildete darüber hinaus noch eine Quelle des Mißvergnügens für sie, weil seine allzu spürbare Absicht, die Vertraulichkeit ihrer anfänglichen Bekanntschaft nach allem, was inzwischen vorgefallen war, zu erneuern, sie nur erbosen konnte. Je mehr er sie zum Objekt seiner vergeblichen und frivolen Galanterien machte, um so gleichgültiger wurde er ihr, und während sie ihm die kalte Schulter zeigte, entging ihr nicht, wie beleidigend es war, daß er glaubte, er könne ihr seine Gunst beliebig lange und aus beliebigem Grunde entziehen und jederzeit wieder zuwenden und obendrein auch noch ihrer Eitelkeit schmeicheln und ihrer Zuneigung sicher sein.

Am letzten Tag der Stationierung des Regiments in Meryton dinierte er zusammen mit anderen Offizieren in Longbourn, und Elizabeth war so wenig daran gelegen, sich in gutem Einvernehmen von ihm zu trennen, daß sie auf seine Fragen, was sie in Hunsford gemacht habe, Oberst Fitzwilliams und Mr. Darcys dreiwöchigen Aufenthalt dort erwähnte und ihn fragte, ob er den Oberst kenne.

Er sah sie überrascht, unangenehm berührt und beunruhigt an, erwiderte aber nach kurzer Überlegung und mit wiedergewonnenem Lächeln, er habe ihn früher oft getroffen. Dann bemerkte er, daß Fitzwilliam ein Mann mit ausgezeichneten Umgangsformen sei, und fragte, wie er ihr gefallen habe. Sie sprach in den höchsten Tönen von ihm, und wenig später fügte er mit gespielter Gleichgültigkeit hinzu:

»Wie lange, sagten Sie, hielt er sich auf Rosings auf?«

»Beinahe drei Wochen.«

»Und Sie sind häufig mit ihm zusammengetroffen?«

»Ja, fast jeden Tag.«

»Sein Benehmen unterscheidet sich sehr von dem seines Vetters.«

»Ja, sehr. Aber ich finde, Mr. Darcy gewinnt bei näherem Kennenlernen.«

»Tatsächlich!« rief Mr. Wickham mit einem Blick, der ihr nicht entging. »Und darf ich fragen ...« Aber er besann sich und setzte in unbekümmertem Ton hinzu:

»Gewinnen seine Umgangsformen? Hat er sich dazu herabgelassen, seine übliche Hochmütigkeit mit etwas Höflichkeit zu umkleiden? Denn daß seine Persönlichkeit gewonnen hat«, fuhr er mit leiserer und ernsterer Stimme fort, »ist ja wohl nicht anzunehmen.«

»O nein!« sagte Elizabeth, »seine Persönlichkeit ist, glaube ich, unverändert.«

Während sie sprach, sah Mr. Wickham aus, als wisse er nicht, ob er über ihre Worte frohlocken oder ihrer Bedeutung mißtrauen sollte. Ein gewisser Ausdruck in ihrem Gesicht ließ ihn mit unbehaglicher und angespannter Aufmerksamkeit zuhören, als sie hinzufügte:

»Als ich sagte, er gewinne bei näherem Kennenlernen, meinte ich nicht, daß seine Umgangsformen und seine Persönlichkeit sich zum Guten verändert haben, sondern nur, daß man seine Motive besser versteht, wenn man ihn besser kennt.«

Wickhams Bestürzung zeigte sich nun in seiner tieferen Gesichtsfarbe und seinem unruhigen Blick. Ein paar Minuten schwieg er, dann schüttelte er seine Verlegenheit ab und sagte mit einschmeichelnder Stimme:

»Sie kennen meine Gefühle für Mr. Darcy gut genug, um zu verstehen, welche Genugtuung ich darüber empfinde, daß er jetzt wenigstens den *Anschein* richtigen Verhaltens aufrechterhält. In dieser Beziehung kommt ihm sein Stolz sicher zugute, wenn schon nicht ihm selbst, dann wenigstens vielen anderen, denn er verbietet ihm die üble Behandlung, die ich von ihm erfahren habe. Ich fürchte nur, diese große Vorsicht, auf die Sie, glaube ich, anspielen, ist nur auf seinen Besuch bei seiner Tante zurückzuführen, deren Einfluß und Urteil ihn in Schach hält. Vor ihr hatte er, wie ich weiß, schon immer Angst, wenn sie sich trafen. Ein Gutteil muß man sicher auch seinem Wunsch nach der Verbindung mit Miss de Bourgh zuschreiben, die ihm, wie ich weiß, sehr am Herzen liegt.«

Bei dieser Bemerkung konnte Elizabeth ein Lächeln nicht unterdrücken, aber sie antwortete nur mit einem leichten Neigen des Kopfes. Sie merkte, daß er sie wieder in das alte Thema seiner Leiden verwickeln wollte und hatte keine Lust, ihm den Gefallen zu tun.

Den Rest des Abends gab er sich gutgelaunt wie immer, unternahm aber keinen weiteren Versuch, sich um Elizabeth besonders zu bemühen, und so schieden sie schließlich mit wechselseitiger Höflichkeit und möglicherweise mit dem wechselseitigen Wunsch, sich nie wiederzusehen.
Als man aufbrach, kehrte Lydia mit Mrs. Forster nach Meryton zurück, von wo aus sie am nächsten Morgen abreisen wollten. Der Abschied zwischen ihr und ihrer Familie war eher laut als rührselig. Kitty war die einzige, die Tränen vergoß, aber sie weinte aus Ärger und Neid. Mrs. Bennet strömte über vor guten Wünschen für das Glück ihrer Tochter und ermahnte sie, keine Möglichkeit zu versäumen, sich ausgiebig zu amüsieren, ein Rat, dessen Befolgung so gut wie sicher war, und in Lydias lautstarker Abschiedsfreude gingen die eher zurückhaltenden Adieus ihrer Schwestern unter.

Kapitel 42

Hätte Elizabeth ihre Meinungen nur im Schoß ihrer eigenen Familie gebildet, dann hätten sie kein sehr überzeugendes Bild von ehelichem Glück und häuslicher Behaglichkeit ergeben. Umgarnt von Jugend und Schönheit und dem Anschein von Heiterkeit, den Jugend und Schönheit meist ausstrahlen, hatte ihr Vater eine Frau geheiratet, deren geringe Intelligenz und Engstirnigkeit schon bald in der Ehe jedem tieferen Gefühl für sie ein Ende bereitet hatte. Achtung, Wertschätzung und Vertrauen waren ein für allemal dahin, und alle seine Vorstellungen von häuslichem Glück waren über den Haufen geworfen. Aber Mr. Bennet neigte nicht dazu, sich für die selbstverschuldete Enttäuschung an *den* Vergnügungen schadlos zu halten, mit denen die Unglücklichen sich so häufig über ihre Dummheit oder ihre Laster hinwegtrösten. Er liebte das Landleben und seine Bücher, und ihnen hatte er seine größten Freuden zu verdanken. Seiner Frau verdankte er wenig mehr als das Amüsement, das ihm ihre Dummheit und Naivität bereiteten. Zwar handelte es sich dabei nicht um das Glück, das ein Ehemann seiner Frau normalerweise verdanken möchte, aber wo jede Gabe zu unterhalten fehlt, nimmt der wahre Philosoph mit den Gegebenheiten vorlieb.

Elizabeth war allerdings nie blind gegenüber dem ungehörigen Verhalten ihres Vaters als Ehemann gewesen. Es hatte ihr immer wehgetan, aber weil sie seine Intelligenz schätzte und dankbar für sein herzliches Verhältnis zu ihr war, versuchte sie zu vergessen, was sie nicht übersehen konnte, und aus ihren Gedanken den ständigen Bruch ehelicher Schuldigkeit und ehelichen Anstandes zu verbannen, dessen er sich dadurch schuldig machte, daß er seine Frau der Verachtung ihrer eigenen Kinder aussetzte. Aber noch nie hatte sie die Nachteile so stark empfunden, die den Kindern aus einer so ungleichen Ehe erwuchsen, und noch nie waren ihr die Übel so bewußt, die daraus entstanden, daß ihr Vater seine Talente verschleuderte, Talente, die richtig angewandt wenigstens den guten Ruf seiner Töchter hätten erhalten können, wenn sie schon nicht die Einsicht seiner Frau förderten.

Wenn auch Mr. Wickhams Abreise in Elizabeth ein Gefühl der Erlösung hervorgerufen hatte, so hatte sie sonst wenig Grund, sich über den Verlust des Regiments zu freuen. Den Gesellschaften fehlte es an Abwechslung, und zu Hause saßen ihre Mutter und ihre Schwester, deren ständige Klagen über die Langeweile ihrer Umgebung regelrechten Trübsinn im häuslichen Kreis verbreiteten, und obwohl Kittys gesunder Menschenverstand sich mit der Zeit wieder einstellen würde, weil die Ursache seiner Verwirrung beseitigt war, bestand doch die Gefahr, daß sich die Dummheit und Überheblichkeit ihrer jüngsten Schwester durch die unsinnige Verbindung eines Modebades mit einem militärischen Lager sicher eher verschlimmern würden. Im großen und ganzen fand sie deshalb eine bekannte Erfahrung bestätigt: Wenn ein Ereignis, das man so ungeduldig ersehnt hatte, endlich eintraf, hielt es bei weitem nicht, was es versprochen hatte. Sie mußte daher den Beginn der wahren Freude wieder in die weitere Zukunft verlegen und brauchte ein neues Ereignis, auf das sich ihre Wünsche und Hoffnungen richten konnten, mußte sich für den Augenblick mit neuer Vorfreude trösten und sich auf die nächste Enttäuschung vorbereiten. Der Gedanke an ihre Reise zu den Seen bereitete ihr jetzt die meiste Freude; *sie* war der schönste Trost für die unerfreulichen Stunden, die die Unzufriedenheit Kittys und ihrer Mutter unvermeidlich machte, und hätte sie Jane in das Unternehmen einbeziehen können, wäre sie vollkommen glücklich gewesen.

»Aber es ist ein Glück«, dachte sie, »daß mir noch etwas zu wünschen übrig bleibt. Wäre der Plan vollkommen, dann wäre die Enttäuschung unausbleiblich. Solange ich durch die Abwesenheit meiner Schwester eine ständige Quelle des Bedauerns habe, kann ich hoffen, daß sich meine übrigen Erwartungen erfüllen. Ein Plan, der in jeder Hinsicht Entzücken verspricht, kann nicht klappen, und vielleicht verhindert eine kleine Teilenttäuschung ja die große Enttäuschung.«

Als Lydia abfuhr, versprach sie, sehr oft und sehr ausführlich an ihre Mutter und an Kitty zu schreiben, aber ihre Briefe waren immer lange überfällig und immer sehr kurz. Diejenigen an ihre Mutter enthielten kaum etwas anderes, als daß sie gerade von der Bibliothek zurückgekommen waren, wohin die und die Offiziere sie begleitet hatten und wo sie in einer Modenzeitschrift so wunderschöne Bordüren gesehen hatte, daß sie ganz verrückt nach ihnen war; daß sie ein neues Kleid oder einen neuen Sonnenschirm hatte, den sie genauer beschreiben würde, wenn sie nicht in aller Eile aufbrechen müßte, weil Mrs. Forster sie gerufen hatte und sie zum Lager wollten. Aus ihrer Korrespondenz mit ihrer Schwester war noch weniger zu entnehmen, denn ihre Briefe an Kitty waren zwar länger, enthielten aber so viel zwischen den Zeilen, daß sie nicht vorgelesen werden konnten.

Nach den ersten zwei oder drei Wochen ihrer Abwesenheit kehrten Gesundheit, gute Laune und Heiterkeit in Longbourn langsam wieder ein. Alles zeigte seine schöneren Seiten. Die Familien, die den Winter in London verbracht hatten, kamen wieder, und der Sommer brachte neue Kleider und Geselligkeiten mit sich. Mrs. Bennet fand ihre alte nörgelnde Aufgeräumtheit wieder, und Mitte Juni war Kitty so weit wiederhergestellt, daß sie Meryton ohne Tränen betreten konnte, ein so vielversprechendes Ereignis, daß Elizabeth zu hoffen begann, bis Weihnachten werde sie so weit wieder zu Verstand gekommen sein, daß sie nicht öfter als einmal täglich einen Offizier erwähnte, es sei denn, durch irgendeine grausame und bösartige Verfügung des Kriegsministeriums würde ein anderes Regiment in Meryton einquartiert.

Die für die Reise in den Norden vorgesehene Zeit stand nun vor der Tür, und es fehlten nur noch vierzehn Tage, als ein Brief von Mrs. Gardiner ankam, der den Aufbruch hinausschob und auch die Reise selbst verkürzte. Mr. Gardiner war geschäftlich erst vierzehn Tage später im Juli abkömmlich und mußte innerhalb eines Monats wieder in London sein, und da das ein zu kurzer Zeitraum war, um so weit vorzustoßen und so viel zu sehen, wie ursprünglich beabsichtigt, oder jedenfalls mit der erhofften Ruhe und Bequemlichkeit zu sehen, mußten sie die Seen aufgeben und planten vorläufig nicht weiter nördlich als Derbyshire zu fahren. In der Gegend gab es genug zu besichtigen, um den größten Teil der drei Wochen dort zuzubringen, und besonders Mrs. Gardiner fühlte sich dort hingezogen. Die Stadt, wo sie früher einige Jahre gelebt hatte und wo sie nun einige Tage verbringen wollten, weckte ihre Neugier mindestens ebenso wie die gepriesenen Schönheiten von Matlock, Chatsworth, Dovedale oder dem ›Peak‹. Elizabeth war grenzenlos enttäuscht; sie hatte sich so darauf gefreut, gerade die Seen kennenzulernen und hielt die Zeit noch immer für ausreichend. Aber sie war daran gewöhnt, sich zufriedenzugeben, es lag in ihrer Natur, glücklich zu sein, und bald war alles wieder gut.

Die Erwähnung von Derbyshire weckte viele Gedanken in ihr. Sie konnte das Wort unmöglich lesen, ohne an Pemberley und seinen Besitzer zu denken. »Sicher«, sagte sie sich, »kann ich die Gegend ungestraft betreten und ein paar Versteinerungen sammeln, ohne daß er mich zu Gesicht bekommt.«

Die Zeit der Vorfreude war nun doppelt so lang. Vier Wochen mußten bis zur Ankunft ihres Onkels und ihrer Tante vergehen. Aber sie vergingen schließlich doch, und Mr. und Mrs. Gardiner trafen zu guter Letzt mit ihren vier Kindern in Longbourn ein. Die Kinder, zwei Mädchen von sechs und acht und zwei kleinere Jungen, sollten unter der bewährten Obhut ihrer Cousine Jane zurückbleiben, die sie am liebsten mochten und deren Stetigkeit und ausgeglichene Freundlichkeit sie für die Aufsicht in jeder Hinsicht geeignet machte: mit ihnen zu lernen, mit ihnen zu spielen und sie zu verwöhnen.

Die Gardiners verbrachten nur eine Nacht in Longbourn und brachen am nächsten Morgen mit Elizabeth zu Neuigkeiten und Vergnügungen auf. *Ein* Vergnügen war ihnen gewiß: Sie paßten als Reisegefährten ausgezeichnet zueinander, so daß ihre Gesundheit und gute Laune auch Unbequemlichkeiten erträglich machen würde; ihre Aufgeschlossenheit vergrößerte jedes Vergnügen, und sie waren umgänglich und intelligent genug, Unterhaltung in der eigenen Gesellschaft zu finden, wenn die Fremde sie enttäuschen sollte.

Es gehört nicht zu den Absichten dieses Werks, eine Beschreibung Derbyshires oder der bemerkenswerten Orte zu geben, durch die sie kamen; Oxford, Blenheim, Warwick, Kenilworth, Birmingham usw. sind hinreichend bekannt. Uns soll nur eine kleine Ecke von Derbyshire beschäftigen. Als sie die Hauptsehenswürdigkeiten des Landes betrachtet hatten, wandten sie ihre Schritte nach Lambton, dem Schauplatz von Mrs. Gardiners früherem Leben, wo einige Bekannte, wie sie kürzlich erfahren hatte, noch wohnten, und fünf Meilen von Lambton entfernt, so erfuhr Elizabeth von ihrer Tante, lag Pemberley.

Es lag zwar nicht direkt auf ihrem Wege, aber auch nicht mehr als ein oder zwei Meilen von der Straße entfernt. Als sie abends die Reiseroute für den nächsten Tag besprachen, drückte Mrs. Gardiner ihren Wunsch aus, den Besitz wiederzusehen. Mr.Gardiner war einverstanden, und Elizabeth wurde um ihre Zustimmung gebeten.

»Lizzy, möchtest du nicht den Besitz, von dem du soviel gehört hast, sehen?« fragte ihre Tante. »Noch dazu ein Besitz, mit dem so viele deiner Bekannten in Beziehung stehen. Du weißt, Wickham hat seine ganze Jugend dort verbracht.«

Elizabeth war in Bedrängnis. Sie fand, sie habe in Pemberley nichts zu suchen, und fühlte sich verpflichtet, Desinteresse zu zeigen. Sie müsse gestehen, sie habe genug von Herrensitzen; nach so vielen habe sie keinen Spaß mehr an schönen Teppichen und seidenen Vorhängen.

Mrs. Gardiner schimpfte sie wegen ihrer Dummheit aus. »Wenn es nur ein schönes Gebäude mit üppigem Mobiliar wäre«, sagte sie, »würde es mich auch nicht interessieren, aber der Park ist hinreißend, und einige der schönsten Wälder der Gegend gehören dazu.«

Elizabeth sagte nichts mehr, aber ihr Inneres war in Aufruhr. Sie dachte sofort an die Möglichkeit, bei der Besichtigung des Besitzes auf Mr. Darcy zu stoßen. Es wäre entsetzlich. Schon die Vorstellung ließ sie erröten, und sie spielte mit dem Gedanken, lieber offen mit ihrer Tante zu reden als dieses Risiko einzugehen. Aber dagegen gab es gute Gründe, und schließlich entschied sie sich, diese Möglichkeit als letzten Ausweg aufzusparen, wenn ihre heimlichen Erkundigungen ergeben sollten, daß die Familie anwesend war.

Deshalb fragte sie das Zimmermädchen, als sie sich zur Ruhe begab, was für ein Besitz Pemberley sei, wie der Besitzer heiße, und – nicht ohne Nervosität – ob die Familie den Sommer hier verbringe. Eine höchst willkommene negative Antwort folgte auf die letzte Frage, und da ihre Sorgen nun beseitigt waren, konnte sie ihrer Neugier, selbst das Haus zu sehen, freien Lauf lassen, und als ihre

Tante am nächsten Morgen auf das Thema zurückkam und sie noch einmal gefragt wurde, konnte sie bereitwillig und mit angemessener Gleichgültigkeit antworten, sie habe nichts dagegen, hinzufahren. Pemberley also war ihr Ziel.

Kapitel 43

Auf dem Weg dorthin hielt Elizabeth aufgeregt nach den Wäldern von Pemberley Ausschau, und als sie schließlich in den Park einbogen, vibrierte sie vor Erregung.
Der Park war riesig und bot viel Abwechslung. Sie begannen ihre Fahrt an einem der tiefsten Punkte und fuhren eine ganze Zeit lang durch einen schönen Wald, der sich weithin vor ihnen erstreckte.
Elizabeth war zu beschäftigt, um sich zu unterhalten, aber sie sah und bewunderte jedes bemerkenswerte Fleckchen und jeden schönen Durchblick. Eine halbe Meile ging es langsam bergauf, dann befanden sie sich unvermutet auf dem Gipfel einer beträchtlichen Anhöhe, wo der Wald aufhörte und unmittelbar den Blick auf Pemberley freigab, das an der anderen Seite des Tals lag, wohin die Straße steil und gewunden hinunterführte. Es war ein großes, prächtiges Steingebäude, das sich an den Abhang lehnte und von einer Reihe bewaldeter Hügel eingerahmt wurde; davor war der ohnehin breite Fluß so kunstvoll zu einem kleinen See erweitert worden, daß die Anlage einen völlig natürlichen Eindruck machte. Seine Ufer waren weder begradigt noch überladen; Elizabeth war begeistert. Sie hatte noch nie ein Fleckchen Erde gesehen, das die Natur mehr verwöhnt und dessen natürliche Schönheit so wenig durch schlechten Geschmack verschandelt worden war. Sie bewunderte alles aus vollem Herzen, und in diesem Augenblick wurde ihr klar, was es bedeuten mußte, Herrin von Pemberley zu sein.

Sie fuhren den Abhang hinunter, überquerten die Brücke und schwenkten in die Auffahrt ein, und während sie das Haus von nahem betrachteten, kehrte all ihre Angst, dem Hausherrn zu begegnen, wieder. Sie fürchtete, daß das Zimmermädchen sich geirrt hatte. Als sie darum baten, das Gebäude besichtigen zu dürfen, wurden sie in die Halle geführt, und während sie auf die Haushälterin warteten, hatte Elizabeth Zeit, verwundert darüber nachzudenken, wo sie sich befand.

Die Haushälterin kam, eine respekterheischende ältere Dame, viel weniger vornehm, aber viel höflicher, als Elizabeth sie sich vorgestellt hatte. Sie folgten ihr in das Speisezimmer, einen geräumigen, gut proportionierten und geschmackvoll eingerichteten Raum. Nach einem kurzen Rundblick begab sich Elizabeth ans Fenster, um den Ausblick zu genießen. Der Hügel, bekränzt mit Wald, aus dem sie herabgekommen waren und der aus der Entfernung noch steiler anstieg, machte großen Eindruck auf sie. Die gesamte Anlage des Talgrunds war gelungen, und sie betrachtete das Panorama, den Fluß, die am Ufer verstreuten Bäume und die Windungen des Tals, soweit sie sie verfolgen konnte, mit Vergnügen. Als sie die anderen Räume durchquerten, bot sich ihr das Bild aus anderen Perspektiven dar, und von jedem Fenster gab es neue Schönheiten zu entdecken. Die Zimmer waren hoch und stattlich und das Mobiliar dem Reichtum des Besitzers angemessen, aber Elizabeth bewunderte seinen Geschmack darin, daß es weder pompös noch unnütz kostbar war, weniger prächtig, aber eleganter als das Mobiliar auf Rosings.

»Und von all dem«, dachte sie, »hätte ich die Herrin sein können. In diesen Räumen könnte ich schon jetzt zu Hause sein. Statt sie als Fremde zu besichtigen, könnte ich sie mit Freude als mein Eigentum betrachten und meine Tante und meinen Onkel in ihnen als Besucher willkommen heißen. Aber nein«, brachte sie sich zur Vernunft, »unmöglich! Mein Verkehr mit meinem Onkel und meiner Tante wäre abgerissen. Ich hätte sie gar nicht einladen dürfen.«

Es war ein glücklicher Einfall, denn er bewahrte sie vor einem Gefühl des Bedauerns.
Sie hätte liebend gern die Haushälterin gefragt, ob ihr Herr wirklich abwesend war, aber ihr fehlte der Mut. Schließlich aber wurde die Frage von ihrem Onkel gestellt, und sie wandte sich beunruhigt ab, als Mrs. Reynolds zustimmte, aber ergänzte: »Wir erwarten ihn allerdings morgen mit einer ziemlich großen Gruppe von Freunden.« Wie froh war Elizabeth, daß sich ihre Reise nicht durch irgendwelche Umstände um einen Tag verschoben hatte!
Ihre Tante wies sie nun auf ein Bild hin. Sie trat näher und sah Mr. Wickhams Ebenbild inmitten anderer Miniaturen über dem Kaminsims hängen. Mit einem Lächeln fragte ihre Tante sie, wie es ihr gefalle. Die Haushälterin trat hinzu und sagte, es handle sich um das Bild eines jungen Mannes, den Sohn des Verwalters ihres verstorbenen Herrn, den er auf seine Kosten erzogen habe. »Er ist jetzt beim Militär«, setzte sie hinzu, »aber ich fürchte, er ist auf die schiefe Bahn geraten.«
Mrs. Gardiner sah ihre Nichte mit einem Lächeln an, aber Elizabeth fühlte sich nicht imstande, es zu erwidern.
»Und das«, sagte Mrs. Reynolds und deutete auf eine andere Miniatur, »ist mein Herr – sehr gut getroffen übrigens. Es ist zur gleichen Zeit wie das andere gemalt worden – vor ungefähr acht Jahren.«
»Ich habe schon viel davon gehört, wie gut Ihr Herr aussieht. Er hat ein gut geschnittenes Gesicht, aber, Lizzy, du kannst uns sagen, ob es ihm ähnlich sieht oder nicht.«
Mrs. Reynolds Achtung vor Elizabeth schien bei diesem Hinweis auf ihre Bekanntschaft mit ihm zuzunehmen.
»Kennt die junge Dame Mr. Darcy?«
Elizabeth errötete und sagte: »Ein wenig.«
»Und finden Sie nicht, daß er ein sehr gutaussehender junger Herr ist?«
»Ja, sehr gutaussehend.«
»Ich jedenfalls kenne keinen, der besser aussieht, aber in der oberen Galerie können Sie ein besseres, größeres Bild

von ihm sehen. Dies Zimmer war der Lieblingsraum meines verstorbenen Herrn, und die Miniaturen hängen noch genau wie zu seinen Lebzeiten. Er hat sie sehr geliebt.«
Das erklärte Elizabeth, warum sich Mr. Wickham unter ihnen befand.
Mrs. Reynolds lenkte ihre Aufmerksamkeit dann auf ein Bild von Miss Darcy, gemalt als sie erst acht Jahre alt war.
»Und ist Miss Darcy ebenso hübsch wie ihr Bruder?« fragte Mrs. Gardiner.
»O ja, die hübscheste junge Dame, die man sich vorstellen kann, und so gebildet. Sie spielt und singt den ganzen Tag. Im Zimmer nebenan steht ein neues Klavier, das gerade für sie angekommen ist – ein Geschenk meines Herrn. Er bringt sie morgen mit hierher.«
Auch Mr. Gardiner, der angenehm und zwanglos im Umgang war, brachte sie durch seine Fragen und Bemerkungen zum Sprechen. Ob aus Stolz oder Treue – Mrs. Reynolds erzählte offen und sichtlich mit dem größten Vergnügen von ihrem Herrn und seiner Schwester.
»Hält Ihr Herr sich im Laufe des Jahres viel in Pemberley auf?«
»Weniger oft, als mir lieb ist, aber ungefähr die halbe Zeit ist er wohl hier, und Miss Darcy verbringt die Sommermonate immer hier.«
»Außer«, dachte Elizabeth, »wenn sie nach Ramsgate fährt.«
»Wenn Ihr Herr sich verheiratete, würden Sie mehr von ihm sehen.«
»Ja, Sir, aber das dauert sicher noch eine Weile. Ich kenne keine, die gut genug für ihn ist.«
Mr. und Mrs. Gardiner lächelten. Elizabeth konnte nicht umhin zu bemerken: »Es spricht für Ihren Herrn, daß Sie das finden.«
»Ich sage nur die Wahrheit und das, was alle sagen, die ihn kennen«, erwiderte Mrs. Reynolds. Elizabeth fand, das gehe ziemlich weit, und hörte mit zunehmendem Erstaunen, wie die Haushälterin hinzufügte: »In meinem ganzen Leben habe ich noch nie ein böses Wort von ihm

gehört, und ich kenne ihn immerhin seit seinem vierten Lebensjahr.«
Kein Lob erschien Elizabeth so unerwartet und unberechtigt. Wenn eins bisher für sie festgestanden hatte, dann, daß er kein sehr verträglicher Mensch war. Sie hörte deshalb mit gespannter Aufmerksamkeit zu, wollte gern mehr hören und war ihrem Onkel dankbar, daß er sagte:
»Nur von wenigen Menschen kann man das sagen. Sie haben Glück gehabt mit Ihrem Herrn.«
»Ja, Sir, ich weiß. Wenn ich einmal um die Erde reisen würde, könnte ich keinen besseren finden. Aber ich habe immer beobachtet, daß verträgliche Kinder auch verträgliche Erwachsene werden, und er war immer der liebste und großherzigste Junge der Welt.«
Elizabeth starrte sie beinahe an. »Kann das Mr. Darcy sein?« fragte sie sich.
»Sein Vater war ein großartiger Mann«, sagte Mrs. Gardiner.
»Ja, Madam, das stimmt, und sein Sohn wird genau wie er, genauso wohltätig zu den Armen.«
Elizabeth hörte, staunte, zweifelte und wartete auf mehr. Mrs. Reynolds konnte sie mit nichts anderem fesseln. Sie sprach von den Gestalten auf den Bildern, von der Größe der Räume und vom Preis des Mobiliars – umsonst. Mr. Gardiner führte ihre übermäßige Anhänglichkeit an ihren Herrn auf eine Art Familienvorurteil zurück und amüsierte sich köstlich darüber. Er brachte sie deshalb wieder auf das Thema, und sie breitete Darcys viele Verdienste vor ihnen aus, während sie gemeinsam die große Freitreppe hinaufgingen.
»Er ist im Dorf und im Haus der beste junge Herr«, sagte sie, »der jemals gelebt hat. Nicht so zügellos wie die jungen Leute heutzutage, die immer nur an sich denken. Unter seinen Pächtern oder Dienern gibt es keinen, der nicht gut von ihm spricht. Manche Leute nennen ihn stolz, aber ich habe ihn nie so erlebt. Ich habe den Eindruck, sie sagen das nur, weil er nicht wie andere junge Leute pausenlos Unsinn schwätzt.«

»In welch liebenswertem Licht läßt ihn all dies erscheinen!« dachte Elizabeth.
»Diese günstige Darstellung von ihm«, flüsterte ihre Tante im Gehen, »paßt nicht so ganz zu seinem Benehmen unserem armen Freund gegenüber.«
»Vielleicht haben wir uns geirrt.«
»Das ist nicht sehr wahrscheinlich, unsere Quelle ist zu zuverlässig.«
Als sie die geräumige Halle im oberen Stockwerk erreicht hatten, wurden sie in einen sehr hübschen Salon gebeten, der erst vor kurzem mit größerer Eleganz und helleren Farben als die unteren Räume ausgestattet worden war, und sie erfuhren, es sei nur Miss Darcy zuliebe geschehen, die bei ihrem letzten Aufenthalt auf Pemberley das Zimmer besonders liebgewonnen hatte.
»Er ist gewiß ein guter Bruder«, sagte Elizabeth, als sie auf eines der Fenster zugingen.
Mrs. Reynolds stellte sich Miss Darcys freudige Überraschung vor, wenn sie den Raum zum erstenmal betreten würde. »Und das ist typisch für ihn«, setzte sie hinzu, »was immer seiner Schwester Freude macht, wird bestimmt getan. Es gibt nichts, was er nicht für sie täte.«
Nun waren nur noch die Gemäldegalerie und zwei oder drei der größeren Schlafzimmer zu besichtigen. Die Zahl der guten Bilder war groß, aber Elizabeth verstand nichts von Malerei, und schon bei denen im unteren Stockwerk hatte sie sich einigen Zeichnungen von Miss Darcy zugewandt, deren Themen im allgemeinen interessanter und auch verständlicher waren.
In der Galerie hingen viele Familienporträts, aber ein Fremder konnte ihnen nur wenig abgewinnen. Elizabeth suchte nach dem einzigen Gesicht, dessen Züge sie kannte. Schließlich fand sie es, und die auffällige Ähnlichkeit mit Mr. Darcy nahm sie gefangen. Sie erinnerte sich, daß er manchmal genauso gelächelt hatte, wenn er sie ansah. Einige Minuten stand sie in ernster Betrachtung vor dem Bild und wandte sich noch einmal nach ihm um, als sie die Galerie verließen. Mrs. Reynolds er-

zählte ihnen, daß es noch zu Lebzeiten seines Vaters gemalt worden war.
In diesem Augenblick waren Elizabeths Empfindungen zweifellos freundlicher gegenüber dem Original des Bildes gestimmt als je auf der Höhe ihrer Bekanntschaft. Die Aufwertung, die er aus Mrs. Reynolds Mund erfuhr, war nicht leicht abzutun. Welches Lob ist schmeichelhafter als das eines klugen Dieners? Als Bruder, als Pachtherr, als Herr des Hauses – sie überlegte, das Glück wie vieler Menschen von ihm abhing! – Wieviel Freude oder Schmerz zu bereiten in seiner Macht stand! – Wieviel Gutes oder Böses er tun konnte! Alles, was die Haushälterin gesagt hatte, sprach für ihn, und während sie vor dem Bild stand, auf dem er dargestellt war und die Augen auf sie richtete, dachte sie an seine Liebe zu ihr mit einem Gefühl tieferer Dankbarkeit als je zuvor. Sie erinnerte sich an seine Aufrichtigkeit und dachte milder über seine unangemessene Sprache.
Als sie den der Besichtigung zugänglichen Teil des Hauses hinter sich hatten, kehrten sie ins Erdgeschoß zurück, verabschiedeten sich von der Haushälterin und wurden dem Gärtner übergeben, der sie am Eingang der Halle erwartete.
Während sie quer über den Rasen auf den Fluß zuschritten, wandte sich Elizabeth noch einmal um. Ihr Onkel und ihre Tante schauten auch zurück, und während Mr. Gardiner Vermutungen über das Alter des Gebäudes anstellte, erschien sein Besitzer plötzlich von der Straße her, die hinter dem Haus zu den Ställen führte.
Sie waren kaum zwanzig Schritte voneinander entfernt, und sein Erscheinen war so überraschend, daß es unmöglich war, seinem Blick zu entgehen. Ihre Augen trafen sich unwillkürlich, und beider Wangen überzogen sich mit tiefem Rot. Er war wie vom Donner gerührt und stand einen Moment vor Staunen wie angewurzelt, aber dann erholte er sich schnell, trat auf die Gruppe zu und wandte sich, wenn auch nicht mit vollendeter Fassung, so doch mit vollendeter Höflichkeit an Elizabeth.

Sie hatte sich instinktiv abgewandt, aber bei seinem Nähertreten hielt sie an und nahm seine Begrüßung mit einer Verlegenheit entgegen, die sie unmöglich verbergen konnte. Hätte sein unvermutetes Auftreten, seine Ähnlichkeit mit dem gerade besichtigten Bild nicht ausgereicht, um den anderen klarzumachen, daß sie Mr. Darcy gegenüberstanden, die Überraschung des Gärtners beim Anblick seines Herrn war beredt genug. Sie standen etwas abseits, während Darcy mit ihrer Nichte sprach, die in ihrer Überraschung und Verwirrung kaum die Augen zu ihm zu erheben wagte und gar nicht wußte, was sie auf seine höflichen Fragen nach dem Befinden ihrer Familie antwortete. Sie war so verblüfft über sein verändertes Benehmen seit ihrem letzten Zusammentreffen, daß jeder Satz, den er sagte, ihre Verlegenheit noch steigerte, und da ihr zugleich der Gedanke durch den Kopf ging, wie unangebracht es war, hier ertappt zu werden, gehörten die wenigen Minuten, die sie sich gegenüberstanden, zu den peinlichsten ihres Lebens. Auch er schien sich nicht viel wohler in seiner Haut zu fühlen. Wenn er sprach, hatten seine Worte nichts von der ihm eigenen Überlegenheit; er wiederholte seine Fragen, wann sie von Longbourn abgefahren und wie lange sie schon in Derbyshire seien, so oft und so überstürzt, daß seine Verwirrung dadurch deutlich zum Ausdruck kam.

Schließlich verließ ihn seine Geistesgegenwart ganz. Er stand eine Weile schweigend vor ihr, faßte sich dann und verabschiedete sich.

Ihre Tante und ihr Onkel gesellten sich wieder zu ihr und gaben ihrer Bewunderung für seine stattliche Figur Ausdruck, aber Elizabeth hörte kein Wort und folgte ihnen schweigend und völlig in Gedanken versunken. Sie war von Scham und Ärger überwältigt. Hierherzukommen war der unglückseligste und unangebrachteste Gedanke der Welt gewesen! Was mußte er bloß davon halten! In welch unvorteilhaftem Licht mußte es nicht einem so stolzen Mann erscheinen! Es sah fast aus, als wolle sie ihm absichtlich über den Weg laufen! Oh, warum war sie nur gekommen? Oder warum mußte er ausgerechnet einen Tag früher kommen als erwartet? Wären sie auch nur zehn Minuten früher eingetroffen, dann wären sie jetzt außer Reichweite gewesen, denn es war völlig klar, daß er diesen Moment angekommen, diesen Moment vom Pferd oder aus dem Wagen gestiegen war. Immer von neuem errötete sie über den unglückseligen Zufall ihrer Begegnung. Und sein Benehmen, so auffällig verändert, was hatte es zu bedeuten? Es war schon erstaunlich, daß er überhaupt mit ihr sprach – aber daß er so höflich mit ihr sprach, sich nach ihrer Familie erkundigte! Nie in ihrem Leben war er weniger reserviert erschienen, hatte er freundlicher mit ihr gesprochen als bei dieser unerwarteten Begegnung. Was für ein Gegensatz zu ihrem letzten Treffen auf Rosings, als er ihr den Brief übergeben hatte! Sie wußte nicht, was sie denken, was sie davon halten sollte.

Sie gingen nun einen schönen Weg am Flußufer entlang, und mit jedem Schritt fiel das Gelände eindrucksvoller ab oder gab einen prachtvolleren Blick auf den Wald frei, dem sie sich näherten; aber es dauerte eine Weile, bis Elizabeth etwas davon wahrnahm, und obgleich sie mechanisch auf die wiederholten Bemerkungen ihres Onkels und ihrer Tante antwortete und ihre Augen auf die von ihnen bezeichneten Stellen richtete, prägte sich ihr nichts ein. Ihre Gedanken waren vollständig mit *dem* Teil von Pemberley beschäftigt, wo Mr. Darcy sich jetzt aufhielt – wo mochte er sein? Sie hätte zu gern gewußt, was ihm jetzt durch den Kopf ging – was er von ihr hielt, und ob er sie trotz allem immer noch liebte. Vielleicht war er nur deshalb höflich gewesen, weil sie ihm gleichgültig war, und doch war etwas in seiner Stimme, was nicht nach Gleichgültigkeit klang. Ob die Begegnung ihm mehr Freude oder Unbehagen bereitet hatte, konnte sie nicht beurteilen, aber jedenfalls war er ihr nicht mit der Gelassenheit des Unbeteiligten gegenübergetreten.

Schließlich aber riefen sie die Bemerkungen ihrer Gefährten über ihre Geistesabwesenheit zur Besinnung,

und sie zwang sich, etwas mehr wie sie selbst zu erscheinen.
Sie traten in den Wald und stiegen, dem Fluß für ein Weilchen Lebewohl sagend, eine Anhöhe hinauf. Von dort gab es an den Stellen, wo Lichtungen den Blick in die Ferne gestatteten, viele anmutige Aussichten auf das Tal, die gegenüberliegenden Hügel, die zum größten Teil mit Bäumen bestanden waren, und gelegentlich auf ein Stück Fluß. Mr. Gardiner äußerte den Wunsch, einmal um den ganzen Park zu gehen, aber er befürchtete, das sei für einen Spaziergang zu weit. Mit einem Lächeln voll Stolz wurde ihnen bedeutet, die Entfernung betrage zehn Meilen. Damit erledigte sich sein Wunsch von selbst, und sie folgten dem üblichen Rundgang, der sie nach einiger Zeit einen baumbestandenen Abhang hinunter und an eine der engsten Stellen des Flusses führte. Sie überquerten ihn auf einer schlichten, dem Charakter der Landschaft angepaßten Brücke. Mehr noch als an allen bisher gesehenen Stellen hatte man hier die Landschaft sich selbst überlassen, und das zur Schlucht verengte Tal ließ nur dem Fluß selbst und einem unmittelbar daneben durch dichtes Unterholz führenden Weg Platz. Elizabeth wäre gern seinen Windungen gefolgt, aber als sie die Brücke hinter sich hatten und bemerkten, wie weit sie vom Haus entfernt waren, fühlte Mrs. Gardiner, die keine große Spaziergängerin war, sich außerstande, weiterzugehen, und hatte nur den Wunsch, so schnell wie möglich zum Wagen zurückzukehren. Ihre Nichte mußte deshalb den Gedanken aufgeben, und sie nahmen am anderen Ufer den nächsten Weg zum Haus zurück. Aber sie kamen nur langsam voran, denn Mr. Gardiner angelte gern, obwohl er selten dazu Gelegenheit hatte, und war so damit beschäftigt, ab und zu im Wasser auftauchende Forellen zu beobachten und mit dem Gärtner darüber zu sprechen, daß sie sehr aufgehalten wurden. Während sie sich auf diese Weise langsam fortbewegten, wurden sie wieder – und Elizabeths Verwunderung war nicht kleiner als beim erstenmal – von Mr. Darcys Anblick überrascht,

der sich ihnen in geringer Entfernung näherte. Da der Weg hier weniger geschützt war als am anderen Ufer, konnten sie ihn sehen, bevor er sie erreicht hatte. So war Elizabeth trotz ihrer Überraschung besser auf eine Begegnung vorbereitet als vorher und entschlossen, gefaßt zu erscheinen und zu antworten, falls er sie wirklich ansprechen sollte.

Einen Augenblick hatte sie tatsächlich den Eindruck, als wolle er einen anderen Weg einschlagen. Solange eine Biegung des Pfades ihn verdeckte, blieb sie bei diesem Eindruck, aber am Ende der Biegung stand er plötzlich unmittelbar vor ihnen. Sie sah mit *einem* Blick, daß er seine Höflichkeit nicht abgelegt hatte, und um ihrerseits nicht unhöflich zu erscheinen, begann sie gleich die Schönheit des Parks zu bewundern, aber sie war nur bis zu den Worten »entzückend« und »reizend« gekommen, als ihr zu ihrem Unglück einfiel, daß ein Lob Pemberleys aus ihrem Munde falsch ausgelegt werden könnte. Sie wechselte die Farbe und schwieg.

Mrs. Gardiner stand ein wenig hinter ihnen, und als Elizabeth verstummte, bat er sie um die Ehre, ihren Freunden vorgestellt zu werden. Dieses Maß an Höflichkeit traf sie völlig unvorbereitet, und sie konnte kaum ein Lächeln unterdrücken, daß er nun gerade *die* Leute kennenlernen wollte, gegen die sich sein Stolz bei seinem Heiratsantrag aufgelehnt hatte. »Er wird sich wundern«, dachte sie, »wenn er erfährt, wer sie sind. Er hält sie für Leute seines Standes.«

Aber sie stellte ihn sogleich vor und riskierte, als sie ihre Verwandtschaft mit den Gardiners erwähnte, einen verstohlenen Blick auf ihn, um zu sehen, wie er es aufnahm, und hatte eigentlich erwartet, daß er sich so schnell wie möglich von einer so entehrenden Bekanntschaft absetzen würde. Er konnte seine Überraschung nicht verbergen, trug sie aber mit Fassung und verließ sie nicht etwa, sondern ging mit ihnen zurück und begann sich mit Mr. Gardiner zu unterhalten. Elizabeth konnte nicht umhin, sich zu freuen, zu triumphieren. Es war tröstlich, daß sie ihm auch Verwandte vorstellen konnte, für die sie nicht zu erröten brauchte. Sie lauschte dem Gespräch zwischen den beiden Herren gespannt und frohlockte innerlich über jeden Ausdruck, jeden Satz ihres Onkels, der seine Intelligenz, seinen Geschmack und seine guten gesellschaftlichen Umgangsformen bezeugte.

Die Unterhaltung wandte sich bald dem Angeln zu, und sie hörte, wie Mr. Darcy ihren Onkel mit der denkbar größten Zuvorkommenheit einlud, so oft er wolle, während seines Aufenthalts in der Gegend zu angeln; er bot ihm sogar Angelgerät an und zeigte ihm die Stellen im Fluß, wo die besten Fangplätze waren. Mrs. Gardiner, die Elizabeth untergehakt hatte, sah sie mit einem Blick voller Verwunderung an. Elizabeth sagte nichts, aber es tat ihr wohl: Sie konnte das Kompliment ganz auf sich beziehen. Aber auch ihr Erstaunen war grenzenlos, und ständig wiederholte sie sich: »Warum ist er so verändert? Woher kommt das? An *mir* kann es nicht liegen. Nicht um meinetwillen kann er so einfühlsam sein. Meine Vorwürfe in Hunsford können das Wunder nicht bewirkt haben. Es ist unmöglich, daß er mich noch immer liebt.«

Nachdem sie so eine Zeitlang gegangen waren – die Damen vorweg, die Herren hinterher – wechselten sie, als sie zum Ufer des Flusses hinuntergestiegen waren, um eine eigenartige Wasserpflanze besser betrachten zu können, wie zufällig die Plätze. Mrs. Gardiner fand nämlich bei ihrer Erschöpfung von der morgendlichen Anstrengung in Elizabeth nicht die richtige Stütze und nahm deshalb den Arm ihres Mannes. Mr. Darcy fand sich nun beim Weitergehen neben Elizabeth. Nach einer kurzen Pause sprach zuerst die Dame. Ihr lag daran, daß er wußte, sie waren nur hierhergekommen, weil sie mit seiner Abwesenheit gerechnet hatten, und so begann sie damit, zu bemerken, seine Ankunft sei wohl überraschend gekommen. »Jedenfalls«, setzte sie hinzu, »hat Ihre Haushälterin uns erzählt, Sie würden auf keinen Fall vor morgen hier sein, und vor unserer Abreise von Bakewell hatten wir sogar gehört, daß mit Ihrem Eintreffen vorläufig gar nicht zu rechnen sei.« Er bestätigte alles und sagte, er sei deshalb ein paar Stunden früher als seine Reisebegleitung gekommen, weil er mit dem Verwalter noch einiges regeln müsse. »Die anderen kommen morgen früh«, fuhr er fort, »und unter ihnen sind einige, die Anspruch auf Ihre Bekanntschaft erheben werden: Mr. Bingley und seine Schwestern.«

Elizabeth antwortete nur mit einem leichten Neigen des Kopfes. Sie dachte sofort an die Zeit zurück, als Mr. Bingleys Name zum letztenmal zwischen ihnen gefallen war, und wenn sie sein Gesicht nicht trog, ging auch in seinem Kopf nicht sehr viel anderes vor.

»Noch jemand befindet sich in der Gesellschaft«, fuhr er nach einer Pause fort, »der Sie besonders gern kennenlernen möchte. Werden Sie mir gestatten, Sie während Ihres Aufenthalts in Lambton mit meiner Schwester bekannt zu machen, oder ist das zuviel verlangt?«

Ihre Überraschung über eine solche Bitte war so unermeßlich, daß sie sich gar nicht bewußt wurde, auf welche Weise sie ihre Zustimmung ausdrückte. Sie spürte aber, daß es das Werk ihres Bruders war, wenn Miss Darcy das Bedürfnis hatte, sie kennenzulernen, und ohne weiter nach Gründen zu fragen, genügte ihr das. Es war gut zu wissen, daß seine Vorbehalte nicht so weit gingen, wirklich schlecht von ihr zu denken.

Sie gingen nun schweigend weiter, beide tief in Gedanken versuchen. Elizabeth war unbehaglich zumute, das konnte nicht anders sein, aber sie fühlte sich geschmeichelt und geehrt. Daß er sie mit seiner Schwester bekannt machen wollte, war ein unschätzbares Kompliment. Sie hatten die anderen bald weit hinter sich gelassen, und als sie den Wagen erreicht hatten, waren Mr. und Mrs. Gardiner eine ganze Strecke zurück.

Er bat sie ins Haus, aber sie sagte, sie fühle sich nicht müde, und so standen sie auf dem Rasen beieinander. Wieviel hätte man in der Zeit sagen können, und das Schweigen wurde peinlich. Sie hätte gerne etwas gesagt, aber fast alle Themen schienen ihr tabu. Schließlich fiel ihr ein, daß sie auf Reisen war, und so sprachen sie mit großer Ausdauer von Matlock und Dovedale. Aber die Zeit und ihre Tante schritten langsam, und ihre Geduld und ihre Einfälle waren fast erschöpft, bevor das Tête-à-tête vorüber war. Als Mr. und Mrs. Gardiner herangekommen waren, wurden sie noch einmal aufgefordert, mit ins Haus zu kommen und eine Erfrischung zu sich zu nehmen, aber sie lehnten ab und schieden auf beiden Seiten mit äußerster Verbindlichkeit. Mr. Darcy half den Damen in den Wagen, und als sie abfuhren, sah Elizabeth ihn langsam auf das Haus zugehen.

Ihr Onkel und ihre Tante fingen nun an, ihre Beobachtungen auszutauschen, und beide fanden ihn unendlich viel angenehmer, als sie erwartet hatten. »Er hat vollendete Manieren, ist höflich und bescheiden«, sagte ihr Onkel.

»Er *hat* etwas Unnahbares«, erwiderte ihre Tante, »aber es gehört zu ihm und steht ihm gut. Ich kann jetzt mit der Haushälterin sagen, viele Leute halten ihn für stolz, aber ich habe ihn nie so erlebt.«

»Nichts hat mich mehr überrascht als sein Verhalten uns gegenüber. Er war mehr als höflich, er war richtig verbindlich, und dazu war gar kein Anlaß. Seine Bekanntschaft mit Elizabeth war nicht der Rede wert.«

»Er sieht natürlich«, sagte ihre Tante, »nicht so gut aus wie Wickham, Lizzy, oder eher, sein Gesicht ist nicht so ausdrucksvoll, denn an seinen Zügen ist nichts auszusetzen. Aber weshalb findest du ihn so unausstehlich?«

Elizabeth entschuldigte sich, so gut es ging. Sie sagte, in Kent sei er ihr schon sympathischer gewesen als vorher, und heute vormittag habe er ihr so gut gefallen wie noch nie.

»Vielleicht ist er etwas launisch mit seinen Gunstbeweisen«, erwiderte ihr Onkel. »Große Leute haben das so an sich. Ich werde ihn deshalb auch lieber mit dem Angeln nicht beim Wort nehmen. Vielleicht hat er es sich inzwischen anders überlegt und vertreibt mich von seinem Grund und Boden.«

Elizabeth wußte zwar, daß sie seinen Charakter völlig mißdeuteten, aber sie sagte nichts.

»Wie wir ihn erlebt haben«, fuhr Mrs. Gardiner fort, »hätte ich nie angenommen, daß er jemandem so übel mitspielen könnte wie dem armen Wickham. Er sieht nicht bösartig aus, im Gegenteil, er hat etwas Sympathisches um den Mund, wenn er spricht. Und sein Gesichtsausdruck hat durchaus die Ehrlichkeit, die auf ein gutes Herz schließen läßt. Aber die gute Dame, die uns durch das Haus geführt hat, hat ihn ja geradezu in den Himmel gehoben. Ich konnte mir manchmal das Lachen nicht verkneifen. Wahrscheinlich ist er ein freigebiger Herr, und darin besteht nach Ansicht des Personals alle Tugend.«

Hier fühlte sich Elizabeth aufgerufen, etwas zur Rechtfertigung seines Verhaltens Wickham gegenüber zu sagen, und deshalb gab sie ihnen so vorsichtig wie möglich zu verstehen, daß, soweit sie von seinen Verwandten in Kent gehört habe, seine Handlungen möglicherweise ganz andere Gründe hätten und sein Charakter auf keinen Fall so schlecht oder Wickhams so liebenswürdig sei, wie man in Hertfordshire angenommen habe. Um das zu erhärten, erzählte sie die finanziellen Vereinbarungen zwischen ihnen in allen Einzelheiten, ohne ihre Quelle zu nennen, aber mit dem Hinweis, sie sei zuverlässig.

Mrs. Gardiner war überrascht und besorgt, aber da sie sich jetzt dem Schauplatz ihrer glücklichen früheren Jahre näherten, verdrängten ihre angenehmen Erinnerungen alle anderen Vorstellungen, und sie war zu beschäftigt, ihrem Mann all die interessanten Plätze in seiner Umgebung zu zeigen, um an etwas anderes zu denken. Obwohl sie der vormittägliche Spaziergang so ermüdet hatte, begab sie sich gleich nach dem Essen auf die Suche nach ihren alten Freunden, und sie verbrachten den Abend in der Freude, nach so vielen Jahren eine alte Bekanntschaft erneuert zu haben.

Die Ereignisse des Tages waren viel zu aufregend gewesen, um Elizabeth viel Aufmerksamkeit für diese neuen Freunde übrigzulassen, und ihre Gedanken kreisten mit immer neuer Verwunderung um Mr. Darcys Höflichkeit und vor allem um seinen Wunsch, seine Schwester mit ihr bekannt zu machen.

Kapitel 44

Elizabeth war fest davon überzeugt, daß Mr. Darcy seine Schwester am Tage *nach* ihrer Ankunft in Pemberley zu ihr bringen würde, und deshalb entschlossen, sich den ganzen Vormittag in Sichtweite des Gasthofes aufzuhalten. Aber ihre Vermutung war falsch, denn schon am Morgen nach ihrer eigenen Ankunft in Lambton erschienen ihre Besucher. Die Gardiners und sie kamen gerade von einem Spaziergang mit ihren neuen Freunden zum Gasthof zurück, um sich zum Essen mit ihnen umzuziehen, als das Geräusch eines Wagens sie ans Fenster rief und sie einen Herrn und eine Dame in einem eleganten zweirädrigen Wagen die Straße herauffahren sahen. Elizabeth erkannte die Livree sofort, ahnte, was sie bedeutete und löste durch die Mitteilung der Ehre, die sie erwarte, einen nicht geringen Grad von Überraschung bei ihren Verwandten aus. Ihr Onkel und ihre Tante waren sprachlos vor Staunen, und Elizabeths Verlegenheit beim Sprechen zusammen mit der Tatsache des Besuchs und den Ereignissen des gestrigen Tages stellten ihnen die Geschichte in einem neuen Licht dar. Nichts hatte bisher ihr Mißtrauen erregt, aber nun ließen sich ihrer Meinung nach so unerwartete Gunstbeweise von so unerwarteter Seite nur auf eine Schwäche für ihre Nichte zurückführen. Während diese neuen Überlegungen ihnen durch den Kopf gingen, nahm Elizabeths Verwirrung jeden Augenblick zu. Sie war fassungslos, daß ihre Geistesgegenwart sie im Stich ließ, aber ihre Unruhe rührte unter anderem von der Furcht her, Mr. Darcy habe sie seiner Schwester möglicherweise in zu rosigem Licht gezeichnet, und da ihr mehr als sonst daran gelegen war zu gefallen, fürchtete sie natürlich, sie werde gerade dabei versagen.

Sie zog sich in der Angst, gesehen zu werden, vom Fenster zurück, und während sie im Zimmer auf und ab ging und sich zu fassen versuchte, spürte sie die forschenden Blicke ihres Onkels und ihrer Tante auf sich gerichtet, die alles noch schlimmer machten.

Miss Darcy und ihr Bruder traten ein, und die furchterregende Vorstellung fand statt. Mit Verblüffung sah Elizabeth, daß ihre neue Bekannte mindestens ebenso verlegen wie sie selber war. Seit ihrer Ankunft in Lambton hatte sie gehört, daß Miss Darcy übermäßig stolz sei, aber die Beobachtungen von ein paar Minuten überzeugten sie, daß sie nur außerordentlich schüchtern war. Elizabeth hatte Mühe, mehr als ein gelegentliches »ja« oder »nein« aus ihr herauszulocken.

Miss Darcy war groß und üppiger als Elizabeth, und obwohl sie gerade erst sechzehn war, war ihre Figur geformt und ihre Erscheinung fraulich und anmutig. Sie war nicht so hübsch wie ihr Bruder, aber ihr Gesicht strahlte Intelligenz und Heiterkeit aus, und ihr Benehmen war vollkommen zurückhaltend und liebenswürdig. Elizabeth, die in ihr eine mindestens ebenso scharfe und nüchterne Beobachterin wie Mr. Darcy in seinen besten Zeiten erwartet hatte, war sehr erleichtert, so ganz andere Züge zu entdecken.

Sie waren noch nicht lange beieinander, als Darcy ihr erzählte, auch Bingley werde sie besuchen kommen, und sie hatte kaum Zeit, ihrer Freude Ausdruck zu geben und sich auf den Besucher vorzubereiten, als sie schon Bingleys schnellen Schritt auf der Treppe hörte und er gleich darauf eintrat. Elizabeths ganzer Ärger gegen ihn war längst verflogen, aber auch sonst hätte die ungeheuchelte Herzlichkeit, mit der er sie begrüßte, sie schnell versöhnt. Er erkundigte sich freundlich, wenn auch allgemein, nach ihrer Familie und verbreitete dieselbe gutgelaunte Ungezwungenheit um sich wie immer.

Mr. und Mrs. Gardiner erschien er kaum weniger interessant als ihr. Sie hatten ihn schon lange kennenlernen wollen. Die ganze Gesellschaft vor ihren Augen erregte ihr lebhaftes Interesse. Da sie nun im Hinblick auf Mr. Darcy und ihre Nichte Verdacht geschöpft hatten, richteten sie auf beide ihre Aufmerksamkeit mit eindringlicher, wenn auch diskreter Neugier und waren bald völlig überzeugt, daß zumindest einer der beiden verliebt war. Bei der Dame waren sie sich nicht ganz so sicher, aber daß der Herr sie anbetete, war offensichtlich.

Elizabeth ihrerseits war vollauf beschäftigt. Sie wollte wissen, was in ihren Besuchern vorging. Sie wollte gelassen wirken und allen gefallen, und hier, wo sie am ehesten zu versagen fürchtete, konnte sie ihres Erfolges am sichersten sein, denn alle, die sie freundlich stimmen wollte, waren schon zu ihren Gunsten voreingenommen. Bingley war bereit, Georgiana bestrebt und Darcy entschlossen, sie bezaubernd zu finden.

Bei Bingleys Anblick wanderten ihre Gedanken natürlich zu ihrer Schwester, und – oh, wie liebend gern hätte sie gewußt, ob es ihm ähnlich ging. Manchmal kam es ihr vor, als wäre er nicht mehr so gesprächig wie früher, und ein- oder zweimal glaubte sie zu ihrer Freude zu bemerken, daß er sie ansah, um in ihrem Gesicht eine gewisse Ähnlichkeit aufzuspüren. Aber das mochte ihr nur so vorkommen. In seinem Verhalten zu Miss Darcy, die als Janes Rivalin hochgespielt worden war, irrte sie sich jedenfalls nicht. Kein Blick besonderer Zuneigung ging von einem zum anderen. Nichts spielte sich zwischen ihnen ab, was die Hoffnung seiner Schwester rechtfertigen konnte. In dieser Hinsicht war sie also bald völlig beruhigt, und bei seinem Abschied fielen ihr sogar ein oder zwei unbedeutende Vorkommnisse auf, aus denen sie in ihrem Wunschdenken seine von zärtlichen Gefühlen nicht unberührte Erinnerung an Jane und seinen Wunsch, das Gespräch auf sie zu lenken, las – aber er traute sich wohl nicht. Als alle anderen in ein kurzes Gespräch verwickelt waren, bemerkte er zu ihr im Ton ehrlichen Bedauerns, daß »es lange her sei, seit er das Vergnügen gehabt habe, sie zu sehen«. Und bevor sie antworten konnte, fuhr er fort: »Es ist über acht Monate her. Wir haben uns seit dem sechsundzwanzigsten November, als wir alle zusammen in Netherfield tanzten, nicht mehr gesehen.«

Elizabeth fand es vielversprechend, daß seine Erinnerung so exakt war, und etwas später nahm er, unbeobachtet von allen anderen, die Gelegenheit wahr, sie zu fragen, ob *alle* ihre Schwestern in Longbourn seien. Weder diese Frage noch die vorhergehende Bemerkung besagten viel, aber sein Blick und sein Verhalten sprachen Bände.

Sie hatte nicht oft Gelegenheit, ihre Augen auf Mr. Darcy selbst zu richten, aber wenn sie es einmal verstohlen tat, zeigte sein Gesicht den Ausdruck eines gewissen Wohlbefindens, und alles, was er sagte, klang so wenig nach Blasiertheit und Erhabenheit über seine Gesellschaft und bewies, daß die gestern von ihr beobachtete erfreuliche Veränderung seiner Manieren, auch wenn sie sich als kurzfristig herausstellen sollte, wenigstens den Tag überlebt hatte. Wenn sie ihn so um die Freundschaft und um die gute Meinung von Leuten werben sah, mit denen umzugehen ihm vor einigen Monaten noch als Greuel erschienen war; wenn sie ihn so höflich nicht nur ihr gegenüber, sondern ausgerechnet auch gegenüber ihren Verwandten sah, die er offen als unter seinem Stand bezeichnet hatte; und wenn sie an ihre letzte temperamentvolle Szene im Pfarrhaus von Hunsford dachte, dann war der Unterschied, der Wandel so auffällig und so in die Augen stechend, daß sie ihre Verwunderung kaum verbergen konnte. Niemals, nicht einmal in der Gesellschaft seiner lieben Freunde in Netherfield und seiner würdevollen Verwandten auf Rosings hatte er sich, frei von Wichtigtuerei und unüberwindlicher Reserviertheit, so bemüht, Anklang zu finden wie jetzt, wo er von der Wirkung seiner Bemühungen nichts zu gewinnen hatte und wo schon die bloße Bekanntschaft mit denen, an die seine Liebenswürdigkeit sich richtete, auf jeden Fall den

Spott und die Mißbilligung der Damen von Netherfield und Rosings hervorrufen mußte.
Ihre Besucher blieben länger als eine halbe Stunde, und als sie sich erhoben, um zu gehen, bat Mr. Darcy seine Schwester, ihn in dem Wunsch zu unterstützen, Mr. und Mrs. Gardiner und Miss Bennet zum Dinner in Pemberley zu sehen, bevor sie wieder in den Süden fuhren. Miss Darcy stimmte eifrig, aber mit einer Unsicherheit zu, die ihre geringe Erfahrung im Einladen von Gästen verriet.
Mrs. Gardiner sah ihre Nichte an, um herauszufinden, was *sie*, die die Einladung am meisten betraf, dazu meinte; Elizabeth hatte jedoch den Kopf abgewandt. Weil ihre Tante aber annahm, ihr absichtliches Ausweichen bedeute eher eine momentane Verlegenheit als eine Abneigung gegen die Einladung, und sah, daß ihr Mann, der gerne in Gesellschaft war, alle Miene machte, anzunehmen, sagte sie ruhig »ja«, und der übernächste Tag wurde festgesetzt.
Bingley war glücklich in der Gewißheit, Elizabeth wiederzusehen, denn er hatte ihr noch so viel zu erzählen und sie alles mögliche über ihre gemeinsamen Freunde in Hertfordshire zu fragen. Elizabeth legte das als den Wunsch aus, von ihrer Schwester sprechen zu hören, und freute sich darüber, und aus diesem und anderen Gründen gelang es ihr nach dem Weggang der Gäste auch, an die verflossene halbe Stunde mit Befriedigung zu denken, obwohl das Ereignis selbst ihr so wenig Vergnügen bereitet hatte. In dem Wunsch, allein zu sein, und in der Furcht vor den Fragen und Anspielungen ihres Onkels und ihrer Tante, blieb sie nur so lange bei ihnen, daß sie ihren vorteilhaften Bericht von Bingley hören konnte, und eilte dann in ihr Zimmer zum Umziehen.
Aber sie hatte keinen Anlaß, Mr. und Mrs. Gardiners Neugier zu fürchten; es war nicht ihre Absicht, sie zum Sprechen zu zwingen. Es lag auf der Hand, daß ihre Bekanntschaft mit Mr. Darcy weit intensiver war, als sie angenommen hatten; es lag auf der Hand, daß er sie liebte. So gab ihnen die Szene viel zu deuten auf, rechtfertigte aber keine neugierigen Fragen.

Sie waren nun sehr um ein gutes Urteil über Mr. Darcy bemüht; während ihrer kurzen Bekanntschaft mit ihm jedenfalls hatten sie nichts Negatives an ihm entdeckt. Seine Höflichkeit machte Eindruck auf sie, und hätten sie sich ihr Bild von ihm nur nach ihren Eindrücken und denen seines Personals geformt, ohne ihr sonstiges Wissen in Erwägung zu ziehen, dann hätte sein Bekanntenkreis in Hertfordshire ihn nicht wiedererkannt. Aber es lag ihnen nun daran, der Haushälterin zu glauben, und sie fanden bald heraus, daß das Urteil einer Dienerin, die ihn seit seinem vierten Lebensjahr kannte und deren Umgangsformen Anspruch auf Respekt erhoben, nicht leicht genommen werden durfte. Auch was sie von ihren Freunden in Lambton über ihn hörten, zog Mrs. Reynolds' Bemerkungen nicht in Zweifel. Man warf ihm nichts vor als Stolz; Stolz, den er wahrscheinlich besaß, und wenn nicht, dann würden die Einwohner eines kleinen Landstädtchens, mit denen seine Familie nicht umging, ihn ihm andichten. Aber man erkannte seine Großzügigkeit und seine Fürsorge für die Armen an.

Wie die Reisenden bald herausfanden, stand Wickham nicht in gleichem Ansehen, denn obwohl man die Probleme mit dem Sohn seines früheren Gönners nicht ganz durchschaute, war es eine wohlbekannte Tatsache, daß er bei seinem Weggang aus Derbyshire eine Menge Schulden hinterlassen hatte, die Mr. Darcy dann später für ihn beglich.

Elizabeths Gedanken waren noch intensiver mit Pemberley beschäftigt als am Abend vorher, und obwohl ihr der Abend lang vorkam, war er doch nicht lang genug, um ihr über ihre Gefühle für einen seiner Bewohner Aufschluß zu geben, und dabei lag sie über zwei Stunden wach, um sich darüber Klarheit zu verschaffen. Sie haßte ihn gewiß nicht. Nein, ihr Haß hatte sich schon lange verflüchtigt, und fast ebensolange schon hatte sie sich dafür geschämt, ein Gefühl der Abneigung gegen ihn empfunden zu haben, das diesen Namen verdiente. Die Achtung, die ihr die Überzeugung von seinen Qualitäten, wenn auch anfangs widerwillig, abnötigte, ärgerte sie seit einiger Zeit nicht mehr und hatte sich durch die gestrigen Aussagen, die so für ihn sprachen und seine Person in so strahlendem Licht erscheinen ließen, in wesentlich freundlichere Empfindungen verwandelt. Aber über all das hinaus, über Achtung und Wertschätzung hinaus zog sie noch etwas anderes zu ihm hin. Es war Dankbarkeit – Dankbarkeit nicht nur, daß er sie einst geliebt hatte, sondern sie immer noch genug mochte, um ihr all ihre Ungnädigkeit und Verbitterung bei seiner Ablehnung und die ungerechten Anschuldigungen dabei zu verzeihen. Sie hatte angenommen, er werde ihr als seiner größten Feindin aus dem Wege gehen, und dabei schien er bei ihrer zufälligen Begegnung entschlossen, die Bekanntschaft aufrecht zu erhalten und in ihrer Beziehung zueinander auf jedes geschmacklose Zurschaustellen seiner Gefühle und jedes steife Benehmen zu verzichten; er warb obendrein um die gute Meinung ihrer Freunde und brannte darauf, sie mit seiner Schwester bekannt zu machen. Ein so tiefgehender Wandel in einem so stolzen Mann rief nicht nur Erstaunen, sondern auch Dankbarkeit hervor, denn nur der Liebe, einer aufrichtigen Liebe war er zuzuschreiben, und deshalb verfehlte dieser Wandel keineswegs seinen Eindruck auf sie, obwohl sie ihn nicht genau beschreiben konnte. Sie achtete Darcy, schätzte ihn, war ihm dankbar, nahm Anteil an seinem Wohlergehen und konnte sich nur nicht darüber schlüssig werden, wie sehr sie wünschte, daß dieses Wohlergehen von ihr abhing, und wie weit es ihrer beider Glück zugute käme, wenn sie ihre Macht, die sie noch immer zu besitzen glaubte, ausspielte, um ihn zu einer Erneuerung seines Heiratsantrags zu bringen.

Am Abend einigten sich Tante und Nichte, Miss Darcys ungewöhnliche Zuvorkommenheit, sie gleich am Tag ihrer Ankunft in Pemberley zu besuchen, obwohl sie erst am späten Vormittag angekommen war, ihrerseits, da sie nicht zu übertreffen war, wenigstens durch eine ähnliche Verbindlichkeit zu erwidern und mit dem Gegenbesuch

nur bis zum nächsten Vormittag zu warten. Es galt also als abgemacht. Und Elizabeth freute sich darüber, obwohl sie keine Antwort wußte, wenn sie sich fragte, warum.
Mr. Gardiner ließ sie kurz nach dem Frühstück allein. Der Plan zu angeln war am Vortage wieder aufgenommen worden, und die Herren hatten sich für zwölf Uhr fest im Park von Pemberley verabredet.

Kapitel 45

In der Gewißheit, daß Miss Bingleys Abneigung gegen sie auf Eifersucht beruhte, konnte sich Elizabeth nicht verhehlen, wie unwillkommen ihr Auftauchen in Pemberley ihr sein mußte, und sie sah dem Grad von Höflichkeit von seiten dieser Dame bei der Erneuerung ihrer Bekanntschaft mit Neugier entgegen.
Bei ihrer Ankunft wurden sie durch die Halle in den Salon geführt, dessen Nordlage ihn für die Sommerzeit besonders geeignet machte.[16] Die dem Gelände zugewandten Fenster gestatteten einen sehr wohltuenden Blick auf die hohen, waldigen Hügel hinter dem Haus und auf die schönen Eichen und spanischen Kastanien, die auf den angrenzenden Rasenflächen verstreut standen.
Sie wurden von Miss Darcy empfangen, die mit Mrs. Hurst, Miss Bingley und ihrer Londoner Gouvernante zusammensaß. Georgianas Empfang war sehr verbindlich, wurde jedoch von all der Verlegenheit begleitet, die Scheu und Angst, etwas falsch zu machen, ausdrückte, aber bei unterlegenen Geistern den Eindruck von Stolz und Reserviertheit hervorrufen konnte. Mrs. Gardiner und ihre Nichte deuteten ihr Verhalten allerdings richtig und hatten Verständnis für sie.
Mrs. Hurst und Miss Bingley nahmen nur durch ein leichtes Neigen des Kopfes Notiz von ihnen, und als sie Platz genommen hatten, entstand für einige Augenblicke eine der

in solchen Situationen so peinlichen Pausen. Sie wurde zuerst von Mrs. Annesley, einer liebenswürdigen, freundlich aussehenden Frau unterbrochen, deren Versuch, überhaupt ein Gespräch zu beginnen, eine Lebensart verriet, die den beiden Damen abging, und sie und Mrs. Gardiner hielten, gelegentlich mit Elizabeths Hilfe, die Konversation in Gang. Miss Darcy sah aus, als ob sie gerne den Mut gehabt hätte, daran teilzunehmen, und manchmal, wenn die Gefahr, gehört zu werden, am geringsten war, wagte sie, einen kurzen Satz einzuflechten.

Elizabeth fühlte sich bald von Miss Bingley scharf beobachtet. Sie konnte besonders zu Miss Darcy kaum ein Wort sagen, ohne daß sie zuhörte. Diese Indiskretion hätte sie nicht davon abgehalten, mit Miss Darcy ins Gespräch zu kommen, wenn sie nicht so weit auseinandergesessen hätten. Aber es war ihr ganz lieb, daß ihr die Notwendigkeit, viel zu sagen, erspart blieb. Sie war mit eigenen Gedanken beschäftigt. Sie erwartete jeden Augenblick, daß einige der Herren hereinkommen würden, sie wünschte, sie fürchtete, daß der Herr des Hauses unter ihnen sein möge, und ob sie es eher wünschte oder fürchtete, konnte sie nicht entscheiden. Nachdem sie auf diese Weise eine Viertelstunde zusammengesessen hatten, ohne Miss Bingleys Stimme zu hören, wurde Elizabeth plötzlich dadurch aufgeschreckt, daß sie kühl nach dem Befinden ihrer Familie fragte. Sie antwortete ebenso unbeteiligt und kurz, und Miss Bingley sagte weiter nichts.

Die nächste Abwechslung, die der Besuch bot, bestand darin, daß die Diener mit kaltem Fleisch, Kuchen und den erlesensten Früchten der Saison eintraten; aber das geschah erst, nachdem Mrs. Annesley Miss Darcy mit vielsagenden Blicken und aufforderndem Lächeln an ihre Pflicht als Gastgeberin gemahnt hatte. Nun war die ganze Gesellschaft beschäftigt, denn wenn sie schon nicht alle sprechen konnten, so konnten sie doch alle essen, und die verführerischen Pyramiden von Weintrauben, Nektarinen und Pfirsichen versammelten sie bald rund um den Tisch.

Dabei bot sich Elizabeth Gelegenheit zu entscheiden, ob sie Mr. Darcys Kommen eher wünschte oder fürchtete; sie brauchte nämlich nur ihre Gefühle zu beobachten, als er tatsächlich eintrat, und obwohl es ihr eben noch anders vorgekommen war, merkte sie mit einemmal, daß ihr Bedauern überwog.

Er hatte einige Zeit mit Mr. Gardiner verbracht, der mit zwei oder drei anderen Gästen am Fluß angelte, und sie erst verlassen, als er von dem beabsichtigten Besuch der Damen bei Georgiana hörte. Kaum war er eingetreten, da hielt es Elizabeth für klug, sich ungezwungen und natürlich zu geben, ein Entschluß, den zu fassen um so nötiger, zu halten aber um so schwerer war, als sie merkte, daß der Verdacht der ganzen Gesellschaft gegen sie beide wach geworden war und kaum ein Auge bei Mr. Darcys Eintritt nicht auf ihn gerichtet war. Trotz des Lächelns, das Miss Bingley aufsetzte, wenn sie mit ihm oder Elizabeth sprach, war keinem Gesicht die Neugier so abzulesen wie ihrem, denn die Eifersucht hatte sie noch nicht verzweifeln lassen. Ihre Werbung um Mr. Darcy war keineswegs zu Ende. Miss Darcy begann sich beim Eintritt ihres Bruders lebhafter am Gespräch zu beteiligen, und Elizabeth sah, daß er sich bemühte, seine Schwester und sie besser miteinander bekannt zu machen, und beide bei ihrer Unterhaltung unterstützte, wo er nur konnte. Miss Bingley sah all das ebenfalls und nahm in ihrem unklugen Zorn die erste Gelegenheit wahr, mit süßlicher Höflichkeit zu Elizabeth zu bemerken:

»Sagen Sie, Miss Eliza, ist nicht das Oxfordshire Regiment von Meryton abgezogen worden? Für *Ihre* Familie muß das doch ein großer Verlust sein.«

Sie wagte in Darcys Gegenwart nicht, Wickhams Namen auszusprechen, aber Elizabeth war sich sofort darüber im klaren, daß sie vor allem auf ihn anspielte, und die verschiedenartigsten Erinnerungen an ihn machten sie für einen Augenblick hilflos; aber bemüht, diesen bösartigen Angriff abzuschlagen, beantwortete sie ihre Frage einigermaßen unbeteiligt. Sie warf beim Sprechen einen zufälligen Blick auf Darcy und merkte, wie ihm die Farbe ins Gesicht schoß, er sie eindringlich ansah und seine Schwester so verwirrt war, daß sie nicht aufzusehen wagte. Hätte Miss Bingley gewußt, welche Qual sie damit ihrer geliebten Freundin bereitet hatte, dann hätte sie sicher auf die Anspielung verzichtet, aber sie hatte das Gespräch nur auf den, wie sie glaubte, von Elizabeth geliebten Mann gelenkt, um sie aus der Fassung zu bringen, damit sie Gefühle verriet, die ihr in Mr. Darcys Augen schaden mußten, und vielleicht auch, damit er sich an all die Torheiten und Lächerlichkeiten erinnerte, die einen Teil der Familie mit dem Regiment verbanden. Von Miss Darcys Plan, mit Wickham zu entlaufen, hatte sie nie eine Silbe gehört. Außer Elizabeth hatte es keine Menschenseele, der man es verheimlichen konnte, erfahren, und sie vermutete schon seit längerem ganz richtig, warum Miss Darcys Bruder keineswegs daran gelegen war, daß Bingleys Verwandtschaft von dem Vorfall erfuhr: Er fürchtete nämlich, sie könne eines Tages auch ihre sein.

Elizabeths Gefaßtheit aber beruhigte ihn bald, und da Miss Bingley, verärgert und enttäuscht, nicht näher auf Wickham anzuspielen wagte, erholte sich auch Georgiana mit der Zeit von ihrer Verlegenheit, wenn auch nicht so weit, daß sie wieder sprechen konnte. Ihr Bruder, dessen Blick sie ängstlich vermied, erinnerte sich kaum noch an ihre Rolle in der Affäre, und ausgerechnet der Umstand, der ihn gegen Elizabeth einnehmen sollte, diente dazu, sie ihm näherzubringen.

Nach diesem Frage- und Antwortspiel dauerte ihr Besuch nicht mehr lange, und während Mr. Darcy sie zur Kutsche brachte, begann Miss Bingley über Elizabeths Erscheinung, Benehmen und Aufzug herzuziehen. Aber Georgiana unterstützte sie darin nicht. Die hohe Meinung ihres Bruders genügte, um Elizabeth sympathisch zu finden; sein Urteil war unfehlbar, und er hatte von Elizabeth auf eine Weise gesprochen, die es Georgiana unmöglich machte, sie nicht hübsch und liebenswert zu finden. Als Darcy in den Salon zurückkehrte, konnte Miss Bingley nicht anders, als einiges zu wiederholen, was sie schon zu seiner Schwester gesagt hatte.

»Wie unmöglich Eliza Bennet heute wieder aussah, Mr. Darcy«, rief sie. »Nie im Leben habe ich jemanden gesehen, der sich so verändert hat wie sie seit letztem Winter. Sie sieht so braungebrannt und gewöhnlich aus. Louisa und ich waren uns einig, daß wir sie nicht wiedererkannt hätten.«

Zwar gefiel Mr. Darcy ihre Bemerkung wenig, aber er gab sich damit zufrieden, kühl zu antworten, ihm sei keine andere Veränderung als ihre Bräune aufgefallen, kein Wunder bei einer Sommerreise.

»Ich jedenfalls«, nahm Miss Bingley den Faden wieder auf, »muß gestehen, sie nie für eine Schönheit gehalten zu haben. Ihr Gesicht ist zu mager, ihr Teint hat keinen Glanz, und ihre Züge sind überhaupt nicht hübsch. Ihre Nase ist unbedeutend. Sie hat nichts Ausgeprägtes. Ihre Zähne sind passabel, aber nichts Besonderes, und ihre Augen, ja, in ihren Augen, die von manch einem so bewundert worden sind, kann ich nichts Aufregendes sehen. Sie haben einen harten und boshaften Ausdruck, den ich nicht ausstehen kann, und ihre Erscheinung ist selbstgefällig, ohne modisch zu sein. Und das ist unerträglich.«

Da Miss Bingley überzeugt war, Darcy sei in Elizabeth verliebt, war dies sicher nicht die beste Methode, sich selbst zu empfehlen, aber zornige Leute sind nicht immer klug, und als er ihr zum Schluß etwas gereizt erschien, war ihr Ziel erreicht. Aber er schwieg beharrlich, und um ihn zum Sprechen zu bringen, fuhr sie fort:

»Ich erinnere mich gut, als wir sie zuerst in Hertfordshire kennenlernten, wie überrascht wir alle waren, daß sie als Schönheit galt, und besonders gut ist mir im Gedächtnis geblieben, wie Sie eines Abends in Netherfield nach einem Dinner mit den Bennets gesagt haben, ›*Sie* eine Schönheit, eher könnte man ihre Mutter geistreich nennen.‹ Aber später hat sie wohl in Ihren Augen gewonnen, und eine Zeitlang fanden Sie sie anscheinend sogar hübsch.«

»Ja«, erwiderte Darcy, der sich nicht länger beherrschen konnte, »aber nur zu Beginn unserer Bekanntschaft, denn schon seit vielen Monaten halte ich sie für eine der schönsten Frauen, die ich kenne.«

Damit verließ er das Zimmer und ließ Miss Bingley mit der Genugtuung zurück, daß sie ihn gezwungen hatte, etwas zu sagen, was niemandem als ihr selbst Schmerz bereitete.

Auf der Rückfahrt sprachen Mrs. Gardiner und Elizabeth über alles, was während ihres Besuches vorgefallen war, außer über das, was beide am meisten interessierte. Aussehen und Benehmen aller wurden diskutiert, außer desjenigen, an dem ihnen am meisten lag. Sie sprachen über seine Schwester, seine Freunde, sein Haus, sein Obst – über alles außer ihn selbst, und doch hätte Elizabeth gar zu gern gewußt, was Mrs. Gardiner von ihm hielt, und Mrs. Gardiner wäre froh gewesen, wenn Elizabeth von dem Thema angefangen hätte.

Kapitel 46

Elizabeth war bei ihrer Ankunft in Lambton ziemlich enttäuscht gewesen, keinen Brief von Jane vorzufinden, und bis zum dritten Tag ihres dortigen Aufenthalts hatte sich diese Enttäuschung an jedem Morgen wiederholt; aber dann war ihr Kummer vorüber und ihre Schwester entschuldigt, denn es kamen zwei Briefe auf einmal, von denen der eine laut Hinweis auf dem Umschlag fehlgeleitet worden war. Elizabeth wunderte sich nicht darüber, da Jane die Anschrift auffällig undeutlich geschrieben hatte.

Sie waren im Begriff gewesen, einen Spaziergang zu machen, als die Briefe eintrafen, und ihr Onkel und ihre Tante gingen dann allein, damit Elizabeth die Post in Ruhe genießen konnte. Zuerst mußte der fehlgeleitete Brief gelesen werden; er war schon vor fünf Tagen geschrieben worden. Der Anfang enthielt eine Aufzählung all der kleinen Begegnungen und Beschäftigungen, die das Leben auf dem Lande zu bieten hat, und die zweite Hälfte, einen Tag später und in offensichtlicher Aufregung geschrieben, enthielt wichtigere Nachrichten:

›Seit ich das Obige geschrieben habe, liebste Lizzy, ist etwas sehr Unerwartetes und Ernstes geschehen, aber ich will Dich nicht in Unruhe versetzen: Uns allen geht es gut. Was ich zu sagen habe, betrifft die arme Lydia. Gestern um zwölf Uhr, gerade als wir ins Bett gegangen waren, kam ein Eilbote von Oberst Forster, um uns mitzuteilen, daß sie mit einem seiner Offiziere nach Schottland auf- und davongegangen ist – die Wahrheit zu sagen, mit Wickham! Stell Dir unsere Bestürzung vor! Für Kitty allerdings kam es wohl nicht ganz so unerwartet. Es tut mir sehr, sehr leid. Auf beiden Seiten eine so unkluge Verbindung! Aber ich gebe die Hoffnung nicht auf und vertraue darauf, daß er besser ist als sein Ruf. Ihn für leichtsinnig und indiskret zu halten, fällt mir nicht schwer, aber dieser Schritt (und dem Himmel sei Dank dafür) enthüllt kein schlechtes Herz. Wenigstens ist seine Wahl ohne Hintergedanken, denn er muß wissen, daß Vater ihr nichts geben kann. Unsere arme Mutter ist völlig gebrochen, Vater trägt es gefaßter. Wie froh bin ich, daß wir ihnen nie erzählt haben, in welchem Ruf Wickham stand! Auch wir müssen es nun vergessen. Man nimmt an, daß sie am Sonnabend um Mitternacht heimlich abgereist sind, aber erst gestern morgen um acht Uhr hat man sie vermißt. Unmittelbar danach ist der Bote abgeschickt worden. Meine liebe Lizzy, nur zehn Meilen entfernt von uns müssen sie vorbeigekommen sein. Oberst Forster hat versprochen, uns binnen kurzem aufzusuchen. Lydia hat seiner Frau ein paar Zeilen hinterlassen, um sie von ihren Absichten zu unterrichten. Ich muß schließen, denn ich kann unsere arme Mutter nicht zu lange allein lassen. Ich fürchte, Du wirst meine Schrift kaum lesen können, aber ich weiß selbst kaum, was ich geschrieben habe.‹

Ohne sich Zeit zum Nachdenken zu nehmen und ohne zu wissen, was in ihr vorging, griff Elizabeth nach Beendigung dieses Briefes zu dem anderen, öffnete ihn mit äußerster Ungeduld – er war einen Tag nach dem vorigen geschrieben – und las:

›Liebste Lizzy, um diese Zeit wirst Du meinen überstürzten Brief erhalten haben. Ich würde mich diesmal gerne verständlicher ausdrücken, aber obwohl die Zeit nicht drängt, bin ich so durcheinander, daß ich nicht versprechen kann, zusammenhängend zu schreiben. Liebste Lizzy, ich weiß kaum, was ich schreiben soll, aber ich habe schlechte Nachrichten für Dich, die ich nicht aufschieben kann. So unklug eine Heirat zwischen Mr. Wickham und unserer armen Lydia wäre, so sehr warten wir auf die Nachricht, daß sie wirklich stattgefunden hat, denn es gibt Grund genug zu der Annahme, daß sie gar nicht nach Schottland gegangen sind. Oberst Forster traf gestern nur wenige Stunden nach dem Boten hier ein, da er Brighton schon am Vortage verlassen hatte. Obwohl sie aus Lydias kurzem Brief an Mrs. Forster entnommen haben, daß sie nach Gretna Green wollten, hat Denny eine Bemerkung fallen lassen, daß Wickham nie die Absicht hatte, dorthin zu gehen oder Lydia überhaupt zu heiraten, und Oberst Forster, der die Warnung ernst nahm und ihnen in der Absicht, ihre Route ausfindig zu machen, sofort nachgereist ist, hat denselben Verdacht geäußert. Bis Clapham konnte er ihren Spuren leicht folgen, aber weiter nicht, denn dort hatten sie gleich nach ihrer Ankunft eine Mietkutsche genommen und den Wagen, der sie von Epsom gebracht hatte, entlassen. Alles, was man seither weiß, ist, daß sie auf der Straße nach London gesehen worden sind. Ich weiß nicht, was ich davon halten soll. Als Oberst Forster alle erdenklichen Erkundigungen bis London eingezogen hatte, ist er nach Hertfordshire zurückgeritten und hat an allen Kreuzungen und in allen Gasthöfen von Barnet und Hatfield die Suche wiederaufgenommen, aber ohne jeden Erfolg – niemand hatte

Leute, auf die ihre Beschreibung paßt, durchreisen sehen. Ehrlich und tief besorgt kam er bei uns in Longbourn an, und die Art, wie er uns seine Befürchtungen mitgeteilt hat, spricht durchaus für ihn. Er und seine Frau tun mir sehr leid, aber Schuld kann man ihnen nicht geben. Liebe Lizzy, wir sind völlig verzweifelt. Vater und Mutter rechnen mit dem Schlimmsten, aber ich kann ihn nicht für so verworfen halten. Es könnte viele Gründe geben, warum sie heimlich in London geheiratet haben, anstatt ihrem ursprünglichen Plan zu folgen, und selbst wenn *er* so elende Absichten gegen ein junges Mädchen mit Lydias familiärem Schutz haben sollte, was nicht wahrscheinlich ist, kann *sie* sich so vergessen? Ausgeschlossen! Daß Oberst Forster ihre Heirat für ungewiß hält, macht mir allerdings Sorgen. Er schüttelte den Kopf, als ich von meiner Hoffnung sprach, und fürchtete, Wickham könne man nicht trauen. Unsere arme Mutter ist unterdessen ernsthaft krank und hütet das Zimmer. Wenn sie sich zusammennehmen könnte, wäre alles leichter, aber daran ist nicht zu denken. Vater habe ich in meinem ganzen Leben noch nicht so erschüttert gesehen. Er hat die arme Kitty ausgeschimpft, weil sie Lydias Verhältnis verheimlicht hat, aber da es Vertrauenssache war, darf man sich nicht darüber wundern. Ich bin froh, liebste Lizzy, daß Dir diese betrüblichen Szenen erspart geblieben sind, aber jetzt, wo der erste Schock vorüber ist – soll ich länger verschweigen, wie sehr Du mir fehlst? Ich bin allerdings nicht so egoistisch, darauf zu bestehen, daß Du zurückkehrst, wenn es Dir ungelegen kommt. – Leb wohl! Ich greife noch einmal zur Feder und muß nun das tun, was ich doch vermeiden wollte, aber unterdessen erfordern die Umstände hier Eure Anwesenheit dringend. Kommt zurück, so schnell Ihr könnt! Ich kenne unsere liebe Tante und unseren Onkel so gut, daß ich die Bitte ruhig aussprechen kann. Aber ich habe darüber hinaus noch eine andere Bitte an ihn. Vater fährt sofort mit Oberst Forster nach London, um zu versuchen, Lydia aufzutreiben. Was er vorhat, weiß ich zwar nicht, aber seine Verzweiflung wird ihm bestimmt nicht die beste und sicherste Methode eingeben, und Oberst Forster muß morgen abend wieder in Brighton sein. In dieser schwierigen Lage wären Rat und Unterstützung unseres Onkels eine Wohltat. Er versteht bestimmt, wie ich mich fühle, und ich verlasse mich auf ihn.‹

»Wo – wo ist nur mein Onkel?« rief Elizabeth nach der Lektüre des Briefes und sprang vom Stuhl auf, um ihren Onkel zu suchen und nicht weitere kostbare Zeit zu verlieren, aber als sie an der Tür war, wurde diese von einem Diener geöffnet, und Mr. Darcy trat ein. Ihr blasses Gesicht und ihr überstürztes Benehmen ließen ihn zurückschrecken, und bevor er sich so weit erholt hatte, daß er sprechen konnte, rief sie hastig und ohne an etwas anderes als an Lydias Lage denken zu können:

»Entschuldigen Sie mich bitte, ich muß Sie allein lassen. Ich muß augenblicklich Mr. Gardiner finden, die Angelegenheit duldet keinen Aufschub. Ich habe keine Minute zu verlieren.«

»Großer Gott! Was ist passiert?« rief er voller Mitgefühl, wenn auch nicht gerade höflich. Dann besann er sich: »Ich will Sie nicht aufhalten, aber lassen Sie mich oder einen Diener Mr. und Mrs. Gardiner suchen. Sie sind zu angegriffen, Sie können nicht selbst gehen.«

Elizabeth zögerte, aber ihr zitterten die Knie, und sie sah ein, wie wenig damit gewonnen war, wenn sie selbst sich auf die Suche machte. Sie rief deshalb den Diener zurück und gab ihm, wenn auch so atemlos, daß er kaum ein Wort verstand, den Auftrag, seine Herrschaft sofort nach Hause zu holen.

Als er den Raum verlassen hatte, konnte sie sich nicht auf den Beinen halten und setzte sich hin. Aber sie sah so elend aus, daß Darcy sie nicht allein zu lassen wagte und nicht umhin konnte, voller Besorgtheit und Anteilnahme zu bemerken: »Soll ich Ihr Mädchen holen? Wollen Sie nicht etwas zu sich nehmen, damit Ihnen besser wird? Ein Glas Wein? Soll ich Ihnen eins holen? Sie sehen sehr krank aus.«

»Nein, vielen Dank«, sagte sie und versuchte sich zu fassen. »Es ist nichts. Mir geht es gut; ich bin nur so niedergeschlagen, weil ich gerade schreckliche Nachrichten aus Longbourn erhalten habe.«

Sie brach in Tränen aus, als sie darauf anspielte, und konnte einige Minuten lang kein Wort hervorbringen. Darcy war in seiner Ungewißheit und Hilflosigkeit nur zu einigen undeutlichen Worten des Bedauerns und einem mitleidigen Blick fähig. Schließlich konnte sie wieder sprechen. »Ich habe gerade von Jane einen Brief mit so schrecklichen Nachrichten bekommen. Wir können sie doch vor niemandem verheimlichen. Meine jüngste Schwester hat all ihre Freunde verlassen – sie ist entlaufen – sie hat sich – hat sich Mr. Wickham in die Arme geworfen. Sie haben Brighton zusammen verlassen. *Sie* kennen ihn gut genug, um sich den Rest denken zu können. Sie hat kein Geld, keine Beziehungen, nichts, was ihn dazu bewegen könnte ... Sie ist für immer verloren.«

Darcy war starr vor Staunen. »Wenn ich bedenke«, fügte Elizabeth noch erregter hinzu, »daß *ich* es hätte verhindern können! Ich, die ich über ihn Bescheid wußte. Wenn ich nur zu Hause etwas von dem gesagt hätte – etwas gesagt hätte, was ich über ihn wußte! Wäre sein Charakter bekannt gewesen, hätte dies nicht passieren können. Aber jetzt ist alles, alles zu spät.«

»Das tut mir sehr leid«, rief Darcy, »unendlich leid. Ich bin schockiert. Aber ist es sicher, absolut sicher?«

»O ja! Sie haben Brighton Sonntag nacht gemeinsam verlassen, und ihre Spur konnte bis London verfolgt werden, aber weiter nicht. Nach Schottland sind sie bestimmt nicht gegangen.«

»Und was hat man getan, was hat man versucht, Ihre Schwester zurückzuholen?«

»Mein Vater ist nach London gefahren, und Jane hat meinen Onkel brieflich um seine sofortige Hilfe gebeten, und ich hoffe, in einer halben Stunde sind wir unterwegs. Aber es ist nichts zu machen, ich weiß genau, daß nichts zu machen ist. Wie kann man einen solchen Mann beeinflussen? Wie soll man sie überhaupt ausfindig machen? Ich habe nicht die geringste Hoffnung. Es ist in jeder Hinsicht entsetzlich!«

Darcy schüttelte in schweigender Ergebung den Kopf.

»Als *mir* die Augen über seinen wahren Charakter geöffnet wurden – oh, wenn ich bloß sicher gewesen wäre, was zu tun war! Ich hätte es wagen müssen! Aber ich war nicht sicher. Ich hatte Angst, zu weit zu gehen. Schlimmer, schlimmer Fehler!«

Darcy gab keine Antwort. Er schien sie kaum zu hören und wandelte, in Gedanken versunken, mit finsterer Miene und gerunzelter Stirn, im Zimmer auf und ab. Sie sah ihn an – und begriff. Ihr schwand der Mut. Dies war der endgültige Beweis für die Schwächen ihrer Familie, für ihre bodenlose Schande – alle Hoffnung mußte schwinden. Sie hatte nicht das Recht zu fragen oder zu verurteilen, aber daß er sich selbst treu blieb, war auch kein Trost für ihre Seele und keine Erleichterung in ihrer Verzweiflung. Im Gegenteil, es brachte ihr ihre eigenen Wünsche in aller Klarheit zu Bewußtsein, und nie war sie so aufrichtig wie jetzt, wo alle Liebe vergebens sein mußte, davon überzeugt, daß sie ihn hätte lieben können.

Aber obwohl sie vorübergehend an sich selber dachte, besann sie sich bald auf wichtigere Dinge. Lydia, die Demütigung, das Elend, das Lydia über sie alle brachte, ließen sie alle Rücksicht auf sich selbst vergessen. Elizabeth bedeckte das Gesicht mit ihrem Taschentuch und gab sich der Verzweiflung hin, und nur die Stimme ihres Besuchers, die voller Mitleid, aber auch Distanziertheit war, rief ihr nach einigen Minuten ihre Lage ins Bewußtsein zurück. Er sagte: »Ich fürchte, es wäre Ihnen lieber gewesen, wenn ich schon vor einiger Zeit den Raum verlassen hätte, und ich kann meine Anwesenheit auch nur mit meiner ehrlichen, aber vergeblichen Sorge entschuldigen. Der Himmel gebe, daß ich etwas sagen oder tun könnte, was Ihnen Trost in dieser Verzweiflung gibt. Aber ich will Sie nicht mit müßigen Wünschen quälen, die ich nur um Ihres Dankes willen äußere. Diese unglückselige Affäre, fürchte ich, hält

Sie davon ab, meiner Schwester heute die Freude Ihres Besuchs in Pemberley zu machen.«

»O ja, seien Sie so freundlich, uns bei Miss Darcy zu entschuldigen. Sagen Sie ihr, dringende Geschäfte riefen uns unverzüglich nach Hause zurück. Verbergen Sie die traurige Wahrheit, solange es geht. Lange wird es ohnehin nicht möglich sein.«

Er versicherte sie bereitwillig seiner Verschwiegenheit, gab noch einmal seiner Sorge für ihren Kummer Ausdruck, sprach von seiner Hoffnung auf eine glücklichere Wendung, als augenblicklich abzusehen sei, bat sie um seine Empfehlung an ihre Verwandten und verließ sie mit einem einzigen ernsten Abschiedsblick.

Als er das Zimmer verließ, erkannte Elizabeth, wie unwahrscheinlich es war, daß sie mit ihm je wieder auf so vertrautem Fuß verkehren würde, wie damals bei ihren Zusammenkünften in Derbyshire, und als sie die ganze widerspruchsvolle und abwechslungsreiche Spanne ihrer Bekanntschaft vor ihrem inneren Auge vorüberziehen ließ, seufzte sie darüber, wie widersinnig es in ihrem Inneren zuging – jetzt wäre sie über die Fortsetzung ihrer Bekanntschaft froh gewesen, deren Ende sie vorher herbeigewünscht hatte.

Wenn Dankbarkeit und Wertschätzung das solide Fundament einer Liebe bilden, dann ist Elizabeths Sinneswandel wohl weder unwahrscheinlich noch verwerflich. Wenn aber nicht, wenn Liebe, die sich aus solchen Quellen nährt, unvernünftig und unnatürlich ist im Vergleich mit der sogenannten Liebe auf den ersten Blick, die noch vor dem Austausch der ersten Worte da ist, dann kann zu Elizabeths Verteidigung nichts gesagt werden, als daß sie es bei ihrer Schwäche für Wickham mit dieser zweiten Methode versucht hatte und ihr Mißerfolg sie berechtigte, sich nun auf die andere, weniger aufregende Art, ihr Herz zu verschenken, einzulassen. Aber wie auch immer, sie sah Mr. Darcy mit Bedauern gehen, und dieses erste Beispiel für das Unheil, das Lydias Schamlosigkeit noch anrichten mußte, stürzte sie noch tiefer in Verzweiflung, als sie wieder an das trostlose Ereignis selbst dachte. Janes zweiter Brief hatte ihr endgültig die Hoffnung geraubt, daß Wickham Lydia zu heiraten beabsichtigte. Nur Jane konnte sich solchen Illusionen hingeben. Sie selbst war von dieser Wendung der Dinge nicht überrascht. Im Gegenteil, wenn sie sich den Inhalt des ersten Briefes durch den Kopf gehen ließ, war sie eher überrascht, eher erstaunt, warum Wickham wohl ein Mädchen heiraten sollte, das kein Geld mit in die Ehe brachte; und wie Lydia überhaupt sein Interesse finden konnte, war ihr unbegreiflich. Aber jetzt war alles nur zu klar. Für ein Verhältnis dieser Art besaß Lydia vielleicht Charme genug, und obwohl Elizabeth nicht annahm, daß Lydia sich ohne ernste Heiratsabsichten auf solch ein Unternehmen eingelassen hätte, bereitete es ihr keine Schwierigkeit, sich vorzustellen, daß weder ihr Ehrgefühl noch ihre Einsicht sie davor bewahren würde, eine leichte Beute zu werden.

Ihr war, solange das Regiment in Meryton stand, nie aufgefallen, daß Lydia etwas für ihn übrig hatte, aber sie war überzeugt, ihre Schwester brauchte nur ein bißchen Aufmunterung, um sich mit jedem einzulassen. Mal war dieser, mal jener Offizier ihr Favorit gewesen, je nachdem wie hoch er durch seine Aufmerksamkeiten in ihrer Gunst stieg. Sie hatte ihre Verehrer ständig gewechselt, aber ganz ohne Verehrer war sie nie. Was Vernachlässigung und falsche Nachsicht bei einem solchen Mädchen angerichtet hatten – oh, wie deutlich sah sie es jetzt!

Sie war ungeduldig, nach Hause zu kommen, um im Bilde und an Ort und Stelle zu sein und mit Jane für die zerrüttete Familie, den abwesenden Vater, ihre willensschwache, ständiger Pflege bedürftige Mutter die Sorge zu teilen, die ihre Schwester jetzt allein tragen mußte, und obwohl sie beinahe überzeugt war, daß für Lydia nichts getan werden konnte, erschien ihr das Eingreifen ihres Onkels als unerläßlich, und bis er eintrat, wurde ihre Geduld auf eine harte Probe gestellt. Mr. und Mrs. Gardiner waren in der größten Sorge nach Hause geeilt, weil sie dem Bericht des Dieners entnahmen, daß Elizabeth plötzlich erkrankt sei, aber sie beruhigte sie diesbezüglich, erklärte ihnen die Ursache für die Aufforderung zurückzukommen, las ihnen die beiden Briefe vor und legte ihnen besonders die Nachschrift nachdrücklich ans Herz, obwohl Mr. und Mrs. Gardiner Lydia nie besonders gemocht hatten. Sie konnten ihre tiefe Bestürzung nicht verbergen. Nicht nur Lydia, sie alle waren davon betroffen, und nach den ersten Ausrufen des Erstaunens und Erschreckens versprach Mr. Gardiner bereitwillig jede erdenkliche Hilfe. Elizabeth hatte nichts anderes erwartet, dankte ihm aber trotzdem unter Tränen, und alle drei waren sich einig und trafen unverzüglich alle für die Reise nötigen Anordnungen. Sie wollten so schnell wie möglich aufbrechen. »Aber was machen wir mit Pemberley?« rief Mrs. Gardiner. »John hat uns gesagt, Mr. Darcy war hier, als du uns rufen ließt. Stimmt das?«

»Ja, ich habe ihm schon erzählt, daß wir unsere Verabredung nicht einhalten können. *Das* ist alles schon geklärt.«

»Was ist alles schon geklärt?« wiederholte ihre Tante, als sie zum Packen in ihr Zimmer lief. »Und sind sie so vertraut miteinander, daß sie ihm die Wahrheit sagen konnte? Wenn ich nur wüßte, wie es sich abgespielt hat!«

Aber Wünsche waren wohlfeil und konnten höchstens dazu dienen, sie in der Eile und Verwirrung der nächsten Stunde zu unterhalten. Hätte Elizabeth Zeit zum Müßiggang gehabt, dann wäre sie dabei geblieben, daß Beschäftigung für jemanden in solcher Verzweiflung unmöglich sei, aber ebenso wie ihre Tante hatte sie alle Hände voll zu tun. Unter anderem mußten kurze Benachrichtigungen mit falschen Entschuldigungen an alle ihre Freunde in Lambton wegen ihrer plötzlichen Abreise geschrieben werden. In einer Stunde war alles erledigt, und da Mr. Gardiner unterdessen die Rechnung beim Gastwirt beglichen hatte, brauchten sie nur noch abzufahren, und nach all dem Kummer des Vormittags fand sich Elizabeth schneller als erwartet wieder in der Kutsche und auf dem Weg nach Longbourn.

Kapitel 47

»Ich habe über alles noch einmal nachgedacht, Elizabeth«, sagte ihr Onkel, als sie aus der Stadt fuhren, »und bei genauerer Überlegung bin ich jetzt eher geneigt, Janes Urteil zuzustimmen. Es erscheint mir höchst unwahrscheinlich, daß ein junger Mann einen solchen Plan gegen ein keineswegs schutz- und schirmloses Mädchen im Schilde führt, das zudem noch bei der Familie seines Obersten zu Gast ist, und deshalb bin ich geneigt, das Beste zu hoffen. Er kann doch nicht ernsthaft annehmen, daß ihre Freunde nicht gegen ihn vorgehen? Er kann doch nicht annehmen, daß sein Regiment ihn nach diesem Affront gegen Oberst Forster wieder aufnimmt? Die Versuchung wiegt das Risiko nicht auf.«

»Glaubst du wirklich?« rief Elizabeth und schöpfte für einen Moment Mut.

»Unbedingt!« sagte Mrs. Gardiner. »Der Gedanke deines Onkels leuchtet mir ein. Wickham kann sich einer solchen Verletzung von Anstand, Ehre und eigenem Interesse nicht schuldig machen. Für so schlecht kann ich ihn nicht halten. Kannst du ihn so völlig abschreiben, daß du ihm so etwas zutraust?«

»Vielleicht nicht, daß er seine eigenen Interessen außer acht läßt, aber alles andere außer acht zu lassen, traue ich ihm durchaus zu. Wenn es doch so wäre! Aber ich wage nicht, es zu hoffen. Warum sind sie nicht nach Schottland gefahren, wenn es so wäre?«

»Zunächst einmal«, erwiderte Mr. Gardiner, »gibt es keinen sicheren Beweis, daß sie nicht doch nach Schottland gefahren sind.«

»Ja, aber daß sie in eine Mietkutsche umgestiegen sind, ist doch ein deutlicher Hinweis. Und außerdem konnte auf der Straße nach Barnet keine Spur von ihnen gefunden werden.«

»Gut, nehmen wir also an, sie sind in London. Vielleicht sind sie dort, um sich besser verstecken zu können, aus keinem anderen Grund. Daß sie Geld im Überfluß haben, ist nicht anzunehmen, und vielleicht haben sie sich überlegt, daß sie in London billiger, wenn auch nicht so schnell heiraten können wie in Schottland.«

»Aber warum diese Heimlichtuerei? Warum diese Angst vor der Entdeckung? Warum muß ihre Hochzeit im dunkeln bleiben? Nein, nein, nein, das ist nicht sehr wahrscheinlich. Sogar sein bester Freund war nach Janes Bericht überzeugt, daß er nie die Absicht hatte, Lydia zu heiraten. Wickham wird nie eine Frau ohne Geld heiraten. Er kann es sich nicht leisten. Und was für Ansprüche kann Lydia stellen? Was kann sie ihm außer Jugend, Gesundheit und guter Laune bieten, daß er sich um ihretwillen jede Chance entgehen läßt, aus einer vorteilhaften Heirat Gewinn zu ziehen? Ob ihn die Angst vor der Schande im Regiment davon abhält, sie ins Unglück zu stürzen, kann ich nicht beurteilen, denn ich weiß nicht, welche Folgen dieses Entlaufen dort haben könnte. Aber dein anderer Einwand ist, fürchte ich, kaum stichhaltig. Lydia hat keine Brüder, die Schritte gegen ihn unternehmen können, und das Verhalten meines Vaters, seine Indolenz und sein geringes Interesse für alles, was in seiner Familie vorgeht, könnte Wickham auf den Gedanken bringen, daß er sich als Vater nicht gerade für seine Tochter umbringen wird.«

»Aber glaubst du denn, Lydia ist in ihrer Liebe zu ihm so blind, daß sie einverstanden ist, anders als ehelich mit ihm zusammenzuleben?«

»Es sieht so aus, und es ist skandalös«, sagte Elizabeth mit Tränen in den Augen, »daß die Vorstellungen der eigenen Schwester von Anstand und Moral in diesem Punkt Zweifel zulassen. Ich weiß wirklich nicht, was ich sagen soll. Vielleicht tue ich ihr unrecht. Aber sie ist so jung und hat nie gelernt, irgend etwas ernst zu nehmen, und in den letzten sechs, nein, zwölf Monaten hat sie nichts im Kopf gehabt als Vergnügen und Zeitvertreib. Sie durfte ihre Zeit ganz nach Wunsch müßig und leichtsinnig verbringen und alles aufschnappen, was ihr in den Weg kam. Seit das

Oxfordshire Regiment in Meryton war, hat sie an nichts gedacht als an Liebe, Flirts und Offiziere. Von morgens bis abends hat sie nichts gesagt oder gedacht, was nicht mit Liebe zu tun hatte. *Dafür* hat sie ihre – wie soll ich sagen – Empfänglichkeit wahrlich gesteigert, und dabei war ihr Gefühlsleben weiß Gott schon lebhaft genug. Und wir wissen alle, daß Wickhams Charme und Umgangsformen jeder Frau den Kopf verdrehen.«

»Aber Jane«, warf ihre Tante ein, »denkt nicht so schlecht von ihm, daß sie es ihm zutraut.«

»Von wem denkt denn Jane jemals schlecht? Wem, auch wenn seine Vergangenheit Bände spricht, traut sie etwas Derartiges denn zu, bis sie Beweise in den Händen hat? Aber Jane weiß genauso gut wie ich, wer Wickham wirklich ist. Wir wissen beide, daß er verworfen im wahrsten Sinne des Wortes ist, weder Anstand noch Ehre besitzt und daß er ebenso falsch und hinterlistig wie charmant ist.«

»Und weißt du das so genau?« rief ihre Tante mit äußerster Neugier, woher sie ihre Informationen wohl haben mochte.

»Ich weiß es genau«, erwiderte Elizabeth errötend. »Ich habe dir doch neulich von seinem schamlosen Verhalten gegenüber Mr. Darcy erzählt, und seinerzeit in Longbourn hast du selbst gehört, wie er über ihn sprach, der sich ihm gegenüber doch so freigebig und nachsichtig erwiesen hat. Aber es gibt noch mehr Dinge, die nicht gesagt – die nicht wert sind, berichtet zu werden; jedenfalls sind seine Lügereien über die Familie in Pemberley bodenlos. Nach seinen Erzählungen hatte ich erwartet, in Miss Darcy würden wir einem stolzen, reservierten und unausstehlichen Mädchen begegnen. Aber er wußte, daß das Gegenteil wahr ist. Er muß wissen, daß sie so liebenswert und bescheiden ist, wie wir sie kennengelernt haben.«

»Aber weiß denn Lydia nichts davon? Kann sie so nichtsahnend sein, wenn Jane und du so gut informiert sind?«

»O ja, das ist ja das Schlimme. Erst in Kent, als ich viel mit

Mr. Darcy und seinem Vetter, Oberst Fitzwilliam, zusammen war, habe ich die Wahrheit erfahren. Und als ich wieder zu Hause war, war das Oxfordshire Regiment im Begriff, in einer Woche oder vierzehn Tagen aus Meryton abzurücken. Da das der Fall war, hielten weder ich noch Jane, der ich alles erzählt hatte, es für erforderlich, etwas davon zu sagen, denn wozu sollte es gut sein, sein offensichtlich hohes Ansehen bei den Nachbarn zu zerstören? Und auch als feststand, daß Lydia Mrs. Forster begleiten würde, bin ich nie auf den Gedanken gekommen, daß es wichtig sein könnte, ihr die Augen zu öffnen. Es ist mir nicht im Traum eingefallen, daß unsere Geheimniskrämerei sie in Gefahr bringen könnte. Daß *dies* die Folge sein würde, konnte ich beim besten Willen nicht ahnen.«

»Als sie alle nach Brighton gingen, hattest du also keinen Grund zu der Annahme, daß sie sich gern mochten?«

»Nicht im geringsten. Ich erinnere mich bei keinem von beiden an das kleinste Zeichen von Zuneigung, und du kannst dich darauf verlassen, wenn sich irgend etwas zwischen ihnen abgespielt hätte, wäre es unserer Familie bestimmt nicht entgangen. Als er zuerst in das Regiment eintrat, war sie Feuer und Flamme für ihn, aber das waren wir alle. Alle Mädchen in und um Meryton waren zwei Monate lang bis über beide Ohren in ihn verliebt. Aber *sie* hat er nie besonders ausgezeichnet, und deshalb hatte Lydia, als sie ihn lange genug angehimmelt hatte, von ihm genug und wandte sich wieder anderen Offizieren zu, die sich intensiver um sie bemühten.«

Man kann sich leicht vorstellen, wie sie auf ihrer langen Reise nur selten über etwas anderes sprachen, obwohl dem Thema auch durch das ständige Hinundherwenden keine neuen Aspekte mehr abzugewinnen waren und ihre Befürchtungen, Hoffnungen und Vermutungen unverändert blieben. Elizabeth konnte ihre Gedanken nicht davon lösen. Die schlimmste aller Qualen, Selbstvorwürfe, hielten sie gefangen, und sie fand weder Entspannung noch Vergessen.

Sie reisten, so schnell es ging, und da sie eine Nacht im

Wagen verbrachten, erreichten sie Longbourn am späten Nachmittag des nächsten Tages. Der Gedanke, daß Jane nicht unnötig lange auf sie warten und dadurch leiden mußte, beruhigte Elizabeth.

Angelockt von dem Anblick einer Kutsche, standen beim Einbiegen in die Zufahrt die jungen Gardiners auf den Stufen des Hauses, und als sie vor der Tür hielten, strahlten ihre Gesichter vor freudiger Überraschung; sie waren nicht mehr zu halten und hüpften und sprangen umher. So bekamen sie den ersten angenehmen Vorgeschmack, wieder zu Hause zu sein.

Elizabeth sprang aus der Kutsche, gab jedem einen flüchtigen Kuß und eilte in die Halle, wo sie Jane traf, die aus dem Zimmer ihrer Mutter heruntergelaufen kam.

Während Elizabeth sie zärtlich umarmte und beide in Tränen ausbrachen, verlor sie keine Zeit zu fragen, ob man schon Nachricht von den beiden Flüchtigen habe.

»Noch nicht«, erwiderte Jane, »aber jetzt, wo unser lieber Onkel gekommen ist, wird hoffentlich alles gut.«

»Ist Vater schon in London?«

»Ja, er ist am Dienstag, als ich dir schrieb, aufgebrochen.«

»Hat er schon geschrieben?«

»Einmal, am Mittwoch, ein paar Zeilen, um zu sagen, daß er gut angekommen sei, und um mir Anweisungen zu geben, um die ich ihn dringend gebeten hatte. Sonst erwähnte er nur noch, er werde nicht wieder schreiben, bevor er irgendwelche wichtigen Neuigkeiten habe.«

»Und Mutter – wie geht es ihr? Wie geht es euch allen?«

»Mutter geht es einigermaßen, glaube ich, aber sie ist ziemlich mitgenommen. Sie ist oben und wird sehr froh sein, euch zu sehen. Sie hat ihr Zimmer noch nicht verlassen. Mary und Kitty geht es Gott sei Dank gut.«

»Und dir, wie geht es dir?« rief Elizabeth. »Du siehst blaß aus. Was mußt du durchgemacht haben!«

Aber ihre Schwester versicherte ihr, es gehe ihr ausgezeichnet, und ihr Gespräch, das stattgefunden hatte, während Mr. und Mrs. Gardiner mit ihren Kindern beschäftigt waren, wurde nun dadurch unterbrochen, daß die ganze Familie auf sie zukam. Jane lief ihrem Onkel und ihrer Tante entgegen, begrüßte sie und bedankte sich bei beiden unter Lachen und Weinen.

Als sie alle im Wohnzimmer waren, wurden die Fragen, die Elizabeth schon gestellt hatte, von den anderen noch einmal wiederholt, und sie merkten schnell, daß Jane nichts Neues zu berichten hatte. Der Optimismus, der der Güte ihres Herzens entsprang, hatte sie nicht verlassen. Sie hoffte unverzagt auf ein gutes Ende und erwartete jeden Tag entweder von Lydia oder ihrem Vater einen Brief, der alles erklären und ihre Heirat ankündigen würde.

Nach einem kurzen Gespräch von einigen Minuten begaben sie sich alle in Mrs. Bennets Zimmer, die sie genau wie erwartet empfing: mit Tränen, Klagen der Reue, Angriffen auf das schurkische Verhalten Wickhams, Gejammer über ihre eigenen Leiden und Schicksalsschläge und mit Vorwürfen gegen alle, außer gegen diejenige, deren Nachsichtigkeit am falschen Platz die Fehler ihrer Tochter am ehesten zuzuschreiben waren.

»Hätte ich mich mit meinem Vorschlag, mit der ganzen Familie nach Brighton zu fahren, durchgesetzt«, sagte sie, »dann wäre *dies* nicht passiert. Aber meine arme Lydia hatte niemanden, der sich um sie kümmerte. Warum haben die Forsters sie überhaupt aus den Augen gelassen? Ich bin von ihrer sträflichen Nachlässigkeit fest überzeugt, denn Lydia ist nicht der Typ von Mädchen, der solche Sachen macht, wenn man richtig auf sie aufpaßt. Ich fand die Forsters immer für diese Aufgabe völlig ungeeignet, aber auf mich hört ja keiner, wie immer. Das arme liebe Kind! Und jetzt ist Mr. Bennet nach London gefahren und wird sich mit Mr. Wickham duellieren, sowie er ihn trifft, und dabei wird er ganz bestimmt umkommen, und was soll dann aus uns allen werden? Die Collins werden uns hinauswerfen, noch bevor er im Grab liegt, und wenn du dich nicht unser annimmst, Bruder, weiß ich nicht, was aus uns werden soll.«

Alle wehrten diese entsetzlichen Visionen laut und nachdrücklich ab, und nach wiederholten Versicherungen seiner Verbundenheit mit ihr und ihrer ganzen Familie erzählte Mr. Gardiner ihr, er wolle schon am nächsten Tag in London sein und Mr. Bennet voll und ganz bei seinem Versuch unterstützen, Lydia aufzufinden.

»Reg dich bitte nicht unnütz auf«, setzte er hinzu. »Es ist gut, sich auf das Schlimmste einzustellen, aber man braucht es doch nicht gleich für unvermeidlich zu halten. Es ist noch keine Woche vergangen, seit sie Brighton verlassen haben. Noch einige Tage, und wir haben vielleicht schon Nachricht von ihnen, und bis wir wissen, daß sie nicht verheiratet sind, auch nicht die Absicht haben zu heiraten, wollen wir die Hoffnung nicht aufgeben. Sobald ich in London bin, werde ich meinen Schwager aufsuchen und ihn mit nach Hause nehmen, und dann können wir gemeinsam überlegen, was zu tun ist.«

»Oh, mein guter Bruder«, erwiderte Mrs. Bennet, »nichts könnte mir lieber sein. Und wenn du in London bist, mach sie unbedingt ausfindig, wo sie auch sein mögen, und wenn sie noch nicht verheiratet sind, *zwinge* sie zur Heirat. Und das Brautkleid, laß sie nicht darauf warten, sondern sag Lydia, daß sie nach der Hochzeit soviel Geld dafür bekommt, wie sie will. Und vor allem soll sich Mr. Bennet auf keinen Fall duellieren. Erzähl ihm, in welch furchtbarer Verfassung ich bin, daß ich halbtot vor Angst bin, am ganzen Leibe zittre und flattre, Magenkrämpfe und Kopfschmerzen habe und solches Herzklopfen, daß ich Tag und Nacht nicht schlafen kann. Und sag meiner lieben Lydia, sie soll ihr Kleid nicht bestellen, bevor sie mit mir gesprochen hat, denn sie weiß nicht, wo man so etwas am besten kauft. O Bruder, wie gut du zu mir bist! Ich weiß, du wirst es zum guten Ende bringen.«

Mr. Gardiner versicherte sie noch einmal seiner vollen Unterstützung in der Angelegenheit, konnte aber nicht umhin, ihr Mäßigung in ihren Hoffnungen und Befürchtungen ans Herz zu legen, und als sie auf diese Weise mit ihr gesprochen hatten, bis das Essen auf dem Tisch stand und sie hinuntergingen, ließ sie ihre Gefühle an der Haushälterin aus, die in Abwesenheit ihrer Töchter nach ihr sah.

Obwohl ihr Bruder und ihre Schwägerin für diese Abgeschiedenheit von der Familie eigentlich keinen Anlaß sahen, unternahmen sie nichts dagegen, denn sie wußten, daß Mrs. Bennet nicht einsichtig genug war, den Mund zu halten, während das Personal bei Tisch bediente, und sie fanden es angebrachter, wenn nur eine Angestellte, und zwar die, der man am meisten trauen konnte, Mitwisserin all ihrer Befürchtungen und Ereiferungen über die Affäre war.

Im Eßzimmer gesellten sich bald auch Mary und Kitty zu ihnen, die in ihren Zimmern zu beschäftigt gewesen waren, um früher zu erscheinen. Die eine hatte gerade erst ihre Bücher und die andere ihren Toilettentisch verlassen. Beide machten allerdings einen ungerührten Eindruck; an ihnen war keine Veränderung wahrzunehmen, außer daß Kitty nach dem Verlust ihrer Lieblingsschwester und nach dem Ärger, den sie sich bei dem Vorfall zugezogen hatte, in noch schnippischerem Ton sprach. Was Mary betraf, so war sie abgeklärt genug, Elizabeth, nachdem sie ihre Plätze eingenommen hatten, mit einem Ausdruck von nachdenklichem Ernst zuzuflüstern:

»Es handelt sich hier um eine sehr unglückselige Affäre, und sie wird in aller Munde sein. Aber wir müssen uns gegen die Flut menschlicher Bosheit stemmen und uns gegenseitig den Balsam schwesterlichen Trostes ins verwundete Herz träufeln.«

Als sie merkte, daß Elizabeth nicht geneigt war zu antworten, fügte sie hinzu: »So beklagenswert der Vorfall für Lydia auch ist, er erteilt uns eine nützliche Lektion: Der Verlust der Tugend ist für eine Frau unwiderruflich; *ein* falscher Schritt bedeutet ihren ewigen Ruin. Ihr Ruf ist ebenso zerbrechlich wie kostbar, und sie kann nicht vorsichtig genug gegenüber den Unwürdigen des anderen Geschlechts sein.«

Elizabeth blickte vor Erstaunen auf, war aber zu niedergeschlagen für eine Antwort. Mary aber fuhr trotzdem fort, in Spruchweisheiten Trost zu suchen, die sie aus diesem akuten Fall von Unmoral zog.

Am Nachmittag gelang es den beiden ältesten Schwestern, eine halbe Stunde allein zu sein, und Elizabeth benutzte gleich die Gelegenheit, allerlei Fragen zu stellen, die Jane bereitwillig beantwortete. Sie stimmten zunächst in die allgemeinen Klagen über die schreckliche Entwicklung der Geschichte ein, die Miss Bennet nicht für ausgeschlossen, und Elizabeth, die das Gespräch über das Thema fortsetzte, für so gut wie sicher hielt: »Erzähl mir alles ganz genau, was ich darüber noch nicht gehört habe. Ich muß alle Einzelheiten wissen. Was hat Oberst Forster gesagt? Haben sie denn vor ihrer Flucht gar keinen Verdacht gehegt? Sie müssen die beiden doch dauernd zusammen gesehen haben.«

»Oberst Forster gab allerdings zu, daß er häufiger bei beiden eine Vorliebe füreinander vermutet habe, besonders bei Lydia, aber nichts, was zu Besorgnis Anlaß gab. Er tut mir unendlich leid. Er war so außerordentlich aufmerksam und freundlich. Er ist zu uns gekommen, um uns seine Befürchtungen mitzuteilen, bevor er ahnte, daß sie nicht nach Schottland gegangen seien. Als dieser Verdacht aufkam, hat er seine Reise noch beschleunigt.«

»Und war Denny überzeugt, Wickham werde nicht heiraten? Wußte er von ihrer Absicht zu entlaufen? Hat Oberst Forster Denny selbst gesprochen?«

»Ja, aber als *er* ihn fragte, hat Denny bestritten, etwas von ihren Fluchtplänen gewußt zu haben, und seine wahre Meinung nicht gesagt. Immerhin hat er dabei seinen Verdacht, daß sie nicht heiraten würden, nicht wiederholt, und daraus entnehme ich, daß er vielleicht vorher mißverstanden worden ist.«

»Und bevor Oberst Forster kam, hat nicht einer von euch daran gezweifelt, daß sie tatsächlich verheiratet sind?«

»Wie hätten wir denn auf den Gedanken kommen sollen? Ich war etwas besorgt – etwas ängstlich, ob sie mit ihm glücklich werden könnte, denn ich wußte ja, daß er sich nicht immer korrekt benommen hatte. Mutter und Vater wußten nichts davon, sie bedauerten nur, wie unklug die Verbindung sei. Dann gab Kitty mit verständlichem Triumph zu, mehr zu wissen als wir alle, daß Lydia sie in ihrem letzten Brief auf so etwas vorbereitet hatte. Sie wußte schon seit etlichen Wochen, daß beide ineinander verliebt waren.«

»Aber doch nicht, bevor Lydia nach Brighton gefahren ist?«

»Nein, ich glaube nicht.«

»Und hat Oberst Forster schlecht von Wickham gesprochen? Kennt er seinen wahren Charakter?«

»Ich muß zugeben, er sprach nicht mehr so gut von ihm wie früher. Er hielt ihn nun für leichtsinnig und verschwenderisch, und seit diese traurige Geschichte passiert ist, heißt es, er habe große Schulden in Meryton hinterlassen, aber ich hoffe, das stimmt nicht.«

»O Jane, hätten wir bloß den Mund aufgemacht, hätten wir bloß erzählt, was wir von ihm wußten, dann wäre dies nicht passiert!«

»Vielleicht hast du recht«, antwortete ihre Schwester, »aber die früheren Fehler eines Menschen zu verbreiten, ohne zu wissen, ob er sie noch hat, wäre ungerecht gewesen. Wir haben in bester Absicht gehandelt.«

»Konnte Oberst Forster euch die Einzelheiten aus Lydias Brief an seine Frau wiederholen?«

»Er hat ihn mitgebracht, damit wir ihn lesen konnten.«

Jane nahm das Blatt aus ihrer Handtasche und gab es Elizabeth. Der Inhalt lautete:

›Meine liebe Harriet,
Sie werden schön lachen, wenn Sie erfahren, wo ich abgeblieben bin, und ich kann mir auch das Lachen nicht verkneifen über die Überraschung morgen früh, wenn ich vermißt werde. Ich fahre nach Gretna Green, und wenn Sie nicht erraten können mit wem, dann sind Sie ein Einfaltspinsel, denn ich liebe nur einen Mann auf der Welt, und er ist ein Engel. Ohne ihn kann ich nicht glücklich sein. Machen Sie sich deshalb nichts aus unserer Flucht. Sie brauchen in Longbourn nicht Bescheid zu sagen, daß ich weggefahren bin, wenn Sie keine Lust dazu

haben; dann ist die Überraschung um so größer, wenn ich ihnen schreibe und Lydia Wickham daruntersetze. Das wird ein toller Spaß! Ich kann kaum schreiben vor Lachen. Entschuldigen Sie mich bitte bei Pratt, daß ich meine Verabredung nicht einhalten kann, heute abend mit ihm tanzen zu gehen. Sagen Sie ihm, er wird es hoffentlich nicht übelnehmen, wenn er alles erfährt, und sagen Sie ihm auch, daß ich auf dem nächsten Ball, auf dem wir uns treffen, bestimmt mit ihm tanzen werde. Ich lasse meine Sachen holen, wenn ich nach Longbourn fahre, aber könnten Sie Sally sagen, sie möchte den großen Riß in meinem Musselinkleid nähen, bevor alles eingepackt wird. Leben Sie wohl. Grüßen Sie Oberst Forster von mir und trinken Sie auf unsere gute Reise.

Herzlich Ihre Freundin Lydia Bennet.‹

»Oh, diese gedankenlose, leichtsinnige Lydia!« rief Elizabeth, als sie den Brief beendet hatte. »Was für ein unmöglicher Brief in solch einem Moment! Aber wenigstens kann man daraus entnehmen, daß *ihr* der Zweck der Reise ernst war. Wenn er sie hinterher zu etwas anderem überredet hat, lag wenigstens die schamlose Absicht nicht bei ihr. Unser armer Vater, wie muß er gelitten haben.«

»Ich habe ihn nie so erschüttert gesehen. Er konnte zehn Minuten lang kein Wort sagen. Mutter war auf der Stelle krank und das Haus in totaler Verwirrung.«

»O Jane«, rief Elizabeth, »hat es in diesem Haus einen einzigen Diener gegeben, der nicht schon vor dem Abend die ganze Geschichte wußte?«

»Ich weiß es nicht, ich hoffe ja. Aber es ist nicht einfach, sich in solchen Augenblicken ständig zusammenzunehmen. Mutter war hysterisch, und obwohl ich versucht habe, sie zu beruhigen, so gut ich konnte, fürchte ich, meine Kraft hat nicht gereicht. Aber die Angst, was nun passieren könnte, hat auch mir die Fassung geraubt.«

»Sie ständig zu pflegen, war zu viel für dich. Du siehst angegriffen aus. Wenn ich doch bei dir gewesen wäre! Du mußtest alle Sorge und Angst allein tragen.«

»Mary und Kitty waren sehr verständnisvoll und hätten sicher gern alle Strapazen mit mir geteilt, aber ich hielt es nicht für richtig, Kitty ist nicht sehr stabil und zu empfindlich, und Mary liest so viel, daß man ihr den Schlaf nicht rauben sollte. Tante Philips ist am Dienstag nach Longbourn gekommen, nachdem Vater nach London gereist war, und ist bis Donnerstag bei mir geblieben. Ihre Anwesenheit war für uns alle nützlich und tröstlich. Und Lady Lucas war sehr nett, sie ist am Mittwochvormittag hier gewesen, um uns ihr Beileid auszusprechen und hat uns ihre Hilfe oder die einer ihrer Töchter angeboten, wenn wir sie brauchen könnten.«

»Sie hätte lieber zu Hause bleiben sollen!« rief Elizabeth. »Vielleicht hat sie es gut *gemeint*, aber in solch einem Unglück kann man seine Nachbarn gar nicht selten genug sehen. Hilfe ist unmöglich, Beileid unerträglich. Laß sie aus der Ferne über uns triumphieren und sich damit begnügen.«

Dann fragte sie, mit welchen Mitteln ihr Vater in London die Suche aufnehmen wolle, um seine Tochter zu retten.

»Ich glaube«, erwiderte Jane, »er wollte zunächst nach Epsom fahren, wo sie zuletzt die Pferde gewechselt haben, und dort mit den Kutschern sprechen, um möglicherweise von ihnen Hinweise zu bekommen. Er muß vor allem die Nummer der Mietkutsche erfahren, die sie in Clapham genommen haben. Sie war nämlich mit Fahrgästen von London gekommen, und da Vater hoffte, das Umsteigen eines Paares von einer Kutsche in die andere müsse aufgefallen sein, wollte er Erkundigungen in Clapham einziehen. Wenn er herausbekommen könnte, wo der Kutscher seine Fuhre abgesetzt hat, wollte er sich dort erkundigen und sehen, daß er den Standplatz und die Nummer der Kutsche erfährt. Was er sonst noch vorhat, weiß ich nicht, aber er war so in Eile wegzukommen, und so aufgeregt, daß ich schon Mühe hatte, überhaupt etwas aus ihm herauszuholen.«

Kapitel 48

Alle hofften am nächsten Morgen auf einen Brief von Mr. Bennet, aber die Post brachte nicht eine Zeile von ihm. Seine Familie kannte ihn zwar im allgemeinen als höchst nachlässigen und säumigen Schreiber, aber in dieser Situation hatten sie mit etwas mehr Eifer auf seiner Seite gerechnet. Sie mußten daraus also schließen, daß er keine erfreulichen Nachrichten für sie hatte, aber selbst *das* hätten sie gerne sicher gewußt. Mr. Gardiner hatte nur auf die Post gewartet, bevor er sich auf den Weg machte.

Nach seiner Abreise konnten sie wenigstens damit rechnen, regelmäßig über die Entwicklung informiert zu werden, und ihr Onkel versprach ihnen auch beim Abschied, Mr. Bennet zu bewegen, sobald wie möglich nach Longbourn zurückzukehren, zur Beruhigung seiner Schwester, die darin den einzigen Ausweg sah, ihn vor dem Tod im Duell zu bewahren. Mrs. Gardiner wollte mit ihren Kindern noch einige Tage in Hertfordshire bleiben, weil sie glaubte, ihren Nichten nützlich sein zu können. Gemeinsam mit ihnen pflegte sie Mrs. Bennet und war ihnen in ihren freien Stunden eine tröstliche Gesellschaft. Auch ihre andere Tante besuchte sie oft; wie sie sagte, immer in der Absicht, sie aufzuheitern und ihnen Mut zu machen, obwohl sie sie meist noch verzweifelter zurückließ, als sie sie vorgefunden hatte, weil sie immer die neuesten Nachrichten von Wickhams Verschwendungssucht und Ausschweifung mitbrachte.

Ganz Meryton tat sich nun darin hervor, das Bild des Mannes zu schwärzen, der noch vor drei Monaten ein Unschuldsengel gewesen war. Angeblich hatte er jetzt bei jedem Geschäft am Ort Schulden, und seine Liebschaften, die durchweg den Ehrentitel Verführung bekamen, hatten auch die letzte Kaufmannsfamilie nicht verschont. Alle behaupteten nun, er sei der verkommenste junge Mann auf Erden, und alle begannen zu erkennen, daß sie seiner liebenswürdigen Fassade schon immer mißtraut hatten. Elizabeth glaubte zwar nur die Hälfte davon, aber auch die genügte, um sie in ihrer Überzeugung vom Ruin ihrer Schwester zu bestärken, und sogar Jane, die noch weniger von dem Klatsch für wahr hielt, wollte fast verzweifeln, vor allem, weil sie aller Wahrscheinlichkeit nach inzwischen hätten von ihr hören müssen, wenn sie wirklich – woran sie bisher nie gezweifelt hatte – nach Schottland gefahren waren.

Mr. Gardiner verließ Longbourn am Sonntag; am Dienstag bekam seine Frau einen Brief von ihm, in dem er schrieb, er habe seinen Schwager unmittelbar nach seiner Ankunft gefunden und ihn überredet, zu ihm zu ziehen. Mr. Bennet sei vor seiner Ankunft in Epsom und Clapham gewesen, habe aber nichts Genaueres erfahren können. Da er es für möglich halte, daß sie unmittelbar nach ihrer Ankunft in London zunächst in einem Hotel gewohnt hätten, bevor sie in eine Wohnung gezogen seien, sei er nun entschlossen, in allen wichtigen Hotels Erkundigungen einzuziehen. Mr. Gardiner selbst hielt das nicht für sehr erfolgversprechend, aber da sein Schwager darauf bestehe, wolle er ihm dabei helfen. Er fügte an, daß Mr. Bennet London gegenwärtig auf keinen Fall verlassen wolle, und versprach, sich bald wieder zu melden. Folgende Nachricht hatte er noch hinzugefügt:

›Ich habe Oberst Forster mit der Bitte geschrieben, wenn möglich von Wickhams besonderen Freunden im Regiment in Erfahrung zu bringen, ob er irgendwelche Verwandten oder Bekannten hat, die wissen könnten, in welchem Teil Londons er sich verborgen hält. Wenn man von jemandem einen solchen Hinweis erhalten könnte, dann wäre das möglicherweise entscheidend.

Im Moment haben wir keinerlei Anhaltspunkte. Ich vermute aber, Oberst Forster wird alles in seiner Macht Stehende tun, uns hierin zu Diensten zu sein. Aber bei nochmaligem Überlegen geht mir auf, vielleicht kann Lizzy uns besser als alle anderen sagen, ob er noch irgendwelche lebenden Verwandten hat.‹

Es fiel Elizabeth nicht schwer zu begreifen, welchem Umstand sie diese Achtung vor ihrer Kennerschaft zu verdanken hatte, aber sie hatte nicht die Möglichkeit, irgendeine Information zu liefern, die das Kompliment rechtfertigte. Sie hatte nie gehört, daß er außer Vater und Mutter irgendwelche anderen Verwandten gehabt hatte, und beide waren seit Jahren tot. Aber es war immerhin möglich, daß einige seiner Kameraden im Oxfordshire Regiment mehr darüber wußten. Sie war nicht sehr optimistisch, aber der Versuch hielt ihre Hoffnung aufrecht.

Jeder Tag war nun in Longbourn ein Tag gespannter Erwartung, aber am größten war die ängstliche Spannung, wenn die Post bevorstand. Das Eintreffen von Briefen war der Hauptgegenstand der morgendlichen Ungeduld. Was immer Gutes oder Böses geschehen würde, durch Briefe würden sie davon erfahren, und von jedem neuen Tag erwarteten sie wichtige Nachrichten.

Aber bevor sie wieder von Mr. Gardiner hörten, traf ein Brief an ihren Vater aus einer ganz anderen Quelle ein: von Mr. Collins. Da Jane den Auftrag erhalten hatte, während seiner Abwesenheit alle an ihn gerichteten Briefe zu öffnen, las sie ihn, und Elizabeth, wie immer gespannt auf die Absurditäten, die seine Briefe versprachen, sah über die Schulter und las mit:

›Sehr verehrter Onkel,

durch unsere verwandtschaftlichen Beziehungen und meine Lebensstellung fühle ich mich aufgerufen, Ihnen Trost bei dem von Ihnen erlittenen harten Schicksalsschlag zu spenden, von dem wir gestern durch einen Brief aus Hertfordshire Nachricht erhielten. Nehmen Sie meine Versicherung entgegen, mein lieber Onkel, daß meine Frau und ich mit Ihnen und Ihrer achtbaren Familie das tiefste Mitgefühl in der gegenwärtigen trostlosen Lage empfinden, die Sie um so stärker treffen muß, als auch die Zeit Ihre Wunden nicht heilen kann. Ich werde nichts unversucht lassen, um dieses unsägliche Unglück zu lindern und Ihnen in einer Lage Trost zuzusprechen, die mehr als jede andere das Gemüt eines Vaters erschüttern muß. Der Tod Ihrer Tochter wäre im Vergleich mit diesem Elend ein Segen. Und wieviel beklagenswerter wird es noch dadurch, daß dieses zügellose Benehmen Ihrer Tochter, wie meine liebe Charlotte mich wissen läßt, durch völlig unangebrachte Nachsicht hervorgerufen worden ist, obwohl ich zu Ihrer und Mrs. Bennets Erleichterung anzunehmen geneigt bin, daß Lydia von Natur einen schlechten Charakter hat, denn anders hätte sie sich eines solchen Maßes an Verkommenheit in so zartem Alter nicht schuldig machen können. Aber wie dem auch sein mag, Ihre Lage ist im höchsten Grade bedauernswert, in welcher Meinung mich nicht nur Mrs. Collins sondern auch Lady Catherine und ihre Tochter unterstützen, denen ich den Vorfall gestern berichtet habe. Sie stimmen mit mir in der Befürchtung überein, daß dieser Fehltritt Ihrer einen Tochter das Glück aller anderen notwendig beeinträchtigen muß, denn wer will sich schon, wie Lady Catherine sich zu äußern die Gnade hatte, mit einer solchen Familie einlassen? Und dieser Gedanke läßt mich mit gesteigerter Befriedigung an ein gewisses Ereignis im letzten November zurückdenken, denn wenn es eine andere Wende genommen hätte, dann wäre jetzt auch ich in Ihre Sorge und Schande verwickelt. Darf ich Ihnen zum Schluß den Rat geben, lieber Onkel, sich in Ihr Schicksal zu fügen und Ihr unwürdiges Kind auf ewig aus Ihrem Herzen zu reißen und sie die Früchte ihres niederträchtigen Vergehens selbst ernten zu lassen. Ich verbleibe, lieber Onkel etc., etc.‹

Mr. Gardiner meldete sich erst wieder, als er Antwort von Oberst Forster erhalten hatte, und auch dann hatte er nichts Erfreuliches mitzuteilen. Soweit bekannt, hatte Wickham keine Verwandten, mit denen er in Verbindung stand, jedenfalls keine lebenden nahen Angehörigen. Seine früheren Bekanntschaften waren zahlreich, aber seit seinem Eintritt ins Militär schien er mit niemandem von ihnen besonders befreundet zu sein. Es gab also keinen Menschen, der ihnen irgendeinen Hinweis geben konnte. Und bei dem zerrütteten Zustand seiner Finanzen hatte er zusätzlich zu seiner Furcht, von Lydias Verwandten entdeckt zu werden, noch einen besonders triftigen Grund, sich zu verbergen, denn es war gerade durchgesickert, daß er erhebliche Spielschulden hinterlassen hatte. Oberst Forster vermutete, mehr als tausend Pfund seien nötig, seine Verbindlichkeiten in Brighton zu regeln. Er war in der Stadt verschuldet, aber seine Ehrenschulden im Regiment waren noch beträchtlicher. Mr. Gardiner versuchte nicht, die Tatsachen vor der Familie in Longbourn geheimzuhalten. Jane hörte sie mit Entsetzen. »Ein Spieler!« rief sie. »Das ist etwas völlig Neues! Das hätte ich nicht gedacht.«

Mr. Gardiner fügte seinem Brief noch hinzu, daß sie ihren Vater für den nächsten Tag, einen Sonnabend, zu Hause erwarten konnten. Durch den Mißerfolg seiner bisherigen Bemühungen entmutigt, hatte er den Bitten seines Schwagers nachgegeben, zu seiner Familie zurückzukehren und es ihm zu überlassen, die Suche mit allen ihm ratsam erscheinenden Mitteln fortzusetzen. Als Mrs. Bennet davon erfuhr, war sie nicht so begeistert, wie ihre Kinder angesichts ihrer früheren Angst um sein Leben erwartet hatten.

»Was«, rief sie, »er kommt nach Hause, und ohne meine arme Lydia? Er wird doch nicht etwa London verlassen, ohne sie gefunden zu haben. Wer soll sich denn mit Wickham duellieren und ihn zwingen, Lydia zu heiraten, wenn er nicht dableibt?«

Da Mrs. Gardiner sich allmählich nach Hause zu sehnen begann, einigte man sich, daß sie mit ihren Kindern nach London abreisen sollte, wenn Mr. Bennet von dort abfuhr. Auf diese Weise brachte die Kutsche sie das erste Stück ihrer Reise und holte dabei zugleich Mr. Bennet nach Longbourn zurück.

Mrs. Gardiner verließ Longbourn in der gleichen Ungewißheit über Elizabeth und ihren Freund in Derbyshire, die sie schon seit ihrer Sommerreise mit sich herumtrug. Nie war Darcys Name von ihrer Nichte freiwillig vor ihnen erwähnt worden, und wenn Mrs. Gardiner halbwegs erwartet hatte, daß ein Brief ihrer Reise folgen würde, dann hatte sie sich geirrt. Seit ihrer Rückkehr hatte Elizabeth keine Post erhalten, die von Pemberley kommen konnte.

Die unglücklichen Familienzustände machten eine anderweitige Entschuldigung für ihre Niedergeschlagenheit überflüssig; *daraus* konnte also nichts geschlossen werden, obwohl Elizabeth, die sich in ihren Gefühlen einigermaßen auskannte, sich völlig darüber im klaren war, daß sie Lydias Schande besser ertragen hätte, wenn sie nichts von Darcy gewußt hätte. Es hätte ihr jede zweite schlaflose Nacht erspart.

Mr. Bennet legte bei seiner Ankunft seine übliche philosophische Seelenruhe an den Tag. Er sagte so wenig wie immer, erwähnte die Ursache seiner Reise überhaupt nicht, und es dauerte eine Weile, bis seine Töchter den Mut aufbrachten, davon anzufangen.

Erst am Nachmittag, als er mit ihnen Tee trank, wagte Elizabeth das Gespräch darauf zu lenken. Sie bedauerte ihn mit ein paar Worten für alles, was er ausgestanden haben mußte, aber er sagte: »Sprich nicht davon! Wer anders als ich sollte denn leiden? Ich habe es verschuldet, und ich muß es nun büßen.«

»Geh nicht so hart mit dir ins Gericht«, sagte Elizabeth.

»Du hast allen Grund, mich vor dieser Gefahr zu warnen. Die menschliche Natur ist ja auch allzu geneigt dazu! Nein, Lizzy, einmal in meinem Leben will ich mich dazu bekennen, daß ich die Schuld habe. Ich habe keine Angst davor, von Schuldgefühlen überwältigt zu werden. Sie sind schnell genug wieder vorbei.«

»Glaubst du, daß sie in London sind?«

»Ja, wo sonst können sie sich so gut verstecken?«

»Und Lydia wollte immer schon nach London«, fügte Kitty hinzu.

»Na, dann ist sie ja jetzt glücklich«, versetzte ihr Vater trocken, »und ihr Aufenthalt dort wird sicher von einiger Dauer sein.«

Dann, nach einer kurzen Pause, fuhr er fort:
»Lizzy, ich bin dir nicht böse, daß du mit deinem guten Rat im Mai recht behalten hast. Wenn man bedenkt, was inzwischen passiert ist, hast du erstaunliche Weitsicht bewiesen.«
Sie wurden durch Miss Bennet unterbrochen, die den Tee für ihre Mutter holen kam.
»Dies ist das reinste Sanatorium, hier kann man es aushalten«, rief er, »hier wird das Unglück direkt zum Vergnügen! Das nächstemal werde ich es auch so machen; ich setze mich in Nachtmütze und Frisierumhang in meine Bibliothek und mache so viele Umstände wie möglich – aber vielleicht warte ich damit auch, bis Kitty davonläuft.«
»Ich laufe nicht davon«, sagte Kitty. »Wenn ich jemals nach Brighton fahre, benehme ich mich besser als Lydia.«
»Du – nach Brighton? Und wenn man mir fünfzig Pfund dazu gäbe, ließe ich dich nicht in die Nähe von Brighton. Nein, Kitty, zu guter Letzt habe ich gelernt, vorsichtig zu sein, und du wirst die Folgen zu spüren bekommen. Kein Offizier wird je wieder durch unser Dorf kommen, geschweige denn mein Haus betreten. Zu Bällen wirst du nicht mehr gehen, außer wenn du in Begleitung deiner Schwestern bist. Und du wirst dieses Haus nicht mehr verlassen, außer du hast darin täglich zehn Minuten auf sinnvolle Weise verbracht.«
Kitty, die alle diese Drohungen ernst nahm, fing an zu weinen.
»Na schön, na schön«, sagte er, »mach dich nicht unglücklich. Wenn du die nächsten zehn Jahre ein gutes Kind bist, will ich es mir danach noch einmal überlegen.«

Kapitel 49

Als Jane und Elizabeth zwei Tage nach Mr. Bennets Ankunft im Garten hinter dem Haus auf und ab gingen, sahen sie die Haushälterin auf sich zukommen, und da sie annahmen, sie solle sie im Auftrag ihrer Mutter rufen, gingen sie auf sie zu – aber statt der erwarteten Aufforderung sagte sie zu Miss Bennet: »Entschuldigen Sie die Unterbrechung, Madam, aber ich dachte, Sie hätten vielleicht gute Nachrichten aus London. Deshalb bin ich so frei gewesen, Sie fragen zu kommen.«

»Was soll das heißen, Hill? Wir haben gar keine Nachrichten aus London.«

»Aber Madam«, rief Mrs. Hill in großer Verwunderung, »wissen Sie denn nicht, daß ein Eilbotenbrief für den gnädigen Herrn von Mr. Gardiner gekommen ist? Er ist vor einer halben Stunde abgegeben worden.«

Zu neugierig, um Zeit für eine Antwort zu haben, liefen die Mädchen ins Haus, durch die Halle ins Frühstückszimmer, von dort in die Bibliothek – ihr Vater war nirgends zu finden, und sie wollten ihn schon oben bei ihrer Mutter suchen, als sie den Butler trafen, der sagte:

»Wenn Sie meinen Herrn suchen, Madam, er ist auf dem Weg zum kleinen Gehölz.«

Daraufhin durchquerten die Mädchen noch einmal die Halle und liefen über die Wiese hinter dem Vater her, der auf der anderen Seite der Koppel langsam und nachdenklich auf ein kleines Gehölz zuging.

Jane, die weder so flink wie Elizabeth noch so ans Laufen gewöhnt war, blieb bald zurück, während ihre Schwester, nach Atem ringend, ihn einholte und neugierig rief:

»O Papa, was gibt es Neues – was gibt es Neues? Hat unser Onkel geschrieben?«

»Ja, ich habe einen Eilbotenbrief erhalten.«

»Und? Was für Neuigkeiten bringt er, gute oder schlechte?«

»Was haben wir denn Gutes zu erwarten?« sagte er,

während er den Brief aus der Tasche nahm. »Aber vielleicht willst du ihn lesen.«
Elizabeth nahm ihm das Blatt ungeduldig aus der Hand. Jane kam nun heran.
»Lies ihn vor«, sagte ihr Vater, »ich weiß selber kaum, was drin steht.«

»›Gracechurch Street, Montag, 2. August
Mein lieber Schwager,
endlich kann ich Dir Nachrichten von meiner Nichte schicken, und wie ich hoffe, im großen und ganzen zufriedenstellende. Kurz nachdem Du am Sonnabend abgefahren warst, hatte ich das Glück herauszubekommen, in welchem Teil Londons sie sich aufhielten. Die Einzelheiten spare ich auf, bis wir uns treffen. Es genügt, daß ich sie gefunden habe. Ich habe mit beiden gesprochen –‹«

»Dann war meine Hoffnung berechtigt«, rief Jane, »sie sind verheiratet!«
Elizabeth las weiter:

»›Ich habe mit beiden gesprochen. Verheiratet sind sie nicht, und auch die Absicht dazu war nicht vorhanden, aber wenn Du in die Bedingungen einwilligst, die ich mir in Deinem Namen zu machen erlaubt habe, dann hoffe ich, werden sie es bald sein. Alles was von Dir verlangt wird, ist, daß Du Deiner Tochter vertraglich ihren Anteil an den 5000 Pfund zusagst, die nach Deinem und dem Tod meiner Schwester Deinen Kindern zufallen, und außerdem, daß Du Dich verpflichtest, ihr zu Deinen Lebzeiten hundert Pfund pro Jahr zu zahlen.[17] Das sind die Bedingungen, die ich bei sorgfältiger Überlegung vorbehaltlich Deiner Zustimmung einzugehen nicht gezögert habe. Ich sende diesen Brief per Eilboten, damit wir nicht unnütz Zeit verlieren. Du wirst diesen Einzelheiten leicht entnehmen, daß Mr. Wickhams Umstände nicht so hoffnungslos sind, wie allgemein angenommen. Die Öffentlichkeit hat sich in dieser Hinsicht geirrt, und ich kann zu meiner Freude sogar sagen, daß nach Begleichung seiner Schulden einiges Geld zum Vermögen Deiner Tochter hinzukommt. Wenn Du mir, wie ich fest annehme, Vollmacht gibst, während der ganzen Angelegenheit in Deinem Namen zu handeln, werde ich Haggerston sofort Anweisung geben, einen angemessenen Vertrag vorzubereiten. Es gibt nicht die geringste Notwendigkeit für Dich, noch einmal in die Stadt zu kommen, bleib deshalb ruhig in Longbourn und verlaß Dich auf meine Beharrlichkeit und Sorgfalt. Schicke mir so schnell Du kannst Antwort, und vergiß nicht, mir genaue Anweisungen zu geben. Wir halten es für das Beste, daß unsere Nichte von uns aus zur Trauung fährt, und ich hoffe, Du stimmst zu. Sie kommt heute zu uns. Ich melde mich wieder, sobald weitere Entscheidungen gefallen sind. Dein etc.

Edw. Gardiner.‹«

»Ist es zu glauben?« rief Elizabeth, als sie zu Ende gelesen hatte. »Ist es möglich, daß er sie heiratet?«

»Wickham ist also nicht ganz so schlecht«, sagte ihre Schwester, »wie wir geglaubt haben. Mein lieber Vater, herzlichen Glückwunsch.«

»Und hast du den Brief schon beantwortet?« fragte Elizabeth.

»Nein, aber ich muß es gleich erledigen.«

»Oh, mein lieber Vater«, rief sie, »komm mit zurück ins Haus und setz dich gleich hin. Bedenk doch, wie wichtig jeder Augenblick dabei ist.«

»Laß mich für dich schreiben«, sagte Jane, »wenn es dir zuviel Mühe macht.«

»Es macht mir zuviel Mühe«, erwiderte er, »aber es muß sein.«

Und damit kehrte er mit ihnen um und ging auf das Haus zu.

»Und wie ist es –« sagte Elizabeth, »mit den Bedingungen mußt du dich einverstanden erklären?«

»Einverstanden erklären! Ich schäme mich, daß er nicht mehr verlangt.«

»Und die Heirat *muß* sein! Und dabei ist er *solch* ein Filou!«

»Ja, ja, die Heirat muß sein. Es gibt keine andere Lösung. Aber zwei Dinge wüßte ich zu gern: einmal, wieviel Geld euer Onkel zugeschossen hat, um den Vertrag zustande zu bringen, und zum anderen, wie ich es ihm je vergelten soll.«

»Geld! Unser Onkel!« rief Jane, »was soll das heißen, Vater?«

»Das soll heißen, daß kein Mann, der bei Trost ist, für hundert Pfund pro Jahr zu meinen Lebzeiten und fünfzig nach meinem Tode in Versuchung käme, Lydia zu heiraten.«

»Das stimmt«, sagte Elizabeth, »obwohl ich nicht darauf gekommen wäre. Seine Schulden bezahlen und noch etwas übrig behalten! Oh, unser Onkel muß eingesprungen sein. Großzügiger, guter Onkel, ich fürchte, er hat sich übernommen. Mit einer kleinen Summe war es sicher nicht getan.«

»Nein«, sagte ihr Vater, »Wickham muß ein Idiot sein, wenn er sie für weniger als 10 000 Pfund nimmt. Es täte mir leid, wenn ich zu Anfang unserer verwandtschaftlichen Beziehungen so schlecht von ihm denken müßte.«

»10 000 Pfund! Um Himmels willen! Wie sollen wir auch nur die Hälfte der Summe zurückerstatten?«

Mr. Bennet gab keine Antwort, und sie gingen schweigend und in Gedanken vertieft weiter, bis sie das Haus erreichten. Ihr Vater ging in die Bibliothek, um den Brief zu schreiben, und die Mädchen ins Frühstückszimmer.

»Und sie werden also wirklich heiraten!« rief Elizabeth, sobald sie allein waren. »Wie seltsam ist das alles. Und *dafür* müssen wir nun auch noch dankbar sein. Dafür, daß sie heiraten, wenn auch ihre Glücksaussichten gering sind und sein Charakter miserabel ist, müssen wir auch noch in Jubel ausbrechen. O Lydia!«

»Ich tröste mich mit dem Gedanken«, erwiderte Jane, »daß er Lydia bestimmt nicht heiraten würde, wenn er sie nicht wirklich gern hätte. Obwohl unser großzügiger Onkel sicher etwas zugegeben hat, um seine Schulden zu bezahlen; daß es 10000 Pfund oder eine ähnlich hohe Summe sind, kann ich nicht glauben. Er hat selber Kinder und kann noch weitere bekommen. Wie könnte er auch nur die Hälfte entbehren?«

»Wenn wir erfahren könnten, wie hoch Wickhams Schulden waren«, sagte Elizabeth, »und wieviel er unserer Schwester aussetzt, dann wüßten wir genau, wieviel Mr. Gardiner ihnen dazugegeben hat, denn Wickham besitzt nicht einen Pfennig. Die Güte unseres Onkels und unserer Tante kann nie vergolten werden. Daß sie Lydia bei sich aufgenommen und ihr ihren Schutz und Ruf zur Verfügung gestellt haben, ist ein solches Opfer, daß auch jahrelange Dankbarkeit es nicht vergelten kann. In diesem Moment ist Lydia schon bei ihnen. Wenn diese Güte ihr Gewissen nicht weckt, dann verdient sie nicht, glücklich zu sein. Wie muß sie sich fühlen, wenn sie unserer Tante gegenübertritt.«

»Wir müssen versuchen, alles Vergangene zu vergessen«, sagte Jane. »Ich wünsche und hoffe, daß sie immer noch glücklich werden. Seine Zustimmung zur Ehe ist doch der Beweis, daß er auf dem rechten Wege ist. Ihre wechselseitige Zuneigung wird sie zur Stetigkeit anhalten, und ich hoffe ernsthaft, daß sie sich irgendwo ruhig niederlassen und so vernünftig leben, daß die Zeit ihre vergangene Unklugheit vergessen läßt.«

»Sie haben sich so benommen«, antwortete Elizabeth, »daß weder du noch ich, noch sonst jemand es jemals vergessen können. Machen wir uns doch nichts vor.«

Nun fiel den Mädchen ein, daß ihre Mutter aller Wahrscheinlichkeit nach noch überhaupt nichts von der neuesten Entwicklung wußte. Sie gingen deshalb in die Bibliothek und fragten ihren Vater, ob sie es ihr nicht erzählen sollten. Er war beim Schreiben und antwortete, ohne den Kopf zu heben, kühl:

»Wie ihr wollt.«

»Dürfen wir ihr den Brief unseres Onkels zum Lesen mitnehmen?«

»Nehmt, was ihr wollt, und schert euch raus.«

Elizabeth nahm den Brief von seinem Schreibtisch, und sie gingen gemeinsam nach oben. Mary und Kitty waren beide bei Mrs. Bennet: *Ein* Bericht würde deshalb für alle genügen. Sie bereiteten sie kurz auf die guten Nachrichten vor und lasen dann den Brief laut. Mrs. Bennet konnte sich nur mit Mühe beherrschen. Sobald Jane von Mr. Gardiners Hoffnung gelesen hatte, Lydia werde bald verheiratet sein, wurde sie von ihrer Freude überwältigt, und jeder neue Satz steigerte ihre Überschwenglichkeit. Sie gab sich nun ihrem Entzücken so hemmungslos hin wie vorher ihrem Kummer und Ärger. Zu wissen, daß ihre Tochter bald verheiratet sein würde, genügte ihr vollauf. Keine Sorge um ihr Glück lenkte sie ab, keine Erinnerung an ihr unerhörtes Benehmen mahnte sie zur Zurückhaltung.

»Meine liebe, liebe Lydia!« rief sie. »Wie ist das wunderbar! – Sie wird bald verheiratet sein! – Ich werde sie wiedersehen! – Verheiratet mit sechzehn! – Mein lieber, guter Bruder! Ich wußte, er würde es schaffen! – Ich habe solche Sehnsucht, sie zu sehen, und den lieben Wickham auch! Aber ihr Kleid, ihr Hochzeitskleid! Ich muß deswegen sofort an meine Schwägerin Gardiner schreiben. Lizzy, mein Kind, lauf runter zu deinem Vater, und frag ihn, wieviel er dafür ausgeben will. Nein, bleib, ich gehe selbst. Klingle nach Hill, Kitty. Ich werde mich sofort anziehen. Meine liebe, liebe Lydia! – Wie vergnügt werden wir sein, wenn wir uns wiedersehen!«

Ihre älteste Tochter versuchte, diese Gefühlsausbrüche dadurch etwas einzudämmen, daß sie ihre Gedanken auf die Verpflichtungen lenkte, die ihnen allen Mr. Gardiners Verhalten auferlegte.

»Denn wir verdanken dieses glückliche Ende«, fügte sie hinzu, »zu einem großen Teil seiner Güte. Wir müssen annehmen, daß er Geld beigesteuert hat, um Mr. Wickham finanziell zu unterstützen.«

»Schön«, rief ihre Mutter, »das ist nicht mehr als recht und billig; wer sonst als ihr eigener Onkel sollte es tun?

Wenn er keine Familie hätte, hätten meine Kinder und ich sein ganzes Geld doch sowieso geerbt. Und außerdem ist es das erstemal, daß er uns außer ein paar Geschenken etwas zukommen läßt. Schön! Ich bin so glücklich! In so kurzer Zeit eine Tochter verheiratet. Mrs. Wickham! – wie gut das klingt. Und sie ist erst im Juni sechzehn geworden. – Meine liebe Jane, ich zittere so, ich kann gar nicht schreiben. Ich werde diktieren, und du schreibst für mich. Wir sprechen nachher mit eurem Vater über das Geld, aber wir müssen den Stoff sofort bestellen.«

Dann ließ sie sich weitläufig über alle Einzelheiten von Kattun, Musselin und Batist aus und hätte ihr riesige Mengen zu bestellen diktiert, wenn Jane sie nicht, wenn auch mit Mühe, dazu überredet hätte zu warten, bis ihr Vater um Rat gefragt werden konnte. Ein Tag Aufschub, bemerkte sie, spiele keine Rolle, und ihre Mutter war zu glücklich, um ganz so widerspenstig wie sonst zu sein. Und außerdem wurde sie durch andere Pläne abgelenkt.

»Ich muß nach Meryton«, sagte sie, »sobald ich angezogen bin, und meiner Schwester Philips die gute, gute Nachricht bringen. Und auf dem Rückweg kann ich Lady Lucas und Mrs. Long Bescheid sagen. Kitty, lauf runter und laß die Kutsche anspannen. Frische Luft wird mir sicher guttun. Mädchen, kann ich etwas für euch in Meryton erledigen? Oh, hier kommt Hill! Meine liebe Hill, haben Sie schon die gute Nachricht gehört? Miss Lydia wird heiraten, und Sie sollen alle mit uns anstoßen, um die Hochzeit gebührend zu feiern.«

Mrs. Hill gab ihrer Freude sogleich Ausdruck. Auch Elizabeth empfing wie alle anderen ihren Glückwunsch, und dann nahm sie, krank von dem Theater ihrer Mutter, in ihrem Zimmer Zuflucht, um in Ruhe nachdenken zu können.

Selbst im besten Falle war die Lage der armen Lydia immer noch schlimm genug, aber daß es nicht schlimmer kam, war schon Anlaß zur Dankbarkeit. Wenn sie in die Zukunft blickte, konnte sie mit Fug und Recht weder dauerhaftes Glück noch weltliche Güter für ihre Schwester erwarten, aber wenn sie rückblickend an ihre Befürchtungen von vor nur zwei Stunden dachte, dann wußte sie die Vorteile dessen zu schätzen, was sie gewonnen hatten.

Kapitel 50

Schon seit längerem hatte Mr. Bennet sich häufig Vorwürfe gemacht, daß er nicht, statt sein Einkommen auszugeben, jährlich davon einen Teil für die bessere Versorgung seiner Kinder und – falls sie ihn überleben sollte – seiner Frau zurückgelegt hatte. Es nicht getan zu haben, bereute er nun mehr als sonst. Hätte er in dieser Hinsicht seine Pflicht getan, dann wäre Lydia jetzt nicht ihrem Onkel für das verpflichtet gewesen, was er an Ansehen und Ehre für sie erkaufen konnte. Dann hätte Mr. Bennet sich selbst das Vergnügen gönnen können, einen der unwürdigsten jungen Männer ganz Großbritanniens zur Heirat mit seiner Tochter zu bewegen.
Es machte ihm ernstlich Sorgen, die Kosten dieser für sie alle so wenig vorteilhaften Affäre seinem Schwager aufzubürden, und er war entschlossen, wenn irgend möglich herauszufinden, mit welcher Summe dieser eingesprungen war, damit er sie so bald wie möglich zurückzahlen konnte.
Als Mr. Bennet jung verheiratet war, hatte er an Sparsamkeit nicht gedacht, denn sie würden natürlich einen Sohn haben. Dieser Sohn würde dann, sobald er volljährig wäre, den Besitz in männlicher Linie übernehmen, und auf diese Weise wären seine Witwe und die jüngeren Kinder versorgt gewesen. Fünf Mädchen kamen nacheinander auf die Welt, aber noch immer stand der Sohn aus, und noch lange nach Lydias Geburt war Mrs. Bennet sicher, sie werde ihn schon noch bekommen. Schließlich hatte man die Hoffnung aufgegeben, aber da war es zum

Sparen zu spät. Mrs. Bennet lag das Haushalten gar nicht, und nur dem Unabhängigkeitsbedürfnis ihres Mannes war es zu verdanken, daß sie nicht über ihre Verhältnisse lebten.

Im Heiratsvertrag waren 5000 Pfund für Mrs. Bennet und ihre Kinder ausgesetzt worden, aber wie die Summe unter sie aufgeteilt werden sollte, blieb den Eltern überlassen. Wenigstens im Hinblick auf Lydia mußte diese Entscheidung nun getroffen werden, und Mr. Bennet durfte nicht zögern, die vorgeschlagene Lösung zu akzeptieren. Kurz und bündig, aber tiefempfunden drückte er deshalb seinem Schwager seinen Dank, seine volle Zustimmung zu allen Vereinbarungen und seine Bereitschaft aus, die für ihn eingegangenen Verpflichtungen zu erfüllen. Er hätte nicht geglaubt, daß es mit so wenig Unannehmlichkeiten für ihn selbst gelingen könnte, Wickham dazu zu veranlassen, seine Tochter zu heiraten. Die ihnen zugesprochenen 100 Pfund bedeuteten für ihn nur eine jährliche Mehrausgabe von etwa zehn Pfund, denn zusammen mit Unterhalt und Taschengeld und den ständigen Geschenken, die ihre Mutter ihr zusteckte, waren die Kosten für Lydia auch bisher nur knapp unter dieser Summe geblieben.

Daß ihm keine größeren Anstrengungen abverlangt wurden, war eine weitere, höchst willkommene Überraschung, denn Mr. Bennet hatte keinen anderen Wunsch, als so wenig wie möglich mit der Geschichte belästigt zu werden. Als die ersten Wutausbrüche, die ihn zur Suche nach seiner Tochter veranlaßt hatten, vorüber waren, fiel er wie selbstverständlich in seine frühere Gleichgültigkeit zurück. Sein Brief ging unverzüglich ab, denn wenn er Geschäfte auch nur ungern in Angriff nahm, führte er sie doch zügig aus. Er bat um weitere Einzelheiten, was er seinem Schwager schulde, war aber zu zornig auf Lydia, um ihr eine Nachricht ausrichten zu lassen.

Die angenehmen Neuigkeiten breiteten sich schnell im Haus und mit entsprechender Geschwindigkeit auch in der Nachbarschaft aus, die sie mit philosophischem

Gleichmut hinnahm. Zwar wäre es dem Klatsch weit zuträglicher gewesen, wenn Miss Lydia Bennet in der Gosse geendet hätte oder wenigstens von der Welt abgeschlossen auf irgendeinem abgelegenen Bauernhof ihre Tage hätte beschließen müssen, aber auch ihre Hochzeit bot Gesprächsstoff genug, und die wohlwollenden Zukunftswünsche der alten Lästerzungen in Meryton verloren auch bei diesem plötzlichen Wandel der Dinge nur wenig von ihrer Schadenfreude, denn bei einem solchen Ehemann durfte die auf Lydia zukommende Katastrophe als gewiß gelten.

Mrs. Bennet war seit vierzehn Tagen nicht mehr unten gewesen, aber an diesem glücklichen Tag nahm sie in niederschmetternd guter Stimmung ihren Platz am Kopfende des Tisches wieder ein. Ihr Triumph wurde von keinerlei Schamgefühl gedämpft. Die Heirat einer Tochter, seit Janes sechzehntem Geburtstag ihr Lebenstraum, stand nun unmittelbar bevor, und sie überschlug sich bei dem Gedanken an solche Begleiterscheinungen einer standesgemäßen Hochzeit wie elegante Stoffe, neue Kutschen und eine stattliche Dienerschar. Sie durchforschte die Nachbarschaft nach einem geeigneten Haus für ihre Tochter und tat viele ahnungslos und ohne auch nur eine Überlegung an das Einkommen der beiden zu verschwenden als minderwertig in Größe und Herrschaftlichkeit ab.

»Haye Park käme in Frage«, sagte sie, »wenn die Gouldings auszögen, oder das große Herrenhaus in Stoke, wenn das Wohnzimmer geräumiger wäre, aber Ashworth ist zu weit weg. Zehn Meilen von meiner Tochter entfernt zu sein, könnte ich nicht ertragen, und in Pulvis Lodge sind die Dachböden scheußlich.«

Solange die Diener anwesend waren, ließ ihr Mann sie ohne Unterbrechung reden. Aber als sie das Zimmer verlassen hatten, sagte er zu ihr:

»Mrs. Bennet, bevor du eins oder alle diese Häuser für deinen Schwiegersohn und deine Tochter mietest, wollen wir eins klarstellen: *Ein* Haus in dieser Gegend werden sie nie betreten. Ich werde ihrer Schamlosigkeit nicht dadurch Vorschub leisten, daß ich sie in Longbourn empfange.«

Eine lange Auseinandersetzung folgte dieser Erklärung, aber Mr. Bennet blieb hart. Und gleich darauf ging er noch weiter. Mit Erstaunen und Entsetzen vernahm Mrs. Bennet, daß ihr Mann nicht einen Pfennig für das Hochzeitskleid seiner Tochter auszugeben gedachte. Er wies sie deutlich darauf hin, daß Lydia zu diesem Anlaß von ihm kein Zeichen der Zuneigung erfahren werde. Mrs. Bennet konnte es kaum fassen. Daß sein Groll einen solchen Grad von Verbitterung annehmen würde, seiner Tochter ein Vorrecht zu verweigern, ohne das ihre Hochzeit kaum eine richtige Hochzeit war, ging entschieden über ihr Vorstellungsvermögen.

Die Schande, die es auf ihre Tochter warf, ohne ein neues Kleid getraut zu werden, ging ihr weit näher als die, daß die Braut entlaufen war und mit Wickham schon vierzehn Tage zusammenlebte, bevor die Hochzeit überhaupt stattfand.

Elizabeth tat es herzlich leid, daß sie sich in der Verzweiflung des Augenblicks dazu hatte hinreißen lassen, Mr. Darcy ihre Befürchtungen in bezug auf ihre Schwester mitzuteilen, denn da deren Hochzeit nun so bald den geziemenden Abschluß des Skandals bilden würde, konnten sie hoffen, ihren unglückseligen Anfang allen zu verheimlichen, die ihn nicht unmittelbar miterlebt hatten.

Sie hatte keine Angst, daß er die Nachricht in seinen Kreisen weiter verbreiten würde. Es gab wenig Leute, auf deren Verschwiegenheit sie sich so fest verlassen hätte, aber zugleich gab es auch niemanden, dessen Kenntnis von der Schwäche ihrer Schwester sie so demütigte – allerdings nicht, weil sie Nachteile für sich selbst daraus befürchtete, denn der Abgrund zwischen ihnen war wohl ohnehin unüberwindlich. Auch wenn Lydias Ehe auf die ehrenwerteste Weise geschlossen worden wäre, hätte Mr. Darcy nicht in eine Familie eingeheiratet, die zusätz-

lich zu allen anderen Einwänden nun auch noch aufs engste mit einem Mann verbunden war, den er zu Recht so verachtete.
Es durfte sie nicht wundern, daß er vor einer solchen Beziehung zurückschreckte. Sein Wunsch, sich ihrer Zuneigung zu versichern – so jedenfalls erschien ihr sein Verhalten in Derbyshire –, konnte bei nüchterner Betrachtung einen solchen Schlag nicht überleben. Sie war beschämt, betrübt, sie bereute, auch wenn sie kaum wußte, was. Jetzt, wo seine Wertschätzung ihr nicht zuteil werden würde, war sie eifersüchtig darauf. Jetzt, wo sie kaum damit rechnen konnte, Nachricht von ihm zu erhalten, hätte sie gern von ihm gehört. Jetzt, wo sie sich höchstwahrscheinlich nie wiedersehen würden, war sie davon überzeugt, daß sie mit ihm hätte glücklich werden können.
Welch ein Triumph für ihn, dachte sie oft, wenn er wüßte, daß sie seinen Antrag, den sie vor vier Monaten voller Stolz zurückgewiesen hatte, jetzt dankbar und mit Freuden angenommen hätte! Er war der edelmütigste Mann der Welt, daran zweifelte sie nicht, aber da er sterblich war, mußte er einfach triumphieren.
Sie begann nun einzusehen, daß er nach Charakter und Anlagen der für sie geeignetste Mann war. Sein Verstand und Temperament, obwohl von ihren so verschieden, hätten genau ihren Wünschen entsprochen. Ihre Vereinigung wäre zu ihrer beider Vorteil gewesen: Er wäre durch ihre Zwanglosigkeit und Lebhaftigkeit weniger herrisch und reserviert geworden, und ihr wären sein Urteil, seine Weltkenntnis und seine Erfahrung noch mehr zugute gekommen.
Aber nun konnte diese glückliche Ehe der bewundernden Menge nicht vor Augen führen, was eheliche Harmonie wirklich bedeutet. Eine Verbindung ganz anderer Art, die ihre eigene verhinderte, würde bald in ihrer Familie stattfinden.
Wie Wickham und Lydia sich auch nur einigermaßen über Wasser halten wollten, war ihr nicht klar. Aber wie wenig dauerhaftes Glück einem Paar bevorstand, das sich

nur gefunden hatte, weil ihre Leidenschaft größer als ihre Tugend war, konnte sie sich leicht vorstellen.

Mr. Gardiner schrieb bald noch einmal an seinen Schwager. Er antwortete auf Mr. Bennets Einverständnis mit Versicherungen, seiner Familie, wo er nur könne, immer gern zu Diensten zu sein, und schloß mit der dringenden Bitte, das Thema ihm gegenüber nicht mehr zu erwähnen. Der Hauptzweck seines Briefes aber war, sie zu informieren, daß Mr. Wickham beschlossen hatte, aus der Miliz auszuscheiden.

›Daß er sich dazu entschlossen hat, sobald der Hochzeitstermin feststand‹, fuhr er fort, ›entsprach ganz meinen Wünschen. Und ich nehme an, auch Du hältst seinen Austritt aus dem Oxfordshire Regiment für sehr ratsam, sowohl in seinem als auch im Interesse meiner Nichte. Mr. Wickham hat die Absicht, zum stehenden Heer überzuwechseln, und unter seinen früheren Freunden sind immer noch einige willens und imstande, ihm in der Armee weiterzuhelfen. Eine Fähnrichsstelle in General …s Regiment, augenblicklich im Norden stationiert, ist ihm zugesagt worden. Daß es so weit entfernt von hier ist, ist vorteilhaft. Er scheint es ernst zu meinen, und ich hoffe, in einer neuen Umgebung, wo sie beide einen Ruf zu verlieren haben, werden sie sich klüger verhalten. Ich habe an Oberst Forster geschrieben, um ihm unser Abkommen mitzuteilen und ihn zu bitten, Mr. Wickhams verschiedene Gläubiger in und um Brighton mit der Zusicherung baldiger Zahlung zufriedenzustellen, für die ich mich persönlich verbürgt habe. Könntest Du die Mühe auf Dich nehmen, seinen Gläubigern in Meryton entsprechend einer von ihm aufgestellten Liste, die ich beifüge, eine ähnliche Sicherheit zu geben? Er hat all seine Schulden zugegeben, ich hoffe, ohne etwas zu unterschlagen. Haggerston hat die Aufträge erhalten, in einer Woche ist alles unter Dach und Fach. Dann stoßen sie zu seinem Regiment, es sei denn, sie kommen Euch vorher noch in

Longbourn besuchen, und wie mir Mrs. Gardiner sagt, würde meine Nichte Euch alle sehr gern noch einmal sehen, bevor sie den Süden verläßt. Es geht ihr gut, und sie bittet mich, sie bei Dir und ihrer Mutter pflichtschuldigst zu empfehlen. – Dein etc.

E. Gardiner.‹

Mr. Bennet und seine Töchter sahen all die Vorteile von Wickhams Entfernung vom Oxfordshire Regiment ebenso klar wie Mr. Gardiner. Aber Mrs. Bennet war da anderer Meinung. Gerade jetzt, wo sie sich das größte Vergnügen und den größten Stolz von ihrer Gesellschaft versprach – denn den Plan, sie in Hertfordshire zu behalten, hatte sie keineswegs aufgegeben –, da sollte sie im Norden wohnen. Es war eine arge Enttäuschung. Und außerdem ein Jammer, daß Lydia ausgerechnet ein Regiment verlassen sollte, wo sie mit allen bekannt war und so viele Verehrer hatte.

»Sie hat Mrs. Forster so gern«, sagte sie. »Wie schrecklich, sie jetzt wegzuschicken! Und einige der jungen Männer sind ihr auch so sympathisch. Womöglich sind die Offiziere in General ...s Regiment bei weitem nicht so nett.«

Lydias Bitte – als solche mußte man die Bemerkung im Brief ihres Onkels wohl auffassen –, in den Schoß ihrer Familie wieder aufgenommen zu werden, stieß zunächst bei Mr. Bennet auf strikte Ablehnung. Aber Jane und Elizabeth fanden mit Rücksicht auf ihre Schwester und deren Ansehen, daß ihre Eltern sie aus Anlaß ihrer Hochzeit empfangen sollten, und baten ihn so inständig, aber zugleich so vernünftig und ruhig, Lydia und ihren Mann unmittelbar nach der Trauung zu sich nach Longbourn einzuladen, daß er schließlich dazu überredet wurde, ihren Standpunkt zu übernehmen und nach ihren Wünschen zu handeln. Und ihre Mutter hatte die Genugtuung, ihre verheiratete Tochter in der Nachbarschaft herumzeigen zu können, bevor diese in den Norden verbannt wurde. Als Mr. Bennet das nächstemal an seinen Schwager schrieb, schickte er deshalb seine Zustimmung zu ihrem Kommen, und es wurde abgemacht, daß sie gleich nach der kirchlichen Zeremonie nach Longbourn fahren sollten. Elizabeth fand es allerdings überraschend, daß Wickham sich darauf einließ, und wäre es nach ihren eigenen Wünschen gegangen, dann wäre eine Begegnung mit ihm nicht in Frage gekommen.

Kapitel 51

Der Hochzeitstag ihrer Schwester brach an, und Jane und Elizabeth nahmen ihn vermutlich ernster als sie selbst. Die Kutsche wurde bis ... geschickt, um sie abzuholen, und zum Dinner mit ihnen erwartet. Die älteren Misses Bennet sahen Lydias Ankunft mit großem Unbehagen entgegen, vor allem Jane, die auf Lydia Gefühle übertrug, die *sie* gehabt hätte, wenn sie selbst die Sünderin gewesen wäre, und die sich mit Schrecken ausmalte, was ihre Schwester durchmachen mußte.

Sie kamen an. Die Familie war im Frühstückszimmer versammelt, um sie zu empfangen. Ein Lächeln breitete sich auf Mrs. Bennets Gesicht aus, als die Kutsche vorfuhr; ihr Mann blickte undurchdringlich finster und ihre Töchter beunruhigt, ängstlich und unbehaglich.

Lydias Stimme war nun in der Eingangshalle zu hören, die Tür wurde aufgerissen, und sie kam ins Zimmer gelaufen. Ihre Mutter ging ihr ein paar Schritte entgegen, umarmte sie und begrüßte sie mit einem Freudenausbruch. Sie gab Wickham, der seiner Gattin folgte, mit einem gefühlvollen Lächeln die Hand und wünschte ihnen beiden mit einer Lebhaftigkeit alles Gute, die von keinerlei Zweifel an ihrem Glück getrübt war.

Mr. Bennet, dem sie sich dann zuwandten, begrüßte sie nicht ganz so herzlich. Sein Blick wurde eher noch finsterer, und er öffnete kaum den Mund. Die zwanglose Selbstsicherheit des Paares war für ihn wirklich provozierend genug. Elizabeth war angewidert, und sogar Miss Bennet war schockiert. Lydia war noch immer Lydia: ungezähmt, dreist, wild, laut und unerschrocken. Sie ging von Schwester zu Schwester, forderte sie zum Gratulieren auf, und als sie sich schließlich alle setzten, sah sie sich neugierig im Zimmer um, nahm eine kleine Änderung darin zur Kenntnis und bemerkte mit einem Lachen, es sei ja eine ganze Weile her, seit sie hier gewesen sei.

Wickham wirkte keineswegs niedergeschlagener als sie; aber seine Umgangsformen waren wie immer so einnehmend, daß sein Lächeln und seine Zwanglosigkeit beim Gespräch über ihre neuen verwandtschaftlichen Beziehungen sie sicher alle entzückt hätten, wenn sein Charakter und seine Ehe nicht so despektierlich gewesen wären. Elizabeth hätte dieses Maß an Selbstsicherheit bei ihm nicht für möglich gehalten, aber beim Hinsetzen nahm sie sich vor, der Schamlosigkeit eines schamlosen Mannes in Zukunft alles zuzutrauen. *Sie* errötete und Jane errötete; aber auf den Gesichtern der beiden war von der Verlegenheit, die sie hervorriefen, keine Spur zu sehen.

Um Gesprächsstoff war man nicht verlegen. Die Braut und ihre Mutter überboten einander in ihrem Redefluß, und Wickham, der zufällig in Elizabeths Nähe saß, fragte sie so ungeniert und gutgelaunt nach seinen Bekannten in Meryton, daß sie sich nicht imstande fühlte, ebenso zwanglos zu antworten. Das junge Paar schien in den heitersten Erinnerungen zu schwelgen. Nichts war ihnen im Rückblick peinlich, und Lydia brachte das Gespräch freiwillig auf Dinge, auf die ihre Schwestern um nichts in der Welt angespielt hätten.

»Stellt euch bloß vor«, rief sie, »drei Monate ist es schon her, seit ich weggefahren bin! Mir kommt es wie vierzehn Tage vor, und trotzdem, was ist in der Zwischenzeit nicht alles passiert. Lieber Gott! Als ich abfuhr, hatte ich nicht die geringste Ahnung, daß ich bei meiner Rückkehr verheiratet sein würde, obwohl ich manchmal gedacht habe, was für ein Spaß das sein müßte.«

Ihr Vater hob die Augen, Jane war peinlich berührt, und Elizabeth sah Lydia mit einem durchdringenden Blick an, aber da sie nie hörte und sah, was sie hören und sehen sollte, fuhr sie fröhlich fort: »O, Mama, wissen die Leute hier, daß heute mein Hochzeitstag ist? Ich hatte Angst, womöglich nicht; wir haben nämlich William Goulding in seinem Wagen überholt, und ich wollte natürlich, daß er es merkte, und deshalb habe ich das Fenster an seiner Seite heruntergelassen und meinen Handschuh ausgezogen und meine Hand ins Fenster gelegt, damit er den Ring sieht, und dann habe ich ihm zugenickt und gelächelt wie verrückt.«

Elizabeth konnte es nicht mehr ertragen. Sie stand auf, lief aus dem Zimmer und kam erst zurück, als sie hörte, wie sie durch die Halle ins Eßzimmer gingen. Sie kam gerade rechtzeitig, um zu sehen, wie Lydia an die rechte Seite ihrer Mutter stolzierte und zu ihrer ältesten Schwester sagte: »Übrigens, Jane, ich nehme jetzt deinen Platz ein, und du mußt weiter nach unten rücken, denn ich bin nun eine verheiratete Frau!«

Es war nicht anzunehmen, daß Lydia sich im Laufe der Zeit die Zurückhaltung auferlegen würde, von der sie bisher so völlig frei gewesen war. Im Gegenteil, ihre Zwanglosigkeit und gute Laune steigerten sich noch. Sie hatte solche Sehnsucht nach Mrs. Philips, den Lucas und all den anderen Nachbarn und hätte sie allesamt zu gern »Mrs. Wickham« sagen hören, und vorläufig ging sie nach dem Essen wenigstens zu Mrs. Hill und den beiden Hausmädchen, um ihren Ring zu zeigen und mit ihrer Heirat zu prahlen.

»So, Mama«, sagte sie, als sie alle wieder im Frühstückszimmer versammelt waren, »und wie findest du meinen Mann? Ist er nicht charmant? Ich bin sicher, alle meine Schwestern beneiden mich. Ich hoffe nur, sie haben eines Tages halb so viel Glück. Sie sollten alle nach Brighton fahren. Das ist der richtige Ort, sich einen Mann zu angeln. Wie schade, Mama, daß wir nicht alle hingefahren sind!«

»Wie recht du hast, und wenn es nach mir gegangen wäre, wären wir alle hingefahren. Aber meine liebe Lydia, daß du so weit weggehst, gefällt mir gar nicht. Muß es denn sein?«

»Lieber Gott, ja, aber das macht nichts. Ich finde es wunderbar. Du und Papa und meine Schwestern, ihr müßt alle kommen und uns besuchen. Wir werden den ganzen Winter in Newcastle bleiben, und es wird bestimmt einige Bälle geben, und ich passe schon auf, daß meine Schwestern nette Partner kriegen.«

»Das wäre fabelhaft!« sagte ihre Mutter.

»Und dann, wenn ihr zurückfahrt, kannst du eine oder zwei meiner Schwestern bei mir lassen, und ich wette, bevor der Winter vorbei ist, habe ich Männer für sie besorgt.«

»Vielen Dank für meinen Anteil an dieser Gunst«, sagte Elizabeth, »aber deine Art, Männer zu besorgen, liegt mir nicht besonders.«

Der Besuch sollte nicht länger als zehn Tage dauern, denn Mr. Wickham hatte sein Offizierspatent schon vor ihrer Abfahrt aus London erhalten und mußte in vierzehn Tagen bei seinem Regiment sein.

Niemandem außer Mrs. Bennet tat es leid, daß der Besuch so kurz war, und deshalb nutzte sie die Zeit, indem sie mit ihrer Tochter Besuche machte und häufig Gäste einlud. Aber diese Parties waren allen recht; das Zusammensein im Familienkreis zu vermeiden, war den Nachdenklichen noch willkommener als den Gedankenlosen.

Das Verhältnis zwischen Wickham und Lydia war genau, wie Elizabeth erwartet hatte: Sie liebte ihn wesentlich mehr als er sie. Aber sie hätte sich auch ohne das Bild vor ihren Augen denken können, daß Lydias Schwärmerei und nicht seine der Anlaß zu ihrem Abenteuer war, und sie hätte sich gefragt, warum er, ohne sie wirklich zu lieben, mit ihr entlaufen war, wenn sie nicht überzeugt gewesen wäre, daß ihm der Boden zu heiß geworden war. Und wenn das der Fall war, war *er* nicht der Mann, in solcher Lage eine Gefährtin zurückzuweisen.

Lydia war bis über beide Ohren in ihn verliebt. Bei jeder Gelegenheit war er ihr »geliebter Wickham«, und keiner konnte ihm das Wasser reichen. Er konnte alles bei weitem am besten, und zu Beginn der Jagdsaison auf jeden Fall mehr Vögel schießen als jeder andere in der Gegend.

Als Lydia eines Vormittags kurz nach ihrer Ankunft mit ihren beiden ältesten Schwestern zusammensaß, sagte sie zu Elizabeth:

»Lizzy, ich habe *dir* ja noch gar nicht von meiner Hochzeit erzählt. Du warst nicht dabei, als ich Mama und den anderen davon berichtet habe. Bist du gar nicht neugierig, wie sie sich abgespielt hat?«

»Nein, gar nicht«, erwiderte Elizabeth. »Ich finde, man kann nicht selten genug davon sprechen.«

»Pah, du bist komisch! Aber ich muß es dir trotzdem erzählen. Wir sind ja in der St. Clement Kirche getraut worden, weil Wickham in der Gegend wohnte. Wir hatten verabredet, daß alle um elf Uhr da sein sollten. Onkel und Tante und ich sollten hinfahren, und die anderen wollten uns in der Kirche treffen. Na ja, Montagmorgen kam, und ich war völlig durcheinander. Ich hatte solche Angst, daß irgend etwas dazwischenkommen würde, und dann wäre ich wahnsinnig geworden. Und dann hörte unsere Tante nicht auf, während des Ankleidens auf mich einzureden und zu predigen, als ob wir schon in der Kirche wären. Aber ich habe überhaupt nicht zugehört, denn du kannst dir ja vorstellen, daß ich nur an meinen geliebten Wickham gedacht habe. Ich war so neugierig, ob er seine blaue Jacke zur Trauung anhaben würde. Na ja, und um zehn haben wir wie gewöhnlich gefrühstückt. Ich dachte, es würde ewig dauern, und außerdem mußt du wissen, Onkel und Tante waren so gemein zu mir, solange ich bei ihnen war. Kannst du dir vorstellen, daß ich in den ganzen vierzehn Tagen dort keinen Fuß vor die Tür gesetzt habe. Nicht eine Party, nicht eine Veranstaltung, gar nichts. In London war natürlich nicht viel los um diese Zeit, aber das ›Kleine Theater‹ war offen. Na ja, und dann, als die Kutsche gerade vorfuhr, wurde unser Onkel geschäftlich zu diesem gräßlichen Mr. Stone gerufen. Und wenn die erst einmal anfangen, können sie kein Ende finden. Na ja, ich hatte vielleicht Angst, ich wußte gar nicht, was ich machen sollte, denn mein Onkel sollte mich doch zum Altar führen, und wenn wir zu spät gekommen wären, hätten wir an *dem* Tag überhaupt nicht mehr getraut werden können. Aber zum Glück kam er nach zehn Minuten wieder, und wir fuhren alle los. Mir fiel erst hinterher ein, daß die Trauung auch ohne ihn stattgefunden hätte, denn Mr. Darcy wäre ja eingesprungen.«

»Mr. Darcy!« wiederholte Elizabeth fassungslos vor Staunen.

»Aber ja doch, er sollte doch mit Wickham hinkommen. Ach, du lieber Himmel! Das habe ich ganz vergessen! Ich sollte kein Wort davon verraten. Ich habe es ihnen fest versprochen. Was wird bloß Wickham sagen? Es sollte unbedingt ein Geheimnis bleiben.«

»Wenn es ein Geheimnis bleiben sollte«, sagte Jane, »dann sag kein Wort mehr davon. Du kannst dich darauf verlassen, daß ich nicht weiterfragen werde.«

»Natürlich«, sagte Elizabeth, obwohl sie vor Neugier platzte, »dann stellen wir keine Fragen mehr.«

»Danke«, sagte Lydia, »denn sonst würde ich euch alles erzählen, und dann wäre Wickham furchtbar böse.«

Um einer so einladenden Aufforderung zum Weiterfragen zu entgehen, war Elizabeth gezwungen, wegzulaufen.

Aber in Unkenntnis darüber zu leben, war unmöglich, jedenfalls war es unmöglich, nicht *mehr* darüber in Erfahrung bringen zu wollen. Mr. Darcy war bei der Trauung ihrer Schwester gewesen. Es waren genau die Leute, es war genau der Ort, wo er am wenigsten verloren hatte und wohin ihn am wenigsten zog. Die wildesten Vermutungen schossen ihr durch den Kopf, was er dort zu suchen hatte, aber sie fand keine einleuchtende Erklärung. Die, die ihr am besten gefielen, weil sie sein Verhalten im hellsten Licht erstrahlen ließen, waren am unwahrscheinlichsten. Sie konnte die Ungewißheit nicht aushalten, nahm schnell ein Blatt Papier und schrieb einen kurzen Brief an ihre Tante, in dem sie um Aufklärung über Lydias Andeutung bat, sofern es mit dem Versprechen der Verschwiegenheit zu vereinbaren war.

›Du kannst Dir leicht vorstellen‹, schloß sie, ›wie groß meine Neugier ist zu erfahren, was ein mit unserer Familie so wenig verbundener Mensch (er ist im Grunde doch ein Fremder) bei einer solchen Gelegenheit unter Euch zu suchen hatte. Bitte, schreib mir gleich, damit ich es verstehe – außer es muß aus guten Gründen, wie Lydia anzunehmen scheint, ein Geheimnis bleiben; dann muß ich mich eben damit abfinden.‹

»Aber das werde ich trotzdem nicht«, sagte sie zu sich selbst und schloß den Brief:

›Und wenn Du, meine liebe Tante, es mir nicht offen sagen kannst, dann muß ich zu Tricks und Kniffen greifen, um es herauszubekommen.‹

Janes unbestechliches Ehrgefühl erlaubte ihr nicht, mit Elizabeth allein über das zu sprechen, was Lydia angedeutet hatte. Und Elizabeth war froh darüber. Solange sie nicht sicher war, ob ihre Nachforschungen Erfolg hatten, war sie lieber ohne Vertraute.

Kapitel 52

Elizabeth erhielt zu ihrer Freude eine umgehende Antwort auf ihren Brief. Kaum war sie in ihrem Besitz, als sie in das kleine Gehölz lief, wo sie am wenigsten leicht gestört werden konnte, sich auf eine der Bänke setzte und sich auf eine glückliche halbe Stunde vorbereitete, denn die Länge des Briefes machte eine abschlägige Antwort unwahrscheinlich.

›Gracechurch Street, 6. Sept.

Meine liebe Nichte,

ich habe gerade Deinen Brief erhalten und werde den ganzen Vormittag darauf verwenden, ihn zu beantworten, denn ich sehe voraus, daß es mit einer *kurzen* Antwort nicht getan ist. Ich muß gestehen, Deine Bitte hat mich überrascht, von *Dir* hatte ich sie nicht erwartet. Aber denk nicht, daß ich böse bin, ich hatte nur nicht vermutet, daß *Du* auf eine solche Anfrage angewiesen wärst. Wenn Du mich nicht verstehen willst, entschuldige meine Zudringlichkeit. Aber Dein Onkel ist ebenso überrascht wie ich, denn seine Handlungsweise wäre nur unter der Voraussetzung berechtigt, daß Du an der Geschichte nicht ganz unschuldig bist. Aber wenn Du wirklich nichtsahnend und schuldlos bist, muß ich ausführlicher werden.

Genau am Tage meiner Rückkehr von Longbourn hatte Dein Onkel einen höchst unerwarteten Besucher. Mr. Darcy kam und zog sich mit ihm mehrere Stunden zurück. Das Gespräch war zu Ende, bevor ich ankam, so daß meine Neugier nicht so sehr auf die Folter gespannt wurde wie anscheinend Deine. Er war gekommen, um Mr. Gardiner mitzuteilen, daß er das Versteck Deiner Schwester und Mr. Wickhams gefunden, beide aufgesucht und mit beiden gesprochen habe, mit Wickham mehrmals, mit Lydia nur einmal. Wenn ich mich richtig erinnere, hat er Derbyshire nur einen Tag nach uns verlassen und ist in der Absicht nach London gekommen, sie aufzuspüren. Der angebliche Grund war seine Überzeugung, es sei seine Schuld, daß Wickhams Charakterlosigkeit sich nicht genügend herumgesprochen habe, um es einer anständigen jungen Frau unmöglich zu machen, ihn zu lieben oder ihm zu vertrauen. Großmütig schrieb er das ganze Unglück seinem falschen Stolz zu und gestand, er habe es bisher für unter seiner Würde gehalten, seine Privatangelegenheiten der Öffentlichkeit preiszugeben. Wickhams Charakter hatte für sich selber sprechen sollen. Er halte es deshalb jetzt für seine Pflicht, einzugreifen und zu versuchen, wiedergutzumachen, was er angerichtet habe. Selbst wenn er noch einen anderen Grund hatte, dann spricht das, glaube ich, nur für ihn. Er brauchte einige Tage, bis er die beiden finden konnte. Aber er hatte im Gegensatz zu uns einen Anhaltspunkt, und das war ein weiterer Grund für seinen Entschluß, uns zu folgen.

Es gibt da wohl eine Mrs. Younge, die vor einiger Zeit Miss Darcys Gouvernante war und wegen irgendwelcher Mißhelligkeiten von ihrem Posten entlassen wurde – aber Genaueres hat er nicht gesagt. Sie hat dann ein großes Haus in der Edward Street gemietet und seitdem Untermieter aufgenommen, um ihren Lebensunterhalt zu verdienen. Er wußte, daß diese Mrs. Younge mit Wickham eng befreundet war, und suchte sie in London gleich auf. Aber es dauerte zwei oder drei Tage, bevor er von ihr die gewünschte Auskunft bekam. Ich vermute, sie wollte ihr Geheimnis nicht ohne Gegenleistung verraten, denn sie wußte genau, wo ihr Freund sich aufhielt. Tatsächlich war Wickham gleich nach seiner Ankunft in London zu ihr gegangen, und wenn sie Platz gehabt hätte, wären sie bei ihr untergeschlüpft. Aber schließlich erhielt unser gütiger Freund die Auskunft, die er benötigte.

Sie waren in der ... Street. Er sprach mit Wickham und bestand darauf, auch Lydia zu sehen. Wie er zugab, war es zuerst seine Absicht, Lydia dazu zu überreden, ihre gegenwärtige entehrende Situation aufzugeben und zu ihrer Familie zurückzukehren, sobald diese dazu überredet werden könne, sie wieder aufzunehmen, und er sagte ihr dabei, soweit möglich, seine Hilfe zu. Aber Lydia war absolut entschlossen zu bleiben, wo sie war. Ihre Familie war ihr gleichgültig; sie lehnte seine Hilfe ab; sie wollte nichts davon wissen, Wickham zu verlassen; sie war überzeugt, früher oder später würden sie heiraten, wann war ihr gleichgültig. Da sie es nicht anders wollte, blieb ihm, wie er glaubte, nur eins zu tun: Die Heirat auf schnellstem Wege zu veranlassen, die, so wußte er aus dem ersten Gespräch mit Wickham, nie in dessen Absicht

gelegen hatte. Wickham gab zu, er habe das Regiment wegen einiger drängender Ehrenschulden verlassen müssen, und schreckte nicht davor zurück, die üblen Folgen von Lydias Flucht ihrer eigenen Dummheit zuzuschreiben. Er wollte augenblicklich seinen Abschied nehmen und machte sich über seine Zukunft wenig Gedanken. Er wollte irgendwohin gehen, wußte aber nicht wohin und hatte keine Ahnung, wovon er leben sollte.
Mr. Darcy fragte ihn, warum er Deine Schwester nicht auf der Stelle geheiratet habe. Obwohl Mr. Bennet nicht als besonders reich galt, hätte er doch sicher etwas für ihn tun können, und seine Lage hätte sich durch eine Heirat nur verbessern können. Aber Wickhams Antwort machte ihm klar, daß er immer noch die Hoffnung hegte, sein Glück in einem anderen Land durch eine vorteilhafte Partie zu machen. Unter diesen Umständen erschien es unwahrscheinlich, daß er der Versuchung sofortiger finanzieller Erleichterung widerstehen konnte.
Sie trafen sich mehrmals, denn es gab allerlei zu besprechen. Wickham verlangte natürlich mehr, als er bekommen konnte, mußte seine Forderungen aber schließlich auf ein vernünftiges Maß zurückschrauben.
Als *sie* sich geeinigt hatten, war Mr. Darcys nächster Schritt, Deinen Onkel davon zu informieren, und am Abend vor meiner Rückkehr sprach er in Gracechurch Street vor. Aber Mr. Gardiner war nicht erreichbar, und Mr. Darcy erfuhr auf weitere Nachfrage, daß Dein Vater noch bei ihm war, London aber am nächsten Vormittag verlassen würde. Er hielt Deinen Vater nicht für die geeignete Person, die Angelegenheit zu besprechen, und verschob deshalb das Gespräch mit Mr. Gardiner lieber bis nach der Abfahrt Deines Vaters. Er hatte seinen Namen nicht genannt, und daher wußte man bis zum nächsten Tag nur, daß ein Herr geschäftlich vorgesprochen hatte.
Am Sonnabend kam er wieder. Dein Vater war abgereist, Dein Onkel zu Hause, und sie führten, wie gesagt, ein langes Gespräch miteinander.
Am Sonntag trafen sie sich noch einmal, und dabei be-

kam auch ich ihn zu Gesicht. Erst am Montag war alles geregelt, und unmittelbar darauf wurde der Eilbote nach Longbourn geschickt. Aber unser Besucher war sehr hartnäckig, und letzten Endes glaube ich beinahe, Lizzy, daß Hartnäckigkeit sein eigentlicher Charakterfehler ist. Ihm sind im Laufe der Zeit alle möglichen Schwächen vorgeworfen worden, aber dies ist sein eigentlicher Fehler. Alles und jedes wollte er selbst machen, obwohl ich sicher bin (und ich sage das nicht, damit Du Dich bei ihm bedankst; erwähne es deshalb lieber nicht), Dein Onkel hätte es sehr gern selbst übernommen, alles in Ordnung zu bringen.

Es dauerte lange, bis sie sich zusammengerauft hatten, eine Mühe, die das betroffene Paar keineswegs verdient hat. Aber schließlich wurde Dein Onkel gezwungen, nachzugeben, und anstatt seiner Nichte nützlich sein zu können, mußte er sich damit begnügen, nur das *Verdienst* dafür einzuheimsen, was ihm sehr gegen den Strich ging, und ich glaube, Dein Brief heute morgen kam ihm sehr zupaß, weil er eine Antwort erforderte, die ihn seiner fremden Federn beraubt und das Verdienst demjenigen zukommen läßt, dem es gebührt. Aber davon, Lizzy, darf außer Dir höchstens noch Jane wissen.

Ich nehme an, Du wirst Dir denken können, was für die jungen Leute getan worden ist. Wickhams Schulden, die sich, glaube ich, auf erheblich mehr als 1000 Pfund belaufen, müssen beglichen werden; Lydia ist zusätzlich zu ihren eigenen 1000 Pfund noch einmal dieselbe Summe zugesprochen und sein Offizierspatent ist bezahlt worden. Aus welchen Gründen Mr. Darcy all dies *allein* tun wollte, habe ich oben schon erwähnt. Nur er, seine Diskretion und sein Mangel an angemessener Einschätzung seien schuld gewesen, daß ein so falsches Bild von Wickhams Charakter entstanden und er infolgedessen so gut aufgenommen und behandelt worden sei. Vielleicht stimmt das zum Teil, obwohl ich bezweifle, daß seine oder irgend jemandes Diskretion für den Vorfall verantwortlich gemacht werden kann. Aber trotz all dieser schönen

Sprüche kannst Du völlig beruhigt sein, meine liebe Lizzy, daß Dein Onkel nie nachgegeben hätte, wenn wir nicht überzeugt gewesen wären, daß Darcy dabei noch andere Interessen verfolgt.

Als all dies erledigt war, fuhr er zurück zu seinen Freunden, die sich noch in Pemberley aufhielten, aber es wurde vereinbart, daß er zur Hochzeit noch einmal nach London zurückkehren sollte, um die finanziellen Angelegenheiten endgültig zu regeln.

So, das wäre, glaube ich, alles. Es ist ein Bericht, der Dich angeblich sehr überraschen wird. Aber ich hoffe, er wird Dir wenigstens nicht mißfallen. Lydia zog dann zu uns, und Wickham ging bei uns aus und ein. *Er* benahm sich genau wie damals, als ich ihn in Hertfordshire kennenlernte; wie wenig zufrieden ich allerdings mit *ihrem* Benehmen bei uns war, würde ich gar nicht erwähnen, wenn ich aus Janes Brief vom letzten Mittwoch nicht entnommen hätte, daß sie sich bei Euch neulich genauso aufgeführt hat, und deshalb wird mein Bericht Dir keinen neuen Kummer machen. Wiederholt habe ich in aller Ernsthaftigkeit auf sie eingeredet, um ihr die Ungehörigkeit und das ganze Unglück klarzumachen, das sie über ihre Familie gebracht hat. Wenn sie mich gehört hat, dann nur durch Zufall, denn zugehört hat sie mir bestimmt nicht. Manchmal war ich richtig ärgerlich, aber dann dachte ich an meine liebe Elizabeth und meine liebe Jane, und um ihretwillen hatte ich Geduld mit ihr.

Mr. Darcy kam rechtzeitig wieder und nahm, wie Lydia Dir erzählt hat, an der Trauung teil. Am nächsten Tag war er bei uns zum Dinner und wollte London am Mittwoch oder Donnerstag wieder verlassen. Bist Du mir sehr böse, meine liebe Lizzy, wenn ich die Gelegenheit wahrnehme (was ich bisher nie gewagt habe), Dir zu sagen, wie sympathisch ich ihn finde? Er war in jeder Hinsicht genauso zuvorkommend zu uns wie seinerzeit in Derbyshire. Sein Verständnis und seine Meinungen gefallen mir, er braucht nur noch ein bißchen mehr Lebhaftigkeit, aber *die* wird ihm seine Frau, wenn er *klug* heiratet, schon beibringen. Ich fand ihn sehr raffiniert: Deinen Namen hat er kaum je erwähnt. Aber Raffiniertheit scheint jetzt in Mode zu sein.

Verzeih mir, wenn ich mir zuviel herausgenommen habe, oder bestrafe mich wenigstens nicht dadurch, daß Du mich nicht in Pemberley empfängst. Ohne die ganze Runde durch den Park gemacht zu haben, kann ich nicht wunschlos glücklich sein. Ein niedriges Wägelchen mit zwei hübschen Ponys wäre gerade das Richtige für mich.

Aber ich muß Schluß machen. Die Kinder rufen schon seit einer halben Stunde nach mir.

Herzlich Deine M. Gardiner.‹

Der Inhalt dieses Briefes erregte Elizabeth innerlich in einem Maße, daß sie Mühe hatte zu entscheiden, ob Freude oder Schmerz dabei überwog. Sie hatte bei ihren vagen und unsicheren Vermutungen über Darcys Rolle beim Zustandekommen der Ehe ihrer Schwester nicht den Mut gehabt, sein Eingreifen einer geradezu übermenschlichen Güte zuzuschreiben und zugleich die schmerzlichen Verpflichtungen gefürchtet, die es ihnen auferlegen würde, aber jetzt stellte sich ihr Verdacht als durch und durch begründet heraus. Er war ihnen in voller Absicht nach London nachgereist und hatte all die Mühe und Erniedrigung im Zusammenhang mit der Suche auf sich genommen, wobei er eine von ihm verabscheute und verachtete Frau um etwas zu bitten gezwungen war und er sich dazu herablassen mußte, den Mann, dem er um alles in der Welt aus dem Wege gehen wollte und dessen Namen auszusprechen eine Strafe für ihn bedeutete, zu treffen, mehrmals zu treffen, zur Vernunft zu bringen, zu überreden und schließlich zu bestechen. Er hatte all das für ein Mädchen getan, das er weder schätzte noch achtete. Eine innere Stimme sagte ihr, er habe es für *sie* getan, aber diese Hoffnung wurde von anderen Überlegungen gedämpft, und nicht einmal ihre Eitelkeit reichte aus, sich vorzustellen, daß seine Zuneigung zu ihr, zu einer Frau, die ihn schon einmal abgewiesen hatte, imstande war, ein so verständli-

ches Gefühl wie seinen Abscheu vor einer verwandtschaftlichen Beziehung mit Mr. Wickham zu überwinden. Er Wickhams Schwager! Jedes Fünkchen Stolz mußte in ihm dagegen revoltieren. Er hatte zwar viel getan, sie schämte sich bei dem Gedanken, wie viel, aber er hatte die Gründe seines Einschreitens genannt, und sie leuchteten ohne ›wenn‹ und ›aber‹ ein. Warum sollte er nicht ein Schuldgefühl haben? Er war großzügig, und er hatte die Mittel, davon Gebrauch zu machen, und obwohl sie sich nicht als den eigentlichen Beweggrund für seine Hilfe betrachtete, durfte sie vielleicht doch hoffen, daß seine Gefühle für sie immer noch stark genug waren, ihm einen zusätzlichen Grund für seine Beteiligung zu geben, wo ihr innerer Friede auf dem Spiel stand. Es war schmerzlich, sehr schmerzlich, in der Schuld eines Mannes zu stehen, bei dem man sich niemals revanchieren konnte. Sie verdankten ihm die Rettung Lydias, ihren Ruf, sie verdankten ihm alles! Oh, wie bedauerte sie jede unfreundliche Empfindung, die sie gehegt, jedes schnippische Wort, das sie an ihn gerichtet hatte! Sie selbst fühlte sich beschämt, aber sie war stolz, daß er, wo es um Mitleid und Ehre ging, über seinen Schatten gesprungen war. Immer wieder las sie das Loblied ihrer Tante auf ihn. Es reichte noch nicht aus, aber es tat gut. Und es bereitete ihr sogar eine gewisse, wenn auch mit Bedauern gemischte Freude, zu erfahren, wie unbeirrt ihre Tante und ihr Onkel an die zwischen ihr und Darcy angeblich bestehende Zuneigung geglaubt hatten.
Näherkommende Schritte schreckten sie von der Bank und ihren Gedanken auf, und bevor sie in einen der Seitenwege verschwinden konnte, wurde sie von Wickham überholt.
»Störe ich Sie bei Ihrem einsamen Spaziergang, meine liebe Schwägerin?« sagte er, als er zu ihr trat.
»Ja, sicher«, sagte sie mit einem Lächeln, »aber daraus folgt doch nicht, daß ich mich nicht gern stören lasse.«
»Das täte mir auch leid. *Wir* waren doch immer gute Freunde, und jetzt mehr denn je.«
»Das stimmt. Kommen die anderen nicht?«

»Ich weiß nicht. Mrs. Bennet und Lydia wollten mit der Kutsche nach Meryton. Und wie ich von Ihrem Onkel und Ihrer Tante weiß, meine liebe Schwägerin, haben Sie nun tatsächlich Pemberley gesehen.«

Sie bestätigte es.

»Ich beneide Sie fast um das Vergnügen, aber ich fürchte, es liegt zu weit ab für mich, außer wenn ich es auf dem Wege nach Newcastle mitnehme. Und die alte Haushälterin haben Sie sicher auch getroffen? Die arme Reynolds, sie mochte mich immer so gern. Aber sie hat meinen Namen wohl kaum erwähnt.«

»Doch.«

»Und was hat sie gesagt?«

»Daß Sie zum Militär gegangen seien; aber sie fürchte, Sie hätten die in Sie gesetzten Erwartungen nicht erfüllt. Auf solche Entfernung werden Dinge meist eigenartig entstellt.«

»Natürlich«, antwortete er und biß sich auf die Lippen. Elizabeth hoffte, ihn damit zum Schweigen gebracht zu haben, aber er fuhr gleich darauf fort:

»Ich war überrascht, daß Darcy im letzten Monat in London war. Wir sind uns mehrmals über den Weg gelaufen. Was hat er wohl dort gewollt?«

»Vielleicht wollte er Vorbereitungen für seine Hochzeit mit Miss de Bourgh treffen«, sagte Elizabeth. »Irgend etwas Besonderes muß ihn um diese Jahreszeit dorthin getrieben haben.«

»Zweifellos. Sind Sie ihm bei Ihrem Aufenthalt in Lambton begegnet? Haben die Gardiners nicht so etwas gesagt?«

»Ja, er hat uns mit seiner Schwester bekannt gemacht.«

»Und wie hat sie Ihnen gefallen?«

»Außerordentlich gut.«

»Ich habe auch gehört, daß sie sich in den letzten ein oder zwei Jahren sehr zu ihrem Vorteil verändert hat. Als ich sie zum letztenmal sah, wirkte sie nicht sehr vielversprechend. Wie schön, daß Sie sie mochten. Hoffentlich erfüllt sie die in sie gesetzten Erwartungen.«

»Das nehme ich bestimmt an; sie ist über das kritische Alter hinaus.«

»Sind Sie durch Kympton gekommen?«

»Ich erinnere mich nicht.«

»Ich erwähne es nur, weil es die Pfarre ist, die ich erhalten sollte. Ein herrliches Fleckchen Erde! Und ein ausgezeichnetes Pfarrhaus! Es wäre in jeder Hinsicht ideal für mich gewesen.«

»Wie hätte es Ihnen gefallen, Predigten zu halten?«

»Hervorragend. Ich hätte es als Teil meiner Pflichten angesehen, und dann hätte es mich keine Mühe mehr gekostet. Man soll Dingen nicht unnütz nachtrauern, aber es wäre großartig für mich gewesen. Die Ruhe, die Abgeschiedenheit eines solchen Lebens hätten genau meinem Ideal von Glück entsprochen. Aber es hat nicht sein sollen. Hat Darcy jemals darüber gesprochen, als Sie in Kent waren?«

»Ich habe aus einer anderen, aber ebenso zuverlässigen Quelle gehört, daß Ihr Anspruch auf die Pfarre an Bedingungen und die Zustimmung des gegenwärtigen Patronatsherrn gebunden war.«

»So? – Ja, so ähnlich war es wohl. Ich habe es Ihnen doch damals erzählt, erinnern Sie sich?«

»Ich habe auch gehört, daß es Zeiten gab, wo das Predigen nicht so recht nach Ihrem Geschmack war wie anscheinend jetzt – wo Sie Ihre Entschlossenheit erklärt haben, niemals Geistlicher zu werden, und deshalb wurde in gegenseitigem Einverständnis eine andere Lösung gefunden.«

»Ja, richtig, da haben Sie nicht ganz unrecht. Erinnern Sie sich, was ich Ihnen bei unserer ersten Begegnung darüber erzählt habe?«

Sie waren nun beinahe an der Haustür angekommen, denn Elizabeth war schneller gegangen, um ihn loszuwerden; und um ihn um ihrer Schwester willen nicht zu verärgern, antwortete sie nur mit einem gutmütigen Lächeln:

»Kommen Sie, Mr. Wickham, wir sind doch Schwager und

Schwägerin. Wir wollen uns nicht um die Vergangenheit streiten; in Zukunft sind wir uns hoffentlich immer einig.«

Sie streckte ihre Hand aus, er küßte sie mit gekonnter Galanterie, obwohl er kaum wußte, wohin er blicken sollte, und sie betraten das Haus.

Kapitel 53

Mr. Wickham gab sich mit dem Gespräch so gründlich zufrieden, daß er sich nie wieder dadurch Verdruß bereitete oder seine liebe Schwägerin Elizabeth provozierte, daß er auf das Thema zurückkam, und sie freute sich, daß ihre Andeutungen ihn ein für allemal zum Schweigen gebracht hatten.

Bald kam der Tag, an dem sie von ihm und Lydia Abschied nehmen und Mrs. Bennet sich mit einer Trennung abfinden mußte, die vermutlich mindestens ein Jahr dauern würde, da ihr Mann keinerlei Anstalten machte, mit der ganzen Familie nach Newcastle zu fahren, wie sie es sich ausgemalt hatte.

»Oh, meine liebe Lydia«, rief sie, »wann sehen wir uns wieder?«

»Ach, du lieber Himmel! Ich habe keine Ahnung. Zwei oder drei Jahre wird es wohl dauern.«

»Und schreib mir auch oft, mein Kind!«

»So oft ich kann. Aber du weißt ja, verheiratete Frauen haben nie viel Zeit zum Schreiben. Meine Schwestern können *mir* ja schreiben. Sie haben doch nichts anderes zu tun.«

Mr. Wickhams Abschied war wesentlich herzlicher als der seiner Frau. Er lächelte, sah gut aus und sagte viele reizende Dinge.

»Das ist mir ein Bursche«, sagte Mr. Bennet, kaum daß sie aus dem Haus waren. »Er bringt sich halb um vor Freundlichkeit und hat uns alle in sein Herz geschlossen. Ich bin gewaltig stolz auf ihn. Und nun kann ich es sogar mit Sir William Lucas aufnehmen, denn ich habe einen noch wertvolleren Schwiegersohn aufgetrieben.«

Der Verlust ihrer Tochter lastete einige Tage lang schwer auf Mrs. Bennets Gemüt.

»Ich denke oft«, sagte sie, »nichts ist schlimmer, als sich von seinen Freunden zu trennen. Man fühlt sich ohne sie ganz verlassen.«

»Siehst du, Mutter, das kommt davon, wenn du eine deiner Töchter verheiratest«, sagte Elizabeth. »Es muß ein Trost für dich sein, daß die anderen vier unverheiratet sind.«

»Ach, Unsinn! Lydia hat mich nicht verlassen, weil sie geheiratet hat, sondern weil das Regiment ihres Mannes zufällig weit weg ist. Wenn es in der Nähe wäre, wäre sie noch geblieben.«

Aber die Niedergeschlagenheit, in die dieses Ereignis sie gestürzt hatte, währte nicht lange, und bald wurde Mrs. Bennets Gemüt durch eine Neuigkeit, die sich herumzusprechen begann, von neuen Hoffnungen belebt. Die Haushälterin von Netherfield hatte nämlich den Auftrag erhalten, das Haus für den Empfang ihres Herrn herzurichten, der in ein oder zwei Tagen erwartet wurde, um einige Wochen dort auf die Jagd zu gehen. Mrs. Bennet war ganz aus dem Häuschen. Abwechselnd sah sie Jane an, lächelte und wiegte den Kopf.

»Soso, und Mr. Bingley kommt also wieder, Schwester« – denn Mrs. Philips brachte die Nachricht –, »na, um so besser. Aber nicht, daß es mich interessiert. Er bedeutet uns gar nichts, wie du weißt, und *ich* will ihn auch gar nicht wiedersehen. Trotzdem, er kann natürlich herzlich gern nach Netherfield kommen, wenn er Lust hat. Und wer weiß, wer weiß ... Aber das geht uns nichts an. Wir haben uns ja schon seit langem geeinigt, kein Wort mehr darüber zu verlieren. Ist es auch sicher, daß er kommt?«

»Du kannst dich darauf verlassen«, erwiderte Mrs. Philips, »denn Mrs. Nichols ist gestern abend in Meryton gewesen. Ich sah sie an unserem Haus vorbeigehen und bin auf die Straße gegangen, um zu hören, ob es stimmt, und sie hat es mir voll und ganz bestätigt. Spätestens am Donnerstag wird er erwartet, wahrscheinlich schon am Mittwoch. Sie war auf dem Weg zum Fleischer, sagte sie, um für Mittwoch Fleisch zu bestellen, und hat sechs junge schlachtreife Enten mitgenommen.«

Miss Bennet war gegen ihren Willen errötet, als sie die Nachricht hörte. Vor vielen Monaten hatte sie seinen Namen Elizabeth gegenüber zum letztenmal erwähnt, aber jetzt sagte sie, sobald sie allein waren:

»Du hast mich heute vormittag angesehen, Lizzy, als unsere Tante die Nachricht brachte. Ich weiß, ich habe einen sehr unglücklichen Eindruck gemacht, aber glaube nicht, daß ich alberne Gedanken im Kopf habe. Ich war nur einen Augenblick verwirrt, weil ich *wußte*, daß alle mich ansehen würden. Ich kann dir mit ruhigem Gewissen sagen, daß die Nachricht mich weder angenehm noch unangenehm berührt. Über eins bin ich allerdings froh: daß er allein kommt; dann sehen wir ihn nicht so oft. Nicht daß ich Angst um mich habe, aber die Bemerkungen anderer Leute könnte ich nur schwer ertragen.«

Elizabeth wußte nicht, was sie davon halten sollte. Wäre sie ihm nicht in Derbyshire begegnet, dann hätte sie ihm abgenommen, daß er nur aus dem angegebenen Grund kam, aber sie glaubte, er war immer noch in Jane verliebt, und sie schwankte, ob es wahrscheinlich war, daß er mit Genehmigung seines Freundes kam, oder ob er kühn genug war, ohne sie zu kommen.

»Aber es ist schrecklich«, dachte sie manchmal, »daß der arme Mann nicht einmal in sein rechtmäßig gemietetes Haus kommen kann, ohne so viele Spekulationen auszulösen. Ich werde ihn in Ruhe lassen.«

Trotz allem, was ihre Schwester bei seiner bevorstehenden Ankunft über ihre Empfindungen sagte und selber glaubte, merkte Elizabeth schnell, daß sie doch davon berührt wurde. Sie war unausgeglichener, unruhiger, als sie sie seit langem erlebt hatte.

Das Thema, das vor einem Jahr zwischen ihren Eltern so lebhaft hin und her diskutiert worden war, war nun wieder aktuell.

»Sobald Mr. Bingley kommt, mein Lieber«, sagte Mrs. Bennet, »wirst du ihm natürlich einen Besuch abstatten.«

»Nein, nein. Du hast mich im vorigen Jahr gezwungen, ihm einen Besuch zu machen, und mir versprochen, daß er dafür eine meiner Töchter heiraten wird. Und was ist daraus geworden? Nichts. Ich will nicht noch einmal mit leeren Händen nach Hause kommen.«

Seine Frau führte ihm vor Augen, wie unbedingt erforderlich von seiten aller Herren in der Nachbarschaft eine solche Höflichkeit anläßlich seiner Rückkehr nach Netherfield sei.

»Eine Höflichkeitspflicht, die mir widersteht. Wenn er unseren Umgang wünscht, soll *er* kommen. Er weiß ja, wo wir wohnen. Ich werde meine Zeit nicht damit verschwenden, hinter meinen Nachbarn jedesmal herzulaufen, wenn sie kommen und gehen.«

»Na schön, aber ich finde es unglaublich rücksichtslos, ihn nicht zu besuchen. Jedenfalls wird es mich nicht davon abhalten, ihn zum Dinner einzuladen. Das habe ich mir fest vorgenommen. Wir müssen Mrs. Long und die Gouldings sowieso einladen. Dann sind wir mit uns zusammen dreizehn, und für ihn ist gerade noch Platz am Tisch.«

Mit diesem Trost im Herzen konnte sie die Unhöflichkeit ihres Mannes leichter ertragen, obwohl sie den Gedanken unerträglich fand, daß als Folge davon ihre Nachbarn ihn früher sehen würden als sie. Als der Tag der Ankunft herankam, sagte Jane zu ihrer Schwester:

»Es fängt an, mir leid zu tun, daß er überhaupt kommt. Es würde mir nichts ausmachen; ich könnte ihm völlig gleichgültig gegenübertreten, aber den Gedanken, daß alle ständig von ihm reden werden, kann ich kaum ertragen. Mutter meint es gut, aber sie kann sich nicht vorstellen, keiner kann sich vorstellen, wie ich unter ihren Worten leide. Wie froh bin ich, wenn sein Aufenthalt in Netherfield erst vorüber ist.«

»Wenn ich dich bloß trösten könnte«, sagte Elizabeth, »aber ich weiß einfach nicht, wie. Du mußt es doch merken. Und die übliche Genugtuung, einem Leidenden Geduld zu predigen, ist mir auch versagt, denn du findest dich sowieso immer zu leicht mit allem ab.«

Mr. Bingley war wieder da. Mit Hilfe der Dienerschaft brachte Mrs. Bennet es fertig, es zum frühest möglichen Zeitpunkt in Erfahrung zu bringen, mit dem einzigen Erfolg, daß es ihre Zeit der Ungewißheit und Verstimmung verlängerte. Sie zählte die Tage, die anstandshalber vergehen mußten, bevor ihre Einladung zum Dinner an ihn ergehen konnte – ohne Hoffnung, ihn vorher zu Gesicht zu bekommen. Aber am dritten Tag nach seiner Ankunft in Hertfordshire sah sie ihn von ihrem Ankleidezimmer aus über die Koppel und auf das Haus zureiten.

Aufgeregt rief sie nach ihren Töchtern, damit sie an ihrer Freude teilnehmen konnten. Jane blieb entschlossen am Tisch sitzen, aber um ihrer Mutter einen Gefallen zu tun, trat Elizabeth ans Fenster. Sie sah hinaus, erkannte Darcy in seiner Begleitung und setzte sich wieder zu ihrer Schwester.

»Da ist noch ein Herr bei ihm, Mama«, rief Kitty, »wer mag das wohl sein?«

»Irgendein Bekannter, nehme ich an, mein Kind, ich weiß auch nicht.«

»Pah!« erwiderte Kitty, »er sieht genauso aus wie der Mann, der damals immer bei ihm war. Mr. Wie-heißt-er-doch, dieser große, stolze Mann.«

»Du lieber Himmel! Mr. Darcy! Tatsächlich, du hast recht. Na schön, Mr. Bingleys Freunde sind uns natürlich jederzeit willkommen, aber im übrigen muß ich gestehen, daß schon sein Anblick mir von Herzen zuwider ist.«

Jane sah Elizabeth überrascht und besorgt an. Sie wußte nur wenig von den Vorgängen in Derbyshire und stellte sich deshalb vor, wie peinlich es für ihre Schwester sein mußte, ihm beinahe zum erstenmal nach seinem erklärenden Brief zu begegnen. Beiden Schwestern war nicht recht wohl zumute. Jede fühlte mit der anderen und natürlich auch mit sich selbst, und ihre Mutter hörte nicht auf, von ihrer Abneigung gegen Mr. Darcy und ihrer Entschlossenheit zu reden, ihn nur mit der nötigsten Höflichkeit als Mr. Bingleys Freund zu behandeln, ohne daß ihre beiden Töchter ihr zuhörten. Aber Elizabeths Verlegenheit entsprang vor allem einer Quelle, die Jane nicht erraten konnte, der sie bisher nicht den Mut gehabt hatte, Mrs. Gardiners Brief zu zeigen oder vom Wandel ihrer Gefühle ihm gegenüber zu erzählen. Für Jane war er nur der Mann, dessen Antrag ihre Schwester abgelehnt und dessen Wert sie unterschätzt hatte, aber sie selbst wußte darüber hinaus, daß *ihm* die ganze Familie unendlich viel verdankte. Sie brachte ihm Empfindungen entgegen, die vielleicht nicht so zärtlich, aber mindestens ebenso verständlich und berechtigt waren wie Janes gegenüber Mr. Bingley. Sie konnte es nicht fassen, daß er überhaupt kam – nach Netherfield, nach Longbourn kam und freiwillig ihre Gegenwart suchte, und sie war ebenso erstaunt wie in Derbyshire, als ihr sein verändertes Wesen zuerst aufgefallen war.

Die Farbe war aus ihrem Gesicht gewichen, aber dann wurde es für kurze Zeit von einer tieferen Röte überzogen, und ihr glückliches Lächeln gab den Augen zusätzlichen Glanz, als sie an die verflossene Zeit und die Beständigkeit seiner Gefühle und Wünsche dachte. Aber sie war immer noch unsicher.

»Ich will erst sehen, wie er sich benimmt«, sagte sie sich, »bevor ich Erwartungen daran knüpfe.«

Sie saß in ihre Arbeit vertieft und kämpfte um Fassung. Sie wagte die Augen nicht zu heben und richtete sie erst voller Aufregung und ängstlicher Neugier auf das Gesicht ihrer Schwester, als der Diener die Tür öffnete. Jane sah ein wenig blasser als sonst aus, bewahrte aber mehr Haltung, als Elizabeth erwartet hatte. Beim Eintritt der Herren nahm ihre Farbe zu, doch sie empfing sie einigermaßen gefaßt und mit dem erforderlichen gesellschaftlichen Takt, der

ebenso frei von allen Zeichen der Verstimmung wie der übertriebenen Freude war.
Elizabeth sagte nur, was die Höflichkeit erforderte, und machte sich dann mit einem sonst selten bei ihr gesehenen Eifer wieder an ihre Arbeit. Sie hatte nur *einen* Blick auf Darcy riskiert. Er blickte ernst wie immer und, wie sie fand, mehr wie in Hertfordshire als in Pemberley. Aber vielleicht konnte er sich in Anwesenheit ihrer Mutter nicht so geben wie in der ihres Onkels und ihrer Tante. Es war ein schmerzlicher, aber keineswegs unwahrscheinlicher Gedanke.
Sie hatte auch Bingley für einen Augenblick angesehen und hatte den Eindruck, er machte ein zufriedenes und zugleich verlegenes Gesicht. Er wurde von Mrs. Bennet mit einer Überschwenglichkeit empfangen, die ihre beiden Töchter äußerst peinlich berührte, besonders wenn sie sie mit der kühlen und förmlichen Höflichkeit verglichen, mit der sie bei der Begrüßung seines Freundes den Kopf neigte.
Vor allem Elizabeth, die wußte, daß ihre Mutter ihm die Rettung ihrer Lieblingstochter von unwiderruflicher Schande verdankte, war von dieser unangebrachten Behandlung aufs schmerzlichste verletzt und empört.
Nach einer kurzen Frage, wie es Mr. und Mrs. Gardiner gehe – eine Frage, die Elizabeth nicht ohne Verwirrung beantworten konnte –, sagte Mr. Darcy kaum noch etwas. Er saß nicht neben ihr, und vielleicht war das der Grund seines Schweigens; aber in Derbyshire hatte er sich anders verhalten. Dort hatte er sich mit ihren Freunden unterhalten, wenn sie nicht in seiner Nähe war. Jetzt vergingen ganze Minuten, bevor sie seine Stimme hörte, und wenn sie gelegentlich ihrer Neugier nicht widerstehen konnte und ihre Augen zu ihm hob, fand sie *seine* ebensooft auf Jane wie auf sie selbst gerichtet, wenn er nicht, wie meist, einfach auf den Boden sah. Er war nachdenklicher und weniger darauf bedacht zu gefallen als bei ihrer letzten Begegnung. Sie war enttäuscht und ärgerte sich über sich.

»Kann ich denn etwas anderes erwarten«, sagte sie sich; »aber warum ist er bloß gekommen?«

Sie hatte keine Lust, sich mit jemand anderem als ihm zu unterhalten, aber dazu fehlte ihr der Mut.

Sie erkundigte sich nach seiner Schwester und war dann wieder still.

»Wie lange es schon her ist, Mr. Bingley, seit Sie Hertfordshire verlassen haben!« sagte Mrs. Bennet.

Er gab ihr recht.

»Ich hatte schon Angst, Sie würden gar nicht wiederkommen. Es wurde sogar erzählt, daß Sie Ende September Netherfield ganz aufgeben wollten, aber ich hoffe, es stimmt nicht. Es hat sich so viel in der Nachbarschaft verändert seit Ihrem Weggang. Miss Lucas ist verheiratet und weggezogen und eine meiner Töchter auch. Sie haben sicher davon gehört. Ach ja, in der Zeitung werden Sie es gelesen haben. Es stand in der ›Times‹ und im ›Courier‹, aber es hätte eigentlich anders heißen müssen. Der Text lautete nur: ›Wir haben geheiratet, George Wickham und Lydia Bennet.‹ Kein Wort über ihren Vater oder ihr Elternhaus oder sonst etwas. Mein Bruder Gardiner hat die Anzeige aufgegeben, und ich frage mich wirklich, wie er sich dabei so dumm anstellen konnte. Haben Sie sie gelesen?«

Bingley bestätigte es und gratulierte ihr. Elizabeth wagte nicht aufzusehen und konnte deshalb nicht sagen, was für ein Gesicht er machte.

»Es ist ein Vergnügen, eine Tochter gut verheiratet zu haben«, fuhr ihre Mutter fort, »aber, Mr. Bingley, es ist auch ein hartes Los, wenn sie einem genommen wird. Sie sind nach Newcastle gezogen, ganz im Norden, glaube ich, und werden dort wer weiß wie lange bleiben. Sein Regiment ist dort stationiert. Sie haben sicher gehört, daß er das Oxfordshire Regiment verlassen hat und zum stehenden Heer übergewechselt ist. Gott sei Dank! Einige Freunde sind ihm geblieben, wenn auch wahrscheinlich weniger als er verdient.«

Elizabeth wußte, daß sie damit Mr. Darcy treffen wollte,

und wäre am liebsten vor Scham in den Boden gesunken. Aber wenigstens veranlaßte es sie zum Sprechen, wozu sie bisher nichts hatte bewegen können, und sie fragte Mr. Bingley, ob er diesmal länger auf dem Land bleiben wolle. Er rechnete mit ein paar Wochen.

»Wenn Sie Ihre eigenen Vögel geschossen haben, Mr. Bingley«, sagte ihre Mutter, »kommen Sie bitte unbedingt zu uns und schießen Sie auf Mr. Bennets Grund und Boden so viele Sie wollen. Er wird sich riesig freuen, Ihnen einen Gefallen tun zu können und wird die besten jungen Rebhühner für Sie aufsparen.«

Elizabeths Unbehagen wurde durch dieses überflüssige und übertriebene Buhlen um seine Gunst noch verstärkt. Sollten sich tatsächlich dieselben vielversprechenden Aussichten ergeben, auf die sie im vorigen Jahr gesetzt hatten, dann fürchtete sie, daß alles binnen kurzem wieder zu demselben traurigen Ende führen würde. Und plötzlich wurde ihr klar, daß auch Jahre des Glücks Jane oder sie selbst nicht für diese Augenblicke qualvoller Erniedrigung entschädigen konnten.

»Ich habe nur noch den einen Wunsch«, sagte sie zu sich, »keinen von beiden je wiederzusehen. Auch *ihre* Gesellschaft kann nicht so viel Vergnügen bereiten, daß es diese entsetzlichen Minuten wettmacht. Ich will keinen von beiden je wiedersehen.«

Aber das Elend, das Jahre des Glücks nicht wettmachen konnten, löste sich zu einem Gutteil in Luft auf, als sie beobachtete, welche Wirkung die Schönheit ihrer Schwester noch immer auf deren früheren Verehrer ausübte. Bei seinem Eintritt hatte er nur wenig mit ihr gesprochen, aber von Minute zu Minute wandte er ihr mehr Aufmerksamkeit zu. Er fand sie noch genauso anziehend wie im letzten Jahr – so ausgeglichen, so natürlich, wenn auch nicht so gesprächig. Jane bemühte sich, keine Veränderung an sich erkennen zu lassen, und bildete sich ein, sie sei so gesprächig wie immer. Aber sie war so mit ihren Gedanken beschäftigt, daß sie ihr eigenes gelegentliches Schweigen gar nicht bemerkte.

Als die Herren sich erhoben, um zu gehen, vergaß Mrs. Bennet nicht, ihre Liebenswürdigkeit mit einer Einladung zum Dinner in Longbourn zu krönen.

»Sie schulden mir noch immer einen Besuch, Mr. Bingley«, fügte sie hinzu, »denn als Sie im letzten Winter nach London gingen, haben Sie mir versprochen, bei Ihrer Rückkehr im Kreis unserer Familie zu speisen. Sehen Sie, ich habe es nicht vergessen, und Sie können mir glauben, ich war untröstlich, daß Sie nicht zurückgekommen sind und Ihr Versprechen gehalten haben.«

Bingley machte bei ihren Worten eine etwas unglückliche Figur und sagte, wie leid es ihm tue, daß seine geschäftlichen Verpflichtungen ihn abgehalten hätten. Dann gingen sie.

Mrs. Bennet war stark in Versuchung gewesen, sie gleich zum Dinner dazubehalten, denn ihr Tisch war immer reichlich gedeckt. Wenn man allerdings *einen* Gast zufriedenstellen wollte, auf den man so ernste Absichten hatte, und einen anderen, der so viel Stolz, einen verwöhnten Gaumen und 10 000 Pfund pro Jahr besaß, dann mußten es schon mindestens zwei Hauptgerichte sein.

Kapitel 54

Sobald die Besucher sie verlassen hatten, ging Elizabeth an die frische Luft, um wieder zu sich zu kommen, oder besser, um ohne Unterbrechung über all das nachzudenken, was sie noch niedergeschlagener machen mußte. Mr. Darcys Verhalten überraschte und irritierte sie.

»Warum war er denn überhaupt gekommen«, fragte sie sich, »wenn er doch nur schweigsam, finster und gleichgültig sein wollte?«

Sie konnte darauf keine zufriedenstellende Antwort finden.

»Zu meinem Onkel und meiner Tante war er doch auch

freundlich, auch liebenswürdig, warum nicht zu mir? Wenn er Angst vor mir hat, warum kommt er her? Wenn ich ihm gleichgültig geworden bin, warum schweigt er? Unbegreiflicher Mann! Ich will nicht mehr an ihn denken.«

Durch das Erscheinen ihrer Schwester konnte sie ihr Versprechen unfreiwillig eine kurze Zeit lang halten. Jane sah vergnügt aus und war mit ihrem Besuch offensichtlich zufriedener als Elizabeth.

»Jetzt«, sagte sie, »wo die erste Begegnung vorüber ist, habe ich mich völlig in der Gewalt. Ich kenne meine eigenen Kräfte, und sein Kommen wird mich nicht mehr in Verlegenheit bringen. Ich bin froh, daß er am Dienstag bei uns speist, dann werden alle sehen, daß es von beiden Seiten nichts weiter ist als eine ganz normale gleichgültige Bekanntschaft.«

»Ja, sehr gleichgültig!« sagte Elizabeth lachend. »O Jane, nimm dich in acht!«

»Meine liebe Lizzy, du kannst mich nicht für so schwach halten, daß ich jetzt noch in Gefahr bin.«

»Ich glaube, du bist in sehr großer Gefahr, ihn so verliebt wie eh und je in dich zu machen.«

Bis Dienstag bekamen sie die Herren nicht zu Gesicht, und in der Zwischenzeit ließ Mrs. Bennet all ihren schönsten Hoffnungen freien Lauf, die Bingleys gute Laune und seine gewohnte Höflichkeit bei dem halbstündigen Besuch in ihr wiederbelebt hatten.

Am Dienstag war in Longbourn eine große Gesellschaft versammelt, und die beiden am ungeduldigsten erwarteten Gäste, als Sportsleute an Pünktlichkeit gewöhnt, waren rechtzeitig erschienen. Auf dem Weg ins Eßzimmer beobachtete Elizabeth gespannt, ob Bingley den ihm bei allen früheren Gelegenheiten zukommenden Platz neben ihrer Schwester einnehmen würde. Ihre umsichtige Mutter, mit demselben Gedanken im Kopf, verzichtete deshalb darauf, ihn an ihre eigene Seite zu bitten. Als sie das Zimmer betraten, schien er zu zögern, aber Jane sah sich zufällig um und lächelte zufällig – es war entschieden: Er setzte sich neben sie. Elizabeth sah seinen Freund triumphierend an. Er trug es mit vornehmer Gelassenheit, und sie hätte fast geglaubt, Bingley dürfe nun mit seinem Segen glücklich werden, hätte sie nicht auch *seine* Augen halb lächelnd und halb unsicher auf Darcy gerichtet gesehen.

Während des Essens war Bingley, wenn auch mit mehr Zurückhaltung als sonst, von ihrer Schwester so gefesselt, daß Elizabeth überzeugt war, Janes und sein Glück wäre, wenn man beide sich selbst überließe, bald unter Dach und Fach. Obwohl sie sich nicht auf das Resultat verlassen wollte, beobachtete sie sein Verhalten doch mit Freude. Es gab ihr den Auftrieb, den ihre Stimmung brauchte, denn *sie* war keineswegs so gut gelaunt. Mr. Darcy saß ganz am anderen Ende der Tafel, an der Seite ihrer Mutter. Sie wußte, daß beiden nichts daran lag und es keinen von beiden in einem guten Licht erscheinen ließ. Sie war zu weit entfernt, um ihre Unterhaltung verstehen zu können, aber sie sah, wie selten sie miteinander sprachen und wie förmlich und kühl sie sich dabei benahmen. Die abweisende Haltung ihrer Mutter ließ sie um so schmerzlicher empfinden, wieviel sie ihm verdankten, und sie hätte manchmal etwas darum gegeben, ihm sagen zu dürfen, daß es auch jemanden in ihrer Familie gab, der seine Güte kannte und zu schätzen wußte.

Sie hoffte, daß sich im Laufe des Abends eine Gelegenheit bieten würde, zusammen zu sein; daß der Besuch nicht ganz vorübergehen würde, ohne ihnen die Möglichkeit zu einem Gespräch zu geben, das etwas mehr als die förmliche Begrüßung am Anfang enthielt. In ihrer Ungeduld und Unruhe kam ihr die Zeit im Wohnzimmer, bevor die Herren sich wieder zu ihnen gesellten, so unerträglich und langweilig vor, daß sie sich beinahe unhöflich verhielt. Der Eintritt der Herren mußte entscheiden, ob der weitere Verlauf des Abends ihr noch Freude bereiten würde.

»Wenn er sich dann nicht zu mir setzt«, sagte sie zu sich, »gebe ich ihn für immer auf.«

Die Herren kamen, und sie fand, er sah aus, als werde

er ihre Hoffnungen erfüllen, aber welche Enttäuschung! Die Damen standen so dichtgedrängt wie bei einer Verschwörung um den Tisch, an dem Miss Bennet Tee zubereitete und Elizabeth Kaffee ausschenkte, daß in ihrer Nähe nicht Platz genug für einen einzigen Stuhl war. Und obendrein rückte, als die Herren zu ihnen traten, eins der Mädchen noch näher an Elizabeth heran und sagte flüsternd:
»Die Männer werden uns nicht auseinanderbringen, das verspreche ich dir. Wir wollen sie hier nicht, oder?«
Darcy war in eine andere Ecke des Raumes gegangen. Sie folgte ihm mit den Augen und beneidete jeden, mit dem er sprach, hatte kaum Geduld, den Kaffee einzuschenken, und war dann wütend auf sich und ihr albernes Benehmen.
»Ein Mann, der einmal abgewiesen worden ist! Wie konnte ich nur so töricht sein, an ein Wiederaufleben seiner Liebe zu glauben? Gibt es einen einzigen Mann auf der Welt, der nicht einen zweiten Antrag an dieselbe Frau als Schwäche auslegen würde? Nichts empfinden sie als so demütigend!«
Daß er seine Kaffeetasse selbst zurückbrachte, gab ihr wieder Hoffnung, und sie nahm die Gelegenheit wahr, ihn zu fragen:
»Ist Ihre Schwester noch auf Pemberley?«
»Ja, sie bleibt bis Weihnachten.«
»Und ganz allein? Sind alle Ihre Freunde wieder abgefahren?«
»Mrs. Annesley ist bei ihr. Die anderen sind vor drei Wochen nach Scarborough weitergefahren.«
Mehr fiel ihr nicht ein, aber wenn ihm daran lag, sich mit ihr zu unterhalten, hatte er vielleicht mehr Erfolg. Er blieb jedoch nur einige Minuten schweigend bei ihr stehen, und als die jungen Damen Elizabeth wieder etwas zuflüsterten, zog er sich zurück. Dann wurden die Teetassen abgeräumt und die Kartentische aufgestellt. Die Damen erhoben sich, und wieder hoffte Elizabeth, er werde zu ihr kommen, bis ihre Pläne dadurch über den Haufen

geworfen wurden, daß er dem Beutezug ihrer Mutter auf Whistspieler zum Opfer fiel, und nur Augenblicke später saß er mit den anderen am Tisch. Viel Erfreuliches war nun von diesem Abend nicht mehr zu erwarten. Sie wurden an verschiedenen Tischen festgehalten, und so oft wie er in ihre Richtung blickte, konnte sie nur hoffen, daß er genauso schlecht spielte wie sie.

Mrs. Bennet hatte die Absicht gehabt, die beiden Herren aus Netherfield zu einem späten Imbiß dazubehalten, aber unglücklicherweise fuhr ihre Kutsche früher als alle anderen vor, und sie hatte keine Gelegenheit, sie zurückzuhalten.

»Na, Kinder«, bemerkte sie, als sie unter sich waren, »was sagt ihr zu dem Tag? Ich habe den Eindruck, es hat alles großartig geklappt. Am Dinner war aber auch gar nichts auszusetzen. Das Wild war gut durchgebraten, und alle fanden den Schinken köstlich. Die Suppe war zehnmal besser als die bei den Lucas vorige Woche. Und sogar Mr. Darcy hat zugegeben, daß die Rebhühner hervorragend waren, und der hat doch mindestens zwei oder drei französische Köche. Und dich, meine liebe Jane, habe ich nie schöner gesehen. Mrs. Long fand es auch, denn ich habe sie extra danach gefragt. Und weißt du, was sie noch gesagt hat? ›Ah, Mrs. Bennet, wir werden sie doch noch in Netherfield sehen.‹ Das hat sie wirklich gesagt. Ich finde, Mrs. Long ist eine Seele von Mensch – und ihre Nichten sind so gut erzogene Mädchen und überhaupt nicht hübsch. Sie gefallen mir prächtig.«

Kurz, Mrs. Bennet war in glänzender Stimmung. Bingleys Verhalten Jane gegenüber hatte sie davon überzeugt, daß sie ihn doch noch angeln würde, und in ihrer Begeisterung hegte sie so übertriebene Erwartungen für ihre Familie, daß sie bitter enttäuscht war, als Bingley am nächsten Tag nicht kam, um seinen Antrag zu machen.

»Es war ein sehr gelungener Abend«, sagte Miss Bennet zu Elizabeth, »eine so ausgesuchte Gesellschaft, und alle paßten so gut zueinander. Hoffentlich treffen wir uns noch oft in demselben Kreis.«

Elizabeth lächelte.
»Lizzy, lach nicht! Du darfst mich nicht wieder verdächtigen. Es kränkt mich. Ich schwöre, ich will jetzt nichts mehr, als mich mit ihm wie mit jedem netten und einfühlsamen jungen Mann unterhalten. Sein Benehmen hat mich völlig davon überzeugt, daß er nie ernsthafte Absichten auf mich hatte. Nur seine ungewöhnliche Liebenswürdigkeit und sein ausgeprägter Wunsch zu gefallen haben den Eindruck erweckt.«
»Du bist sehr grausam«, sagte ihre Schwester, »ich darf nicht lächeln, aber du provozierst mich unentwegt.«
»Wie schwer es manchmal ist, glaubwürdig zu sein.«
»Und manchmal ganz unmöglich.«
»Warum willst du mir einreden, daß ich mehr empfinde, als ich zugeben will?«
»Das ist eine Frage, die ich kaum beantworten kann. Wir alle mögen gerne gute Lehren erteilen, obwohl wir nichts Wissenswertes zu lehren haben. Entschuldige! Und wenn du die Gleichgültige spielen willst, dann mach *mich* nicht zu deiner Vertrauten.«

Kapitel 55

Einige Tage nach diesem Besuch kam Mr. Bingley wieder, und diesmal allein. Sein Freund war am Vormittag nach London abgereist und wurde erst in zehn Tagen zurückerwartet. Bingley blieb länger als eine Stunde bei ihnen und war in denkbar guter Laune. Mrs. Bennet lud ihn zum Essen ein, aber er war zu seinem großen Bedauern schon anderweitig verpflichtet.
»Wenn Sie das nächstemal kommen«, sagte sie, »haben wir hoffentlich mehr Glück.«
Es wäre ihm jederzeit ein Vergnügen, usw. usw., und wenn sie ihn jetzt entschuldige, wolle er die nächste Gelegenheit wahrnehmen, wieder vorzusprechen.

»Haben Sie morgen Zeit?«
Ja, morgen habe er keine weiteren Verpflichtungen, und er nahm ihre Einladung bereitwillig an.
Er kam, und zwar so früh, daß noch keine der Damen umgekleidet war. Hereingestürmt ins Zimmer ihrer Töchter kam Mrs. Bennet im Frisiermantel und mit halbfertiger Frisur und rief: »Jane, mein Kind, beeil dich und geh runter! Er ist da – Mr. Bingley ist da. Tatsächlich! Beeil dich, beeil dich. Hier, Sarah, komm auf der Stelle zu Miss Bennet und hilf ihr mit dem Kleid. Lizzys Haar ist nicht so wichtig.«
»Wir kommen runter, sobald es geht«, sagte Jane. »Aber Kitty ist wohl eher fertig als wir, denn sie ist schon vor einer halben Stunde heraufgekommen.«
»Oh, zum Teufel mit Kitty! Was hat sie denn damit zu tun? Komm, mach schnell, mach schnell! Wo ist denn deine Schärpe, mein Kind?«
Aber als ihre Mutter aus dem Zimmer war, bestand Jane darauf, nicht ohne eine ihrer Schwestern nach unten zu gehen.
Dasselbe Bedürfnis, Jane und Mr. Bingley allein zu lassen, zeigte Mrs. Bennet am Abend. Nach dem Tee ging Mr. Bennet wie gewöhnlich in seine Bibliothek, und Mary zog sich nach oben ans Klavier zurück. Da auf diese Weise zwei der fünf Hindernisse aus dem Weg geräumt waren, saß Mrs. Bennet da und zwinkerte Elizabeth und Catherine geraume Zeit zu, ohne irgend etwas zu erreichen. Elizabeth übersah es geflissentlich, und als Kitty es schließlich merkte, sagte sie ganz unschuldig: »Was ist denn los, Mama? Warum zwinkerst du mir denn dauernd zu? Was soll ich denn?«
»Nichts, mein Kind, nichts. Ich habe dir nicht zugezwinkert.«
Dann saß sie wieder fünf Minuten still, aber da sie die kostbare Gelegenheit nicht vergeuden wollte, stand sie plötzlich auf und sagte zu Kitty: »Komm, mein Schatz, ich möchte mit dir sprechen«, und nahm sie mit aus dem Zimmer. Jane warf Elizabeth sofort einen Blick zu, der ihr Un-

behagen über dieses geplante Manöver und die flehentliche Bitte ausdrückte, nicht auch noch zu gehen.

Nach ein paar Minuten öffnete Mrs. Bennet die Tür einen Spalt und rief: »Lizzy, mein Kind, ich möchte dir etwas sagen.«

Elizabeth war gezwungen, das Zimmer zu verlassen. »Wir können sie ebensogut allein lassen, weißt du«, sagte ihre Mutter, sobald sie in der Halle waren. »Ich setze mich mit Kitty oben in mein Ankleidezimmer.«

Elizabeth ließ sich auf keine Diskussion ein, sondern blieb schweigend in der Halle, bis ihre Mutter und Kitty außer Sicht waren, und ging dann ins Wohnzimmer zurück.

Mrs. Bennets Plänen war an diesem Tag kein Erfolg beschieden. Bingley war in jeder Hinsicht reizend, nur nicht der erklärte Liebhaber ihrer Tochter. Seine Ungezwungenheit und Lebhaftigkeit machten ihn zu einer höchst erfreulichen Ergänzung ihres abendlichen Familienkreises, und er ertrug die unangebrachte Zudringlichkeit der Mutter und ihre albernen Bemerkungen mit einer Geduld und einer Beherrschung, für die besonders ihre Tochter dankbar war.

Er brauchte kaum noch eine Einladung, um zum Abendessen zu bleiben, und bevor er ging, war vor allem auf sein und Mrs. Bennets Betreiben eine Verabredung getroffen worden, am nächsten Tag wiederzukommen und mit ihrem Mann auf die Jagd zu gehen.

Von diesem Abend an sprach Jane nicht mehr von ihrer Gleichgültigkeit. Über Bingley fiel zwischen den Schwestern kein Wort mehr, aber Elizabeth ging mit der angenehmen Erwartung ins Bett, wenn Darcy nicht vorzeitig zurückkehre, werde sich alles schnell entscheiden. Wenn sie es sich ernsthaft überlegte, konnte sie sich allerdings nicht vorstellen, daß all dies ohne Zustimmung von Bingleys Freund geschah.

Bingley hielt seine Verabredung pünktlich ein, und er und Mr. Bennet verbrachten wie geplant den Vormittag miteinander. Der Hausherr war viel umgänglicher als sein Begleiter erwartet hatte. Bingley hatte nichts Anmaßendes oder Verschrobenes, das den Spott des Hausherrn herausgefordert oder ihn zu verächtlichem Schweigen verurteilt hätte, und so war er gesprächiger und weniger exzentrisch, als Bingley ihn jemals erlebt hatte. Der Gast kehrte natürlich mit ihm zum Essen zurück, und am Abend mußte Mrs. Bennet wieder ihre ganze Erfindungsgabe spielen lassen, um alle von ihm und ihrer Tochter wegzulotsen. Elizabeth mußte einen Brief schreiben und ging dazu nach dem Tee ins Frühstückszimmer, denn da die anderen sich zum Kartenspiel niedersetzten, war sie nicht nötig, um die Pläne ihrer Mutter zu durchkreuzen.

Als sie mit dem Schreiben fertig war und ins Wohnzimmer zurückkehrte, sah sie allerdings zu ihrer größten Überraschung, daß ihre Mutter ihr offensichtlich ein Schnippchen geschlagen hatte. Sie öffnete die Tür und sah Bingley und ihre Schwester, anscheinend in ein ernstes Gespräch vertieft, vor dem Kamin stehen. Und wenn dies nicht schon verdächtig gewesen wäre, dann hätten ihre Gesichter, als sie sich hastig umdrehten und auseinandertraten, Bände gesprochen. *Ihre* Situation war fatal genug, aber Elizabeth fand ihre eigene noch peinlicher. Keiner sagte ein Wort, und sie war im Begriff wieder zu gehen, als Bingley, der sich wie ihre Schwester hingesetzt hatte, plötzlich aufstand, Jane ein paar Worte zuflüsterte und aus dem Zimmer lief.

Elizabeth ins Vertrauen zu ziehen, machte Jane so viel Freude, daß sie ihre gewohnte Zurückhaltung aufgab, und so umarmte sie ihre Schwester auf der Stelle und gestand ihr mit bewegten Worten, wie glücklich sie sei.

»Ich kann es gar nicht fassen«, fügte sie hinzu, »einfach nicht fassen. Ich verdiene es nicht. Warum sind nicht alle Menschen so glücklich!«

Elizabeth gratulierte ihr mit so viel Herzlichkeit, so viel Wärme, so viel überschwenglicher Freude, daß Worte ihre Empfindungen nur unzulänglich ausdrücken konnten. Jeder von Herzen kommende Satz erhöhte noch Janes Glück. Sie fand es aber nicht angebracht, jetzt bei ihrer

Schwester zu bleiben, obwohl es noch so viel zu erzählen gab.

»Ich muß sofort zu Mutter«, rief sie, »ich möchte ihre liebevolle Fürsorge keineswegs enttäuschen oder es darauf ankommen lassen, daß sie es von jemand anderem als mir erfährt. Er ist schon bei Vater. O Lizzy, zu wissen, daß das, was ich zu erzählen habe, meiner ganzen Familie soviel Freude macht! Wie soll ich soviel Glück ertragen?«

Dann lief sie zu ihrer Mutter, die das Kartenspiel absichtlich unterbrochen hatte und mit Kitty oben saß.

Allein gelassen mußte Elizabeth über die Eile und Leichtigkeit lächeln, mit der sich jetzt ein Problem löste, das sie so viele Monate lang in Spannung und Ängsten gehalten hatte.

»Und das«, dachte sie, »ist nun das Resultat der ängstlichen Wachsamkeit seines Freundes und des Intrigenspiels seiner Schwester! Glücklicher, besser und vernünftiger hätte es nicht sein können!«

Einige Minuten darauf erschien Bingley, dessen Gespräch mit ihrem Vater kurz und zur Sache gewesen war.

»Wo ist Ihre Schwester?« fragte er ungeduldig, als er die Tür öffnete.

»Oben bei meiner Mutter, aber ich nehme an, sie kommt gleich wieder.«

Dann schloß er die Tür hinter sich, trat näher, stellte sich als ihr zukünftiger Schwager vor und bat sie um ihre guten Wünsche. Elizabeth drückte ihre herzliche und ehrliche Freude über ihre künftige Verwandtschaft aus. Sie schüttelten sich sehr freundschaftlich die Hand, und dann mußte sie bis zur Rückkehr ihrer Schwester alles anhören, was er über sein eigenes Glück und Janes Vollkommenheit zu sagen hatte, und obwohl man ihm bei seiner Verliebtheit eine gewisse Überschwenglichkeit zugute halten mußte, war Elizabeth doch fest davon überzeugt, daß all seine Zukunftserwartungen realistisch waren, weil sie sich auf Janes außergewöhnliche Einsicht und noch außergewöhnlichere Anlagen und ihrer beider Gemeinsamkeit in Empfindung und Geschmack gründeten.

Es war ein überaus glücklicher Abend für sie alle. Miss Bennets Freude spiegelte sich in der Farbe ihrer Wangen und machte sie noch hübscher. Kitty lächelte einfältig und vergnügt und hoffte, bald sei sie dran. Mrs. Bennet konnte nicht Worte genug finden, Bingley zu versichern, daß sie der Verbindung aus ganzem Herzen zustimme, obwohl sie eine volle halbe Stunde auf ihn einredete; und als sich Mr. Bennet zum Essen zu ihnen gesellte, konnten sie seiner Stimme und seinem ganzen Benehmen anmerken, wie sehr auch er sich freute.
Aber bevor ihr Gast sie verlassen hatte, spielte er mit keinem Wort auf das Ereignis an; kaum aber war er gegangen, da wandte er sich an seine Tochter und sagte:
»Jane, ich gratuliere dir. Du wirst in deiner Ehe sehr glücklich werden.«
Jane lief zu ihm, küßte ihn und dankte ihm für seine Güte.
»Du bist ein gutes Kind«, sagte er. »Ich freue mich, wenn ich daran denke, daß du so gut versorgt bist. Ich zweifle nicht im geringsten daran, daß ihr euch gut vertragen werdet. Ihr seid euch so ähnlich und beide so nachgiebig, daß ihr nie eine Entscheidung treffen werdet, so gutgläubig, daß das ganze Personal euch betrügen wird, und so großzügig, daß ihr euer Einkommen ständig überschreiten werdet.«
»Ich hoffe nicht. Leichtsinn und Unüberlegtheit in Geldangelegenheiten könnte ich mir nie verzeihen.«
»Ihr Einkommen überschreiten! Mein lieber Mr. Bennet«, rief seine Frau, »wovon redest du? Schließlich hat er vier- oder fünftausend pro Jahr, wahrscheinlich sogar mehr.« Dann wandte sie sich an ihre Tochter: »Oh, meine liebe, liebe Jane, ich bin so glücklich, ich werde heute nacht kein Auge zutun können! Ich wußte, daß es so kommen würde. Ich habe es ja immer gesagt. Ich wußte, daß du nicht umsonst so hübsch bist. Ich habe gleich gewußt, als ich ihn zum erstenmal nach seiner Ankunft in Hertfordshire im letzten Jahr sah, daß ihr euch finden würdet; ich erinnere mich noch genau daran. Oh! Er ist

der hübscheste junge Mann, den man sich denken kann!«

Jane war ohne Frage ihr Lieblingskind. Alle anderen waren ihr in diesem Augenblick gleichgültig. Ihre jüngeren Schwestern begannen bald, Interesse für Dinge zu zeigen, mit denen Jane *sie* nun an ihrem Glück teilnehmen lassen konnte.

Mary bat darum, die Bibliothek in Netherfield benutzen zu dürfen, und Kitty flehte sie um ein paar Bälle in jedem Winter dort an.

Von nun an war Bingley natürlich ein täglicher Gast in Longbourn. Er kam meist schon vor dem Frühstück und blieb immer bis nach dem Abendbrot, es sei denn, irgendein grausamer, nicht genug zu verachtender Nachbar hatte ihn zum Essen eingeladen und er fühlte sich verpflichtet, hinzugehen.

Elizabeth kam jetzt nur selten dazu, sich mit ihrer Schwester zu unterhalten, denn solange Bingley da war, hatte sie Augen für niemand anderen, aber in den Stunden der Trennung, die immer wieder vorkamen, war sie beiden von erheblichem Nutzen. In Janes Abwesenheit hielt sich Bingley immer an Elizabeth, weil er sich gerne mit ihr unterhielt, und wenn Bingley nicht da war, erging es Jane nicht anders.

»Es hat mich so glücklich gemacht«, sagte sie eines Abends, »daß er mir erzählt hat, er habe gar nicht gewußt, daß ich im letzten Frühjahr in London war. Ich hätte es nicht für möglich gehalten.«

»Das habe ich beinahe vermutet«, erwiderte Elizabeth. »Aber wie hat er es begründet?«

»Seine Schwestern müssen dahinterstecken. Sie sahen seinen Umgang mit mir natürlich nicht gerne, und ich finde es nicht verwunderlich, denn in mancher Hinsicht hätte er vorteilhafter heiraten können. Aber wenn sie, woran ich nicht zweifle, sehen, daß ihr Bruder mit mir glücklich ist, werden sie sich zufriedengeben und sich wieder mit mir versöhnen. Aber wie früher wird es nicht wieder werden.«

»Das sind die unversöhnlichsten Worte, die ich dich je habe äußern hören«, sagte Elizabeth. »Bravo, Jane! Es würde mich wurmen, wenn du auf die Scheinheiligkeit von Bingleys Schwestern zum zweitenmal hereinfielest!«

»Kannst du dir vorstellen, Lizzy, als er im letzten November nach London ging, war er ernstlich in mich verliebt, und nur die Überzeugung, er sei mir völlig gleichgültig, hat ihn davon abgehalten, wiederzukommen.«

»Da ist ihm zwar ein kleiner Irrtum unterlaufen, aber es spricht für seine Bescheidenheit.«

Dies führte natürlich zu einer Lobeshymne Janes auf seine Bescheidenheit und den geringen Wert, den er seinen guten Eigenschaften beimaß.

Elizabeth war froh, daß er die Einmischung seines Freundes nicht verraten hatte, denn obwohl sie Janes großmütiges und verzeihendes Herz kannte, war sie sicher, es hätte sie gegen Darcy eingenommen.

»Ich bin bestimmt der glücklichste Mensch der Welt!« rief Jane. »Oh, warum werde ich aus meiner Familie herausgehoben und so ausgezeichnet! Wenn ich dich nur auch so glücklich sehen könnte! Wenn es nur auch für dich solch einen Mann gäbe!«

»Selbst wenn es hundert solche Männer gäbe, so glücklich wie du würde ich nie werden. Solange ich nicht deine Natur, deine Güte habe, kann ich auch nicht so glücklich werden. Nein, nein, ich sorge schon für mich selbst, und mit ein bißchen Glück treffe ich schon noch einen zweiten Mr. Collins, ehe es zu spät ist.«

Die familiären Veränderungen in Longbourn konnten nicht lange ein Geheimnis bleiben. Mrs. Bennet hatte das Vergnügen, es Mrs. Philips zuzuflüstern, und diese ihrerseits nahm sich ohne Erlaubnis das Recht, es in ganz Meryton herumzutragen.

Und nun waren plötzlich die Bennets die glücklichste Familie auf Erden, obwohl man sich noch vor einigen Wochen bei Lydias Verschwinden einig war, daß sie vom Unglück verfolgt würden.

Kapitel 56

Als Bingley eines Vormittags ungefähr eine Woche nach seiner Verlobung mit Jane mit den weiblichen Mitgliedern der Familie im Eßzimmer saß, wurde ihre Aufmerksamkeit auf das Geräusch einer Kutsche gelenkt, und als sie ans Fenster traten, sahen sie einen Vierspänner auf das Haus zufahren. Für Besucher war es zu früh am Morgen, und außerdem gehörte die Equipage keinem ihrer Nachbarn. Es waren Postpferde, und sie kannten weder die Kutsche noch die Livree des vorausreitenden Dieners. Aber da kein Zweifel bestand, daß jemand kam, schlug Bingley Miss Bennet sofort vor, mit ihm in den Garten zu gehen, um nicht durch den Eindringling festgehalten zu werden. Sie verließen das Zimmer, und die übrigen drei stellten solange erfolglos Vermutungen über den Gast an, bis die Tür aufgerissen wurde und ihr Besucher eintrat. Es war Lady Catherine de Bourgh.

Sie waren natürlich auf eine Überraschung vorbereitet, aber ihr Erstaunen übertraf noch ihre Erwartungen, weniger allerdings bei Mrs. Bennet und Kitty, obwohl sie die Dame gar nicht kannten, als bei Elizabeth.

Lady Catherine betrat das Zimmer mit einem noch ungnädigeren Ausdruck als sonst, erwiderte Elizabeths Begrüßung nur mit einem unmerklichen Neigen des Kopfes und setzte sich wortlos nieder. Elizabeth hatte ihrer Mutter den Namen der Frau Baronin bei ihrem Eintritt genannt, obwohl sie um eine Vorstellung nicht gebeten hatte.

Mrs. Bennet war starr vor Staunen, empfing ihren Gast, durch die Ehre eines so hohen Besuches geschmeichelt, aber mit äußerster Zuvorkommenheit. Nachdem die Frau Baronin einen Augenblick schweigend dagesessen hatte, sagte sie sehr förmlich zu Elisabeth:

»Ich hoffe, es geht Ihnen gut, Miss Bennet. Die Dame dort ist, nehme ich an, Ihre Mutter?«

Elizabeth antwortete kurz und zustimmend.

»Und *das*, vermute ich, ist eine Ihrer Schwestern?«

»Ja, Madam«, sagte Mrs. Bennet entzückt, mit Lady Catherine sprechen zu dürfen, »sie ist meine zweitjüngste Tochter. Die jüngste hat vor kurzem geheiratet, und die älteste geht mit einem jungen Mann im Garten spazieren, der wohl bald zur Familie gehören wird.«

»Sie haben einen sehr kleinen Park«, entgegnete Lady Catherine nach kurzem Schweigen.

»Gegen Rosings ist er natürlich gar nichts, vermute ich, Frau Baronin. Aber er ist immerhin wesentlich größer als Sir William Lucas' Park.«

»Dieses Wohnzimmer muß an Sommerabenden unerträglich sein. Die Fenster gehen alle nach Westen.«

Mrs. Bennet versicherte, nach dem Essen sitze man nie darin, und fügte dann hinzu:

»Darf ich die Frau Baronin fragen, ob es Mr. und Mrs. Collins gut geht?«

»Ja, sehr gut, ich habe sie vorgestern abend noch gesehen.«

Elizabeth nahm an, sie werde nun einen Brief für sie von Charlotte aus der Tasche ziehen, da das der einzig mögliche Grund für ihren Besuch sein konnte. Aber kein Brief kam zum Vorschein, und sie wußte gar nicht, was sie davon halten sollte.

Mrs. Bennet bat die Frau Baronin mit ausgesuchter Höflichkeit, eine Erfrischung zu sich zu nehmen, aber Lady Catherine lehnte bestimmt und nicht sehr höflich ab. Dann stand sie auf und sagte zu Elizabeth:

»Miss Bennet, Sie haben dort hinten neben dem Rasen anscheinend eine ganz nette Laube. Ich würde mir darin gern die Füße vertreten, wenn Sie mich begleiten wollen.«

»Geh mit, mein Kind«, rief ihre Mutter, »und zeig der Frau Baronin die Wege. Die Laube wird ihr sicher gut gefallen.«

Elizabeth gehorchte, lief in ihr Zimmer, um den Sonnenschirm zu holen, und begleitete ihren hohen Gast hinaus. Auf dem Weg durch die Halle öffnete Lady Catherine die

Türen zum Eßzimmer und zum Wohnzimmer, fand sie nach einem kurzen Blick ganz passabel und ging weiter.

Ihre Kutsche blieb vor der Tür stehen, und Elizabeth sah, daß ihre Gesellschafterin darin saß. Sie gingen schweigend den Kiesweg auf das Gehölz zu. Elizabeth war entschlossen, sich nicht um ein Gespräch mit einer Frau zu bemühen, die heute noch unverschämter und unausstehlicher war als sonst.

»Wie konnte ich je annehmen, daß sie Ähnlichkeit mit ihrem Neffen hat«, fragte sie sich, als sie sie ansah.

Sobald sie das Gehölz erreichten, begann Lady Catherine folgendermaßen:

»Sie werden sich denken können, Miss Bennet, warum ich die Reise hierher gemacht habe. Ihr Herz, Ihr Gewissen, müssen Ihnen sagen, warum ich gekommen bin.«

Elizabeth sah sie mit ungeheuchelter Verblüffung an.

»Sie irren durchaus, Madam. Ich habe keine Ahnung, wie ich zu der Ehre Ihres Besuches komme.«

»Miss Bennet«, erwiderte die Frau Baronin mit Ärger in der Stimme, »Sie sollten wissen, daß ich mit mir nicht spaßen lasse. Aber wenn *Sie* es vorziehen, unaufrichtig zu sein, *ich* bin es nicht. Ich bin bekannt für meine Ehrlichkeit und Offenheit und werde davon bei diesem wichtigen Anlaß nicht abgehen. Vor zwei Tagen erreichte mich ein höchst beunruhigender Bericht. Mir wurde zugetragen, daß angeblich nicht nur Ihre Schwester im Begriff ist, sich höchst vorteilhaft zu verheiraten, sondern daß *Sie*, daß Miss Elizabeth Bennet wahrscheinlich bald danach mit meinem Neffen – meinem eigenen Neffen – Mr. Darcy getraut wird. Obwohl ich *sicher* bin, es handelt sich nur um ein skandalöses Gerücht, obwohl ich ihm nicht zutraue, daß das auch nur im Bereich des Möglichen liegt, bin ich sofort hierher aufgebrochen, um Sie meine Einstellung wissen zu lassen.«

»Wenn es Ihrer Meinung nach unmöglich wahr sein kann«, sagte Elizabeth, vor Staunen und Ärger errötend, »dann frage ich mich, warum Sie die weite Reise überhaupt auf sich genommen haben. Was wollen Frau Baronin damit bezwecken?«

»Ich bestehe darauf, daß Sie dem Gerücht auf der Stelle widersprechen.«

»Ihre Reise nach Longbourn, um mich und meine Familie aufzusuchen«, sagte Elizabeth kühl, »wird ihm eher neue Nahrung geben, wenn solch ein Gerücht tatsächlich in Umlauf ist.«

»Wenn! Wollen Sie damit sagen, daß Sie nichts von ihm wissen? Haben Sie es nicht selbst emsig in Umlauf gesetzt? Wissen Sie nicht, daß es schon überall herum ist?«

»Ich habe nie davon gehört.«

»Und können Sie auch versichern, daß es unbegründet ist?«

»Ich behaupte nicht, ebenso offen wie Frau Baronin zu sein. *Sie* können Fragen stellen; ob ich sie beantworte, entscheide *ich*.«

»Das ist ja unerhört! Miss Bennet, ich bestehe auf einer Antwort. Hat er, hat mein Neffe Ihnen einen Heiratsantrag gemacht?«

»Frau Baronin haben selbst erklärt, daß es unmöglich ist.«

»So gehört es sich. So muß es sein, solange er noch bei Verstand ist. Aber Ihre Künste und Reize könnten ihn in einem Augenblick der Verblendung haben vergessen lassen, was er sich und seiner ganzen Familie schuldig ist. Sie könnten ihn bezirzt haben.«

»Wenn es stimmt, bin ich die letzte, es zuzugeben.«

»Miss Bennet, wissen Sie, wen Sie vor sich haben? Ich bin diesen Ton nicht gewöhnt! Ich bin fast die nächste Verwandte, die er auf der Welt hat, und ich habe einen Anspruch darauf, seine Herzensangelegenheiten zu erfahren.«

»Aber Sie haben keinen Anspruch darauf, *meine* zu erfahren. Und Ihr Benehmen ist nicht dazu angetan, mich zum Sprechen zu bringen.«

»Eins wollen wir klarstellen. Die Verbindung, die Sie die

Anmaßung haben anzustreben, wird niemals stattfinden. Nein, niemals. Mr. Darcy ist mit *meiner Tochter* verlobt. Nun, was sagen Sie dazu?«

»Nur dies: Wenn es so ist, haben Sie keinen Anlaß anzunehmen, daß er mir einen Antrag machen wird.«

Lady Catherine stutzte einen Augenblick und antwortete dann:

»Die Verlobung zwischen ihnen ist von ganz besonderer Art. Seit frühester Kindheit sind sie füreinander bestimmt. Es war der Lieblingswunsch seiner und auch ihrer Mutter. Schon in der Wiege haben wir ihre Verbindung geplant; und sie jetzt, wo die Wünsche der beiden Schwestern sich erfüllen, verhindert zu sehen durch eine junge Frau von geringem Herkommen, ohne Ansehen in der Welt und ohne verwandtschaftliche Beziehungen zur Familie! Nehmen Sie denn keine Rücksicht auf die Wünsche seiner Freunde – auf seine heimliche Verlobung mit Miss de Bourgh? Haben Sie jedes Gefühl für Anstand und Sitte verloren? Haben Sie mich nicht erklären hören, daß er von Kindheit an seiner Cousine versprochen ist?«

»Ja, und ich wußte es schon vorher. Aber was bedeutet das mir? Wenn es keine anderen Einwände für mich gibt, Ihren Neffen zu heiraten – das Wissen, daß seine Mutter und seine Tante ihn mit Miss de Bourgh verheiraten wollen, hält mich keineswegs davon ab. Sie haben beide getan, was Sie konnten, um die Heirat zuwege zu bringen. Ob sie wirklich stattfindet, hängt von anderen ab. Wenn Mr. Darcy weder durch Ehre noch Neigung an seine Cousine gebunden ist, warum soll er nicht eine andere Wahl treffen? Und wenn ich seine Wahl bin, warum sollte ich ihn nicht nehmen?«

»Weil Ehre, Anstand, Klugheit – nein, Ihr eigenes Interesse es verbieten. Jawohl, Miss Bennet, Ihr eigenes Interesse, denn Sie brauchen nicht zu erwarten, in seine Familie oder die seiner Freunde eingeführt zu werden, wenn Sie trotzig gegen den ausdrücklichen Willen aller handeln. Sie werden von all seinen Freunden verurteilt, geschnitten und verachtet werden. Ihre Ehe wird als

Schande angesehen werden, Ihr Name wird uns nie über die Lippen kommen.«

»Das sind trostlose Aussichten«, erwiderte Elizabeth, »aber der Vorzug, Mr. Darcys Frau zu sein, dürfte so außerordentliche Quellen des Glücks versprechen, daß sie alles in allem wohl keinen Grund zur Reue haben sollte.«

»Widerspenstiges, dickköpfiges Mädchen! Ich schäme mich für Sie! Ist das der Dank für meine gute Behandlung im Frühjahr? Sind Sie mir da nicht einiges schuldig? Setzen wir uns. Sie müssen sich darüber im klaren sein, Miss Bennet, daß ich mit der festen Absicht hierhergekommen bin, meinen Entschluß durchzusetzen, und davon gehe ich nicht ab. Ich bin es nicht gewöhnt, mich den Launen anderer Leute zu unterwerfen. Es gehört nicht zu meinen Gepflogenheiten, Enttäuschungen hinzunehmen.«

»Das macht die momentane Lage der Frau Baronin nur bedauernswerter, beeindruckt mich aber nicht.«

»Unterbrechen Sie mich nicht. Hören Sie mir schweigend zu. Meine Tochter und mein Neffe sind wie füreinander geschaffen. Sie stammen mütterlicherseits von demselben altadligen Geschlecht ab, und väterlicherseits von respektablen, würdigen und alten, wenn auch bürgerlichen Familien. Ihr Vermögen auf beiden Seiten ist riesig. Sie sind füreinander bestimmt durch den Wunsch jedes einzelnen Mitglieds unserer beiden Häuser, und was soll sie nun auseinanderbringen? Die Ambitionen eines Emporkömmlings, einer jungen Frau ohne Familie, Beziehungen und Vermögen. Muß man das dulden? Aber das darf nicht sein, das wird nicht sein. Wenn Sie wüßten, was gut für Sie ist, dann würden Sie nicht das Milieu verlassen wollen, in dem Sie aufgewachsen sind.«

»Ich hätte nicht den Eindruck, dieses Milieu zu verlassen, wenn ich Ihren Neffen heiratete. Er ist ein Gentleman, ich bin die Tochter eines Gentleman, insofern sind wir ebenbürtig.«

»Das stimmt. Sie sind die Tochter eines Gentleman. Aber wer ist Ihre Mutter? Wer sind Ihre Onkel und Tanten? Glauben Sie, ich kenne ihre Lebensumstände nicht?«

»Wie meine familiären Verbindungen auch sein mögen«, sagte Elizabeth, »wenn Ihr Neffe nichts dagegen hat, können sie *Ihnen* doch gleichgültig sein.«

»Sagen Sie mir ein für allemal, sind Sie mit ihm verlobt?«

Obwohl Elizabeth diese Frage nicht beantwortet hätte, nur um Lady Catherine einen Gefallen zu tun, konnte sie nicht anders, als nach kurzer Überlegung zu sagen: »Nein.«

Lady Catherine war offensichtlich erfreut.

»Und versprechen Sie mir, eine solche Verlobung auch in Zukunft nicht einzugehen?«

»Das Versprechen kann ich nicht geben.«

»Miss Bennet, ich bin schockiert und erstaunt. Ich hatte ein vernünftigeres Mädchen erwartet. Aber wenn Sie glauben, ich gebe jemals nach, dann sind Sie im Irrtum. Ich werde nicht abreisen, bevor Sie mir die Zusicherung gegeben haben, die ich verlange.«

»Und ich werde sie niemals geben. Durch eine so unsinnige Forderung lasse ich mich nicht einschüchtern. Frau Baronin wollen, daß Mr. Darcy Ihre Tochter heiratet; aber würde ihre Ehe wahrscheinlicher, wenn ich Ihnen das verlangte Versprechen gäbe? Nehmen wir einmal an, er liebt mich, würde ihn denn meine Weigerung, seinen Antrag anzunehmen, dazu veranlassen, seiner Cousine einen Antrag zu machen? Gestatten Sie mir die Bemerkung, Lady Catherine, daß die Argumente, auf die sich Ihre Forderung stützt, so unzumutbar sind, wie die Forderung selbst fehl am Platze ist. Sie haben ein völlig falsches Bild von mir, wenn Sie glauben, mich auf so plumpe Art überreden zu können. Was Ihr Neffe von Ihrer Einmischung in *seine* Angelegenheiten hält, weiß ich nicht, aber Sie haben gewiß kein Recht, sich in *meine* einzumischen. Ich muß Sie deshalb bitten, mich mit dem Thema nicht weiter zu belästigen.«

»Nicht so hastig, wenn ich bitten darf. Ich bin noch keineswegs am Ende. Ich habe noch einen Einwand zu denen hinzuzufügen, die ich Ihnen schon vor Augen geführt habe. Ich bin durchaus gut informiert über das schamlose

Verschwinden Ihrer jüngsten Schwester. Ich weiß Bescheid. Daß der junge Mann sie geheiratet hat, war ein notdürftig arrangiertes Geschäft auf Kosten Ihres Vaters und Ihres Onkels. Und *solch* ein Mädchen soll die Schwägerin meines Neffen werden? Soll etwa *ihr* Mann, der Sohn des Verwalters seines verstorbenen Vaters, sein Schwager werden? Gütiger Gott, was bilden Sie sich ein? Soll die reine Luft von Pemberley so verpestet werden?«

»Sie können nun weiter nichts mehr zu sagen haben«, antwortete Elizabeth empört. »Sie haben mich auf jede denkbare Weise beleidigt. Ich möchte jetzt ins Haus zurückkehren.«

Und sie erhob sich. Auch Lady Catherine stand auf, und sie gingen auf das Haus zu. Die Frau Baronin war außer sich.

»Sie haben also kein Verständnis für die Ehre und das Ansehen meines Neffen! Sie kaltherziges, egoistisches Mädchen! Sind Sie sich nicht darüber im klaren, daß eine Verbindung mit Ihnen ihn in den Augen aller Welt ruinieren muß?«

»Lady Catherine, ich habe nichts weiter zu sagen. Sie kennen meine Empfindungen.«

»Sie sind also entschlossen, ihn zu heiraten?«

»Ich habe nichts dergleichen gesagt. Ich bin nur entschlossen, im Interesse meines Glücks zu handeln, ohne Rücksicht auf Sie oder irgend jemanden, der ebensowenig mit mir zu tun hat.«

»Na schön. Sie weigern sich also, mir zu gehorchen. Sie weigern sich, die berechtigten Forderungen an Pflicht, Ehre und Dankbarkeit anzuerkennen. Sie sind entschlossen, ihn in den Augen seiner Freunde zu ruinieren und ihn der Verachtung der Welt preiszugeben.«

»Weder Pflicht noch Ehre, noch Dankbarkeit«, erwiderte Elizabeth, »haben in dieser Angelegenheit irgendwelche Forderungen an mich zu stellen. Sie werden allesamt von meiner Heirat mit Mr. Darcy gar nicht berührt. Und was das Widerstreben seiner Familie oder die Mißbilligung der Welt angeht – das erstere beunruhigt mich keinen Augenblick, und die Welt ist im allgemeinen viel zu einsichtig, um in die Verachtung einzustimmen.«

»Und das ist Ihre wahre Meinung! Und das ist Ihr letztes Wort! Na, schön. Ich weiß nun, was ich zu tun habe. Bilden Sie sich nicht ein, Miss Bennet, daß Ihr Ehrgeiz sich auszahlt. Ich bin nur gekommen, um mir ein Bild von Ihnen zu machen. Ich dachte, Sie seien vernünftig, aber verlassen Sie sich darauf, ich werde mich durchsetzen.«

Auf diese Weise fuhr Lady Catherine fort zu reden, bis sie bei ihrer Kutsche angekommen waren. In der Tür drehte sie sich hastig um und fügte hinzu:

»Ich verabschiede mich nicht von Ihnen, Miss Bennet. Ich bitte Sie nicht, Empfehlungen an Ihre Mutter auszurichten. Diese Aufmerksamkeit haben Sie nicht verdient. Ich bin empört.«

Elizabeth gab keine Antwort und ging, ohne einen Versuch, die Frau Baronin zum Eintreten ins Haus zu bewegen, schweigend dorthin zurück. Auf dem Weg nach oben hörte sie die Kutsche abfahren. Ihre Mutter erwartete sie ungeduldig an der Tür zum Ankleidezimmer, um zu fragen, warum Lady Catherine nicht hereingekommen sei, um sich auszuruhen.

»Sie ist eine sehr vornehme Frau! Und wie reizend von ihr, bei uns vorzusprechen, denn sie ist sicher nur gekommen, um uns zu sagen, daß es den Collins gut geht. Sie ist vermutlich auf dem Weg woandershin, und da sie durch Meryton kam, hat sie eben den Abstecher gemacht. Sie hatte dir doch nichts Besonderes zu sagen, Lizzy?«

Elizabeth mußte hier ein bißchen lügen, denn es war unmöglich, den Inhalt ihres Gesprächs wiederzugeben.

Kapitel 57

Elizabeth gelang es nicht so leicht, die durch diesen außerordentlichen Besuch hervorgerufene Verwirrung zu überwinden, und viele Stunden mußte sie unaufhörlich daran denken. Lady Catherine hatte anscheinend die Mühe der beschwerlichen Reise von Rosings nur auf sich genommen, um ihrer angeblichen Verlobung mit Mr. Darcy ein Ende zu bereiten. Es war zwar ein einleuchtender Plan, aber woher das Gerücht ihrer Verlobung kam, konnte Elizabeth sich nicht recht vorstellen; doch dann fiel ihr ein, daß der Gedanke, *eine* Hochzeit werde die andere nach sich ziehen, naheliegen mußte, da Darcy Bingleys enger Freund und sie Janes Schwester war. Elizabeth selbst gab sich der stillen Hoffnung hin, daß die Hochzeit ihrer Schwester sie jetzt häufiger zusammenbringen werde. Und deshalb hatten ihre Nachbarn in Lucas Lodge (denn sie nahm an, daß das Gerücht Lady Catherine durch die Collins erreicht hatte) wohl etwas als höchst wahrscheinlich und unmittelbar bevorstehend geschildert, was sie selbst als Möglichkeit in weiterer Zukunft erhofft hatte.

Als sie sich allerdings Lady Catherines Ausdrücke noch einmal durch den Kopf gehen ließ, konnte sie sich des unbehaglichen Gefühls nicht erwehren, daß ihre beharrliche Einmischung möglicherweise Folgen hatte. Aus ihrer Entschlossenheit, die Heirat zu verhindern, entnahm Elizabeth, daß sie vielleicht an ihren Neffen selbst appellieren werde, und wie *er* auf die Darstellung der mit einer solchen Heirat verbundenen Unannehmlichkeiten reagierte, wagte sie sich nicht auszumalen. Sie hatte keine Ahnung, wie er zu seiner Tante stand und wieweit er von ihrem Urteil abhing, aber es lag auf der Hand, daß er Lady Catherine weit mehr schätzte als sie, und es war sicher, daß seine Tante bei ihm auf einen schwachen Punkt traf, wenn sie ihm die schrecklichen Nachteile der Ehe mit einer Frau aufzählte, deren Familie seiner so wenig ebenbürtig war. Bei seinem ausgeprägten Standesbewußtsein würden ihn die Argumente, die Elizabeth lächerlich und schwach vorgekommen waren, sicher als überzeugend und gut fundiert beeindrucken.

Wenn er bisher, wie es Elizabeth oft vorgekommen war, geschwankt hatte, was er tun solle, dann könnten Rat und Beschwörungen einer so nahen Verwandten den letzten Zweifel beseitigen und ihn veranlassen, mit dem Glück vorliebzunehmen, das unverletzte Würde zu bieten hatte. In diesem Fall würde er nicht wiederkommen. Womöglich sah Lady Catherine ihn auf der Rückreise in London, und dann konnte aus seiner Zusage an Bingley, nach Netherfield zurückzukehren, nichts werden.

»Wenn sein Freund also innerhalb der nächsten Tage eine Entschuldigung erhält, daß er sein Versprechen nicht einhalten kann«, fügte sie hinzu, »dann weiß ich, was ich davon zu halten habe. Dann muß ich jede Erwartung, jede Hoffnung auf seine Beständigkeit aufgeben. Wenn er sich damit zufriedengibt, mir nachzutrauern, wo er doch meine Zuneigung und meine Hand hätte gewinnen können, dann werde *ich* ihm bald nicht einmal mehr nachtrauern.«

Die Nachricht, wer die Besucherin gewesen war, erregte das Erstaunen der restlichen Familie, aber sie gaben sich freundlicherweise mit derselben Vermutung zufrieden, die auch Mrs. Bennets Neugier gestillt hatte, und Elizabeth blieben spöttische Bemerkungen erspart.

Als sie am nächsten Morgen hinunterging, traf sie auf ihren Vater, der mit einem Brief in der Hand aus seiner Bibliothek kam.

»Lizzy«, sagte er, »ich war gerade auf der Suche nach dir, komm mit in mein Zimmer.«

Sie folgte ihm dorthin, und ihre Neugier, was er ihr wohl zu sagen hatte, wurde durch die Vermutung erhöht, daß es irgendwie mit dem Brief zu tun hatte. Es ging ihr plötzlich auf, daß er von Lady Catherine sein könne, und ihr graute davor, alle möglichen Erklärungen geben zu müssen.

Sie folgte ihrem Vater zum Kamin, wo sie Platz nahmen. Dann sagte er:
»Ich habe heute morgen einen Brief bekommen, der mich außerordentlich überrascht hat. Da er vor allem dich angeht, solltest du auch seinen Inhalt kennen. Ich wußte bisher nicht, daß zwei meiner Töchter an der Schwelle zum Ehestand stehen. Darf ich dir zu einer bedeutenden Eroberung gratulieren?«
Elizabeth schoß bei dem plötzlichen Gedanken, der Brief sei vom Neffen, statt von der Tante, das Blut in die Wangen, und sie war noch unentschieden, ob sie sich freuen, daß er sich überhaupt erklärte, oder beleidigt sein sollte, daß er den Brief nicht an sie selbst gerichtet hatte, als ihr Vater fortfuhr:
»Du siehst betroffen aus. Junge Damen haben in solchen Dingen zwar sehr viel Spürsinn, aber ich fürchte, es wird sogar *deinem* Scharfsinn nicht gelingen, den Namen deines Bewunderers zu erraten. Dieser Brief kommt von Mr. Collins.«
»Von Mr. Collins! Und was kann *er* zu sagen haben?«
»Natürlich etwas direkt zur Sache. Er beginnt mit Glückwünschen zur bevorstehenden Hochzeit meiner ältesten Tochter, von der er wohl durch eine der gutmütigen, schwatzhaften Lucas-Töchter erfahren hat. Aber ich werde dich nicht dadurch auf die Folter spannen, daß ich dir vorlese, was er dazu schreibt. Dich geht folgendes an:

›Nachdem ich Ihnen damit Mrs. Collins' und meine herzlichen Glückwünsche zu diesem freudigen Ereignis ausgesprochen habe, möchte ich noch eine kurze Bemerkung zu einem anderen Thema machen, von dem wir aus derselben Quelle erfahren haben. Ihre Tochter Elizabeth, so heißt es, werde auch nicht mehr lange den Namen Bennet führen, nachdem ihre ältere Schwester ihn abgelegt hat, und man darf wohl zu ihrem erkorenen Partner als zu einer der berühmtesten Persönlichkeiten des Landes aufsehen.‹

Hast du eine Ahnung, wer damit gemeint ist, Lizzy?

›Dieser junge Herr ist auf besondere Weise mit allem gesegnet, was das Herz einer Sterblichen höher schlagen läßt: riesiger Besitz, altadlige Familie und zahlreiche Pfarrstellen, die zu vergeben in seiner Hand liegt. Aber trotz all dieser Versuchungen möchte ich meine Cousine Elizabeth und auch Sie vor den Übeln einer voreiligen Annahme des Antrags dieses Herrn warnen, aus dem Sie natürlich geneigt sein werden, auf der Stelle Nutzen zu ziehen.‹

Kannst du dir vorstellen, Lizzy, wer dieser Herr ist? Aber jetzt kommt es heraus:

›Ich habe folgenden Grund, Sie zu warnen: Wir haben Ursache zu der Annahme, daß seine Tante, Lady Catherine de Bourgh, der Verbindung nicht gewogen ist.‹

Na also, *Mr. Darcy* ist der Mann! Na, Lizzy, das war eine Überraschung, wie? Konnten er oder die Lucas' auf irgend jemanden in unserem Bekanntenkreis verfallen, dessen Namen dieses Gerücht mehr Lügen straft! Mr. Darcy, der Frauen nur ansieht, um ihre Fehler zu entdecken, und *dich* vermutlich in seinem ganzen Leben noch nicht angesehen hat. Es ist phantastisch!«
Elizabeth versuchte, in die Ausgelassenheit ihres Vaters einzustimmen, aber ihr gelang nur ein eher zögerndes Lächeln. Nie hatte seine spitze Zunge ihr so wenig behagt.
»Findest du das nicht amüsant?«
»O doch. Lies bitte weiter.«

»›Als ich der Frau Baronin gegenüber gestern abend die Wahrscheinlichkeit einer solchen Ehe erwähnte, hat sie ihrer Meinung darüber sofort mit der ihr eigenen Leutseligkeit Ausdruck gegeben, und dabei wurde deutlich, daß sie aufgrund von familiären Einwänden gegen meine Cousine zu einer solchen – wie sie es nannte – Mesalliance niemals ihre Zustimmung geben werde. Ich hielt es für meine Pflicht, meiner Cousine davon auf dem schnellsten Wege Nachricht zukommen zu lassen, damit sie und ihr hochgeborener Verehrer auf der Hut sind und nicht voreilig eine Ehe eingehen, die nicht den Segen seiner Tante gefunden hat.‹ – Mr. Collins fügt noch hinzu: ›Von Herzen habe ich mich darüber gefreut, wie gut es gelungen ist, Lydias traurige Affäre so geschickt geheimzuhalten, ich fürchte nur, es ist durchgesickert, daß sie zusammengelebt haben, bevor die Ehe geschlossen war. Aber ich darf nicht die Pflichten meines Amtes vernachlässigen und davon abstehen, meinem Erstaunen Ausdruck zu verleihen, daß Sie die jungen Leute nach der Hochzeit in Ihrem Hause empfangen haben. Sie haben dem Laster Vorschub geleistet, und wäre ich Pfarrer in Longbourn gewesen, dann hätte ich Ihnen dringend davon abgeraten. Sie müssen ihnen als Christ natürlich vergeben, sie aber nicht unter Ihre Augen kommen lassen oder ihren Namen in Ihrem Beisein zu nennen gestatten.‹

Das ist seine Vorstellung von christlicher Verzeihung! Der Rest seines Briefes handelt nur von dem Wohlergehen seiner geliebten Charlotte und der Hoffnung, daß ich mit der Friedenspalme wedele. Aber, Lizzy, du lachst ja gar nicht. Ich hoffe, du spielst nicht pikiert und markierst die Verschnupfte über ein unbegründetes Gerücht. Denn wozu leben wir, wenn nicht um unseren Nachbarn Anlaß zum Lachen zu geben und dafür umgekehrt über sie zu lachen?«

»Oh!« rief Elizabeth. »Ich finde es köstlich, aber es ist so eigenartig!«

»Ja – und das macht es ja gerade so amüsant. Hätten sie sich jemand anders ausgesucht, wäre es egal, aber *seine* völlige Gleichgültigkeit und *deine* ausgesprochene Abneigung gegen ihn machen es so köstlich absurd. So sehr ich Briefeschreiben hasse, die Korrespondenz mit Mr. Collins möchte ich um keinen Preis missen. Nein, wenn ich dies lese, gebe ich ihm sogar den Vorzug vor Mr. Wickham, so sehr ich auch die Schamlosigkeit und Heuchelei meines Schwiegersohns zu schätzen weiß. Und was bitte sagt denn Lady Catherine zu dem Gerücht, Lizzy? Ist sie gekommen, um ihre Zustimmung zu verweigern?«

Auf diese Frage antwortete seine Tochter nur mit einem Lachen, und da er sie ohne den geringsten Verdacht gestellt hatte, machte es ihr auch nichts aus, daß er sie noch einmal wiederholte. Elizabeth hatte noch nie in ihrem Leben so große Mühe gehabt, falsche Empfindungen vorzutäuschen. Sie mußte lachen, wo sie am liebsten geweint hätte. Ihr Vater hatte sie mit seinen Bemerkungen über Mr. Darcys Gleichgültigkeit tief getroffen; sie konnte sich über seinen Mangel an Scharfblick nur wundern und fürchtete, daß vielleicht nicht er *zu wenig* gesehen, sondern sie sich *zu viel* eingebildet hatte.

Kapitel 58

Anstatt ein Entschuldigungsschreiben von seinem Freund zu erhalten, wie Elizabeth halb erwartet hatte, konnte Mr. Bingley Darcy schon einige Tage nach Lady Catherines Besuch wieder mit nach Longbourn bringen. Die Herren kamen zeitig, und bevor Mrs. Bennet dazu kam, ihm zu erzählen, daß seine Tante bei ihnen gewesen war, wovor ihre Tochter zitterte, schlug Bingley, der mit Jane allein sein wollte, vor, einen Spaziergang zu machen. Man stimmte allgemein zu. Mrs. Bennet machte nie Spaziergänge, Mary hatte keine Zeit dazu, aber die übrigen fünf brachen gemeinsam auf. Bingley und Jane ließen jedoch die anderen bald vorausgehen. Sie schlenderten hinterher, während Elizabeth, Kitty und Darcy sich selbst überlassen waren. Keiner war sehr gesprächig: Kitty hatte viel zu viel Respekt vor ihm, Elizabeth faßte insgeheim einen verzweifelten Plan und vielleicht tat er dasselbe.

Sie gingen in Richtung Lucas Lodge, weil Kitty Maria besuchen wollte, und da Elizabeth keinen Anlaß sah, es so wichtig zu nehmen, ging sie tapfer mit ihm alleine weiter, als Kitty sie verließ. Nun war der Zeitpunkt gekommen, ihren Entschluß auszuführen, und sie sagte, solange sie noch den Mut dazu hatte:

»Mr. Darcy, ich bin eine große Egoistin, und um meine Seele zu erleichtern, muß ich in Kauf nehmen, Ihre Gefühle zu verletzen. Ich muß Ihnen endlich für Ihre beispiellose Güte meiner armen Schwester gegenüber danken. Seit ich davon weiß, warte ich auf eine Gelegenheit, Ihnen zu sagen, wie dankbar ich Ihnen dafür bin. Wüßte auch der Rest meiner Familie es, dann könnte ich ihren Dank meinem hinzufügen.«

»Ich bedaure«, erwiderte Mr. Darcy überrascht und bewegt, »bedaure sehr, daß Sie es überhaupt erfahren haben. Es könnte in falschem Licht erscheinen und Ihnen unangenehm sein. Ich hätte nicht erwartet, daß man Mrs. Gardiner so wenig trauen kann.«

»Sie dürfen meiner Tante keine Vorwürfe machen. Es war Lydia, die in ihrer Gedankenlosigkeit verraten hat, daß Sie mit der Sache zu tun haben, und ich habe natürlich keine Ruhe gegeben, bis ich alle Einzelheiten wußte. Ich möchte Ihnen noch einmal sehr herzlich auch im Namen meiner ganzen Familie für Ihr großzügiges Mitgefühl danken, das Sie, um die beiden aufzutreiben, veranlaßt hat, so viel Mühe und Unannehmlichkeiten auf sich zu nehmen.«

»Wenn Sie mir unbedingt danken wollen«, erwiderte er, »dann nur in Ihrem eigenen Namen. Daß der Wunsch, Ihnen eine Freude zu bereiten, die Motive, die mich sonst geleitet haben, noch verstärkt hat, will ich gar nicht leugnen. Aber Ihre Familie schuldet mir gar nichts. So sehr ich sie achte, ich habe dabei, glaube ich, nur an Sie gedacht.«

Elizabeth war zu verlegen, ein Wort zu sagen. Ihr Begleiter fügte nach einer kurzen Pause hinzu: »Sie sind zu edelmütig, um mit meinen Empfindungen zu spaßen. Wenn Sie noch so denken wie im letzten April, sagen Sie es mir gleich. *Meine* Zuneigung zu Ihnen und meine Wünsche sind unverändert, aber *ein* Wort von Ihnen, und ich werde über dieses Thema kein Wort mehr verlieren.«

Elizabeth hatte Verständnis für die außerordentliche Peinlichkeit und Ungewißheit seiner Lage, zwang sich zum Sprechen und gab ihm unverzüglich, wenn auch stockend zu verstehen, welch grundlegenden Wandel ihre Empfindungen seit der Zeit durchgemacht hatten, auf die er anspielte, so daß sie seine Erklärung diesmal mit Dankbarkeit und aus vollem Herzen entgegennahm. Diese Antwort machte ihn so glücklich wie nie in seinem Leben, und er gestand ihr seine Liebe mit so verständnisvollen und tiefempfundenen Worten, wie sie einem leidenschaftlich Verliebten angemessen sind. Wäre Elizabeth imstande gewesen, seinen Augen zu begegnen, dann hätte sie gesehen, wie gut ihm sein neugewonnenes Glück stand, aber obwohl sie nicht fähig war, ihn anzusehen, konnte sie ihm doch zuhören, und er sprach von Gefühlen, die ihr sagten, welche Rolle sie in seinem Leben spielte, und die ihr seine Zuneigung von Minute zu Minute wertvoller machten.

Sie gingen weiter, ohne zu wissen, wohin. Es gab zuviel zu denken, zu empfinden und zu sagen, als daß sie Augen für irgend etwas anderes gehabt hätten. Sie erfuhr bald, daß sie ihr gegenwärtiges Einverständnis den Bemühungen seiner Tante zu verdanken hatte. Sie war tatsächlich auf ihrer Rückreise bei ihm in London gewesen und hatte von ihrer Fahrt nach Longbourn berichtet. Die Frau Baronin war voller Hoffnung, ihrem Neffen durch einen solchen Bericht das Versprechen abzuringen, das *sie* sich zu geben geweigert hatte, hatte ihre Befürchtungen ausgemalt und jedes Wort Elizabeths hin- und hergewendet, um ihre Verworfenheit und Aufsässigkeit zu beweisen. Aber sie erreichte zu ihrem Unglück das genaue Gegenteil.

»Ich begann dadurch zu hoffen«, sagte er, »wie ich es bisher kaum gewagt hatte. Ich kannte Sie zu gut, um nicht sicher zu sein, daß Sie es der Frau Baronin frei und offen zugegeben hätten, wenn Ihre Entscheidung absolut und unwiderruflich *gegen* mich gefallen wäre.«

Elizabeth errötete und lachte, als sie antwortete:

»Ja, Sie kennen meine Offenheit gut genug, um mir das zuzutrauen. Nachdem ich Ihnen meine Meinung so unverblümt ins Gesicht gesagt hatte, brauchte ich keine Hemmungen mehr zu haben, auch gegenüber Ihren sämtlichen Verwandten mit meiner Meinung über Sie nicht hinter dem Berg zu halten.«

»Was konnten Sie schon sagen, das ich nicht verdient hätte? Denn obwohl Ihre Anschuldigungen unbegründet waren, von falschen Voraussetzungen ausgingen, verdiente mein damaliges Benehmen Ihnen gegenüber den schärfsten Tadel. Es war unverzeihlich. Ich kann nur mit Abscheu daran denken.«

»Wir wollen uns nicht darüber streiten, wer an dem Abend mehr Schuld hatte«, sagte Elizabeth, »genau besehen, war weder mein noch Ihr Verhalten einwandfrei. Aber unser beider Benehmen hat sich hoffentlich inzwischen gebessert.«

»So leicht kann ich mir nicht verzeihen. Die Erinnerung an das, was ich damals gesagt habe, wie ich mich aufgeführt habe, mein Verhalten, meine Ausdrucksweise die ganze Szene hindurch sind mir noch jetzt und schon seit vielen Monaten unaussprechlich unangenehm. Ich werde Ihren völlig begründeten Vorwurf nie vergessen: ›Hätten Sie sich mehr wie ein Gentleman aufgeführt!‹ Das waren Ihre Worte. Sie wissen ja nicht, Sie können sich nicht vorstellen, wie dieser Satz mich verfolgt hat, obwohl es, wie ich zugeben muß, einige Zeit gedauert hat, bis ich eingesehen habe, wie angebracht er war.«

»Ich hatte natürlich keineswegs erwartet, daß er einen so starken Eindruck hinterlassen würde. Ich hatte keine Ahnung, daß Sie sich so getroffen fühlen würden.«

»Das glaube ich gern. Sie sprachen mir ja jedes Taktgefühl ab. Ich werde Ihren Gesichtsausdruck nie vergessen, als Sie sagten, ich hätte meinen Antrag auf keine Weise machen können, die Sie verlockt hätte, ihn anzunehmen.«

»Bitte wiederholen Sie nicht, was ich gesagt habe. Die Erinnerungen führen zu nichts. Glauben Sie mir, ich schäme mich schon seit langem herzlich über sie.«
Darcy erwähnte seinen Brief. »Hat er Sie gleich zu einer besseren Meinung von mir bewegt? Haben Sie beim Lesen dem Inhalt Glauben geschenkt?«
Elizabeth erläuterte, welche Wirkung er auf sie gehabt hatte und wie sich nach und nach alle ihre Vorurteile in Luft aufgelöst hatten.
»Ich wußte«, sagte er, »daß das, was ich geschrieben hatte, Ihnen wehtun würde, aber es war notwendig. Ich hoffe, Sie haben den Brief vernichtet. Der Gedanke, daß Sie besonders den Anfang womöglich wieder lesen könnten, ist mir fatal. Ich erinnere mich an manche Ausdrücke, um derentwillen Sie mich zu Recht hassen könnten.«
»Ich werde den Brief natürlich verbrennen, wenn Sie meinen, daß es nötig ist, um Ihnen meine Zuneigung zu erhalten, aber wenn wir auch beide Grund zu der Annahme haben, daß meine Ansichten nicht gänzlich unwandelbar sind, lassen sie sich hoffentlich doch nicht so leicht beeinflussen, wie ein solcher Akt es nahelegt.«
»Als ich den Brief schrieb«, erwiderte Darcy, »hielt ich mich selbst für ganz kühl und gelassen, aber inzwischen bin ich überzeugt, ich war dabei schrecklich verbittert.«
»Vielleicht fing der Brief verbittert an, aber er endete nicht so. Das Lebewohl war voller Nachsicht. Aber denken Sie nicht mehr an den Brief. Die Empfindungen des Schreibers und der Empfängerin haben sich unterdessen so gründlich gewandelt, daß wir alle damit zusammenhängenden unangenehmen Umstände vergessen sollten. Bekehren Sie sich zu meiner Weltanschauung! Denken Sie an die Vergangenheit nur, wenn sie mit angenehmen Erinnerungen verbunden ist.«
»Das liegt doch nicht an Ihrer Weltanschauung. Ihr Rückblick ist so völlig frei von Selbstvorwürfen, daß Sie die angenehmen Erinnerungen nicht Ihrer Weltanschauung, sondern, was noch schöner ist, Ihrer Unkenntnis verdanken. Aber bei mir ist es anders. Schmerzliche Erinnerun-

gen schleichen sich ein, die nicht verdrängt werden können und dürfen. Mein Leben lang bin ich ein Egoist gewesen, wenn auch nicht theoretisch, so doch praktisch. Mir wurde als Kind beigebracht, was recht ist, aber nicht, wie man sich selbst beherrscht. Die Grundsätze waren gut, aber man überließ es mir, sie stolz und hochmütig anzuwenden. Als leider einziger Sohn, jahrelang auch einziges Kind wurde ich von meinen Eltern verwöhnt; sie waren gut (mein Vater besonders, gütig und liebenswürdig), aber sie erlaubten mir, forderten, lehrten mich fast, egoistisch und anmaßend zu sein, sich um niemanden außerhalb unserer Familie zu kümmern und den Rest der Menschheit für minderwertig zu halten, jedenfalls aber, mich zu bemühen, ihren Verstand und Wert im Vergleich zu mir selbst für minderwertig zu halten. So war ich von acht bis achtundzwanzig, und wenn Sie nicht wären, meine liebste, beste Elizabeth, dann wäre ich vielleicht immer noch so. Was habe ich Ihnen nicht alles zu verdanken? Sie haben mir die Leviten gelesen, das war hart, aber gut. Sie haben mir meine Grenzen gezeigt. Ich kam zu Ihnen, ohne an dem Erfolg meines Antrags zu zweifeln. Sie haben mir gezeigt, wie wenig meine Überheblichkeit ausreichte, Eindruck auf eine Frau zu machen, die beeindruckt zu werden verdient.«

»Dachten Sie denn, ich würde annehmen?«

»Natürlich. Sie werden mich für hoffnungslos eitel halten, aber ich bildete mir ein, Sie wünschten, Sie erwarteten meinen Antrag geradezu.«

»Dann muß ich mich wohl falsch benommen haben, aber jedenfalls nicht absichtlich. Ich wollte Sie nicht täuschen, aber vielleicht habe ich mich manchmal aus Schabernack nicht richtig verhalten. Wie müssen Sie mich nach diesem Abend gehaßt haben!«

»Gehaßt? Ich war zuerst vielleicht wütend, aber dann bin ich bald zur Besinnung gekommen.«

»Ich mag Sie gar nicht fragen, aber was dachten Sie von mir, als wir uns in Pemberley trafen? Fanden Sie, ich hätte nicht kommen sollen?«

»Nein, überhaupt nicht. Ich war nur so überrascht.«

»Ihre Überraschung kann nicht größer gewesen sein als meine, als Sie uns plötzlich sahen. Mein Gewissen sagte mir, daß ich eine übermäßig höfliche Behandlung von Ihnen nicht erwarten konnte, aber ich gebe zu, daß ich mit *mehr,* als mir zukam, auch nicht gerechnet hatte.«

»Ich wollte Ihnen damals«, erwiderte Darcy, »durch alle mir zu Gebote stehende Höflichkeit zeigen, daß ich nicht so schlecht war, Ihnen die Vergangenheit nachzutragen, und ich hoffte dadurch, daß ich Ihnen zu erkennen gab, wie ich mir Ihre Vorwürfe zu Herzen genommen hatte, Ihre Vergebung zu erhalten und Ihre schlechte Meinung von mir zu bessern. Wie bald auch andere Wünsche mit im Spiel waren, kann ich kaum sagen, aber ich glaube, schon eine halbe Stunde nach unserer Wiederbegegnung.«

Dann erzählte er ihr von Georgianas Freude über ihre Bekanntschaft und ihre Enttäuschung über die plötzliche Unterbrechung; das führte natürlich zur Ursache dieser Unterbrechung, und sie erfuhr, er hatte seinen Entschluß, ihnen auf der Suche nach ihrer Schwester nach London zu folgen, schon gefaßt, bevor er den Gasthof verließ, und er war dort nur so ernst und nachdenklich gewesen, weil er innerlich mit der Verwirklichung seines Plans beschäftigt war.

Wieder sprach er von seiner Dankbarkeit, aber das Thema war für beide zu schmerzlich, als daß sie es weiter verfolgt hätten.

Nachdem sie mehrere Meilen geschlendert waren, zu vertieft, um auf die Zeit zu achten, merkten sie schließlich, als sie nach der Uhr sahen, daß sie schon zu Hause sein müßten.

Wo waren wohl Mr. Bingley und Jane geblieben, war die verwunderte Frage, die zur Diskussion *ihrer* Verbindung überleitete. Darcy war begeistert über die Verlobung, sein Freund hatte ihm gleich davon erzählt.

»Ich möchte wissen, ob es Sie überrascht hat«, sagte Elizabeth.

»Überhaupt nicht. Als ich nach London fuhr, rechnete ich schon damit.«

»Das heißt, Sie hatten Ihre Erlaubnis gegeben. Das habe ich mir schon gedacht.«

Er wehrte sich zwar gegen den Ausdruck, aber sie fand, daß es viel anders wohl nicht gewesen war.

»Am Abend vor meiner Reise nach London«, sagte er, »machte ich ihm ein Geständnis, das schon lange überfällig war. Ich erzählte ihm nämlich, durch welche Ereignisse meine frühere Einmischung in seine Angelegenheiten sinnlos und impertinent geworden war. Seine Überraschung war groß. Er hatte nicht den leisesten Verdacht gehabt. Dann erzählte ich ihm, daß ich wohl Unrecht hatte mit meiner Annahme, er sei Ihrer Schwester gleichgültig, und da ich ihm ansah, daß seine Zuneigung unverändert war, zweifelte ich nicht an ihrem baldigen Glück.«

Elizabeth mußte darüber lächeln, mit welcher Selbstverständlichkeit er seinen Freund dirigierte.

»Sprachen Sie aus eigener Beobachtung«, fragte Elizabeth, »als Sie ihm sagten, daß meine Schwester ihn liebe, oder nur aufgrund meiner Mitteilungen vom letzten Frühjahr?«

»Aus eigener Beobachtung. Bei meinen beiden letzten Besuchen hier habe ich Jane nicht aus dem Blick gelassen und mich von ihrer Zuneigung überzeugt.«

»Und Ihre Versicherung, nehme ich an, hat ihn sofort beeindruckt?«

»Ja, Bingleys Bescheidenheit ist ganz echt. Aus Schüchternheit wagte er in einem so schwierigen Fall seinem eigenen Urteil nicht zu trauen. Daß er sich auf meines verlassen konnte, machte ihm die Entscheidung leichter. Nur eins mußte ich ihm gestehen, worüber er eine Zeitlang, und zwar zu Recht, beleidigt war. Ich durfte ja nicht verheimlichen, daß Ihre Schwester im letzten Winter drei Monate lang in London war – daß ich es gewußt und vor ihm geheimgehalten hatte. Er war wütend, aber ich glaube, nur so lange, bis der letzte Zweifel an der Zunei-

gung Ihrer Schwester beseitigt war. Jetzt hat er mir von Herzen vergeben.«
Elizabeth hätte gern gesagt, was für ein fabelhafter Freund Mr. Bingley doch war – er ließ sich so leicht lenken, daß er unersetzlich war; aber sie nahm sich zusammen. Ihr war eingefallen, daß er erst lernen mußte, ausgelacht zu werden, und es schien ihr etwas zu früh, damit anzufangen. Mit dem Ausmalen von Bingleys Glück, das natürlich nur seinem eigenen nachstehen würde, verging die Zeit, bis sie das Haus erreicht hatten. In der Halle trennten sie sich.

Kapitel 59

»Meine liebe Lizzy, wo seid ihr bloß gewesen?« war die Frage, mit der Jane Elizabeth empfing, sobald sie das Zimmer betrat, und die alle anderen wiederholten, als sie sich zu Tisch setzten. Sie brauchte nur zu antworten, daß sie immer weitergegangen seien, bis sie sich nicht mehr ausgekannt habe. Sie errötete beim Sprechen, aber nicht einmal das erweckte irgendeinen Verdacht.
Der Abend verging ruhig und ohne außergewöhnliche Ereignisse. Das erklärte Liebespaar redete und lachte, das heimliche schwieg. Es lag Darcy nicht, sein Glück durch äußere Fröhlichkeit zu zeigen, und Elizabeth, innerlich erregt und verwirrt, *wußte* eher, daß sie glücklich war, als daß sie es spürte, denn neben der unmittelbaren Verlegenheit gab es noch ein anderes Problem. Sie überlegte, was ihre Familie wohl sagen würde, wenn sie von ihrer Liebe erfuhr, denn sie wußte, daß keiner außer Jane ihn leiden konnte, und sie fürchtete sogar, daß die anderen ihn so wenig mochten, daß nicht einmal sein Vermögen und sein Rang sie mit ihm versöhnen würden.
In der Nacht öffnete sie Jane ihr Herz. Obwohl Zweifel Miss Bennet im allgemeinen denkbar fern lagen, wollte sie diesmal ihren Ohren nicht trauen.

»Du machst Witze, Lizzy! Mit Mr. Darcy verlobt! Nein, nein, du willst mir etwas vormachen. Das ist doch ausgeschlossen!«

»Was für ein furchtbarer Anfang. Ich dachte, wenigstens auf dich könnte ich mich verlassen; was sollen denn die anderen sagen, wenn *du* mir nicht einmal glaubst. Aber ich meine es wirklich ernst. Ich sage nichts als die Wahrheit. Er liebt mich noch immer, und wir sind verlobt.«

Jane sah sie zweifelnd an. »O Lizzy, das kann nicht sein. Ich weiß doch, daß du ihn nicht ausstehen kannst.«

»Gar nichts weißt du. Das ist alles vergessen. Vielleicht mochte ich ihn nicht immer so gern wie jetzt, aber in solchen Fällen ist ein gutes Gedächtnis unverzeihlich. Dies ist das letztemal, daß ich mich selbst daran erinnere.«

Miss Bennet konnte sich von ihrer Verblüffung so schnell nicht erholen. Elizabeth bestätigte ihr noch einmal und ganz ernsthaft die Wahrheit.

»Du lieber Himmel! Ist es möglich? Aber ich muß dir wohl glauben«, rief Jane. »Liebe, liebe Elizabeth, ich gratuliere dir herzlich – aber bist du sicher? Entschuldige die Frage, bist du ganz sicher, daß du mit ihm glücklich werden kannst?«

»Ich habe nicht die geringsten Zweifel. Wir sind uns schon völlig einig, daß wir das glücklichste Paar der Welt werden. Bist du einverstanden, Jane? Freust du dich über ihn als Schwager?«

»Sehr, sehr. Nichts könnte Bingley oder mir lieber sein. Wir haben darüber gesprochen und hielten es für ausgeschlossen. Und meinst du wirklich, deine Liebe ist stark genug? O Lizzy! Heirate um Gottes willen nicht ohne Liebe. Bist du dir ganz sicher bei deiner Entscheidung?«

»O ja! Wenn ich dir erst alles erzählt habe, wirst du eher glauben, daß meine Gefühle *zu* stark sind.«

»Was soll das heißen?«

»Immerhin, ich liebe ihn mehr als Bingley. Bist du jetzt verärgert?«

»Liebste Lizzy, nun sei doch endlich ernst! Ich möchte ganz ernsthaft mit dir reden. Erzähl mir alles, was ich wissen muß. Spann mich nicht auf die Folter. Willst du mir nicht sagen, wie lange du ihn schon liebst?«

»Es hat sich so allmählich ergeben, daß ich es selbst kaum weiß. Aber ich glaube, es fing an, als ich den ersten Blick auf seinen wunderschönen Park in Pemberley warf.«

Die nächste Bitte, ernst zu bleiben, hatte jedoch die gewünschte Wirkung, und sie überzeugte Jane schnell von der Ernsthaftigkeit ihrer Zuneigung. Nach dieser Versicherung war Miss Bennet restlos zufrieden.

»Nun bin ich beruhigt«, sagte sie, »denn du wirst auch so glücklich sein wie ich. Ich habe immer Hochachtung vor ihm gehabt. Schon wegen seiner Liebe zu dir hätte ich ihn immer geschätzt, aber jetzt, als Bingleys Freund und dein Mann, können mir nur Bingley und du mehr bedeuten. Aber Lizzy, du bist sehr raffiniert, sehr verschwiegen mit mir gewesen. Wie wenig von dem, was in Pemberley und Lambton passiert ist, hast du mir erzählt. Alles, was ich davon weiß, verdanke ich einem anderen, nicht dir.«

Elizabeth erzählte ihr die Gründe für ihre Verschwiegenheit. Sie hatte Bingley nicht gern erwähnen wollen, und weil sie sich über ihre eigenen Gefühle noch nicht im klaren gewesen war, hatte sie lieber auch den Namen seines Freundes vermeiden wollen. Aber jetzt brauchte sie ihr seine Rolle bei Lydias Heirat nicht mehr vorzuenthalten. Sie weihte Jane ein, und ihr Gespräch dauerte die halbe Nacht.

»Du lieber Himmel!« rief Mrs. Bennet, als sie am nächsten Vormittag am Fenster stand, »wenn das mal nicht dieser unerträgliche Mr. Darcy ist, der da wieder mit unserem lieben Bingley kommt! Was soll das bloß heißen, daß er uns dauernd belästigt. Ich dachte, er würde auf die Jagd oder irgend so etwas gehen, anstatt uns dauernd auf die Nerven zu fallen. Was sollen wir bloß mit ihm anfangen? Lizzy, du mußt wieder mit ihm spazierengehen, damit er Bingley nicht in die Quere kommt.«

Elizabeth konnte sich bei diesem höchst gelegenen Vorschlag das Lachen kaum verkneifen, aber es machte ihr Sorge, daß ihre Mutter ihn auch in Zukunft mit solchen Beiwörtern belegen könnte.

Sobald sie eingetreten waren, sah Bingley sie mit einem so ausdrucksvollen Blick an und schüttelte ihr so herzlich die Hand, daß kein Zweifel daran bestand, daß er eingeweiht war, und gleich darauf sagte er laut: »Mrs. Bennet, haben Sie nicht noch ein paar Wege hier in der Nähe, wo Lizzy sich heute wieder verirren kann?«

»Ich schlage Mr. Darcy und Lizzy und Kitty vor«, sagte Mrs. Bennet, »heute einmal nach Oakham Mount zu gehen. Das ist ein schöner Spaziergang, und Mr. Darcy kennt den Blick von dort noch nicht.«

»Ein guter Vorschlag für die anderen«, erwiderte Mr. Bingley, »aber ich bin sicher, für Kitty ist es zu weit, stimmt's Kitty?«

Kitty wollte wirklich lieber zu Hause bleiben. Darcy bekundete große Neugier, den Blick von dem Berg kennenzulernen, und Elizabeth stimmte schweigend zu. Als sie nach oben ging, um sich fertig zu machen, folgte ihre Mutter ihr und sagte:

»Es tut mir wirklich leid, Lizzy, daß du diesen unangenehmen Menschen schon wieder allein übernehmen mußt. Aber ich hoffe, es macht dir nichts aus. Es ist doch nur um Janes willen, und du brauchst dich nicht mit ihm zu unterhalten – höchstens ab und zu. Mach dir nicht zuviel Mühe.«

Auf dem Spaziergang beschlossen sie, im Laufe des Abends Mr. Bennet um seine Zustimmung zu bitten. Ihre Mutter wollte Elizabeth selbst unterrichten. Sie wußte nicht, wie sie darauf reagieren würde, und manchmal bezweifelte sie, ob sein Reichtum und sein Rang ausreichen würden, ihren Abscheu vor diesem Menschen zu überwinden. Aber ob sie leidenschaftlich *gegen* die Verbindung oder leidenschaftlich dafür war, ihr Benehmen würde in beiden Fällen an Einsicht und Verstand zu wünschen übriglassen; und Elizabeth konnte den Gedanken nicht ertragen, daß Darcy ihren ersten stürmischen Freudentaumel oder ihre ersten hemmungslosen Mißfallenskundgebungen miterlebte.

Kurz nachdem sich Mr. Bennet abends in seine Bibliothek zurückgezogen hatte, sah sie Mr. Darcy aufstehen und ihm folgen, und der Anblick versetzte sie in große Aufregung. Sie hatte keine Angst, daß ihr Vater dagegen sein würde, aber ihre Heirat würde ihn unglücklich machen, und daß sie, seine Lieblingstochter, ihn durch ihre Wahl betrüben, ihn mit Unbehagen und Bedauern erfüllen mußte, war ein schrecklicher Gedanke; sie saß niedergeschlagen da, bis Mr. Darcy wiederkehrte, und erst als sie ihn lächeln sah, war sie etwas erleichtert. Nach ein paar Minuten trat er an den Tisch, an dem sie mit Kitty saß, und während er scheinbar ihre Handarbeit bewunderte, flüsterte er ihr zu: »Gehen Sie zu Ihrem Vater, er möchte Sie in der Bibliothek sprechen.« Sie machte sich sofort auf den Weg.

Ihr Vater ging im Zimmer auf und ab und sah ernst und besorgt aus. »Lizzy«, sagte er, »was machst du für Sachen? Bist du nicht ganz bei Trost, diesen Mann zu heiraten? Hast du ihn nicht immer unausstehlich gefunden?«

Wie bedauerte sie jetzt, daß sie früher nicht einsichtiger von ihm gesprochen und sich zurückhaltender ausgedrückt hatte. Dann hätte sie sich nun die Erklärungen und Bekenntnisse ersparen können, die sie so mühselig und peinlich fand, aber sie waren jetzt unumgänglich, und sie versicherte ihrem Vater einigermaßen verwirrt, daß sie Mr. Darcy liebe.

»Mit anderen Worten, du bist entschlossen, ihn zu heiraten. Er ist zwar reich, und du kannst dann mehr schöne Kleider und schöne Kutschen haben als Jane, aber macht dich das glücklich?«

»Hast du noch andere Einwände«, sagte Elizabeth, »außer daß du glaubst, er ist mir gleichgültig?«

»Keineswegs. Wir alle wissen, er ist stolz und wenig liebenswürdig, aber das fiele nicht ins Gewicht, wenn du ihn wirklich magst.«

»Ich mag ihn, ich mag ihn sehr«, erwiderte Elizabeth mit Tränen in den Augen, »ich liebe ihn. Er hat auch gar keinen falschen Stolz. Er ist durch und durch liebenswürdig. Du weißt nicht, wie er wirklich ist, quäl mich deshalb bitte nicht damit, so von ihm zu sprechen.«

»Lizzy«, sagte ihr Vater, »ich habe ihm meine Zustimmung gegeben. Er ist nämlich genau der Mann, dem ich nichts abzuschlagen wagte, worum er zu bitten geruht. Ich überlasse es jetzt dir, ob du ihn nehmen willst. Aber ich gebe dir den Rat, noch etwas darüber nachzudenken. Ich kenne dich, Lizzy, du könntest nicht glücklich und mit dir einverstanden sein, wenn du deinen Mann nicht auch schätzt, wenn du nicht zu ihm als dem Überlegenen aufblicken kannst. Deine lebhafte Intelligenz wird dich in einer unausgewogenen Ehe in die größte Gefahr bringen. Du würdest dich beinahe unvermeidlich selbst verachten und unglücklich sein. Mein Kind, mach mir nicht den Kummer, mitansehen zu müssen, wie *du* deinen Lebensgefährten nicht achten kannst. Du ahnst ja nicht, worauf du dich einläßt.«

Diese Antwort ging Elizabeth noch mehr zu Herzen, und sie wählte ihre Worte mit Bedacht. Sie versicherte ihm wiederholt, daß sie Mr. Darcy wirklich heiraten wolle, erklärte ihm, wie sich ihr Bild von ihm allmählich gewandelt hatte, berichtete ihm von ihrer Überzeugung, daß seine Zuneigung nicht die Marotte eines Tages sei, sondern den Prüfungen vieler Monate standgehalten hatte, und zählte ihm nachdrücklich all seine guten Eigenschaften auf. So besiegte sie die Ungläubigkeit ihres Vaters und versöhnte ihn mit ihrer Wahl.

»Na schön, mein Kind«, sagte er, als sie fertig war, »ich habe nichts mehr hinzuzufügen. Wenn das so ist, verdient er dich. Ich hätte es nicht übers Herz gebracht, dich an jemanden wegzugeben, meine Lizzy, der dich nicht in diesem Maße verdiente.« Um den günstigen Eindruck abzurunden, erzählte sie ihm dann, was Mr. Darcy freiwillig für Lydia getan hatte. Er hörte es mit Staunen.

»Dies ist tatsächlich ein Abend voller Wunder! Darcy hat

es also alles zuwege gebracht – hat sie verheiratet, das Geld gegeben, die Schulden dieses Burschen bezahlt und ihm das Leutnantspatent gekauft! Um so besser. Es erspart mir einen Haufen Ärger und Einschränkungen. Deinem Onkel hätte ich die Ausgaben erstatten müssen – und auch erstattet; aber diese leidenschaftlichen jungen Liebhaber haben da ihre eigenen Vorstellungen. Ich werde ihm morgen die Rückzahlung anbieten, aber er wird sich aus Liebe zu dir mit Händen und Füßen sträuben, und dann ist die Geschichte ausgestanden.« Dann erinnerte er sich an ihre Verlegenheit, als er ihr vor einigen Tagen Mr. Collins' Brief vorgelesen hatte, und amüsierte sich köstlich über sie. Schließlich ließ er sie gehen und sagte, als sie an der Tür war: »Sollten da noch irgendwelche Bewerber für Mary oder Kitty sein, schick sie herein, ich bin in der denkbar besten Laune.«

Elizabeth war nun ein Stein vom Herzen gefallen, und nach einer nachdenklichen halben Stunde in ihrem Zimmer fühlte sie sich der Gesellschaft der anderen wieder gewachsen. Es war alles noch zu neu, um sich richtig zu freuen, und der Abend verging ruhig. Sie hatte keinen Anlaß mehr, in Ängsten zu schweben, bald würde sie wieder ganz unbeschwert und heiter sein.

Als ihre Mutter spät am Abend in ihr Ankleidezimmer hinaufging, folgte sie ihr und teilte ihr das bedeutende Ereignis mit. Die Wirkung war ungeheuerlich, denn nach der Mitteilung saß ihre Mutter regungslos und unfähig, ein einziges Wort zu sagen, da. Und es dauerte viele, viele Minuten, bis sie begriffen hatte, was sie da eigentlich hörte, obwohl sie doch im allgemeinen nicht begriffsstutzig war, wenn es darum ging, den Vorteil ihrer Töchter wahrzunehmen oder einen arglosen jungen Mann in einen Liebhaber für eine von ihnen zu verwandeln. Schließlich kam sie wieder zu sich; sie rückte auf ihrem Stuhl hin und her, setzte sich wieder und segnete ihr Schicksal.

»Ach, du gütiger Gott! Der Himmel bewahre mich! Stell dir bloß vor! Nein, so etwas, Mr. Darcy! Wer hätte das gedacht? Und ist es wirklich wahr? Oh, meine süße kleine

Lizzy! Wie reich und hochgestellt wirst du sein. Und das Nadelgeld, der Schmuck, die Juwelen, die du haben wirst! Nichts, gar nichts ist Jane dagegen. Ich bin so froh – ich bin so glücklich. Und so ein reizender Mann! – so gut aussehend! – so stattlich! Oh, meine liebe Lizzy! Bitte ihn um Verzeihung, daß ich ihn zuerst so wenig gemocht habe. Hoffentlich sieht er darüber hinweg. Liebe, liebe Lizzy! Ein Haus in London! Lauter reizende Dinge! Drei Töchter verheiratet! 10 000 pro Jahr! Du gütiger Gott! Was soll bloß aus mir werden? Ich werde noch verrückt!«

Das genügte immerhin als Beweis, daß an ihrer Zustimmung nicht zu zweifeln war, und Elizabeth verließ sie bald, froh, daß nur sie diesen Ausbruch gehört hatte. Aber sie war noch keine drei Minuten in ihrem Zimmer, da kam ihre Mutter hinterher.

»Mein liebstes Kind«, rief sie, »ich kann an nichts anderes denken. 10 000 pro Jahr, wahrscheinlich noch mehr. Das ist so gut wie alter Adel. Ein Aufgebot ist gar nicht nötig. Aber, mein liebstes Kind, sag mir schnell Mr. Darcys Lieblingsgericht, damit ich es morgen auf den Tisch bringen kann.«

All dies war ein höchst trauriger Vorgeschmack, wie ihre Mutter sich dem Freier selbst gegenüber erst benehmen würde, und Elizabeth sah ein, daß, obwohl sie seiner tiefen Liebe und der Zustimmung ihrer Familie sicher war, immer noch etwas zu wünschen übrigblieb. Aber der nächste Tag verging viel besser, als sie erwartet hatte, denn Mrs. Bennet hatte zum Glück solchen Respekt vor ihrem neuen Schwiegersohn, daß sie nur mit ihm zu sprechen wagte, wenn sie ihm irgendeinen Gefallen tun oder seiner Ansicht beflissen zustimmen konnte.

Elizabeth sah zu ihrer Freude, wie ihr Vater sich Mühe gab, mit ihm besser bekannt zu werden, und er versicherte ihr auch bald, wie er in seiner Achtung von Stunde zu Stunde stieg.

»Ich bewundere alle meine Schwiegersöhne höchlich«, sagte er. »Vielleicht ist mir Wickham der liebste, aber ich glaube, Lizzy, dein Mann gefällt mir ebenso gut wie Janes.«

Kapitel 60

Elizabeths frühere Ausgelassenheit kehrte bald wieder, und sie bat Mr. Darcy, ihr zu erzählen, wie er sich nur in sie hatte verlieben können. »Wie bist du darauf gekommen«, sagte sie. »Ich kann ja verstehen, daß du glänzend vorangekommen bist, als du einmal in Schwung warst. Aber was hat dich überhaupt auf den Gedanken gebracht?«

»Ich kann mich nicht auf Zeit oder Ort, Blick oder Worte festlegen, mit denen alles anfing. Es ist zu lange her. Ich war schon mittendrin, bevor ich recht wußte, daß ich begonnen hatte.«

»Gegen meine Schönheit warst du ja von Anfang an immun, und meine Manieren, mein Benehmen *dir* gegenüber grenzte jedenfalls an Unhöflichkeit. Und ich habe nie mit dir gesprochen ohne den Wunsch, dir wehzutun. Sei ehrlich, hat meine Impertinenz dich beeindruckt?«

»Dein Witz und Esprit.«

»Dann kannst du es ruhig gleich Impertinenz nennen. Etwas anderes war es doch nicht. Tatsache ist, daß du Höflichkeit, Unterwürfigkeit und Zudringlichkeit satt hattest. Dir gingen die Frauen auf die Nerven, die immer nur redeten, blickten und dachten, um *deine* Zustimmung zu erheischen. Ich habe deine Aufmerksamkeit erregt und dich gefesselt, weil ich anders als sie war. Wenn du nicht wirklich liebenswert gewesen wärst, hättest du mich dafür gehaßt, aber obwohl du dir alle Mühe gegeben hast, dich zu verstellen, bist du immer vornehm und gerecht gewesen, und im Grunde hast du die Leute verachtet, die ständig um deine Gunst buhlten. Siehst du, nun habe ich dir die Erklärung erspart, wie du dich in mich verlieben konntest, und tatsächlich, alles in allem fängt es an, mir einzuleuchten. Zwar weißt du nicht, ob ich eigentlich ein guter Mensch bin, aber daran denkt niemand, wenn er sich verliebt.«

»War es nicht ein guter Zug, wie du dich um Jane gekümmert hast, als sie in Netherfield krank war?«

»Die liebe Jane, wer hätte es für sie nicht gerne getan. Aber mach ruhig eine Heldentat daraus. Meine guten Eigenschaften werden unter deinem Schutz schon gedeihen. Übertreibe sie ruhig so viel wie möglich, ich werde als Gegengabe Gelegenheit finden, dich so oft es geht zu ärgern und mit dir zu zanken. Und ich fange am besten gleich an, indem ich dich frage, warum du so gar keine Anstalten gemacht hast, zu guter Letzt zur Sache zu kommen. Warum warst du so schüchtern, als du zum erstenmal wieder hierherkamst und dann als du zum Essen bei uns warst? Und vor allen Dingen, warum hast du dir dabei den Anschein gegeben, als ob ich dir gleichgültig wäre?«

»Weil du so ernst und schweigsam warst und mich überhaupt nicht ermutigt hast.«

»Aber ich war doch verlegen.«

»Und ich auch.«

»Aber du hättest doch häufiger mit mir sprechen können, als du zum Essen kamst.«

»Wenn ich weniger verliebt gewesen wäre, vielleicht.«

»Wie schade, daß du eine vernünftige Antwort parat hast und daß ich vernünftig genug bin, sie anzuerkennen. Aber ich frage mich, wie lange du wohl noch geschwiegen hättest, wenn ich dich dir selbst überlassen hätte. Ich frage mich, wann du mir wohl den Antrag gemacht hättest, wenn ich dich nicht darum gebeten hätte. Mein Entschluß, dir für deine Hilfe gegenüber Lydia zu danken, war natürlich höchst erfolgreich – zu erfolgreich, fürchte ich, denn was soll aus der Moral werden, wenn unser Trost aus dem Bruch von Versprechen erwächst? Denn das Thema Lydia hätte ich ja nicht erwähnen dürfen. So geht es doch nicht.«

»Mach dir keine Sorgen. Die Moral wird schon nicht leiden. Lady Catherines unberechtigte Versuche, uns zu trennen, haben meine letzten Zweifel beseitigt. Ich verdanke mein gegenwärtiges Glück gar nicht deinem unstillbaren

Bedürfnis, deine Dankbarkeit zu zeigen. Ich war gar nicht auf deine Eröffnung des Gesprächs angewiesen. Der Bericht meiner Tante hatte mir Hoffnung gemacht, und ich war entschlossen, alles auf *eine* Karte zu setzen.«

»Lady Catherine ist uns unendlich nützlich gewesen, und das müßte sie doch glücklich stimmen, denn sie macht sich so gerne nützlich. Aber sag mal, was hat dich eigentlich nach Netherfield zurückgebracht? War es nur, um nach Longbourn zu reiten und den Verlegenen zu spielen? Oder hattest du ernstere Absichten?«

»Meine eigentliche Absicht war, *dich* zu sehen, um zu erfahren, ob ich ... ob ich wohl jemals hoffen könnte, daß du mich liebst. Meine eingestandene Absicht – oder jedenfalls die Absicht, die ich mir selbst eingestand – war zu sehen, ob deine Schwester Bingley noch immer liebte und wenn ja, ihm die Wahrheit zu sagen, was ich unterdessen ja auch getan habe.«

»Ob du wohl jemals den Mut hast, Lady Catherine zu verkünden, was auf sie zukommt?«

»Ich brauche nicht so sehr Mut als Zeit, Elizabeth. Aber es muß getan werden, und wenn du mir ein Blatt Papier gibst, kann ich es gleich erledigen.«

»Und wenn ich nicht selbst einen Brief zu schreiben hätte, könnte ich mich zu dir setzen und die Gleichmäßigkeit deiner Schrift bewundern wie seinerzeit eine andere junge Dame. Aber ich habe auch eine Tante, der ich dringend schreiben muß.«

Um nicht eingestehen zu müssen, daß ihr enges Verhältnis zu Mr. Darcy überschätzt worden war, hatte Elizabeth den langen Brief ihrer Tante noch immer nicht beantwortet, aber da sie nun eine – wie sie wußte – höchst willkommene Nachricht zu übermitteln hatte, schämte sie sich beinahe, daß sie ihrem Onkel und ihrer Tante schon drei volle Tage ihres Glücks vorenthalten hatte, und sie schrieb auf der Stelle:

›Ich hätte mich, wie es sich gehört, liebe Tante, schon eher bei Dir für Deinen langen, freundlichen und ausführlichen Bericht aller Einzelheiten bedankt, aber um die Wahrheit zu sagen, ich war zu verärgert. Du hast mehr vermutet, als eigentlich dahintersteckte, aber *jetzt* kannst Du vermuten, was Du willst. Laß Deiner Phantasie freien Lauf, gib Dich Deinen Träumen über dieses Thema hin, soviel Du willst. Nur wenn Du glaubst, ich sei schon verheiratet, gehst Du zu weit. Schreib bald wieder und singe sein Loblied noch mehr als in Deinem letzten Brief. Ich danke Dir, ich danke Dir von Herzen, daß wir nicht zu den Seen gefahren sind. Wie konnte ich so dumm sein, es zu wünschen. Die Idee mit den Ponys ist großartig. Wir werden jeden Tag um den Park fahren. Ich bin der glücklichste Mensch auf Erden. Vielleicht haben andere Leute das auch schon gesagt, aber bestimmt nicht mit so viel Berechtigung. Ich bin sogar glücklicher als Jane. Sie lächelt nur, ich lache. Mr. Darcy schickt Dir alle Liebe, die er von mir abzweigen kann. Und Weihnachten müßt Ihr alle nach Pemberley kommen. – Deine etc.‹

Mr. Darcys Brief an Lady Catherine war ganz anders, und wieder anders war Mr. Bennets Antwort auf Mr. Collins' letzten Brief:

›Lieber Neffe,
Ich muß Sie noch einmal um Glückwünsche bemühen. Elizabeth wird in Bälde Mr. Darcys Frau sein. Trösten Sie Lady Catherine, so gut Sie können. Aber wenn ich Sie wäre, würde ich mich an den Neffen halten. Er hat mehr zu geben. – Herzlich Ihr etc.‹

Miss Bingleys Glückwünsche zur bevorstehenden Hochzeit ihres Bruders waren durch und durch gefühlvoll und verlogen. Sie schrieb sogar an Jane, um ihr Entzücken auszudrücken und frühere Versicherungen ihrer Sympathie zu wiederholen. Jane machte sich nichts vor, aber es ging ihr doch zu Herzen, und obwohl sie sich von ihrer Schwägerin nicht viel versprach, antwortete sie ihr freundlicher, als sie es ihrer Meinung nach verdiente.

Miss Darcys Freude, als sie die Nachricht erhielt, war ebenso groß wie die ihres Bruders, als er sie schrieb. Vier Seiten reichten nicht aus, um ihre Begeisterung und ihren ehrlichen Wunsch auszudrücken, von ihrer Schwägerin geliebt zu werden.

Bevor eine Antwort von Mr. Collins oder die Glückwünsche seiner Frau an Elizabeth eintreffen konnten, erfuhr die Familie in Longbourn, daß die Collins selbst nach Lucas Lodge gekommen waren. Der Grund für diese plötzliche Reise kam bald an den Tag. Lady Catherine war über den Brief ihres Neffen so ungeheuer empört, daß Charlotte, die sich über die Verbindung von Herzen freute, sehr daran gelegen war, aus dem Wege zu sein, bis der Sturm vorüber war. Die Ankunft ihrer Freundin in diesem Augenblick war für Elizabeth eine große Freude, obwohl sie sie bei ihren Begegnungen manchmal zu teuer erkauft fand, wenn sie Mr. Darcy dem gespreizten und unterwürfigen Benehmen ihres Mannes ausgesetzt sah. Aber Darcy trug es mit bewundernswerter Gelassenheit. Er ließ sogar Sir William Lucas' Gerede mit gefaßter Miene über sich ergehen, wenn er ihn dazu beglückwünschte, das strahlendste Juwel des Landes entführt zu haben, und seine Hoffnung ausdrückte, sie häufig bei Hofe zu treffen. Erst wenn Sir William außer Sicht war, zuckte er gelegentlich mit den Schultern.

Mrs. Philips' Gewöhnlichkeit war ein weiterer und sogar schwerer Prüfstein für seine Geduld, und obwohl Mrs. Philips, ebenso wie ihre Schwester, zuviel Respekt vor ihm hatte, um mit ihm so familiär umzugehen wie Mr. Bingleys gute Laune es nahelegte; wenn sie doch einmal etwas sagte, klang es gewöhnlich. Der Respekt vor ihm machte sie zwar schweigsamer, aber wohl kaum gesellschaftsfähiger. Elizabeth tat alles in ihrer Macht Stehende, um ihn vor den Aufmerksamkeiten beider abzuschirmen, und gab sich alle Mühe, ihn für sich zu behalten oder ihn nur mit *den* Familienmitgliedern ins Gespräch zu bringen, die ihn nicht in Angst und Schrecken versetzen mußten.

Ihr verliebter Umgang miteinander litt zwar unter diesen familiären Unzulänglichkeiten, aber Elizabeths Erwartungen an die Zukunft wurden dadurch noch höher gespannt. Sie freute sich unendlich auf die Zeit, wo sie sich, weit entfernt von dieser für sie beide wenig angenehmen Gesellschaft, ihrem Familienleben auf Pemberley in aller Bequemlichkeit und Annehmlichkeit hingeben konnten.

Kapitel 61

Zum Triumph für ihre mütterlichen Gefühle wurde der Tag, an dem Mrs. Bennet sich von ihren beiden sympathischsten Töchtern trennen mußte. Mit welchem Entzücken und Stolz sie danach Mrs. Bingley besuchte und von Mrs. Darcy erzählte, kann man sich leicht ausmalen. Könnte ich nur im Interesse ihrer Familie hinzufügen, daß ihr in Erfüllung gegangener Lieblingswunsch, so viele Töchter vorteilhaft zu verheiraten, die glückliche Nebenwirkung gehabt hätte, sie für den Rest ihres Lebens zu einer vernünftigen und informierten Frau zu machen. Aber vielleicht blieb sie auch zum Glück für ihren Mann, der an solch ungewohntem häuslichen Frieden gar keinen Gefallen gefunden hätte, eine immer noch gelegentlich nervöse und unverändert einfältige Frau.

Mr. Bennet vermißte besonders seine zweite Tochter sehr; seine Vorliebe für sie lockte ihn öfter aus dem Haus als sonst. Er fuhr mit Vergnügen nach Pemberley, vor allem, wenn er am wenigsten erwartet wurde.

Mr. Bingley und Jane blieben nur ein Jahr in Netherfield. Die ständige Nähe zu ihrer Mutter und ihren Verwandten in Meryton schien auf die Dauer nicht einmal *seiner* guten Laune und *ihrem* mitfühlenden Herzen erträglich. Dann erfüllten sie sich den Lieblingswunsch seiner Schwestern: Er kaufte sich einen Besitz in dem an Derbyshire grenzenden Bezirk, und Jane und Elizabeth wohnten nun zusätzlich zu allen anderen Quellen des Glücks nur noch dreißig Meilen voneinander entfernt.

Es zahlte sich für Kitty aus, daß sie die meiste Zeit bei ihren beiden ältesten Schwestern verbrachte. In dieser ihrem bisherigen Umgang so überlegenen Gesellschaft entwickelte sie sich entschieden zu ihrem Vorteil. Sie war nicht so widerspenstig wie Lydia, und, deren Einfluß entzogen, erschien sie durch sorgfältige Lenkung und Anregung bald weniger reizbar, weniger unwissend und weniger unbedarft. Die ungünstigen Auswirkungen von Lydias Gesellschaft wurden natürlich strikt unterbunden, und obwohl Mrs. Wickham sie häufig einlud und ihr Bälle und den Umgang mit jungen Männern versprach, gab ihr Vater dazu niemals die Erlaubnis.

Mary blieb nun als einzige Tochter zu Hause und wurde ständig von ihren Bildungsbemühungen durch Mrs. Bennets Unfähigkeit, ihre Zeit allein zu verbringen, abgehalten. Auf diese Weise kam sie mehr unter Menschen, aber noch immer machte sie nach jeder Morgenvisite ihre moralisierenden Anmerkungen. Da sie jedoch den Vergleich mit ihren hübschen Schwestern nicht mehr erdulden mußte, hatte ihr Vater den leisen Verdacht, daß sie sich mit der veränderten Situation ohne Sträuben abfand.

Was Wickham und Lydia betrifft – daß sie durch die Heirat ihrer Schwestern zu neuen Menschen wurden, war kaum zu erwarten. Er trug den Gedanken mit Gleichmut, daß Elizabeth nun all seine ihr bisher noch unbekannte Undankbarkeit und Falschheit erfahren würde, und hoffte trotz allem, daß Darcy noch dazu zu überreden sei, ihm zu einem Vermögen zu verhelfen. Der Glückwunschbrief, den Elizabeth zu ihrer Hochzeit von Lydia empfing, bewies ihr, daß zumindest seine Frau, wenn nicht sogar er selbst, diese Hoffnung hegte. Der Brief lautete:

›Meine liebe Lizzy,

Herzliche Glückwünsche. Wenn Du Darcy nur halb so liebst wie ich meinen lieben Wickham, mußt Du sehr glücklich sein. Es ist eine große Erleichterung zu wissen, daß Du nun so reich bist, und wenn Du nichts anderes zu tun hast, dann wirst Du hoffentlich an uns denken. Ich bin sicher, Wickham würde sich über eine Stelle bei Hof sehr freuen, und ich fürchte, wir haben nicht Geld genug, um ohne Unterstützung auszukommen. Jeder Posten mit drei- oder vierhundert pro Jahr wäre ihm recht. Aber sag Mr. Darcy lieber nichts davon, wenn es Dir nicht recht ist. – Deine etc.‹

Es traf sich, daß es Elizabeth durchaus nicht recht war, und sie versuchte deshalb, in ihrer Antwort alle Gesuche und Erwartungen dieser Art zu unterbinden. Aber sie schickte ihnen zur Erleichterung ihrer Lage häufig Geld, das sie sich von ihren – nennen wir es – Privatausgaben absparte. Es lag für sie auf der Hand, daß Lydias und Wickhams Einkommen bei zwei Menschen, die so anspruchsvoll waren und sich um die Zukunft so wenig Gedanken machten, nicht ausreichen konnte, und bei jedem Umzug wandten sie sich bestimmt an Jane oder sie um einen kleinen Zuschuß, damit sie ihre Rechnungen bezahlen konnten. Ihr Lebensstil blieb auch nach dem Friedensschluß[18], als sie sich einen ständigen Wohnsitz suchten, chaotisch.

Sie zogen von Ort zu Ort auf der Suche nach einer billigen Bleibe und gaben immer mehr aus, als sie verantworten konnten. Seine Empfindungen für sie sanken bald auf den Nullpunkt; sie hing etwas länger an ihm, und es gelang ihr trotz ihrer Jugend und ihres Benehmens, die Reputation und die Ansprüche einer verheirateten Frau aufrechtzuerhalten.

Obwohl Darcy *ihn* in Pemberley nicht empfangen konnte, versuchte er ihm beruflich um Elizabeths willen weiterzuhelfen. Lydia kam gelegentlich zu Besuch, wenn ihr Mann auf einer Vergnügungstour in London oder Bath war, und bei den Bingleys blieben beide häufig so lange, daß selbst Bingleys gute Laune am Ende war und er so weit ging, *anzudeuten,* er werde ihnen einen Wink geben, zu verschwinden.

Miss Bingley empfand Mr. Darcys Heirat als eine tödliche Kränkung, aber da sie nicht daran interessiert war, sich ihr Besuchsrecht in Pemberley zu verscherzen, sah sie darüber hinweg, fand Georgiana reizender denn je, begegnete Darcy beinahe mit derselben Aufmerksamkeit wie früher und machte Elizabeth gegenüber wett, was sie bisher an Höflichkeit versäumt hatte.
Georgiana wohnte jetzt ständig auf Pemberley, und das Verhältnis zwischen den beiden Schwägerinnen entsprach ganz Darcys Erwartungen. Ihre gegenseitige Zuneigung blieb auch hinter ihren besten Absichten nicht zurück. Georgiana bewunderte Elizabeth außerordentlich, obwohl sie zu Anfang nur mit an Bestürzung grenzendem Staunen zuhörte, wie Elizabeth auf ihre temperamentvolle, ironische Art mit ihrem Bruder sprach. Er, der ihr immer soviel Respekt eingeflößt hatte, daß sie sich kaum traute, ihn gern zu haben, war nun vor ihren Augen die Zielscheibe unverhohlenen Spotts. Sie machte Erfahrungen, die ihr noch nicht begegnet waren. Elizabeth brachte ihr bei, daß eine Frau sich mit ihrem Mann Freiheiten erlauben kann, die ein Bruder seiner mehr als zehn Jahre jüngeren Schwester nicht immer zugesteht.
Lady Catherine war über die Heirat ihres Neffen außerordentlich indigniert, und da sie in dem Antwortbrief auf die Erklärungen Darcys ihren Gefühlen auf die ihr eigene Art freien Lauf ließ, enthielt er eine besonders für Elizabeth so beleidigende Sprache, daß der Verkehr zwischen ihnen eine Zeitlang völlig abbrach. Aber mit der Zeit überredete Elizabeth ihren Mann dazu, die Beleidigung zu übersehen und eine Versöhnung anzustreben; und nachdem seine Tante sich noch ein bißchen geziert hatte, vergaß sie entweder aus Liebe zu ihm oder aus Neugier, wie seine Frau mit ihrer neuen Stellung fertig wurde, ihren Unmut und geruhte, ihnen in Pemberley trotz der Verpestung seines Parks durch die Anwesenheit einer solchen Herrin und durch den Besuch ihrer Londoner Verwandten ihre Aufwartung zu machen.

Mit den Gardiners war ihr Verhältnis immer ausgezeichnet. Darcy mochte sie ebenso gern wie Elizabeth, und beide bewahrten ihnen zeit ihres Lebens Dankbarkeit dafür, daß sie Elizabeth mit nach Derbyshire genommen und damit ihre Ehe gestiftet hatten.

Anmerkungen

1 Die Übersetzung der Anrede entspricht dem Original: »my dear Mr. Bennet«. Um die Atmosphäre des Buches möglichst zu erhalten, sind die Anredeformen beibehalten worden, wo sie die Lesbarkeit nicht beeinträchtigen. Da sie dem heutigen Leser zum Teil unvertraut sind, seien einige Erläuterungen zu den englischen Anredeformen um 1800 gegeben:
Vornamen werden nur selten verwendet. Auch Ehepaare und Verwandte sprechen einander meist mit Nachnamen an. Kinder sagen zu ihren Eltern »Madam« – eine Anrede, die von sozial niedriger Stehenden auch gegenüber unverheirateten und jungen Damen benutzt wird – und »Sir«, in gefühlsbetonten Momenten auch »Mama« und »Papa«. Der älteste Sohn und die älteste Tochter haben das Vorrecht, mit »Mr.« und »Miss« angesprochen zu werden. Bei den jüngeren Geschwistern wird der Vorname hinzugefügt. Daher ist Jane »Miss Bennet«, aber Elizabeth »Miss Elizabeth Bennet«, es sei denn, die ältere Schwester ist dem Sprecher – wie Lady Catherine – unbekannt. (Jane Austen war also nicht, wie viele ihrer Verehrer sagen, »Miss Austen«, sondern »Miss Jane Austen«, da ihre ältere Schwester unverheiratet war. So bezeichnete sie sich auch selbst.) Wenn in Kapitel 18 Miss Bingley – ihre ältere Schwester ist ja als Mrs. Hurst verheiratet – zu Elizabeth »Miss Eliza« sagt, ist das süffisante Vertraulichkeit, die herablassend klingt.

2 Formelle Besuche dieser Art dauerten nicht länger als eine Viertelstunde. Es ist signifikant, wenn diese Zeit überschritten wird, wie etwa in Kapitel 44: »Ihre Besucher blieben länger als eine halbe Stunde.«

3 Blau war die elegante Farbe der Herrenmode dieser Jahre. Mr. Bingley wird also als modebewußter junger Mann vorgestellt. Siehe auch Wickhams »blaue Jacke« in Kapitel 51. Die englischen Uniformen waren im 18. und frühen 19. Jahrhundert rot (wie die französischen weiß und die preußischen blau).

4 Die beliebtesten Tänze der damaligen Zeit waren Kontertänze, bei denen sich die Damen und Herren in einer langen Reihe gegenüberstanden. Da meist nur das jeweils oberste Paar in Bewegung war und dann durchtanzte, hatten die anderen Zeit, sich zu unterhalten oder – wie hier Bingley – ihren Platz zu verlassen.

5 Wie wir heute vom »Rolls Royce« oder »Fiat 500« auf die Finanzlage des Besitzers schließen, zeigten damals Typ und Zahl der Kutschen den Reichtum an. Lady Catherine hat, wie Mr. Collins stolz berichtet, mehrere Wagen. Ihre Tochter fährt z. B. in einem »low phaeton«, einem gut gefederten, leichten, vierrädrigen Wagen. Dagegen werden Mr. Bennets Pferde auch in der Landwirtschaft verwendet (Kapitel 7), ein Hinweis auf sein geringes Vermögen. – Da die verschiedenen Wagentypen dem heutigen Leser kaum mehr etwas sagen, ist in der Übersetzung, wo nötig, mehr Wert darauf gelegt, den Wagentyp zu *charakterisieren* als zu *benennen*.

6 Es handelt sich bei Mr. Bennets Besitz um einen »entail«: Er darf vom jeweiligen Besitzer nicht nach Belieben veräußert oder vererbt werden, sondern muß nach den individuell festgelegten Bedingungen weitergegeben werden. Longbourn kann nur in männlicher Linie vererbt werden. Da Mr. Bennet keine Söhne hat, gehen die Rechte auf den nächsten männlichen Verwandten, seinen Neffen, über, der nach der Mode der Zeit als »cousin« angeredet wird (auch Balzacs »Vetter Pons« ist ja eigentlich ein Onkel).

7 Es gehörte zur damaligen Damenmode, daß der Unterrock etwa 10 cm unter dem Kleid hervorschaute. Erst in Viktorianischer Zeit begann es als unschicklich zu gelten, den Unterrock sehen zu lassen.

8 Im Original »Cheapside«, ein unübersetzbares Wortspiel: Das Wort ist ein Londoner Straßenname (östlich der St. Pauls Kathedrale) in wenig vornehmer Gegend, und der Ausdruck »on the cheap side« heißt »eher gewöhnlich«.

9 Durch den Geistlichen und Hobbymaler William Gilpin (1724 bis 1804), von dessen Theorien Jane Austen abhängt und dessen Werke sie nach Auskunft ihres Bruders schon früh kannte, wurde das »Pittoreske« zum meist diskutierten Aspekt der Bildenden Kunst der Zeit. Gilpin definiert in seinem *Essay on Picturesque Beauty* (1792): Pittoreske Gegenstände unterscheiden sich von den schönen dadurch, daß sie zum Malen oder Zeichnen besonders geeignet sind, was sich mit dem deutschen Ausdruck »malerisch« wiedergeben läßt. Ihre hervorragende Eigenschaft ist deshalb im Unterschied zur Glätte (»smoothness«) der einfach schönen Formen die Rauheit, Unregelmäßigkeit (»roughness«): Variation, unterbrochene Oberfläche, Kontrast, Spiel von Licht und Schatten. Da ursprüngliche, unbearbeitete Formenvielfalt dieser Art nur in der Natur zu finden ist,

ist sie am ehesten pittoresk: Felslandschaften, Baumgruppen, Flußpartien und – hier liegt die kulturgeschichtliche Beziehung zum »Gothic Movement« – mittelalterliche, möglichst halbverfallene Gebäude (Burgen, Klöster usw.).
Die Stelle hier erweist Elizabeth als belesene, sehr ironische junge Dame, denn sie spielt auf eine Bemerkung Gilpins über das Arrangement von *Vieh* auf Bildern an: »Die einzige Art, sie pittoresk zu gruppieren, ist drei zu vereinigen.«
Nicht nur an dieser Stelle des Romans spielt das Pittoreske eine Rolle. Pemberley ist der pittoreske Park par excellence: Natürlichkeit und Variation, Verzicht auf die künstliche Symmetrie des französischen Gartens. Und Elizabeths Begeisterung bei der Einladung ihrer Tante zur Reise in den Norden (Kapitel 27) ist ironisierter Enthusiasmus für das Pittoreske: 1. Gilpin hat die malerischen Qualitäten des Seendistrikts im Nordwesten Englands entdeckt, über seine Reise 1786 ein Buch veröffentlicht und damit die Vorliebe der romantischen »Lake Poets« (Wordsworth, Coleridge, Southey) für den Seendistrikt angeregt. 2. Der Satz »Was sind Menschen im Vergleich zu Felsen und Bergen« ist in dreifacher Hinsicht ironisch auf Gilpins *Essay an Picturesque Travel* (1792) zurückbezogen: Dort finden sich bei der Aufzählung pittoresker Landschaftselemente auch »rocks« und »mountains«; dort wird der Mensch in der Landschaft zur bloßen Staffage reduziert: »Anatomische Studien der Figuren sind nicht nötig; wir betrachten Menschen nur als Szenenornament«; und dort ist das Bewahren der Reiseeindrücke für das Verwerten beim Malen wichtig.
Übrigens spielt Jane Austen in allen früh konzipierten Romanen mit der Mode des Pittoresken, am ausführlichsten in Kapitel 18 von *Sense and Sensibility*.

10 In dem klassischen englischen Kochbuch aus der Mitte des 19. Jahrhunderts (Isabella Beeton, *The Bock of Household Management*, London 1861) findet sich folgendes Rezept für »weiße Suppe«:
Für die Zubereitung von »weißer Suppe« benötigt man zunächst eine »weiße Brühe«.
Weiße Brühe
Zutaten: 2 Pfund Markknochen vom Kalb, Hühnerklein, 2 Scheiben gekochter Schinken, 1/2 Karotte, 1 Zwiebel, 1/2 Kopf Sellerie, 6 weiße Pfefferkörner, 15 Gramm Salz, eine Messerspitze geriebene Muskatnuß, 15 Gramm Butter, 2 Liter Wasser.
Zubereitung: Die Knochen mit dem Hühnerklein und dem ge-

schnittenen Schinken und mit 1/8 Liter Wasser in einer mit Butter ausgeriebenen Schmorpfanne auf kleiner Flamme gut durchkochen. Dann die übrigen Zutaten hinzugeben und das Ganze 1–1 1/2 Stunden auf kleiner Flamme kochen lassen. Das Fett abschöpfen und durch ein Haarsieb geben.

Weiße Suppe

Zutaten: 1/8 Pfund süße Mandeln, 1/8 Pfund Kalb- oder Hühnerfleisch, 1 Scheibe altes Brot, ein Stück frische Zitronenschale, 1 Messerspitze geriebene Muskatnuß, reichlich 1/8 Liter Sahne, das Gelb von einem hartgekochten Ei, 1 Liter weiße Brühe (s. o.).

Zubereitung: Die Mandeln mit ein bißchen Wasser zu einer Paste zerstoßen, das Fleisch durch den Wolf drehen und mit dem eingeweichten Brot durchkneten. Beides verrühren und mit der Zitronenschale und der Muskatnuß würzen. Mit der kochenden Brühe übergießen und 1/2 Stunde auf kleiner Flamme ziehen lassen. Das Eigelb in die Sahne reiben und diese in die Suppe geben. Zum Kochen bringen und heiß servieren.

11 Lady Catherine ist Mr. Collins' »patroness«: Zu ihren Rechten als Großgrundbesitzerin gehört das Einsetzen der Gemeindepfarrer, deren lebenslängliche Pfarreien verschieden einträglich waren. Ein Pastor konnte auch mehrere Stellen verwalten, woran Mr. Collins so gelegen ist. Mr. Darcy ist, wie sich im Fall Wickham erweist, ebenfalls »patron«.

12 Die beliebten *Sermons to Young Women* des Geistlichen James Fordyce (1720–96) erschienen 1766. Über die englische Mode des 18. Jahrhunderts, Predigtsammlungen zu publizieren, macht sich schon Henry Fielding in *Joseph Andrews* (1742) lustig.

13 Die Londoner Adressen des Buches existieren wirklich. Grosvenor Street liegt im damals eleganten Westen der City zwischen Oxford Street und Piccadilly, in der Nähe von Carlton House, der Residenz des Prinzregenten. Gracechurch Street liegt im Osten, zwischen St. Pauls Kathedrale und Tower, dicht bei der London Bridge.

14 Die von der Krone eingesetzten Friedensrichter »verwalteten« den Bezirk. Sie sprachen Recht, entschieden über die Höhe der örtlichen Abgaben und ihre Verwendung für Armenfürsorge, Straßenbau usw. Da sie keinerlei Verwaltungsapparat hatten, war die geregelte Ausübung ihrer Funktionen höchst unsicher.

15 Briefumschläge im modernen Sinn gab es zu dieser Zeit noch nicht. Man faltete das Blatt Papier, schrieb die Adresse darauf und siegelte es. Um das zweite Blatt zu sparen, wurde das erste häufig erst längs und dann quer beschrieben, so daß ein Schachbrettmuster der Schrift entstand. – Stahlfedern kamen gerade erst in Mode. Wie der Leser aus Kapitel 10 weiß, schreibt Mr. Darcy noch mit einem Gänsekiel, der immer wieder gespitzt werden mußte.

16 Im Gegensatz zu unserer heutigen Einstellung galt es damals nicht als fein, sich der Sonne auszusetzen. Wie sich hier und auch in Kapitel 56 zeigt, war Sonnenschein nicht einmal im Zimmer willkommen; man bevorzugte für das Wohnzimmer die von uns heute gemiedene Nordseite.

17 Alle in dem Buch genannten Summen müssen in ihrem tatsächlichen Wert gegenüber dem heutigen englischen Pfund mindestens verfünfzehnfacht werden.

18 Auf welchen Friedensschluß sich dieser Hinweis bezieht, ist schwer auszumachen. Die Forschung schwankt zwischen dem Frieden von Amiens (1802) und dem Sieg über Napoleon (1815). Aber als das Buch 1813 erschien, waren beide Daten irrelevant.

Literaturhinweise

Standardausgabe der Werke und Briefe Jane Austens

The Novels of Jane Austen. Ed. R. W. Chapman. 6 vol. London 1923–54. [Mehrfach nachgedruckt, zuletzt 1988.]
Vol. 1: Sense and Sensibility.
Vol. 2: Pride and Prejudice.
Vol. 3: Mansfield Park.
Vol. 4: Emma.
Vol. 5: Northanger Abbey and Persuasion.
Vol. 6: Minor Works.

Jane Austens Letters to Her Sister Cassandra and Others. Ed. R. W. Chapman. London ²1954.

Bibliographien

R. W. Chapman: Jane Austen. A Critical Bibliography. Oxford ²1955.

B. Roth / J. Weinsheimer: An Annotated Bibliography of Jane Austen 1952–1972. Charlottesville (Va.) 1973.

Biographien

J. E. Austen-Leigh: A Memoir of Jane Austen. London 1870. [Auch in: Jane Austen: Persuasion. London 1943 (Penguin English Library).]

W. and R. A. Austen-Leigh: Jane Austen. Her Life and Letters. A Family Record. London 1913.

R. W. Chapman: Jane Austen. Facts and Problems. Oxford ²1961.

J. H. Hodge: The Double Life of Jane Austen. London 1972.

E. Jenkins: Jane Austen. London 1938. [Auch als Sphere Books-Taschenbuch. London 1972.

M. Laski: Jane Austen and her World. With 137 Illustrations. London 1969.

Sammelbände

I. Watt (ed.): Jane Austen. A Collection of Critical Essays. Englewood Cliffs (N. J.) 1963.

B. A. Booth (ed.): Pride and Prejudice: Text, Backgrounds, Criticism. New York 1963.

D. Gray (ed.): Pride and Prejudice: An Authoritative Text, Backgrounds, Reviews, and Essays in Criticism. New York 1966.

B. C. Southam (ed.): Jane Austen. The Critical Heritage. London ²1969. [Sammlung von Dokumenten zur Wirkungsgeschichte Jane Austens im 19. Jahrhundert.]

E. Rubinstein (ed.): Twentieth Century Interpretations of ›Pride and Prejudice‹. A Collection of Critical Essays. Englewood Cliffs (N. J.) 1969.

J. Halperin (ed.): Jane Austen. Bicentenary Essays. Cambridge 1975.

B. C. Southam (ed.): Jane Austen ›Sense and Sensibility‹, ›Pride and Prejudice‹, ›Mansfield Park‹. A Casebook. London/Basingstoke 1976.

Studien zum Werk Jane Austens

L. Borinski: Jane Austen (1775–1817). In: Der Englische Roman des 18. Jahrhunderts. Frankfurt a. M. 1968. S. 289–323.

L. W. Brown: Bits of Ivory: Narrative Techniques in Jane Austen's Fiction. Baton Rouge (La.) 1973.

W. A. Craik: Jane Austen in her Time. London 1969.

Sh. Kaye-Smith / G. B. Stern: Talking of Jane Austen. London 1943.

M. Lascettes: Jane Austen and her Art. London 1974.

R. Liddell: The Novels of Jane Austen. London/Harlow 1969.

R. Mann: Jane Austen: Die Rhetorik der Moral. Bern / Frankfurt a. M. 1975.

D. Mansell: The Novels of Jane Austen. An Interpretation. London / Basingstoke 1973.

M. Mudrick: Jane Austen. Irony as Defense and Discovery. Princeton (N. J.) 1952.

K. C. Phillipps: Jane Austen's English. London 1970.

Wichtige Aufsätze über Pride and Prejudice

D. J. Dooley: Pride, Prejudice, and Vanity in Elizabeth Bennet. In: Nineteenth Century Fiction 20 (1965).

R. C. Fox: Elizabeth Bennet: Prejudice or Vanity? In: Nineteenth Century Fiction 17 (1962).

M. Schorer: Pride Unprejudiced. In: Kenyon Review 18 (1956).

J. Weinsheimer: Chance and the Hierarchy of Marriage in ›Pride and Prejudice‹. In: English Language Notes 39 (1972).

E. Zimmermann: Pride and Prejudice in ›Pride and Prejudice‹. In: Nineteenth Century Fiction 23 (1968).

Nachwort

»Of all great writers she is the most difficult to catch in the act of greatness.«
Virginia Woolf über Jane Austen

1

»*Pride and Prejudice*. Ein Roman. In drei Bänden. Von der Autorin von *Sense and Sensibility*« erschien anonym zum Preise von 18 Shilling und in 1500 Exemplaren Ende Januar 1813 in London. Das Buch war innerhalb von sechs Monaten ausverkauft, so daß noch im selben Jahr eine zweite Auflage herausgebracht werden konnte – bei Publikum und Kritik, soweit sie damals Romane zur Kenntnis nahmen, durchaus ein Erfolg für die Autorin. Aber wer war sie? Auch auf dem Titelblatt ihres ersten, zwei Jahre vorher erschienenen Romans hatte es nur geheißen: »by a lady«, von einer Dame. Und sie genoß ihre Anonymität. Es traf sich nämlich, daß bei der Ankunft ihrer Belegexemplare von *Pride and Prejudice* eine Nachbarin zu Besuch war, der die Autorin und ihre Mutter das Geheimnis nicht verrieten, aber aus dem brandneuen Roman vorlasen: »Sie fand es ganz witzig, die arme Seele. Das konnte sie denn doch nicht verhindern bei zwei Leuten, die sie so zum Lachen anregten, aber Elizabeth gefällt ihr anscheinend wirklich gut. Ich muß selbst sagen, ich finde sie eine der hinreißendsten Gestalten, die je gedruckt erschienen sind, und ich habe keine Ahnung, wie ich mit denen gnädig sein soll, die nicht wenigstens *sie* leiden mögen.«
Aber zu dieser Befürchtung war wenig Anlaß. Elizabeth Bennet – so meint Jane Austens Biographin E. Jenkins – »hat vielleicht mehr Verehrer als jede andere Heldin in der englischen Literatur«. R. L. Stevenson ging sogar so weit zu sagen, jedesmal wenn Elizabeth Bennet den Mund aufmache, würde er am liebsten vor ihr niederknien. Dabei war schon zur Zeit ihres Erscheinens die Konkurrenz groß:

Es wimmelte von Damen, die Romane schrieben, und von Heldinnen mit den atemberaubendsten Schicksalen und so exotischen Namen wie Belinda, Evelina, Cecilia und Emmeline. Aber schon ein Teil der Zeitgenossen spürte, daß Elizabeth Bennets Geschichte nicht einer der gängigen Frauenromane der Zeit war, und kein Geringerer als Walter Scott hat es 1816 als erster ausgesprochen: »Statt der großartigen Szenen einer Fantasiewelt eine nicht übertriebene und treffende Darstellung dessen, was Tag für Tag um [den Leser] vorgeht.« Das Sensationelle in Jane Austens Romanen war, daß darin nichts Sensationelles geschah. Schon die alltäglichen Namen ihrer Heldinnen sind Teil dieses Protests gegen die artifizielle Welt des Romans der Zeit. Er brachte den Lesern oder eher Leserinnen das Gruseln bei oder ließ sie sentimentale Frauenschicksale miterleben – oder beides zugleich.

Die ›Gothic Novel‹, der gotische Roman, war im Schwange. Grauenhaftes widerfuhr darin unschuldigen jungen Damen von grausamen Verwandten oder frustrierten Liebhabern in unheimlichen alten Schlössern, auf Friedhöfen oder in finsteren Wäldern. Anne Radcliffe war die erfolgreiche Meisterin des Genres, und unsere Autorin hat sie in *Northanger Abbey* köstlich parodiert: Die arglose junge Catherine Morland liest gerade *Mysteries of Udolpho* (1794) der Anne Radcliffe und hofft, bei ihrem Besuch auf einem alten Herrensitz ebenso schreckliche Familiengeheimnisse zu entdecken wie in dem Buch – hat der Hausherr seine Frau ermordet, oder hält er sie in einem dunklen Verlies gefangen? –, aber der zweite Sohn des Hauses heilt sie von ihrem Wahn, gotische Romane für Wirklichkeit zu halten und – heiratet sie. Es ist die Autorin selbst, die mit der Heldin denkt: »So reizend all die Werke von Mrs. Radcliffe und so reizend sogar die Werke all ihrer Nachahmer waren, nach der Wirklichkeitstreue der Charaktere (›human nature‹) durfte man darin nicht fragen.«

Nicht minder beliebt war der sentimentale Frauenroman in der Nachfolge der für uns heute so langatmigen Briefromane Samuel Richardsons. Ein armes Mädchen, wenn möglich Waise, wird darin meist in die große Welt eingeführt und entpuppt sich gern als reiche Erbin. Die populären Vertreterinnen dieses Genres waren die melodramatische Elizabeth Inchbald, Fanny Burney, die von der Autorin von *Pride and Prejudice* geschätzt wurde, und Maria Edgeworth, deren Anerkennung sie suchte und nicht fand und die das Verdienst hat, mit *Castle Rackrent* (1800) das irische Lokalkolorit – wie Scott das schottische – für die Literatur entdeckt zu haben, was etwa bei Charles Maturins *Melmouth the Wanderer* (1820) und William Thackerays *Barry Lyndon* (1844) weiterwirkt. Die Frivolität des städtischen Lebens wird darin mit leichtem Schaudern ausgemalt, zarte Gefühle werden ausgiebig beschrieben, und Damen brechen gern in Tränen aus oder fallen in Ohnmacht. Die sanfte und naive Heldin begegnet dem charmanten Bösewicht und der raffinierten Dame von Welt, ist aber keineswegs korrumpierbar und findet schließlich ihr Glück. Mrs. Burneys *Evelina* (1778) heißt schon im Untertitel »Geschichte einer jungen Dame beim Eintritt in die Gesellschaft«, und auch M. Edgeworths *Belinda* (1801) wird im Laufe der Handlung »eine junge Dame, die gerade in die Gesellschaft eintritt« genannt. Die kühle Elizabeth Bennet ist auch hier ein Gegentyp.

Die drei erfolgreichen Schreiberinnen solcher Romane waren in aller Munde, aber wer war die Verfasserin von *Pride and Prejudice*? Mr. Clarke, der Bibliothekar des Prinzregenten, wußte es durch ihren Bruder. Er war wie sein Herr ein Bewunderer ihrer Romane und schrieb ihr, nachdem er sie kurz vorher bei ihrem Besuch in London auf ausdrücklichen Wunsch seiner königlichen Hoheit durch dessen Bibliothek geführt hatte, im Herbst 1815, ob sie nicht einen Roman »über die Lebensgewohnheiten, den Charakter und den beruflichen Enthusiasmus eines Geistlichen« schreiben könne? Die englische Literatur habe es bisher versäumt, diesem Berufsstand den ihm gebührenden Tribut zu zollen. – (Trotz Goldsmiths *The Vicar of Wakefield*, Mr. Clarke?) – Die Autorin antwortete ihm auf diesen Brief, dem J. B. Priestley »wegen seines pompösen Schwachsinns« Unsterblichkeit gewünscht hat, dazu sei sie nicht imstande: »Eine humanistische Bildung oder wenigstens eine ausgedehnte Kenntnis der älteren und neueren englischen Literatur erscheint mir unerläßlich für die Romangestalt, die Ihrem Geistlichen gerecht würde [...] Ich aber kann mich in aller Eitelkeit rühmen, die ungebildetste und unwissendste Frau zu sein, die sich je ans Romanschreiben gewagt hat.«

Das war übertrieben; und Mr. Clarke hatte wohl das 1814 erschienene *Mansfield Park* nicht sorgsam genug gelesen, denn darin ist in der Gestalt Edmund Bertrams die Würdigung des Geistlichen schon enthalten. Oder forderte er, der selber Geistlicher war, Wiedergutmachung für die groteske Figur des Mr. Collins? Jedenfalls gab er nicht auf. Unterdessen mit dem neuesten Roman der Autorin, *Emma*, vertraut, der seiner Königlichen Hoheit auf dessen eigenen Wunsch gewidmet war, und seit kurzem Privatsekretär des Prinzen Leopold von Sachsen-Coburg, dessen Hochzeit mit der Tochter des Regenten bevorstand, wandte er sich noch einmal an die Autorin und riet ihr zu einem historischen Liebesroman (›historic romance‹), der dem Hause Coburg Ehre antue und diesmal dem Prinzen gewidmet sein dürfe.

Nun mußte die zurückhaltende Schriftstellerin deutlicher werden: »Ich glaube schon«, schrieb sie ihm im Frühjahr 1816, »daß ein historischer Liebesroman über das Haus Coburg profitabler und populärer wäre als die häuslichen Szenen auf dem Lande, mit denen ich mich beschäftige. Aber ich könnte einen Liebesroman ebensowenig schreiben wie ein Versepos [...] Nein, ich muß bei meinem Metier bleiben und meinen eigenen Weg gehen, auch wenn mir Erfolg dabei nie wieder zuteil wird; auf jede andere Weise würde ich meiner Meinung nach unweigerlich scheitern.«

Die häuslichen Szenen auf dem Lande – »Drei oder vier Familien in einem Dorf auf dem Lande, das ist der ideale Romanstoff (›the very thing to work on‹)« –, die heute zu den Höhepunkten der englischen Prosaliteratur gehören, wur-

den in der Hand der Autorin zu sublimen Kunstwerken. Wie gut, daß sie auf Mr. Clarkes Vorschläge nicht einging, daß sie ihren literarischen Weg unbeirrt verfolgte.
Aber wer war sie? Die Öffentlichkeit erfuhr es offiziell erst ein halbes Jahr nach ihrem Tode, als ihr Bruder ihre beiden vollendeten nachgelassenen Romane publizierte und mit einer biographischen Notiz versah. Alle vier zu ihren Lebzeiten veröffentlichten Bücher erschienen anonym, obwohl ihr Name ein offenes Geheimnis zu werden begann, als Jane Austen 1817 im Alter von 42 Jahren starb.

2

Sie wurde als siebtes von acht Kindern eines verhältnismäßig gutsituierten Landpfarrers im Bezirk Hampshire im Süden Englands am 16. Dezember 1775 geboren. Beide Eltern stammten aus alten respektablen Familien und hatten reiche, angesehene Verwandte. Sie erzogen ihre fünf Söhne und zwei Töchter – der zweitälteste Sohn war offenbar geistig zurückgeblieben und wuchs nicht im Hause auf – recht liberal. Das Familienleben war lebhaft und ungetrübt; Privatschüler des Vaters oder Vettern und Cousinen vergrößerten meist noch die Kinderschar. Janes besondere Vertraute war bis zu ihrem Tode ihre drei Jahre ältere Schwester Cassandra. Der Briefwechsel mit ihr bildet die nahezu einzige authentische Informationsquelle über Jane Austens Leben. Aber unglücklicherweise fand es Cassandra nach Janes Tod in der Befürchtung, daß der wachsende Ruhm ihrer Schwester unziemliche Neugier wecken könne, angebracht, daraus alle ihr indiskret erscheinenden Stellen oder Briefe zu vernichten; damit hat sie der Forschung unersetzliches Material entzogen. Andererseits waren zum Glück für unser Bild vom Leben der Autorin die Schwestern vor allem durch Besuche bei den wachsenden Familien ihrer Brüder oft getrennt und daher zum Briefeschreiben gezwungen.
Die Austens waren eifrige Leser und sahen im Gegensatz

zu vielen Familien der Zeit nicht auf Romane herab, sondern verschlangen sie und waren durch die damals schon beliebten Leihbüchereien immer auf dem laufenden. Als eine Mrs. Martin 1798 eine neue Bücherei eröffnete und die Austens als Kunden werben wollte, was ihr natürlich gelang, schrieb Jane: »Als Anreiz, um Kunden zu werben, schreibt mir Mrs. Martin, daß sie nicht nur Romane, sondern alle Arten Literatur usw. usw. führt. Unserer Familie gegenüber hätte sie sich diesen falschen Anspruch sparen können. Wir sind begeisterte Romanleser und schämen uns nicht deswegen.« Die Einstellung zum Buch spielt für die Charakterisierung der Personen in fast allen Büchern Jane Austens eine Rolle. Daß Mr. Darcy die väterliche Bibliothek vergrößert und Bingley mit Lesen nichts im Sinn hat, signalisiert den Unterschied ihres geistigen Formats, und Miss Bingleys Angriff auf Elizabeth, weil sie sich hinsetzt und liest, statt Karten zu spielen, ist in den Augen der Autorin ein Todesurteil für die Sprecherin selbst. Aber Mary beweist, daß dem Lesen auch groteske Elemente innewohnen können.

Es gehörte zu den besonderen häuslichen Vergnügungen der Familie Austen, in der öfter auch Theaterstücke aufgeführt wurden, daß Jane ab ihrem elften Lebensjahr ihre eigenen Parodien auf die zeitgenössische Literatur vorlas, die noch heute von unverwelkter Frische und entzückend zu lesen sind; etwa das Komödienfragment *The Mystery*, in dem sich die Personen alles Wichtige zuflüstern, so daß der Leser nie erfährt, worum es eigentlich geht; oder der Briefroman *Love and Friendship*, in dem die skandalösen Helden und Heldinnen alle moralischen Maßstäbe der Zeit umkehren und die Sentimentalität der Damen ins Groteske übertrieben wird (»Wir fielen abwechselnd auf dem Sofa in Ohnmacht.«). In diesen frühen parodistischen Versuchen liegt der Ursprung von Jane Austens großen Romanen, die nicht nur bis zuletzt die komödiantischen Elemente beibehalten haben, sondern zum Teil auch unmittelbar aus den Juvenilia hervorgegangen sind. Schon hier ist Jane Austens Sprache luzide und leicht. Aber sie entwickelt sich zu einem geschmeidigen Instrument, das auch die komplexesten Satzgebilde transparent macht und über eine differenzierte Skala seelischer Töne verfügt – daß ihr Stil einfach sei, ist nur ein weitverbreitetes Gerücht.

Mit Anfang Zwanzig schrieb Jane Austen vier Romane: Einen davon, die erste Version von *Pride and Prejudice*, bot ihr Vater einem Verleger an, der aber kein Interesse daran zeigte; der zweite wurde ebenfalls umgearbeitet und erschien als ihr erstes Buch, *Sense and Sensibility*; der dritte, damals *Susan* betitelt, wurde 1803 von einem Verleger gekauft, aber eigenartigerweise nicht veröffentlicht und erschien erst nach ihrem Tode als *Northanger Abbey*; und der vierte, der Briefroman *Lady Susan* mit mondänverruchter Heldin, blieb unvollendet liegen.

1797 überlebte Cassandras Verlobter auf einer Ostindienreise das Gelbfieber nicht, und das Schicksal, den geliebten Bewerber um ihre Hand durch den Tod zu verlieren, widerfuhr wahrscheinlich 1801 auch Jane. 1802 lehnte sie den Heiratsantrag eines sechs Jahre jüngeren wohlhabenden Mannes nach heftigen inneren Kämpfen ab. Aber wir wissen wenig über diese Ereignisse und Janes Reaktionen, weil Cassandra gerade dieses Material für immer der Öffentlichkeit entzogen hat. Beide Schwestern blieben unverheiratet und lebten im elterlichen Hause.

Janes Vater setzte sich 1801 zur Ruhe, übergab die Pfarrei seinem ältesten Sohn James und zog mit seiner Familie – für Jane ein Schock: sie fiel bei der Nachricht in Ohnmacht – in den eleganten und modischen Kurort Bath, in dem Jane nur ungern lebte. Nach seinem Tode im Jahre 1805 siedelte sich die Mutter nach mehreren Zwischenstationen mit ihren Töchtern 1809 in Chawton, wiederum in Hampshire, an, wo ihr von reichen Verwandten adoptierter dritter Sohn Edward einen Herrensitz hatte. Hier lebte Jane Austen mit Unterbrechungen bis kurz vor ihrem Tode. Im März 1817 fuhr sie wegen ihres sich verschlechternden Gesundheitszustandes ins nahegelegene Winchester, um in besserer ärztlicher Pflege

zu sein, und starb dort am 18. Juli 1817 an der – wie man heute vermutet – damals unheilbaren Addisonschen Krankheit (Nebenniereninsuffizienz).
Die Jahre in Bath waren Janes literarischer Produktion nicht förderlich. Sie arbeitete an ihren älteren Manuskripten und begann einen neuen Roman, *The Watsons*, der aber abgebrochen liegenblieb. Erst als sie in Chawton zur Ruhe gekommen war, konnte sie sich wieder auf ihr Werk konzentrieren und schuf, während sie gleichzeitig bei Familienbesuchen ihren Tantenpflichten nachging, die kränkelnde Mutter pflegte, Haushalt und Garten versorgte und nachbarliche Beziehungen unterhielt, die Reihe ihrer Romane, die sie heute wahrscheinlich zur meistgelesenen, jedenfalls zur beliebtesten englischen Klassikerin macht. Kein anderer älterer englischer Autor hat eine so ergebene und begeisterte Gefolgschaft.
1811 erschien *Sense and Sensibility*, die Geschichte zweier Schwestern, die ihre zunächst unglückliche Liebe verschieden tragen: Elinor gefaßt und vernünftig und Marianne nur mit großen seelischen Erschütterungen. Das 1813 veröffentlichte *Pride and Prejudice* ist bis heute das beliebteste ihrer Bücher und in unzähligen Ausgaben in der englischsprachigen Welt verbreitet, ein Longseller. 1942 wurde es in Hollywood verfilmt und dabei auf unfaßliche Weise verbiedermeiert, und 1959 hatte es unter dem Titel *First Impressions* Premiere als Broadway Musical, dem zum großen Erfolg wohl nur ein paar ›Hits‹ fehlten. 1814 kam *Mansfield Park* heraus, die Dornröschengeschichte der armen Verwandten, die schließlich den zweiten Sohn der reichen Verwandten heiratet, und 1816 *Emma*, die Komödie um das reiche und verwöhnte Mädchen, das nicht ablassen kann, in ihrer Umgebung Ehen zu stiften, und dabei Unheil anrichtet. 1818 erschienen *Northanger Abbey*, die schon erwähnte Parodie auf die ›Gothic Novel‹, und *Persuasion*, die schwierige Liebe einer Endzwanzigerin. Der Roman, an dem sie bis zu ihrem Tode arbeitete, *Sanditon*, blieb unvollendet, ist aber 1975 vollendet »by another lady« auf dem Buchmarkt erschienen.

Um den Rang, Jane Austens Meisterwerk zu sein, streiten sich *Pride and Prejudice, Emma* und neuerdings *Persuasion*, aber der Streit ist müßig. Jedes dieser Werke hat andere Qualitäten: *Pride and Prejudice* hat den Charme und die Ausgelassenheit des Jugendwerks bewahrt und ist der vollkommen geglückte ›erste Wurf; *Emma* ist das komplexe Werk der Reifezeit, in dem die Autorin auf der Höhe ihrer literarischen Fähigkeiten ihre Mittel souverän einsetzt; *Persuasion* ist das ›kammermusikalische Alterswerk‹.

Daß Jane Austen unverheiratet blieb, daß ihr äußeres Leben ohne große Ereignisse im familiären Kreis und geographisch auf engem Raum verlief, hat ihr Bild in der Nachwelt (»harmlose alte Jungfer«) verzerrt. Sie war kein Laie, der in gefühlsbetonten Stunden Literatur »absonderte« – wie Tucholsky das nannte; sie war eine Schriftstellerin von Geblüt. Sie schrieb von Kindheit an, erprobte Sujets, suchte ihren Stil, verwarf und verwertete und fand den ihr allein eigenen Ton über die Parodie. Sie war weitläufig belesen, sprach Französisch und etwas Italienisch und verfolgte die zeitgenössische Literatur mit wachem Interesse. Sie publizierte nicht skrupellos, sondern ließ sich Zeit, ihre literarische Karriere solide aufzubauen und – starb kurz vor dem Ziel. Zwar hatte sie keinen Kontakt zu den literarischen Zirkeln der Zeit, zum geistigen London – eine Einladung, Madame de Staël zu treffen, lehnte sie ab –, aber Virginia Woolf hat wohl zu Recht vermutet, daß sie auch gesellschaftlich zu einer Berühmtheit geworden wäre, hätte sie nur einige Jahre länger gelebt. Wenn sie ihren Lieblingsbruder Henry in London besuchte, ging sie ins Theater, nahm an Gesellschaften teil und besuchte Ausstellungen. Auf einer von ihnen glaubte sie ein Porträt von Mrs. Jane Bingley zu entdecken, »genau getroffen, Größe, Gesichtsform, Ausdruck und Liebreiz, und das bestätigte meine Annahme, daß Grün ihre Lieblingsfarbe ist. Ich vermute, Mrs. Darcy trägt Gelb.« Auch sie, ihre Heldin Elizabeth, hätte sie gern in der Ausstellung gefunden, aber kein Bild erinnerte sie an sie, und so nahm sie an, Mr. Darcy

habe sie zu gern, um ihr Bild den Augen der Öffentlichkeit auszusetzen.
Wie wirklich ihre Gestalten für sie waren, wie genau sie sie auch über ihr Auftreten im Roman hinaus kannte, bestätigt auch ihr Neffe, der 1870 die erste Biographie über sie herausbrachte und damit der Nachwelt viel unbekanntes Material zugänglich machte, vor allem einen Teil des Nachlasses. Er berichtet, daß Tante Jane auf Fragen hin weitere Details über ihre Gestalten erzählt habe: Kitty heiratet schließlich einen Geistlichen in der Nähe Pemberleys, und Mary muß sich mit einem Angestellten ihres Onkels Philips in Meryton zufriedengeben.

3

Die Zeit um 1800 gewährte infolge der Französischen Revolution auch der alleinstehenden Frau eine relative Freiheit, wie sie überhaupt mit der folgenden prüden Viktorianischen Epoche nicht zu vergleichen ist. Man muß sich die Damen in *Pride and Prejudice* in den fließenden, unter dem Busen gebundenen antikisierenden Gewändern und die Herren in den eng geschnittenen Fracks und Hosen des Empire vorstellen. Man trug flache, ganz leichte Slipper, auf die die Damen Stoffornamente nähten (die Schuhrosen in *Pride and Prejudice* müssen vor dem Ball in Netherfield wegen des schlechten Wetters per Boten von Meryton geholt werden). Beau Brummell war der Modeheld der Zeit. Es war die Epoche Napoleons; in England, da König Georg III. geistig nicht mehr zurechnungsfähig war, die Zeit der Regentschaft des Prinzen von Wales, den man den ›Prince of Pleasure‹ genannt hat.
Haydns Musik hatte gegen Ende des Jahrhunderts London erobert. Der Walzer, seit Zar Alexanders I. Staatsbesuch in England 1814 in Mode gekommen, begann sich durchzusetzen. Die ersten Häuser Londons wurden mit Gaslicht erleuchtet. In den Bergwerken fuhren die ersten Eisenbahnen, und die ersten Dampfschiffe tuckerten auf

den Flüssen. Mary Wollstonecraft, deren Tochter Mary Shelley den großartigen Roman *Frankenstein* (1818) schrieb, hatte 1792 mit *The Vindication of the Rights of Woman* das erste frauenrechtlerische Buch in England veröffentlicht. Robert Owen erdachte seine sozialen Utopien und versuchte die Lage seiner Arbeiter zu verbessern. Turners farbenprächtige, vor-impressionistischen Bilder erregten Aufsehen. 1812 wurde Lord Byron mit den ersten Gesängen von *Childe Harold* zur literarischen und gesellschaftlichen Sensation und noch zu Jane Austens Lebzeiten durch die Liebesbeziehung zu seiner Halbschwester zum Skandal. Walter Scott begründete 1814 mit *Waverley* zugleich den historischen und den schottischen Roman, und mit Coleridge, Keats, Shelley und Wordsworth hatte die Romantik überragende Repräsentanten.

Nahezu unausgesetzt war England in die Napoleonischen Kriege verwickelt und rechnete zeitweise mit einer Invasion, die literarisch noch in Scotts *The Antiquary* (1816) herumspukt. Vor allem auf dem Meere wurde der Kampf der beiden Großmächte ausgetragen. Nelson und Wellington waren die Kriegshelden der Insel. (Mr. Parker in *Sanditon* bereut, sein neues Haus »Trafalgar House« getauft zu haben; »Waterloo« sei unterdessen viel attraktiver.) Da Jane Austens jüngste Brüder Francis und Charles bei der Kriegsmarine waren – sie brachten es nach dem Tod ihrer Schwester beide bis zum Admiral –, waren die Austens ausgezeichnet über die Entwicklung des Krieges informiert. Marineoffiziere spielen vor allem in *Persuasion* eine große Rolle, und man hat wiederholt darauf hingewiesen, wie exakt sie dargestellt sind. Auch die Oxfordshire Militia, die in *Pride and Prejudice* Meryton zur Attraktion der Töchter des Hauses Bennet macht, kannte die Autorin, da ihr Bruder Henry, der später eine Bankierskarriere mit Bankrott beendete und Pfarrer wurde, ihr eine Zeitlang angehörte.

Diese Zeit an der Wende vom 18. zum 19. Jahrhundert war die Zeit des Umbruchs von der Landwirtschaft zur Industrie, die vor allem den Norden Englands rapide veränderte. Die Einwohnerschaft Londons stieg auf über eine Million. Die Kontinentalsperre schadete dem Handel. Die konservativen Tory-Regierungen subventionierten die heimischen Großgrundbesitzer durch hohe Zölle auf die Getreideeinfuhren. Die Lebenshaltungskosten stiegen, bedingt durch den Krieg, erheblich. Die ärmere Bevölkerung litt unter den indirekten Steuern, mit denen die Regierung die immensen Kriegskosten ausgleichen wollte. Es gab soziale Unruhen, die Maschinenstürmer gingen 1811 mit Gewalt zu Werk, und die Beliebtheit des verschwenderischen und lebenslustigen Regenten, den Jane Austen nicht ausstehen konnte, der aber in jeder seiner Residenzen ein Exemplar aller ihrer Romane hatte, nahm rapide ab.

Aber das Leben der ländlichen Gentry, des oberen Mittelstandes, unter dem Jane Austens Romane spielen, blieb bis zu ihrem Tod von den europäischen Wirren und den sozialen Veränderungen des 19. Jahrhunderts weitgehend verschont. Ihre Lebensgewohnheiten sind noch vom 18. Jahrhundert geprägt, und in den Büchern der Autorin hört man eher die Schwerelosigkeit und kultivierte Subtilität Mozartscher Musik als den Lärm der Maschinen. Wie sie auf die neuen Tendenzen der Zeit reagierte, wissen wir nicht; in ihren Romanen sind sie ausgespart.

Die Gentry lebte vom Ertrag ihres häufig verpachteten Landbesitzes und den Zinsen, verbrachte, wenn sie es sich leisten konnte – wie die Bingleys – die Wintersaison in London oder in den Bädern Bath und Brighton. Man stand spät auf und ging kaum vor Mitternacht zu Bett. »Eine furchtbare Verdrehung der natürlichen Ordnung« beobachtet F. Burneys naive Heldin Evelina, als sie zum erstenmal nach London kommt. »Wir machen die Nacht zum Tag und den Tag zur Nacht.« So wird der Tag durch das am Nachmittag stattfindende Dinner – je später desto vornehmer: Die Bennets essen um 16 Uhr, die Bingleys um 18.30 Uhr – in zwei Abschnitte geteilt: Der »morning« bis zum Dinner wurde von den Damen zu häuslichen Beschäftigungen, kurzen Besuchen, Spaziergängen und von den Herren zu sportlichen Betätigungen draußen – Reiten, Jagen, Schießen – verwendet. Die Damen nahmen an derlei kühnen Unternehmungen meist nicht teil. Es ist schon ein Schock für die Bingleyschen Damen, daß Elizabeth bei schlechtem Wetter querfeldein geht, noch dazu allein, und auf ihrer Sommerreise einen sonnengebräunten Teint hat. Nach dem Dinner blieben die Herren bei Wein noch eine Weile im Eßzimmer sitzen, während die Damen ins Wohnzimmer vorausgingen. Wann die einzelnen Herren nachkamen, war ihnen überlassen – je verliebter desto eher. Die vornehmen Gäste kamen zum Dinner selbst, die übrigen danach – so auf Rosings, als Lady Catherines Neffen eingetroffen sind. Dann begann der gesellige Teil des Tages, den man mit Kartenspielen, Musik, Tanzen, Lesen usw. verbrachte. Einladungen, wenn möglich bei Mondschein, waren an der Tagesordnung. Dieser ländliche Gesellschaftskreis setzte sich aus dem reichen Bürgertum und dem niederen Adel – Sir William Lucas – zusammen. Die sich anbahnende Ehe im Zentrum von *Pride and Prejudice* ist im Sinne der Zeit sozial auffällig, weil sie die beiden Pole der Gentry verwandtschaftlich verknüpft: die Bennets, wo der Vater die Landwirtschaft selbst betreibt, und die Darcys, die mit ihrem gesellschaftlichen Rang, ihrer adligen Verwandtschaft und ihrem immensen Reichtum die oberste Spitze der Gentry repräsentieren. Mr. Darcys Angst vor dem sozialen Abstieg in der Ehe mit Elizabeth Bennet, Ausdruck traditioneller Haltungen, wird überwunden, und wie seine zukünftige Frau mit Frau Baronin Lady Catherine umspringt, kann der Leser als ein emanzipatorisches Dokument lesen. Der Pfarrer, häufig der jüngere, beim Erbe nicht berücksichtigte Sohn angesehener Familien, gehört zur Gesellschaft. Schon bei einem relativ bescheidenen Einkommen hat man Personal, das natürlich je nach Vermögen an Zahl zunimmt – auf Rosings gibt es Dienerscharen.

Die Mädchen wurden entweder von einer Gouvernante im Haus oder auf einer Privatschule erzogen – wie die

Bingleyschen Schwestern – und vor allem in den gesellschaftlichen Künsten geschult: Klavierspielen, Tanzen, Handarbeiten, Französisch-Sprechen. Daß die Bennet-Töchter keine Gouvernante hatten, erschüttert Lady Catherine tief. Die Jungen gingen zu einer der vornehmen Privatschulen (Eton, Harrow) und studierten dann in Oxford oder Cambridge – wir erfahren es von Mr. Collins, der seine Zeit dort vergeudet hat.

4

Es liegt auf der Hand, daß in dieser in sich stabilen und auf gesellschaftliches Miteinanderleben ausgerichteten sozialen Schicht auf die lange geübten gesellschaftlichen Formen außerordentlicher Wert gelegt wird. Sie sind allen Mitgliedern vertraut und bilden den Maßstab der Menschenbeurteilung. Der Fauxpas wird zum Anlaß der moralischen Verurteilung. Geselliges Miteinander ist nur als gesittetes Miteinander denkbar. Wickham wird für einen noblen Charakter gehalten, weil er gesellschaftlich besticht, wie umgekehrt Darcy schon auf dem ersten Ball gerichtet wird, weil er sich daneben benimmt. Es ist eine Zeit, in der das Erröten nicht als Naivität, sondern das Nicht-Erröten in bestimmten Situationen als Schande gilt. »Glauben Sie mir, Miss Millner«, sagt ihr Vormund in E. Inchbalds *A Simple Story* (1791), »solange Sie bei all Ihren tollen Vergnügungen nicht aufhören zu erröten, werde ich Ihre Gefühle achten.« Und in M. Edgeworths *The Absentee* (1812) bemerkt Lady Clonbrony empört, daß die modernen jungen Herren über nichts mehr erröten, wie es sich doch gehört.
Der Leser der Zeit ist eingeweiht und kann das Verhalten der Romanfiguren deuten und beurteilen. Jede Geste und Bemerkung, jede Aktion und Reaktion, jedes Abweichen vom gesellschaftlichen Code, jedes Übertreiben oder Vernachlässigen seiner angemessenen Erfüllung ist bedeutsam und signalisiert dem Leser Botschaften über den

Charakter der Gestalten. Es ist die »Novel of Manners«, der »Roman der guten Gesellschaft«, wie P. Demetz ihn genannt hat, der in seinem Fontane-Buch (*Formen des Realismus,* 1964) viele erhellende Bemerkungen auch über Jane Austens Werk macht.

Der Roman der Lebensart spiegelt die Menschen im Kontext ihrer menschlich-sozialen Beziehungen. Wie auch Fontane hat Jane Austen Interesse für die Welt nur im Zusammenhang mit den darin agierenden Menschen, die mit ihren Empfindungen, Gedanken, Erlebnissen, Wünschen, Versagungen und Interessen das Studienobjekt bilden, demgegenüber alles andere dienende Funktion hat. Es gibt bei Jane Austen keine Landschaften, es gibt nur Wege, auf denen man geht, Straßen, auf denen man fährt, Parks, die man durchstreift, und Bäume, unter denen man sitzt. Die einzige ausführliche Landschaftsbeschreibung in *Pride and Prejudice* ist Pemberley, Mr. Darcys ausgedehnter Herrensitz mit seinem Park, der dem Leser als Ideal des Geschmackvoll-Natürlichen vorgeführt wird. Aber auch seine Schilderung ist nicht Selbstzweck, nicht die Darbietung eines Stücks Natur. Immer ist er bezogen auf Elizabeths Empfindungen, immer sind Menschen in ihm: Die Windungen des Weges verbergen Mr. Darcy, der Fluß ist Angelplatz, Hügel und Gehölz bilden das Panorama vor dem Fenster. Aber der Bezug zum Menschen ist im Hinblick auf die Funktion dieser Szenen noch enger: Elizabeth schließt vom Ästhetischen auf das Ethische: Pemberley enthüllt Mr. Darcys Charakter, der nicht schlecht sein *kann,* wenn sein Besitz einen so exquisiten Geschmack verrät. W. Scotts Vermutung, der Reichtum Pemberleys bringe Elizabeth dazu, ihren Entschluß zu bereuen, Mr. Darcys Hand ausgeschlagen zu haben, geht deshalb an der funktionalen Bedeutung dieser Szenen vorbei und wird übrigens schon von Elizabeth selbst in Kapitel 59 ironisiert.

Derselbe menschliche Bezug der Gegenstandswelt zeigt sich auch bei anderen Gelegenheiten. Ähnlich wie in Fontanes *Schach von Wuthenow* existiert die Ahnengalerie auf

Pemberley nur, weil sie auf menschliche Entscheidungen einwirkt. Auch Gebäude fungieren im sozialen Bezug: Die Kleinheit der Zimmer in Longbourn gibt Lady Catherine Anlaß zu süffisant-ungezogenen Bemerkungen, und nur deshalb erfahren wir, daß das Wohnzimmer nach Westen zeigt. Die Verteilung der Räume im Pfarrhaus von Hunsford charakterisiert die Collinssche Ehe. Alle Räume werden für die Autorin sofort uninteressant, wenn Menschen sich nicht mehr in ihnen aufhalten, und tatsächlich wird kein einziger in *Pride and Prejudice* so beschrieben, daß der Leser in seiner Fantasie die Möbel stellen könnte oder einen Eindruck von der Tapete bekäme.

Nichts ist in Jane Austens Romanen Selbstzweck, Detailbesessenheit oder bloße epische Beschreibungssucht. Sie sind im höchsten Maße geformt, ökonomisch und funktional gebaut. Jede Szene hat Verweischarakter, und alle Gestalten haben auch eine Handlungsfunktion. ›Totes‹ Personal kommt bei dieser Autorin nicht vor. Eine bewundernswerte künstlerische Gestaltungskraft ist hier am Werk, aber über das Arbeiten von Jane Austens Kunstverstand geben uns, da die früheren Fassungen von *Sense and Sensibility* und *Pride and Prejudice* verloren sind, nur die fertigen Werke und die erhaltene Umarbeitung des Schlusses von *Persuasion* Auskunft.

In der Konzentration auf die menschliche Welt liegt – wie bei Fontane – das schriftstellerische Prinzip Jane Austens. Teil dieser künstlerischen Ökonomie ist auch die sorgfältige Durcharbeitung des zeitlichen Ablaufs von *Pride and Prejudice*, der nahezu ein Jahr umfaßt: Von Herbst – Ende September kommt Mr. Bingleys Dienerschaft nach Netherfield – bis Herbst – Anfang Oktober stellt Mr. Darcy seinen zweiten Heiratsantrag – dauert die Handlung. Die erste Ablehnung seines Antrags zu Ostern liegt deshalb auch zeitlich genau in der Mitte des Buches. Für die Lektüre Jane Austens gilt deshalb auch, daß mit jedem Wiederlesen das Vergnügen an ihren Büchern wächst, weil der Leser aus seiner besseren Kenntnis des Kommenden die ganze kostbare Mosaikarbeit, die Beziehung der Sze-

nen untereinander, die Verzahnung der Handlungen und die Entwicklung der Figuren bewußter verfolgen kann.
Menschliche Kommunikation prägt das Leben der Gestalten im Roman der Lebensart. Man begegnet sich auf Gesellschaften und im Kreis der Familie, besucht sich gern und ist immer bereit, neue Menschen kennenzulernen. Der Dialog ist deshalb das tragende Element von Jane Austens – und Fontanes – Romanen, ja, es ist die Kunst des Dialogs, die unter anderem beider Werke so weit über ihre Zeitgenossen erhebt und in der beide Autoren ihr ganzes Können entfalten. Die vollkommene Zwanglosigkeit, Natürlichkeit und Dialektik des Gesprächs, die Kunst der Charakterisierung des Sprechenden durch seine Worte, die Enthüllung seiner typischen und komischen Züge – man denke nur an Mrs. Bennet oder Mr. Collins – bilden ein wesentliches Element ihrer literarischen Qualität. Schon der Anfang von *Pride and Prejudice* deutet die Ungeduld der Autorin an, das Spiel der Figuren im Gespräch zu entfalten. Nach nur einem kurzen Abschnitt springt sie in die Dialogsituation hinein, überführt auf lebendige und knappe Weise die Exposition in Handlung und stellt im Wortwechsel zwei unverkennbare Lustspielcharaktere vor den Leser.
Aber immer wieder zieht sich der Mensch nach den gesellschaftlichen Ereignissen auf sich selbst zurück und überläßt sich seinen Gedanken, so daß im Roman ein Rhythmus von Geselligkeit und Alleinsein entsteht. Beide werden aber dadurch verbunden, daß die geselligen Ereignisse im Vor- und Rückblick reflektiert werden. Zu den Techniken der Kommunikation gehört auch der Brief, für den dieselben Gesetze der Etikette gelten. Er führt zum Dialog zurück, weil seine Formulierungen auf ihre eigentliche Bedeutung hin untersucht werden müssen, wie bei Miss Bingleys oder Mr. Collins erstem Brief, der zugleich als Einführung seines Schreibers fungiert: Der Leser kennt ihn schon, bevor er ankommt, und wartet mit ebensoviel Ungeduld wie Mr. Bennet auf diese abstruse Persönlichkeit. Aber der Brief kann auch Stoff zum einsamen Nach-

denken bilden, wie Mr. Darcys Rechtfertigungsepistel oder Janes Briefe aus London für Elizabeth.

Daß der Leser nur *ihre* Stunden des Alleinseins miterlebt, daß er mit ihr die Briefe liest und darüber nachdenkt, hängt mit der Erzählperspektive in den Werken Jane Austens zusammen, die allen ihren Romanen gemeinsam ist. Zwar setzt die allwissende Erzählerin den Rahmen, führt ihr Publikum ein, gibt ihm den nötigen Überblick, aber sobald die Handlung vorbereitet ist, beschränkt sie den Leser auf den Wissensstand der Heldin. Mit *ihren* Augen sehen wir die Ereignisse, an *ihren* Empfindungen und Gedanken nehmen wir teil, *ihr* folgen wir zu den verschiedenen Schauplätzen – nie ist der Leser an zweien zugleich –, deren Wechsel entsprechend der ursprünglichen Dreibändigkeit des Romans, die man mit den drei Sätzen eines Konzerts verglichen hat, angeordnet ist:

1. Band, Kapitel 1–23: Longbourn mit den Nebenschauplätzen Meryton und Netherfield, Ablehnung des ersten Antrags (Mr. Collins);

2. Band, Kapitel 24–42: Rosings, Ablehnung des zweiten Antrags (Mr. Darcy);

3. Band, Kapitel 43–61: Pemberley, Longbourn, Annahme des dritten Antrags (Mr. Darcy).

So wie der Leser etwa die ganze Lydia-Affäre immer nur mit Elizabeths Augen sieht, nimmt er auch nur an ihrem Innenleben teil. Was die anderen Menschen empfinden und denken, erfahren wir fast nur aus ihren eigenen Worten, und vor allem das Seelenleben der männlichen Gestalten des Buches bleibt nahezu ausschließlich Vermutung aus der Sicht der Damen, ja, keiner von Jane Austens Romanen enthält, wie man oft angemerkt hat, eine einzige Szene, in der Männer unter sich sind. Wie sich etwa die Werbung Mr. Darcys um Elizabeth bei ihrem Vater abgespielt hat, bleibt bis auf das, was dieser selbst darüber erzählt, ein Geheimnis. Mit Elizabeth wartet der Leser auf das Erscheinen der Herren im Wohnzimmer, mit ihr steht er am Fenster und sieht Mr. Darcy und seine Schwester die Straße herauffahren. Diese Erzählperspektive, die Identifikation des Lesers mit der Heldin, die Jane Austen konsequenter als ihre Zeitgenossen entwickelt und die, wenn auch mit ganz anderen Vorzeichen, der Kafkas ähnelt, dient der Spannung, denn der Leser weiß nicht mehr als die Heldin selbst, und verstärkt seine gefühlsmäßige Bindung an sie. Aber sie hängt auch mit dem Thema des Buches zusammen, das schon der vielbewunderte Anfang von *Pride and Prejudice* anschlägt.

5

Der Roman beginnt mit dem nüchternen Konstatieren einer angeblich allgemein anerkannten Wahrheit. Aber schon das Gespräch zwischen Mr. und Mrs. Bennet macht dem Leser klar, daß nur ihre ironische Umkehrung stimmt: Nicht die Junggesellen suchen eine Frau, sondern sie werden von den Müttern unverheirateter Töchter und von diesen selbst gejagt und in die Falle gelockt. Ob Lady Lucas oder Mrs. Long, Charlotte, Lydia oder Miss Bingley, von Mrs. Bennet ganz zu schweigen – sie alle *möchten* gerne, daß die unverheirateten Männer auf Frauensuche sind, um ihr Lebensziel zu verwirklichen, ihre Töchter oder sich selbst unter die Haube zu bringen. Und das ist ein Kampf auf Leben und Tod. Während man an der Oberfläche ein gut nachbarliches Verhältnis unterhält, mißtraut man sich aufs äußerste, versucht, seine Vorteile wahrzunehmen, und macht sich gegenseitig schlecht. Daß etwa Charlotte, die bei der geringsten Chance sogleich Mr. Collins »zufällig« vor dem Haus trifft, siegt, wo Mrs. Bennet nicht ans Ziel kommt – welch eine Demütigung für diese, die sie ihrer Tochter heimzahlen muß. In ihrer aller Augen ist die Ehe ein Geschäft, bei dem man gut abschneiden muß. Über Geld wird dabei nahezu ständig geredet. Wenn Elizabeth zweimal einen Heiratsantrag ablehnt und damit die eigentliche Rangordnung menschlicher Werte wiederherstellt, vergeht sie sich im ersten

Fall in den Augen ihrer Mutter gegen das Grundgesetz weiblicher Existenz und ist in den Augen Charlottes einfach dumm. Den zweiten Fall berichtet sie lieber gar nicht erst.

Daß Jane Austen eine harmlose, vergnügliche Autorin ist, ist deshalb nur an der Oberfläche richtig. Die Liebe bildet in ihren Romanen nur Inseln der Menschlichkeit in einem Meer von Neid, Mißgunst, Geldgier, Eitelkeit und gegenseitiger Verachtung.

Schon das unmittelbar auf die aphoristische und ironische Ausgangsthese folgende Gespräch zwischen dem Ehepaar Bennet widerlegt den Anspruch des ersten Satzes, denn die Bennetsche Ehe ist eine Katastrophe, die am Ende des ersten Kapitels auch konstatiert wird. Die geschwätzige Aufdringlichkeit, mangelnde Einsicht und Hilflosigkeit Mrs. Bennets gegenüber ihrem zynischen, resignierten und an den Familienangelegenheiten nicht interessierten Mann, mit dessen Verhalten die Autorin in Kapitel 42 abrechnet und dessen Reich die Bibliothek ist, aus der er einmal seine Frau geradezu hinauswirft (Kapitel 20), prägen den ganzen Dialog. Welch ein Komödienbeginn mit tragischen Untertönen! Der Abstand der beiden Ehepartner wird dem Leser schon zu Beginn des ersten Dialogs signalisiert, wenn Jane Austen distanzierend von »his lady«, seiner Gemahlin, nicht seiner Frau spricht. Das Opfer dieser unsäglichen Ehe sind die Töchter: Daß Lydia mit einem Mann ausreißt, Kitty ihre Tage vertrödelt, Marys geistige Interessen lächerlich gemacht werden und die beiden ältesten Töchter leiden müssen, ist auf das Fehlverhalten beider Eltern zurückzuführen.

So bildet schon der Anfang des Buches eine Facette zu seinem Thema: Variationen der Ehe in der Spannung zwischen liebender Selbstverwirklichung und sozialem Druck. Darin ist im detaillierten Bild des oberen englischen Mittelstandes um 1800 eine Gesellschaftskritik, aufgelöst in Handlung und Ironie und in durchweg leisen Tönen, enthalten, die das vielfach heute in Romanen gepflegte sozialkritische Feldgeschrei weit überragt. Die großen Romanciers, wie Fontane und Balzac, Stendhal und Dostojewskij, sind zuallererst genaue Beobachter; das Sozialkritische entfaltet sich darin von selbst. Jane Austen ist wie sie alle dem Stoff gegenüber eher kühl, und deshalb darf man sich auch nicht über gewisse ironisch-nüchterne Sätze in ihren Briefen wundern, die mit Entsetzen Scherz treiben und das menschliche Engagement scheinbar vermissen lassen. Es sind, wenn auch im Privaten, schriftstellerische Äußerungen: »Eine Mrs. Hall aus Herbourne kam gestern sechs Wochen vor der Zeit mit einer Totgeburt nieder, verursacht durch einen Schock. Ich vermute, sie hat aus Versehen ihren Mann angeguckt.« Oder: »Mir liegt gar nichts daran, daß die Leute nett sind, da es mir die Mühe erspart, sie gerne zu mögen.«

Das Leben des Ehepaars Bennet ist nur ein Mosaikstein im Gefüge der Ehen ohne Liebe oder wenigstens gegenseitige Achtung. Mr. Collins heiratet, weil seine verehrte Gönnerin es ihm empfiehlt, und bringt es binnen kürzester Zeit fertig, um drei Frauen zu werben. Von Liebe kann weder auf seiner noch auf Charlottes Seite die Rede sein, ja, es gehört von Anfang an zu Charlottes Konzept, in ihrem Pfarrhaus so wenig Zeit wie möglich mit ihrem Mann gemeinsam zu verbringen. Für Mr. Wickham ist die Ehe nur eine letzte verzweifelte Möglichkeit, sich finanziell zu sanieren, auch wenn seine Ansprüche hier schon erheblich gesunken sind. Oberst Fitzwilliam kann als zweiter Sohn ohne Vermögen nicht heiraten, wie er möchte. Die Hurstsche Ehe ist eine Farce. Lady Catherine möchte ihre Tochter aus standes- und familienpolitischen Gründen verheiraten, ohne je nach den Gefühlen des Opfers zu fragen. Schon als die Betroffenen Kleinkinder waren, wurden sie miteinander verkuppelt. Und ebenso schreien Mrs. Bennets Vorstellungen von der Ehe zum Himmel: Nehmen, was man kriegen kann, je mehr Geld, desto besser!

Dieser Jahrmarkt der Eitelkeiten ist von Lustspielcharakteren mit fixen Eigenschaften bevölkert, die Jane Austen mit treffsicherem Humor und zum Nutzen der Handlung bewegt. Aber in ihrer Mitte entfaltet sich das komplexe Spiel der wirklichen Liebe in zwei Variationen: das sentimentale Paar Bingley und Jane und das intellektuelle Paar Darcy und Elizabeth, dem die Sympathie der Autorin gehört, um das das Buch kreist und auf das sich der Titel bezieht.

Er entsprach durchaus der Mode der Zeit, die solche möglichst alliterierenden Wortkombinationen schätzte; und als Jane Austen eines Tages in eine Buchhandlung mit einer ihrer nicht in ihre Schriftstellerei eingeweihten Nichten ging, nahm diese nichtsahnend den Roman in die Hand, legte ihn auf den Tisch zurück und sagte, ein Roman mit *dem* Titel könne nur Kitsch sein. Sie irrte, denn obwohl die Autorin ihn offensichtlich F. Burneys *Cecilia* (1782) entnommen hatte, wo die Kombination »Pride and Prejudice« im Schlußkapitel in einem Absatz gleich dreimal vorkommt, hob sie ihn auf ihr Niveau. Es wäre zu simpel, je eins der Titelwörter je einem der beiden Protagonisten nach der Formel Darcy = Pride und Elizabeth = Prejudice zuzuweisen. Auf viel umfassendere Weise reflektieren die Wörter das Romangeschehen und durchziehen leitmotivisch das Buch. 1. Beide Gestalten verführt die mit dem einen Begriff verbundene soziale Sünde zur anderen, so daß eine Überkreuzung entsteht: Darcys Stolz verleitet ihn zu sozialen Vorurteilen, und Elizabeths Vorurteile machen sie so stolz, daß sie die Hand des attraktiven Mannes mit riesigem Vermögen ausschlägt. Schon in Kapitel 5 sagt Elizabeth zu Charlotte, sie hätte nichts gegen Darcys Stolz, wenn er ihren nicht verletzt hätte. 2. Die negativen Implikationen der beiden Titelwörter bilden nur die Entartung durchaus positiver Eigenschaften: Charlotte gesteht Mr. Darcy bei seinem Rang von Anfang an Stolz, das Festhalten an den Traditionen zu, und Elizabeth muß am Ende erkennen, daß er keinen *unberechtigten* Stolz besitzt. Aber auch Elizabeths Vorurteile, ihre voreiligen Urteile, sind nur die Kehrseite ihrer besonderen geistigen Lebhaftigkeit, die sie in Mr. Darcys Augen gerade so unwiderstehlich macht. 3. Beide werden das Opfer ihrer Vorurteile auch gegenüber anderen, so daß schon in den Titel weitere Handlungselemente einbezogen sind. Darcy verkennt Janes Empfindungen für Bingley, und Elizabeth verkennt Wickham ganz und gar. Genau diese Fälle aber sind es, die das Zentrum von Elizabeths Vorwürfen und Darcys Rechtfertigung bilden, als er sie in Hunsford um ihre Hand bittet. Wenn Elizabeth Wickham fragt, wie es sein könne, daß Darcys Stolz ihn nicht davon abgehalten habe, ihn schlecht zu behandeln, dann ist das der Gipfel dieser Verkennung, denn es ist ja gerade Darcys Stolz, sein Gefühl für menschliche Würde, die ihn zwingt, Wickham die ihm zustehende Behandlung widerfahren zu lassen.

Um die Entwicklung der Liebe zwischen Darcy und Elizabeth ist das ganze Buch gebaut. Sein Zentrum und seinen Höhepunkt, seitenmäßig und zeitlich nahezu genau seine Mitte, bilden Elizabeths Ablehnung von Darcys Heiratsantrag (Kapitel 34) und sein Rechtfertigungsbrief (Kapitel 35). Genau an dem Punkt, an dem Elizabeths Vorurteile gegenüber dem stolzen Mann ein nicht zu überbietendes Maß erreicht haben, weil Fitzwilliam unwissentlich Öl in die Flammen gegossen hat (Kapitel 33); an dem Punkt, wo umgekehrt sie ihn unwissentlich in Lady Catherines Salon am Klavier mit ihrem Charme und ihrer Geistesgegenwart restlos bezaubert hat (Kapitel 31), gesteht er ihr seine Liebe, weist sie ihn zurück. Der funktionale Bau des ganzen Romans zeigt sich an diesen beiden Kapiteln, denn sie erklären einen Großteil der Episoden der ersten Hälfte und motivieren das Verhalten der Personen im zweiten Teil.

Man lese nach diesem dramatischen, fehlgeschlagenen Heiratsantrag nur einige frühere Passagen des Buches noch einmal: etwa Kapitel 6, wo in Elizabeths Weigerung, mit Darcy zu tanzen, ihre Zurückweisung seiner Liebe symbolisch vorweggenommen und der Grund gelegt wird für Darcys Annahme, daß Jane Mr. Bingley nicht liebt; oder Kapitel 18, wo Elizabeth schließlich doch mit Darcy tanzt, eine Vorausdeutung auf ihre spätere Vereinigung,

und wo der Leser erfährt, wie recht Darcy hat, Elizabeths Familie unmöglich zu finden. Daß Darcy ein gewandter Briefschreiber ist, hat der Leser schon in Kapitel 10 erfahren, und erst aus der Kenntnis seines Briefes versteht er ja auch, warum Fitzwilliam Elizabeth in Kapitel 33 beunruhigt ansieht, als sie von Miss Darcys möglicher Unfolgsamkeit spricht. Daß der Ausreißversuch dieser jungen Dame mit Wickham in dem Rechtfertigungsbrief geschildert wird, bereitet zugleich die spätere Lydia-Handlung vor. Noch in den letzten Kapiteln, als die Liebenden auf langen Spaziergängen auf die Entwicklung ihrer Beziehung zurückblicken, verweilen sie ausführlich bei den Ereignissen von Rosings. Dort beginnt das Pendel ihres Verhaltens zurückzuschwingen; die wechselseitige Korrektur ihrer Charaktere, Sinnbild echter Liebe, beginnt.
Erst als Darcy Wiedergutmachung für die beiden Vorwürfe Elizabeths geleistet hat, erst als Lydia und Wickham versorgt und Jane und Bingley verlobt sind, stellt er seinen Antrag noch einmal. Es ist kein Zufall, daß wir ihn in der zweiten Hälfte des Buches verschwiegen handeln sehen. Fürsorgliches, nicht auf Beifall bedachtes Handeln auch in Kleinigkeiten kennzeichnet für Jane Austen den noblen Charakter. Daran kann der Leser den Wert der Personen erkennen. So etwa in *Persuasion*, wo ein kleiner Neffe der Heldin beim Bücken auf den Rücken klettert. Ihr Schwager schimpft den Jungen aus und ist gerichtet. Kapitän Wentworth aber handelt schweigend: Er nimmt ihr das lästige Kind ab. So auch in *Emma*: Wenn bei einer Weihnachtsfeier alle sich streiten, ob es der fallende Schnee noch erlaubt, mit dem Wagen nach Hause zu fahren, geht Mr. Knightley nach draußen und klärt die Lage; wenn vor dem Ball alle mit ihren eigenen Vorbereitungen beschäftigt sind, schickt er seinen Wagen zu den armen Bates, um sie abzuholen.
So verdient sich Darcy Elizabeths Hand, während sie, die aus der Fassung zu bringen im ersten Teil niemandem gelang, völlig ihre Selbstsicherheit verloren hat, durch eine Reihe von Demütigungen geht und auf diese Weise büßt.

Aber wie alle Romane Jane Austens endet auch *Pride and Prejudice* mit der Heirat der Protagonisten, in deren liebender Beziehung die groteske Welt ins Lot gerückt wird. Hier liegt ein wesentlicher Unterschied zu Fontanes Weltbild, bei dem es der Liebe nie gelingt, sich gegen die gesellschaftlichen Widerstände durchzusetzen.
Man hat an Jane Austen die mangelnde Tragik und die geringe Spannweite ihres literarischen Kosmos bemängelt, so schon in der Mitte des 19. Jahrhunderts Charlotte Brontë, auch eine in der beeindruckenden Reihe englischer Schriftstellerinnen, denen die deutsche Literatur an weiblichen Autoren nichts an die Seite zu setzen hat. Aber Jane Austen hat selbst am besten gewußt, daß sie eher Miniaturen als Kolossalgemälde schuf, und schon vom geringeren Umfang her unterscheiden sich ihre Romane von den meisten ihrer Zeitgenossen und auch Nachfolger (Dickens, Thackeray, Trollope). Es ist die geistige, künstlerische und sprachliche Durchdringung eines Gesellschafts*ausschnitts*, nicht die Monumentalität eines gesellschaftlichen *Gesamtbildes*, die ihre Größe ausmacht. Sie spricht in einem Brief 1816 »von dem kleinen Stückchen Elfenbein (5 cm breit), auf dem ich mit einem so dünnen Pinsel male, daß viel Mühe nur wenig Wirkung hervorbringt«.
Wenig Wirkung? Sie ahnte ja nicht, daß ihre Werke Generationen bezaubern und ihr 200. Geburtstag im Jahre 1975 nicht nur die Aufmerksamkeit der literaturwissenschaftlichen Fachwelt finden, sondern in England auch mit einem Satz Briefmarken gefeiert werden würde, auf denen die bekannten Figuren ihrer Romane dargestellt sind.
Ihr Ruhm wuchs langsam, aber stetig. Im 19. Jahrhundert wurde sie in regelmäßigen Abständen von hellsichtigen Kritikern gepriesen, aber verhältnismäßig wenig gelesen. Erst mit J. E. Austen-Leighs Biographie *A Memoir of Jane Austen* entstand ein breiteres Interesse. Aber obwohl ihre Lesergemeinde nun von Jahrzehnt zu Jahrzehnt größer wurde, dauerte es noch etwa 50 Jahre, bis die Literatur-

wissenschaftler ihr eine immer konzentriertere Aufmerksamkeit zuwandten. Heute gehört sie zu den am intensivsten erforschten Autoren. Deutschland hinkt nach. Weder ist ihr gesamtes Werk in Übersetzungen auf dem Markt, noch sind hierzulande die Veröffentlichungen über sie zahlreich. Und hätte nicht England den ihr ähnlichsten deutschen Romancier Fontane ebenso stiefmütterlich behandelt, wir hätten Anlaß zu einem schlechten Gewissen.

Christian Grawe

Jane Austen

Roman **Überredung**

Aus dem Englischen übersetzt
von Ursula und Christian Grawe.
Mit einem Nachwort und Anmerkungen
von Christian Grawe
292 Seiten. RBL 20054. € 8,90
ISBN 3-379-20054-9

Acht Jahre ist es her, daß sich Anne Elliot von ihrem Vater überreden ließ, den Heiratsantrag von Frederick Wentworth zurückzuweisen. Unvermögend und aus bürgerlichen Verhältnissen stammend, schien Wentworth nicht standesgemäß. Fortan hat Anne freudlos auf dem Herrensitz ihres Vaters gelebt, während aus Wentworth ein wohlhabender und weltgewandter Marineoffizier wurde. Als beide sich eines Tages unverhofft wieder begegnen, beginnt eine zaghafte Annäherung. Sie gipfelt in einer der originellsten Liebeserklärungen der Weltliteratur.

Jane Austen (1775–1817) wuchs in einem wohlhabenden Elternhaus in der südenglischen Provinz auf, wo sie zeitlebens blieb. Die Vorbilder für ihre Romanfiguren fand sie in ihrer unmittelbaren Umgebung, im Landadel und Großbürgertum.

Jane Austen
Roman **Verstand und Gefühl**

Aus dem Englischen übersetzt von Ursula und Christian Grawe. Mit einem Nachwort und Anmerkungen von Christian Grawe

411 Seiten. RBL 1730. € 8,90

ISBN 3-379-01730-2

Sense and Sensibility bildet mit *Pride and Prejudice* und *Northanger Abbey* das Trio der frühen Romane Jane Austens, die von der gut Zwanzigjährigen geschrieben, aber vor der Veröffentlichung 15 bis 20 Jahre später umgearbeitet wurden. 1811 erschien *Sense and Sensibility* anonym – »by a lady« – und auf eigene Kosten der Autorin in London.

Es ist ein Roman aus dem ländlichen England des 18. Jahrhunderts über die Schwestern Elinor und Marianne, die bis zum Traualtar einen dornenreichen Weg zurücklegen müssen. In ihnen stehen sich *sense* (Einsicht, gesunder Menschenverstand, Beherrschung der Gefühle) und *sensibility* (nach damaligem Wortgebrauch: Empfindsamkeit, emotionaler Überschwang) gegenüber. Jane Austen entwickelt damit zum erstenmal eine Erzählform, die den Konflikt zwischen entgegengesetzten Positionen und Tendenzen ihrer Zeit vollstandig artikuliert: den zwischen Verstand und Gefühl.

Jane Austen

Roman **Mansfield Park**

Aus dem Englischen übersetzt von Ursula und Christian Grawe.

517 Seiten. RBL 20036. € 9,90

ISBN 3-379-200236-0

Mansfield Park zeigt Jane Austen auf dem Höhepunkt ihrer schriftstellerischen Karriere. Der amerikanische Literaturkritiker Harold Bloom rückte das Werk in die Nähe der Shakespeareschen Komödien. Wie die großen Gesellschaftsepen ihrer frühen Phase, *Stolz und Vorurteil* oder *Emma*, bezaubert *Mansfield Park* durch feine Ironie und ausgeprägte Charaktere. Das vehemente Engagement der Autorin gilt auch hier dem Recht der Heldin auf Selbstbestimmung in der englischen Gesellschaft des frühen 19. Jahrhunderts. Meisterhaft und mit einfühlsamer Behutsamkeit beschreibt Austen den beschwerlichen Weg der Fanny Price, der aus unverschuldeter Armut in ein Leben voller Erfüllung und Selbstachtung führt.
Die »beste heutige Austen-Übersetzung« lobt die *Frankfurter Allgemeine Zeitung.*

RECLAM
LEIPZIG

Jane Austen
Roman **Emma**

Aus dem Englischen übersetzt
von Ursula und Christian Grawe
463 Seiten. RBL 20008. € 9,50
ISBN 3-379-20008-5

Brillante Dialoge, Ironie, Humor und hervorragende Charakterzeichnungen haben diesen Frauenroman der englischen Literatur des frühen 19. Jahrhunderts zu einem Weltbestseller gemacht.

Emma Woodhouse, Anfang Zwanzig, führt den Haushalt ihres gesundheitlich angeschlagenen Vaters. Etwas zu selbstbewußt und altklug hat sie für das Leben anderer immer ein passendes Rezept parat. Taktlos und ungeschickt verletzt Emma dabei die Privatsphären anderer, sorgt für Mißverständnisse und Kummer, der schließlich auch sie selbst trifft. Doch da sie im Grunde ihres Herzens gütig und wohlwollend ist, erkennt sie bald ihren Fehler. Glücklicherweise hat sie genug Humor, um über ihr eigenes Verhalten zu lachen. Nicht zuletzt daher lösen sich die Verwirrungen, und alles findet ein gutes Ende.

Von der *Frankfurter Allgemeinen Zeitung* als beste Übersetzung empfohlen

RECLAM
LEIPZIG